Date: 6/21/23

**PALM BEACH COUNTY
LIBRARY SYSTEM**

**3650 Summit Boulevard
West Palm Beach, FL 33406**

D1650899

Contemporánea

Camilo José Cela Trulock (Iria Flavia, A Coruña, 11 de mayo de 1916 - Madrid, 17 de enero de 2002), escritor y académico español, es uno de los autores imprescindibles de la literatura en lengua española. En 1925 se trasladó a Madrid con su familia y en 1934 comenzó estudios de medicina en la Universidad Complutense, que pronto abandonó para asistir como oyente a las clases de literatura contemporánea de Pedro Salinas. Salinas, a quien Cela enseña sus primeros poemas, fue una figura clave para el asiento de su vocación literaria. En 1940, Cela intentó una nueva carrera, esta vez derecho –que al cabo también abandonó–, mientras escribía su primera gran obra, *La familia de Pascual Duarte* (1942), que fue prohibida por la censura franquista en su segunda edición y luego debió publicarse en Buenos Aires. A esta primera novela siguieron, poco después, *Viaje a la Alcarria* (1948) y *La colmena* (1951), también publicada en Buenos Aires e inmediatamente prohibida en España. En 1954 el autor se trasladó a Mallorca y poco después, en 1957, fue nombrado académico de la lengua. Su obra, extensa y variada, se ha publicado con asiduidad desde entonces. Entre ella, además de los títulos ya mencionados, cabe destacar *El gallego y su cuadrilla* (1949); *Del Miño al Bidasoa* (1952); *San Camilo, 1936* (1969); *Mazurca para dos muertos* (1983, Premio Nacional de Narrativa), o *Cristo versus Arizona* (1988). A ellas habría que añadir su labor como articulista para distintos diarios. Entre los premios que recibió a lo largo de su vida es obligado citar el Príncipe de Asturias de las Letras (1987), el Nobel de Literatura (1989) y el Miguel de Cervantes (1995).

PREMIO NOBEL DE LITERATURA

Camilo José Cela
Cuentos escogidos

Selección de
Alba Guimerà Galiana

DEBOLS!LLO

Papel certificado por el Forest Stewardship Council®

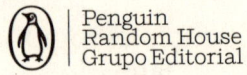

Edición establecida y presentada por Ignacio Echevarría
Selección de Alba Guimerà Galiana

Primera edición: junio de 2022

© 2002, Herederos de Camilo José Cela
© 2022, Penguin Random House Grupo Editorial, S. A. U.
Travessera de Gràcia, 47-49. 08021 Barcelona
© 2022, Ignacio Echevarría, por la presentación
Diseño de la cubierta: Elsa Suárez Girard
Imagen de la cubierta: © Louis Hugelmann / Archivo ABC

Los editores agradecen a la Fundación Pública Gallega Camilo José Cela
por los materiales facilitados para la presente edición.

Penguin Random House Grupo Editorial apoya la protección del *copyright*.
El *copyright* estimula la creatividad, defiende la diversidad en el ámbito de las ideas
y el conocimiento, promueve la libre expresión y favorece una cultura viva.
Gracias por comprar una edición autorizada de este libro y por respetar las leyes del *copyright*
al no reproducir, escanear ni distribuir ninguna parte de esta obra por ningún medio sin permiso.
Al hacerlo está respaldando a los autores y permitiendo que PRHGE continúe publicando libros
para todos los lectores. Diríjase a CEDRO (Centro Español de Derechos Reprográficos,
http://www.cedro.org) si necesita fotocopiar o escanear algún fragmento de esta obra.

Printed in Spain – Impreso en España

ISBN: 978-84-663-5228-4
Depósito legal: B-7.612-2022

Compuesto en M. I. Maquetación, S. L.

Impreso en Novoprint
Sant Andreu de la Barca (Barcelona)

P 3 5 2 2 8 4

Sumario

Nota sobre esta edición 9
Nota sobre la selección 17

CUENTOS

Esas nubes que pasan (1945) 21
El bonito crimen del carabinero y otros engaños
   y ofuscaciones (1947) 77
Baraja de invenciones (1953) 233
Los viejos amigos (1960-1961) 273
Once cuentos de fútbol (1963) 465
Historias familiares (1998) 487

APUNTES CARPETOVETÓNICOS

El gallego y su cuadrilla (1949) 525

Anexo

Relativa teoría del carpetovetonismo 649
Prólogo a *El gallego y su cuadrilla* 655

Cronología breve de la vida y de la obra
   de Camilo José Cela 659
Índice de contenidos 665

Nota sobre esta edición

La bien ganada fortuna que, muy tempranamente, alcanzó Cela como novelista eclipsó siempre su faceta como cuentista, que sin embargo nunca dejó de cultivar. Más de una vez declaró su devoción por este género, en términos a veces tan campanudos como los siguientes: «Creo que el cuento es algo así, o puede ser algo así, como la piedra de toque del escritor en prosa, como el fiel contraste de la buena ley —o de la mala— del hombre que, con la pluma al brazo, se dispone a luchar contra el mundo, a sujetarlo, a apresarlo, a hacerlo suyo, quizá no más que para saberse morir de espanto en un rincón».

Como suele ocurrir con los narradores en ciernes, las primeras publicaciones de Cela, siendo apenas veinteañero, fueron cuentos y relatos cortos, aparecidos en revistas y periódicos de la época, a comienzos de los años cuarenta. Desde entonces ya nunca abandonaría esta modalidad de escritura. De hecho, el número de los volúmenes en los que, en el transcurso de seis décadas, Cela recogió sus piezas narrativas breves duplica —y hasta triplica, según cuál sea el criterio empleado— el de sus novelas. Claro es que a menudo resulta poco menos que imposible discernir, dentro de ese ingente caudal, los límites entre cuento, fábula, relato, cuadro, novela corta, viñeta, artículo o, ya puestos, ese subgénero propio que él mismo bautizó como «apuntes carpetovetónicos».

Con motivo de reunir en un solo tomo, para la edición de sus *Obras completas*, todos los cuentos publicados entre 1941 y 1953, escribió Cela un texto preliminar en el que se extendía, con cierta prolijidad, «sobre el azaroso dédalo de los géneros literarios y sus huidizas y confusas lindes». A este propósito declaraba, «con la humildad necesaria», su ignorancia respecto al «funcionamiento de esa misteriosa maquinita aún no inventada que habría de servirnos —de existir y saber usarla— para bautizar, según las normas de una preceptiva que hoy por hoy es ciencia aún en pañales, todas y cada una de las páginas que hubiéramos de escribir». A lo que añadía: «Las moscas están clasificadas y descritas; y los minerales que se agazapan, misteriosos y ardientes, en el corazón de la Tierra; y las estrellas que ruedan por el cielo; y las flores que se crían en las praderas y en las altas montañas. Las cuartillas de los escritores, sin embargo, no se diferencian en géneros que puedan fijarse de un modo matemático, científico y desterrador de toda duda, ni se clasifican, tampoco, si no es de forma un tanto tosca y rudimentaria».

Si esto es cierto en general, lo es mucho más por lo que toca a la obra entera de Cela y, dentro de ella, a la extensa provincia que ocupan sus textos breves de naturaleza más o menos narrativa. Ya en muchas ocasiones se ha dicho que, por encima de novelista, cuentista, articulista, cronista, ensayista o cuantas etiquetas quieran adosársele, Cela es prosista. Su prosa, en efecto, es un asombroso mecanismo capaz de integrar en una misma corriente de escritura toda suerte de registros y de elementos heteróclitos que se yuxtaponen sin solución de continuidad. El ejemplo extremo de este proceder es la única e interminable frase en que se despliega su novela *Cristo versus Arizona* (1988), donde convergen en una sola secuencia centenares de noticias y destinos perfectamente diferenciables. Con mucha menos ambición, las piezas breves reunidas en el presente volumen vienen a ser, se diría, las teselas de un mosaico en permanente formación. Por obra de un prodigioso arte de la estructura, este mosaico cuaja ocasionalmente en «configuraciones novelísticas». Ahora bien: si se tuviera la paciencia de desmontar convenientemente tales configuraciones, se obtendría, en la mayor parte de los casos, una buena cantidad de relatos y viñetas sin duda comparables a muchos de los que aquí se recogen. Baste considerar a este efecto un libro como *Tobogán de hambrientos* (1962), al que sólo una bien calculada estructura circular confiere su condición novelística. Tomados de uno en uno, sus diferentes capítulos poco o nada se distinguen de las piezas que componen títulos como *Historias de España* (1958) o como *Historias familiares* (1998). Los materiales, por así decirlo, vienen a ser los mismos, por lo que a nadie puede sorprender que se dé el caso de que algunas piezas publicadas en su día independientemente terminaran integrándose luego en cualquiera de las novelas de Cela.

Por lo demás, Cela se desenvuelve con toda despreocupación en la indefinición genérica de cuanto escribe, que él mismo contribuye a complicar, acuñando para sus piezas breves todo tipo de etiquetas más o menos sugerentes o equívocas: engaños, invenciones, figuraciones, divertimentos, escenas... Tanto más difícil se hace, en consecuencia, dibujar los contornos del territorio narrativo del que la presente antología aspira a ofrecer un panorama representativo.

Afortunadamente, en el marco de esta Biblioteca Camilo José Cela en Debolsillo se han publicado ya dos volúmenes de piezas más o menos breves que allanan la tarea. El primero, *Gavilla de fábulas sin amor y otros divertimentos*, reúne cinco libros originalmente ilustrados —*Gavilla de fábulas sin amor* (1962), *El Solitario* (1963), *Toreo de salón* (1963), *Izas, rabizas y colipoterras* (1964) y *Nuevas escenas matritenses* (1965)— cuyos textos, en su momento, dialogaban con las imágenes correspondientes, pero que, abstraídos de ellas, pueden perfectamente ser tomados por cuentos, al menos en la mayoría de los casos. El segundo, *Santa Balbina, 37, gas en cada piso y otras novelas cortas*, se sirve de esta imprecisa categoría de «novelas cortas» para reunir siete libros —*Santa Balbina, 37, gas en cada piso* (1952), *Timoteo el incomprendido* (1952), *Café de artistas* (1953), *El molino de viento y otras novelas cortas* (1956), *Historias de España* (1958), *La familia del héroe* (1965) y *El ciudadano Iscariote Reclús* (1965)— cuyo contenido, en rigor, apenas es distinguible, de nuevo en la mayoría de los casos, del de cualquier colección de cuentos.

Teniendo esto presente, el panorama que aquí se presenta selecciona piezas escogidas entre dos bloques principales de libros.

El primero lo constituyen los tres que, en 1963, Cela reordenó y articuló en el ya mencionado tomo de sus *Obras completas* que recogía sus cuentos publicados entre 1941 y 1953. El volumen en cuestión lo tituló *Nuevo retablo de don Cristobita (Arbitrios, figuraciones y alucinaciones)*, y comprendía los cuentos previamente recogidos en *Esas nubes que pasan* (1945), *El bonito crimen del carabinero y otros engaños y ofuscaciones* (1947) y *Baraja de invenciones* (1953). Se trata, como es obvio, del primer tramo de su producción como cuentista, en el que se puede apreciar cómo el tono tardorromántico de las primeras entregas, centradas en el ambiente provinciano coruñés de principios de siglo, evolucionó rápidamente hacia un tratamiento paródico o simplemente humorístico del material empleado —una galería de personajes cada vez más grotescos o patéticos—, para enseguida desembocar ya en el esperpento, ya en el tremendismo. En el ya citado texto preliminar que figuraba al frente del tomo II de sus *Obras completas*, Cela daba prolijas explicaciones acerca de los trasiegos a que sometió el contenido de estos tres libros con ocasión de reunirlos bajo ese título de raigambre valleinclanesca, que ofrece una buena pista del talante que en ellos predomina.

El segundo bloque de libros es el que integra los volúmenes de cuentos publicados por Cela con posterioridad a 1953, objeto a su vez de múltiples trasiegos por parte del autor, aficionado siempre a armar, desarmar y rearmar sus textos. Del abigarrado y confuso material que conforma este bloque, se han escogido piezas de tres títulos representativos, en los que se reconoce el estilo de madurez del autor: *Los viejos amigos* (1960), *Once cuentos de fútbol* (1963) e *Historias familiares* (1998). *Los viejos amigos* merece un comentario particular. Se trata de una voluminosa colección de viñetas narrativas en las que Cela repesca personajes a veces muy menores de sus libros anteriores, previa cita del pasaje en que aparecen. Este proceder resulta muy expresivo del «método» de Cela, que parte siempre de la observación curiosa, a la vez burlona y afectuosa, de una humanidad hormigueante, que lo nutre incansablemente de todo tipo de anécdotas.

Capítulo aparte conforman los bautizados por el mismo Cela como «apuntes carpetovetónicos», reunidos por él mismo en un único volumen de sus *Obras completas* titulado *El gallego y su cuadrilla y otros apuntes carpetovetónicos*, verdadera suma de este género acuñado por Cela en el libro homónimo publicado por vez primera en 1949. Al frente de esta primera edición figuraba un prologuillo («Al Gallego») en el que su autor discurría sobre su «concepto del apunte carpetovetónico y de las circunstancias que adornaron su venida al mundo». Este prologuillo fue remplazado, en el correspondiente volumen de las *Obras completas*, por una «Relativa teoría del carpetovetonismo» donde Cela ampliaba sus disquisiciones. De uno y otro texto se dan en anexo los pasajes más relevantes, omitiendo las detalladas precisiones acerca del contenido de las diferentes agrupaciones de piezas pertenecientes a un subgénero que su autor caracteriza como «la croniquilla atónita de los minúsculos acaeceres de la España árida». En cuanto a los apuntes propiamente dichos, la que se ofrece aquí es sólo una pequeña muestra complementaria de las piezas que el mismo Cela adscribió más netamente al género del cuento o del relato breve.

La selección de todos los materiales que componen el presente volumen ha corrido a cargo de la doctora Alba Guimerà Galiana, profesora en la Facultad de Filología de la Universidad de Barcelona y buena conocedora de la obra de Camilo José Cela, sobre la que ha publicado numerosos trabajos. En la breve nota explicativa que se da a continuación de esta «Nota sobre esta edición» ella misma explicita sucintamente los criterios básicos que han determinado su tarea.

He aquí el detalle de las primeras ediciones de los distintos libros en que se encuentran los textos seleccionados, buena parte de ellos publicados previamente en diarios o revistas:

Esas nubes que pasan, Afrodisio Aguado, colección «Los Cuatro Vientos», Madrid, 1945.
El bonito crimen del carabinero y otros engaños y ofuscaciones, José Janes, Barcelona, 1947.
Baraja de invenciones, Castalia, colección «Prosistas contemporáneos», Valencia, 1953.
Los viejos amigos, Noguer, colección «El Espejo y la Pluma», Barcelona, 1960 (primera serie) y 1961 (segunda serie).
Once cuentos de fútbol, Editora Nacional, Madrid, 1963 (con once ilustraciones de Pepe).
Historias familiares, Macià & Nubiola Editors, colección «O Vencello Catoirán», Barcelona, 1998.
El gallego y su cuadrilla y otros apuntes carpetovetónicos, Ricardo Aguilera, Madrid, 1949.

Conviene tener en cuenta que, con excepción de *Once cuentos de fútbol* y de *Historias familiares*, el resto de los títulos fueron objeto de todo tipo de trasiegos (reordenaciones, supresiones, añadidos) con motivo de ser reeditados y compilados y hasta retitulados en sucesivas agrupaciones. Para el presente volumen se han utilizado las versiones fijadas por el autor en sus *Obras completas* publicadas por Destino en 1965 y reproducidas sin apenas cambios en las publicadas por Destino y Planeta-De Agostini en 1989-1990. Los cuentos de *Esas nubes que pasan*, *El bonito crimen del carabinero y otros engaños y ofuscaciones* y *Baraja de invenciones* se hallan recogidos en el volumen 2, donde, como ya se ha dicho, se dan amparados bajo el título común de *Nuevo retablo de don Cristobita (Arbitrios, figuraciones y alucinaciones)*. *Los viejos amigos* se dan en el tomo 18, así titulado. Los *Once cuentos de fútbol* se dan en el volumen 24, en el que se recogen también *Gavilla de fábulas sin amor* y *El Solitario*. En cuanto a *El gallego y su cuadrilla y otros apuntes carpetovetónicos*, ocupa el volumen 4. Los únicos cuentos que se dan conforme a su primera y de momento única edición son los de *Historias familiares*.

Como es natural tratándose de una selección, se prescinde aquí de las dedicatorias, lemas, epígrafes y otros paratextos que contienen los distintos libros de los que se extraen los textos.

Al pie de cada uno de los textos seleccionados se da el lugar y la fecha en que se publicó suelto por vez primera. Cuando no figuran estos datos, debe deducirse que su primera edición tuvo lugar en el volumen en que se encuadra (sólo en dos o tres ocasiones simplemente no consta por no haberse localizado). Cuando la fecha del cuento en cuestión es posterior a la del libro en que se halla encuadrado, hay que entender que el propio autor reordenó o amplió el contenido de este último con ocasión de publicar sus *Obras completas*. En el caso de *Los viejos amigos*, la mayor parte de los cuentos fueron publicados originalmente, antes de ser reunidos en volumen, o bien en el semanario *Sábado Gráfico*, de Madrid, o en la revista *Destino*, de Barcelona, entre el 6 de febrero de 1960 y el 18 de febrero de 1961.

Cierra este volumen, como todos los de esta Biblioteca de Camilo José Cela en Debolsillo, una somera cronología de la vida y obra del autor cedida por la Fundación Charo y Camilo José Cela.

IGNACIO ECHEVARRÍA

Nota sobre la selección

La presente selección de los cuentos, apuntes carpetovetónicos y narraciones breves de Camilo José Cela se ha apoyado fundamentalmente en dos criterios. En primer lugar, la elección de relatos breves que el propio Cela realizó a lo largo de su trayectoria con la publicación de antologías como *Mis páginas preferidas* (1956), *El espejo* (1981) o *La dama pájara* (1994), donde seleccionó algunos de los relatos breves publicados inicialmente en prensa y recogidos después en las *Obras completas* (1962-1977). Así, encontramos una muestra representativa de textos que forman parte de *Esas nubes que pasan* (1945), *El bonito crimen del carabinero* (1947), *El gallego y su cuadrilla* (1949) y *Baraja de invenciones* (1953).

Partiendo de este primer corpus que atiende a los criterios de Camilo José Cela, he ampliado la selección de relatos de cada uno de estos volúmenes, teniendo en cuenta la modernidad de los textos, que al mismo tiempo que son fedatarios de la personalidad y la obra del escritor, pueden despertar la curiosidad y el aprecio de los nuevos lectores que se acercan a su obra.

Asimismo, se ha añadido también una representación de *Los viejos amigos* (1960-1961) y de *Once cuentos de fútbol* (1963), así como del último volumen de cuentos publicado, *Historias familiares* (1998).

ALBA GUIMERÀ GALIANA

CUENTOS

Esas nubes que pasan

(1945)

Don Anselmo

I

Don Anselmo, ya viejo, me lo contó una noche de diciembre de 1935, poco más de un mes antes de su muerte, en el club de Regatas.

Era una noche lluviosa y fría, y en el club no quedábamos sino don Marcelino, don David, don Anselmo y yo.

Don Marcelino y don David jugaban lentamente su interminable y cotidiana partida de chapó; la partida la ganaba, como siempre, don David, y don Marcelino, como siempre también, todas las noches, al ponerse el abrigo, exclamaba resignadamente:

—No sé lo que me pasa esta noche; pero estoy flojo, muy flojo...

Después acababa de sorber su copita de anís, se calaba su gorrilla de marino, empuñaba el bastón y se marchaba, arrimadito a la acera y tosiendo todo el camino, hasta su casa.

Don Marcelino tuvo la mala ocurrencia de venirse a Madrid en mayo de 1936.

—Por la primavera, Madrid es muy agradable —decía a los amigos—, y además..., las cosas hay que cuidarlas...

Los amigos nunca supieron cuáles eran las cosas que don Marcelino tenía que cuidar en la capital, pero todos encontraban edificante el celo que demostraba por sus asuntos.

—Sí, sí, don Marcelino, no hay duda: el ojo del amo engorda el caballo... —decían unos—. El que tenga tienda que la atienda.

Y todos se sentían satisfechos con la sonrisa de agradecimiento que don Marcelino les dedicaba.

¡Pobre don Marcelino! Al año, o poco más, de haber llegado a Madrid, se murió, sabe Dios si de hambre, si de miedo...

La noticia llegó hasta el pueblo, al principio confusa y contradictoria; después confirmada por los que iban llegando, y don David, como si no esperase otra cosa para seguirle, se quedó una tarde como un pajarito, sentado en la butaca de mimbre desde donde contemplaba silencioso el violento dominó de los jóvenes, como sentenciosamente —durante tantos años— llamaba a la partida que, después del almuerzo, se celebraba en el bar del club.

II

Don Anselmo estaba de confidencias aquella noche. No sé qué extraña sensación de confianza debía causarle mi persona, mas lo cierto es que me contaba cosas y cosas, interesantes y pintorescas, con una lentitud desesperante, cortando las frases y aun a veces las palabras de un modo caprichoso; pero incansablemente, como incansablemente caían las gotitas de agua sobre el vaso de baquelita —última compra de don Anselmo, secretario del club—, que estaba debajo del filtro plateado y reluciente.

Don Anselmo entornaba sus ojos para hablar, y su expresión adquiría toda la dulzura y todo el interés de la faz de un viejo y retirado capitán de cargo, altivo y bonachón como un milenario patriarca celta.

III

Corría el 1910, y don Anselmo tenía, además de sus treinta y cinco juveniles años, un atuendo de tierra, como él lo llamara, que era la envidia de los petimetres y la admiración de las pollitas de la época. Zapatos picudos de reluciente charol; botines grises —de un gris claro y brillante, como el mes de mayo en el mar del Norte, decía él—; pantalón listado de corte inglés; americana con cinturón y una gardenia perennemente posada sobre la breve solapa; cuello alto con corbata de nudo y un bombín café que manejaba con destreza y que obedecía al impulso que don Anselmo, siempre que entraba en algún sitio, le imprimía para que alcanzase algún saledizo: el paragüero del club; la lámpara que tenía la fonda La Concha en el vestíbulo, rodeada de macetas y de sillas de mimbre; la cabeza de ciervo que tenía don Jorgito, el gerente del The Workshop, en el hall de su casa...

Don Anselmo hacía una inflexión en su voz para darme a conocer que introducía un nuevo inciso en su relato, y me hablaba de don Jorgito, a quien respetaba y admiraba, que ya por entonces llevaba una magnífica barba blanca y era todo corrección y buenos modos. Don Jorgito era un inglés apacible que hablaba el español con acento gallego y que vivía lo mejor que podía, preocupado de su mujer y de sus siete hijos; yo no le conocí, pero cuando afirmé haber sido compañero de colegio de un nieto suyo —en los maristas de la calle del Cisne, de Madrid—, muchacho flacucho y antojadizo, mal acostumbrado a llevar siempre por delante su santa voluntad, tímido, pero con un orgullo sin límites, y que hoy, según creo, anda por ahí dedicado —¿cómo no?— a hacer sus pinitos literarios, don Anselmo se me quedó mirando alegremente, como si mi amistad con el nieto viniese a avalar todo su aserto, y terminó por confesarme —casi misteriosamente— que el mundo era un pañuelo.

Esto sirvió para que me explicase cómo en Melbourne había encontrado, tocando el acordeón por las calles, a un marinero a quien desembarcó por ladrón en Valparaíso; pero me voy a saltar todo este nuevo inciso, porque, si no, iba a resultar demasiado diluido mi relato.

IV

Era la época de las fiestas del pueblo, y don Anselmo, con sus zapatos, su gardenia y su bombín, sonreía desde la terraza del club —por entonces todavía joven, como él— a las tobilleras de amplias pamelas que pasaban camino de los puestos de la verbena callejera y, a algunas horas de la tarde, distinguida.

Después de tomar —*five o'clock*— su tacita de té (don Anselmo, ¡oh, manes de don Jorgito!, tomaba todas las tardes su tacita de té) y de fumar su cigarrillo después de la tacita de té (la pipa de loza holandesa en aquel tiempo todavía no formaba parte de su atuendo de tierra), se unía al primer grupo que pasase y, entre bromas y veras, transcurría el resto de su tarde, alegre y honradamente, charlando con los amigos, inclinándose ante las encorsetadas mamás de las niñas, e invitando a estas a todo lo que se les antojase, porque —dicho sea de paso— a don Anselmo no le faltaba ninguna tarde un duro decidido a hacerle quedar bien. Se montaba en el tiovivo —ellas, en los cerdos o en los automóviles; ellos, en los caballos—, se daba una vueltecita por el laberinto, se bebían gaseosas que ponían coloradas a las jovencitas, se jugaban algunos números a la tómbola, se tiraba al blanco...

Y así un día y otro día... Don Anselmo era la admiración de todos con sus buenos modales, su gesto siempre afable, su palabra siempre ágil y ocurrente. Si había que entretener a doña Lola —la mamá de Lolita, de Esperancita y de Tildita—, don Anselmo tiraba velozmente su real de bolos contra los grotescos muñecos. Si había que dar palique a doña Maruja —la mamá de Marujita, de Conchita, de Anita y de Sagrarito—, don Anselmo le hablaba de sus estancias en Londres o de su último viaje por los mares del Sur. Si había que distraer a doña Asunción —la mamá de Asuncioncita, que era una monada de criatura—, don Anselmo era capaz hasta de meterse en el tubo de la risa...

V

Aquella tarde había verdadera expectación en el pueblo. Entre don Knut —don Knut era el primer piloto de una bricbarca noruega, La Cristianía, anclada por aquellos días en la bahía, y amigo antiguo de don Anselmo— y don Anselmo se había concertado un singular desafío —una botella de whisky, de una parte, y una comilona de langosta, de la otra— para discernir cuál de los dos haría más blancos seguidos en la barraca del Dominicano, la misma que durante tantos años, y hasta que se murió, había sido regentada por Petra, la del guardia civil.

Cuando don Knut y don Anselmo aparecieron, charlando amigablemente ante el puesto del Dominicano, una multitud, casi abigarrada, les esperaba ya. Escogieron con lentitud sus escopetas; seleccionaron con más lentitud, si cabe, sus flechas: negras, las de don Knut; rojas, las de don Anselmo; echaron una moneda —una peseta— al aire, y empezaron a tirar: cinco tiros seguidos cada uno. Empezó don Anselmo, porque don Knut, cuando la peseta andaba por el aire, había dicho caras —cruces no lo sabía decir—, y no habían salido caras. Cinco tiros, cinco blancos. ¡Tira don Nú!, gritaba el Dominicano, incorporándose y desclavando a una velocidad vertiginosa las cinco flechas rojas de don Anselmo. Don Knut tiró: cinco tiros, cinco blancos. ¡Tira don Anselmo!, volvía a repetir el Dominicano al volver a desclavar las cinco flechas negras esta vez y de don Knut. Don Anselmo volvía a tirar y volvía a hacer cinco blancos; el Dominicano volvía a gritar; don Knut volvía a echarse la escopeta a la cara... Cinco blancos... El interés de la gente tenía ya sus salpicaduras de emoción; se llevaba tirando ya largo rato, y don Knut y don Anselmo seguían a los treinta y cinco tiros desesperadamente pegados. ¡Tira don Anselmo!, gritó el Dominicano; nadie sabe cómo fue: don Anselmo levantó la escopeta y tiró...; la flecha fue a clavarse en el ojo derecho del Dominicano; este se llevó ambas manos a la cara sangrante; la gente rompió a gritar; las mujeres comenzaron a correr...

Don Anselmo tuvo que marcharse aquella misma noche del pueblo: un par de meses, le aconsejaban los amigos, y en La Cristianía, que marchaba con estaño de las Cíes para El Havre, se marchó, comentando con don Knut el desgraciado accidente.

Un marinero de la bricbarca llegó, aún no pasadas tres horas del percance, a casa de don Jorgito con un encargo de don Anselmo: un saquito de cuero con veinte duros dentro para el Dominicano.

En el pueblo, el rasgo de don Anselmo causó una feliz impresión, y, cuando ya nadie se acordaba del ojo del Dominicano, todavía había alguien que sacaba a relucir los veinte duros de don Anselmo.

VI

Don Anselmo se marchó para dos meses, pero tardó ocho años en aparecer por el pueblo. De El Havre, donde lo desembarcó La Cristianía, salió para América, y allí, con sus apurillos al principio, pero ayudado por la guerra después, se fue abriendo camino y llegó a crearse una posición casi privilegiada.

Cuando volvió para acá, venía gordo y moreno, casado con una señorita portorriqueña y acompañado de dos criadas negras, dos loros verdes y rojos y un acento antillano, dulzón y pesaroso como el calor del trópico: bagaje ultramarino.

Ya nadie se acordaba en el pueblo del Dominicano, que había levantado el ala con sus veinte duros, y don Anselmo volvió a ser otra vez, y con mayor intensidad que la vez primera

—si esto fuera posible—, el motivo de todas las conversaciones. Don Jorgito estaba indignado, porque, según él, se le daba mayor importancia a don Anselmo que al armisticio, que era mucho más fundamental...

A poco de llegar de nuevo a España, se le murió su mujer, la señorita portorriqueña, de un doble parto mal atendido (según don Anselmo), y como los males —según don Anselmo también— se dan cita para no aparecer solos, los dos loros amanecieron una mañana ferozmente asesinados por Genoveva, la gata de la fonda La Concha, y las dos negras —una detrás de la otra, pero muy seguiditas— se acatarraron y se murieron también; de suerte que don Anselmo volvió a quedarse tan solo como ocho años atrás.

Tuvo una pequeña época de murria, en la que apenas si hablaba y menos salía; pero, como era hombre de entero carácter, pronto reaccionó y volvió a su vida de club y de sociedad. De cuando en cuando daba alguna correría por los pueblos, o se acercaba hasta Vigo —o hasta Porto o hasta La Coruña, como algunas veces—, y cuando volvía se le notaba radiante y rejuvenecido; pero un día volvió mucho antes de lo acostumbrado en aquellas excursiones, se encerró en el club y en un mutismo absoluto, y lo único que se le sacaba, después de mucho insistir, es que jamás volvería a abandonar el pueblo.

Nadie sabe lo que le pasó, porque a nadie —sino a mí, que a nadie lo dije— se lo dijo jamás; pero, como don Anselmo ha desaparecido y lo acaecido no puede conducir sino a su mayor aprecio, me considero relevado de guardar secreto —que tampoco él me lo exigiera, que, si no, no lo haría por nada del mundo—, y autorizado para decir en breves palabras y para terminar mi relato lo que ocurrió.

VII

Don Anselmo había ido a Cesures. Había cenado, ya tarde, en el puerto, en casa Castaño, y había cruzado después el puente, atraído por las luces, pocas ya, que quedaban al otro lado de él, y de las barracas de la fiesta del patrón, que por aquella fecha y en aquel lugar se celebraba. La gente había marchado ya a dormir, y únicamente algún marinero semiborracho o algún pollito rezagado se entretenía en tirar al blanco o en intentar, desafortunadamente, colar los arillos por el cuello de la botella de sidra. De la ría salía un vaho húmedo y tibio que todo lo rodeaba, y las últimas voces de los de los puestos, anunciando su mercancía o su atracción, sonaban un poco tristes y cansinas, y recordaban —don Anselmo no sabía por qué— a las voces de los serenos de Santiago anunciando la lluvia y las dos de la mañana.

Don Anselmo, antes de irse a la cama, quiso entrar en todas las chabolas. Tiró un poco al blanco; vio la mujer barbuda; sacó una botella de sidra, que regaló, ante su pasmo, al dueño del puesto... Don Anselmo se aburría, y decidió visitar lo último que le quedaba por ver: la caseta del hombre-fiera, que a grandes voces anunciaba una mujeruca al extremo de la doble calle de barracas. Pagó veinte céntimos —preferencia— y entró; no había nadie... Al poco rato se oyeron unos aullidos, e inmediatamente apareció —peludo y semidesnudo— el hombre-fiera, lanzándose contra los barrotes y comiendo carne cruda. Don Anselmo miró con detenimiento al hombre-fiera y se sobresaltó. El monstruo seguía dando saltos y aullando, y parecía hacer poco caso de don Anselmo. Don Anselmo no daba señales de querer marcharse... El hombre-fiera, cansado de haber estado dando saltos durante toda la noche, parecía que cedía en su fiereza...: se le quedó mirando y dejó de saltar; se apoyó con ambas manos en los barrotes y miró con su único ojo —el izquierdo— a don Anselmo.

—¡Caramba, don Anselmo! ¡Qué gordo está usted!

Don Anselmo no sabía qué decir.

—¡Y buena color que le ha salido, sí, señor!

Don Anselmo temblaba y —propia confesión— lloró por primera vez en su vida, porque averiguó que no eran tan malos los hombres como querían pintarlos. El hombre-fiera apareció por detrás de la cortinilla de cretona que servía de fondo a la jaula, y se sentó al lado de don Anselmo.

—Pues no sé lo que decirle; ya ve usted...

Don Anselmo tampoco sabía lo que decir; cogió las manos del hombre-fiera y las acarició. El hombre-fiera lloró también.

—Ya lo decía yo, don Anselmo. ¡No hay bien que por mal no venga...! Gano bastante más que antes, y ya ve usted, con tanta carne cómo como, ¡qué buenas grasas estoy criando!

Fuera, la niebla y el silencio lo confundían todo...

A don Anselmo se le empañaban los ojos al recordarlo.

Medina, Madrid, abril de 1941

Marcelo Brito

Durante muchos meses no se habló de otra cosa por el pueblo. Marcelo Brito, el mulato portugués, cantor de fados y analfabeto, sentimental y soplador de vidrio, con su terno color café con leche, su sempiterna y amarga sonrisa y su mirar cansino de bestia familiar y entrañable, había salido de presidio. Tenía por entonces alrededor de cuarenta años, y allá —como él decía— se habían quedado sus diez anteriores, mustios, monótonos, reducidos a una reproducción de la carabela Santa María, metida inverosímilmente dentro de una botella de vidrio verde, que había regalado —sabrá Dios por qué—, con una dedicatoria cadenciosa que tardó once meses en copiar de la muestra que le hiciera vaya usted a saber qué ignorado calígrafo presidiario, a don Alejandro, su abogado, el mismo que no consiguió convencer al juez de su inocencia. Porque Marcelo Brito, para que usted lo sepa, era inocente; no fue él quien le pegó con el hacha en mitad de la cabeza a Marta, su mujer; no fue él, que fue la señora Justina, su suegra, la madre de Marta; pero como parecía que había sido él, y como —después de todo— al juez le era lo mismo que hubiera sido como que no, lo mandaron a presidio, y allá lo tuvieron casi diez años, metiendo las largas pinzas —con las jarcias y los obenques y los foques de la Santa María— por el cuello de la botella. Sobre el camastro tenía una fotografía de Marta, su difunta mujer, de traje negro y con un ramo de azahar en la mano, y según me contó José Martínez Calvet —su compañero de celda, a quien hube de conocer andando el tiempo en Betanzos, en la romería dos Caneiros—, algunas veces su exaltación al verla llegaba a tal extremo que había que esconderle la botella, con su carabelita dentro, porque no echase a perder toda su labor estragando lo que —cuando no le daba por pensar— era lo único que le entretenía. Después, volvía el retrato de su mujer de cara a la pared, y así lo tenía tres o cuatro días, hasta que se le pasaba el arrechucho y lo volvía a poner del derecho. Cuando esto hacía, la cubría materialmente de besos con tal frenesí que acababa derrumbándose sobre el jergón, boca abajo, postura en la que quedaba a lo mejor hasta tres o cuatro horas seguidas, llorando como un niño. Una vez fueron por la penitenciaría, en viaje de estudios, unos abogadetes recién salidos de la facultad, sentenciosos y presumidillos como seminaristas de último año de la carrera, que hablaban enfáticamente de la patología criminal y que no encontraban una cosa a derechas; quiso la Divina Providencia que fueran testigos de una de las crisis de Marcelo, y, como si se hubieran puesto de acuerdo, tuvieron a bien opinar —sin que nadie les preguntase nada— sobre lo que ellos llamaban caracteres específicos del criminal nato, sentando como incontrastable la teoría de que esos arrebatos del mulato no eran sino expresión del arrepentimiento que experimentaba por haber segado en flor —la frase es de uno de los letrados visitantes— la vida de la mujer a quien en otro tiempo había amado. Los abogadetes se marcharon con su sonrisa satisfecha y su aire triunfal, y yo muchas veces me he preguntado qué habrán dicho si es que llegaron a enterarse de lo que más tarde hemos sabido todos: que la pobre Marta se fue para el purgatorio con la cabeza atada con unos cordeles, puestos para enmendar lo que su marido ni hizo ni probablemente se le ocurrió jamás hacer.

La interpretación de los sentimientos es complicada porque no queremos hacerla sencilla. Sin su complicación, mucha gente a quien saludamos con orgullo —y con un poco de envidia y otro poco de temor también— y a quien dejamos respetuosamente la derecha cuando nos cruzamos con ella por la calle no tendría con qué comprar automóviles, ni radios, ni pendientes para sus mujeres, y nosotros, los que somos sencillos y no tenemos automóvil, ni radio, ni pendientes que regalar, ni —en última instancia— mujer a quien regalárselos, ¿para qué queremos complicar las cosas si en cuanto dejan de ser sencillas ya no las entendemos? Usted se preguntará por qué sonrío cuando digo esto. Usted se pregunta eso porque no interpreta los sentimientos del prójimo —los míos en este caso— con sencillez. Usted piensa que yo sonrío para hacerme enigmático, para llevar a su alma una sombra de duda sobre mi sencillez; pero yo le podría jurar por lo que quisiera que, si sonrío, no es más que porque me asusta el convencerme de que no entiendo las cosas en cuanto han dado más de dos vueltas por mi cabeza. Mi sonrisa no es ni más ni menos de lo que creería un niño que me viese sonreír y entendiese lo que digo; mi sonrisa no es sino el escudo de mi impotencia, de esta impotencia que amo, por mía y por sencilla, y que me hace llorar y rabiar sin avergonzarme de ello, aunque los abogados crean que si lloro y rabio es porque he dejado de ser sencillo, porque he matado —¡quién sabe si de un hachazo en la cabeza!— mi sencillez y mi candor recobrados, ahora que ya soy viejo, como un primer tesoro.

Lo que sí puedo asegurarles es que el llanto del desgraciado portugués no estaba provocado por arrepentimiento de ninguna clase, porque de ninguna clase podía ser un arrepentimiento producido por una cosa de la que uno no puede arrepentirse porque no la hizo: el llanto de Marcelo no era ni más ni menos —¡y qué sencillo es!— que por haber perdido lo que no quiso nunca perder y lo que quería más en el mundo: más que a su madre, más que a Portugal, más que a los fados, más que a la varilla de soplar que le había traído don Wolf la vez que fue a Jena de viaje... El llanto de Marcelo era por Marta, por no poder tenerla, por no poder hablarla y besarla como antes, por no poder cantar con ella —parsimoniosamente, a dos voces y a la guitarra— aquellas tristes canciones que cantara años atrás...

¡Voy muy desordenado, don Camilo José, y usted me lo perdonará! Pero cuando hablo de todas estas cosas es como cuando miro jugar a los niños, ¡que no importa adónde van a parar, como no importa mirar si es más hondo o menos hondo el agujero que hacen las criaturas en la arena de la playa!

Habíamos quedado en que no fuera él, sino la señora Justina, su suegra, la que diera fin a los veintitrés años de Marta; el caso es que tardó en averiguarse la verdad tanto como la vieja tardó en morir porque la muy bruja —que debía de tener miedo a la muerte— tuvo buen cuidado de callar siempre, aun cuando más comprometido veía al yerno, y menos mal que cuando se la llevó Satanás tuvo la ocurrencia de dejar una carta escrita diciendo la verdad que, si no, a estas alturas el pobre Marcelo seguiría añadiéndole detallitos a la Santa María... Tal maldad tenía la vieja que para mí que no dijo la verdad, ni aun en trance de muerte, al confesor ni a nadie, porque aunque, según cuentan, pedía confesión a gritos, me cuesta trabajo creer que no fuese hereje. El caso es que, como digo, dejó una carta escrita diciendo lo que había y al inocente lo sacaron de la cárcel —con tanto, por lo menos, papel de oficio como cuando lo metieron— y, como era buen soplador y don Wolf lo estimaba, volvió a colocarse en la fábrica —que por entonces tenía dos pabellones más— y a trabajar, si no feliz, por lo menos descansado.

Transcurrieron dos años sin que ocurriera novedad, y al cabo de ese tiempo nos vimos sorprendidos con la noticia de que Marcelo Brito, temeroso de la soledad, se casaba de nuevo.

La soledad, con Marcelo tan al margen, tan a la parte de fuera de lo que le rodeaba, como tiempos atrás lo estuviera de su compañero José Martínez Calvet, era dura y desabrida y tan pesada y tan difícil de llevar que Marcelo Brito —quizá un poco por miedo y otro poco por egoísmo, aunque él es posible que no se diese mucha cuenta de este segundo supuesto y que incluso lo rechazara si llegase a percatarse de su verdad— se decidió a dar el paso, a arreglar una vez más sus papeles (aumentados ahora con el certificado de defunción de Marta) y a erigir un nuevo hogar, como don Raimundo, el cura, hubo de decir con motivo de la boda.

Esta vez fue Dolores, la hija del guarda del paso a nivel, la escogida; Marcelo lo pensó mucho antes de decidirse, y su previsión, para que la triste historia no se repitiese, la llevó hasta tal extremo que, según cuentan, sometió durante meses a su nueva suegra a las más extrañas y difíciles pruebas; la señora Jacinta, la madre de Dolores, era tonta e incauta como una oveja, y fueron precisamente su tontería y su falta de cautela las que le hicieron salir victoriosa —la inocencia, al cabo, siempre triunfa— de las zancadillas y los baches que por probarla, no por mala intención, le preparara su yerno.

Dolores era joven y guapa, aunque viuda ya de un marinero a quien la mar quiso tragarse, y el único hijo que había tenido —de unos cuatro años por entonces— había sido muerto, diez u once meses atrás, por un mercancías que pasó sin avisar. Los trenes —no sé si usted lo sabrá—, cuando van a ser seguidos de otro cuyo paso no ha sido comunicado a los guardabarreras, llevan colgado del vagón de cola un farolillo verde para avisar. El mixto de Santiago, que era el que precedió al mercancías, no llevaba farol, y, si lo llevaba, iría apagado, porque nadie lo vio. El caso es que Dolores no tomó cuidado del chiquillo y que el mercancías —con treinta y dos unidades— le pasó por encima y le dejó la cabecita como una hoja de bacalao. Al principio hubo el consiguiente revuelo; pero después —como, desgraciadamente, siempre ocurre— no pasó más sino que a la víctima le hicieron la autopsia, lo metieron en una cajita blanca que, eso sí, regaló la compañía, y lo enterraron.

El gerente le echó la culpa al jefe de servicios; el jefe de servicios, al jefe de la estación de La Esclavitud; el jefe de la estación de La Esclavitud, al jefe de tren; el jefe de tren, al viento... El viento —permítame que me ría— es irresponsable.

La boda se celebró y, aunque los dos eran viudos, no hubo cencerrada, porque el pueblo, ya sabe usted, es cariñoso y afectivo como los niños, y tanto Marcelo como Dolores eran más dignos de afecto y de cariño —por todo lo que habían pasado— que de otra cosa. Transcurrieron los meses, y al año y pico de casarse tuvieron un niño, a quien llamaron Marcelo, y que daba gozo verlo de sano y colorado como era. Marcelo, padre, estaba radiante de alegría; cuando vino el verano y ya el chiquillo tenía unos meses, iba todos los días, después del vidrio, al río con la mujer y con el hijo; al niño lo ponían sobre una manta, y Marcelo y la mujer, por entretenerse, jugaban a la brisca. Los domingos llevaban además chorizo y vino para merendar, y la guitarra (mejor dicho, otra guitarra, porque la otra se desfondó una mañana que la señora Justina se sentó encima de ella) para cantar fados.

La vida en el matrimonio era feliz. No andaban boyantes, pero tampoco apurados, y como al jornal de Marcelo hubo de unirse el de Dolores, que empezó a trabajar en una serrería que estaba por Bastabales, llegaron a reunir entre los dos la cantidad bastante para no tener que sentir agobios de dinero. El niño crecía poquito a poco, como crecen los niños, pero sano y seguro, como si quisiera darse prisa para apurar la poca vida que había de restarle.

Primero echó un diente; después rompió a dar carreritas de dos o tres pasos; después empezó a hablar... A los cinco años, Marcelo, hijo, era un rapaz moreno y plantado, con los labios rojos y un poco abultados, las piernas, rectas y duras... No había pasado el sarampión; no había tenido la tos ferina; no había sufrido lo más mínimo para echar la dentadura...

Los padres seguían yendo con él —y con el chorizo, el vino y la guitarra— a sentarse en la yerbita del río los domingos por la tarde. Cuando se cansaban de cantar, sacaban las cartas y se ponían a jugar —como cinco años atrás— a la brisca. Marcelo seguía gastándole a su mujer la broma de siempre —dejarse ganar—, y Dolores seguía correspondiendo al marido con la seriedad de siempre: una seriedad un poco cómica que a Marcelo —un sentimental en el fondo— le resultaba encantadora.

Al niño le quitaban las alpargatas y correteaba sobre el verde, o bajaba hasta la arena de la orilla, o metía los pies en el agua, remangándose los pantaloncillos de pana hasta por encima de las rodillas.

Hasta que un día —la fatalidad se ensañaba con el desgraciado Brito— sucedió lo que todo el mundo (después de que sucedió, que antes nadie lo dijo) salió diciendo con que tenía que suceder: el niño —nadie, sino Dios, que está en lo alto, supo nunca exactamente cómo fue— debió de caerse, o resbalar, o perder pie, o marearse; el caso es que se lo llevó la corriente y se ahogó.

¡Sabe Dios lo que habrá sufrido el angelito! Don Anselmo, que conocía bien los horrores de verse rodeado de agua por completo, que sabía bien el pobre —tres naufragios, uno de ellos gravísimo, hubo de soportar— de los miedos que se han de pasar al luchar, impotentes, contra el elemento, comentaba siempre con escalofrío la desgracia de Marcelo, hijo.

No se oyó ni un grito ni un quejido; si la criaturita gritó, bien sabe Dios que por nadie fue oído... Le habrían oído solo los peces, los helechos de la orilla, las moléculas del agua..., ¡lo que no podía salvarle! Le habrían solo oído Dios y sus santos, los ángeles, niños a lo mejor como él, y quién sabe si por la voluntad divina, parados en sus cinco años inocentes, aunque en sus alas hubieran soplado ya vendavales de tantos siglos...

El cadáver fue a aparecer preso en la reja del molino, al lado de una gallina muerta que llevaría allí vaya usted a saber los días, y a quien nadie hubiera encontrado jamás, si no se hubiera ahogado el niño del portugués; la gallina se hubiera ido medio consumiendo, medio disolviendo, lentamente, y a la dueña siempre le habría quedado la sospecha de que se la había robado cualquier vecina, o aquel caminante de la barba y el morral que se llevaba la culpa de todo.

Si el molino no hubiera tenido reja, al niño no lo habría encontrado nadie. ¡Quién sabe si se hubiera molido, poquito a poco; si se hubiera convertido en polvo fino como si fuese maíz, y nos lo hubiéramos comido entre todos! El juez se daría por vencido, y doña Julia —que tenía un paladar muy delicado— quizá hubiera dicho:

—¡Qué raro sabe este pan!

Pero nadie le hubiera hecho caso, porque todos habríamos creído que eran rarezas de doña Julia...

Medina, Madrid, mayo y junio de 1941

El misterioso asesinato de la rue Blanchard

I

Joaquín Bonhome, con su pata de palo de pino, que sangraba resina, una resina amarillita y pegajosa como si todavía manara de un pino vivo, cerró la puerta tras sus espaldas.
—¿Hay algo?
—¡Nada!
Menchu Aguirrezabala, su mujer, que era muy bruta, con su ojo de cristal que manaba un agüilla amarillita y pegajosa como si todavía destilara del ojo de carne que perdiera en Burdeos, cuando la gripe, del golpe que le pegara su hermano Fermín, el transformista, se puso como una furia.
Toulouse, en el invierno, es un pueblo triste y oscuro, con sus farolitos de gas, que están encendidos desde las cinco de la tarde; con sus lejanos acordeones, que se lamentan como criaturas abandonadas; con sus cafetines pequeñitos con festones de encajes de Malinas alrededor de las ventanas; con sus abnegadas mujeres, esas abnegadas mujeres que se tuercen para ahorrar para el equipo de novias, ese equipo de novias que jamás han de necesitar porque jamás han de volver a enderezarse. Toulouse era, como digo, un pueblo triste, y en los pueblos tristes —ya es sabido— los pensamientos son tristes también y acaban por agobiar a los hombres de tanto como pesan.

Joaquín Bonhome había sido de todo: minero, sargento de infantería, maquillador, viajante de productos farmacéuticos, camelot du roi, empleado de La Banque du Midi, contrabandista, recaudador de contribuciones, guardia municipal en Arcachon... Con tanta y tan variada profesión como tuvo, ahorró algunos miles de francos y acordó casarse; lo pensó mucho antes de decidirse, porque el casarse es una cosa muy seria y, después de haber cogido miedo a actuar sin más dirección que su entendimiento, pidió consejo a unos y a otros, y acabó, como vulgarmente se dice, bailando con la más fea. Menchu —¡qué bruta era!— era alta, narizota, medio calva, chupada de carnes, bermeja de color y tan ruin que su hermano —que no era ninguna hiena— hubo de cargarse un día más de la cuenta, y le vació un ojo.

Su hermano Fermín había tenido que emigrar de Azpeitia, porque los caseros, que son muy mal pensados, empezaron a decir que había salido grilla y le hicieron la vida imposible; cuando se marchó, tenía diecinueve años, y cuando le saltó el ojo a su hermana, dos años más tarde, era imitador de estrellas en el Musette, de Burdeos. Bebía vodka, esa bebida que se hace con cerillas; cantaba «L'amour et le printemps»; se depilaba las cejas...

Joaquín, que en su larga y azarosa vida jamás hubiera tenido que lamentar ningún percance, fue a perder la pierna de la manera más tonta, al poco tiempo de casado: lo atropelló el tren un día al salir de Bayona. Él jura y perjura que fue su mujer que lo empujó; pero lo que parece más cierto es que se cayó solo, animado por el mucho vino que llevaba en el vientre. Lo único evidente es que el hombre se quedó sin pierna, y hasta que le pudieron poner el taco de pino hubo de pasarlas moradas; le echaba la culpa a la Menchu delante de todo el mundo, y no me hubiera extrañado que, de haber podido, la moliese cualquier día a puntapiés. Pensaba mucho en eso de los puntapiés, y una de sus mayores congojas por entonces era la idea de que había quedado inútil.

—¡Un hombre —pensaba— que para pegarle una patada en el culo a su mujer necesita apoyarse entre dos sillas...!

Menchu se reía en sus propias narices de aquella cojera espectacular que le había quedado, y Joaquín, por maldecirla, olvidaba incluso los dolores que tenía en el pie. En ese pie —¡qué cosa más rara!— que quién sabe si a lo mejor habrían acabado por echarlo a la basura.

El hombre encontraba tan inescrutable como un arcano el destino que hubiera tenido su pie.

—¿Adónde habría ido a parar?

Tiene su peligro dejar marchar un trozo de carne, así como así, en el carro de la basura. Francia es un país civilizado; pudiera ocurrir que lo encontrasen los gendarmes, que lo llevasen, envuelto en una gabardina, como si fuera un niño enfermo, a la prefectura... El señor comisario sonreiría lentamente, como solo ellos saben sonreír en los momentos culminantes de su carrera; se quitaría el palillo de la boca; se atusaría con toda parsimonia los mostachos. Después, sacaría una lupa del cajón de la mesa y miraría el pie; los pelos del pie, mirados con la lente, parecerían como calabrotes. Después diría a los guardias, a esos guardias viejos como barcos, pero curiosos como criadas:

—¡Está claro, muchachos, está claro!

Y los guardias se mirarían de reojo, felices de sentirse confidentes del señor comisario. ¡Es horrible! Hay ideas que acompañan como perros falderos, e ideas que desacompañan —¿cómo diría?—, que impacientan los pensamientos como si fueran trasgos. Esta, la del pie, es de las últimas, de las que desacompañan. Uno se siente impaciente cuando deja cavilar la imaginación sobre estas cuestiones. Miramos con recelo a los gendarmes. Los gendarmes no son el Papa; se pueden equivocar como cualquiera, y entonces estamos perdidos; nos llevan delante del señor comisario; el señor comisario tampoco es el Papa, y a lo mejor acabamos en la Guayana... En la Guayana está todo infestado de malaria... A los gendarmes les está prohibido por la conciencia pedir fuego, por ejemplo, a los que pasamos por la calle, porque saben que siempre el corazón nos da un vuelco en el pecho; les está prohibido por la conciencia, pero ellos hacen poco caso de esta prohibición: ellos dicen que no está escrito, y no estando escrito...

Lo peor de todo lo malo que a un hombre le puede pasar es el irse convenciendo poco a poco de que ha quedado inútil; si se convence de repente, no hay peligro: se olvidará, también de repente, a la vuelta de cualquier mañana; lo malo es que se vaya convenciendo lentamente, con todo cuidado, porque entonces ya no habrá quien pueda quitarle la idea de la cabeza, y se irá quedando delgado a medida que pasa el tiempo, e irá perdiendo el color y empezará a padecer de insomnio, que es la enfermedad que más envenena a los criminales, y estará perdido para siempre...

Joaquín Bonhome quería sacudirse esos pensamientos; mejor dicho: quería sacudírselos a veces, porque otras veces se recreaba en mirar para su pata de palo, como si eso fuera muy divertido, y en palparla después cariñosamente o en grabar con su navajita una J y una B, enlazadas todo alrededor.

—¡Qué caramba! ¡Un hombre sin pierna es todavía un hombre! —decía constantemente como para verlo más claro.

Y después pensaba:

—Ahí está Fermín, con sus dos piernas, y ¿qué?

A Joaquín nunca le había resultado simpático el transformista. Lo encontraba, como él decía, poco hombre para hombre, y muy delgado para mujer, y cuando aparecía por Toulouse, aunque siempre lo llevaba a parar a su casa de la rue Blanchard, lo trataba con despego y hasta con cierta dureza en ocasiones. A Fermín, cuando le decía el cuñado alguna inconveniencia, se le clareaban las escamas y apencaba con todo lo que quisiera decirle. Su hermana, Menchu, solía decir que el ojo se lo había saltado de milagro, y no le guardaba malquerer; al contrario, lo trataba ceremoniosamente; acudía —cuando él trabajaba en el pueblo— todas las noches a contemplarlo desde su mesa del Jo-Jo; presumía ante las vecinas del arte de su hermano; le servía a la mesa con todo cariño grandes platos de setas, que era lo que más le gustaba...

—¿Ha visto usted la interpretación que hizo de Raquel? ¿Ha visto usted la interpretación que hizo de la Paulowa? ¿Ha visto usted la interpretación que hizo de Mistinguette? ¿Ha visto usted la interpretación que hizo de la Argentina?

Las vecinas no habían visto nunca nada —¡qué asco de vecinas!—, y la miraban boquiabiertas, como envidiosas; parecía que pensaban algo así como:

—¡Qué gusto debe de dar tener un hermano artista!

Para confesarse después íntimamente y como avergonzadas:

—Raúl no es más que bombero... Pierre es tan solo dependiente de la tienda de M. Lafenestre... Étienne se pasó la vida acariciando con un cepillo de púas de metal las ancas de los caballos de mademoiselle D'Alaza... ¡Oh, un hermano artista!

Y sonreían, soñadoras, imaginándose a Raúl bailando *El Retablo de Maese Pedro*, o a Pierre girando como un torbellino en el ballet *Petrouchka*, o a Étienne andando sobre las puntas de los pies como un cisne moribundo... ¡Ellos, con lo bastotes que eran!

Algunas veces, las vecinas, como temerosas de ser tachadas de ignorantes, decían que sí, que habían visto a Fermín —a Garçon Basque, como se llamaba en las tablas—, y entonces estaban perdidas. Menchu las acosaba a preguntas, las arrinconaba a conjeturas, y no cejaba hasta verlas, dóciles y convencidas, rendirse de admiración ante el arte de su hermano.

Joaquín, por el contrario, no sentía una exagerada simpatía por Garçon Basque, y con frecuencia solía decir a su hermana que se había acabado eso de alojar al transformista en su desván de la rue Blanchard.

—Mi casa es pobre —decía—, pero honrada, y ha de dar demasiado que hablar el traer a tu hermano a dormir a casa; no lo olvides.

Menchu porfiaba; aseguraba que la gente no se ocupaba para nada del vecino; insistía en que, después de todo, no tenía nada de malo el que una hermana llevase a dormir a casa a un hermano, y acababa por vociferar, de una manera que no venía a cuento, que la casa era grande y que había sitio de sobra para Fermín. Mentira, porque el cuarto era bastante angosto; pero Menchu —¡quién sabe si por cariño o por qué!— no atendía a razones y no reparaba en los argumentos de su marido, que demostraba tener más paciencia que un santo.

En la rue Blanchard, en realidad, no había ni un solo cuarto lo bastante amplio para alojar a un forastero. Era corta y empinada, estrecha y sucia, y las casas de sus dos aceras tenían esa pátina que solo los años y la sangre derramada saben dar a las fachadas. La casa en cuya buhardilla vivían Joaquín Bonhome y su mujer tenía el número 17 pintado en tinta roja sobre el quicio de la puerta; tenía tres pisos divididos en izquierda y derecha y un desván, la mitad destinado a trastera, y la otra mitad, a guarecer al mal avenido matrimonio Bonhome de las inclemencias del tiempo. En el primero vivían, en el izquierda, M. L'Épinard, funcionario de Correos retirado, y sus once hijas, que ni se casaban, ni se metían monjas, ni se fugaban con nadie, ni hacían nada útil; y en el derecha, M. Durand, gordinfloncillo y misterioso, sin profesión conocida, con mademoiselle Yvette, que escupía sangre y sonreía a los vecinos en las escaleras; en el segundo, en el izquierda, M. Froitemps rodeado de gatos y loros, que ¡quién sabe de dónde los habría sacado!, y en el derecha, M. Gaston Olive-Levy, que apestaba a azufre y que traficaba con todo lo traficable y ¡sabe Dios! si con lo no traficable también; en el tercero, en el izquierda, M. Jean-Louis López, profesor de piano, y en el derecha, madame de Bergerac-Montsouris, siempre de cofia, siempre hablando de su marido, que había sido, según ella, comandante de artillería; siempre lamentándose del tiempo, de la carestía de la vida, de lo que robaban las criadas... En el desván, por último, y como ya hemos dicho, vivían Menchu y Joaquín, mal acondicionados en su desmantelado cuartucho, guisando en su cocinilla de serrín, que echaba tanto humo que hacía que a uno le escociesen los ojos. La puerta era baja, más baja que un hombre, y para entrar en el cuarto había que agachar un poco la cabeza; Joaquín Bonhome, como era cojo, hacía una reverencia tan graciosa al entrar que daba risa verle. Entró, y, como ya sabemos, cerró la puerta tras sus espaldas.

—¿Hay algo?

—¡Nada!

Joaquín, el hombre que cuando tenía las dos piernas de carne y hueso había sido tantas cosas, se encontraba ahora, cuando de carne y hueso no tenía más que la de un lado, y cuando más lo necesitaba, sin colocación alguna y a pique de ser puesto —el día menos pensado— en medio de la calle con sus cuatro bártulos y su mujer. Salía todos los días a buscar trabajo; pero, como si nada: el único que encontró, veinticinco días hacía, para llevar unos libros en la prendería de M. Barthélemy, le duró cuarenta y ocho horas, porque el amo, que, rodeado de trajes usados toda su vida, jamás se había preocupado de las cosas del espíritu, lo cogió escribiendo una poesía, y lo echó.

Aquel día venía tan derrotado como todos; pero de peor humor todavía. Su mujer, ya lo sabéis, se puso como una furia...

II

El señor comisario estaba aburrido como una ostra.

—¡En Toulouse no pasa nada! —decía como lamentándose...

Y era verdad. En Toulouse no pasaba nada. ¿Qué suponía —a los treinta y seis años de servicio— tener que ocuparse del robo de un monedero, tener que trabajar sobre el hurto de un par de gallinas?

—¡Bah —exclamaba—, no hay aliciente! ¡En Toulouse no pasa nada!

Y se quedaba absorto, ensimismado, dibujando flores o pajaritos sobre el secante, por hacer algo.

Fuera, la lluvia caía lentamente, tristemente, sobre la ciudad. La lluvia daba a Toulouse un aire como de velatorio; en los pueblos tristes —ya es sabido— los pensamientos son tristes también, y acaban por agobiar a los hombres de tanto como pesan.

Los guardias paseaban, rutinarios, bajo sus capotillos de hule negro, detrás de sus amplios bigotes, en los que las finas gotas de lluvia dejaban temblorosas y transparentes esferitas... Hacía ya tiempo que el señor comisario no les decía, jovial:

—¡Está claro, muchachos, está claro! —Y ellos, viejos como barcos, pero curiosos como criadas, estaban casi apagados sin aquellas palabras.

Dos bocacalles más arriba —¡el mundo es un pañuelo!—, en el número 17 de la rue Blanchard, discutían Joaquín Bonhome, el de la pata de palo, el hombre que había sido tantas cosas en su vida y que ahora estaba de más, y su mujer, Menchu Aguirrezabala, que tan bruta era, con su pelambrera raída y su ojo de cristal. Fermín Aguirrezabala —Garçon Basque—, con su pitillo oriental entre los dedos, los miraba reñir.

—Horror al trabajo es lo que tienes, ya sé yo; por eso no encuentras empleo...

Joaquín aguantaba el chaparrón como mejor podía. Su mujer le increpaba de nuevo:

—Y si lo encuentras no te durará dos días. ¡Mira que a tus años y con esa pata de palo, expulsado de un empleo, como cualquier colegial, por cazarte el jefe componiendo versos!

Joaquín callaba por sistema; nunca decía nada. Enmudecía, y, cuando se aburría de hacerlo, se apoyaba entre dos sillas y recurría al puntapié. A su mujer le sentaba muy bien un punterazo a tiempo; iba bajando la voz poco a poco, hasta que se marchaba, rezongando por lo bajo, a llorar a cualquier rincón.

Fermín aquel día pensó intervenir, para evitar quizá que su cuñado llegase al puntapié, pero acabó por no decidirse a meter baza. Sería más prudente.

Quien estaba gritando todavía era su hermana; Joaquín aún no había empezado. Ella estaba excitada como una arpía, y la agüilla —amarillita y pegajosa— que manaba de su ojo de cristal, como si todavía destilara del ojo de carne que perdiera en Burdeos, cuando la gripe, parecía como de color de rosa, ¡quién sabe si teñida por alguna gota de sangre...! Iba sobresaltándose poco a poco, poniéndose roja de ira, despidiendo llamas de furor, llamas de furor a las que no conseguía amortiguar la lluvia, que repiqueteaba, dulce, sobre los cristales; aquella lluvia que caía lentamente, tristemente, sobre la ciudad...

Fermín estaba asustadito, sentado en su baúl, y veía desarrollarse la escena sin decidirse —tal era el aspecto de la Menchu— a intervenir; estaba tembloroso, pálido, azarado, y en aquel momento hubiera dado cualquier cosa por no haber estado allí. ¡Dios sabe si el pobre sospechaba lo que iba a pasar, lo que iban a acabar haciendo con él!

¡Qué lejano estaba el señor comisario de que en aquellos momentos faltaban pocos minutos para que apareciese aquel asunto, que no acababa de producirse en Toulouse y que tan entretenido lo había de tener! Estaría a lo mejor bebiendo cerveza, o jugando al ajedrez, o hablando de política con monsieur le docteur Sainte-Rosalie, y no se acordaría de que —¡a los treinta y seis años de servicio!— en Toulouse, donde no había aliciente, donde nunca pasaba nada, iba a surgir un caso digno de él.

Joaquín había aguantado ya demasiado. Se levantó con unos andares de lobo herido que daba grima verle; arrimó dos sillas para apoyarse, se balanceó y, ¡zas!, le soltó el punterazo a su mujer. Fue cosa de un segundo: Menchu se fue de la patada contra la pared... Se debió de meter algún gancho por el ojo de cristal... ¡Quién sabe si se le habría atragantado en la garganta!

A Joaquín, con el susto que se llevó con la pirueta de su mujer, se conoce que se le escurrió la silla, que perdió pie; el caso es que se fue de espaldas y se desnucó.

Garçon Basque corría de un lado para otro, presa del pánico; cuando encontró la puerta, se echó escaleras abajo como alma que lleva el diablo. Al pasar por el primero, Yvette le sonrió con su voz cantarina:

—Au revoir, Garçon Basque...

Al cruzar el portal, las dos hijas pequeñas de M. L'Épinard, que ni se casaban, ni se metían monjas, ni se fugaban con nadie, ni hacían nada útil, le saludaron a coro:

—Au revoir, Garçon Basque...

Garçon Basque corría, sin saber por qué ni hacia dónde, sin rumbo, jadeante. La lluvia seguía cayendo cuando lo detuvieron los gendarmes; esos gendarmes que no son el Papa, que se pueden equivocar como cualquiera...

La Poste de Toulouse apareció aquella noche con un llamativo rótulo. Los vendedores voceaban hasta enronquecer:

—¡El misterioso asesinato de la rue Blanchard!

El señor comisario, que tampoco es el Papa, que también se podía equivocar como cualquiera, sonreía:

—¡El misterioso asesinato de la rue Blanchard! ¡Bah —añadía, despectivo—, esos periodistas!

Los guardias estaban gozosos, radiantes de alegría; el señor comisario les había vuelto a decir:

—¡Está claro, muchachos, está claro! ¡Esos transformistas! ¡Yo los encerraba a todos, como medida de precaución, para que no volviesen a ocurrir estas cosas!

. . . .

La Guayana está infestada de los mosquitos que pegan la malaria: Garçon Basque no conseguía aclimatarse...

Sentado en su baúl, veía pasar las horas, los días, las semanas, los meses... No llegó a ver pasar ningún año...

Alegría y Descanso, Madrid, noviembre de 1941

La eterna canción

I

¿Usted cree que estoy loco? No; yo le podría asegurar que no lo estoy, pero no lo hago. ¿Para qué? ¿Para darle ocasión a exclamar, como todos los que lo oyeran: ¡Bah!, como todos..., ¡creyéndose cuerdo! ¡La eterna canción! No, amigo mío; no puedo, no quiero proporcionarle esa satisfacción... Es demasiado cómodo venir de visita y sacar la consecuencia de que todos los locos aseguran que no lo están... Yo no lo estoy, se lo podría asegurar, repito, pero no lo hago; quiero dejarle con su duda. ¡Quién sabe si mi postura puede inclinarle a usted a creer en mi perfecta salud mental!

Don Guillermo no estaba loco. Estaba encerrado en un manicomio, pero yo pondría una mano en el fuego por su cordura. No estaba loco, pero —bien mirado— no le hubiera faltado motivo para estarlo... ¿Qué tiene que ver que se haya creído, durante una época de su vida, Rabindranath? ¿Es que no andan muchos Rabindranath, y muchos Nelson, y muchos Goethe, y muchísimos Napoleones sueltos por la calle? A don Guillermo lo metió la ciencia en el sanatorio..., esa ciencia que interpreta los sueños, que dice que el hombre normal no existe, que llama nosocomios a las casas de orates...; esa ciencia abstraída, que huye de lo humano, que no se explica que un hombre pueda aburrirse de ser durante cincuenta años seguidos el mismo y se le ocurra de pronto variar y sentirse otro hombre, un hombre diferente y aun opuesto, con barba donde no la había, con otros lentes, y otro acento, y otra vestimenta, y hasta otras ideas, si fuera preciso...

II

Desde aquel día visitaba con relativa frecuencia —casi todos los jueves y algún que otro domingo— a don Guillermo. Él me recibía siempre afable, siempre deferente. Don Guillermo era lo que se dice un gran señor, y tenía todo el empaque, toda la majestuosidad, toda la campesina prestancia de un viejo conde, cristiano y medieval. Era alto, moreno, de carnes enjutas y sombrío y oscuro mirar... Vestía invariablemente de negro y en la blanca camisa —que lavaba y repasaba todas las noches, cuando nadie le veía— se arreglaba cuidadosamente la negra corbata de nudo, sobre la que se posaba, siempre a la misma altura, una pequeña insignia de plata que representaba una calavera y dos tibias apoyadas sobre dos GG: Guillermo Gartner.

Se mostraba cortésmente interesado por mis cosas, pero le molestaba mi interés por las suyas, de las que rehuía hablar. Me costaba un gran trabajo el sonsacarle, y algunas veces, cuando parecía que lo conseguía, se me paraba de golpe, me miraba —con una sonrisa de conmiseración que me irritaba— de arriba abajo, se metía las manos en los bolsillos y me decía:

—¿Sabe que es usted muy pillo?

Y se reía a grandes carcajadas, después de las cuales era inútil tratar de hacer recaer la conversación sobre el tema desechado.

III

En el manicomio lo trataban con consideración, porque, desde que había entrado —e iba ya para catorce años—, no había armado ni un solo escándalo. Entraba y salía al jardín o a la galería siempre que se le ocurría, se sentaba en el borde del pilón a mirar a los peces, inspeccionaba —siempre silbando viejos compases italianos— la cocina, o el lavadero, o el laboratorio... Los otros locos lo respetaban, y los empleados de la casa —excepto los tres médicos— no creían en su locura.

IV

Los días eran eternos y don Guillermo, un día que estábamos hablando del otro mundo, me confesó que si no se había tirado a ahogar —no por desesperación, sino por cansancio— era porque las temperaturas extremas le molestaban.

—Me da grima figurarme —decía— medio acostado, medio flotando en el fondo del pilón, con la camiseta empapada en agua fría...; a lo mejor se me quedaban los ojos abiertos y el polvito del agua se me metería dentro y los irritaría todos... ¿A usted no le estremece un ahogado? Pero no para ahí lo peor; figúrese usted que de repente le toca a uno el turno, comparece y, como uno es un suicida, lo envían al infierno a tostarse...; el agua de la camiseta, del pelo, de los zapatos empieza a cocer y uno a dar saltos, saltos, hasta que el agua se evapora y uno la echa de menos, porque empiezan a gastarse los jugos de la piel...

V

Al jueves siguiente, no bien hube pasado de la puerta, salió el portero de su cuchitril, como un caracol de su concha, y me dijo:

—¿Adónde va usted? A don Guillermo le enterraron el sábado pasado. Pero ¿no se había enterado usted? El viernes por la mañana apareció ahogado en el fondo del pilón... El pobre tenía sus grandes ojos azules muy abiertos; el polvillo del agua se los había irritado como si se los hubieran frotado con arena... Estaba medio desnudo..., daba grima verlo, al pobre, con toda la camiseta empapada en agua fría...

Medina, Madrid, octubre de 1942

Don Evaristo

Una mañana estaba don Evaristo, a eso de las doce paseando por el muelle, como siempre. Ya sabéis a qué don Evaristo me refiero, a don Evaristo Montenegro de Cela, capitán mercante retirado.

Por la parte de la playa pasaba presuroso don Gumersindo, el cura.

—¡Eh, don Gumersindo! ¿Adónde va usted con esas prisas?
—A confesar a un moribundo, don Evaristo.

Don Evaristo calló; ya se lo figuraba. El pobre Manuel tenía ya muchos años, parecía una gaviota vieja. ¡Años atrás era cuando había que verlo, cuando volvía de un crucero y entraba la Nueva Genoveva, de dos bordadas, en la rada de La Coruña!

Don Gumersindo se perdió entre las casas de los marineros, estibadas a la salida del muelle como esos viejos fardos que llevan años en el almacén de la aduana. Don Evaristo, que se había levantado jovial como un delfín —según decía—, se quedó impresionado; estuvo un rato parado, con la mirada fija en las olas que iban y venían, cuatro pequeñas, una grande, cuatro pequeñas, una grande, siempre iguales; siempre abriendo hoyos en la playa, en la pleamar; siempre dejando sobre la arena las irisadas conchas de las vieiras y de las almejas, en la bajamar. Ya sabía que Manuel no habría de salir, pero..., ¡qué trabajo cuesta irse quedando sin nadie a quien poder decirle: ¿se acuerda usted de aquella noche en el Cabo de Hornos?, sin nadie en quien poder mirarse un poco como ante un espejo! ¡Bah, fuera los pensamientos tristes!

Don Evaristo se marchó, muelle abajo, silbando casi a la fuerza unos compases de la *Lucía*, de Donizetti. ¡Fuera los pensamientos tristes! Vayamos a ver a don Leoncio; don Leoncio siempre nos contará alguna historia de su tierra.

Don Leoncio Estremera volvía, con los lentes de plata que usaba para la calle, cuando don Evaristo llegaba a la botica.

—¡Qué día, don Evaristo!

—¿Y eso, don Leoncio?

—Pues ya ve usted; primero, que si las lombrices del chiquillo del registrador; después, que si unas píldoras de jalapa a toda prisa; ahora, que si el pobre Manuel... ¡Horrible, don Evaristo, horrible!

—¡Bah! Ustedes los de tierra adentro no ven más que dificultades por todas partes.

Entraron. Don Evaristo se sentó con su marina gorrilla de hule calada hasta las orejas; don Leoncio se quitó el macferlán y se puso una raída chaqueta de paño grueso que usaba para andar por casa.

—Y entonces... ¿el pobre Manuel?

—Mala cosa. ¡Como Dios no quiera hacer el milagro!

Después estuvieron callados una hora larga.

—¿Y el descastado de su hijo?

—Pues dice que no quiere saber nada del padre.

—¡Hum! ¡Más valiera no tenerlos para eso!

—Como usted hizo, ¿no es eso, don Evaristo? Un amor en cada puerto, y a la vejez... ¡Bah, quién va a pensar en la vejez!, decíamos a los treinta años. A la vejez... ¡Dios proveerá!

Don Leoncio se atrevió a sonreír.

—No, don Leoncio, no se ría usted. ¡Un amor en cada puerto! ¡Bonita fábula! ¿Quién va a pensar en la vejez? A la vejez... ¡Dios proveerá! El hospital está abierto para todos.

Don Gumersindo apareció en el umbral de la botica. Cuando le miró don Evaristo, le preguntó:

—¿Se acuerda usted, don Evaristo, de lo que hablábamos la otra noche en su casa? ¿De que si la aptitud, de que si la vocación? ¿Se acuerda? Pues los hombres sin hijos son como los poetas sin obra o como la aptitud sin vocación. Los protestantes dicen que las almas se salvan por la fe; no haga usted caso. La fe sin obras es fe muerta: mientras vive, bulle; pero cuando muere... ¿qué queda cuando muere? ¡Ay, don Evaristo; desdichado de quien no deja un hijo que hable por él, desdichado el poeta a quien entierran con su poesía! ¡La fe sin obras es fe muerta, como la aptitud sin vocación...!

Don Evaristo cambió de tema; mejor dicho, fue más derecho al grano:

—¿Y el pobre Manuel?

—Mal, don Evaristo, muy mal; sacramentado lo dejé.

Se quedaron otro largo rato en silencio; no se oía ni una mosca. Solo la mar que iba y venía, cuatro olas pequeñas, una grande, cuatro olas pequeñas, una grande, se oía a lo lejos como el rumor de una caracola.

Las campanas tocaron a muerto; don Leoncio, que era hombre de tierra adentro, levantó un poco la voz por encima del silencio para decir:

—Recemos un padrenuestro por el alma del pobre Manuel.

Don Evaristo, que era hombre de mar, dijo con la voz casi temblorosa:

—Otro, don Leoncio, otro; yo ya llevo muchos rezados a la Virgen del Carmen.

Arriba, Madrid, marzo de 1943

A la sombra de la colegiata

I

Doña Julia había dicho a sus nietos:
—Y si sois buenos, ahora que viene la Navidad, os traeré a comer.

Pero la Navidad llegó cuando ya doña Julia se había marchado, como un pajarito, sin moverse siquiera, camino del cielo.

Fue la víspera de la Nochebuena. El entierro, que presidieron sus hijos y que llevó muchos coches detrás, pasó por todas las nevadas calles de la ciudad, camino del cementerio, haciendo correr los visillos tras los helados balcones, espantando en su alegría a los niños que cantaban villancicos al lejano y bronco sonar de las zambombas.

¡Pobre doña Julia! En la ciudad su marcha dejó un vacío inmenso, y aquellas Navidades... ¡Ay, aquellas navidades fueron tristes y desamparadoras, como aquellas otras, ya casi remotas, que aguó la peste, o aquellas más cercanas, pero igualmente crueles, que preocupó la guerra de Melilla!

Don Estanislao, y don Pío, y don Juan y don Miguel, y don Lorenzo, y don Jesús dejaron caer pesadamente la cabeza sobre el pecho.

—¡Cuántas sorpresas nos depara esta vida, este bajo mundo! ¡Quién lo había de decir, aún ayer!

Don Sebastián había dado vacaciones a sus muchachos. De no haber sido así, ¿hubiera podido al día siguiente decir, con el solemne empaque de siempre: Y cuando el astro del día apagaba en los mares de Occidente su cabellera de fuego...?

Eso es cosa que nadie sabe. ¿Quién es capaz de leer en el insondable fondo de los corazones?

II

En la ciudad, cuyos orígenes se perdían en las sombras misteriosas de la Edad Media, había una colegiata. Sus campanas se estremecieron aquella noche de pavor, y su granito, varias veces centenario, sintió sus luengos años y el remordimiento de vivir.

La colegiata era una colegiata como las demás. Los hombres que la gobernaban (sistematicemos, en homenaje a don Sebastián, que en el fondo de su conciencia nos lo agradecerá) eran los siguientes:

Don Estanislao, su rector; sonrosado y barbilindo como una manzana, hablador y reverencioso como una dueña, menudito y satisfecho en su inefable y casi angélico ademán.

Sus cuatro canónigos, a saber:

Don Pío, orador sagrado, de grave y campanuda voz.

Don Santiago, padre de los pobres y organizador de cofradías y catequesis, y a quien todo el mundo distinguía con su respeto.

Don Juan, que tenía una rara semejanza con Figueirido, el criado del abuelo.

Don Julio, flaco y escurrido como una avutarda.

Su chantre, don Miguel García, inquieto y recortadito, con su voz de damisela encelada, que se ponía colorado al hablar.

Su sochantre, don Lorenzo Salgado, grande y peludo como un árbol.

Su organista, don Jesús, con sus azules ojos de artista, su flotante cabellera de artista, su fúnebre chalina de artista, sus largas y huesudas manos de iluminado.

La colegiata tenía tres torres —la torre Gorda, la torre del Miserere y la torre del Francés— y un reloj que hacía desgranar en suaves arpegios —y de cuarto en cuarto de hora— su campanil para que los vivos se estremecieran, también de cuarto en cuarto de hora, ante la inexorable marcha hacia la muerte.

La primera vez que don Pío dijo, hace ya muchos años, en unos juegos florales en los que actuó de mantenedor, eso de los suaves arpegios, el señor obispo y el señor gobernador le felicitaron.

Como recuerdo, y con todas las firmas elegantemente grabadas sobre plata, sus amigos le dedicaron un pequeño homenaje: una placa, entonces lozana y brilladora y hoy olvidada en una pared de la vieja sacristía, al lado de un Descendimiento, dicen que de mucho valor.

De aquello hace ya tanto tiempo ¿que quién se acuerda?

III

La colegiata agrupaba las casas a su alrededor, como una gallina a sus polluelos. Bajo la blanca toalla de la nieve, todas las casas parecían iguales; nadie, al verlas así, adivinaría ese mundo de graves preocupaciones, de profundos mínimos problemas, que familias enteras se obstinaban en no resolver; de alegrías fugaces que duran tan solo un día de boda, unas horas de bautizo o de primera comunión...

Y, sin embargo, si ahora nos fuera dado verlas al claro y violento sol del estío, nos percataríamos de que no había dos iguales, de que se levantaban unas por encima de las otras, de que refulgían cada una de ellas con mil brillos o mil sombras diferentes.

Pero la ciudad ¡era tan hermosa y tan disparatada!

Por encima de esos tejados que eran toda la ciudad, la colegiata levantaba sus agujas, no tan orgullosas como bellas; sus escalonados y verdinegros campanarios románicos, casi tan viejos ya como los montes.

La casa de doña Julia y de don Sebastián estaba en la cuesta de Abajo, a la salida de la ciudad, ante una campiña nevada y blanca por el crudo invierno, tímida y aireada como los caminos por donde bajan, en los belenes, los tres reyes magos, con sus caballos, sus camellos, sus criados y su misterioso y entrañable cargamento de sorpresas.

La casa de doña Julia y de don Sebastián tenía tres pisos, un balcón corrido con balaustrada de piedra, un escudo fusado con un yelmo que miraba hacia la izquierda —¡no me explico quién de nuestros antepasados pudo haber pecado de bastardía!, solía decir doña Julia, cuando todavía podía decir cosas, a su tertulia de clérigos, de pensionistas y de catedráticos, ¡no me lo explico!— y un aldabón de bronce, grande y macizo, que doña Julia mandaba, cuando todavía podía mandar, que lo quitaran por las noches.

—¡Hay tanto desaprensivo!

IV

Don Sebastián era catedrático de instituto, catedrático de historia.

Don Sebastián, por las mañanas, a las nueve, daba su clase acostumbrada. Con idénticas bien medidas palabras, todos los años explicaba idénticos y fundamentales sucesos históricos. Se los había aprendido de memoria, a lo largo de treinta y cinco años de labor docente —como se dice—, y gozaba en repetirlos, monótonos y exactos como la marcha de los péndulos, como el pasar de las horas sobre la vieja ciudad universitaria y clerical, ante su juvenil auditorio, ante su moceril gentío, todos los años renovado y siempre eterno e inmutable.

Don Sebastián hablaba como un orador, como un verdadero y bien probado orador, y su discurrir casi castelariano, su ampuloso y dogmatizador discurrir de catedrático de instituto de finales del XIX, hacía un desconcertador efecto fluyendo de su figura casi franciscana.

El día más feliz del curso era aquel en el que tenía ocasión para decir:

—Y, cuando el astro del día apagaba en los mares de occidente su cabellera de fuego, todos los soldados, de rodillas, entonaron el tedeum, digno epinicio de tan gloriosa jornada.

¡Aquello era realmente hermoso! Y, además... ¡qué caramba, desde la cátedra tenemos el sacrosanto deber de hacer patria!

Don Sebastián daba fin a sus lecciones con broche de oro. Carraspeaba, después guardaba, con su cotidiano primor, sus finos lentes de pinza, bebía su último sorbito de agua, sonreía con aquella inefable y casi imperceptible sonrisa que luchaba por escapar a través de su barba, ensayaba su ¡queden ustedes con Dios! de todas las mañanas...

Don Sebastián era querido de sus alumnos, muy querido; jamás ponía mala cara a nadie, jamás se enfurecía cuando hablaban o llegaban tarde, jamás se había dado el caso de que a nadie suspendiera...

¿Podría ahora, sin embargo, de no estar de vacaciones sus muchachos, decirles con el empaque solemne de costumbre aquello del epinicio y de los mares de occidente, aquello del tedeum y de la cabellera de fuego?

V

Don Sebastián hizo de tripas corazón.
—Que vengan los niños a comer.

Don Sebastián no podía olvidar que doña Julia les había dicho, pocos días antes de marcharse como un pajarito, sin moverse siquiera, camino del cielo:

—Y si sois buenos, ahora que viene la Navidad, os traeré a comer.

Y los niños... ¿Qué culpa tenían los niños para que nadie los invitara a comer, después de haber sido buenos como santos?

Don Sebastián daba vueltas alrededor de la mesa, ocupándose de todo. La mesa presentaba un aspecto brillante, con su albo mantel, su dibujada vajilla de loza antigua, sus fuentes de turrón, de frutas escarchadas, de figuritas de mazapán.

—Para los niños no ha pasado nada, ¿me entienden?

Había dicho don Sebastián a las criadas, para añadir a renglón seguido, casi pensativamente:

—¡Pobres criaturas...!

Y en una larga mesa, al fondo del comedor, el nacimiento enseñaba a los atónitos ojos infantiles su áurea purpurina, su teñido serrín, sus bruñidos espejos que semejaban lagos. Sobre el portal, pendida de un hilo casi invisible, una estrella de papel de plata se balanceaba mientras los niños hablaban.

—¿Y la abuelita?

Don Sebastián no supo qué contestar. Miró para la estrella que colgaba del cielo raso de la habitación y carraspeó un poco como si estuviera en clase.

Salió lentamente del comedor y se encerró en su despacho. Se echó sobre el sofá y dejó caer pesadamente la cabeza sobre el pecho, como el señor rector, como los cuatro canónigos, como el chantre, como el sochantre, como el organista.

Los muchachos de las zambombas seguían con su monótono sonar, deambulando por las nevadas calles de la ciudad.

La blanca toalla que todo lo envolvía...

Juventud, Madrid, diciembre de 1943

Don Homobono y los grillos

Don Homobono vivía en la vieja ciudad de sus abuelos. Era un filósofo rural, verdaderamente lo que se llama un filósofo rural; se le notaba en el pantalón, de pana, que no era color de aceituna, como los vulgares pantalones de pana del alcalde o del jefe de la estación, sino color de conejo de raza, de un gris perla de ensueño, tornasolado, con las irisaciones más bellas por aquellos sitios donde el roce de tantas jornadas había dejado su huella indeleble.

Don Homobono era amante de las flores, de los prados, de los pájaros del cielo, de los insectos que el Señor crio para que se metieran por los agujeritos del suelo y por las grietas de las piedras.

Cuando algún mozuelo volvía hacia las casas con un nido en la mano, o con algún grillo metido en una lata, o con un par de saltamontes en el bolsillo de la blusa, huía siempre de don Homobono, que, indefectiblemente, ordenaba volver la libertad al prisionero.

—¿Te gustaría que hicieran eso contigo? —les decía.

El argumento no tenía vuelta de hoja. A ninguna criatura le gustaría que hicieran con ella la mitad de las cosas que ella hace con los grillos. Sin embargo, don Homobono, como queriendo dar mayor fuerza a su razonamiento, añadía entre condescendiente y orgulloso:

—Pues ya ves. Si la madre naturaleza quiere...

Don Homobono se quedaba como cortado. Era que se solazaba con la idea de lo que iba a decir.

—Pues, si la madre naturaleza quiere, hace lo mismo contigo.

Don Homobono sonreía satisfecho. El chiquillo lo miraba absorto. Verdaderamente, don Homobono tiene razón —pensaba—. Lo mejor será soltar el grillo. ¡Mira que si a la madre naturaleza se le ocurre! No, más vale no pensar en ello.

El grillo caía al suelo, levantaba al aire sus cortas antenas y corría a esconderse debajo de la primera mata.

* * *

Las noches de agosto son lentas y pesadas como losas, aun en aquella ciudad, estación veraniega.

Don Homobono, completamente desvelado, estaba nervioso.

¡Ese grillo!

El grillo, como si no fuera con él, seguía con su monótona canción, con aquella triste salmodia con la que ya llevaba tres horas largas.

—¡Cri, cri...! ¡Cri, cri...! ¡Cri, cri...!

Don Homobono, el filósofo rural de los pantalones de pana, estaba desazonado. Verdaderamente, la cosa no era para menos. El grillo seguía con su ¡cri, cri! desesperadamente; con su ¡cri, cri!, que contestaba al ¡cri, cri! del grillo de la huerta, al ¡cri, cri! del grillo de la carretera, al ¡cri, cri! del grillo del vecino prado, al ¡cri, cri...! ¡No, imposible! ¡No se puede seguir así!

Don Homobono se levantó como una furia del Averno. Encendió la luz... Allí, en el medio de la habitación, estaba el grillo gritando estúpidamente ¡cri, cri!, ¡cri, cri!, como si eso fuera muy divertido.

Al principio pareció como no darse cuenta. Después se paró, dijo un poco más bajito su ¡cri, cri!, dio unos cortos pasitos...

Don Homobono, con la imagen del crimen reflejada en su faz, con la mirada ardiente, el ademán retador y una zapatilla en la mano, se olvidó de sus prédicas y...

El grillo, despanzurrado, parecía uno de esos trozos de medianoche que quedan, tristes y abandonados, en el suelo después de los bautizos.

1943

Culpemos a la primavera

I

La tierra está húmeda y el campo huele con el olor suave de después de la lluvia. Es la primavera. Los guisantes de olor han florecido ya, y ya la madreselva vuelve a colgarse otra vez de los caminos. Se nota como si la vida fuera más joven, ¡quién sabe!, como si todo se hubiera puesto de acuerdo para vivir aún con más alegría. Se levanta una piedra y allí nos encontramos al escarabajo, que brilla como si fuera de cobre, y al ciempiés, que huye velozmente y desaparece bajo la piedra de al lado; debajo de algunas piedras está también escondida la pequeña víbora de relucientes colores, cuya picadura es capaz de matar a un hombre... El mirlo vuelve a silbar desde lo alto de los castaños; el jilguero vuelve de nuevo a columpiarse en las livianas ramas de las zarzas; los estorninos vuelven a volar en chillonas y negras bandadas, y las lavanderitas, con sus dos colas puntiagudas como hojas de laurel, vuelven a sus saltos de piedra en piedra del río. Es la primavera, que parece como si nos volcara nueva sangre en las venas.

La casa está escondida en el bosque de castaños. Los castaños son altos y gordos —tienen lo menos doscientos años cada uno— y alrededor de sus troncos crece la hiedra, que sube hasta arriba, hasta confundirse con las mismas hojas del árbol. Los castaños están muy tupidos y, a veces, sus ramas crecen tanto que cuelgan sobre el camino y casi no dejan pasar. Detrás de la casa hay un pabellón para el ganado, y encima del pabellón, unas habitaciones para los jornaleros. Como el mes de mayo ya está acabando, los jornaleros duermen con las ventanas abiertas de par en par.

Por entre los castaños hay un sendero que va a dar a la carretera y otro que va a dar al mirador: el mirador tiene un balconcillo de hierro, un banco de madera y una cúpula de trepadora y de madreselva, cuyo olor era ya tan penetrante que casi levantaba dolor de cabeza. Como era de noche y el ramaje que cubría el mirador no dejaba pasar la luz de la luna, no se podía ver el respaldo del banco, donde de día podía leerse «Cristina», debajo de un corazón atravesado por una flecha... Lo había grabado a punta de navaja un jornalero que no era del país y que después hubo de marcharse para no volver.

Cristina no dormía en el pabellón; Cristina dormía, con las dos doncellas de la señora, en el desván de la casa, donde tenían un cuartito con cretonas en el tragaluz y alrededor de la bombilla. Cristina era la lechera, y las dos doncellas de la señora, que eran de la ciudad, la miraban por encima del hombro y la despreciaban. Cristina no les hacía caso.

En el pabellón no dormían más que hombres y alguna mujer ya vieja, ya sin peligro; la señora miraba mucho por la moral y a más de una muchacha ya había despedido... Sobre los jornaleros no tenía potestad, que era lo que más la irritaba. ¡Ah —decía—, si dependieran de mí estos galopines! Cuando los cogía en algo se lo decía a su marido, pero por regla general tenía poco éxito; el viejo —que de joven había sido un tarambana— decía siempre, con un aire entre patriarcal y consentidor, aunque la Navidad aún no hubiera acabado de pasar: bah, culpemos a la primavera..., y se quedaba dando golpecitos con el bastón sobre el suelo, como distraído, o tamborileando con los dedos sobre el brazo de la butaca, con aquellos dedos potentes de campesino donde llevaba su anillo de casado y su recia y gruesa sortija de hierro, aquella sortija que le hiciera famoso, allá por sus años juveniles, cuando le vaciara todas las muelas a su primo Guillermo... Siempre que esto decía cogía la puerta y se iba a dar una vuelta por los castaños. Si se cruzaba con alguna moza, la saludaba sonriente.

Un día hizo llorar a Cristina; se la encontró en el sendero del mirador y estuvo hablando con ella. ¡Dios sabe qué cosas le dijo! Margarita, que era una de las doncellas de la señora, se rio de ella cuando se lo contó, pero al día siguiente, como hacía buen tiempo, se marchó sola y sin decir nada a nadie por el sendero. Se adornó la cabeza con margaritas blancas y amarillas y se puso un ramito de campánulas en el escote... El señor había salido a dar un paseíto y Margarita, cuando lo vio, le dijo: buenos días, señor. El señor se paró en medio del sendero y le dijo: buenos días, Margarita, hija... Se quedaron callados y el señor, después, le preguntó si no tenía frío, tan desabrigadita como andaba...

Por la noche, Margarita se reía cuando se lo contaba a Esperanza, la otra doncella de la señora. Cristina daba vueltas y más vueltas en la cama, y como no podía dormir se levantó toda desazonada, se calzó y salió al campo. Como no hacía frío, le bastó con ponerse una blusa encima de la enagua.

Cristina imitaba el canto del cuclillo como nadie... A los cinco minutos subía, cogida del brazo, camino del mirador; en el mirador, él le pasó la mano por la cintura. Me dais miedo los hombres... Hoy estoy como rara... Él no le contestó. Al volver, Cristina subió hasta su cuartito del desván con los zapatos en la mano. Aunque la noche era más bien templada, tenía frío tan solo con la enagua... Se metió en la cama y se puso a escuchar. Ni Margarita ni Esperanza habían vuelto todavía.

II

Los pájaros se aman al levantar el día y arman una algarabía de mil demonios con sus requiebros. Y los trabajadores, mientras los pájaros se aman, van con el hacha al hombro camino del bosque, o llevando entre dos la larga sierra, o sobre el carro de bueyes camino de los terrenos donde están sembradas las habas y las patatas. Por el sendero que va a la carretera baja Cristina con su gran jarra apoyada sobre la cadera; va a ordeñar. Baja alegre y risueña y no mira para el bosque de castaños, donde los pajaritos cantan y donde los helechos se elevan, alrededor de las fuentes, tan altos como hombres. Cuando llegue al establo ordeñará sus vacas, sentada en la banqueta de tres patas que le hizo el extranjero.

Ni Margarita ni Esperanza se habrán levantado todavía. Como la señora no madruga... El señor sí madruga, y desde bien temprano se le puede ver trajinando entre los trabajadores, con su gran barriga y su cinturón todo de cuero. Tiene ya sesenta años, pero es aseado como un mozo; su barba va siempre peinada con cuidado y sus manos son lavadas cada mañana.

La señorita tampoco madruga; hace como su madre. Es alta como ella, gruesa y colorada como ella, lleva su mismo nombre... La señorita tiene cuarenta años menos que la señora, y en esos cuarenta años las costumbres han cambiado. La señorita tiene veintidós años (la señora es algo más vieja que el señor) y al despertarse se estremece dentro de su camisón, pero no se levanta; se da la vuelta y sigue metida en la cama, muy tapada, mirando para la enredadera que da sobre los cristales, oyendo el gorjeo de los pájaros. La señorita duerme con la ventana cerrada, pero con las maderas sin echar, porque le gusta ver nacer el día todas las mañanas...

El señor llega hasta el establo apoyado en su bastón; pregunta a Cristina por el ganado y esta se pone colorada y dice que está bien. Después se va hasta el bosque a ver cómo sigue la tala. Sonríe de una forma extraña. Pero es un trabajador y un andarín infatigable.

Cristina ha vuelto a llorar de algo que le dijo el señor. Pero ahora no se lo dirá a Margarita... Se levanta, coge unas amapolas y se las pone en la boca. Después sigue ordeñando hasta que termina. Levanta la jarra, se la coloca en la cabeza y emprende el regreso hacia la casa.

El señorito está pálido, ojeroso y lleno de granos; es algo más joven que la señorita. La señora siempre está diciendo, al desayuno: es una barbaridad tanto deporte, una barbaridad; y el señorito se estremece, porque él, solo él, es quien sabe adónde va Esperanza por las noches. En su defensa sale siempre el señor. ¿Que está delgado? ¿Que tiene ojeras? Natural, hija; muy natural. El mozo está en la edad... Y sonríe antes de cortar la conversación con su: ¡bah, culpemos a la primavera!

El señorito huye de Cristina, porque la encuentra demasiado tosca, pero el vaquero, sin embargo, no la huye, porque es tosco también. Hacía mucho tiempo ya que le había dicho a Cristina una cosa al oído; la tenía abrazada cuando se lo dijo. Cristina se dejó abrazar, pero le dijo que no, que cuando se pusiese unas amapolas en la boca. El vaquero estaba escondido en los helechos; salió y cogió a Cristina de una mano. La jarra de leche la dejaron en el suelo. Después él le llevó la jarra un largo trecho. Ella iba contenta, muy contenta, y saltaba como una cabra, pero cuando llegó a la casa le corrió un escalofrío por la espalda y se quedó pensativa: le pareció ver en todos los ojos como una mirada de malicia...

El señor marchaba a la ciudad y mandó ensillar su yegua. La señora —ahora que su marido no estaba para ayudarle a mantener el orden— habría de redoblar su vigilancia, porque estas criadas no son otra cosa que unas casquivanas, y estos jornaleros no pasan de ser unos sinvergüenzas la mayor parte de las veces. Pero Cristina, por la noche, quería salir a oler la madreselva con el otro, con el leñador, con el que sale vistiéndose para no perder tiempo cuando oye cantar al cuclillo. ¡Se está tan bien apoyada en su hombro, mirando para la luna en el mirador!

Margarita tampoco se quedaría acostada; cierto es que no estaba el señor, pero... El señor cuando volviese de la ciudad le traería tela de flores rojas para un vestido; ya se lo había ofrecido. Esperanza es la que saldría a escondidas, como siempre. Los grillos cantan ocupando toda la noche, pero tan seguido y tan igual que a veces se acostumbra uno y parece como si no los oyese, como si su canto fuera el sonido del silencio.

El médico ató su caballo a un castaño y se fue derechito hasta la casa. Contó: uno, dos, tres, cuatro..., pero como la noche era muy oscura se equivocó. Dio unos golpecitos con los dedos sobre el cristal: ¡María...! No levantaba mucho la voz, porque no hacía falta; ella tenía buen oído.

La señora se extrañó de que llamasen a su balcón. ¡María...! Abrió los cristales y un hombre se descolgó en su habitación. ¿Ves como es este el mejor sitio? La señora no decía nada, porque quería ver hasta dónde el médico iba a parar. Ella rechazaba con sus cinco sentidos aquella situación —¡no faltaría más!— y, sin embargo... Las tres potencias del alma la pusieron sobre aviso, pero el demonio de la carne... Lo notó y se dijo horrorizada: ¿qué es esto? No, no era posible; ella solo quería saber hasta dónde iba a llegar el médico en su osadía.

En la habitación de al lado, la señorita se estremecía dentro de su camisón. Su cabecita trataba de desechar los falsos temores. ¡No habrá podido venir!, se decía. Cristina, cogida del brazo del leñador, miraba para la luna en el mirador, apoyados sobre la olorosa madreselva... Margarita se había puesto a pasear por delante del pabellón. Estuvo dando vueltas arriba y abajo lo menos diez minutos; después decía al panadero: si no hubieras llegado a tiempo, a estas horas estaría acatarrada. ¡Está tan fría la noche!

El médico se dio cuenta enseguida de que se había equivocado.

—No sé —dijo a la señora— cómo he podido estar tanto tiempo... ¿No oirá nuestra conversación vuestra hija? ¡Quién sabe si no pensaría algo malo! No sé cómo he podido estar tanto tiempo sin advertiros. En realidad, es un deber de conciencia; yo me decía: ¿dónde podré ver a María para ponerla sobre aviso? E inmediatamente pensé: ¡en su habitación!; por eso al

entrar me decía: ¿no ves como es este el mejor sitio? Pues sí, como os decía: en realidad es un deber... Vuestro marido...
—¿Mi marido?
—Sí, vuestro marido...
—¿Qué?
—Pues eso.
El médico inventó una fábula, porque nada sabía. Culpó a Cristina... ¡Yo los vi!, llegó a decir cuando se vio muy apurado. Salió otra vez por la ventana, buscó bien esta vez y llamó, un poco impaciente, con los nudillos. Le amaneció en los brazos de su amada.
Su caballo, a fuerza de tirar y tirar, rompió la brida que le sujetaba al árbol y salió disparado como un rayo. La yegua del señor se puso de manos y dio con el señor en tierra.
—¡Bah! —decía el señor desde el borde del camino—. ¡Culpemos a la primavera!

III

El leñador pidió ver a la señora y le dijo: señora, quien debe salir no es Cristina, sino yo. Le ruego que me perdone...
Pero Cristina ya había liado su hatillo, hecha un mar de lágrimas, y ya iba sendero abajo, camino de la carretera.
El señor estaba magullado y lo atendía su hija. La señora entró, se sentó muy sonriente a los pies de la cama y dijo que la amiguita del señor iba ya por la carretera. El señor frunció el entrecejo y miró para la maleta, donde traía la tela roja para Margarita. ¿Cómo será posible —pensaba—, si aún no hace diez minutos la vi pasar por el pasillo? La señora volvió a decir con su risita: Y me acabo de enterar que el leñador te hacía la competencia...
—¿Quién te lo dijo?
—Él mismo; acaba de estar conmigo.
—No, no digo eso. Digo el nombre de la otra.

—El médico, que estuvo esta noche en mi habitación...

La señorita dejó caer la fuente en que traía el desayuno del señor. Después le dio un ataque de histerismo y hubo que llamar al médico. El señor no quiso verlo y dijo a su mujer: pues te engañó miserablemente. No es Cristina, es otra; búscala, si quieres. Y, en vista de eso, la señora tampoco quiso poner al médico los ojos encima. En el fondo, es de confianza, se dijo para tranquilizarse. Y, como era de confianza y estaba a solas con la señorita, le quitó el ataque de una manera muy original.

El lechero llegó con la gorra en la mano hasta donde estaba la señora. Tosió un poco y le dijo: señora, Cristina es inocente, se lo juro; un servidor...

—¿También?

La señora mandó buscar a Cristina, porque su pensamiento había evolucionado; ahora lo único que era pecado era ser la de su marido; las de los demás... Cristina volvió radiante de alegría y la besó los pies.

Después la señora mandó llamar a Esperanza y le dijo, para ver de sonsacarle algo: bueno, Esperanza, estoy decidida a perdonar, pero tenéis que decirme por qué el señor... Esperanza se echó a llorar y dijo:

—¡Ay, señora! El señorito...

—¿Cómo el señorito?

Al señorito lo cogieron y lo mandaron interno a un colegio, pero por el camino fue rescatado por encargo de su padre, que lo alojó en la casita que había al otro lado del valle. Como a Esperanza la despidió la señora, el señor la encargó del cuidado de su hijo...

Entonces la señora mandó llamar a Margarita y la culpó de conspirar contra la felicidad de su hogar. Margarita dijo —de muy malos modos— que bueno, que dijese lo que quisiera, que ella no le hacía caso, y la señora, en vista de eso, la echó a la calle. Ella se fue a vivir a la aldea, que estaba algo lejos de la casa. Pero cuando el señor se puso bueno se la llevó a la casita del otro lado del valle. Sería conveniente ir pensando en arreglar la casita de una buena vez: había que limpiar toda la casa, que arreglar el jardín. El señor también se fue para allí: así podría vigilar mejor al señorito. La señorita sufría continuas crisis de nervios y el médico la aconsejó que cambiase de aires, que fuera a la casita, por ejemplo. Así podría atender a su viejo padre. El médico la visitaba con frecuencia... ¡Aquellos nervios!

IV

Pasó el tiempo, la primavera también pasó; llegaron los fríos que traen las pulmonías... Cuando enterraron a la señora en el cementerio que hay alrededor de la iglesia, una lluvia que casi no se veía iba calando a los acompañantes.

El bonito crimen del carabinero
y otros engaños y ofuscaciones

(1947)

El bonito crimen del carabinero

Cuando Serafín Ortiz ingresó en el seminario de Tuy tenía diecisiete años y era más bien alto, un poco pálido, moreno de pelo y escurrido de carnes.

Su padre se llamaba Serafín también, y en el pueblo no tenía fama de ser demasiado buena persona; había estado guerreando en Cuba, en tiempos del general Weyler, y cuando regresó a la Península venía tan amarillo y tan ruin dentro de su traje de rayadillo que daba verdadera pena verlo. Como en Cuba había alcanzado el grado de sargento y como a su llegada a España tuvo la suerte de caerle en gracia, ¡Dios sabrá por qué!, a don Baldomero Seoane, entonces director general de aduanas, el hombre no anduvo demasiado tiempo tirado, porque un buen día don Baldomero, que era hombre de influencia en la provincia y aun en Madrid, le arregló las cosas de forma que pudo ingresar en el cuerpo de carabineros.

En Tuy prestaba servicio en el puente internacional y tal odio llegó a cogerle a los perros, que invariablemente le ladraban, y a los portugueses, con quienes tenía a diario que tratar, que a buen seguro que solo con el cuento de sus dos odios tendríamos tema sobrado para un libro y gordo. Dejemos esto sin embargo, y pasemos a contar las cuatro cosas que necesitamos.

Cuando Serafín, padre, llegó a Tuy, algo más repuesto ya, con el bigote engomado y vestido de verde, jamás nadie se hubiera acordado del repatriado palúdico y enclenque de seis meses atrás. Tenía buena facha, algo chulapa, no demasiados años y unos andares de picador, a los que las personas de alcurnia con quienes hablé me aseguraron no encontrarles nada de marcial, ni siquiera de bonitos, pero que entre las criadas hacían verdaderos estragos.

Aguantó dos primaveras soltero, pero a la tercera (como ya dice el refrán, a la tercera va la vencida) casó con la criada de doña Basilisa, que se llamaba Eduvigis; doña Basilisa, que en su ya largo celibato gozaba en casar a los que la rodeaban, acogió la boda con simpatía, los apadrinó, con don Mariano Acebo, subteniente de carabineros y comandante de uno de los puestos; les regaló la colcha y les ofreció, solemnemente, dejar un legado para que estudiase la carrera de cura uno de sus hijos, cuando los tuviesen. Así era doña Basilisa.

Al año corto de casados vino al mundo el primer hijo, Serafín, que no es este del que vamos a hablar, sino otro que duró cuatro meses escasos, y al otro año nació el verdadero Serafín que, aunque por la pinta que trajo parecía que no habría de durar mucho más que el otro, fue poco a poco creciendo y prosperando hasta llegar a convertirse en un mocito. Tuvieron después otro hijo, Pío, y dos hijas gemelas, Isaura y Rosa, y después se mancó el matrimonio porque Eduvigis murió de unas fiebres de Malta.

Como Serafín, hijo, entró de dependiente en El Paraíso, el comercio de don Eloy, el Satanás, donde tenía fijo un buen porvenir, el padre pensó que lo mejor habría de ser aplicar el legado de doña Basilisa, cuando llegase, a su segundo hijo, que aún no se sabía qué habría de ser de él y a quien parecía notársele cierta afición a las cosas de iglesia.

Pío parecía satisfecho con su suerte y ya desde pequeño se fue haciendo a la idea de la sotana y la teja para cuando fuese mayor; Serafín, en cambio, parecía cada hora más feliz en su mostrador despachando cobertores, enaguas y toquillas a las señoras, o tachuelas, piedras de afilar y puntas de París a los paisanos que bajaban de las aldeas, y jamás pudo sospechar lo que el destino le tenía guardado para cuando el tiempo pasase.

Había conseguido ya Serafín ganarse la confianza del amo y un aumento de quince reales en el sueldo, cuando doña Basilisa, que era ya muy vieja, se quedó un buen día en la cama con un resfriado que acabó por enterrarla.

Se le dio sepultura, se rezaron las misas, se abrió el testamento, pasó a poder de los curas el legado para la carrera de Pío, y este entró en el seminario.

Serafín, padre, estaba encantado con la muerte de doña Basilisa, porque pensaba, y no sin razón, que había llegado como agua de mayo a arreglar el porvenir de sus hijos, lo único que le preocupaba, según él, aunque los demás no se lo creyeran demasiado.

Con Serafín en la tienda, Pío estudiando para cura y las hijas, a pesar de su corta edad, de criadas de servir, las dos en casa de don Espíritu Santo Casáis, el cónsul portugués, Serafín, padre, quedaba en el mejor de los mundos y podía dedicar su tiempo, ya con entera libertad, al vino del Ribero, que no le desagradaba nada, por cierto, y a Manolita, que le desagradaba aún menos todavía y con quien acabó viviendo.

Pero ocurre que, cuando el hombre más feliz se cree, se tuercen las cosas a lo mejor con tanta rapidez que, cuando uno se llama a aviso para enderezarlas o es ya tarde del todo, como en este caso, o falta ya tan poco que viene a ser lo mismo. Lo digo porque con la muerte del seminarista empezó la cosa a ir de mal en peor, para acabar como el verdadero rosario de la aurora; sin embargo, como de cada vida nacen media docena de vidas diferentes y de cada desgracia lo mismo pueden salir seis nuevas desgracias como seis bienaventuranzas de los ángeles, y como de cierto ya es sabido que no hay mal que cien años dure, si bien podemos dar como seguro que el carabinero esté tostándose a estas fechas en poder de Belcebú, como justo pago a sus muchos pecados cometidos, nadie podrá asegurar por la gloria de sus muertos que las dos hijas y el hijo que le quedaron no hayan tenido un momento de claridad a última hora que les haya evitado ir a hacer compañía al padre en la caldera.

El pobre Pío agarró una sarna en el seminario que más que estudiante de cura llegó a parecer gato sin dueño, de pelado y carcomido como le iba dejando; el médico le recetó que se diese un buen baño, y efectivamente el pobre se acercó hasta el Miño para ver de purificarse aunque, sabe Dios si por la falta de costumbre o por qué, lo cierto es que tan puro y tan espiritual llegó a quedar que no se le volvió a ver de vivo; el cadáver lo fue a encontrar la Guardia Civil al cabo de mucho tiempo flotando, como una oveja muerta, cerca ya de La Guardia.

Cuando Serafín se enteró de la muerte del hijo, montó en cólera y salió como una flecha a casa de las hermanas de doña Basilisa, de doña Digna y doña Perfecta.

Cuando llegó habían salido a la novena, y en la casa no había nadie más que la criada, una portuguesa medio mulata que se llamaba Dolorosa y que lo recibió hecha un basilisco y no le dejó pasar de la escalera; Serafín se sentó en el primer peldaño esperando a que llegasen las señoritas, pero, poco antes de que esto sucediera, tuvo que salir hasta el portal porque Dolorosa le echó una palangana de agua, según dijo a gritos y, después de echársela, porque le estaba llenando la casa de humo.

En el portal poco tiempo tuvo que aguardar, porque doña Digna y doña Perfecta llegaron enseguida; él les salió al paso y nunca enhoramala lo hubiera hecho, porque las viejas, que en su pudibundez en conserva estaban más recelosas que conejo fuera de veda, en cuanto que olieron el olor del tabaco, empezaron a persignarse y en cuanto que adivinaron un hombre saliéndoles al encuentro echaron a correr pegando tales gritos que mismamente pareciera que las estaban despedazando.

En vano fue que el carabinero tratase de apaciguarlas, porque cada vez que se le ocurría decirles alguna palabra redoblaban ellas los aullidos.

—¡Pero doña Digna, por los clavos del Señor, que soy yo, que soy Serafín! ¡Pero doña Perfecta!

Lo cierto fue que como las viejas, cada vez más espantadas, habían llegado ya a la Corredera y parecían no dar mayores señales de cordura, Serafín prefirió dejarlas que siguiesen escandalizando y marchar a su casa a decidir él solo qué se debiera hacer.

Doña Digna y doña Perfecta aseguraban a las visitas que era el mismísimo diablo quien las estaba esperando en el portal (que rociaron a la mañana siguiente con agua bendita), mientras Serafín, por otra parte, decía a quien quisiera oírle que las dos viejas estaban embrujadas.

Serafín, en su casa, pensó que todo sería mejor antes que renunciar al legado de doña Basilisa, y a tal efecto mandó llamar a su ya único hijo para enterarle de lo que había decidido: que fuese el sucesor del hermano. En un principio, Serafín, hijo, se mostró algo reacio a la idea, que no le ilusionaba demasiado, y recurrió a darle a su padre las soluciones más peregrinas, desde que fuese él quien entrase en el seminario hasta llegar a un arreglo con los curas para repartirse el legado. El padre, aunque la primera solución la rechazó de plano, pensó durante algunos días en la segunda, que si no llegó a poner en práctica fue probablemente por no estar ya por entonces en Tuy don Joaquín, quien se hubiera encargado de arreglar la cosa.

El hijo resistió todavía unos días más; pero, como era débil de carácter y como veía que si no cedía no iba a sacar en limpio más que puñetazos del padre, un buen día, cuando este veía ya el legado convertido en misas, dijo que sí, que bueno, que sería él quien se sacrificaría si hacía falta, y entró. Tenía por entonces, como ya dijimos, diecisiete años.

Se vistió con la ropa del hermano, que le estaba algo escasa, y por encargo expreso de su padre fue a hacer una visita a doña Perfecta y doña Digna, quienes se mostraron muy afables y quienes le soltaron un sermoncete hablándole de las verdaderas vocaciones y de lo muy necesarias que eran, sobre todo para luchar contra el Enemigo Malo, que acecha todas las ocasiones para perdernos y que, sin ir más lejos, el otro día las estaba a ellas esperando en el portal.

El mocete se reía por dentro (y trabajo le costó no hacerlo por fuera también), porque ya había oído relatar al padre la aventura, pero disimuló, que era lo prudente, aguantó un ratito a las dos hermanas, les besó la mano después y se marchó radiante de gozo con la peseta que le metieron en el bolsillo para premiar su hermoso gesto, según le dijeron. Cuando Dolorosa le abrió la puerta aparecía compungida, quién sabe si por la ducha que le propinara pocos días atrás al padre de tan ejemplar joven.

Los primeros tiempos de seminario no fueron los más duros y momento llegó a haber incluso en que se creyó con vocación. Lo malo vino más tarde, cuando empezó a encontrar vacías las largas horas de su día y a echar de menos sus chácharas tramposas con las compradoras y hasta los gritos del Satanás. Empezó a estar triste, a perder la color, a desmejorar, a encontrar faltos de interés el latín y la teología...

Miraba correr las horas, desmadejado, arrastrando los pies por los pasillos o dormitando en las aulas o en la capilla, y a partir de entonces cualquiera cosa hubiera dado a cambio de su libertad, de esa libertad que tres años más tarde había de recuperar.

El padre se seguía dando cada vez más al vino y tenía ya una de esas borracheras crónicas que le llenan a uno el cuello de granos, la nariz de colorado y la imaginación de pensamientos siniestros. Fue también a visitar a las hermanas de doña Basilisa, sacaron ellas su conversación favorita —la del demonio del portal—, y, aunque Dolorosa podía echarlo el día menos pensado todo a perder contando lo que sabía, se las fue él arreglando de forma de sacarles los dineros, a cambio de su protección y gracias a los demonios que hacía aparecer para luego espantar, y tan atemorizaditas llegó a tenerlas que acabó resultándole más fácil hurgarles en la bolsa que echar una firma delante del comisario a fin de mes.

Pasó el tiempo, seguían las cosas tan iguales las unas a las otras que ya ni merecía la pena hacerles caso, doña Perfecta y doña Digna eran más viejas todavía...

Serafín, padre, iba ya todas las tardes a casa de las viejas, donde le daban siempre de merendar una taza de café con leche y un pedazo de rosca, y allí se quedaba hasta las ocho o las ocho y media, hora en que las hermanas se iban a cenar su huevito pasado y él se marchaba, después de haberse desprendido de sus consejos contra el demonio, a la taberna de Pinto, donde esperaba a que le diera la hora de cenar.

En el figón de Pinto se hizo amigo de un chófer portugués que se llamaba Madureira y que llevaba un solitario en un dedo del tamaño de un garbanzo y tan falso como él. Madureira era un hombre de unos cuarenta a cuarenta y cinco años, moreno reluciente, con los colmillos de oro y con toda la traza de no tener muchos escrúpulos de conciencia ni pararse demasiado en barras. Vivía emigrado de su país —según decía, por ser amigo de Paiva Couceiro—, y como el hombre no se resignaba a vivir como un cartujo, sino que le gustaba tener siempre un duro en el bolsillo, se buscaba la vida como mejor Dios, o probablemente el diablo, le diera a entender.

Serafín le veía con frecuencia en casa de Pinto hablando siempre a gritos ante un coro de jenízaros que le miraban embobados, y aunque al principio no sentía por él ninguna atracción, ni siquiera curiosidad, por eso quizá de ser portugués, al final, como siempre ocurre, empezó a saludarlo, primero una vez en Puente Caldelas, donde coincidieron una tarde; después, en Tuy, por la calle, y por último en el figón, donde se encontraban todas las noches.

Al Madureira le llamaban por mal nombre Caga n'a tenda porque, según los deslenguados, le habían echado de la botica de don Tomás Vallejo, donde en otro tiempo prestara sus servicios, por haberle cazado el dueño haciendo sus necesidades debajo del mostrador, y tan mal le parecía el mote y tan fuera de sus cabales se ponía al oírlo que en una ocasión y a un pobre viajante catalán, que no sabía lo que quería decir y debió de creerse que era el nombre, le arreó tal navajazo en los vacíos y en medio de una partida de tute que, de no haber querido Dios que el catalán tuviese buena encarnadura y curase en los días de ley, a estas horas seguiría Caga n'a tenda encerrado en una mazmorra y más aburrido y más harto que una mona.

El Madureira y Serafín acabaron siendo amigos, porque en el fondo estaban hechos tal para cual, y la amistad, que fue subiendo de tono poco a poco y desde la noche en que los dos se sorprendieron, al mismo tiempo, haciendo trampas en el juego y se miraron con la misma mirada de cómplices, quedó sellada definitivamente con el más duradero de los sellos: el miedo de cada uno a la palabra del otro.

Desde aquel día, y sin que mediase palabra alguna de acuerdo, se consideraron ya como socios y empezaron a hablar de sus turbios manejos con la mayor confianza del mundo.

El Madureira enteró a Serafín de sus dos inmediatos proyectos, y, como a este le parecieron bien, dieron ya el golpe juntos. El cartero Telmo Varela se quedó sin las sesenta pesetas que llevaba para pagar un giro, y al cobrador de la línea de autobuses le arrearon una paliza tremenda por no querer atender a razones y entregarles las ciento diez pesetas que llevaba camino de la administración.

A Serafín le encantó la disposición del Madureira y su buena mano para elegir la víctima, y, como ni el cartero ni el cobrador pudieron reconocer a los que les llevaron los dineros, se frotaba las manos con gozo pensando en los tiempos de bonanza que le aguardaban con los cuartos de los demás.

Se repartieron las ganancias con igualdad, diecisiete duros cada uno, porque el Madureira en esto presumía de cabal, y siguieron planeando y dando pequeños golpes afortunados que les iban dejando libres algunas pesetas.

El Madureira, sin embargo, ansioso siempre de volar más alto y de ampliar el negocio, acosaba constantemente a Serafín para animarlo a dar el golpe gordo que había de enriquecerlos:

el atraco a doña Perfecta y doña Digna quienes, según era fama en el pueblo, guardaban en su casa un verdadero capital en joyas antiguas y en peluconas.

A Serafín le repugnaba robar a las viejas a quienes visitaba todas las tardes y quienes encontraban en él un valedor contra el demonio, porque en el fondo todavía le quedaba una llamita de conciencia; pero como Caga n'a tenda era más hábil que un rayo, y como acabó metiéndole miedo con no sé qué maniobra infalible que tenía en su mano para ponerlo, sin que pudiera ni rechistar, en manos de la Guardia Civil, acabó por ceder y por resignarse a planear el asunto, aunque desde el primer momento puso como condición no tocar ni un pelo de la ropa a las viejas, pasase lo que pasase.

Efectivamente, tomaron sus medidas, hicieron sus cálculos, echaron sus cuentas, dejaron que pasase el tiempo que sobraba, y un buen día, el día de San Luis, rey de Francia, dieron el golpe: el golpe gordo, según decía Madureira.

La cosa estaba bien pensada; Serafín iría como todas las tardes, tomaría su taza de café con leche y les hablaría del demonio, y Madureira llamaría a la puerta preguntando por él; subiría —con la cara tapada— y amenazaría a las dos viejas con matarlas si gritaban; Serafín haría como que las defendía, y entre los dos se las arreglarían para encerrarlas en un armario ropero que estaba en el pasillo y de donde las sacaría Serafín, muy compungido, al final de todo.

Solo quedaban dos problemas por resolver: la mulata Dolorosa y el interrogatorio que le harían a Serafín. A la primera acordaron ponerle una carta dos días antes desde Valença do Miño, diciéndole que fuese corriendo, que su hermana Ermelinda se estaba muriendo de lepra, que era lo que le daba más miedo, y en cuanto al segundo decidieron, después de mucho pensarlo, que lo mejor sería dejarlo atado y amordazado, y que dijese al juez, cuando le preguntase, que los ladrones eran dos; las viejas tendrían que resignarse a quedar encerradas en el armario, pero no se iban a morir por eso.

Tal como lo pensaron lo hicieron.

Cuando doña Digna le abrió la puerta a Serafín, tirando de la cadenita que iba todo a lo largo de la escalera, creyó oportuno disculparse:

—¡Como Dolorosa no está! ¿Sabe?

—¡Ah! ¿No?

—¡No! ¡Como tuvo que ir a Valença a la muerte de su hermana!

—¿Ah, sí?

—¡Sí! Que la pobre está a la muerte con la dichosa lepra, ¿no lo sabía?

—¡Ni una palabra, doña Digna!

—Es que no somos nada, Ortiz, ¡nada! ¡Solo aquellos que se preparan para el servicio del Señor...!

A Serafín le dio un vuelco el corazón en el pecho al oír aquellas palabras, porque le vino a la imaginación la figura del hijo. Era extraño; él no era un sentimental, precisamente, pero en aquel instante poco le faltó para salir escapando. Estaba como azarado cuando se sentó enfrente de las viejas, como todas las tardes, y delante de su taza de café con leche; una taza sin asa, honda y hermosa como la imagen de la abundancia.

Doña Digna continuó:

—Ya ve usted, Ortiz. ¡Quién había de pensar en lo de la pobre Ermelinda!

—¡Ya, ya!

—¡Tan joven! Cincuenta y un años acababa de cumplir. ¡Dios la acoja en su santo seno!

—¡Pobre...!

Serafín no sabía qué hacer ni qué decir. Se azaró, se quemó con el café con leche, que no había dejado enfriar, tosió un poco por hacer algo...

Doña Digna seguía:

—Ya ve usted, ¡no puede una estar tranquila!

Doña Perfecta, que hacía media debajo de la bombilla, se pasaba la tarde dando profundos suspiros, como siempre.

—¡Ay!

Doña Digna volvía a coger por los pelos el hilito de la conversación.

—Y como una ya no es ninguna niña... Créame usted, Ortiz; algunas veces me da por pensar que Dios Nuestro Señor es demasiado misericordioso con nosotras... Que nos va a llamar, de un momento a otro, al lado de nuestra pobre Basilisa...

Serafín tenía miedo, un miedo extraño e invencible, como no había tenido nunca... Pensaba, para darse valor: ¡mira tú que un carabinero con miedo!, pero no conseguía ahuyentarlo. Iba perdiendo aplomo, confianza en sí mismo... ¡Como Madureira no tuviese mayor presencia de ánimo!

Doña Digna no callaba.

—Y después el demonio, con sus tentaciones... ¡En el nombre del Padre, y del Hijo, y del Espíritu Santo, amén, Jesús! Dicen que también los grandes santos sufrieron de tentaciones del Enemigo, ¿no cree usted?

Serafín parecía como despertar de un sueño profundo.

—¡Ya lo creo! ¡Y qué tentaciones; da horror solo pensarlo!

Doña Digna empezaba a sentirse feliz. Ortiz, ¡sabía tantas cosas del demonio!

—¿Y recuerda usted alguna, Ortiz? ¡Usted siempre se acordará de alguna!

Serafín tenía que hacer un gran esfuerzo para hablar.

—¡La de san Pedro!

—¿San Pedro también?

—¡Huy, el que más!

—¿Y qué san Pedro era? San Pedro Apóstol, san Pedro Nolasco...

—¡Qué preguntas! ¡Qué san Pedro va a ser! Pues... ¡San Pedro!

—¡Claro! Es que una es tan ignorante...

Doña Perfecta, debajo de la bombilla, volvía a suspirar.

Doña Digna seguía acosando a preguntas sobre el demonio a Serafín. Y Serafín hablaba, hablaba, sin saber lo que decir, arrastrando las palabras, que a veces parecían como no querer pasar de la garganta, sin atreverse a mirarla, hosco, indeciso... Pensó despedirse y no volver a aparecer por allí; un secreto temor a Caga n'a tenda, un secreto temor que sin embargo no quería confesarse, le obligaba a permanecer pegado a la silla. Tuvo una lucha interna atroz; su vida, toda su vida, desde antes aún de marcharse a Cuba, se le aparecía de la manera más absurda y caprichosa, sin que él la llamase, sin que hiciera nada por recordarla, como si estuviese en sus últimos momentos...

Se acordó del general Weyler, pequeñito, valiente como un león, voluntarioso, cuando decía aquellas palabras tan hermosas de la voluntad.

Pensó ser valiente, tener voluntad.

—¡Bueno, doña Digna! ¡Usted me perdonará!

Sentía vergüenza de permanecer allí ni un solo instante más.

—Hoy tengo que hacer en el puente. ¡Mañana será otro día!

—¡Pero, hombre, Ortiz! ¡Ahora que me estaba usted instruyendo con su charla!

—¡Qué quiere usted, doña Digna! El deber...

—Pero, bueno, unos minutitos más... Espere un momento; le voy a dar una copita de jerez. ¿O es que no le gusta el jerez?

—No se moleste, doña Digna.

—No es molestia, ya sabe usted que no es molestia, que se le aprecia...

Doña Digna fue hacia el aparador; andaba buscando una copita cuando sonó la campanilla, ¡tilín, tilín! Doña Digna se incorporó.

—¡Qué extraño! ¿Quién será a estas horas?

Doña Perfecta volvió a suspirar:

—¡Ay!

Después dijo:

—¡Quién sabe si serán las del registrador! ¡Mira que no estar Dolorosa...!

Serafín estaba mudo de terror. Se sobrepuso un poco, lo poco que pudo, y dijo con menos voz que un agonizante:

—No se moleste, doña Digna; yo abriré.

Sus pasos resonaban sobre la caja de la escalera como sobre un tambor: bajó lentamente, casi solemnemente, apoyándose en el pasamanos. Doña Digna oyó los pasos y le gritó:

—¡Ortiz, puede usted usar el tirador! ¡Está ahí mismo!

Serafín no contestó. Estaba ya ante la puerta sin saber qué hacer; hubiera sido capaz de entregar su alma al demonio por ahorrarse aquellos segundos de tortura. Arrimó la cara a la puerta y preguntó, todavía con una leve esperanza:

—¡Quién!

—¡Abre! ¡Ya sabes de sobra quién soy!

—¡No abro! ¡No me da la gana de abrir!

—¡Abre, te digo! ¡Ya sabes, si no abres!

Serafín no sabía nada, absolutamente nada, pero aquella amenaza le quebró la resistencia; aquella resistencia fácil de quebrar porque estaba más en las manos que en el corazón. Caga n'a tenda le tenía dominado como a un niño, ahora se daba cuenta...

Abrió. Caga n'a tenda, contra lo convenido, no traía la cara tapada; se le quedó mirando fijamente y le dijo, muy quedo, con una voz que parecía cascada por el odio:

—¡Hijo de la grandísima...! ¡Ni eres hombre, ni eres nada! ¡Tira para arriba!

Serafín subió; iba en silencio, al lado del portugués, y los pasos de ambos sonaban como martillazos en sus sienes. Doña Digna preguntó:

—¿Quién era?

Nadie le contestó. Se miraron los dos hombres; no hizo falta más. Caga n'a tenda miraba como debieron mirar los navegantes de la época de los descubrimientos; en el fondo era un caballero. Serafín Ortiz...

Caga n'a tenda llevaba un martillo en la mano; Serafín cogió un paraguas al pasar por el recibidor.

Doña Digna volvió a preguntar:

—¿Quién era?

Caga n'a tenda entró en el comedor y empezó un discurso que parecía que iba a ser largo, muy largo.

—Soy yo, señora; no se mueva, que no le quiero hacer daño; no grite. Yo solo quiero las peluconas...

Doña Digna y doña Perfecta rompieron a gritar como condenadas. Caga n'a tenda le arreó un martillazo en la cabeza a doña Digna y la tiró al suelo; después le dio cinco o seis martillazos más. Cuando se levantó, le relucían sus colmillos de oro en una sonrisa siniestra; tenía la camisa salpicada de sangre...

Serafín mató a doña Perfecta; más por vergüenza que por cosa alguna. La mató a paraguazos, pegándole palos en la cabeza, pinchándole con el regatón en la barriga... Perdió los estribos y se ensañó: siempre le parecía que estaba viva todavía. La pobrecita no dijo ni esta boca es mía...

Saquearon, no todo lo que esperaban, y salieron escapando.

* * *

Serafín fue a aparecer en el monte Aloya, con la cabeza machacada a martillazos. De Caga n'a tenda no volvió a saberse ni palabra.

El revuelo que en el pueblo se armó con el doble asesinato de las señoritas de Moreno Ardá no es para descrito.

Fantasía, Madrid, mayo de 1945

Claudius, profesor de idiomas

I

Me dio un vuelco el corazón cuando supe que Claudius, profesor de idiomas, era mi viejo y entrañable amigo de los meses de Rotterdam, Claudius van Vlardingenhohen, a quien yo en un tiempo tanto quise y admiré.

A Claudius lo conocí en Rotterdam, precisamente, el año 34, con motivo de una reunión de veterinarios a la que fui invitado por su presidente, M. Paul Antoine de l'Aparcerie, un bretón calvo y ventrudo, que era amigo de mi familia y había sido socio industrial de un tío mío en no sé qué contrabando por los campos del Miño.

Claudius estaba de permiso y se pasaba el día deambulando para arriba y para abajo, las manos en los bolsillos del abrigo y la cabeza descubierta. Recuerdo que la primera vez que lo vi, ensimismado y casi sonriente, fue en el puerto, mirando cómo descargaban unas cajas del Monte Athos, un vapor griego, sucio y lleno de mataduras, que venía de Bremen. Yo hubiera jurado que era un profesor de ética o de literatura; no sé por qué, pero me parecía que sus noches deberían estar dedicadas al estudio y a la lucubración. Cuando me dijeron que era el verdugo de Batavia, en las Indias Neerlandesas, sacudió todo mi cuerpo una extraña sensación entre chasco, desilusión y sorpresa.

—Pero ¿es ese?

—Sí, señor; pero es afable y dulce, ya verá usted. Por los españoles siente una gran admiración; yo le oí, hace ya años, una conferencia en la Sorbona y pude percatarme bien a las claras. La tituló..., no recuerdo bien..., algo así como *Aportación al conocimiento de los espesores de la piel del cuello en la especie humana*, y de ustedes hizo un cumplido elogio. Verá, venga, que se lo presente.

Su sonrisa era clara como una fuente, su bigote intentaba vanamente dar a su faz un aire misterioso, y sus ojos, de un azul purísimo, tenían un inefable aire de nostalgia; parecían los ojos de un joven poeta marinero que hubieran quedado clavados, con su corazón, en cualquier punto de los lejanos mares del Sur.

—La vida, amigo mío —me dijo a renglón seguido de la presentación—, está toda ella rebosante de amargas decepciones.

—Cierto —le respondí sentenciosamente y no muy convencido.

—¡Y tan cierto! Ya ve usted, hace un rato yo me decía: Claudius, si sabes de dónde viene este barco te compro medio kilo de salchichas, y me respondía por lo bajo: de Liverpool. Pues ya ve usted, pregunto finamente a un marinero: ¿verdad que vienen ustedes de Liverpool?, y me responde con sequedad: ¡no!, ¡de Bremen! ¿Usted cree que esto es justo?

—No.

—Naturalmente que no.

Claudius se quedó un instante parado mirando para el barco; su ademán era más misericordioso que solemne, más humilde y apabullado que retador y colérico.

—¿Ve usted aquel marinero de la camisa blanca que cojea un poco?

—Sí, señor.

—¡Pues ese fue!

—Es terrible.

—Ya lo creo. Pero no para ahí todo. Después de mi fracaso quise reivindicarme y me dije: Claudius, si aciertas lo que va dentro de las cajas te compro medio kilo de salchichas.

—¿Otro?

—No, señor; el mismo. Yo entonces murmuraba para mí: esas cajas llevan maquinaria agrícola. Pregunté y, efectivamente, las cajas no llevaban maquinaria agrícola; llevaban lavabos. Creí desesperar.

Claudius mostraba, todo él, un gran abatimiento. Yo traté de reanimarle.

—Amigo Claudius —le dije—, le regalo a usted medio kilo de salchichas.

—No —me respondió con los ojos llenos de lágrimas—, no puedo decir que sí. Tendría que ofrecerle algo mío a cambio, y usted no aceptará. Tendría al menos que acertar en algo, que complacerle en alguna cosa.

—Véngase usted conmigo.

—¿Adónde?

—A la sesión de esta tarde del congreso de veterinarios.

—No puedo, amigo mío, y créame que lo siento; con gran dolor de mi corazón me veo obligado a decirle a usted que no puedo. Usted habrá podido observar que no le mentía cuando le aseguraba que la vida está toda ella...

—¡Llena de amargas decepciones!

—Exacto.

—¿Y a usted le violentaría mucho...?

—¿Acompañarle? ¡Espantosamente!

—¿Ni aun a cambio de medio kilo de salchichas?

—Ni aun así, amigo mío. Estuve una vez en el congreso y creí morir. Yo, ¿sabe usted?, soy nacionalista, ferozmente nacionalista. Para mí no hay nada mejor, ni más bello ni más grande que mi dulce país. Donde esté un buen queso holandés, que se quiten de en medio la muralla de la China, o la raza de guerreros de la Marca de Brandeburgo, o las glorias de Napoleón

Bonaparte o, ¡perdone usted!, la catedral de Santiago de Compostela o las corridas de toros. Cuando empiezo a hablar de esto —dijo bajando la voz— no hay quien me pare; procuraré ser breve esta vez. Como le decía a usted, yo soy nacionalista. ¿Usted cree que hago mal?

—No, señor; hace usted perfectamente.

—Eso creo yo. Pues bien: ese es el motivo. Yo no puedo ir al congreso, porque enfermo. Yo no puedo tolerar que sobre la mesa de la presidencia se lea en aquella horrorosa pancarta y en cinco idiomas diferentes:

> VETERINARIOS DE TODOS LOS PAÍSES,
> ¡UNÍOS!

Mi amigo Claudius estaba todo él iluminado como las cabezas de los santos en las estampitas.

—Creo honradamente —continuó— que a eso no hay derecho.

II

La segunda vez que lo vi fue en París, aquel mismo año. Me había refugiado en el hall del Mont Thabor, a oír un poco de español, cuando sentí que me llamaban con unos golpecitos en la espalda.

—¡Hola! ¿Cómo está usted? Yo soy Claudius, ¿no recuerda?, Claudius van Vlardingenhohen.

—¡Sí, hombre! ¿Cómo no voy a recordar? ¡Ya lo creo! ¿Y usted por aquí?

—Ya ve usted, a echar una canita al aire. ¡Rotterdam es tan aburrido!

—Pero usted... ¿ha evolucionado?

—¡Ah, no! Entendámonos: decir que Rotterdam es aburrido no significa que sea malo.

—¡Ah, vamos!

—Significa que la vida es apacible, sencilla; una vida de hogar, dulce y patriarcal, hecha para el descanso de los armadores... Y uno aún es joven, ¡qué caramba!, uno aún está de buen ver. Aquí lo paso muy bien; esto es una ciudad maravillosa. Por algo se llama la Ville Lumière, ¿no lo cree usted? Los bulevares son de ensueño; el Bois de Boulogne es encantador y el Moulin Rouge, con sus aspas llenas de bombillas, y Chez Maxim's...

—¿Usted va mucho al Moulin y a Chez Maxim's?

—No; no he ido jamás. No me atrevo a entrar; me da la sensación de que todo el mundo se va a quedar mirando para mí. Pero los veo por fuera. ¡Son tan bonitos! ¡Y Notre Dame es monumental!, ¿no lo cree usted?

—Sí, sí.

—Y la Tour Eiffel. ¡Eso es un alarde de ingeniería, un verdadero alarde de ingeniería!

Se quedó un instante en silencio. Arrimó una butaca y se sentó.

—¡Oh, París, París! ¡Cómo enloqueces las mentes!

Claudius estaba sentimental. Lleno de entusiasmo como un escolar, parecía más que nunca un profesor de ética o de literatura; lo más que se podría sospechar de él es que fuera un profesor de filosofía del derecho.

—Yo aquí soy feliz —continuó—; siempre que puedo, hago una escapada a París. Me siento como el pez en el agua. Se nota una evidente placidez, un indudable sosiego en el espíritu deambulando, como un enamorado, por las orillas del Sena. ¡Se está tan bien apoyado sobre cualquier puente, viendo pasar las horas y las misteriosas aguas!

Le atajé en su camino.

—¿Usted ha leído mucha literatura francesa?

—¡Mucha, sí, señor! —me respondió con entusiasmo.

—¿A Baudelaire, ha leído usted?

—Sí, a Baudelaire; creo que es genial.

—¿Y a Verlaine?

—También he leído a Verlaine, el único, el inimitable...

Hizo una leve pausa y continuó, casi pensativamente, dejando caer las palabras con una voz ronca y venenosa que me sobrecogió.

—Ese nombre trae a mi mente una serie de bellos y tremendos recuerdos... El ajenjo...

Le interrumpí:

—Habla usted como un poeta, amigo Claudius, como un verdadero poeta maldito.

—¿Lo dice usted de verdad?

—Absolutamente de verdad.

—¡Ah! ¡Es usted muy bueno! ¡España es un hermoso país!

El hombre quería corresponder y me piropeaba indirectamente; cada cual corresponde como mejor le parece, y esa fórmula, a Claudius, probablemente, le parecía inmejorable.

—¿Ha leído usted a Balzac?

—Sí; pero no me gusta; lo encuentro un poco pesado, un poco lento.

—Ya, ya le entiendo.

Mi amigo Claudius había arrimado otro poco su butaca y estaba ya casi encima de mí. Sus ojos le brillaban de gozo. Me miró y volvió súbitamente sobre sus palabras.

—España es un bello país; sí, señor. Se lo digo a todo el mundo.

—Muy galante.

—No; no es galantería, es verdad. Yo siempre lo digo, con ligeras variantes. Unas veces digo España, otras Serbia, otras Italia, otras Irlanda... La educación, amigo mío, ¡es algo tan olvidado por los hombres!

—Verdaderamente. ¿Y usted tiene muchos amigos españoles, serbios, irlandeses, italianos?

—¡Muchos, sí, señor! Tantos como he conocido. ¡Me agradecían todos de tal manera unas frases sobre sus lejanos países!

—Es que somos todo corazón, amigo Claudius; es que somos unos sentimentales incorregibles, ¿no cree usted?

—Hasta cierto punto, amigo mío. Yo creo que, si ahondamos un poco, con lo que nos topamos es con que todos tenemos un denominador común; con que todos nos sentimos nacionalistas. Yo tenía un viejo proyecto...
—¡Siga, siga!
—No merece la pena, no tuvo éxito alguno... ¡Pero lo quise tanto!

Claudius tenía la mirada perdida en el vacío. Suspiró profundamente y continuó:
—En fin... ¡Dios lo ha querido!
—¿Y usted proyectaba?
—Yo proyectaba, ¡no se lo diga usted a nadie!, yo proyectaba un gran congreso al que serían convocados todos los nacionalistas del mundo. Las sesiones tendrían lugar en Rotterdam, que es una hermosa ciudad. El idioma...

III

A los dos meses me lo volví a encontrar por tercera vez. Cruzaba a toda prisa la plaza de la Concordia, saltando como un corzo, acosado por entre los taxis.
—¡Eh, Claudius!
—¡Adiós, adiós! ¡Voy con mucha prisa! ¡Voy a tomar el tren! ¡Vaya a verme; ya sabe: Binnenweg esquina a Crispynlaan! ¡Adiós!
—Pero, hombre, ¡pare usted!
—¡No puedo! ¡Voy a tomar el tren!

Mi amigo iba cargado con unos paquetes de libros y accionaba con los codos.
—¡Voy a Rotterdam! ¡Adiós!
—¡Pero espere usted un momento, cuénteme algo!

Claudius pareció reaccionar y se paró a ocho o diez pasos para decirme:
—¿No perderé el tren?

—¡Hombre, no lo sé! Pero, después de todo, ¿qué más le da a usted perder el tren?

Como la faz del cielo cambia, en unos instantes tan solo, en alta mar, cuando se navega ya por debajo del trópico, así cambió la faz de Claudius en aquella ocasión. Su rostro rubicundo recobró su habitual expresión; sus ojos se clarearon de nuevo y su bigote semejaba estar recién florecido.

—Me alegro de haberle visto, amigo mío —me dijo.

—¿Sí?

—Sí, iba preocupado. Esto de los trenes...

—¿Le da qué pensar?

—¡Espantosamente! Me paso el día echando cuentas. Las 17.50; bien, me pongo a calcular y digo: diecisiete menos doce, cinco; como cada hora tiene sesenta minutos, son las seis menos veinte. Yo ya me entiendo, pero lo malo es que casi siempre me equivoco.

—Ya veo. Pero no le dé usted importancia; véngase conmigo.

—¿Y el tren?

—¿A qué hora sale?

—A las 17.50.

—Aún tiene usted tiempo de sobra. Son ahora las 15.15.

—¿Qué son?

—Es fácil; las tres y cuarto.

A Claudius se le quitó un peso de encima.

—Si deja usted el viaje, le invito a cenar en Maxim's —le dije.

Claudius tenía muchas ganas de quedarse. Se lo conocí en la única objeción que se le ocurrió hacerme.

—¡Es usted un demonio tentador! Pero ¿y el billete?

—Acérquese un momento a la estación y véndaselo a cualquiera.

—¡Hombre, pues es verdad!

—Ande; yo le espero en la cervecería Jo-Jo.

—No, no corre prisa, me iré con usted; mañana por la mañana con más calma...

—No; tiene que ser ahora. Mañana por la mañana...

Salió corriendo sin dejarme terminar. Iba muerto de risa. Desde lejos me gritó:

—¡Ya he caído! ¡Ya he caído! ¡Ja, ja, ja! ¡Ya he caído! ¡Ya he caído!

A mis pies quedaron dos paquetes de libros. En uno me encontré con las *Noches florentinas* de Heme, los *Pensamientos* y el *Werther* de Goethe, la *Ética* de Kierkegaard y la *Aurora* de Nietzsche; en el otro, aparecieron las obras completas de Tagore en ocho tomos, edición inglesa. Cuando regresó de vender su billete, se los devolví.

IV

En enero del 36 me lo encontré en Londres. Lo llevaban detenido por haber intentado bañarse en el canal de sir George Duckett, a espaldas del parque Victoria. Fui a la embajada, hablé con un diputado de la oposición, pagué una multa de una libra y lo saqué a la calle.

—Ha tenido usted una mala ocurrencia; los ingleses no quieren admitir que a un extranjero se le ocurra una extravagancia.

—Sí, lo reconozco; he estado poco oportuno.

—Sí, muy poco.

Íbamos por la calle de la Escuadra abajo, camino del puente de Waterloo. La torre del Temple se recortaba confusa sobre la niebla del río.

—¡Tiempos aquellos! —exclamó.

—¿Cuáles?

—Los del apogeo. ¡Cuántas cosas podría contarnos esa torre!

Un nimbo siniestro rodeaba el viejo edificio. Claudius se mostraba abatido.

—¡Pobre María Estuardo!

Yo me sentí solemne; no lo pude evitar.

—¡Descanse en paz!

Hacía frío y Londres estaba desapacible. Cruzamos el puente y nos metimos en una taberna de la calleja Tennyson. Una moza con cara de golfa se nos acercó:

—¿Qué quieren tomar?

Claudius la miró a los ojos.

—Tila.

La criada y yo clavamos la vista espantadamente en Claudius. Tardamos unos instantes en reaccionar.

—No tenemos, señor; no la pide nadie. ¿Es usted francés?

—No.

La criada me miraba con aire suplicante.

—¿Usted?

—Cerveza.

—¿Y su amigo? —me preguntó bajando la voz.

—Nada, déjelo usted; está impresionado con la torre del Temple.

La muchacha se marchó y Claudius levantó los ojos de la mesa.

—Esa mujer me sobrecoge; vayámonos de aquí.

—Pero, hombre, estese usted quieto.

—No puedo, no puedo... ¡Y sin tila! Cuando me reconozca intentará asesinarme.

—¿Le ha hecho usted algo?

—No, pero me parezco mucho a un novio que tuvo hace cosa de un par de años, en Valladolid. Se llama Gilberto Poch Schneider; su padre era catalán, y su madre, alemana. Él había nacido en Palencia. Pura casualidad, solía decir. Sería una historia muy larga de contar.

La criada vino con mi bock, y Claudius volvió a dejar caer la mirada en la mesa, como distraídamente. Se le veía hacer inauditos esfuerzos por conservar la presencia de ánimo.

—¡Ah, John Keats, divino John Keats —murmuraba por lo bajo—, que no me dijiste la oración para este caso!

Yo mandé a buscar un médico. Claudius debía de estar muy malo. Su pulso estaba alterado y sus ojos denotaban la fiebre.

La criada nos miraba desde el mostrador y sonreía. Quizá se figurase que Claudius estaba borracho...

Cuando llegó el doctor Twopenny, del asilo de Lunáticos, hubo hacia nosotros un espontáneo movimiento de simpatía en toda la taberna.

La taberna, como ya dije antes, estaba en la calle Tennyson. Se llamaba The Toothpick, que en castellano significa el mondadientes. A su lado había otra que tenía un nombre más bonito, se llamaba The White Wasp, la avispa blanca.

V

Ahora me lo encontré en Madrid. Se me ocurrió aprender el alemán y busqué profesor. En la sección de anuncios por palabras de un diario de la mañana, vi uno que me pareció inteligente. Decía así: Claudius, profesor de idiomas. Conversación a cambio de acompañar comidas. Fui a la agencia; pregunté por el número 2.713 y me remitieron a una pensión de la calle de la Montera.

—¿El señor Claudius?

—Espere usted un momento, está acabando la clase de violín.

—¿Es también profesor de violín?

—No, señor; es alumno.

—¡Ah, ya!

Me senté en un viejo sofá que había en el pasillo. Al otro lado de la casa se oía un violín que interpretaba *Scheherezade*, de Rimsky, de una manera un tanto fría y desapasionada; peor, desde luego, que Fritz Kreisler, el amigo de la señorita Estrella, la vecina de patio de mi amigo Samuel Amor López, quien me contaba los solos de gramola que su vecina se dio hasta que unos hombres vestidos de huertanos de la vega de Valencia se la llevaron en una caja, escaleras abajo...

El vuelo de mi imaginación me lo cortó la presencia de Claudius.

—¡Hola! —me dijo secamente.

—Pero... ¿Usted?

—Sí, amigo mío, ¿le extraña?

Me dio un vuelco el corazón en el pecho. No podía creer lo que estaba viendo.

—Pero...

—Sí, sí.

Los dos estuvimos a punto de llorar. Nos abrazamos y pasó sobre nosotros un largo rato de silencio.

—*Nihil sub sole novum* —me dijo.

—Por Dios, Claudius, no me hable usted así.

Volvimos de nuevo al silencio, un silencio tan embarazoso como consolador.

—Está usted un poco pálido, Claudius.

—Las preocupaciones, amigo; en Batavia, ¡debo de tener tanto trabajo atrasado!

La patrona se interpuso entre los dos.

—Señor Claudius, ¿come usted lombarda?

Arriba, Madrid, mayo de 1944

El león y don Sebastián

Don Sebastián Herrán es un viejo simpático, lleno de resonancias como la concha de un caracol marino. Barbudo, con los ojos claros y siempre vestido de luto, don Sebastián es uno de los puntales de la ciudad: casi, casi, una atracción para el turismo; más, desde luego, que una institución.

Don Sebastián habla con familiaridad de los personajes de la Primera República y se extasía, casi se duerme, sobre los recuerdos del tiempo de don Amadeo.

Progresista, según él mismo asegura, y amante del orden y de la concordia, don Sebastián asiste —atónito— al espectáculo del mundo.

—Hay cosas que no me explico —suele decir—, cosas que yo creo que no se explica nadie.

Don Sebastián mata sus ocios escribiendo largas, meticulosas divagaciones para una revista de colombofilia que se edita en Huelva, y coleccionando —con todo primor— sellos de correos.

—Esto ha dejado de ser un oficio serio. Está el mercado plagadito de falsificaciones. En mis tiempos, era una cosa que ni nos pasaba por la imaginación; pero ahora... ¡Ahora ya ven ustedes lo que pasa!

Don Sebastián, con su pasito menudo y su libro de poesías de Campoamor debajo del brazo, va todas las mañanas —como no caigan del cielo chuzos de punta— a darse una vueltecita, un paseíto higiénico por el Retiro. Se acerca a la Casa de Fieras y se está las horas muertas contemplando al melenudo, asmático león; dándoles nueces y cacahuetes a los jolgoriosos, impacientes, bullidores monos; compadeciendo el cortado vuelo del cóndor de los Andes, metido en una jaula como un canario inmenso con cara de criminal.

Por las tardes, a primera hora, después del café, toma un taxi y se vuelve a ver los presos animales del parque.

—Ustedes pensarán lo que quieran: yo les aseguro que es un espectáculo aleccionador.

Su tertulia, en un viejo y desvencijado café de la Puerta del Sol, es como un remanso apacible de hombres de buena voluntad, ya viejos los más, casi todos ingeniosos, algunos incluso bromistas.

Y un bromista...

* * *

Fue un día cualquiera, un día como todos los demás, un día en el que se dijeron las mismas cosas, se tomaron los mismos cafés, se fumaron los mismos negros, ásperos cigarrillos.

En el viejo reloj de breves numeritos que había sobre el mostrador y que brillaba como brilla el azúcar sobre los bollos suizos, estaba a punto de sonar la hora en que don Sebastián, leal a su costumbre, iba a pedir el taxi de todas las tardes.

Don Sebastián miró para el camarero de siempre, y el camarero de siempre mandó al niño de todos los días en busca del coche.

Robertito, un empleado del catastro, que era de la misma piel del diablo, salió del café precipitadamente, sin despedirse de nadie. Se apostó en la acera y esperó la llegada del automóvil con el niño dentro. El chófer tenía cara de buena persona; parecía un contrabandista retirado.

Robertito se le acercó.

—Me alegro. Usted parece hombre de responsabilidad. Tiene que ayudarnos a dar fin a una buena obra.

—¿Yo?

—Sí, usted. Se trata de un amigo nuestro, de un pobre loco. Es bueno y pacífico, pero el desgraciado está como una cabra. No ataca nunca a nadie y da siempre buenas propinas. Solo tiene un defecto: está convencido, plenamente convencido, de que es un león. Por más que le diga, usted no haga caso. Llévelo a la calle de Toledo 202, a su casa. No se preocupe por nada más.

El chófer, con un gesto bondadoso, se limitó a replicar:

—Bien, bien; yo haré lo que me mande...

Robertito volvió a entrar en el café; el niño de siempre volvió, como siempre, a decir las palabras de ritual: don Sebastián, ¡el coche!, y don Sebastián, como siempre también soltó su: ¡Hasta mañana, señores!, de todas las tardes.

Salió a la acera. El chófer, receloso, se había apeado a abrir la puerta.

—¡Caramba, qué chófer más fino! —pensó don Sebastián.

Se sentó, carraspeó un poco y exclamó:

—A la Casa de Fieras, amigo conductor; lléveme a la Casa de Fieras.

Don Sebastián estaba jovial. El chófer lo miró por el espejito y sonrió.

—¡Pobre!

Soltó el freno, pisó el acelerador y se metió de cabeza por la calle del Correo, camino de la calle de Toledo, 202.

—Después de todo, es una obra de caridad —pensó.

Don Sebastián iba distraído. Al principio no se dio cuenta de nada. Pero al llegar a la plaza de Santa Ana, ¡ah!, al llegar a la plaza de Santa Ana, armó la gorda, ¡lo que se dice la gorda!

—¡Eh, oiga! ¡A la Casa de Fieras le he dicho!

—Sí, señor, sí.

El chófer pisó el acelerador.

—¿Está usted sordo? ¡Le he dicho que me lleve a la Casa de Fieras!

El chófer notó un ligero cosquilleo por dentro de la cabeza y empezó a ver globitos de colores danzando ante sus ojos. Tenía frío y el corazón le latía precipitadamente. Don Sebastián rugía:

—¿No me oye? ¿Se ha vuelto usted loco?

El chófer frenó en seco. En el mismo momento en que abría la portezuela para huir, vio venir sobre sus costillas el bastón de don Sebastián.

Los guardias del Ministerio de Estado tuvieron que protegerlo; don Sebastián estaba furioso.

—Le he dicho que a la Casa de Fieras —les explicaba a los guardias a grandes gritos— y ya ven ustedes adónde me ha venido a traer.

Los guardias se miraron desconfiadamente, y dijeron:

—¡Claro! ¡Claro!

Don Sebastián tuvo la sospecha de que eso es lo que siempre se dice a los locos.

La Hora, Madrid, marzo de 1947

Un cuento en el tren

En los departamentos individuales del sleeping —me resisto a emplear el término del tenis, ¡qué quieren ustedes!— se hacen siempre, o casi siempre, descubrimientos realmente importantes. Son muchas las horas que uno se pasa encerrado a solas con el camouflage del lavabo, mirándose en el espejo, poniéndose y quitándose el sombrero, chupando pitillos, pidiendo agua de Solares, con la única esperanza —¡la soledad, señora!— de que le sonrían a uno durante algunos instantes; a uno que suele ser huraño, señora, según dicen —decían ¡ay!— aquellas damas encorsetadas y orondas, visita de la familia, que siempre encontraban a uno muy crecido y casi siempre a uno le preguntaban asomándose al oído el agridulce: ¿Qué? ¿Ya con novia?, que tan colorados nos ponía.

Los años pasaron, las señoras también; nosotros crecimos todo lo que nuestro pellejo dio de sí y hoy... ¡Seamos optimistas, señora! Sin duda alguna hoy parece que fue ayer. ¿Y por qué no?

Pues bien; según creo, íbamos en lo de los sleeping. Sí.

Se sacan del bolsillo esas cartas que quedan siempre —quizá en contra de nuestra propia voluntad— sin respuesta, se saca también la vieja estilográfica del tiempo en que las plumas seguían teniendo forma de flauta, y se escribe:

Yo tenía una escopeta de caza. Era una escopeta de caza que daba gusto verla, con sus cachas de nácar, su gatillo de plata, sus dos cañones brillantes como la lata... aza... ácar... ata... ata... Bueno, dejémoslo; bien mirado, hasta hace bien, hasta parece algo así como una broma. Sigamos.

Mi escopeta de caza solo tenía un defecto, un ligero defecto de orden moral; más bien una leve lacra de índole sentimental; con mi escopeta de caza, mi papá —¡hace luengos años ya!— mató a mi pobre mamá que, dicho sea de paso, nunca llevó una vida del todo feliz.

El hombre de la pluma piensa que todo va bien. A lo mejor acabamos de segar —con esa rueda, precisamente, que late debajo de nuestro asiento— el cuello a una criada de Guadalajara, a una criada que notó algún mareo, algún ligero vómito y prefirió —idea bastante generalizada entre criadas— el otro mundo a la deshonra. No importa.

El tren silba mientras uno vuelve a mirarse en el espejo. Ese espejo, como casi todos los espejos, se complace en hacernos mala cara.

Tampoco importa.

Mi papá, que se llamaba Raúl, como cualquier hermano marista francés, cargó con postas, dijo ¡ahora verás! y disparó sobre el corazón de mi mamá, que se llamaba Rosalía, como las lavanderas del Tambre.

Mi escopeta de caza, en cambio, se llamaba Juana, como mi niñera. La bautizó mi papá, y yo, temeroso de falsear los designios de los muertos, le conservé el nombre casi, ¿por qué no decirlo?, con devoción.

Mi papá —creo que ha llegado ya el momento de aclararlo— murió hace dos años envenenado por un boticario amigo suyo y dejando en la más negra desesperación a mi antigua niñera Juana.

El tren se para. No sé dónde estamos. Por el pasillo, el monago crecido del restaurante suena su campanita.

En la mesa hay ya tres señores sentados. Parece ser que, gracias a Dios, no me conocen. El optimismo, sin embargo, pronto se esfuma. Poco dura la alegría en casa del pobre.

Uno de los señores me mira fijamente, impertinentemente. Me dispara:
—¡Usted es C. J. C.!
—Sí, señor.
—Yo he leído algún libro suyo.
—Muchas gracias.
Otro señor me sonríe.
—¿Es usted editor?
—No, señor; debo confesarle a usted con pesar que no soy editor.
—¿Distribuidor?
—No, tampoco.
El señor pone un gesto de asombro.
—¿Entonces?
Ensayo mi mejor sonrisa, la sonrisa que uso cuando voy de testigo a alguna boda.
—Yo, ¿sabe usted?, soy, ¿cómo decirle?, soy escritor.
El hombre me mira paternal. Los escritores solemos inspirar una lástima profunda.
—Ahora he leído una novela muy buena.
—¿Sí?
—Sí; *La incógnita del hombre*, de Alexis...
—Carrell.
—¡Ah! ¿Usted lo conocía?
Íbamos en Juana. Bien.
Debo confesar que nunca creí a Juana capaz de derramar tantas lágrimas por papá. Decía: ¡Ay, ay, que a Raúl se lo llevó la tierra, ay, ay! A mí, aunque al principio no me gustó que Juana apease el tratamiento a papá, me pareció ejemplar la imagen de la tierra y el noble sonido de los ¡ay, ay! En realidad, no era la primera vez que tal cosa oía; la tía religiosa de mi cuñada, un día que fuimos a verla al convento, se pasó la tarde diciendo lo mismo de los amigos que dejó en este mundo y que por entonces vagaban —ya deleitosos, ya atormentados— por los otros.

Levanto la cabeza. Pienso: el lector de Carrell era un humorista. Esta idea me fatiga; lo mejor será echarse; es ya tarde, tarde para el tren, se entiende.

El pijama debe de estar en el neceser. Me quedo desnudo en el departamento. El pijama no está en el neceser. Me miro por última vez en el espejo. No estoy tan delgado, la barriga me hace hasta dos o tres plieguecitos.

Apago la luz; sí, el cuento no empieza mal del todo, esa es la verdad.

Liceo, Barcelona, diciembre de 1945

La doma del niño

Dada la finalidad docente de mi trabajillo (inspirado —nada más que inspirado, bien es cierto— por la más consecuente de las antipatías: la que profeso, incansablemente, a todos los cómplices en el fallido —¡loado sea Dios!— asesinato de mi infancia y de mi adolescencia), es por lo que me permito usar esta mecánica nemotécnica de maestro de escuela que hoy ofrezco a mis lectores.

Veamos.

El señor profesor. —Señor Cela, don Camilo José... ¡No enrede usted! ¡A ver, demuestre usted su preparación en el tema de hoy! ¡Recítenos la lección!

El señor Cela, don Camilo José, a voz en grito. —Miño, Duero, Tajo, Guadiana...

El señor profesor, interrumpiendo. —¡Alto, alto! Debería usted comenzar diciendo: los ríos de España, si bien no demasiado importantes... ¿O es que no lo recuerda usted? ¡Es usted un papagayo! ¡Eso, un papagayo!

Esos niños repugnantes que, después, de mayores son gordos y blancos sonreían con la sonrisa de ganar puntos de conducta. El señor profesor, animado por su éxito, por ese éxito en el que no debiera dudar, ya que jamás le falla, sigue en su invectiva.

—¡Y un fonógrafo también! ¡Eso, un fonógrafo!

Los niños de los puntos de conducta ríen ahora a carcajadas. A la salida, empezarán a decir que si tal y que si cual y que si patatín, que si patatán. ¡Así es la vida!

A los pocos días, el señor profesor insinúa dulcemente al señor Benítez:

—Señor Benítez, don Federico. Sustracción de números decimales.

El señor Benítez, don Federico. —Para la resta de decimales, se han de colocar los datos de modo que correspondan...

El señor Benítez siguió hasta el final diciendo vaciedades. Después paseó su mirada de triunfo por el aula... Le dieron diez puntos. En su recuerdo escribo yo estas líneas. Y las que siguen.

Los pedagogos se distinguen de los que, gracias a Dios, no lo somos todavía, en una serie de detalles evidentes, si bien no numerosos, que podemos enunciar como sigue:

1.º Visten de negro, como los huertanos valencianos y los empleados de las funerarias.

2.º Tienen mayor acidez de estómago que el resto de los españoles, que ya es decir.

3.º No se lavan los dientes.

4.º Escupen salivitas al hablar.

5.º Desearían la muerte, entre horribles tormentos, a los niños a quienes se les ve en la cara que no han de ser gordos y blancos jamás.

Pues bien: un pedagogo, un auténtico pedagogo vestido de luto, con cara de ácido clorhídrico y con los dientes poblados de hongos, algas y líquenes; un pedagogo que al hablarme me hacía recordar mi origen marinero, y en cuya cara veía yo el designio cierto de sus intenciones respecto a mi salud, fue el autor del libro. Estaba radiante en medio del escaparate, con sus tapas de color chocolate y sus apagadas letras góticas verdes; estaba bien situado, a la derecha de un tomito azul en el que se leía:

CAPITÁN GILSON
LA SALUD POR EL EJERCICIO

y a la izquierda de un volumen en rústica, en cuya tapa podía leerse:

SEBASTIÁN IZQUIERDO AMOR
LA CRÍA DEL CERDO

Era breve y enjundioso (según me dijeron) y contenía todo un sistema de doma por él inventado y patentado. Los que, como yo, fuimos en nuestros tiernos años domados a palos, más como los caballos de los circos que como los caballos corrientes y molientes, gozábamos de mirar a hurtadillas para el escaparate. Nunca nos atrevimos a comprar un ejemplar; nos daba vergüenza, una vergüenza que no podíamos vencer, la misma vergüenza que nos daría una complicidad equívoca con el librero...

Nos conformábamos con sonreír al leer:

HERMINIO MARTÍNEZ
LA EDUCACIÓN DE LA INFANCIA

porque, aunque habíamos sido muy mal tratados, nos limitábamos, honradamente, a no saludar por la calle a nuestros maltratadores y a compadecer a los que ahora tienen —¡todavía!— la edad que nosotros tuvimos.

Que eso es lo que nos diferencia de los pedagogos, que sienten justamente lo contrario porque es más fácil.

1945 o 1946

Unas gafas de color

I

Juan se despide de Josefita Domínguez y va hacia el café de donde lo echaron el día anterior por no pagar.

—Me quedan ocho duros y pico —piensa—, yo no creo que sea robar comprarme unos pitillos y darle una lección a esa tía asquerosa del café. A Josefita le puedo regalar un par de grabaditos que me cuestan cinco o seis duros.

Toma un 17 y se acerca hasta la glorieta de Bilbao. En el espejo de una peluquería se atusa un poco el pelo y se pone derecho el nudo de la corbata.

—Yo creo que voy bastante bien...

Entra en el café por la misma puerta por donde ayer salió, quiere que le toque el mismo camarero, hasta la misma mesa si fuera posible. En el café hace un calor denso, pegajoso. Los músicos tocan «La cumparsita», tango que para Juan tiene ciertos vagos, remotos, dulces recuerdos. La dueña, por no perder la costumbre, grita entre la indiferencia de los demás, levantando los brazos al cielo, dejándolos caer pesadamente, estudiadamente, sobre el vientre. Juan se sienta a una mesa contigua a la de la escena. El camarero se le acerca.

—Hoy está rabiosa; si lo ve, va a empezar a tirar coces.

—Allá ella. Tome usted un duro y tráigame café. Una veinte de ayer y una veinte de hoy, dos cuarenta; quédese con la vuelta, yo no soy ningún muerto de hambre.

El camarero se quedó cortado; tenía más cara de bobo que de costumbre. Antes de que se aleje demasiado, Juan lo vuelve a llamar.

—Que venga el limpia.
—Bien.

Juan insiste:
—Y el cerillero.
—Bien.

Juan ha tenido que hacer un esfuerzo tremendo, le duele un poco la cabeza pero no se atreve a pedir una aspirina.

Doña Luisa habla con Ortiz, el camarero, y mira, estupefacta, para Juan. Juan hace como que no ve.

Le sirven, bebe un par de sorbos y se levanta, camino del retrete. Después no supo si fue allí donde sacó el pañuelo que llevaba en el mismo bolsillo que el dinero.

De vuelta a su mesa se limpió los zapatos y se gastó un duro en una cajetilla de noventa.

—Esta bazofia que se la beba la dueña, ¿se entera? Esto es una malta repugnante.

Ya en la calle, Juan nota que todo el cuerpo le tiembla. Todo lo da por bien empleado; verdaderamente, se acaba de portar como un hombre.

II

Félix, antes de ir a tocar el violín al café de doña Luisa, se pasa por una óptica. El hombre quiere enterarse del precio de las gafas ahumadas; su mujer tiene los ojos cada vez peor.

—Vea usted, fantasía con cristales Zeiss, doscientas cincuenta pesetas.

—No, no, yo las quiero más económicas.

—Muy bien, señor. Este modelo quizá le agrade, ciento setenta y cinco pesetas.

—No, no me explico bien; yo quiero ver unas de tres o cuatro duros.

El dependiente lo mira con un profundo desprecio. Lleva bata blanca y unos ridículos lentes de pinza.

—Eso lo encontrará en una droguería. Siento no poder servir al señor.

Félix se va parando en los escaparates de las droguerías. Algunas un poco más ilustradas, que se dedican también a revelar carretes de fotos, tienen, efectivamente, gafas de color en las vitrinas.

—¿Tienen gafas de tres duros?

La empleada es una chica mona, complaciente.

—Sí, señor, pero no se las recomiendo, son muy frágiles. Por poco más, podemos ofrecerle a usted un modelo que está bastante bien.

La muchacha rebusca en los cajones del mostrador y saca unas bandejas.

—Vea, veinticinco pesetas, veintidós, treinta cincuenta, dieciocho —estas son un poco peores—, veintisiete...

Félix sabe que en el bolsillo no lleva más que tres duros.

—Estas de dieciocho, ¿dice usted que son malas?

—Sí, no compensa lo que se ahorra. Las de veintidós ya son otra cosa.

Félix sonríe a la muchacha.

—Bien, señorita, muchas gracias; lo pensaré y volveré por aquí. Siento haberla molestado.

—Por Dios, caballero, para eso estamos.

III

Juan se repone pronto, va orgulloso de sí mismo.
—¡Vaya lección! Ja, ja.

Juan acelera el paso, va casi corriendo, a veces da un saltito.

—¡A ver qué se le ocurre decir ahora a ese jabalí!

El jabalí es doña Luisa.

Al llegar a la glorieta de San Bernardo, Juan piensa en el regalo de Josefita.

—A lo mejor está todavía Rómulo en la tienda.

Rómulo es un librero de viejo que tiene a veces en su cuchitril algún grabado interesante.

Juan se acerca hasta el cubil de Rómulo, bajando a la derecha, después de la universidad.

En la puerta cuelga un cartelito que dice: Cerrado. Los recados por el portal. Dentro se ve luz, se conoce que Rómulo está ordenando las fichas o apartando algún encargo.

Juan llama con los nudillos sobre la puertecita que da al patio.

—¡Hola, Rómulo!

—¡Hola, Juan, dichosos los ojos!

Juan saca tabaco, los dos hombres fuman sentados en torno al brasero que Rómulo sacó de debajo de la mesa.

—Estaba escribiendo a mi hermana, la de Jaén. Yo ahora vivo aquí, no salgo más que para comer; hay veces que no tengo gana y no me muevo de aquí en todo el día. Me traen un café de ahí enfrente y en paz.

Juan mira unos libros que hay sobre una silla de enea, con el respaldo en pedazos, que ya no sirve más que de estante.

—Poca cosa.

—Sí, no es mucho. Eso de Romanones, *Notas de una vida*, sí tiene interés, está muy agotado.

—Sí.

Juan deja los libros en el suelo.

—Oye, quería un grabado que estuviera bien.

—¿Cuánto te quieres gastar?

—Cuatro o cinco duros.

—Por cinco duros te puedo dar uno que tiene gracia, no es muy grande, eso es la verdad, pero es auténtico. Además lo tengo con marquito y todo, así lo compré. Si es para un regalo, te viene pintiparado.

—Sí, es para dárselo a una chica.

—¿A una chica? Pues, como no sea una ursulina, ni hecho a la medida, ahora lo verás. Vamos a fumarnos el pitillo con calma, nadie nos apura.

—¿Cómo es?

—Ahora lo vas a ver, es una venus que debajo lleva unas figuritas. Tiene unos versos en toscano o en provenzal, yo no sé.

Rómulo deja el cigarro sobre la mesa y enciende la luz del pasillo. Vuelve al instante con un marco que limpia con la manga del guardapolvo.

—Mira.

El grabado es bonito, está iluminado.

—Los colores son de la época.

—Eso parece.

—Sí, de eso puedes estar seguro.

Representa una venus rubia, coronada de flores. Está de pie, dentro de una orla dorada. La melena le llega, por detrás, hasta las rodillas. En la mano derecha tiene una rosa, y en la izquierda, un libro. El cuerpo de la venus se destaca sobre un cielo azul, todo lleno de estrellas. Dentro de la misma orla, hacia abajo, hay dos círculos pequeños, el de debajo del libro con un Tauro y el de debajo de la rosa con una Lira. El pie del grabado representa una pradera rodeada de árboles. Dos músicos tocan, uno un laúd y otro un arpa, mientras tres parejas, dos sentadas y una paseando, conversan. En los ángulos de arriba, dos ángeles soplan con los carrillos hinchados. Debajo hay cuatro versos que no se entienden.

—¿Qué dice aquí?

—Por detrás está, me lo tradujo Rodríguez Entrena, el catedrático de Cardenal Cisneros.

Por detrás, escrito a lápiz, se lee:

*Venus, granada en su ardor, enciende los corazones
gentiles donde hay un cantar.
Y, con danzas y vagas fiestas por amor, induce con un
suave divagar.*

—¿Te gusta?
—Sí, a mí todas estas cosas me gustan mucho. El mayor encanto de todos estos versos es su imprecisión, ¿no crees?
—Sí, eso me parece a mí.
Juan saca otra vez la cajetilla.
—¡Bien andas de tabaco!
—Hoy. Hay días que no tengo ni gota, que ando guardando las colillas de mi cuñado, eso lo sabes tú.
Rómulo no contesta, le parece más prudente, sabe que el tema del cuñado saca de quicio a Juan.
—¿En cuánto lo dejas?
—Pues mira, en veinte, te había dicho en veinticinco, pero te lo dejo en veinte. A mí me costó quince y lleva ya en el estante cerca de un año. ¿Te hace en veinte?
—Venga, dame un duro de vuelta.
Juan se lleva la mano al bolsillo. Se queda un instante parado, con las cejas fruncidas, como pensando. Saca el pañuelo que pone sobre las rodillas.
—Juraría que estaba aquí.
Juan se pone de pie.
—No me explico...
Busca en los bolsillos del pantalón, saca los forros fuera.
—¡Pues la he hecho buena!
—¿Qué te pasa?
—Nada, prefiero no pensarlo.
Mira en los bolsillos de la americana, saca la vieja, deshilachada cartera de tarjetas de amigos, de recortes de periódico.

—¡Lo que faltaba!
—¿Has perdido algo?
—Los cinco duros...

IV

Félix coloca su violín sobre el piano, acaba de tocar «La cumparsita». Habla con el pianista.

—Voy un momento al water.

Félix marcha por entre las mesas. En su cabeza siguen dando vueltas los precios de las gafas.

—Verdaderamente, vale la pena esperar un poco. Las de veintidós son bastante buenas.

Empuja con el pie la puerta donde se lee caballeros: dos tazas adosadas a la pared y una débil bombilla de quince bujías defendida por unos alambres. En su jaula, como un grillo, una tableta de desinfectante preside la escena.

Félix está solo, se acerca a la pared, mira para el suelo.

—¿Eh?

La saliva se le para en la garganta, el corazón le salta, un zumbido larguísimo se le posa en los oídos. Félix mira para el suelo con mayor fijeza, la puerta está cerrada. Félix se agacha precipitadamente. Sí, son cinco duros. Están un poco mojados, pero no importa. Félix seca el billete con su pañuelo.

Al día siguiente volvió a la droguería.

—Las de treinta, señorita, deme las de treinta.

Arriba, Madrid, abril de 1946

El capitán Jerónimo Expósito

Seamos honrados, señores, pongamos las cartas boca arriba. Yo de mí tengo que decir que no soy hijo de ningún amor, ni siquiera de ese amor no sancionado por la ley del que hablan los periódicos sino de la lujuria de una cabeza de partido judicial y de la cachondez de mi madre. A duro el salto, más barato que en la remonta. Soy hijo. ¡Bien! ¿Para qué seguir? No me avergüenza mi origen, ya que no ha sido culpa mía. Sé leer y escribir lo suficiente para pelear y el miedo lo he perdido hace ya muchos años. Me llamo Jerónimo Expósito, como todos sabéis, tengo veintiocho años y soy de aquí, de Almendralejo. He perdido un ojo de la cara por la patria y dos dedos de la mano por la Guardia Civil; con un ojo y los ocho dedos que me quedan, soy todavía capaz de dejar ciego o manco a cualquiera. Mi proyecto ya sabéis cuál es, echarme al mundo con un puñado de hombres detrás de la gloria y del dinero. Con once hombres me basta, once y yo doce, una docena. El que quiera que se apunte; ya sabe: el nombre, el sitio, los años y el oficio. El que sepa escribir que eche una firma; el que no que ponga el dedo y una cruz. No quiero sentimentales ni valencianos. Ahí tenéis el papel.

La taberna de Jesús Conejo era estrecha, fría y baja de techo. El dueño, de codos sobre el mostrador, atendía en silencio al discurso del capitán. Su mujer, la Paca, a quien en el pueblo llamaban Culebra, por mal nombre, se estaba lavando los pies en una tina al fondo de la tienda; silbaba por lo bajo unos compases de una polca que había estado de moda quince años atrás.

En el local no había más luz que una bombilla de veinticinco bujías. Eran ya las diez y media de la noche. El viento silbaba en las ventanas y en el tejado.

En tres o cuatro mesas juntas, un grupo de hombres tenía los ojos clavados en el capitán.

—Ahí tenéis el papel, el que quiera que se apunte. Yo me voy a ver a la Rosa, estaré de vuelta dentro de una hora.

El capitán se marchó, estuvo una hora con la Rosa y, al volver, se encontró la taberna vacía.

Sobre una mesa y sujeta con un vaso, había una lista que decía, con unos caracteres variados, toscos y decididos, lo siguiente:

1. Papiano Grillo Pampín, alias Grillo, Órdenes (Coruña), 45 años, cantero. Una cruz y un dedo.

2. Claudino Suárez Rey, alias el Minero. Mieres (Asturias), 20 años, cantero. Firmado.

3. Abilio, Palencia, alias Culoblando, 33 años, confitero, también sabe de cante y baile. Una cruz y un dedo.

4. José Caudete Caudete, alias Guerrita, 41 años, dependiente de comercio. Firmado. Es de Jaén capital.

5. Fulgencio Gómez López, alias Pincho, Cartagena, 19 años, no tiene oficio. Firmado.

6. Enrique García Escudero, alias Pernalete, 55 años, porquero, Almendralejo. Una cruz y un dedo.

7. Rafael Heredia, alias Colmenero, cantador. Firmado.

8. Cipriano Gori Altuna, alias el Francés, 39 años, Bilbao. Firmado.

9. Carlos Gil Grande, alias Rabo, 36 años, factor de ferrocarril. Almendralejo. Firmado.

10. José Huelves Tomás, alias Filete, 30 años, cerrajero. Almendralejo. Firmado.

11. Salustiano Porcano Mediano, alias Chevrolet, 50 años, mecánico, San Fernando de Jarama (Madrid). Firmado.

El capitán cogió el papel y lo leyó de arriba abajo.
—¡Buena gente!
Sonrió levemente, guardó la lista y se sentó a liar un pitillo. Lo fumó con calma, con parsimonia. El tiempo pasó deprisa, y a Jerónimo, dormido sobre la mesa, vino a despertarlo el dueño, Jesús Conejo.
—¡Capitán!
—¿Qué hay?
—¡Pues que me voy contigo!
—¿Y tu mujer?
—Mal.
—¿Mal?
—Sí. Cuando se lo dije, se tiró de la cama y se escagarrió en la bacinilla. Después estuvo llorando como una monja. Y el vino, decía, ¿quién va a ir a comprar el vino? Yo me voy, ¿qué quieres? Cada uno es cada uno, es como Dios lo haya hecho.
El capitán lo miró de los pies a la cabeza y lo apuntó.
—Somos trece, al primero que me gamberree me lo cargo, ¿estamos?
—Estamos.
—¿Sabes de cuentas?
—Sí.
—¿Mucho?
—Bastante, las cuatro reglas.
—¿Y el interés?
—No, el interés no.
—Bueno, es igual. Tú vas a llevar los cuartos y a apuntar lo que se gaste. Cuando quede poco, avisas. ¿Estamos?
—Estamos.
—Y antes pones: Cuentas del capitán Jerónimo Expósito, ¿entendido?
—Sí.
—Pues así: Cuentas del capitán Jerónimo Expósito, y después puedes poner si quieres, que siempre hace bien: las lleva al día Jesús Conejo, por el procedimiento de la partida doble.

El tabernero y el capitán siguieron hablando toda la noche de asuntos administrativos. Los primeros clarores de la mañana los cogieron sobre la mesa, haciendo números.

La Paca sollozaba en la cama.

—Y el vino, ¿quién va a ir ahora a comprar el vino?

En la estación, en la lampistería, jugaban al mus el Rabo, Chevrolet, el Grillo y Pernalete. Culoblando cantaba por lo bajines unas guajiras del Niño de Ayamonte.

El Pincho contaba lo de Isaac Peral al Guerrita y al Minero.

Colmenero, el Francés y Filete dormían en unos bancos.

La banda estaba reunida, esperando la orden.

El jefe y el cajero, mano a mano, daban los últimos toques a la empresa.

Lazarillo, Salamanca, mayo de 1943

El violín de don Walter

Había una vez, a lo mejor hace ya muchos años, muchísimos años, un viajero irlandés, comilón, andarín, bebedor y gordinflón, que se llamaba de nombre don Walter.

Don Walter poseía un humor excelente y todas las sabidurías antiguas. Don Walter conocía la ciencia de las estrellas, entendía el lenguaje de los pájaros, sabía tocar el violín y hablaba el español. Don Walter distinguía el chorizo de Burgos del chorizo de Pamplona, los vinos de dos cepas hermanas, los trigos de dos eras separadas tan solo por un río, los atardeceres de dos días idénticos a una legua tan solo de camino. Don Walter tenía también unas ansias enormes de descubrir el mundo cada mañana.

Un día, un día cualquiera, llegó hasta la costa de Hendaya y le dijo a un barquero:

—¿Cuánto me llevas por pasarme hasta España?

Y el barquero le respondió:

—Dos pesetas, señor.

Don Walter miró el paisaje de alrededor, miró para el mar azul y las colinas verdes de la tierra, y añadió:

—Bien. Te daré cuatro pesetas si vas despacio, no llevo prisa ninguna, tengo toda mi vida por delante.

El barquero soltó los remos y se puso a hablar con don Walter. Le contó historias de contrabandistas de Irún y de St. Jean de Luz, de alijeros de Fuenterrabía y de Urrugne y de Espelette, de marineros de Pasajes y de Capbreton.

Don Walter desembarcó en la playa de Fuenterrabía. Cogió su macuto, su bastón y su violín y entró en la ciudad. Aquel día hizo tres descubrimientos: la cocina del aceite de oliva, los niños más alegres, más triscadores, más anárquicos del mundo, y los mendigos como institución. Don Walter llevaba el ánimo dispuesto para rociar las cosas y las personas de ternura, de una infinita ternura.

Tiró por el camino —Fuenterrabía ya casi a las espaldas— y se encontró con un buhonero parlanchín y lleno de resignación.

—Aquí no se saca ni para pagar la cama de la posada. ¿Adónde va usted?

—Voy a San Sebastián.

—Yo también. Haremos el viaje juntos.

El hombre de las baratijas llevaba un paso endiablado. Don Walter casi no podía seguirle. Pensó quedarse sentado en la cuneta, por donde corría un hilito de agua, echarse a dormir debajo de cualquier árbol del campo, pero una fuerza superior le hizo sacar energías de flaqueza, hacer de tripas corazón, y seguir dócilmente, casi con presteza, al primer amigo que la providencia puso en su primer camino español.

Ya se veían, a distancia aún, las luces de San Sebastián.

Al llegar a la ciudad —la medianoche sonando en las campanas de los relojes de la calle, esos relojes que tanto acompañan, casi siempre, pero que, a veces, tanto desasosiegan—, don Walter y su compañero de etapa se fueron a dormir: una habitación abuhardillada, el hospedaje; dos camas sin hacer, el lecho acogedor, y un aguamanil de hojalata para lavarse la cara al día siguiente. En el fondo de la jofaina, una mosca nadaba, moribunda, en dos dedos de agua sucia. En el suelo, polvo, y en las paredes, mugre. Una conciencia optimista en un cuerpo rendido. Don Walter durmió doce horas de un tirón.

Lo despertó su amigo —a la vuelta ya de una excursión sobre el asfalto, en pos de las criadas presumidas y de las señoritas con poco dinero—, que se había levantado varias horas atrás, con los gallos del alba.

—¡Arriba, holgazán!

Don Walter inició, no más, una ligera protesta y se levantó. Los dos salieron a la calle.

El vendedor de cintas y de collares, de alfileritos de gruesa cabeza de vidrio de color, de perlas falsas y de culos de vaso engarzados en estaño, de pomadas para las bellas, y azules y sonrosados y amarillos papelitos en los que se predice, ¡tan solo por diez céntimos, señor!, el porvenir, enseñó a su amigo don Walter los cafés de la ciudad.

—Acuérdate de este; aquí podrás sacar un durito.

Más tarde, pensando en su marcha, en su caminar de cada día, y ahorrándole, queriéndole ahorrar a don Walter la soledad, el hombre le presentó al irlandés a un guitarrista gitano, el tío Lucas, un viejo bizco que se quejaba, casi sin decirlo, de la situación.

—A ver cómo te portas; es un amigo mío extranjero que no conoce el país y que quiere ganarse la vida tocando el violín.

El viejo casi ni levantó la cabeza.

—Poco puedo hacer... ¡Está todo tan revuelto!

El tío Lucas dejó caer sus palabras con mucha lentitud, diríanse las últimas gotas de un grifo que se cierra.

—Ya ves, hoy no he podido ni tomarme una copa de aguardiente.

Lo decía con una amargura profunda, con una amargura de histrión antiguo.

Don Walter pidió aguardiente, tres copitas de aguardiente.

El tío Lucas sonrió. El trato estaba abierto.

Don Walter se tomó su copa e hizo memoria. Sí, se acordaba de algunas palabras de caló.

—Tío Lucas, tenemos que ser amigos, yo también soy cañí, es de ley que me ayudes.

El tío Lucas se atragantó.

—¡Chavó! ¿Que tú eres romí? ¡Cualquiera te diría gitano con esa cara de payo!

Don Walter y el tío Lucas se dieron la mano. De romí a romí no había recelo. El trato estaba cerrado.

Con la noche, los dos amigos cayeron sobre las terrazas de los cafés. El viejo de los ojos bizcos organizaba la expedición: él sabía las esquinas estratégicas, él sonreía a las gentes mientras pasaba la gorra, él hacía una seña casi imperceptible a don Walter. Don Walter, obediente, se dejaba llevar...

Aquella noche —la primera noche en que su violín sonó en España— don Walter tocó en todas las encrucijadas de San Sebastián.

—Hoy te corresponde todo —le dijo el gitano a la hora de la retirada—; desde mañana iremos a medias.

Sobre el San Sebastián de la madrugada, llegaba a los oídos de don Walter el lejano murmullo del rompeolas.

El prodigio de que un niño viva como un saltamontes

El niño que tiene el pelo rojo como la panocha; la panza, tensa y vacía como un tambor; la mirada, prematura y tiernamente siniestra; las orejas de soplillo; el ademán de gato sarnoso y acosado es zanquilargo, pelón y algo bizcocho.

El niño no tiene ni padre, ni madre, ni perrito que le ladre. El niño come de milagro, duerme de prestado y vive de casualidad. A veces ni come ni duerme, y se limita a vivir lentamente, tímidamente, cautelosamente, como preocupado de no molestar a nadie.

El niño coge colillas que vende al peso, para hacer emboquillados, al señor Martín, un tío que tiene un puesto de gallinejas pasado el puente de Ventas, y que se ayuda, por eso de que la vida está mal, con lo que puede, y todo lo que puede hacer no se puede decir; o busca taxis al galope para los señoritos que van con una gachí (los que van solos con una cartera debajo del brazo no merecen la pena porque no dan más que treinta), saltando por entre los tranvías como un gorrión; o lleva recados peligrosos, poniendo cara de tonto, a las chicas que tienen un padre feroz; o sube maletas a un sexto piso los días de restricciones; o va mirando para los alcorques de los árboles, por si acaso a alguien se le ha caído una peseta; o sonríe al frutero caritativo que siempre le da dos peras podridas...

El niño tiene cara de mujer sufrida y aficiones de hombre cascado; cuenta las perras con prontitud y buen estilo, juega el naipe con malicia, y pide clara con limón los días de fiesta, poniéndose de puntillas ante el pulido cinc del mostrador.

El niño, que tiene muy pocos años, ni sospecha siquiera que se pueda vivir algo mejor; para él, el hecho de subsistir es un cotidiano y repetido suceso que no se explica, y el ver salir el sol cada mañana por encima de los tejados como un gato orondo, luminoso y pictórico es, quizá, el signo de la vida más feliz. El niño, como se conforma con poco y nada pide, tiene todo lo que puede necesitar: una salud que no llega a quebrar con las tosecillas del invierno, un jersey marrón que aún tiene más lana que toperas, un pantaloncete de algodón con la culera de pana y unas alpargatas con piso de goma que, bien miradas, no están mal del todo. El niño tiene también un grano en el cuello, cien pecas en la frente, en la nariz y en los carrillos, más pelo del preciso para pasar por limpio y una gazuza crónica despabilándole el vientre. El portugués del cuento, que tenía tratamiento de excelencia y que en sus tarjetas hacía constar que era expasajero de segunda clase del paquebote Angola y miembro del sufragio universal, no era más rico que nuestro niño.

El que el niño viva como un saltamontes, silbando de cardo en cardo, o a salto de mata, como un conejo, es un prodigio que la gente se empeña en no entender. Es el puro prodigio de las cosas que son porque sí o, si ustedes quieren, por la gracia de Dios; de las cosas que son exclusivamente así, como son, un poco sin causa y otro poco sin efecto también. Una matita de avena loca, con el viento batiéndole el cobre en el saludable trigal, es, quizá, algo muy parecido a nuestro niño, que tiene un corazón que late, unos ojos que miran, unas manos que tocan y un estómago que, por lo común, ayuna casi sin enterarse.

En el mundo de los niños prodigio, de los zagales ajedrecistas, o toreros, o pianistas, o directores de orquesta; en el limbo de los Arturito Pomar, de los Joselito, que mató vestido de luces a los doce años, de los Pepito Arriola o de los Pierino Gamba, el talentudo y último astro infantil, falta aún la butaquilla anónima del golfante desconocido, ese popular héroe a la fuerza, en cuyo pecho, casi olvidada, arde una llamita alimentada por un poco de rebeldía, algo de conformidad y bastante desconsuelo.

Ese niño que va en los topes de los tranvías y a veces luce en la testa el chichón del duro cajetín de lata del cobrador; que se baña en cueros, y sabe guardar la ropa, en el fluyente y manso canalillo; que torea automóviles al quiebro, y que tiene un raro entendimiento de todo lo prohibido espera con paciencia a que una humanidad más generosa le permita lucir sus habilidades y sus mañas de buen arte.

Mientras tanto... Mientras niño, se adiestra y se perfecciona, día a día, con buena aplicación. Y ya de hombre... Ya de hombre se olvida de sus precoces prodigios y se hace chófer de taxi, o notario, o carpintero, o cura. Los hombres somos algo inconstantes, algo veleidosos, algo cambiachaquetas. Es cosa que no sabemos evitar; que, en el fondo, tampoco queremos evitar.

La Tarde, Madrid, octubre de 1948

El espejo

En la casa, alta, grande, sombría, casi negra, solo de tarde en tarde sopla el tibio vaho de la misericordia. La casa había sido levantada, setenta o setenta y cinco años atrás, por el padre de José, el viejo de hoy. En la casa enterró los dineros que hizo, Dios sabrá cómo, en los primeros años de su vida, y en la casa enterró también —todos, menos el juez, sabemos de qué manera— su conciencia, primero; su caridad, después, y su mujer, poco tiempo más tarde.

Corre de boca en boca por la comarca que, desde entonces, la charca solo aúlla cuando por las noches se acuerda de los secretos que no puede revelar.

Al morir su madre, José tenía no más de cinco o seis años y la soledad le fue haciendo un espíritu taciturno, amante de la crueldad solitaria y de las largas horas viendo cómo el sol hace su recorrido; escuchando cómo las cañas de la charca se mecen en su delgadez; palpando cómo las nubes del cielo se entretienen en hacer y deshacer su propia figura.

José casó joven —recién muerto su padre— con una campesina de una aldea distante, y de su matrimonio nacieron cinco hijos. Los dos varones levantaron el vuelo en cuanto se hicieron hombres y solo de tarde en tarde se les ve por la casa, chalaneando con su padre o con su cuñado, comprando algún potro. Las tres hijas —Juana, Dolores y Marta— jamás salieron del llano; eran como tres taciturnas palomas de corral con las alas cortadas, sin una ambición que las llevara hasta los cerros del sur, hasta el lejano robledal del norte, hasta los balcones del llano sobre el resto del mundo que, tercamente, se obstinan en ignorar.

Las dos hijas mayores casaron y enviudaron en poco tiempo y a las dos les quedó, como recuerdo de tiempos no muy felices, un hondo surco de maldad en el alma y una espesa nube de recelo en la mirada.

La mayor —Juana— se hizo mujer de un caminante que llegó a la puerta pidiendo un sitio al fuego para pasar la noche. La justicia se lo llevó a los cuatro meses escasos de llegar y de él no se volvió a saber jamás una palabra. Dicen que era francés, escapado de la Guayana. A los cinco o seis meses de preso el marido, Juana tuvo un hijo a quien le puso Esteban, como su padre. Esteban es un niño de carnes fláccidas y medio enfermas, que mira fijamente, sin pestañear, a lo mejor durante horas enteras, para el más oscuro rincón; un niño que se pasa días y más días quejándose, sin acabar de llorar, como un hombre herido; un niño serio, en cuyos labios jamás se ve dibujada la sonrisa.

La segunda —Dolores— casó con un amigo de sus hermanos, quien la dejó abandonada al poco tiempo y fue a morir, atropellado por el tren, una noche que marchaba borracho por la vía. Se llamaba Martín —como Dolores puso al hijo que le dejó— y tenía fama de pendenciero por todo el contorno.

La pequeña —Marta— es la que lleva el peso de la familia. Casada, muy joven, con Ramón, diez o doce años mayor que ella, tiene ya tres hijas y un hijo y espera otro, que le abulta el vientre y le hincha los tobillos. Marta es feúcha y flaca, de lacio pelo y pálida color, y está sumisamente enamorada, con un amor que se parece mucho a la servil adoración, del marido, que corresponde a su manera, casi siempre cruel, siempre despectivo, solo a ratos ablandado por fugaces ráfagas de ternura que acaban sonrojándole.

Sus dos hijas mayores —Luisa y Cecilia—, altaneras y atravesadas, tienen un empaque casi principesco y un mirar distante y como amenazador, mal perdido en sus desmedradas figurillas. El padre, a veces, también semeja un príncipe acobardado —todo el cuerpo encogido, menos la mirada— cuando la charca llama, por las noches, a quienes no pueden sobreponerse a la tentación.

La niña mayorcita guarda, entre unos trapos, un gorrión muerto y lleno de gusanos a quienes besa viciosamente, amorosamente; un gorrión que fue todo como una plumita llena de vida hasta que un día cayó en las manos que lo martirizaron, lentas y concienzudas, partiéndole el quebradizo pico entre risas contenidas y un caliente sonrojo por las orejas y por las ingles; sacándole los ojos con un alfiler, los ojos que rodaron por el suelo como dos arenillas y que con todo cuidado lavó la niña para poder guardarlos bien limpios, sin tierra alguna; oprimiéndole el breve pecho jadeante.

Cecilia ve hacer a su hermana y llora, casi con tristeza; es cruel, quizá más cruel que Luisa, pero no puede aguantar la crueldad en los demás. A Cecilia le gusta estar en la cuadra, horas y horas, silenciosa y como preocupada, pendiente de los recios movimientos del caballo, de los poderosos movimientos del toro, de los airosos movimientos del gallo. Cuando llega el mes de abril, Cecilia sufre como una transformación y la mirada se le alegra mientras un suave color de rosa se le posa en las mejillas. Entonces da largos paseos por las orillas de la charca, cortando florecillas que ofrece al toro del establo, al caballo de la cuadra, al gallo del corral, y cantando extrañas canciones que solo entienden el aire, y los pájaros que se mecen en los mimbres y los insectos que se posan, un instante, sobre la piedra gris o verdecida.

La pequeña —Clara— es una niña rubia, seria, silenciosa, de una belleza serena y casi extraña, que juega sola, a la puerta de la casa, con su amigo el mastín, y en su mirada hay un hondo y casi confuso desprecio a todo lo que le rodea.

. . . .

Nada importante parece haber sucedido y solo el agudo llanto que viene del piso de arriba llega a descubrir, levantando no más que una punta del telón, el alegre milagro.

Clara, de vuelta a la casa, se encuentra con la novedad del nuevo hermano. Clara se estremece ante lo maravilloso y una serie de raros pensamientos le asoman a la mente.

Clara recordó las bellísimas, y todavía tiernas y recientes, fantasías de la charca, e imaginó verdes y divertidas ranas, ya viejas, que saltaban al primer ruido, cómicamente, sobre las quietas aguas por donde navegaban, como corazoncitos de fango, los tiernos renacuajos de color gris claro.

Ella era ya una rana, si no vieja sí, por lo menos, ya saltarina, y su nuevo hermano, que gritaba como un condenado en el piso de arriba, era por ahora tan solo un torpe renacuajo recién nacido.

Clara subió las escaleras y notó que los peldaños retumbaban, alegres, a cada pisada. Una, niño; dos, niña; tres, niño; veintidós, niña. Clara se acercó a la cama de la madre, pero a la madre no la encontró radiante, como esperaba, sino con un vago gesto entre de satisfacción y de tristeza. A su alrededor, con una seriedad como despreocupada, con un desinterés que Clara no llegaba a explicarse, sus tías —la mirada baja, el atuendo descuidado, el ademán soñoliento— esperaban a que sonase Dios sabe qué inútil hora. Al lado de la madre, bajo el embozo, el recién nacido, que ya había dejado de gritar, duerme como una pequeña y rugosa fruta colorada. La madre tiene los ojos llorosos fijos en los ojos —casi llorosos— de Clara, y ensaya una sonrisa a la que no consigue dar hermosura. La niña sonríe también, pero sin alegría; tiene la boca seca y en la garganta se le ha cruzado un nudo que le hace sufrir. Aquello no era lo que había venido pensando por el camino.

—¿Es niña?

—No; es niño.

Clara rompe a llorar alborotadamente, descompasadamente, violentamente, casi trágicamente. Sus tías levantan la cabeza.

—Niña, ¡estate quieta!

La madre saca un brazo para acariciarla.

—¿Por qué lloras, hija mía?

Clara, que se ha acordado de repente de un millar de desdichas entre soñadas y presentidas, no sabe qué responder.

—Por nada...

La madre le alisa la cabellera, está cariñosa como nunca.

—No llores.

La niña la besa.

—Adiós, madre; me alegro mucho de tener otro hermanito.

A la madre se le llenan los ojos de lágrimas.

—¿Te vas ya?

—Voy a darle de comer a Mariano.

· ·

La madre, cuando Clara habló, se puso roja: brilladores, los ojos; palpitantes, las sienes.

Las tías se levantaron de pronto, enfurecidas como dos basiliscos, y golpearon a la niña.

—¡Víbora! ¡Mala víbora! ¡Que nos vas a matar a todos!

La niña escapa, despavorida, por las escaleras y se refugia en la cuadra. Al pasar por la cocina, su hermana le tiró la piel de una liebre recién desollada.

—¡Pellejo!

Al cruzar el zaguán, Clara vio al padre y al abuelo mirando, tras los cristales de la cerrada ventana, para el horizonte.

La cuadra está oscura y el pajar, que está encima de la cuadra, está más oscuro todavía.

Se oye la voz del hermano y el resoplar de las bestias, que tienen sed.

Clara sube la escalerilla del pajar y ve que sus ropas están manchadas de sangre. Se acerca al tragaluz y se mira. Tiene el cuerpo como dolorido, pero no nota herida alguna; la sangre es de la nariz que le mana, abundante, como una fuente. Su tía le había pegado en la cara. Fue un golpe sordo, que le hizo temblar toda la cabeza, que le dejó un zumbido en los oídos...

Cuando el hermano bebe la leche —ávidamente, atropelladamente, como un hambriento cachorro— sonríe con un agradecimiento infinito reflejado en sus estúpidos y melancólicos ojillos grises. El niño tiene las manos delgadas, y pálido y como ceniciento el color. La niña le habla.

—¿Estás bien?

Y el niño no le contesta. El niño no sabe hablar, no sabe más que sonreír, con una boba sonrisa que mueve a la tristeza, y gruñir en voz baja, como un cerdo herido y moribundo, como una garduña del monte...

. . . .

Mientras tiene pocos años, muy pocos años, Clara es la hija menor del matrimonio; poco más tarde, cuando nace —¡así no hubiera nacido!— Mariano, Clara pasa a ser como una madre a destiempo para él, a providencial destiempo para él. Mariano es hermano de Clara. La niña tiene siete años cuando Mariano viene al mundo, encanijado, sietemesino, con más vida, ciertamente, de la necesaria.

Al año escaso de nacer, cuando deja de mamar los secos pechos de su madre y, olvidado de todos, se debate como un perrillo en el oscuro pajar, Clara se pasa a su lado las horas muertas: jugando con él, secándole las sucias ropas, dándole de beber la olorosa, la campesina y tibia leche recién ordeñada. Sin ella, el niño hubiera acabado muerto de olvido y de hambre, pasto de las ratas y de las arañas.

El abuelo y las tías se ríen de Mariano; los primos aseguran que lo mejor es matarlo como a un gato, tirándolo a la charca; las dos hermanas mayores le odian de todo corazón, y los padres no quieren ni oír hablar de él: el padre, despectivo; la madre, irritada y avergonzada.

Hay razones de la sangre que nadie se explica y que cuentan, en cambio, como verdades ciertas sobre la vida de los hombres. Son atormentadoras razones a las que no se les ve ni el principio ni el fin, pero que acaban atenazándonos con sus duros garfios como atenaza un cepo al zorro que ya no puede huir.

Clara es la triste hada madrina de Mariano, su indefenso ángel de la guarda, y a su lado la caridad fue alimentando al desprecio y el odio decantándose casi hasta la misericordia. Clara es huraña con los suyos y gusta de caminar, solitaria, por el sendero de la charca que, perdido entre zarzas, dibuja rápidas culebrillas sobre la verde yerba.

Por él se la veía venir, niña aún, llenándose de margaritas el delantal y la mirada de alegría (y de preocupación). Clara camina hasta cerca de la charca, la mira unos instantes como con respeto, y se vuelve —velozmente— sobre sus pasos. Las amarillas y blancas florecitas quedan nuevamente sembradas al borde del camino, mientras la niña huye, sin volver la cabeza, sin apresurarse demasiado, con la cara ligeramente pálida.

Hasta que un día —el día que nació su nuevo hermano, Joaquín— cobró fuerzas y se acercó, como tratando de vencer un miedo injustificado, hasta la orilla misma...

· ·

Sí; fue justamente el día que nació Joaquín, su nuevo hermano. Es la primavera y el sendero está más hermoso que nunca. De buena gana la niña se hubiera llevado consigo a Mariano, que se quedó allá encerrado, jugando con una piedra.

Clara hace tremendos esfuerzos para sentirse feliz. Todo le ayuda: el campo huele como nunca, el sol juega con la mañana en mitad del cielo, los mirlos cantan desde los zarzales, y los dorados, los cobrizos escarabajos arrastran torpemente, graciosamente, sus hermosos colores sobre la yerba.

De trecho en trecho, Clara se para y contiene la respiración como para sujetar mejor el instante de que goza, llena de libertad y de alegría, casi como el pájaro silbador que cruza, raudo, casi a ras del suelo, para elevarse a lo lejos, camino de las distantes nubes.

La charca, próxima ya, deja ver la tersura de sus aguas mansas, hermosas y verdes para algunos reflejos, verdes y venenosas para cualquier otra luz.

La charca, de día, es un bello lugar menos temeroso que el campo; un fresco rincón donde los pájaros ocultan su escandaloso amor entre las verdes cañas que se doblegan, graciosas, al liviano peso. La charca, de día, es muy distinta al temeroso y traidor paisaje de la noche, con su neblina engañadora y su voz que atormenta como el vagido del moribundo aferrarado, con su última gota de voz, al hilo de araña que mece, suavemente, el viento.

Clara llega hasta la orilla misma que aún finge ser el campo, con su césped que crece sobre el lodo finísimo, y sus espadañas cortantes como navajas, y sus nenúfares y sus lirios de suaves y delicados colores, y se queda absorta y muda ante lo que ve. Clara está ante un paisaje diferente y recién encontrado, ante un mundo que no sospechaba, tan distinto del hosco clima de su casa, del gesto de sus tías crueles que se complacen en aburrirla, de sus hermanas que la desprecian, de sus padres que quizá se odian y la odian.

Clara se acuerda de Mariano. Él no puede salir pero ¡si él viera esto! A su hermano se lo imagina, de repente, como un hermoso y tímido lirio preso al tallo que lo nutre... Tiene ganas de llorar —es solo un instante— y vuelve a pasear la mirada por las tranquilas aguas de la charca sobre las que docenas de libélulas —que aún no ha descubierto— persiguen el aire en veloces zigzags.

Lejos, la casa semeja un viejo caballo negruzco que se ha quedado muerto de cualquier maldición, reclinado sobre una peña del camino. Clara le vuelve la espalda.

Clara mira para los cerros que bordean el llano y piensa que nada hay más allá del horizonte. Aquí está lo bueno y lo malo, lo hermoso y lo sucio, lo amable y lo aborrecible. Quiere aclarar la cosa un poco más, pero no puede; se limita a comparar a su hermano de la cuadra con sus primos, los mozos que gozan libremente tirados por el campo; a poner frente a frente la charca llena de colores y la negra casa, el día rebosante de luz y de silencio y la oscura noche preñada de tercas voces que sobrecogen el ánimo.

Clara camina por la orilla y se sienta sobre una piedra que entra en las aguas como un balconcillo. Nota un bienestar grande que le recorre todo el cuerpo, a veces hasta un ligero temblor. Ve el pájaro que pasa dejando caer sobre las aguas el huesecillo de alguna fruta, y ve cómo las aguas se abren, cariñosas, blandas, para recibirlo, cubriendo la misma herida que les hizo, de livianos, ligeros círculos concéntricos que se extienden, hasta hacerse casi imperceptibles, sobre la tersa superficie. Piensa que la tierra es el inmenso techo de la casa donde se guardan las malas obras, y que el agua remansada es el techo, brevísimo, del palacio donde viven las cosas hermosas. En el fondo del estanque, las suaves flores tienen su nido y sobre ellas el mirlo deja caer la roja cereza, la dorada uva. Mira para las aguas, bajo la piedra, y allí se encuentra, mirándose fijamente, sin atreverse a mover ni un solo pedacito de su cara. Cada vez es más feliz, feliz como nunca se había imaginado que hubiera podido llegarse a ser. Ladea la cabeza y las aguas le devuelven la misma cabeza ladeada; levanta una mano y las aguas le muestran la misma mano levantada.

Clara se ríe, cuidadosamente al principio, alborozadamente después. Su risa pasa rodando sobre las aguas de la charca y levanta una huida de mil voces entre los pájaros del cañaveral. Vuelve a mirarse en el profundo espejo de las aguas y vuelve a encontrarse de nuevo, pintada sobre el techo del palacio donde todo lo amable vivía.

Lleva un hermoso botón morado, grande como una moneda, sobre la blusa. El botón es casi del mismo color que los lirios, y los lirios ¡guardan tan profunda, tan escondida su raíz!

Clara no lo piensa; se arranca el botón —solo le desagrada el ruido de la tela al rasgarse— y lo deja caer, por su ligero peso, en el centro mismo de la cara que fijamente la mira al asomarse.

El agua lanza un breve quejido y una gota al aire, y la cara es solo entrevista —unos instantes— bajo los suaves rizos.

Clara se queda quieta, sin apartar los ojos de la imagen, y ve cómo poco a poco la cara del agua vuelve de nuevo a mirarla, inmóvil, con la sonrisa en los ojos.

¡Cualquiera sabe cuánto tiempo pasó! A veces se piensa que un día entero; otras, que solo un cuarto de hora, largo, muy largo... A lo mejor, toda una vida.

El aullido de la charca

Cubierto de polvo, galopando hacia el sol poniente, un jinete se perdía a lo lejos, más allá de la charca. Media hora antes, quizá lo hubiéramos visto discutir con el dueño de la casa y con su yerno.

—¿Y el ganado?
—No pasa.
—¡Allá tú!

Sobre el campo, dejado de la mano de Dios, el sol parecía como entretenerse en acerar los brillos del agua remansada.

No se oía ni una voz ni se veía un solo hombre en todo alrededor.

Echado en el suelo, a la puerta de la casa, un mastín dormía con una oreja levantada y, a su lado, jugando con la tierra, una niña silenciosa esperaba la noche.

Detrás, la casa, alta, grande, sombría, casi negra.

En la cocina, una mujer trajina de un lado para otro; destapa una olla, tira unas patatas podridas en la lata del cerdo, mata una cucaracha con el pie.

En el zaguán, dos hombres fuman parsimoniosamente. El más joven lee un periódico atrasado, un periódico que habrá venido de la lejana ciudad envolviendo cualquier cosa. En la cocina, la mujer enciende un candil.

—¡Niña!

La niña que jugaba con la tierra entra en la casa y se sienta, siempre en silencio, sobre el escalón que une la cocina con el portal.

Parece que, con la penumbra de la luz de aceite, se oyen ahora lejanos murmullos que antes no se escuchaban, próximos ruidecillos de las vigas.

Una suave neblina se posa sobre la charca, y la luna, poco a poco, como trabajosamente, se deja ver, de vez en vez, entre los plateados bordes de las nubes.

Un aullido prolongado cruza por el campo.

—Ya está ahí la charca.

—¡Hacía días!

La niña que está sentada en el escalón rompe a llorar.

—¡Calla!

La cena pasa en silencio. En la cocina, tres mujeres y la niña y dos hermanas suyas, mocitas ya.

En el zaguán cenan los dos hombres; un muchacho y un niño rebañan los platos de los hombres. Nadie habla. El largo aullido sigue cortando la noche.

El joven es el que manda.

—¡A dormir! Marta, tráete dos copitas.

La mujer se dirige a su marido:

—¿Vas a salir esta noche?

—¡A ti qué te importa!

La mujer, que hace ya muchos años que no llora, se marcha con la cabeza baja.

El hombre se va tras ella y se sienta en la cocina a verla hacer. Están solos.

Pasa un rato de silencio. El hombre mira para el suelo.

—Pues sí, voy a salir, ¿no oyes la charca? Voy a salir, como salgo siempre, hasta que un día me cojan en el lazo...

—¡Calla!

—¡No callo! Hasta que un día me cacen como a un lobo y tú...

—¡Calla!

—¿No ves a tu hermana Dolores?

La mujer estaba pálida como muerta.

—Vete, si quieres. Yo rezaré por ti como todas las noches. ¡Qué Dios me lo perdone!

Un viento silbador se había desatado sobre la llanura y los escasos árboles se doblegaban, serviles, a su paso.

El caballo ya conocía el tembloroso camino de tantas noches.

Apretado contra su jinete, buscaba calor para el escalofrío que le corría por el espinazo.

La charca seguía cantando, cada vez más ululante, y su voz se perdía, sin eco, en el final del llano.

Ramón descabalgó.

Un hombre cruzó rápido por la sombra.

—¡Quién va!

Nadie respondió. Había empezado a llover y la charca resonaba como un pandero.

Se oyeron, entre el silbar del viento y el lamentarse del agua, los juncos que se quiebran para que pase el hombre en su huida.

Ramón se arrimó a su caballo, que sudaba bajo la lluvia, el belfo temblón, los cascos impacientes.

Un silbido poderoso le retumbó en los oídos. Prestó atención y vio otro hombre cruzando las junqueras. Sintió no haber traído su escopeta.

Fue andando por la orilla camino de los juncos, con el cinturón de gruesa hebilla de hierro en la mano.

Si hubiese tenido sosiego, quizá hubiera pensado en la viscosa lama, en la traicionera lama que, desde los labios de la charca, esperaba imperturbable la propicia presa.

Cuando notó que un pie se le escurría ya había dado el paso, ya apoyaba la otra pierna —medio metro más adelante— sobre el suelo huidizo.

Por su mente cruzó como una chispa la idea de que se portaba mal con su mujer. Fue solo un instante.

—¡Socorro!

Tenía la cabeza fría por dentro y el agua de la lluvia no bastaba para lavarle la sudorosa frente.

—¡Socorro!

Los juncos se cimbrearon al sonar de su voz y el caballo, impaciente, se debatía con las manos trabadas con la brida.

Ramón hubiera visto en la oscuridad. Sus ojos ardían como dos ascuas.

—¡Socorro!

Tres hombres se le acercaron por detrás y tiraron de él.

—Ya te esperábamos.

—¿Por qué?

—Ya ves..., cosas que a uno se le ocurren. ¿Ya no preguntas por el ganado?

—¡Déjate de eso!

Ramón se limpiaba las botas con unas hierbas. El hombre que había hablado fumaba en una gruesa pipa de tapadera.

—¿Para qué llevas el cinturón en la mano?

—¡Psché...!

Los cuatro hombres llegaron al caballo de Ramón.

—Te compro el caballo.

—Cógelo, te lo doy.

—No; mañana iré a tu casa a buscarlo.

—Es peor; llévatelo ahora. A Marta le iba a extrañar...

—Sí, verdaderamente.

Ramón, descabalgado, volvió sobre sus pasos. Al llegar a la casa le salió la mujer a esperar.

—No te oí llegar.

—Es que vine a pie.

—¿Y el caballo?

—Allá se quedó.

—¿En la charca?

—Sí.

La mujer trataba de mirarle a los ojos.

—¿Qué te pasa?

—Nada... ¿Has rezado por mí?
—Sí.
—¡Más ha valido!
—¿Y esos?
—Ya lo ves.
Ramón entró a calentarse en la cocina. Tenía las ropas caladas por la lluvia y estaba temblando.
—¿Estás malo?
—No, no es nada. Dame una copa caliente.
Marta se la trajo y Ramón se la bebió de un trago.
—Oye, Marta.
—Dime.
—¿Te hice daño anoche cuando te retorcí el brazo?
—No hables de eso.
—¿Tú me quieres igual?
—Sí; anda, calla y vámonos a dormir. Es ya muy tarde.

ABC, Madrid, abril de 1945

Purita Ortiz

Amador Muñoz, de treinta y nueve años de edad, soltero, natural de Azuqueca de Henares, provincia de Guadalajara, de profesión periodista, con cédula, etc., etc., llamó discretamente con los nudillos en el despacho del director.
—¿Se puede?
—Pase usted, hijo.
—Quiero leerle la nota.
—Sí.
Amador Muñoz carraspeó un poco, para aclarar la voz.
—Ayer tarde falleció, rodeada del cariño de los suyos y reconfortada con los auxilios espirituales, nuestra particular amiga la señorita Purita Ortiz, joven en la que se unían, a una belleza singular, una bondad y una inteligencia sin par. Frisaba la finada en los treinta y siete años, cuando un mal traidor, que le minaba el organismo desde fecha aún no lejana, vino a arrancárnosla de nuestra compañía. Sus dotes excepcionales la habían hecho amable de todos los que la conocíamos y admirábamos y su nombre llegó a vibrar, aureolado de un nimbo de gloria, en todos los oídos de la región. ¡Que Dios la haya acogido en su santo seno! A nuestro director, don Julio...
El director, que era un hombrecito pequeño y melenudo, un hombrecito con botines y corbata de lazo, dejó caer las palabras con una seriedad tremenda.

—Bien, Amador, bien; está muy bien. Eso de aureolado de un nimbo de gloria está muy bien, se lo digo yo. El final está también bien: esa exclamación: ¡Que Dios la haya acogido en su santo seno!, es seria y edificante. Sí, sí; hay que dar al periodismo el tono y la altura que le corresponden. ¡Ya lo creo!

El director tosió un poquito y se pasó el dorso de la mano por la boca. Después exclamó, satisfecho como si acabara de descubrir, perdida en los recovecos de su memoria, la idea genial que le faltaba para redondear su carrera, su brillante carrera de periodista.

—Y, además, le felicito a usted, Amador; a mí me gusta ser ecuánime en mis juicios. Así como cuando no estoy conforme con su labor...

Cuando el director empezaba así era para echarse a temblar. No paraba hasta exponer su teoría completa sobre las dotes de mando. ¡Y era tan larga!

Al cabo de media hora salió Amador del despacho de don Julio. En sus ojos brillaban solamente dos lágrimas, porque la azarosa vida del periodista no permite concesión alguna a los sentimientos; pero cuando se quedase solo —¡ah, cuando se quedase solo!—, entonces se vengaría de la vida; de esa difícil vida que le atenazaba como la boa al corderillo; de esa vida dura que le sujetaba a la mesa de la redacción como el forzado al banco de la galera; de esa cruel vida que le impidió, con sus exigencias, estar a la cabecera de la amada cuando exhaló el último suspiro.

¡Pobre Purita! —pensó—. ¡Con lo buena que era, con aquellos sus ojos azules como el cielo y aquella cabellera rubia como la mies...! Desechemos los pensamientos funestos; seamos fuertes, afrontemos la vida como nos la mandan. A lo hecho, pecho, y al toro, por los cuernos; es el lema de don Julio. ¡Ah, don Julio! Don Julio es un espíritu fuerte...

La cuartilla con la nota necrológica de Purita Ortiz llevaba por detrás, en lápiz rojo y de puño del director, la nota escueta y tajante con que los espíritus fuertes hacen frente a las adversidades. Napoleón, en Moscú, no hubiera escrito muchas más palabras que don Julio en Guadalajara: página 3, a dos columnas, con foto.

Amador estaba anonadado. ¡Qué presencia de ánimo la del hombre que, si Dios hubiera querido, hubiera acabado por ser su suegro!

Volvió a la redacción. Llevaba triste la mirada y como desnutrido el bigote. Quiso darse ánimos y pidió al ordenanza una copa de coñac.

—Del bueno —dijo.

¡Después de todo!, pensó.

* * *

El ataúd con Purita dentro bajó difícilmente las escaleras. Hubo momentos en que hasta pudo pensarse que acabaría rodando. Los doloridos hombros de los tres hermanos —uno, veterinario, José; otro, médico, Faustino, y otro, farmacéutico, Fidel— y de Amador, su prometido, no parecían demasiado seguros entre el peso y la congoja.

El señor gobernador civil envió al secretario del Gobierno con su representación, y el señor general en jefe de la plaza mandó a un teniente coronel, ayudante suyo.

La concurrencia de amigos y conocidos era tan selecta como nutrida, y al frente, con la cabeza ligeramente inclinada hacia el suelo, don Julio hacía de tripas corazón.

¡Al dolor con el ánimo!, pensaba.

* * *

Amador cerró los ojos cuando las cuerdas corrieron bajo la caja, que se deslizó hasta el fondo de la fosa, impensadamente ligera. Dentro de los ojos, en vez de ver negro, veía como estrellitas amarillas que corrían veloces de un lado para otro.

Todo sucedió. La larga fila de los asistentes y un prolongado apretón de manos cortado, casi sin sentirlo, en doscientos trocitos.

—¡Arriba el espíritu, Amador! ¡Ha sido la voluntad de Dios!

—¡Sí, don Julio!

El nombre del director le salió de la garganta como un velado sollozo.

—Esta noche, como siempre. Quiero que sea usted quien redacte unas breves líneas.

—Sí...

—¡A lo hecho, pecho, amigo!

—Sí...

Fotos, Madrid, agosto de 1945

La nueva vida de Encarnación Ortega Ripollet, alias Mahoma

Sainetillo de la compraventa

Los pisos de goma de las zapatillas no dejan mucho, dejan más otras cosas: las botellas, las guerreras de caqui y las botas de caballero. Con los pisos de goma de las zapatillas no sale una de pobre; se va tirando, y ya es bastante, porque una, no hay que engañarse, ya no es la que fue y ya está para poco. Ampliando el negocio, las ganancias no tardarían en dejarse ver. A una lo que le gustaría era disponer de unos cuartos para explotar la sastrería y reponer existencias. La sastrería sí deja sus beneficios y, además, es más limpia y provechosa. La ropa usada, sobre todo si es de caballero, deja más margen. En un pantalón, al que no se le clareen los fondillos, se pueden ganar dos duros y hasta tres. Cuando mi Esteban dejó este valle de lágrimas, le saqué a su sastrería para el entierro y para el luto, y aún me sobró.

Encarnación Ortega Ripollet, alias Mahoma, era feliz con sus filosofías. Encarnación Ortega Ripollet, alias Mahoma, tenía tres aficiones: la filosofía, el vino de Valdepeñas y un vidriero fontanero de la calle del Amparo que, la verdad sea dicha, no estaba nada, pero que nada mal.

El vidriero fontanero de la calle del Amparo se llamaba Estanislao, y había querido ser matador de reses bravas (novillos y toros).

—Pero, hombre, Estanislao —le decían los amigos—, ¿tú no te percatas de que con ese nombre no se puede ser torero?

—¡Anda, y por qué no! ¡Lo que hace falta para la tauromaquia es arte y echarle valor! ¿Qué tendrá que ver el nombre?

Estanislao de Dios había conocido a la Encarna en un baile de los de caballero tres pesetas y señoritas por rigurosa invitación.

—¿Baila usted, joven?
—Y esto ¿qué es?
—Nada: un mambo. Todo seguido.

La Encarna y Estanislao pronto intimaron, porque, como Estanislao decía, tenían muchos puntos comunes de contacto.

—¿Eh?
—Pues nada, que tenemos muchos puntos comunes de contacto.

La Encarna puso un gesto de circunstancias.

—Pero sin propasarse, ¿eh?

El Estanislao, al día siguiente, le dijo a la Encarna que habían nacido el uno para el otro.

—¡Qué tío, cómo habla! —le explicaba Mahoma a una clienta.

—¿Y cómo es?
—¿Que cómo es? Pues, ¿cómo le diría a usted? ¿Ve usted al marqués de la Valdavia? Pues igual de fino, aunque peor trajeado. ¡Un tipazo! Y, lo que es más importante, ¡todo un caballero!

—Bueno, bueno, pues que la cosa marche y que sean ustedes muy dichosos...

Encarnación Ortega Ripollet entornó los ojos y se calló.

* * *

A la Encarna, un día, le dijo el Estanislao:

—Oye, Encarna, chata: he pensado que debías ampliar el negocio. A mí me parece que lo mejor era atender la sastrería. Al tiempo que vamos se encuentran abrigos y americanas en buen precio; en el invierno valen el doble.

—Sí...

—Pues claro. Si a ti te parece podíamos formar sociedad. Yo tengo una cartilla en la caja de ahorros, una miseria, y si tú quieres la invertimos en sastrería.

La Encarna estaba emocionada; los pisos de goma de las zapatillas no daban más que para ir mal tirando.

—Bueno, si a ti te parece...

El Estanislao, al día siguiente, se fue a la caja de ahorros y retiró sus cuartos.

—Oiga —le dijo al de la ventanilla—, ¿a cuánto asciende?

Y el de la ventanilla sacó un lápiz pata echar la cuenta de los intereses y le respondió:

—A dos mil ciento dieciesiete con sesenta y tres.

El Estanislao dejó una con sesenta y tres y se llevó el resto.

—No es mucho —le dijo a la Encarna—, pero para arrancar ya tienes.

—¡Anda, pues claro! ¡Muchas habrán arrancado con menos!

La Encarna, con sus cuartos guardados en el escote, empezó las primeras compras.

—¿Seis duros por esta americana? ¡Usted está loco, pollo! Por esta americana no le puedo dar a usted más de seis pesetas, si las quiere.

—¿Seis pesetas?

—Sí, hijo, seis pesetas y al contado, y ni una más. ¡Pero si esto es algodón y del peor!

—¡Hombre, señora! ¡Será algodón, pero, vamos, seis pesetas! ¿Da usted cuatro duros?

—No. Esa americana no vale más de seis pesetas. Mire usted, para no discutir, ¿quiere usted siete cincuenta?

—Pues hombre, no. Con siete cincuenta, ¿adónde voy?

—¡Anda, y yo qué sé! Váyase usted a dar una vueltecita por el río, que siempre es económico.

El joven de la americana volvió a la carga.

—Mire usted, señora, el último precio, ¿me da usted tres duros?

La Encarna se horrorizó.

—¿Tres duros? ¡Quite usted allá! Mire usted, caballero, no se lo quería decir, pero esa americana huele a muerto.

—¡Anda! ¿Y a qué quería usted que oliese, a malvavisco? Este olor se le va en cuanto que usted la tenga colgada al aire un par de días. Después de todo, tampoco es nada malo. Vamos, ¡digo yo!

Al cabo de hora y cuarto de discusión la Encarna se quedó con la americana por nueve pesetas.

La Encarna puso un gesto conciliador.

—Ande, ande. Déjela ahí, me ha ganado usted por la simpatía...

* * *

Encarnación Ortega Ripollet, alias Mahoma, y Estanislao de Dios López, alias Vidrio, acabaron contrayendo. Cuando un hombre y una mujer se aman, ya se sabe: primero toman vermú con gambas; después, se cogen de la mano; más tarde, se aman, y al final, si no hay impedimento, contraen. Entre la Encarna y el Estanislao no había impedimento: los dos eran libres como el pájaro y, además, no eran primos, que siempre entorpece.

La pareja hizo el viaje de novios a Navalcarnero, donde la Encarna tenía una hermana muy bien casada.

—Veniros a Navalcarnero —les había dicho la hermana de la Encarna—; aquello es muy saludable.

—Bueno.

La hermana de la Encarna tenía tres hijos mayorcitos, pero uno, sobre todo, era el que más llamaba la atención. Su nombre era Maximino y tenía la cabeza gorda y una pata seca, tan seca que parecía hecha de cecina.

—El Maximino, ahí donde usted lo ve —le decía la hermana de la Encarna al Estanislao—, es más listo que el hambre. Verá usted. Maximino, ¿quieres una peseta?

—Muuu...

—¿Lo ve usted? No se le escapa una.

Maximino, aunque ya tenía catorce años, todavía no hablaba. Maximino lo único que decía era muuu..., muuu..., como si fuera un choto; pero su madre lo entendía muy bien.

—Eso debe de ser el instinto de la maternidad —se decía el Estanislao—; a esta criatura, el día que le falte la madre, lo mejor que le podía pasar es que lo pisase el tren.

Al Estanislao, eso de estar todo el tiempo escuchando mugir al Maximino le daba mucha tristeza. El Estanislao era muy sentimental, siempre había tenido muy buenas inclinaciones.

—Oye, Encarna —le dijo un día a su señora—; yo creo que nos debíamos volver a Madrid; a mí el Maximino me trastorna, ¡qué quieres!

—¡Pero si es muy buen chico!

—Sí; yo no digo que sea malo...

La Encarna y su marido, a los dos días de la conversación sobre el Maximino, se volvieron a Madrid. En el autobús, la Encarna se puso tierna y le dijo a su marido:

—Oye, Estanislao, ¿de qué le habrá venido eso al Maximino?

—¡Anda, hija! ¿Y yo qué sé?

La Encarna hizo todo el viaje preocupada.

—¿Te mareas?

—No; me estaba acordando del Maximino. Oye, Estanislao.

—¿Qué?

—Pues que digo yo que, para que salga como el Maximino, más valdría no tener hijos, ¿verdad?

—¡Claro! El pobre Maximino es una desdicha; a la criatura no hay por dónde cogerle. Pero, vamos, si nosotros tenemos un hijo, no ha de ser así. El Maximino es lo que se llama una excepción.

* * *

El sol de la primavera, que sobre el Rastro se pintaba con la amorosa y doliente color de la calderilla, sacaba destellos de frac de las chaquetas sin dueño que colgaba la Encarna en su tenderete.

—¿Tiene usted un chaleco canela en buen uso, señora?

—Sí, caballero, en mi tienda nada falta, una tiene de todo...

Encarnación tenía, efectivamente, de todo. Encarnación Ortega no se podía quejar. Encarnación Ortega Ripollet tenía un marido guapo, un puesto de su propiedad, un alma de artista y, para que nada le faltase, un niño cabezota y tartaja, que decía muuu..., muuu... por todo decir y que se parecía a su primo Maximino como una gota de agua a otra gota de agua.

Pero Encarnación Ortega Ripollet, alias Mahoma, no lo veía.

—¿Verdad, usted, que está muy crecido? —solía decir a los compradores que se acercaban a su negocio a mercar el pantalón que había dejado, como un frío y lejano suspiro, un muerto de sus mismas carnes, poco más o menos.

Feria, junio de 1952

Cuestión de acertar

Sobre el viejo caserío los inviernos se descuelgan como las cuentas de un rosario roto. Los ímpetus más violentos se han amansado del roce con los años que van pasando, y las voluntades, aún férreas no hace tanto tiempo, se han ido reblandeciendo sobre el húmedo reclinatorio de las indiferencias.

Es la montaña, ¿qué importa cuál?, el monte que se traga los espíritus templados, las vocaciones que parecían irrefrenables, las fuerzas más hercúleas.

En la montaña, como un milenario patriarca, entre burlón y consentidor, don Claudio ha ido envejeciendo poco a poco, sin que nadie, ni él mismo, se diese cuenta de que envejecía; sin que nadie se fuese ocupando, día a día, de contar los surcos que casi a punta de navaja fueron quedando grabados en su frente.

Conversando, por los senderos y las escarpaduras, con su yegua Generosa, a don Claudio le sorprendieron los albores de cada estación que pasaba, siempre un poco más triste, siempre un poco más resignado, un poco más escéptico, más consentidor. Rodando por el cantil de lo irremediable, don Claudio, ya sin una sola seca raíz a la que asirse, se entretenía en simular, como para tranquilizar su conciencia, que aún le preocupaba lo que ya no podía preocuparle. Después de todo, a los nobles espíritus puede bastarles el no confesarse jamás despreocupados.

Un día... Era el pleno invierno. El campo simulaba una decoración. Las altas, inaccesibles cimas aparecían nevadas, y sobre el valle, rodando por las laderas, se rompían en un agua violenta, arrolladora, todas las nubes del cielo. Hacía un frío que calaba los huesos. Don Claudio, aquel día...

Sí. Don Claudio volvió a su casa ya anochecido. Dejó la yegua en el portal y subió las escaleras, quitándose el tabardo y la chaqueta. Venía empapado de agua, calado hasta los huesos.

Doña Rosita le salió al encuentro.

—Claudio, hijo, creí que no llegabas.

Doña Rosita era la mujer de don Claudio, vieja como él, como él limpia de corazón, sencilla de ademanes, avara de su difícil, de su duramente ganada paz. Don Claudio se sentó en la butaca, al lado del fuego, y empezó a hablar.

Lo que dijo, poco más o menos, fue lo que a continuación transcribimos.

* * *

—Luego volveré; no he llevado la Generosa a la cuadra. El pobre no pasa de esta noche. Su mujer es igual que un caballo, no discurre. ¡Mira que se lo dije! Juana, así no vamos a ningún lado; o Julián toma la medicina, o Julián se muere, ¡tú verás! Pues nada, se conoce que no le dio la gana. Juana, ¿le has dado la medicina a Julián? Sí. Julián, ¿has tomado la medicina? No, se han debido de olvidar ¡Después quieren que las cosas se arreglen! ¡Si no fuera que todas las enfermedades, menos la última, se curan solas! Oye, Rosa, hija, dame un trago de ginebra con agua caliente. ¡Al final acabaré cogiendo una pulmonía! ¡Ocúpate de esta partida de mentecatos, recétales lo que sea, exponte a que no te hagan ni caso...! Y después, cuando ya no los puede salvar ni la paz ni la caridad, aguanta que anden por ahí diciendo como cotorras: ¡Si don Claudio le hubiera acertado a tiempo! Toda esta gente piensa que esto es como la lotería, cuestión de acertar. Este año acerté con la aproximación del gordo. Este año acerté también dos difterias, un tifus, dos palúdicas y tres pleuresías. ¡Este año ha sido un año muy bueno, un año de mucha suerte! ¡Serán bobos! Hola, Joaquín, ¿cómo va tu señora? Muy bien, don Claudio, ya va a lavar. No revientan de verdadero milagro. Paren como conejas y trabajan como bueyes. A veces, unas puerperales, y a la fosa. Piensan que estaba de Dios, y se quedan tan tranquilos. ¡Así da gusto! Yo estoy ya bastante harto de todo esto. ¡Anda que si volviera a empezar...! Entonces Joaquín fue y me dijo: oiga, don Claudio, que el niño parece que no anda bien; lleva ya varios días con mucha calor; para mí que deben de ser las diarreas. Mira, Joaquín, ya te lo tengo dicho, tú no pienses; tú, cuando te pase algo, llámame y estate quieto. Sí, señor, sí, ya lo haré. Pues nada, que si quieres. Yo pienso que son las diarreas; lo mejor será ver a ver si se le pasan. ¡Claro, claro, sin duda alguna, es la mejor solución! Lo malo es que tampoco se están quietos, como Dios manda; se ponen a discurrir por su cuenta, y después la pringan. ¡Caramba, parece que don Claudio no le acertó! A veces, da risa.

* * *

Doña Rosita vino a interrumpirle, le traía la ginebra con agua caliente. Don Claudio se calló. Don Claudio hablaba solo con frecuencia, hablaba a media voz durante tiempo y tiempo. A veces se enfurecía, se ponía rabioso. Entonces gritaba como un condenado.

Doña Rosita puso el vaso y la botella sobre la mesa de camilla.

—¿Con quién hablabas?
—Con nadie; no estaba hablando. Dile a esa que le dé agua a la yegua.

Esa era la criada.

—Voy a salir. El pobre no pasa de esta noche.
—¿El Julián?

—Sí; a su mujer no le dio la gana de darle la medicina. Su mujer es igual que un caballo, es peor que un caballo; ni discurre, ni tiene sentimiento ni nada. Además, anda cada día más sucia. Yo ya se lo dije: Juana, un día te van a comer los microbios. Ella se echó a reír. A lo mejor, es más dura que los microbios; no me extrañaría nada. Pero el pobre Julián, ¡ya ves! Se defendió como pudo, pero al final se lo van a tener que decir en misas.

Doña Rosita salió de la habitación, Al poco rato estaba otra vez al lado del marido.

—Ya le han dado el agua a la Generosa.

—Bien.

Sobre el viejo matrimonio pasaron unos instantes de silencio. Doña Rosita sacó una baraja del aparador y se puso a hacer solitarios.

—Es el solitario nuevo que me enseñaron las del registrador. ¿Quieres que te lo enseñe?

—Después. ¿Es divertido?

—Sí, muy divertido. Lo malo es que no sale casi nunca; es muy difícil.

Sobre el portón sonaron tres golpes.

—¡Abre, Luisita!

—Voy, señora.

Luisita bajó las escaleras y abrió.

—Que venga don Claudio, que el señor Julián se va...

Don Claudio oyó el aviso y se levantó. En el portal se encontró con un niño de la vecindad, medio tonto, que tenía el pelo rojo y que andaba siempre haciendo recados de un lado para otro.

Don Claudio levantó la voz.

—Oye, Rosita, que luego vuelvo, adiós.

Del piso de arriba llegó la voz de doña Rosita.

—Adiós, espera que baje.

* * *

Cuando don Claudio volvió para su casa, al cabo del tiempo, después de certificar la muerte de Julián, venía hablando bajo, como consigo mismo. Lo que decía no se podía entender. Los del pueblo decían que don Claudio hablaba a veces con la yegua.

Su mujer le preguntó:

—¿Ha muerto?

—No; lo deja para mañana por la mañana.

Doña Rosita era muy miedosa.

—¿Les has dejado algo?

—Sí, le he metido tres pesetas debajo de la almohada; no llevaba nada más encima...

Medicamenta, Madrid, julio de 1947

Dos butacas se trasladan de habitación

Don Cristobita ha estrenado casa: cuatro habitaciones, todas exteriores, hall, cocina, baño, aseo de servicio y un armario empotrado en el pasillo. Don Cristobita está encantado con su nueva casa y se pasea por las habitaciones de una a otra, echando discursos y andando a la pata coja. Cada cual denota el contento como mejor puede.

Los muebles de don Cristobita vinieron por el aire, como las noticias lejanas —las noticias de las inundaciones del Nilo y de los descarrilamientos en Louisiana del Sur—, y don Cristobita, mientras veía sus mesas y sus sillas suspendidas en el vacío, como la espada de Damocles, pasó un rato amargo, con los nervios de punta y la atención en vilo.

Pero todo tiene su fin, y los muebles de don Cristobita, unos detrás de los otros, quedaron instalados en su nueva casa. Los dos butacones de orejas, lustre y orgullo del ajuar de don Cristobita; los dos butacones, amplios como matronas romanas, acogedores como madres tiernas, cómodos como ataúdes de primera preferente, clase A, gran lujo, no salieron de la habitación por cuyo balcón habían entrado, la habitación que había de ser precisamente el despacho donde don Cristobita había de despachar, como a criadas insurrectas, sus largas y vacías horas de aburrimiento y crucigramas.

Don Cristobita, con los muebles recién colocados como huevos frescos y recién puestos —en su nueva casa, se volvió algo matilde, algo cocinilla, y se dedicó durante algunos días a correrlos de sitio, a quitarles el polvo, a darles un poco de barniz.

—¡El hogar! —decía—. ¿Hay algo mejor que el hogar? Con un hogar confortable se ahorra dinero, casi no se sale a la calle, se baja menos al café... ¡Oh, el hogar!

Cuando don Cristobita acabó de arreglar su nueva casa cogió el portante y se marchó al café. A don Cristobita le remordían un poco las largas y estériles horas del café, pero ¡se estaba tan bien! Don Cristobita buscaba argumentos para quedarse en casa, pero no los encontraba. Al contrario, lo que le aparecían a cientos eran argumentos para marcharse: la criada cantaba con una voz estentórea y destemplada; la casa olía a aceite frito y a lombarda cocida, el niño estaba sucio y se pasaba las horas llorando a moco tendido, la mujer le acosaba con la eterna cantinela de que no tenía medias... En fin...

El pobre don Cristobita, acorralado por las circunstancias —como él decía—, procuraba comer aprisa y corriendo para largarse de nuevo al café. ¡Se estaba tan bien sentado sobre el peluche, tomando café con leche y oyendo hablar de literatura a los de la mesa de al lado! Hasta que un día... El autor de estas líneas ha oído decir, no recuerda bien dónde, que los grandes descubrimientos de la humanidad han sido siempre producto del azar: el baño de Arquímedes, la manzana de Newton, etcétera. A don Cristobita, aquel día debió de pasarle algo parecido.

Don Cristobita estaba pensando en lo de la Alemania occidental —si era bueno o si era malo—, y de repente se quedó parado y dijo:

—¡Ya está! ¡Lo que hace falta es cambiar el despacho de sitio!

Salió corriendo para su casa y le comunicó la decisión a su mujer.

—Mira, Paquita, hija, lo que hace falta es cambiar el despacho de sitio, ¿no te parece? Ahí donde está, mismo enfrente de la cocina, no es un sitio apropiado. Es de mal efecto que venga alguien a visitarme y pueda ver ahí una mesa llena de pescadillas muertas. ¿No te parece?

—Sí, sí, lo que tú quieras. Ya sabes que yo, lo que tú quieras...

Don Cristobita puso manos a la obra. Los muebles del comedor los puso en el hall, que estaba vacío, y empezó a sacar los muebles del despacho. Las sillas salieron muy bien. Dos estanterías pequeñas que tenía adosadas a la pared salieron bastante bien. La mesa salió bien; con algún trabajillo, pero salió bien. Lo malo fueron los dos butacones de orejas.

Llamaron a la puerta y don Cristobita tuvo que suspender un momento su quehacer para apartar un poco los muebles del comedor, que no dejaban llegar a la puerta.

—El gas.

—Bien, pase usted.

—¿De mudanza?

—Pues no. Un arreglillo...

Los dos butacones de orejas pesaban como condenados; además, eran malos de manejar.

—¡Paquita, échame una mano!

—¡Voy!

La mano de Paquita no fue suficiente.

—Que venga la Lola.

La Lola vino, pero entre los tres tampoco pudieron sacar el butacón. El hombre del gas que salía de la cocina de anotar el contador se consideró en el derecho de intervenir.

—¿Y dándole la vuelta?

El butacón de orejas, dándole la vuelta, tampoco salía. El hombre del gas era un hombre dinámico, peligroso.

—Yo creo que quitando la puerta tiene que salir. Lo que falta es ya muy poco.

Pero con la puerta fuera de sus goznes y apoyada, como una puerta enferma, en la pared del pasillo, el butacón tampoco salía.

Don Cristobita se sintió jefe.

—Nada. Dejémoslo. Hay que avisar a los hombres de las mudanzas; que los descuelguen a la calle y que los vuelvan a coger desde el otro balcón. Eso para ellos es facilísimo. Por la puerta está bien claro que no caben.

Don Cristobita se colgó al teléfono y habló con los de las mudanzas, que quedaron en ir a la mañana siguiente. Después, como tenía los nervios deshechos, se fue corriendo al café.

Y a la mañana siguiente... A la mañana siguiente, a las ocho y media, la criada despertó a don Cristobita.

—Señorito, los de la mudanza.

Don Cristobita se echó de la cama y se puso la bata. Don Cristobita había dormido, en la noche, tres cuartos de hora escasos; el hombre se había desvelado pensando en sus butacones de orejas.

Don Cristobita salió al pasillo y allí se encontró con ocho mocetones garridos —asturianos y gallegos— armados de garruchas, poleas, cuerdas y decisión. Don Cristobita se encontró muy pequeño al lado de ellos y sonrió.

—¡Je, je!

El que parecía jefe tomó la palabra:

—Buenos días. ¿Qué hay que hacer?

Don Cristobita estaba un poco azarado; él no contaba con que hubieran venido más de dos hombres, uno para asomarse al balcón y otro para ponerse en la calle y coger las butacas.

—¡Je, je! Pues, ya ven ustedes, ¡poca cosa! ¡Una chapucilla! Estas butaquitas que quería llevarlas a esa habitación y, claro, como por la puerta no caben, pues pensé que lo mejor sería descolgarlas a la calle y volverlas a coger, ¡je, je!

El que parecía jefe ni contestó. Miró las butacas, miró la puerta, se ajustó el cinturón, cogió una butaca, le dio la vuelta y la puso en el pasillo. Con la otra hizo lo mismo.

Don Cristobita se puso colorado.

—¡Je, je! Pesan, ¿eh?

—No, señor, ¡más pesa un piano!

Don Cristobita seguía sonriendo; el hombre se sentía profundamente desgraciado.

—¿Algo más?

Don Cristobita casi no tenía voz.

—No..., no..., no...

Arriba, Madrid, noviembre de 1949

Las andanzas del pequeño veraneante

I
El pequeño veraneante se baña

El pequeño veraneante había mostrado cierta buena disposición para trepar peñas difíciles, sortear pasos dudosos, saltar zanjas, escalar montes no muy altos y subirse a los pinos. El pequeño veraneante sabía, asimismo, distinguir las moras verdes de las maduras, las castañas de Indias de las castañas pilongas, el trigo del maíz y las gallinas ponedoras de las palomas torcaces. El pequeño veraneante, a no dudarlo, iba adquiriendo a pasos agigantados todo un aire imponente de avezado viajero.

Aún quebraban en él algún que otro detalle un tanto dudoso —bañarse en calzoncillos, por ejemplo—, pero, a fuerza de aplicación y buenos sentimientos, el pequeño veraneante iba corrigiéndolos o, cuando menos, depurándolos.

El pequeño veraneante tenía sus horas repartidas con cierta sabiduría; de tal a tal, dormir; de esta a la otra, comer; de cual a cual, pasear; de aquella a la de más allá, acompañar al baño a las señoras que tenían sus maridos en Madrid. El pequeño veraneante jamás se salía un ápice de lo previsto; pensaba, con Descartes, en que la importancia de la norma estribaba en que no dejara de serlo.

En los escasos ratos del día que su culto por la norma le dejaban libre, el pequeño veraneante se dedicaba a los más varios menesteres: sentarse, levantarse, coleccionar sellos, pedir el periódico prestado, fumar cigarrillos, o asistir a distancia a la siempre aleccionadora y etimológica polémica de sus compañeros de hotel sobre si Balsaín se debía escribir con B o con V. El pequeño veraneante —en su plausible afán de hacer engordar sin descanso el acervo de su cultura— era todo oídos en aquellos instantes en que la sabiduría, como una diosa, etcétera.

Pues bien; la cosa —como siempre, en última instancia, sucede con todo— fue sencilla, quizá bien mirado, hasta demasiado enternecedoramente sencilla. Vedla.

Era una mañana radiante. El sol estaba en su cénit, el pajarito en su rama, el negro toro —es un decir— en su prado, y el agua, ¡ay, el agua!, y el agua estaba en su río. Todo era paz en torno. La naturaleza vestía sus primeras galas de mujer mientras los veraneantes vestían sus últimas camisas del invierno, esas camisas que empiezan a descoserse y a coserse, a romperse y a zurcirse y ya nadie logra saber jamás cuándo, verdaderamente, llegan a estar a punto de ser tiradas a la basura.

El aspecto del campo era bonito. Por el polvoriento sendero, como si nada, iban camino del río cuatro personas: tres mujeres y un hombre. Tal era su aspecto de seriedad que, de haber habido un poeta lírico escondido entre las breñas, se hubiera apresurado a escribir en su block:

Cuatro personas marchaban
por el camino del río.
Las de delante, sobrinas.
El de detrás era el tío.

Sin embargo, en este caso, aunque parezca extraño, el poeta no habría estado en lo cierto: los cuatro caminantes no eran, como el vate en su ingenuidad supusiera, un tío con sus tres sobrinas, en fila india, sino el pequeño veraneante —nuestro pequeño veraneante—, su mujer y dos señoras más, estas del subgrupo de las de los maridos en Madrid.

El cuarteto iba camino del baño: unas frígidas pozas escondidas, como grillos enamorados, entre zarzales y helechos.

Llegado que hubieron —como dicen los eruditos, los filólogos y los aficionados— al lugar en cuestión, nuestro pequeño veraneante y las tres señoras a su custodia entonaron himnos de salutación al campo y se sentaron sobre el verde y blando césped de la orilla. Las tres señoras —que no habían pasado una pulmonía quince días atrás— se pusieron en traje de baño, si bien con el firme propósito de no mojarse más que los pies.

El pequeño veraneante, tímido como una corza soltera, retozaba con un palito de poza en poza, midiendo profundidades y recordando aquello tan ejemplar de la inmensidad del océano y nuestra propia e insustancial pequeñez.

Sus tres mujeres, admiradas de sus dotes de explorador, le animaban con frases donosas a que continuara sus brillantes escarceos.

—A aquella. Súbete a aquella.

Y el pequeño veraneante, dócil y galante como un caballero de la corte de los Luises, se subía a la otra peña, bien sabe Dios que solo por complacer.

El sol marcaba en el reloj del cielo —¡qué barbaridad!— la hora del mediodía, cuando nuestro pequeño veraneante, confiado en sus pletóricas facultades, y en el momento en que exclamaba, como un gladiador triunfante: ¡He aquí la poza profunda! ¡Miradla detenidamente!, perdió pie —nadie pudo explicárselo— y se cayó al agua. Fueron unos momentos de intensa emoción que las tres mujeres aprovecharon para correr, como gráciles golondrinas, en dirección contraria a la poza.

Un jilguero silbaba en la enramada.

* * *

Al tiempo de desnudarse y de secarse al sol, pobre y abandonado y con las tres mujeres, posiblemente sentadas ya en el hall del hotel, nuestro pequeño, fraterno, entrañable y recóndito veraneante pensaba, como para consolarse, en un telegrama a los buenos amigos lejanos, en un telegrama que no puso, pero que muy bien pudo haber puesto: El baño bueno punto nuestras mujeres bien y precavidas punto abrazos.

II
El pequeño veraneante va de pesca

El día estaba radiante, luminoso. Un aire fresco, tierno y aromático como un panecillo, corría sobre las verdes y suaves orillas del río. Era por la mañana temprano y los patos recién despiertos batían las alas con violencia, desperezándose, antes de echarse a volar camino de la balsa. Olía el campo a florecitas granadas, señoritas en enagua, tiernas gotitas de rocío y otras bellas sustancias a la acuarela. En el cielo diáfano, las golondrinas, tan gentiles, se dedicaban a digerir mosquitos de tenues alas color ala de mosca. Un gazapillo retozaba en torno de la aromática mata de cantueso y una lagartija sin rabo se guarecía cabe la roca; roca, naturalmente, de cuarzo cristalizado en hexaedros.

Era hermoso en verdad el marco multicolor que eligió nuestro pequeño veraneante para pescar su trucha.

Una sensación de sosiego —una pegajosa, adherente sensación de sosiego que parecía resina— caía, lenta, del tupido pinar. Los helechos de envolver mantequilla se mecían, indiferentes, sobre el agua friísima, y la ardilla trepadora se dedicaba a eso, a trepar, mientras la señora que madrugaba sentía dimanar la providencial ayuda de los hermosos versos de «El tren expreso» o de «¡Quién supiera escribir!», tan correctos como aleccionadores.

A todo esto, nuestro pequeño veraneante, vestido de punta en blanco, con un hermoso jipi en la sesera y una impresionante caña de pescar toda llena de rueditas, al hombro, bajaba con decidido ademán —ya es sabido que nada es más osado que la ignorancia— por la ladera que llevaba al río. Con él iba un amigo suyo —llamémosle, por llamarle de alguna manera, don José Ramón, que hace bastante bien—, hombre ducho en lides de pesca, buen técnico en lombrices, moscas, devones y demás porquerías, y aficionado serio y conspicuo que miraba el color de las nubes cuando las había, buscaba Dios sabe qué misteriosas orientaciones del viento y devolvía a las aguas las truchas desnutridas que hubieran sido un desdoro para su canana de paja del Tirol suavemente dorada a fuego lento. Don José Ramón —a diferencia de nuestro pequeño veraneante, que era un incauto— sabía perfectamente lo que se pescaba.

Pues bien: ya en la orilla, don José Ramón abandonó a nuestro pequeño y entrañable veraneante y se marchó, solo y altivo, río arriba, en pos de las pozas recónditas donde las truchas, como por entretenerse, pican el anzuelo en el menor descuido.

Nuestro pequeño veraneante se sentó en la orilla, caña en ristre, y esperó. De cuando en cuando miraba para detrás, por si era visto, sacaba el anzuelo del agua y le renovaba el cebo, que se había llevado, ¡tan desconsideradamente!, aquella trucha que pasó y que no faltó nada, verdaderamente, para que hubiera quedado colgada, como un calcetín, al extremo del sedal.

Alimentando truchas y contemplando el paisaje, nuestro pequeño veraneante había ya herido de muerte a la mañana. El sol marcaba ya poco menos que el mediodía, cuando por la orilla del río abajo se vio venir a otro pescador. Era un hombre joven, armado con una caña bastante peor, pero por lo visto bastante más eficaz que la de nuestro pequeño veraneante o la de su amigo don José Ramón. El hombre de la caña mala llevaba al costado un fardelejo rebosante de peces. Verlo y tramar nuestro pequeño veraneante toda una suerte de malévolas inclinaciones fue todo uno. Cuando estuvo al alcance, nuestro pequeño veraneante le soltó:

—Qué... ¿Buena pesca?

—¡Bah, según cómo se mire!
—Pero, hombre, yo veo su bolsa llena de truchas.
—Sí, alguna picó. Y a usted, ¿qué tal se le ha dado?
—No sé. Hace cinco minutos que he bajado.

Nuestro pequeño veraneante sintió que el corazón le latía más fuerte cuando mentía como un bellaco. Quiso variar el sesgo de la charla y preguntó, como distraídamente:

—Hombre, a propósito, ¿no ha visto usted por ahí arriba a un señor que lleva una chaqueta verde?
—Sí, allá lo dejé. ¡Llevaba una caña magnífica!
—¡Ya lo creo, muy buena! Y qué, ¿sabe usted si pescó algo?
—No, señor, no había pescado nada, ni creo que lo pesque; llevaba demasiado plomo.

Nuestro pequeño veraneante hizo un esfuerzo supremo y, mirándole fijamente a los ojos, le dijo al pescador de la caña mala y eficaz.

—Le doy a usted diez duros por una trucha pequeña. ¿Hace?
—Es que, mire usted..., yo no vendo.
—Le doy a usted veinte duros. ¿Hace?

El pescador de la caña que servía para pescar miró para el horizonte, se atusó el bigote, se metió un dedo en la nariz y exclamó, con el gesto solemne como un senador romano:

—¡Hace!

* * *

Nuestro pequeño veraneante colgó su truchita del anzuelo y esperó. Cuando don José Ramón llegó, nuestro pequeño veraneante tiró con fuerza de la caña, dio unos cuantos gritos y se revolcó, jubiloso, sobre la verde orilla. Nuestro pequeño veraneante era un actor dramático consumado. Don José Ramón lo miró y dejó caer la cabeza, abatida, sobre el pecho. Acababa de recibir un rudo golpe moral.

III
El pequeño veraneante viaja

Día llegó —por eso, quizá, de que en este mundo todo, tarde o temprano, acaba llegando— en que nuestro pequeño veraneante, con el bolsillo exhausto y el porvenir un tanto dudoso en aquel encantador pueblecito donde todo era delicia y paz, y las gentes eran honestas y hacendosas, y el paisaje evocador, y el cielo lleno de tersura como un lago en calma, etc., etc.; día llegó, decíamos, en que nuestro pequeño veraneante no tuvo otro remedio que volverse a sus cuarteles de invierno.

En la ciudad le esperarían las cosas que, sin llenarle la bolsa, le vaciarían la voluntad; pero nuestro pequeño veraneante, que de joven había leído un hermoso libro titulado *Eduque usted su espíritu*, libro que tenía una aleccionadora portada representando un señor con ojos de loco que miraba para el lector al tiempo que le apuntaba con un dedo, decidió, como todos los años al asomarse al otoño decidía, no arredrarse, hacer de tripas corazón, poner buena cara al mal tiempo y juntarse con las buenas compañías.

Arribó a la capital un tanto mohíno, molido por aquel viaje en autobús, en el que se tardó desde la provincia de Segovia hasta Madrid exactamente igual que de Madrid a Londres y vuelta; pero su firme voluntad de vencer todas las dificultades le hacía olvidar los avatares —los últimos, gracias a Dios, avatares del verano— de la excursión y el alto de cuatro horas y media en el puerto de Navacerrada por el lado de allá, que es el bueno.

El coche, viejo, chepudo y renqueante como un camello jubilado, subía echando los bofes por las Siete Revueltas, cuando un ruidito sospechoso, un ruidito no llamativo, pero sí sintomático, se dejó sentir como un amor repentino: breve, intenso, hasta dando un poco de grima, incluso. El coche reculó un poquito y después, afortunadamente, se paró. El conductor y su ayudante se apearon prestos y pusieron sendos adoquines en cada una de las ruedas. El pequeño veraneante y sus compañeros, que tal vieron, se apearon más prestos aún y se pusieron a contemplar la escena.

Al principio —nada hay más paciente que un viajero español; pregúnteselo usted a la RENFE— el humor era bueno. La tarde declinaba, los pinos se mecían con suavidad, no hacía ni frío ni calor, una vaca negra que pasaba era tomada, como de costumbre, ¡oh, manes de Freud!, por un toro por las señoras, y un guarda-jurado de gris uniforme con solapas rojas nos recordó a todos a la policía montada de Canadá.

—¿Qué pasa?

—Nada; la caja de cambios.

Lo malo vino después. La caja de cambios debe de ser algo realmente importante, porque el conductor y su ayudante, en vez de meterse debajo del coche, que es lo que suele hacerse en semejantes casos, se dedicaron a pasear por la carretera de arriba para abajo. La cosa, por lo visto, no tenía arreglo. El pequeño veraneante, en su peculiar inconsciencia, quiso hacerse simpático y averiguar de paso cuál iba a ser la suerte de la expedición, y se acercó, como si se los encontrase por casualidad, al chófer y a su amigo el ayudante.

—Buenas —les dijo dulcemente—, ¿ustedes creen...?

No pudo acabar su frase. El chófer y su buen amigo el ayudante ni le miraron. Los chóferes y sus amigos los ayudantes, dedicados toda una vida a llevar y traer gente de un lado para otro, llegan a olvidar que los viajeros, salvo excepciones, son seres vivos que, entre otras virtudes, tienen la habilidad o el don de la palabra articulada.

El pequeño veraneante, triste y cariacontecido, se fue a reunir de nuevo con sus congéneres.

—¿Qué tal, qué tal? —le preguntaron, impacientes.

—Nada —replicó el pequeño veraneante—, no deben ser españoles.

La gente empezó a impacientarse; la noche empezó a caer de verdad; los padres de los niños empezaron a decir que lo mejor era dar paseítos para no quedarse fríos y las madres de los niños empezaron a decir que no, que de ninguna manera; que lo que convenía hacer para no quedarse fríos era meterse dentro del autobús.

Lo que más tarde aconteció no fuera para descrito. Jamás —desde Esparta— recuerda la historia caso alguno de más ejemplar renunciación, de más probo estoicismo, que el registrado por aquel grupo de tímidos infelices de la clase media —que, bien mirado, hay que ver lo sufrida que es—, entre los que se encontraba, cavilando sobre la campaña de los próximos meses, nuestro pequeño veraneante: el hombre del que, si subsanase algunos pequeños defectillos, podría decirse que vivía en olor de santidad.

Haría falta un libro entero, un libro gordo, para relatar con cierta minucia aquellas horas al raso. Aquí parece ser que no tenemos espacio suficiente.

El ayudante esperó a que pasase un coche que le condujera al primer teléfono. La cosa de la caja de cambios sucedió a las nueve de la noche. El coche que había de llevar al ayudante tardó media hora en pasar y otra media hora en llegar a un teléfono. Eran ya las diez. El ayudante, con eso de tomarse una copeja de coñac para entonar el cuerpo, esperó a que fuesen las diez y media para pedir socorro por conferencia. La conferencia, como la hora era mala y la señorita del teléfono tenía que cenar y charlar un rato con las amigas, tardaron en darla tres horas menos unos escasos minutos. Era ya la una y media de la madrugada. Los veraneantes macho vivaqueaban en la carretera, al tiempo que los veraneantes hembra vigilaban dentro del coche el sueño de sus crías. En explicar lo que pasaba y en preparar otro coche transcurrieron aproximadamente cinco cuartos de hora. Eran ya las tres menos cuarto. En llegar el nuevo autobús pasaron tres horas y media, y en transbordar los equipajes, media hora más. Eran ya las siete menos cuarto. Un nuevo día rasgaba el horizonte, mientras los pajaritos, con un desprecio absoluto del dolor ajeno, silbaban jolgoriosos en la amanecida. En llegar a Madrid tardó la expedición cuatro horas, porque era conveniente bajar no muy deprisa. Eran ya las once dadas cuando los veraneantes oían aquello de: ... Y que no se vuelva a repetir; ya lo sabe usted. Comprenderá que no son horas de llegar a la oficina.

Arriba, Madrid, agosto y septiembre de 1946

Las orejas del niño Raúl

El niño Raúl era un niño con personalidad; esto es, un niño flaquito, paliducho, que hacía, más o menos, lo que le daba la gana. El niño Raúl tendía a la histeria, a la misantropía y a la holganza, como los sabios de la antigüedad. El niño Raúl tenía manías, una bicicleta y diez o doce años.

Al niño Raúl, aquella temporada, lo que le preocupaba era tener una oreja más grande que otra. El niño Raúl se miraba al espejo constantemente, pero el espejo no le sacaba demasiado de dudas; en los espejos que había en casa del niño Raúl jamás podían verse las dos orejas a un tiempo.

El niño Raúl, preocupado por sus orejas, pasaba por largos baches de tristeza y de depresión.

—¿Qué te pasa? ¿Por qué estás con esa cara? —le decía su padre a la hora de comer.

—Nada... Lo de las orejas... —contestaba el niño Raúl con el mirar perdido.

El niño Raúl, a fuerza de mucho pensar, descubrió que la mejor manera de medir las orejas era con la mano, cogiéndolas entre dos dedos, las dos al mismo tiempo, y llevando la medida a pulso, un momento, por el aire —¡por un momentito no había de variar!— para ver si casaban o no casaban.

Lo malo del nuevo procedimiento fue que, contra todos los pronósticos, no resultaba de gran precisión, y la oreja izquierda, por ejemplo, tan pronto aparecía más grande como más pequeña que la oreja derecha. ¡Aquello era para volverse loco!

El niño Raúl empezó a prodigar las mediciones, a ver si conseguía salir de dudas, y hubo días —días excepcionales, días de suerte y de aplicación, días radiantes— en que llegó a medirse las orejas hasta tres mil veces.

Los movimientos del niño Raúl para medirse las orejas eran ya automáticos, eran ya unos movimientos casi reflejos, y el niño Raúl llegó a tal grado de perfección que se medía las orejas como hacía la digestión, o como le crecían el pelo y las uñas, o como crecía todo él, que era un niño larguirucho, desangelado, desgarbado.

Mientras estudiaba la física, mientras se bañaba, mientras comía, el niño Raúl se medía las orejas incansablemente y a una velocidad increíble.

—¡Niño! ¿Qué haces?

—Nada, papá; me mido las orejas.

El niño Raúl vivía con sus padres y con sus hermanos en un chalet de la carretera de Chamartín. La cosa, para el niño Raúl, había ido marchando bastante bien —con algún grito de vez en cuando—, pero la fatalidad, siempre al acecho, hizo que al padre de Raúl se le ocurriera pensar que lo único que faltaba en el jardín era un gallinero, y allí empezó la ruina y la decadencia del niño Raúl.

—¡Un gallinero! —decía el padre del niño Raúl con entusiasmo—. ¡Un gallinero pequeño, pero bien construido! ¡Un gallinero poblado de gallinas Leghorn, que son muy ponedoras!

El niño Raúl seguía midiéndose las orejas mientras veía levantarse el gallinero. Los dos albañiles que lo construían miraban con aire de conmiseración al niño Raúl, pero el niño Raúl ni imaginaba que aquella compasión fuera por él.

Y, como pasa con todo, llegó el momento en que el gallinero se terminó. Quedaba mono el gallinero con su tejadito y con su tela metálica.

—¡Bueno! —dijo el padre del niño Raúl—. ¡Por fin está terminado el gallinero! Ahora lo único que faltan son gallinas. Compraremos gallinas Leghorn, que son muy ponedoras. Pero iremos poco a poco, no conviene precipitarse. De momento, compraremos dos gallinas y un gallo. ¡Raúl!

El niño Raúl se estaba midiendo las orejas.

—¡Voy, papá!

—Acompáñame tú, que eres el mayorcito. ¡Vamos a comprar dos gallinas y un gallo de raza Leghorn!

—Muy bien, papá.

—¿Estás arreglado?

—Sí, papá.

—¡Pues andando!

Era una radiante mañana de primavera. El niño Raúl y su padre se perdieron en el horizonte, a través del campo, camino de la Ciudad Lineal, donde había una granja muy afamada.

El padre del niño Raúl iba delante, con paso firme y decidido y aire de jefe de una familia bóer colonizadora del África del Sur. Daba gusto verlo. El niño Raúl se quedaba atrás, midiéndose las orejas, y después daba un trotecillo para alcanzar a su padre.

Al cabo de hora y pico de andar, el niño Raúl y su padre llegaron a la granja. El niño Raúl iba algo cansado, pero no decía nada. La oreja izquierda era ligeramente más grande que la derecha...

—¿Qué desean?

—Deseamos dos gallinas y un gallo de raza Leghorn. Queremos unos buenos ejemplares. Son para inaugurar un gallinero.

El encargado de la granja miró para el niño Raúl, que estaba midiéndose las orejas.

El encargado de la granja se metió entre las gallinas y, esta quiero, esta no quiero, salió con dos gallinas blancas, relucientes, que tenían una pulserita en una pata.

—¡Raúl! —dijo el padre—, coge estas gallinas. Ponte una debajo de cada brazo y sujétalas con la mano.

—Bien, papá.

El encargado se perdió un momento y volvió con un gallo orondo, un gallo espléndido que parecía de anuncio. El padre del niño Raúl pagó y cogió el gallo en brazos, casi con mimo, como si fuera un hijo.

El niño Raúl y su padre, los dos con su preciada carga, emprendieron el camino de vuelta.

—¡Qué contenta se va a poner mamá cuando los vea!
—¡Ya lo creo!

El niño Raúl y su padre caminaron en silencio unos cientos de metros. El aire, de repente, se puso turbio dentro de la cabeza del niño Raúl. El niño Raúl sintió como un ligero vahído. Las piernas le flaquearon y la voz se le quedó pegada a la garganta. La mente del niño Raúl vio como en una agonía, perfectamente claras, las escenas de su más remota niñez. El niño Raúl se puso pálido y rompió a sudar. Un temblor le invadió todo el cuerpo.

—¿Te encuentras mal?

El niño Raúl no pudo contestar. Miró a su padre con una ternura infinita, procurando sonreír con una sonrisa que pedía clemencia a gritos, soltó las gallinas y se midió las orejas.

Correo Literario, Madrid, octubre de 1950

La hora de Damiancito

El señorito Damián —Damiancito para los más íntimos, para las tías, tíos y demás parientes— estaba perplejo, hecho un mar de confusiones, un cúmulo de incertidumbres. ¿Y mi hora?, decía entre hipos y sollozos, ¿qué han hecho de mi hora?, ¿dónde han echado mi hora, aquella hora llena de felices presagios, de dichosas promesas?, ¿dónde está mi hora? ¡Ah!, repetía una y otra vez, ¡no somos nadie! ¡Nadie, absolutamente! ¡Esto es horrible, espantoso! ¿Qué habrán decidido hacer con mi hora?

Damiancito se mesaba los cabellos —como las heroínas de las novelas de Ponson du Terrail— mientras paseaba su habitación para arriba y para abajo, más bien como un gato que como un tigre enjaulado.

Damiancito, que era un pensador, había hecho ya descubrimientos sensacionales en el terreno de la pura especulación científica. Pero a Damiancito —joven exigente consigo mismo— le atormentaba no haber dado todavía con la solución de varios problemas que atosigaban su mente. Él era inventor de un reloj sin cuerda, y que naturalmente no fuera ni de sol ni de arena; él era autor de una definición de la prescripción adquisitiva o usucapión, mejor que la de los mejores tratadistas de derecho romano; él habría resuelto, a no ser por su padre que le prohibió experimentarlo, el problema del vuelo en aparatos de igual peso que el aire (ni más, como los aviones, ni menos tampoco, como los globos dirigibles); él, en fin, había descubierto un banco de arena no registrado por ninguna carta, en la ría de Arosa. Pero a él, sin embargo, le quitaba el sueño no haber dado todavía con el quid de media docena de cuestiones: la cuarta dimensión en el problema de los cuerpos, la cuadratura del círculo, el movimiento continuo, la fabricación del oro a partir del bicarbonato (producto sin duda alguna barato y de fácil obtención), la industrialización de la fuerza de las mareas y, ¡sobre todas las cosas!, la hora, su hora, lo que la posteridad llamaría sin duda: la hora de Damiancito.

Alguien, al oírle hablar de su hora, pudiera pensar que la hora de Damiancito era una hora vulgar, corriente y moliente, una hora como la de todo el mundo. Nada más lejos de la verdad. De la hora de Damiancito nadie podría decir, como de la hora de cualquiera: ya le llegó su hora a Damiancito; la hora inexorable de su muerte; la alegre hora de su boda o de su elección para académico de la de Ciencias Morales y Políticas; la hora tormentosa de su destierro o de su tos ferina; la triste hora de su viudedad. No, la hora de Damiancito era algo que jamás llegaría, algo que nadie podría devolver jamás, algo que se había perdido ya para siempre, como una gamba marcada con una banderita en medio del mar. La hora de Damiancito... Bueno, ¡la hora de Damiancito!

¿Ustedes se acuerdan? Un día, ya tan lejano como nefasto, a un ministro —nadie recuerda de qué remoto país— se le ocurrió la idea de sisar una hora a sus gobernados. Eligió una disculpa cualquiera —creemos recordar que la llegada del verano—, escribió unas cuartillas de justificación —el preámbulo del decreto— y ni corto ni perezoso llevó su articulado a las páginas de la *Gaceta* de su país. La gente, que no tenía suficiente finura para dejarse envejecer por horas, no se dio cuenta, la cosa prosperó y la sentencia corrió como un reguero de pólvora y se extendió por todo el orbe conocido.

Cuentan que el ministro, ya viejo y con la conciencia propicia para todos los remordimientos, se encontró multimillonario de horas. Cuentan también que la muerte le sorprendió cuando, como Nobel, quiso subsanar el mal hecho con una fundación benéfica, un centro donde los investigadores se aplicasen en buscar la fórmula para que la humanidad recupere su hora.

Nada podemos decir de lo que haya de verdad en estas cuestiones. Lo único cierto es que la especie humana, que suele tardar en percatarse de sus desdichas, no se dio cuenta de nada y vivió feliz, incluso muy feliz, hasta que a Damiancito se le ocurrió pensar en qué había pasado con la hora.

Sus padres, asustados, lo llevaron, con la complicidad de algunos amigos, a la clínica de un psiquiatra y el psiquiatra le recomendó que hiciera un crucero por el Mediterráneo. Damiancito obedeció, navegó el Mare Nostrum preguntando por su hora y al cabo de los meses, ya de vuelta a su casa de Madrid, salió de la clínica del psiquiatra, camino del manicomio, preguntando con una congoja infinita y una resignación sin límites por su hora, por el destino que le habían dado a la hora de su corazón, a la hora que, casi no se atrevía a decirlo, le habían robado...

La Voz de España, San Sebastián, abril de 1947

El volcán

Cuento para histéricas

Martita subió las escaleras a oscuras. Al llegar al primer rellano se le antojó ver un hombre.

—¡Ay!

Una cabeza de ciervo que asomaba de la pared siguió imperturbable. El ciervo —un trofeo de caza del abuelo de Martita, el brigadier Carrascosa— tenía una cabeza llena de cuernos, como los sueños que, según el profesor Jung, implican trastornos gástricos.

Martita se tranquilizó. Martita tenía cuarenta y dos años, un poblado bigote, gracias a Dios, rubio, y un pudor tan sentido como acreditado.

—¡Este Manolín!

Manolín era el ciervo.

Martita sonrió. Un escalofrío le recorrió su honesto espinazo.

—¡A veces se le ocurre a una cada figuración!

La mente de Martita estaba poblada de niños, como un jardín de infancia. Los niños rubios reñían con los niños morenos, con los niños castaños, con los niños pelirrojos. Había un niño monísimo que era el vivo retrato del Padre Manjón. Llevaba gorrita de visera y jersey de punto, color beige clarito, y tenía cara de paciencia y mirar resignado.

El quinqué que lucía, aún distante, en el piso de arriba, osciló como una conciencia. Parecía como si alguien soplara desde las sombras.

Martita subió deprisa, muy deprisa, el último tramo de la escalera. Pensaba velozmente y sin coordinar; hubiera hecho un magnífico cervantista.

Al llegar a su alcoba encendió la luz, se sentó en la cama que, como es lógico, tenía una colcha de moaré, y se puso a leer *Pequeñeces*, del Padre Coloma. Martita leía siempre *Pequeñeces*, del Padre Coloma; algunos días, por eso de que en la variación está el gusto, leía *Boy*.

Después, antes de acostarse, puso derecha una bandejita de plata que estaba encima del tocador, una bandejita de fina plata labrada que, probablemente, ya estaba derecha. Miró unas fotos de mamá, de joven; se dio sobre el cutis una ligera capita de crema de noche, se enfundó en su camisón color naranja, un camisón imperio que le favorecía mucho; se acostó y apagó la luz.

Martita tardaba, por lo general, en dormirse. El médico le había dicho que su insomnio era propio de la juventud; que todas o casi todas las chicas jóvenes solían padecer insomnio.

Ya dormida, soñó con un volcán. El volcán echaba torrentes de lava por su cráter, rugidores torrentes de lava envueltos en densos nubarrones color gris perla. Se despertó sobresaltada, encendió la luz y se incorporó en su lecho. Su lecho estaba pintado de laca rosa y no respondía a un estilo demasiado definido.

Pensó entonces en la primavera, en los violines, en las rosas de té, en los toffes de chocolate, en multitud de cosas, todas ellas suaves y aterciopeladas. Martita trataba de distraer su atención, de borrar de su cabeza la idea terrible de aquel volcán que no hacía más que vomitar lava y más lava, sin consideración alguna.

Pensando en el volcán, ¡también es fatalidad!, Martita volvió a dormirse. Al día siguiente, cuando su doncella le llevó el desayuno a la cama, le dijo:

—Señorita, han traído esto para usted.

Sobre la colcha dejó la doncella unas orquídeas metidas en una cajita de cristal y una carta con un sobre muy elegante, alargadito. Martita rasgó el sobre nerviosamente y leyó:

Mi distinguida señorita:

Desde que tuve la dicha de conocerla no puedo vivir tranquilo. Al recuerdo de su belleza y de su virtud no puedo anteponer en mi imaginación ningún otro recuerdo. Piense usted en lo grave y apurado de mi situación. Soy contable de una fábrica de jabones —la fábrica conocida con el nombre de La Esmeralda— y, desde que la conocí, no puedo hacer un solo asiento con cierto sosiego. Estoy con un pie en la calle; pero me conforta pensar que he tenido el placer de estrechar su mano entre las mías; su mano, adorada Martita; permítame que la tutee; tu mano, Martita amada, Martita mía...

Perdón; no sé lo que digo.

Estoy loco, loco por ti, y solo espero un gesto tuyo para ser el hombre más feliz del globo.

Tuyo, Evaristo Nomdedeu.

Martita no tuvo más tiempo libre que para tocar (perdón, léase pulsar) el timbre. Después se desmayó. Su doncella, al verla tan pálida y tan callada, se sofocó y empezó a gritar. Subieron al cuarto de Martita todos sus familiares, y le dieron a oler un frasquito de sales. Cuando vino el médico, Martita ya iba recuperando el sentido. Su padre había guardado la carta en el bolsillo de la americana, aquella carta que tanto daño había hecho a su hija, y había ordenado que pusieran las orquídeas en el hall, en un florero con agua y un poco de aspirina, que siempre se conservan mejor.

—¿Tiene algo grave? —inquirió al oído del doctor.

—No, nada; una emoción fuerte.

—¡Pobre hija mía!

Las criadas miraron desde entonces con cierto respeto a la señorita Martita. Nada impresiona más a las criadas que la histeria de la señorita de la casa.

A los pocos días, a Martita le apareció una erupción cutánea. El médico, al verla, le gastó una bromita.

—Parece usted un volcán, Martita.

Martita entonces volvió a desmayarse. El médico no se explicaba nada de lo que ocurría.

* * *

Entretanto, en su sórdida buhardilla, el contable cesante Evaristo Nomdedeu componía, rima tras rima, un largo poema en loor de su imposible amor, de su lejano amor, de su inmarcesible, desgraciado amor...

Los gatos andaban por los tejados y las estrellas brillaban en el firmamento. Amanecía sobre la ciudad. Los pajaritos piaban, ateridos de frío, y los traperitos iban en sus carros a recoger las basuritas...

Primer Plano, Madrid, mayo de 1947

Memorias del cabrito Smith, chivo insurrecto

Cuento montaraz

> *El famoso cabrito Smith, chivo insurrecto, ha levantado en armas una partida en las estribaciones de la sierra de Gredos. Se han organizado batidas, hasta ahora con resultado infructuoso.*
>
> (De los periódicos)

I

Me llamo Roberto Smith y Jabalquinto, soy natural de Fresnedilla de la Oliva de Plasencia, provincia de Cáceres, tengo cinco años y mi vida, si bien no ejemplar, tampoco es, bien mirado, la de un facineroso. Uno no vive casi nunca la vida que quiere sino la que puede. Mi vocación hubiera sido la de llevar la vida de un chivo honesto; la de pasarme las horas muertas tumbado a la sombra de un árbol frutal, rumiando fresca yerba o aromático heno, viendo pasar las nubecillas de la primavera y leyendo a fray Luis o a Garcilaso. Pero la vida me ha empujado sin contemplaciones y hoy me encuentro al frente de una partida que me teme y me obedece, convertido en un chivo de acción. ¡Vaya por Dios!

Mi padre, don Walter Smith, fue un hermoso ejemplar chamoisée de los Alpes, recriado en el Devonshire inglés y traído más tarde a Fresnedilla de la Oliva por la razón social Agapito López y Hermanos, Importadores de Cabras del Reino Unido, hombres que hicieron una saneada fortuna con esto de traernos y llevarnos de un lado para otro. Mi padre fue siempre un chivo serio y conspicuo, orgullo de su tribu y espejo y guía de chivos de pro. Su recuerdo aún permanece inalterable entre todos nosotros, y su recto proceder y su noble estampa son siempre recordados con cariño y con respeto.

Mi madre, doña Teresita Jabalquinto, la pobre ya era otra cosa. Cabra casquivana y amiga de afeites, la doña Teresita salió de armas tomar y, primero a sus padres y más tarde a su marido, trajo a todos por el camino de la amargura. Sin pedigrí conocido, mi madre era eso que, vagamente, se llama una cabra del país, denominación que no cualifica, pero que sí diagnostica de coqueta y husmeadora en corral ajeno, de cotilla y poco discreta, y de mala esposa y madre no mejor. Me apena tener que dar esta información de mi propia madre, pero estas páginas mías son como un testamento que no conviene falsear. La pobre doña Teresita, para colmo de males y de paciencias, se pasó más de media vida contagiándole las fiebres de Malta a los pobres cristianos que no habían hecho otro delito que consumir su leche al desayuno y al final —y como quien mal anda mal acaba— fue a morir de una manera trágica, atropellada por un camión que traía encima cinco mil kilos de uva de Cebreros, carga dulce, ciertamente, pero quizá demasiado pesada para una sola cabra. La pobre quedó como una oblea y poco debió de sufrir porque al llegar al lugar del suceso, a los escasos instantes de acaecido, ni resollaba. Para mí fue un rudo golpe verla, en medio del camino, plana como un bacalao, pero para mi padre que era muy sentimental, como buen chivo del norte, el hecho tomó caracteres casi trágicos y se pasó los días, y aun las semanas, llorando a moco tendido, con el mirar lleno de tristeza y la barbita fláccida y desflecada.

—¡Ay, Teresita, Teresita! —decía don Walter en su dolor—. ¡Qué insensata has sido toda tu vida!

Cuando me quedé huérfano, pasé por momentos apurados porque el amo, creyendo que no prosperaría, pensó en asarme para el día de la patrona, pero cuando le demostré que prefería la yerba —aunque al principio me hacía algo de daño al estómago— al fuego lento, me fue perdonando la vida y, con el tiempo que gané, me hice mayor y más duro, que es la salvación de los chivos, porque cuando llegamos a cierta edad no hay quien nos meta el diente.

Mi padre, que al principio tan afectado estaba, casó en segundas nupcias con mi tía Clotilde Jabalquinto, la hermana menor de mi madre, y de este segundo matrimonio nacieron cinco chivos, todos machos: Napoleón, que ahora es mi lugarteniente, Walter, Adolfito, Silvestre y Victoriano, el benjamín, que, cuando dejé de verlo, era un chivillo blanco y retozón.

II

Me eché al monte cuando maté de una topada a Paulino Elizondo, un chivo viejo y aflamencado que me tenía muy harto. El pobre resultó más blando de lo que yo lo imaginaba, y se fue a criar malvas a la primer embestida.

En el monte, solo y errabundo como andaba, me aburría como una ostra y, por entretenerme, me dediqué durante algún tiempo a atracar ovejas, animal odioso y asustadizo a quien me divertía espantar. A las ovejas, cuando las arrimaba a alguna cerca para desvalijarlas, se les hinchaba el morro de miedo que tenían y se les ponían los ojos tiernos y llenos de agua.

Con el lobo preferí pactar porque, aunque cuando lo veía venir, me daba tiempo a llegar brincando a las rocas altas, aquellas que él no podía escalar; el estar con la atención despierta para que no me cogiera desprevenido era algo que me tenía sobresaltado y que me hacía perder un tiempo hermoso.

Me acerqué a la guarida del lobo y, desde una peña, le hablé:

—Señor lobo: yo, a pesar de mi esquila, no soy un chivo doméstico, un cabrito de corral sometido dócilmente al hombre, como mis compañeros de especie. No. Yo soy un chivo insurrecto, un chivo sublevado, que me eché al monte porque no aguantaba la esclavitud y porque llevo los cuernos manchados de sangre, como usted tiene los colmillos. Yo, salvo que soy vegetariano, vivo igual que usted al margen de la ley y, sin que por eso quiera discutir su dominio del monte, en el monte he de vivir, como usted vive, y del monte he de hacer mi hogar, mi refugio y mi campo de operaciones.

—¿Y qué quieres de mí, insensato chivo? —me preguntó el lobo.

—Pues lo que quiero es pactar con usted, señor lobo, y a eso he venido. Que pienso que los dos podemos salir ganando si nos ponemos de acuerdo.

—¿Y qué me ofreces?

—Una oveja a la semana: no una cabra, que me parecería traición vender a mis hermanos.

—¿Y qué pides?

—La paz con usted y con los suyos, y el que me quiten esta esquila que me humilla y que me resta prestancia. Con un cencerro al cuello, ¿quién me había de tomar por un chivo de acción?

—¿Y cumplirás lo ofrecido?

—Sí, señor lobo, por la cuenta que me tiene, usted lo ha de ver. Mañana le traeré a usted el primer cordero.

—Pues baja de la peña, que acepto tus condiciones. Esta noche te presentaré a todos los lobos del contorno y ten la certeza de que todos los lobos del contorno te respetarán, si cumples. Anda, ven aquí que te quite la esquila que estás ridículo con ella y pareces un siervo.

Bajé de la peña, me llegué al cubil del lobo y él, poniéndome una pata en el hombro, me dijo con gran parsimonia:

—Tengo mala fama, tú lo sabes, pero buena palabra, una palabra de oro de ley. Desde este momento somos amigos y nuestra amistad puede durar toda la vida. Si alguna vez necesitas defensa, o un servicio especial de protección, no tienes más que venir a verme. Pero no olvides que, si me traicionas o intentas engañarme, no has de durar más de lo que tarda un pájaro en saludar la mañana.

—Descuide usted, señor lobo, que no lo olvidaré.

—Mejor para ti. Anda, estira el cuello para que te suelte la correa del cencerro.

—Pero... ¿la va usted a soltar con los dientes?

—No, hijo, que con los dientes me darías malas tentaciones y no quiero ser yo quien rompa el pacto. Tranquilízate y no temas, que te la soltaré con las uñas, aunque tardemos un poco más.

El lobo me quitó la campanilla y luego, dándome un espaldarazo, me dijo:

—Quedas armado caballero del monte. Ahora, con la cabeza erguida y la barbita en punta, ya puedes presumir de capitán de chivos insurrectos. ¿Cómo te llamas?

—Roberto Smith y Jabalquinto.

—Muy bien. Chivo Smith, que los hados del bosque te sean propicios y que ellos te guarden durante largos años.

Las palabras del lobo me llenaron de emoción. Aquella vida noble y de emociones era la que a mí me gustaba.

—Muchas gracias, señor lobo, y usted que lo vea. Y usted, ¿cómo se llama?

—Me llamo Wolf. Yo —añadió el lobo como disculpándose—, aunque opero en Castilla, nací en la Selva Negra.

En los ojos del lobo brilló como un destello de nostalgia.

III

Mi pacto con el lobo Wolf me dio un resultado espléndido. Los dos cumplimos como caballeros y yo vi crecer mi prestigio como la espuma, no ya entre las cabras de muchas leguas a la redonda, que se hacían lenguas de mí y presumían de mis hazañas, sino incluso entre las alimañas del monte —lobos, zorros, garduñas, martas y hurones— que me respetaban y me miraban con simpatía.

Fue por entonces cuando se me ocurrió levantar mi primera partida. Hice algo de propaganda por los rebaños de Guadarrama y Somosierra, y llegué a reunir veintitantos chivos selectos, bizarros y valerosos, que me obedecían ciegamente y que, ni por asomo, discutían mis órdenes. ¡Qué partida aquella y con qué nostalgia la recuerdo hoy, con qué amor y simpatía!

Con ellos a la espalda —salvo dos que dejé cerca del lobo Wolf, encargados de velar por el cumplimiento del tributo de las ovejas— me dediqué al pillaje desde Hiendelaencina, en Guadalajara, hasta Candelario, en Salamanca, siguiendo la línea de los montes, y llegué a reunir una fortunita bastante saneada, aunque de todas las presas daba la mitad a mis chivos. Pero, si mis chivos se portaban bien e incluso heroicamente cuando hacía falta, ¿cómo yo no había de premiar su conducta para procurar tenerlos contentos? En la psicología del mando de cuadrillas está escrito, con letras de oro, el que el jefe no se muestre nunca avaricioso.

Pero yo entonces era todavía muy joven —y la juventud es un lujo que ha de pagarse a costoso precio—, el poder me emborrachó y no se me ocurrió mejor cosa que presentar batalla a una pareja de la Guardia Civil. ¡Nunca lo hubiera hecho y qué cierto es que Dios ciega al que quiere perder! La pareja, al principio, nos tomó por un hato de cabras mansas y no nos hizo ni caso, pero, cuando nos destapamos y la emprendimos a topadas, montaron los fusiles y nos soltaron tal cantidad de tiros que bien puede decirse que aquella fue la noche de San Bartolomé de los chivos insurrectos. ¡Qué tíos, qué deprisa disparaban y qué puntería tenían! Aquello fue el fin de la partida. ¡No quiero ni acordarme! Nuestra derrota fue de tal magnitud, fue una derrota tan en regla, que no pudimos ni recoger los cadáveres, que quedaron en poder del enemigo. ¡Qué masacre nos hicieron!

Yo libré ileso de verdadero milagro y, solo y cabizbajo, fui a reponer mis nervios a la guarida del lobo Wolf. Quise ser una cabra histórica —algo así como la cabra Amaltea, que amamantó a Júpiter y, en premio, pasó a las constelaciones—, pero me las dieron todas en el mismo carrillo. ¡Válgame Dios y qué insensato fui! En aquella ocasión pienso que salió en mí a relucir la sangre pintoresca y atrabiliaria de doña Teresita Jabalquinto que, aunque era mi madre, justo es reconocer también que era una cabra loca.

El lobo Wolf, cuando le conté la aventura de la que tan malparado salí, me riñó paternalmente, como hubiera podido reñir a un hijo o a un hermano pequeño.

—Pero, chivo alocado —me dijo—, ¿en qué cabeza cabe presentar batalla al hombre, que es el único animal que gana siempre? Si yo, siendo lobo, le busco las vueltas, para no encontrármelo, ¿cómo tú, chivo ridículo, has querido darle la batalla en su terreno? Has librado de milagro, hijo mío, de verdadero milagro, y ya puedes dar gracias si esto te sirve de aprendizaje y de escarmiento. La guerra no debe hacerse más que por necesidad y, aun así, conviene tentarse antes la ropa. Soy lobo viejo y puedo asegurarte que no hay enemigo pequeño. ¡Mira que atacar a dos hombres armados de fusiles! Tu acción es tan disparatada que no demuestra ni valor, pero esto, aquí entre los dos, vamos a callárnoslo porque nadie lo entenderá así y todos pensarán que, en vez de ser un insensato, eres un héroe.

—Gracias, señor lobo —le respondí—, se lo agradezco a usted mucho.

—De nada, hijo, pero prométeme no hacer más locuras, que así no vas a ningún lado.

—Prometido, señor lobo; se lo prometo a usted solemnemente.

El lobo Wolf me había cobrado cariño y bien es cierto que yo le correspondía. Los lobos, tratados en la intimidad, son tiernos y sentimentales y tienen sus afectos y sus simpatías, como cada hijo de vecino. Nunca es tan fiero el león como lo pintan.

IV

A raíz de mi derrota, viví en la paz y el sosiego de la casa del lobo una larga temporada, sin ocuparme de nada más que de reponerme, porque hasta lo de la oveja semanal era del negociado de los dos chivos leales que me quedaban, aquellos que, durante la existencia de la cuadrilla, estaban destacados en comisión de servicio cerca de la guarida de don Wolf.

Con reposo y algo de sobrealimentación pronto me recuperé y, como no quería serle gravoso al lobo, una mañana me despedí de él dispuesto a hacer la guerra por mi cuenta.

El bandolerismo en solitario, aunque entretenido, resulta fatigoso y un tanto expuesto. Un chivo solo, subiendo y bajando montes en pos del condumio y la aventura, está siempre un poco vendido ante los mil peligros que le acechan.

Una tarde que estaba sesteando, al abrigo de unas jaras, en el campo de Pedro Bernardo, al pie de la sierra de Gredos, fui reconocido por unas cabras que iban de paso.

—Buenas tardes. ¿Tú no eres el cabrito Smith, el chivo insurrecto, orgullo de todas las cabras de España?

Aquel trato me llenó de orgullo.

—Yo soy. ¿Queréis algo de mí?

Las cabras hablaron un rato entre ellas y un chivo pardo y bien lucido se destacó del grupo.

—Pues sí. Queremos decirte que nos apena verte solo y sin poder. Queremos decirte también que estamos hartos de esclavitud y que, si tú nos mandas, contigo nos vamos a donde nos lleves.

En aquel momento nació mi segunda partida. Lo que haya de ser de ella solo Dios, que está por encima de todos, lo puede saber. Pero yo no podía hacer oídos de mercader a la llamada de la sangre. Los héroes no nos pertenecemos.

. . . .

Sé, por los periódicos, que se ha puesto precio a mi cabeza y que se han organizado batidas para mi captura. Nada podrán contra mí. Perdiendo he aprendido mucho.

El bar de Crisantito, el pendolista

Crisantito, el del bar, que tenía una letra inglesa que era una divinidad, fue el que perdió a la pobre Celedonia, la chacha de Perico, el niño tonto y entre epiléptico y llorón de los señores de Quevedo (don Federico).

El Crisantito decía que no, que él no había sido, y que la Celedonia era una tía tirada, con más conchas que un cocodrilo, y además una fresca y un pendonazo; pero la gente decía que sí, que él había sido, y que era un truchimán sin conciencia y sin principios, que con eso de la caligrafía se pasaba la vida seduciendo a las mujeres honradas, y que además no respetaba nada y tenía ideas disolventes.

—Un masonazo como una casa es lo que tú eres —le predice su tía doña Trinidad Domínguez, presidenta del C. de C.C. de O.D. (Centro de Calzoncillos y Camisetas de Obreros Descarriados)—, un libertino medio pagano que te irás de cabeza a la caldera.

—Pues no, señora, tía Trinidad. Yo ya sé por qué me dice usted todo eso: por lo de la Celedonia, ¿verdad? Pues sepa usted que la Celedonia no es más que un mico que han querido meterme; pero ¡sí, sí!, ¡a mí con esas! Mire usted, tía, cómo será la cosa, que el loro de doña Sonsoles, que siempre fue un loro muy fino y muy correcto, lo que se llama un loro muy de derechas, se pasa el día gritando: enséñame las cachas, Celedonia. ¿Qué dice usted ahora?

Doña Trinidad, al principio, no supo qué responder; ella no había contado con el testimonio del loro.

—Pero hombre, ¡un loro!

—¿Un loro? ¿Qué tiene usted que decir de un loro? Un loro puede decir las verdades de a puño como cualquiera. Lo que pasa es que en algunas ocasiones la verdad escuece, ¿eh?

Crisantito, cuando lo de la Celedonia, adoptó una postura tremenda de triunfador. Según decían por la vecindad, los rabos de las erres y de las eses y de las efes, cuando hacía un letrerito, eran cada vez más floreados y con más fijos y mejor trazados gordos y finos.

—¡Qué tío, qué letra está sacando!

—Ya, ya; se conoce que las broncas le templan el pulso.

Perico, el niño de los de Quevedo, cuando la Celedonia ingresó en la maternidad, fue a ver al Crisantito y le dijo:

—Oiga usted, Crisantito, ¿por qué hizo eso a mi Cele?

Perico tenía ya quince o dieciséis años.

—¡Vamos, niño! ¡A ver si va a haber formalidad! ¿Quién eres tú para pedirme cuentas?

Perico se puso rojo y empezó a tartamudear:

—¿Que qué, que qué? Pues... qué, qué, qué, qué. Oiga... que, que, que, que de mí no se ríe ni mi padre.

El Crisantito empezó a meterse con Perico y lo echó a patadas del bar; pero Perico, de madrugada, se escapó de su casa, descalzo y en pijama... y le partió la luna del escaparate de un cantazo que entró por la che de gambas a la plancha.

El sereno lo atrapó y le dijo:

—¡Larchán, mangantón, que vas a ir a parar a la cárcel!

El tonto se echó a llorar.

—¡Ay, ay, que mi mamá se va a llevar un disgusto muy grande! Mi mamá es la de Quevedo.

—¿La del setenta?

—Sí, señor.

El sereno llevó al niño a casa de sus padres. Los señores de Quevedo no se habían dado cuenta de nada.

—¿Qué pasa, qué pasa? ¡Ay, pobre Perico, descalzo y preso! ¡Ay, hijo mío, que estás heladito! ¿Qué pasa, qué pasa?

—Nada, señora, cálmese, ya pasó todo. El niño ha roto de una pedrada la luna de un establecimiento.

—¡Ay! ¿De cuál?

—Pues del bar del Crisanto.

La mamá de Perico torció el gesto. Su papá ni se movió.

—¿Del Crisantito? ¡Pues que se aguante! Del Crisantito más vale no hablar. ¡A veces la educación es un estorbo!

El Crisantito, a la mañana siguiente, cuando se enteró de quién había sido el autor del desaguisado, no dijo ni esta boca es mía. El Crisantito tenía el tejado de cristal, como el escaparate.

El hacendista

Don Desiderio Papús Garriga, cabeza visible de familia numerosa, se había pasado la existencia tratándole de buscar una raíz científica al hecho —sucesivo e inexplicable— de llegar todos los meses a fin de mes.

—¡Ah, si no fuera por la inflación! —le decía a su señora, doña Eleuteria Cotobás de Papús—. ¡Si no fuera por la inflación, te juro que nos inflábamos!

—Ya, ya. ¡Mira tú que esto de la inflación! También es lata, ¿eh? —le contestaba doña Eleuteria, que era igual que un asno solo que menos fuerte.

Don Desiderio, que tenía cierta fama de sabio entre sus amigos, estuvo durante muchos años tratando de corregir las cosas desde arriba o, como él decía, intentando luchar contra el mal en su origen; pero los años, al demostrarle que todo iba siendo posible menos que lo nombrasen ministro de Hacienda, le restaron ambiciones, y le fueron forzando, poco a poco, a experimentar sus conocimientos en su propio hogar.

—¡Allá el país! —decía don Desiderio Papús—. ¡Él se lo pierde!

Don Desiderio Papús, decidido ya a levantar sus teorías en su tercero interior derecha, reunió un día memorable, a eso de la una y media, a sus siete vástagos y les dijo:

—Hijos míos: los tiempos están malos para todos. Sois aún muy jóvenes para conocer la mecánica de la inflación; pero yo os aseguro, bajo palabra de honor, que con esto de la inflación va a llegar el día en que nos tengamos que ir a la cama sin cenar. ¿Os dais cuenta, débiles criaturas, lo que supone irse a la cama con la panza vacía? ¿Lo ignoráis? Yo, que tengo el sacrosanto deber de instruiros, os lo voy a decir. Irse a la cama en ayunas significa, muchachos, el insomnio, la acidez de estómago, el nerviosismo, la mala uva, la desazón, el albergar en vuestras mentes los más negros y siniestros pensamientos y, por ende, el fuego eterno.

La voz de don Desiderio Papús había adquirido una lúgubre e imprevisible gravedad.

—¡Hay que ver! ¿Eh? —dijo Desiderito, el mayor, un doncel que no brillaba por sus luces.

—Pues sí, hijo mío, sí. ¡Hay que ver!

Los siete retoños de don Desiderio —Desiderito, Eleuterita, Santitos, Cirilín, Obdoncín, Tainita y Cosmecillo, el benjamín de la troupe, que se había quedado algo lelo de un paralís que le dio a consecuencia de un mal aire— respiraron fuerte, mitad de susto, mitad de agradecimiento. Don Desiderio, esa es la verdad, nunca había estado tan locuaz con ellos.

—Pues sí, niños, sí —continuó don Desiderio—; conviene estar preparados para los más duros embates; es necesario que nos pertrechemos para la posteridad. El espíritu del ahorro ha de despertarse en vuestros corazones, porque ya es sabido que el ahorro no solo es el báculo de nuestra vejez, sino también...

—¡Hay que ver! ¿Eh? —interrumpió Desiderito.

—Gracias, hijo —susurró don Desiderio, para añadir en voz alta—: Ya veo que me entendéis. Yo quiero haceros una proposición. No es un mandato de padre, sino una propuesta de amigo. Dentro de media hora mamá nos llamará a comer. Nos sentaremos en torno a la mesa e ingeriremos los pobres manjares que constituyen nuestro sustento. Y bien: ¿qué habremos salido ganando? Pues unos cientos de calorías que, guardando un poco de reposo, no necesitamos para nada. Estémonos quietos y ahorremos fuerzas y energías, al par que dinero.

Don Desiderio Papús Garriga carraspeó un poco.

—Al par que dinero, sí; porque al que no quiera comer y se vaya a dormir la siesta —esto es algo, naturalmente, absolutamente voluntario— le haré entrega, en el acto, de la suma de pesetas cinco.

Un movimiento de estupor corrió por el grupito de las criaturas. Don Desiderio —buen psicólogo— aceleró el ataque:

—¿Alguien opta por el duro? Los que opten por el duro que levanten el dedo.

Salvo Cosmecillo, el tonto, los demás hijos optaron por el duro. Don Desiderio, con un gesto de noble patricio, repartió seis duros y seis besos entre los hijos ahorradores, y se sentó a la mesa con la esposa y el niño pequeño.

—¡Qué ambiente más despejado! ¿Verdad, Eleuteria?

—Sí, Desi, muy despejado. Pero ¿qué te propones? Te aseguro que los niños no se comen un duro cada uno.

—No seas tonta, ya verás. Tú lo único que tienes que hacer es evitar que salgan a la calle, ¿me entiendes?

—No; ¿por qué no quieres que salgan a la calle?

Don Desiderio bajó la voz.

—¡Chist! ¡Calla! ¿Sabes por qué?

—No.

—Pues porque, a lo mejor, al salir a la calle, la señora del entresuelo les da de merendar.

—No entiendo.

—No te preocupes y obedece.

* * *

La tarde transcurrió con dulzura. Los niños, con la barriga vacía, ni saltaron, ni jugaron a la pelota, ni hicieron ruido. Los angelitos, acariciando su duro, pensaban en la hora de la cena.

—Mamá, ¿qué hora es?

—Las cinco y cuarto. Pero ¿qué te pasa, hijo, que no haces más que preguntarme la hora?

Y la hora de la cena, a fuerza de paciencia, llegó, como llega todo en esta vida. Y, con la hora de la cena, una breve arenga de don Desiderio Papús Garriga, hacendista.

—Hijos míos, vamos a cenar. Pero los tiempos están difíciles, ya sabéis, muy difíciles incluso. Nunca he pedido vuestra ayuda; pero hoy —a don Desiderio se le escapó un gallo de emoción—, hoy, hijos míos, o me dais un duro cada uno, o aquí no cena ni el apuntador.

Don Desiderio terminó su frase con cierta excitación. Excitación infundada, ¡bien lo sabe Dios!, porque los seis niños, sin una sola excepción, después de ahorrarle la comida, le devolvieron su duro.

¡Si a don Desiderio le hiciesen algún día ministro de hacienda!

La Tarde, Madrid, diciembre de 1948

Un servidor no es de bata

Distinguido amigo:
Este cuento es de mi propiedad, porque me lo han regalado, pero no de mi pluma, puesto que yo no lo he escrito. Este artículo es de un amigo mío, don Renato Trevijano Gómez, natural de Cebolla, provincia de Toledo, capador de puercos, tocador de bandurria y escritor costumbrista: todo por afición.

Mi amigo don Renato Trevijano Gómez vino a Madrid a gastarse mil y pico de duros que le habían tocado a la lotería, se acercó a mi casa y, a renglón seguido de un breve saludo, me soltó:

—Dígame usted, ¿usted es de bata?
—¿Eh?
—Vamos, que si tiene usted bata, batín, le llaman algunos.
—Pues... no. Tengo una pero está ya muy vieja, ya casi no sirve.
—¿Y qué le pasó?
—Pues... no sé. Los años... La polilla... Lo de siempre.

Mi amigo don Renato Trevijano Gómez sonrió con aire protector.

—No debe usted apurarse. Yo tampoco tengo bata. Un servidor no es de bata. Pero usted sí. Usted es un escritor y los escritores deben tener una bata hermosa, una bata tremenda para sacarse fotografías sentados en una butaca y leyendo un libro.

Hay que tener cuidado y coger el libro del derecho porque a veces se nota, ¿sabe usted?

—Sí... sí...

—Pues eso. Usted sí que es de bata; yo le voy a regalar a usted una bata. Vamos, no le voy a regalar una bata: le voy a regalar a usted un cuento y lo que saque para usted. ¿Usted cree que se lo publicarán?

—Hombre, yo creo que sí. Tengo un amigo en Cádiz que, a veces, me publica algún cuento en su periódico.

—¡Vaya suerte!

—¿La de mi amigo?

—No, la de usted.

—Sí... No me quejo.

—Pues lo dicho. Yo le doy a usted mi cuento, se lo regalo a usted y con lo que le den se compra una bata de fantasía que va a ser la envidia de muchos. ¿Le gustan a usted las batas de fantasía?

—Sí... No están mal... Pero, vamos, si no es condición, yo preferiría comprarme una bata más bien discreta, una bata con la que me pudiese asomar a la ventana del patio, usted ya me entiende.

—Sí, le entiendo a usted perfectamente, cómprese la bata como quiera, un servidor no pone condiciones. Oiga usted, ¿usted cree que con un cuento podrá comprarse una bata? Si va a andar apurado, le regalo dos.

—No, gracias, yo creo que con uno me arreglaré.

—Oiga, ¿a usted le dan mucho por un cuento?

—Psché... Regular...

—¿Le dan lo bastante para comprarse una bata?

—Hombre, ¡yo creo que sí! Para comprar una bata regular, una bata que, sin ser nada del otro mundo, esté bastante bien, yo creo que sí...

—Pues nada, lo dicho. Yo le doy a usted mi cuento, usted lo publica en Cádiz o donde quiera, y después se compra su bata. Así todos contentos, ¿verdad?

—Sí, sí, así todos contentos.

Yo adopté un ademán casi sabiamente distraído.

—¡Bien, bien, Trevijano! Y su cuento, vamos, nuestro cuento, ¿cómo se titula?

Don Renato Trevijano Gómez recitó su título como un sonámbulo.

—Febo se va por la mar abajo camino del Nuevo Continente.
—Bien... Muy bien... ¿No es, quizá, un poco largo?
—No, señor.
—¡Ah, bueno! Siga usted.
—Y además tiene un subtítulo.
—¿Ah, sí?
—Sí, señor.
—¿Y cuál es?
—Paisaje con una corza al fondo.
—Óigame, Trevijano, no es por nada, pero ese título ¿no es de Ortega?
—¿Ortega?
—Sí, Ortega y Gasset. Don José Ortega y Gasset.
—No me suena. A ese señor se le habrá ocurrido al mismo tiempo que yo. A veces hay coincidencias, ya se sabe.
—Sí, claro, a veces hay coincidencias.

Un ángel de silencio pasó por la habitación, rebotando de mueble en mueble como una inmensa pelota de goma. Fue cosa de segundos.

—Bien y el cuento, ¿me lo da?
—No, señor, ya se lo daré. El cuento me lo dejé en Cebolla; en Madrid hay muchos rateros. Ahora había venido tan solo a pedirle permiso para regalárselo...

En los ojos de don Renato Trevijano Gómez, brilló una tenue lucecita de humildad.

—Si usted me lo permite, se lo regalo. Un escritor no debe estar sin bata...

Y en su voz tembló un querubín de timidez, un suavísimo gallo casi franciscano.

La Voz del Sur, Cádiz, octubre de 1950

Barrera, tendido, grada y andanada

Por la calle de Alcalá abajo, por el camino de los tímidos, azarados muertos, tragando polvo, sudando bajo el rojo clavel de la solapa, baja la humanidad del cigarro puro, el oleaje de los toros, la cobra temblona y anchurosa de las tardes de fiesta, camino de la plaza.

Una estampa de caja de pasas de Málaga, de dátiles de Las Palmas, de dulce de membrillo de Puente-Genil se vislumbra desde los merenderos del higadillo, y el pajarito frito, desde los apacibles, encalmados, honestos merenderos de los alrededores. El orden de la urbanización es ya conocido: en toda la carrera, el merendero se deja ver entre los marmolistas del arte funerario, entre los proveedores de la familia Fernández y de tu marido, Isaac Méndez que, ¡ay!, grabó en un sincero y fugaz momento y en un mármol perdurable su confesión: no te olvida.

Alguna pareja de guardias, apoyada en sus mosquetones, mira vagamente para las mujeres tremendas de los toros; alguna gitana vieja ofrece la buenaventura; algún mocito coge colillas del suelo; algún randa se lleva, de donde puede, cualquier estilográfica.

Personajes: el contemplador; el bebedor de vino blanco; el hombre a quien se le va la mano; el vendedor de luminosos, violentos, abanicos para el sol y la sombra; la aguadora; el gitano del solitario; la mujeruca del tabaco de estraperlo —¡mire usted, señorito, que a nosotras nos lo ponen muy caro!—; el revendedor por las buenas, y el revendedor vergonzante que, ¡al pobre!, se le pone su mujer mala todos los domingos. Niños, niñas, hombres, mujeres. La acción, ya sabemos, en Madrid; mes de junio de cualquier año.

El sol, inclemente, derrite las seseras de los personajes; el que más suda es el hombre que toca «El relicario» y «De México llegó el amor», al flautín.

Las voces —múltiples, variadísimas— llenan el quieto aire de invitaciones.

—¡Hay agua! ¡Fresca el agua!

—¡Hay tabaco de noventa! ¡Lo tengo rubio y lo tengo negro!

—¡Emblemas para no esperar cola!

—¡Al bonito abanico para el sol y la sombra!

—¡Hay anís!

Los cojos, los mancos, los ciegos, los tullidos y los baldados nos desean a gritos que jamás nos veamos en las mismas, y el músico de la calle prosigue, heroico, su melopea.

Es media tarde. Ya han pasado los gasógenos grandes de los matadores, los coches de mulillas de los picadores, los flacos caballos con un colorado monosabio encima.

La bandera cae, sin un soplo, a lo largo del mástil y el reloj de la plaza señala las tantas menos diez.

Las puertas de los tendidos vomitan el gentío y los altos miradores van ennegreciendo de multitud.

Es ya la hora.

Trabajan los timbaleros y los alguacilillos, pasean las cuadrillas, sale el primer toro: Bocinero, negro entrepelao.

Pero esto no es lo nuestro. Lo nuestro está aquí alrededor, por los lados, por encima y por debajo de nosotros. Lo nuestro son estos hombres que rugen, aquellas hieráticas mujeres, aquel niño que ríe, aquella asustada muchachita. Lo nuestro está en nosotros mismos —que somos un treintamilavo de lo nuestro—, que tenemos un corazón que late al pulso acelerado del tendido, una garganta ronca que vocea al compás, una mano que se agita al tiempo de todas las manos para pedir al presidente que cambie la suerte, un albo pañuelo de conceder el premio que huye de su bolsillo a la hora de la huida de todos los pañuelos de la plaza.

El diálogo, dividido, roto en mil bolitas de cristal, rebota de localidad en localidad.

—¡Que se callen!

El matador, pegado a la barrera, tienta la suerte. Hay que ver mejor.

—¡Sentarse!

—¡Que se sienten!

Los de barrera ni se inmutan. Son gente seria que no puede reír; acarician gravemente su vaso de coñac con seltz y fuman, en silencio, pitillo tras pitillo.

Los de los tendidos corean o rugen según la curiosa ley que rige la teoría de los antagonismos y de los antípodas.

Los habitantes de las alturas o callan o patean. ¡Esto de tener un suelo de tablas es una bendición!

El Ruedo, Madrid, agosto de 1943

La razón social Candelas, Balseiro
y Paco el sastre

Mucho se ha escrito ya, y en todos los tonos, sobre Luis Candelas, el bandido de Madrid, el hombre que fue al palo sin haber derramado ni una gota de sangre, y sobre sus dos amigos el Balseiro y Paco el Sastre. Desde los *Crímenes españoles* de don José Fernández de la Hoz y Rey, y las *Figuras delincuentes*, de don Constancio Bernaldo de Quirós, hasta la biografía escrita por don Antonio Espina, que dio Espasa Calpe en su colección de *Vidas españolas e hispanoamericanas del siglo XIX*, numerosos han sido los autores que se sintieron atraídos por ese personaje, importante sin duda, ladrón generoso cantado por una milenta de ciegos romanceadores, hombre gentil y apuesto que enamoró a las mujeres y que se llamó con el bello nombre cortesano de don Luis Candelas Cagigal.

En casa de mi vecino César González-Ruano se cuelga un óleo de época que representa a Luis Candelas —antepasado del dueño de la casa, según declaración de este— en una noble actitud de bandolero. El cuadro, sin duda alguna, no es un dechado de virtudes artísticas, pero, en él, Luis Candelas está retratado con mimo, con deleite y quién sabe si hasta con unción. Todos los caminos llevan al noveno cielo del heroísmo, y el bandido, como el conquistador, el santo y el poeta, alcanzan el último círculo, el de su definitiva consagración en los corazones populares, cuando a sus robos, sus hazañas, sus milagros o sus versos les rodea un halo de incertidumbre, de admiración y de respeto.

Luis Candelas —y aquí, de cierto, no vamos ni a intentar su biografía— fue, en cierto modo, el último eslabón de los que, pecando contra el séptimo mandamiento, degeneraron, con el correr de los tiempos y el galopar de la civilización, de bandidos en gángsteres. Sería largo y prolijo desarrollar la teoría del bandidaje y el gangsterismo, pero aquí nos deberá bastar con dejar constancia de que ambos conceptos vienen a ser entre sí lo que el león y la hiena, que si el primero, sin ser menos violento o peligroso, puede inspirar una oda heroica, la segunda, Dios sabrá por qué, solo el odio y el desprecio y el asco concita sobre sí.

La banda de Luis Candelas, que funcionaba como un cuartel de estado mayor, estaba compuesta por Mariano Balseiro y su novia Josefa Gómez Caro; por Francisco Villena, alias Paco el Sastre, y su prometida Pepita Castro; por los hermanos Antonio y Ramón Ansó, por Leandro Postigo, por Juan Mérida y por José del Campo. En total siete hombres, y el jefe, ocho, y dos damiselas que, por lo visto, no se paraban en barras.

Los robos de Luis Candelas y su banda fueron el ciento y la madre, y el bandido llegó a tener atemorizada a la villa y corte, aunque no le faltasen nunca admiradores que le siguiesen con pasmo y hasta con cariño y que jurasen y perjurasen, a quienes quisieran escucharles, que Luis Candelas no era, en el fondo, sino un reformador social que robaba a los ricos para socorrer a los pobres: toda una romántica literatura de bellos gestos y altivas fórmulas. No debe olvidarse que, sin desviarse ni una pulgada, tal era la tendencia que marcaban los tiempos: Luis Candelas murió en pleno romanticismo, entre poetas melenudos y revolucionarios y damitas que bebían vinagre, el próximo 6 de noviembre hará ciento once años.

Fiel a la época que vivió, Luis Candelas, al subir al patíbulo, pronunció unas sentidas frases, ni más ni menos que si fuera un político en desgracia o un general que hubiese perdido la partida. Con gesto arrogante y además sereno y lleno de majestad —de la majestad del torero o del tocaor, que es la que por vía más directa llega al pueblo—, Luis Candelas se dirigió a la multitud y pronunció estas palabras dignas del bronce sobre mármol: como hombre he sido pecador, pero jamás se mancharon mis manos con la sangre de mis semejantes. ¡Adiós, patria mía, sé feliz!

Pocos instantes después, el verdugo le apretaba el cuello y Luis Candelas pasaba a mejor vida. La justicia, una vez más, había creado un héroe popular.

Los otros dos tipos importantes de la banda, el Balseiro y el Sastre, porque los demás no dejaban de ser unos pobres piernas y unos mangantes de quinta fila, ya no eran gente simpática y gallarda como el jefe, sino más bien sujetos vulgares y llenos de mala intención. Sobre todo el Villena, Paco el Sastre, era hombre sanguinario y de malos instintos, que llegó a secuestrar unos niños, los hijos de los señores de Gaviria, sacándolos del colegio de San Antón con malas artes de engaño. Las criaturas fueron a aparecer a los pocos días en La Pedriza, en unas cuevas que hay por la parte de Manzanares el Real, y la triste hazaña le restó a su autor la poca popularidad que tenía.

Tanto el Balseiro como el Villena, después de una fuga y mil vicisitudes, fueron condenados a muerte y agarrotados en Madrid, en las afueras de la Puerta de Toledo, que era el sitio que entonces se estilaba para las ejecuciones.

Con la muerte de los dos quedó definitivamente liquidada la razón social, y el pueblo, que rara vez se equivoca en esto de guardar los recuerdos, pronto se olvidó de los dos desdichados, que con sus tropelías estuvieron a punto de empañar la dolorosa gloria de Luis Candelas, el noble y generoso bandido de Madrid.

Informaciones, Madrid, junio de 1948

La hora exacta de Ismael Laurel, perito en veredas de secano

Ismael Laurel, también conocido por Sisebuto Sardina y, algunas veces, por Walter Puig, era un mallorquín cincuentón y soñador; cojitranco y teósofo; torero en sus años verdes y felices, y comerciante peatón a falta de mejores usos, que estuvo casado en primeras nupcias con una negra sudanesa que se llamaba Liberté Lamartine, que olía a pescadilla fresca y que se fue a morir de moquillo en Vitoria el año de la Guerra Civil.

—Las gentes incultas —aseguraba Ismael Laurel— dicen que la hora mala, la hora que eligen las brujas para hacer la pascua al respetable, son las doce de la noche; pero yo puedo afirmar por experiencia que la hora mala, pero mala de verdad, son las cinco menos cuarto de la tarde, las cinco menos cuarto por el sol. A las cinco menos cuarto nací; a las cinco menos cuarto me rompió mi madre dos costillas un día que el vino le dio ruin y sacudidor; a las cinco menos cuarto me desgració el Toronjito; a las cinco menos cuarto me cascó la Liberté, que en paz descanse, y a las cinco menos cuarto matrimonié con mi segunda señora, la Claudia, esa que ven ustedes ahí, que la pobre es más bestia que una mula de varas. En fin, ¡para qué seguir! Yo ahora, cada vez que van a dar las cinco menos cuarto, me tapo. ¡Gato escaldado...!

—Ya, ya —le respondían los mirones—, ¡cualquiera no se tapa!

A Ismael Laurel, de matador de reses bravas Cabezón de la Isla II, lo dejó patoso y derrengado un toro melocotón y capirote, badanudo, zancajoso y astisucio, llamado por mal nombre Toronjito, una tarde, sonando las cinco menos cuarto en el ayuntamiento, en la plaza de la Constitución de Valdevarnés, en la diócesis de Segovia, a la sombra del monte Carrascosa.

Era en el mes de agosto; hacía un calor sofocante, y el Ismael, atento a espantar las moscas de la sangre, no se dio cuenta de que le limpiaron la cartera donde guardaba sus dieciocho últimos duros que, al volar, le dejaron, amén de recién cojo que ya estaba, más pobre y deslucido que el río Ragamón por Paradiñas.

El Ismael, cuando sanó, anduvo a la busca por los caminos de Castilla, donde por más que se busca casi nunca se encuentra nada, hasta que la Guardia Civil, que no es partidaria de los paseantes, le dijo que o se paraba o lo paraba ella. El Ismael, que no era tonto ni en la desgracia, dijo que sí, que bueno, que se paraba, y se instaló en Cebreros, en el valle del Tiétar, donde vivió unos años de randar uvas, varear colchones y cargar pellejos de vino.

En Cebreros, durante una función, fue donde conoció a la Liberté, que estaba arrimada a un zángano que vendía gambas, con la que se casó por la iglesia, porque el Ismael, aunque algo tarambana, era un caballero de principios.

Con unos ahorros que tenía la Liberté se compró media docena de relojes y se fue de pueblo en pueblo haciendo el artículo, y no, bien mirado, sin suerte.

—¡Al bonito reloj americano marca Patent! ¡Construido con los planos de Ching-Chao-Cheng, famoso relojero chino del siglo IV antes de Nuestro Señor Jesucristo! ¡Con segundero y números mágicos visibles en la oscuridad! ¡Con todos los adelantos europeos y americanos! ¡Con cuerda para ocho días y resortes del acero mejor templado! ¡Al bonito reloj de pulsera! ¡Al bonito reloj de bolsillo! ¡Al bonito reloj despertador! ¡Hagan corro, señoras y señores, y presten atención! ¡Un reloj sin hora gafe, distinguido público! ¡Un reloj sin hora fatídica! ¡Un reloj con un dispositivo que hace que de las cinco menos veinte se salte a las cinco menos diez, sin pasar por las cinco menos cuarto! ¡Algo asombroso que ofrezco por muy poco dinero a mis clientes y favorecedores! ¡Por muy poco dinero, sí, señores! ¡Por poquísimo dinero! ¡Por una verdadera miseria! ¡Es un reloj que vale veinte duros, respetable público, y con el invento para que no marque las cinco menos cuarto vale lo menos treinta! ¡Pero yo no pido por él treinta duros, señoras y señores! ¡Es mi ruina, pero yo quiero que España sea un país culto y que cada español tenga su reloj para que no ande preguntando la hora a los demás! ¡Yo no pido treinta duros ni tampoco veintinueve! ¡Es la catástrofe, pero yo lo hago todo por España! ¡Viva España! ¡Tampoco quiero veintiocho duros, ni veintisiete, ni veintiséis, ni veinticinco! ¡Si el fabricante se entera me denuncia por loco! ¡Pero no importa! ¡Con veinticuatro duros aún sobra dinero! ¡Y con veintitrés! ¡Y con veintidós! ¡Y con veintiuno! ¡Y con cien pesetas! ¡Y con setenta y cinco! ¡Y con cincuenta! ¡Si ustedes lo cuentan nadie se lo cree! ¡De veinticinco pesetas, señoras y señores, aún les tendría que dar las vueltas! ¡Tampoco quiero por ellos tres duros! ¡Ni cuarenta reales, señores! ¡Ni treinta y seis! ¡Ni treinta y dos! ¡Ni veintiocho! ¡Ni veinticuatro siquiera! ¡Que por ellos quiero un durito, señores, un modesto durito! ¡Y nada más! ¡Vale más dinero vendido como chatarra!

El Ismael Laurel, con su pregón, vendía a veces algún reloj a los zagales enamorados que no habían entrado en quintas.

El tonto de Piedrahita, el tío Demetrio, alias Chiboli, coleccionista de petacas y sacristán honorario, le compraba también uno todos los años.

—¿Y usted vive, señor Laurel?
—¡Psché! Por ahora no me he muerto.

En la plaza de Villatoro, al pie de la carretera, Ismael Laurel, jinete en un verraco ibérico, pregona, sobre cuatro mil años de historia, sus relojes de a duro.

El sol, ese viejo y tolerante compadre de todos los peritos en duras y polvorientas veredas de secano, le escucha, desde su alto nido, casi sonriente, casi condescendiente, casi clemente.

Precisión, Madrid, julio-septiembre de 1951

Estebita, despertador, colondrio, un sueño

Estebita era gramático, un gramático que inventaba palabras a las que la historia —en su devenir, como decía Cloti, su madre política, que era un loro mastuerzo, un loro verde y colorado— llenaría de sentido a su debido tiempo. A su debido tiempo es una frase, una media frase, que pierde su sentido a fuerza de repetirla: a su debido tiempo, a su debido tiempo, a su debido tiempo... Pero esto es igual. Casi todo, bien mirado, es igual casi siempre. A su debido tiempo las cosas... Bueno.

Estebita, cuando inventó la palabra colondrio —piececilla en forma de áncora que se ponen los sordos en el corazón— se quiso premiar y se compró un despertador. El despertador de Estebita terminaba en una campana rudimentaria como las capillas románicas.

—Con mi despertador —decía Estebita—, con mi despertador...

Y entonces Estebita, para sacarle el jugo a su despertador, se buscó un quehacer, un menester fuerte, muy fuerte, arrebatador.

—¡Je, je! A su debido tiempo sonará. Y yo me lavaré como un gato, según la vieja tradición de mi familia, y saldré a la calle, tomaré un tranvía, y me presentaré, sonriente, en mi quehacer.

—Buenas, aquí estoy. ¿Le extraña?

El jefe le colmará de satisfacciones y de enhorabuenas.

—Estebita es un funcionario ejemplar —se dirán unos a otros los jefes de negociado, que están por debajo del jefe—, un funcionario modelo, digno de salir en letra de imprenta.

Y Estebita, por dentro, se dirá: colondrio, colondrio, colondrio, que es la llave del éxito: un señor con el ceño fruncido y un dedo apuntando al título. Colondrio, colondrio, colondrio. Bien.

Estebita se acostó. Después se puso a contar ovejas: diecisiete mil novecientas treinta y siete, diecisiete mil novecientas treinta y ocho, diecisiete mil novecientas treinta y nueve. Y se durmió.

Una tormenta más bien floja le acompañó en su primer sueño.

—¡Qué ridiculez de rayos! ¡Qué rayos más canijos!

Cloti, la hija de Cloti, le dio en un hombro.

—¿Qué te pasa, Estebita? Despierta, Estebita. ¿Estás impaciente, Estebita?

—Colondrio.

—¿Eh?

—Colondrio.

—¡Ah!

Después, Estebita soñó con praderas verdes, con yeguas madres, con adjetivos esdrújulos, con niños huérfanos, con bosques madereros.

Y a su debido tiempo surgió el despertador. El despertador de Estebita era un despertador niquelado, un despertador rutilante, un despertador lleno de clavijas, de misteriosas clavijas en la espalda.

—¡Qué bien suena mi despertador! ¡Qué gozo de despertador! ¡Qué ilusión!

Y el despertador, mientras Estebita dormía, continuaba latiendo, resoplando, viviendo.

Cloti, hija de Cloti, no podía pegar los ojos. Cloti, hija de Cloti, pensaba así:

Estebita, yo siempre te amé holgazán; yo te quiero como eres, Estebita, una calamidad, Estebita; un hombre sin despertador, sin quehacer, Estebita; un hombre que se hace el muerto en el sueño, como las señoras gordas de las playas del sur, Estebita; como las señoras gordas de las playas del norte.

Pero Estebita, que se había dormido a su debido tiempo, dormía con la cabeza estallante de tictacs.

A las tres y pico Estebita se despertó.

—¿No duermes, Cloti?

—No puedo, Estebita, hijo.

—¡Allá tú!

Y Estebita se volvió a dormir. El despertador sonaría cuatro horas más tarde, a las siete, una hora antes de que Estebita, con su mejor sonrisa, se presentase al jefe para decirle:

—¿Eh? ¿Qué tal? ¿Soy cumplidor o no soy cumplidor?

Cuando el demonio, en forma de cabra montés, le quiso quitar el despertador, Estebita se impacientó.

—¿Eh? ¿Adónde va? ¡Deje usted ahí ese despertador ahora mismo! ¡Ese despertador es mío! ¡Muy mío!

Pero el demonio, ante la justa indignación de Estebita, no insistió:

—Bueno, hombre, bueno; ahí le dejo a usted su despertador. ¡Caray, qué tío! Yo creo que no es para ponerse así. ¡Vamos, digo yo!

Estebita, a las cinco, estaba muertecito de risa. Estebita, a las cinco soñó que miss Europa se había quedado sorda y no podía oír su despertador.

—¿Por qué no me recomienda usted a la fábrica de colondrios, Estebita?

Pero Estebita, congestionado con la risa, no podía ni hacerle caso.

A las cinco y media, Estebita pensó:

—Mona sí es. ¡Pero vamos!

Cloti, hija de Cloti, no contaba ovejas. Cloti, hija de Cloti, contaba pollitos de incubadora, pollitos recién nacidos. Cloti, hija de Cloti, aunque no vivía en situación desahogada, era una muchacha llena de complejos.

—Ciento sesenta y tres mil ochocientos ochenta y seis...

Después, Estebita durmió como una flor, lleno de sobresaltos. Los peores sueños de las flores tienen firmes raíces y forma de rumiante.

—Enciende un poco la luz, Cloti; por favor, ¿me das agua?

Pero algo más tarde, cuando ahora que es el verano los pájaros desayunan en las acacias, Estebita se volvió a dormir.

—¡Qué despertador! ¡Qué gozo de despertador! ¡Qué maravilloso despertador! ¡Parece un despertador del otro mundo! ¡Parece un despertador para uso de ángeles y arcángeles, de querubines y potestades! Dentro de un rato, a su debido tiempo, romperá a tocar el timbre —trin, trin, tirrín...— para anunciarme que son las siete, que me debo levantar. ¡Qué gran invento este del despertador! Seguramente fue inventado por Edison. La humanidad tiene que estar muy agradecida a Edison. Trin, trin, tirrín...

Estebita oía, en su sueño más hondo, un timbre que sonaba como el violín de los valses.

—Miss Europa no puede oír el despertador. No se han inventado los despertadores para los oídos de miss Europa, que es sorda como una tapia. ¡Je, je! ¡Qué barbaridad, Edison!

Cloti, hija de Cloti, no podía despertar a Estebita. Estebita estaba sumergido, como una murena, en los más misteriosos y acogedores abismos.

—Despierta, Estebita, que ya es la hora.

Y Estebita, sonriendo en los flecos del alma, lo escuchaba todo, todo; pero no podía despertarse.

—Las siete, Estebita; que son las siete.

No, no, no. Era que no. La palabra colondrio había que modificarla. Su significado era aún más misterioso, mucho más misterioso.

Trin, trin, tirrín... Inútil. Esto está visto.

—Estebita.

Ángeles y arcángeles, querubines, serafines y potestades, la lista de los reyes godos, las tres virtudes teologales, los afluentes del Ebro que nace en Fontibre, Santander. Inútil.
—Estebita, hijo...

* * *

Estebita no quiso oír hablar más de su quehacer.
—Bueno, déjame en paz; si yo tengo quehacer ¿qué?
Pero Estebita, que era un gramático que inventaba palabras, tenía un despertador, un despertador que no le despertaba, pero que le hacía soñar con los peores sueños de las flores; esos sueños que tienen firmes raíces, poderosas y voluntariosas raíces...

Precisión, Madrid, octubre-noviembre de 1952

El sentido de la responsabilidad o un reloj despertador con la campana de color marrón

Se llamaba Braulio y era made in Germany, pero como no había tenido suerte en esta vida se había quedado, incluso con una elegante resignación, esa es la verdad, en despertador de fonda de pueblo. Después de todo —pensaba Braulio—, los hay que están peor. Braulio se refería sin duda, a los despertadores de las monjas de clausura, de los enfermos crónicos y de los condenados a muerte.

Braulio tenía forma de sopera y, todo hay que decirlo, estaba crecido y bastante bien proporcionado. Sus tripas —eso que la gente llama, tan imprecisamente, la máquina— se conservaban bastante bien para la edad que tenía; su esfera, que en tiempos fue de brillo, aún aparentaba cierto empaque a pesar de que el 6 y el 7 estaban casi borrados, y su campana, ¡ay, su campana!, pintada de color marrón, como las sillas del juzgado, retumbaba, cada mañana, con unos alegres pujos de esperanza, con unos recios sones casi militares.

Braulio, cuando era joven y se lucía, lleno de presunción, en el escaparate de la tienda de la capital, allá por el año veintitantos, estuvo algo enamoriscadillo de una relojita de pulsera, muy mona y arregladita, con la que llegó a estar casi comprometido.

—Yo no sé si debo aspirar a tu mano —le decía Braulio, casi con lágrimas en los ojos—, tú eres de mejor familia que yo, eres mucho más joven, te sobran los rubíes por todas partes. Yo no sé si debo aspirar a tu mano...

Pero la relojita, que se llamaba Inés (tampoco, de pequeña que era, hubiera podido llevar un nombre más grande), le respondía, poniendo un gesto mimoso, un ademán coqueto:

—No seas tonto, Braulio, ¿por qué vas a ser poco para mí? Lo que yo quiero, lo único que yo quiero, es un reloj honrado, que me quiera siempre y no me abandone nunca.

A Braulio, al oír hablar de separaciones, le daba un vuelco el corazón en el pecho.

—¡Pero, Inés, hija mía, querubín! ¿Tú no sabes que eso de la separación es algo que no depende de nosotros? ¡Qué más quisiera yo, chatita mía, que no apartarme de tu lado por jamás de los jamases!

Inés siempre tenía la vaga esperanza de que la separación no habría de producirse nunca.

—Bueno, ya veremos; por ahora, ¡no estamos separados!

Una vez —era un día de invierno frío y neblinoso, acatarrado y tosedor— un hombre estuvo mirando, durante un largo rato, para el escaparate.

—¿A quién mira? —preguntó Inés.

Braulio, rojo de celos, tuvo que templar la voz para responder.

—A ti, hija, a ti. ¿A quién va a mirar?

El señor, después de pensarlo mucho, entró en la tienda.

—Buenos días. Mire usted, yo quisiera regalarle algo a mi mujer; dentro de unos días va a ser su santo.

El tendero, con un gesto muy de entendido, miró para los ojos al señor.

—Bien. ¿Le parecería a usted bien un relojito de pulsera?

(Sabido es, aunque nunca viene mal repetirlo, que los relojeros no distinguen, sino después de haber estudiado mucho, el sexo de los relojes).

—Pues, hombre, ¡si no es muy caro!

El tendero se acercó al escaparate y limpió a Inés en la bocamanga. Después la mostró, cogiéndola con dos dedos, como si fuera un lagarto.

—Vea usted, una verdadera ganga.

El tendero y el señor regatearon un poco y, al final, metieron a Inés en una cajita de cartón, entre algodones y sujeta con una goma de estirar.

El pobre Braulio, hecho un mar de lágrimas, veía, sin resignación ninguna, llegar el temido instante de la separación.

—¡Bueno, qué le vamos a hacer! ¡Es la ley de vida, fatal ley de vida! Después de todo, tampoco íbamos a estar, ahí en el escaparate, por los siglos de los siglos.

Las palabras que se decía Braulio eran mentira, una mentira atroz. Braulio estaba desconsolado, pero se predicaba en voz alta para darse ánimos.

El señor que quería regalarle algo a su mujer, por el día de su santo, estando ya con Inés en el bolsillo y casi en la puerta de la tienda, se volvió.

—Oiga usted, ¿y un despertador? ¿No tendría usted por ahí un despertador que fuera bueno y que no resultase muy caro?

Braulio creyó estar soñando y apretó los ojos con fuerza, para no caer desmayado al suelo. Lo que hablaron el señor y el tendero no pudo recordarlo, pero al cabo de un rato estaba envuelto y en otro de los bolsillos del señor.

—No, en ese bolsillo no; podría aplastarme al relojito. Póngamelo usted en este otro.

En el pueblo, en casa del señor que los había comprado, Braulio vivía sobre la mesa de noche del dueño, e Inés, que era más presentable, iba a misa con la señora, y de visitas por las tardes, y al cine, alguna vez que otra, por las noches.

Braulio e Inés, aunque se veían poco, aunque pasaban días enteros sin poder ni saludarse, eran felices sabiéndose bajo un techo común.

Pero una tarde, ¡ay, aquella tarde!, una tarde aciaga, la dueña de Inés, que se llamaba doña Raúla y era viciosa, lenguaraz y entrometida, se puso a jugar a la brisca y perdió hasta la respiración.

—Mire usted, amiga María Saturia —le decía doña Raúla a su acreedora—, pagarle en pesetas, no puedo, porque entre todas ustedes me han desplumado, pero si usted quiere cobrarse con mi relojito... Anda bastante bien.

Doña María Saturia dijo que sí y doña Raúla se quitó su relojito y se lo dio. Después, a doña Raúla lo único que se le ocurrió fue decir:

—¡Por Dios, amiga María Saturia, que no se entere mi marido!

—Descuide, descuide...

Braulio, que era un despertador con un gran sentido de la responsabilidad, cuando se dio cuenta de que algo raro pasaba, empezó a protestar para ver si el tonto del dueño se daba cuenta. Pero el tonto del dueño, que casi nunca se enteraba de nada, se limitó a comentar:

—¿Qué le pasará a ese endiablado despertador, que está todo el día sonando sin venir a cuento? Como siga así, no va a haber más remedio que llevarlo al relojero.

Braulio, en vista de que el dueño no le entendía, volvió otra vez a sonar a sus horas. ¡Qué remedio!

Después, con eso de la tristeza, se le fue poniendo la campana, poco a poco, de color marrón.

Precisión, Madrid, julio-agosto-septiembre de 1953

Aquel reloj de torre

Aquel reloj, aquel viejo y gris reloj de torre, el único superviviente de la guerra de Cuba que quedaba en el pueblo, no se limitaba a marcar las horas, como todos los relojes del mundo, y a cantarlas, como los serenos, sino que para cada una de ellas —para la hora amarga y para la jolgoriosa, para la hora lluviosa y para la radiante, para la hora del día y para la de la noche— tenía unos acentos especiales, patentados, únicos.

Su voz era de tiple —tilín, tilín— como la voz de una esquila de convento monjil, cuando anunciaba los nacimientos felices, la llegada al mundo de los niños coloraditos y llorones con ganas de vivir. Su timbre era de barítono —talán, talán— como el del mozo que cantaba en la siega, cuando avisaba a vísperas de fiesta, a alegres vísperas de encierro al alba y capea cuando el sol, como un farol inmenso, calentaba los sesos y las anchas losas de la plaza, después del almuerzo. Su acento era de bajo —tolón, tolón— como el del cencerro del viejo buey, cuando doblaba a muerto.

En aquel pueblo no hubiera hecho falta campana en la iglesia ni pregonero del ayuntamiento por las esquinas. En aquel pueblo hablaba por todos el reloj de la torre, aquel reloj que llevaba ya más años que nadie subido, igual que una eterna cigüeña, en la torre cuadrada de la iglesia, una torre que los turistas retrataban —nadie, en el pueblo, sabía por qué—, y a cuya sombra los viejos holgaban y fumaban, los mozos jugaban al chito y a la pelota, las viejas murmuraban y hacían calceta, las mozas hilaban sus dorados proyectos y las parejas de novios —el mirar en el mirar— escuchaban el lento paso del tiempo que había de traerles, igual que un higo maduro, la felicidad a su hora debida.

El reloj de la torre, que era un sentimental, dejaba su canto mudo y en blanco —que también es una manera de cantar— cuando un niño moría, en el saldo de niños del otoño, y cuando a un quinto le tocaba servir al rey en África, en el sorteo de quintos de la primavera.

Al reloj de torre, como a los amadores románticos, le dolían las ausencias sin posible retorno, las huidas sin vuelta, las deserciones sin arrepentimiento. Ya cuando estaba en la fábrica, recién nacido aún, sus compañeros le habían notado cierta tendencia a la nostalgia y al constante, al desbordado sentimiento.

—¡Qué reloj más raro! ¿Verdad? —solían decir los relojes aún por destinar, los relojes formados en largas filas a las que no se les veía el fin.

—No, no es raro —argumentaban otros relojes más viejos, de más experiencia—, lo que le pasa es que es un reloj poeta, un reloj con alma de artista; si hubiera nacido hombre, seguramente tocaría el piano y haría versos tristes y bien rimados como los del señor Bécquer.

—¡Ah, ya!

El día que instalaron al reloj en su torre, todo fue alegría en aquel pueblo. La flauta de caña y el tamboril de tripa estuvieron, dale que dale, tocando todo el santo día; la gente bailó y bailó hasta cansarse y, a la caída de la tarde, cuando el reloj, con toda su cuerda ya, rompió a andar, se dispararon cohetes por orden del señor alcalde, unos cohetes altos y sonoros como los nombres de la historia.

Lo malo fue que, cuando todo el mundo esperaba escuchar la voz del nuevo reloj, cuando ya iba a dar la primera hora que el reloj tenía obligación de anunciar, el reloj se calló como un muerto, quedó mudo y silencioso igual que una piedra.

—¡Vaya! —rugió el señor alcalde—. ¡Nos han engañado como a chinos! ¡Este reloj es una porquería!

Por el pueblo corrió un chorro de decepción y los de los pueblos de al lado, que habían acudido al festejo, se reían por lo bajo, como diciendo: sí, sí, mucho presumir de reloj de torre y, ¡ya se ve!, ni da las horas.

Estaba la gente en sus tristezas y en sus discusiones cuando, al cabo de una hora, el reloj cantó con una voz que dejó a todos entusiasmados.

—¡Milagro, milagro! —decían los hombres y las mujeres—. ¡El reloj se arregló solo! ¡El reloj se curó sin que nadie lo tocase!

Los nuevos paisanos del reloj se pusieron muy nerviosos durante la hora siguiente, y durante la otra y la otra, porque no estaban muy seguros de que el reloj, efectivamente, estuviera curado, pero, cuando vieron que daba ya todas las horas sin fallar ninguna, respiraron tranquilos y dieron gracias a Dios por haberles permitido comprar, por no mucho dinero, un reloj tan bueno.

Lo que al reloj le había pasado en su primera hora es cosa que no se supo jamás, porque en el pueblo no había nadie que hubiese estudiado, con atención, las costumbres de los relojes. Solo en una casucha de los bordes del pueblo, allá por el río o por el matadero, que son siempre los barrios más tristes y más pobres, alguien sospechaba lo que le había sucedido al reloj. Un niño que se muere —allá por el saldo de niños del otoño— es siempre algo muy grave, algo que da a las gentes raras lucideces repentinas.

El reloj de la torre, desde aquel día, falló cuando tenía que fallar y cambiaba su voz cuando las circunstancias le indicaban que debía cambiarla. El señor alcalde y, con él, todos los que en el pueblo representaban algo se fueron acostumbrando, poco a poco, a los silencios y a las mutaciones del reloj y, al final, lo atribuían a que estaba mal de los nervios y era algo, ¿cómo diríamos?, algo maniático.

—Sí, es un reloj muy bueno —solían explicar al notario recién destinado al pueblo o al turista que se paraba tres cuartos de hora para merendar—, un reloj del que no hay queja, esa es la verdad, pero a veces tiene, ¿cómo le diríamos a usted?, algunas manías raras. Claro que, lo que nosotros decimos, ¡quién no tiene sus manías! ¿Verdad, usted?

—Claro, claro, ¡todos tenemos nuestras manías! Pero ¡si no es más que eso!

—No, la verdad es que no es más que eso. Por lo demás estamos muy contentos con él. Y esto de que varíe un poco y dé las horas en distinto tono también tiene su gracia, ¿verdad, usted? Lo que no sabemos es por qué lo hace. De la humedad no es, podemos asegurárselo, eso ya lo hemos estudiado. A lo mejor es que es así, que le da por ahí...

Precisión, Madrid, octubre-noviembre-diciembre de 1953

Baraja de invenciones
(1953)

La naranja es una fruta de invierno

La naranja es una fruta de invierno. Un sol color naranja se fue rodando, más allá de los montes, por los remotos caminos del mundo, por los ignorados y lejanos caminos del mundo.

En la sombra, al pie de una colina de pedernal, de una colina que marca a chispas veloces la andadura de la caballería, dos docenas de casas se aprietan contra el campanario. Las casas son canijas, negruzcas, lisiadas; parecen casas enfermas con el alma de roña, que va convirtiendo las carnes en polvo de estiércol. El campanario —un día esbelto y altanero—, hoy está desmochado y ruinoso, desnudo y pobre como un héroe en desgracia. El viento, a veces, se distrae en llevarse una piedra del campanario, una piedra que sale volando, como una maldición, contra cualquier tejado y rompe cien tejas, que después ya no se repondrán jamás. Sobre el campanario, el vacío nido de la cigüeña espera los primeros soles rojos de la primavera, los soles que marcarán el retorno de las aves lejanas, de las extrañas aves que conocen el calendario de memoria, como un niño aplicado.

El vacío nido de la cigüeña ha echado misteriosas raíces, firmes raíces en la piedra. Al vacío nido de la cigüeña —doce docenas de secos palitos puestos al desgaire— no hay viento de la sierra que lo derribe, no hay rayo de la nube que lo eche al suelo. Sobre el vacío nido de la cigüeña quizá vuele, como un alto alcotán, la primera sombra de Dios.

Al caserío le van naciendo, con la noche, tenues rendijas de luz en las ventanas que no ajustan del todo, en las ventanas que siempre dejan un resquicio abierto, quién sabe si a la ilusión, al miedo o a la esperanza: como un corazón anhelante, como un corazón que no encuentra consuelo en la soledad.

Entornando el mirar, las rendijas de luz semejan flacos fantasmas atados a las sombras, hojas de las peores facas, las facas que tienen luz propia como los ojos de los gatos, como los ojos de los caballos, como los ojos del lobo, que muestran el color del matorral del odio. Y su figura. Y su andar, que nos muerde los nervios de la cabeza, que forman un raro árbol dentro de la cabeza, un árbol que mete sus ramas espantadas por entre las junturas de los sesos.

Un vientecillo que pincha baja por la ladera, husmea como un can con hambre por las callejas y se escapa ululando por el olivar del Cura, el olivar que se pinta con el ceniciento color de la plata vieja, la plata de las monedas antiguas, el confuso color del recuerdo.

Al pie del olivar del Cura, conforme se sale hacia el arroyo, una cerca de adobe guarda del lobo negro de la noche las ovejas de Esteban Moragón, alias Tinto, mozo que va a casar. La alta barda de adobe se corona de espinas erizadas, de secas y heridoras zarzas, de violentas botellas en pedazos, de alambres agresivos, descarados, fríamente implacables. El Tinto se guarda lo mejor que puede.

* * *

La taberna de Picatel es baja de techo. Picatel es alto. La taberna de Picatel es húmeda y lóbrega. Picatel es seco y tarambana. La taberna de Picatel es negra y rumorosa. Picatel es albino, pero también decidor.

Picatel tiene cincuenta años. Picatel no come. A Picatel le zurra su mujer. Picatel es un haragán. Picatel es un pendón. Picatel es fumador, es bebedor, es jugador. Picatel es faldero.

Picatel fue cabo en África. En Monte Arruit le pegaron a Picatel un tiro en una pierna. Picatel es cojo. Picatel está picado de viruela. Picatel tose.

Esta es la historia de Picatel.

* * *

—¡Así te vea comido de la miseria!
—...
—¡Y con telarañas en los ojos!
—...
—¡Y con gusanos en el corazón!
—...
—¡Y con lepra en la lengua!
Picatel estaba sentado detrás del mostrador.
—¿Te quieres callar, Segureja?
—No me callo porque no me da la gana.
Picatel es un filósofo práctico.
—¿Quieres que te cuente otra vez lo de tu madre, Segureja?
Segureja se calló. Segureja es la mujer de Picatel. Segureja es baja y gorda, sebosa y culona, honesta y lenguaraz. Segureja fue garrida de moza, y de rosada color.

Segureja se metió en la cocina. Iba en silencio.

* * *

El Tinto y Picatel no son buenos amigos. La novia del Tinto estuvo de criada en casa de Picatel. Según las gentes, Picatel, a veces, entraba en la cocina y le decía a la novia del Tinto:

—No te afanes, muchacha; lo mismo te van a dar. Que trabaje la Segureja, que ya no sirve para nada más.

Según las gentes, un día salió la novia del Tinto llorando de casa de Picatel. La Segureja le había pegado una paliza, que a poco más la desloma. La Segureja, según la gente, le decía a la gente:

—Es una guarra y una tía asquerosa, que se metía con Picatel en la cuadra a hacer las bellaquerías.

La gente le preguntaba a la mujer de Picatel:

—Pero ¿usted los vio, tía Segureja?

Y la mujer de Picatel respondía:

—No; que si los veo, la mato; ¡vaya si la mato!

Desde entonces, el Tinto y Picatel no son buenos amigos.

* * *

De las vigas de la taberna de Picatel cuelgan unos chorizos y unas tiras de papel engomado que aún guardan las moscas del verano, las moscas zumbadoras y pendencieras de julio y de agosto.

El Tinto es un mozo jaquetón y terne, que baila el pasodoble de lado. El Tinto lleva gorra de visera. El Tinto sabe pescar la trucha con esparavel. El Tinto sabe capar puercos silbando. El Tinto sabe poner el lazo en el camino del conejo. El Tinto escupe por el colmillo.

Las artes del Tinto le vienen de familia. Su padre mató una vez una loba a palos.

—¿Dónde le diste? —le preguntaban los amigos.

—En el alma, muchachos; que si no, no lo cuento.

El padre del Tinto, otra vez, por mor de dos cuartillos de vino que iban apostados, entró en una tienda y se comió una perra de todo: una perra de jabón, una perra de sal, una perra de cinta, una perra de clavos, una perra de azúcar, una perra de pimienta, una perra de cola de carpintero, tres piedras de mechero, una carpeta de papel de cartas, una perra de añil, una perra de tocino, una perra de pan de higo, una perra de petróleo, una perra de lija y una perra que sacó el amo del cajón del mostrador. Los seis reales los pagó el de la apuesta.

Después, el padre del Tinto se fue a la botica y se tomó una perra entera de bicarbonato.

* * *

El Tinto entró en la taberna de Picatel.
—Oye, Picatel...
Picatel ni le miró.
—Llámame Eusebio.
El Tinto se sentó en un rincón.
—Oye, Eusebio...
—¿Qué quieres?
—Dame un vaso de blanco. ¿Tienes algo de picar?
—Chorizo, si te hace.
Picatel salió del mostrador con el vaso de blanco.
—También te puedo dar un poco de bacalao.
El Tinto estaba recostado en la pared, con dos patas de la banqueta en el aire.
—No. No quiero el bacalao. Ni el chorizo.
El Tinto sacó el chisquero, encendió su apagado cigarro y echó una larga bocanada de humo, con la cabeza atrás, casi con deleite.
—Me vas a traer un papel de las moscas. Hoy me da la gana de comerte el papel de las moscas.
Picatel dejó el vaso de blanco sobre la mesa.
—El papel es mío. No lo vendo.
—¿Y las moscas?
—Las moscas también son mías.
—¿Todas?
—Todas, sí. ¿Qué pasa?

* * *

Lo que pasó en la taberna de Picatel nadie lo sabe a ciencia cierta. Y, si alguien lo sabe, no lo quiere decir.
Cuando llegó la pareja a la taberna de Picatel, Picatel estaba debajo del mostrador, echando sangre por un tajo que tenía en la cara.

La pareja levantó a Picatel, que estaba blanco como la primera harina.

—¿Qué ha pasado?

Picatel estaba como tonto. La herida de la cara le manaba sangre, lenta y roja como un sueño siniestro. Picatel, en voz baja, repetía y repetía la monótona retahíla de su venganza.

—Por donde más te ha de doler... Te he de pinchar por donde más te ha de doler...

Los ojos de Picatel le bizqueaban un poco.

—Por donde más te ha de doler... Te he de pinchar por donde más te ha de doler...

La pareja se acercó al Tinto, que esperaba en su rincón sin mirar para la escena.

—¿Qué comes?

—Nada, papel de moscas. A la Guardia Civil no se le hace lo que yo coma.

* * *

La naranja es una fruta de invierno. El sol color naranja aún ha de tardar varias horas en oír la letanía de Picatel:

—Por donde más te ha de doler... Te he de pinchar por donde más te ha de doler...

La Segureja restañó la herida de Picatel con un pañuelo mojado en anís. Después le puso vinagre en la frente, para que espabilara.

—Por donde más te ha de doler... Te he de pinchar por donde más te ha de doler...

—Pero ¿qué dices?

Picatel, con los ojos cerrados, no escuchaba la voz de la Segureja.

—Por donde más te ha de doler... Te he de pinchar por donde más te ha de doler...

* * *

En el cuartelillo, el Tinto le decía al cabo que él no había querido más que comerse el papel de las moscas.

—Se lo puedo jurar a usted por mi madre, señor cabo. Yo, en comiéndome el papel de las moscas, me hubiera marchado por donde entré.

El cabo estaba de mal humor; la pareja le había levantado de la cama.

Cuando la pareja dio dos golpes sobre la puerta de su cuarto, el cabo estaba soñando que un capitán le decía:

—Oiga usted, brigada, se trata de un servicio difícil, de un servicio que tiene que ser prestado por un hombre de mucha confianza.

El cabo no entendía del todo lo del papel de las moscas.

—Pero bueno, vamos a ver: usted, ¿por qué se quería comer el papel de las moscas?

El Tinto buscaba una buena razón, una razón convincente.

—Pues ya ve usted, señor cabo: ¡un capricho!

* * *

La gente, la misma gente que había preguntado a Segureja lo que había pasado entre su marido y la novia del Tinto, se agolpó ante la cerca de adobe que hay al pie del olivar del Cura, conforme se sale hacia el arroyo.

Una hora antes, Picatel había saltado como un garduño la alta barda de las espinas y las zarzas, de los vidrios y los alambres desgarradores.

Picatel llevaba en la mano una faca de acero brillador, una faca cuya luz semejaba en la noche el temblor de una tenue rendija en la ventana que no ajusta del todo, en la ventana que siempre deja un resquicio abierto, quién sabe si a la venganza, al miedo o a la desesperación.

Picatel llevaba en la boca la temerosa salmodia que le empujó por encima de los adobes del corral del Tinto.

—Por donde más te ha de doler... Te he de pinchar por donde más te ha de doler...

Picatel se acercó a las ovejas, tibias y prometedoras, aromáticas y femeniles. Su corazón le andaba a saltos, como cuando se encerraba en la cuadra con la novia del Tinto.

Picatel paseó entre las ovejas, celoso como un gallo, rendidamente lujurioso como un sultán que vaga su veneno por entre las confusas filas de un ejército de esclavas desnudas.

A Picatel se le hizo un nudo en la garganta.

—Por donde más te ha de doler... Te he de pinchar por donde más te ha de doler...

Picatel palpó los lomos a una oveja soltera, a una cordera que miraba como su mujer, de moza, o como la novia del Tinto derribada sobre el suelo de estiércol de la cuadra.

A Picatel le empezaron a zumbar las sienes. La cordera se estaba quieta y sobresaltada, como una novia enamorada y obediente.

A Picatel se le nublaron los ojos... La cordera también sintió que la mirada se le iba...

Fue cosa de un instante. Picatel echó el brazo atrás y descargó un navajazo temeroso en el vientre de la cordera. La cordera se estremeció y se fue contra el suelo del corral.

Una carcajada retumbó por los montes, como el canto de un gallo inmenso y loco.

* * *

La gente, la misma gente que decía que entre Picatel y la novia del Tinto había más que palabras, seguía, firme y silenciosa ante el corral que queda al pie del olivar del Cura, conforme se sale del pueblo, camino del arroyo.

La pareja no dejaba arrimar a la gente.

Ese hombre que llega tarde a todos los acontecimientos preguntó:

—¿Qué ha pasado?

—Nada —le respondieron—, que Picatel despanzurró a las cien ovejas del Tinto.

* * *

Sí; la naranja es una fruta de invierno.

Cuando el sol color naranja llegó rodando, más acá de los montes, por los remotos caminos del mundo, por los lejanos e ignorados caminos del mundo, ya Picatel marchaba, más allá de la colina de duro pedernal, de espaldas a las casas canijas, negruzcas, lisiadas, por aquellos caminos que llevaban al mundo, andando como un sonámbulo, repitiendo a la media voz del remordimiento:

—Por donde más te ha de doler... Te he de pinchar por donde más te ha de doler...

El sol color naranja alumbraba la escena, sin darle una importancia mayor.

Sí; sin duda alguna, la naranja es una fruta de invierno.

Clavileño, Madrid, julio-agosto de 1950

La esperanza

Nenias en loor de un amigo

Sucedió igual que en los viejos cuentos, los que se narran en torno al tronco en llamas del hogar, mientras el viento silba en las chimeneas, los trasgos revuelven el desván y las últimas brujas, las más siniestras, ensayan contra la negra noche sus cargas de caballería a la jineta sobre palos de escoba.

Don Dámaso —barbita y corte de pelo a lo cepillo, cuello de pajarita y finas gafas de pinza, soltero, setentón y liberal— se había quedado dormido, como todas las noches, en el más oscuro trasfondo de la honesta, de la amplia, de la maternal cocina campesina.

Rigoletto, el gato de la patrona, ronroneaba sobre la saya del ama, feliz y consentido como un niño rico, mientras Bandujo, galgo ibicenco, canelo y rabón, enroscado como una rueda de mazapán, soñaba con liebres en el campo abierto, con rastrojeras sin límites y con soles de agosto abrasadores.

Don Dámaso sabía que su remoto, su insospechado patrón era el dulce Francisco de Asís, curador de bestias, amansador de fieras, amigo del lobo y del cordero, el norte y el sur de los corazones.

Caballero en su yegua torda, defendiéndose del viento y del frío con su capote de parda cuatreada, de buen ver todavía, airoso vuelo y recia primidera, don Dámaso, con su alma de álamo y su estampa de penúltimo quijote, era una figura que decoraba el paisaje familiar, la umbría vaguada, la barbechera de color de olvido, el tímido, el apretado caserío dormido en torno a la inmensa y amorosa clueca de la iglesia.

—Que la mula va mal, don Dámaso.

Y don Dámaso, perito en las artes que ahuyentan las maldiciones del ganado, encendía un pitillo, buscaba el camino de la mula enferma, y la curaba con su sonrisa de viejo y misterioso patriarca.

—Que la vaca no marcha, don Dámaso.

Y don Dámaso, experto en vidas, sacaba chispa de su chisquero, se arrimaba al establo de la vaca enferma, y la curaba con su sonrisa de anciano y extrañísimo patriarca.

—Que los patos, don Dámaso...

—Que el perro, don Dámaso...

—Que el asnillo rucio, don Dámaso...

Sí, igual que en los viejos cuentos; sucedió igual, exactamente igual que en los viejos cuentos. Las nubes, a media asta, anunciaron al mundo que todo había sucedido como en los cuentos.

El mundo —al norte, el cerro de la Golondrina; al este, el arroyo del Mirlo; al sur, el vallecico del Ruiseñor; al oeste, el baldío de la Calandria—, el vastísimo, el inmenso mundo que lloró a don Dámaso apareció, aquella mañana, pintado de blanca nieve, envuelto en una blanca y purísima color.

—¿Y cómo fue?

—¡Igual que un pajarito, hermano, igual que un pajarito del cielo!

El ganado mugió con sordina sobre el pavor del campo y los pájaros, espantados de su propio dolor, enmudecieron, aquella mañana, sobre los rígidos y resignados brazos de los espantapájaros.

—¿Pero...?

—Sí, igual que un pajarito, hermana, igual que todas las noches. Pero anoche se le paró el corazón.

La corza del monte no saltó aquel día. Y el lobo ayunó. Y la zorra no robó. Y la yegua torda se negó a beber el hondo cubo de agua... Y el gorrión se escondió bajo la teja más alta del campanario.

Dios, desde su torre, bendijo el silencio que se extendió, manso como el mejor dolor, sobre el mundo del que don Dámaso —Dios sabría por qué— se escapaba de puntillas, igual que un niño.

Rigoletto, el gato de la patrona, pudo llevarse de la cocina media docena de truchas frescas como el agua de abril. Y no lo hizo.

Bandujo, el galgo de la piel color café con leche, se escapó al campo, a contar a la liebre que había escuchado la campanada de la paz.

—¿Y dice usted...?

—Sí, todos lo dicen. Allá arriba, en el cielo, más lejos, mucho más lejos de las últimas nubes.

El águila voló muy alto, todo lo alto que pudo.

—¿Por encima del vuelo del águila?

—Sí, por encima del vuelo del águila, mucho más alto todavía.

En las caras se habían dibujado las tres rayas curvas de la desesperanza.

Y la voz que aún tuvo fuerza para hablar se enronqueció.

—¡Sí...!

Sucedió igual que en los viejos cuentos, los que se narran en torno al tronco ardiendo en el hogar, mientras el viento se pelea con las tejas, los trasgos se disfrazan de cuervos y las últimas brujas, las más flacas y desgarbadas, chillan como condenadas en el aquelarre.

Sí. Sucedió igual que en los viejos cuentos, aquellos que, después de contados, aún dejan un tímido ventanillo abierto a la esperanza...

Y la esperanza es un poco la sonrisa de Dios. A veces tiene forma de flor de manzano. A veces semeja una blanca nube. A veces es la estampa del penúltimo quijote que se recuerda...

Anales de la Sociedad de Veterinaria y Zootecnia,
julio-septiembre de 1951

La horca

Ah! ce que j'entends, serait-ce la bise nocturne qui glapit, ou le pendu qui pousse un soupir sur la fourche patibulaire?

Un hombre marcha, a solas con su miedo, por el campo. Es alto, desgarbado, enflaquecido. Lleva un triste sombrero calado hasta los ojos y una larga bufanda que se le enrosca alrededor del cuello como una maliciosa serpiente en torno al cuerpo de una muchacha.

Anda deprisa, casi espantadamente, sin pararse a mirar dónde pone el pie.

Quizá se encuentre a sí mismo culpable de algún grave pecado. Quizá sea el hombre torvo que presta dinero a los poetas, el hombre airado que fabrica los abortivos, el hombre frenético que come golondrinas, el hombre iracundo que chupa la sangre a los niños.

Es de noche y el aire frío corta su jadeante respirar.

Va duramente inclinado hacia el suelo, oculto el rostro a la pálida y breve luna que de vez en vez se deja contemplar sobre las nubes.

Tiene todo el aspecto de llevar ya muchas horas caminando. Nada distrae su paso de vagabundo decidido, su andar huidizo de hombre que lleva una brújula rota dentro del corazón.

Un extraño rumor cruza la noche. Viene oyéndose ya desde hace tiempo, tan distante como confuso, tan tenue como vagaroso.

El hombre que pisa los sembrados y los tiernos brotes de las vides que la noche oculta hace ligeros, raros movimientos con la cabeza.

Aún no ha oído nada. Aún están informes, repentinos, colgados de las quejosas ramas, los rumores.

Y unos pasos más allá...

—¿Qué es eso?

El hombre duda, hace un alto en su marcha.

—¡Ah! ¿Qué es eso? ¿Qué oigo?

Al hombre le tiembla la voz en la garganta. Siempre fue tenido por un hombre valeroso, por un hombre sin miedo.

El rumor se hace distinto, se aclara su voz de misterio.

—¿Será que aúlla el cierzo de la noche?

La luna rasga, un breve instante, su lecho de nubes, y se descubren, de pronto, raras figuraciones.

—¿Será el último suspiro de un hombre en la horca?

Serait-ce quelque grillon qui chante tapi dans la mousse et le lierre stérile dont par pitié se chausse le bois?

Pero el campo parece muerto, frío, deshabitado. El campo desvelado como un pecho desierto, estéril como los ojos de la sangre, sobrecogedor.

Hay ruinas por las que sopla cruelmente el viento, a quienes la noche hace sonar a veces como tímidas flautas u ocarinas lejanas: con dulzura, casi cadenciosamente.

El ciego lagarto que colecciona bucles de muchacha se refugia estremecido bajo el musgoso plinto, y el murciélago volador que dibuja difíciles geometrías roza con el aliento todos los capiteles.

Un instante tan solo, esto piensa el hombre torvo —quizá el duro corazón que presta dinero a los poetas—, el hombre airado —que fabrica los abortivos para sonreír— el hombre frenético —que derriba golondrinas con la mirada—, el hombre iracundo —quizá las fauces aún rojas de sangre— que cruza el campo con miedo y con remordimiento como todos cruzamos, con la mirada baja y vergonzosa, cuando nos vigila esa mano próxima a ser robada y que nos dice adiós, inciertamente, desde la popa del buque que se aleja.

Pero hay musgosas sendas que transforman la roca en almohada, y piadosas y estériles hiedras que arropan al bosque como a un inmenso cachorro recién nacido.

El hombre ofrece largos años de vida al familiar diablejo que soborna las brumas; pero el ulular remoto, como de loba parida, que entreoye su imaginación, sigue arrastrándose sobre el lejano horizonte.

El silencio de la noche toma ruidoso cuerpo de insecto enloquecido.

—¿Será el canto de un grillo oculto bajo el musgo, bajo la hiedra estéril que, piadosamente, vive sobre el bosque?

Serait-ce quelque mouche en chasse sonnant du cor autour de ces oreilles sourdes à la fanfare des hallali?

Suena la tierra como un dragón en guerra con todos los dragones sobre la más ligera arena de las playas marinas.

El hombre que tropieza y se levanta como una estrella escapada, antes de la creación, por el ámbito que todavía no fuera el universo, siente estallar su pulso apresurado por la vena que nutre al corazón.

Veloces, tiernos ciervos adolescentes cruzan en tropel por la ciudad dormida, adormecida.

El océano adonde afluyen, como inocentes ríos, todas las maldiciones, amenaza con anegar las cumbres de las altas montañas —aquellas donde el aire es aún piedra por última vez— desde las que un Noé, piloto de un globo cautivo, mira tristemente para la cuerda cuyo último extremo sumergido delata aquella cálida tierra que, una vez más, se hundió.

 La libélula, que vendrá volando desde los lejanos astros cuando sea llegada la hora en que todos los niños tengan que morirse en cariñosas posturas de gacela que va a ser madre por primera vez, comenzó a rondar sobre la abrumada cabeza del hombre que mira para la senda que no ve, olvidado de la misericordia.

 El rumor sigue viviendo como un dolor clavado dentro del corazón, y el hombre busca con sus difusos dedos ateridos cuál puede ser el último, levísimo calor que de sus carnes se desprenda.

 —¿Será algún moscardón cazador que con su trompa toque sones de caza alrededor de esos oídos ya sordos?

 Pero... ¿De qué sordos oídos?

Serait-ce quelque escargot qui cueille en son vol inégal un cheveu sanglant à son crâne chauve? Ou bien serait-ce quelques araignées qui brodent une demiaune de mousseline pour cravate à ce col étranglé?

Un cráneo pelado de cuyo sanguinolento cabello pende un escarabajo.

 Esa fue la maldad que se castiga. Una nube de arañas hilanderas trabaja sin descanso en la mortaja.

> *Why write I still all one, ever the same,*
> *And keep invention in a noted weed,*
> *That every word doth almost tell my name,*
> *Showing their birth, and where they did proceed?*

¿Será que todas las furias de todas las cavernas...?

¿Será que todos los animales venenosos de los dos planetas que quedan más allá de la órbita de Saturno...?

¿Será que esas yerbas de delicados y armoniosos colores que diezman los sembrados...?

¿Será ese niño que juega con las reliquias de sus antepasados...?

¿Será ese escarabajo gimnasta...?

¿Será la araña que teje corbatas de muselina...?

No. El hombre llega a tocar la muerte con las manos.

La luna rasga, un breve instante, su lecho de nubes, y se descubren, de pronto, concretas, extrañas evidencias.

Una campana, en los muros de una lejana ciudad que el alba descubre allá en el horizonte, tañe quejumbrosamente al viento. Y los huesos de un ahorcado enrojecen, casi soberbios, a cada puesta de sol.

Escorial, Madrid, julio de 1944

Un niño piensa

Da gusto estar metido en la cama, cuando ya es de día. Las rendijas del balcón brillan como si fueran de plata, de fría plata, tan fría como el hierro de la verja o como el chorro del grifo, pero en la cama se está caliente, todo muy tapado, a veces hasta la cabeza también. En la habitación hay ya un poco de luz y las cosas se ven bien, con todo detalle, mejor aún que a pleno día, porque la vista está acostumbrada a la penumbra, que es igual todas las mañanas, durante media hora; la ropa está doblada sobre el respaldo de la silla; la cartera —con los libros, la regla y la aplastada cajita de cigarrillos donde se guardan los lápices, las plumas y la goma de borrar— está colgada de los dos palitos que salen de encima de la silla, como si fueran dos hombros; el abrigo está echado a los pies de la cama, bien estirado, para taparle a uno mejor. Las mangas del abrigo adoptan caprichosas posturas y, a veces, parecen los brazos de un fantasma muerto encima de la cama, de un fantasma a quien hubiera matado la luz del día al sorprenderle, distraído, mirando para nuestro sueño... Se ve también el vaso de agua que queda siempre sobre la mesa de noche, por si me despierto; es alto y está sobre un platito que tiene dibujos azules; en el fondo se ve como un dedo de azúcar que ha perdido ya casi todo su blanco color. Si se le agita, el azúcar empieza a subir como si no pesase, como si le atrajese un imán... Entonces, uno ladea la cabeza, para verlo mejor, y del borde del vaso sale un destello con todos los colores del arco iris que brilla, unas veces más, otras veces menos, como si fuera un faro; es el mismo todas las mañanas, pero yo no me canso nunca de mirarlo. Si un pintor pintase un vaso con agua hasta la mitad y un reflejo redondo en el borde con todos los colores, un reflejo que pareciese una luz y que saliese del cristal como si realmente fuera algo que pudiésemos coger con la mano, estoy seguro de que nadie le creería.

Volvemos a dejar caer la cabeza sobre la almohada y tiramos del abrigo hacia arriba; notamos fresco en los pies, pero no nos apura, ya sabemos lo que es; sacamos un pie por abajo y nos ponemos a mirar para él. Es gracioso pensar en los pies; los pies son feos y mirándolos detenidamente tienen una forma tan rara que no se parecen a nada; miro para el dedo gordo, pienso en él y lo muevo; miro entonces para el de al lado, pienso en él, y no lo puedo mover. Hago un esfuerzo, pero sigo sin poderlo mover; me pongo nervioso y me da risa. Los cuatro dedos pequeños hay que moverlos al mismo tiempo, como si estuvieran pegados con goma; los dedos de la mano, en cambio, se mueven cada uno por su cuenta. Si no, no se podría tocar el piano, la cosa es clara; en cambio, con los pies no se toca el piano; se juega al fútbol y para jugar al fútbol no hay que mover los dedos para nada... Entonces desearía ardientemente estar ya en el recreo jugando al fútbol; miro otra vez para el pie y ya no me parece tan raro. A lo mejor, con ese pie, saco de apuros al equipo, cuando el partido está en lo más emocionante y se ve al padre Ortiz que cruza el patio para tocar la campana. Después, en la clase, todos me mirarían agradecidos. ¡Ah! Pero, a veces, ese pie no me sirve para nada; me cogen hablando y me ponen debajo de la campana, mirando para la pared; la pared es de cal y con el pie me entretengo en irle quitando pedazos, poco a poco. Pero eso tampoco es divertido...

Vuelvo a tapar el pie, rápidamente; de buena gana me pondría a llorar...

Pienso: a las botas les pasa como a las violetas o a las azules hortensias... Es curioso: se van a dormir al office porque nadie se atreve a dejarlas de noche dentro de la habitación... Cuando pienso unos instantes en las violetas me invaden unas violentas ganas de llorar. Después lloro, lloro con avidez unos minutos, y llego a sentirme tan feliz al ser desgraciado que de buena gana me pasaría la vida en la cama, sin ir al colegio, sin salir a jugar a ningún lado, solo llorando, llorando sin descanso...

Me disgusta no ser constante, pero cuando lloro, por las mañanas, acabo siempre por quedarme dormido. Duermo no sé cuánto tiempo, pero cuando me despierta mi madre, que es rubia y que tiene los ojos azules y que es, sin duda alguna, la mujer más hermosa que existe, el sol está ya muy alto, inundándolo todo con su luz.

Me despierta con cuidado, pasándome una mano por la frente como para quitarme los pelos de la cara. Yo me voy dando cuenta poco a poco, pero no abro los ojos; me cuesta mucho trabajo no sonreír... Me dejo acariciar, durante un rato, y después le beso la mano; me gusta mucho la sortija que tiene con dos brillantes. Después me siento en la cama de golpe, y los dos nos echamos a reír. Soy tan feliz...

Me visten y después viene lo peor. Me llevan de la mano al cuarto de baño; yo voy tan preocupado que no puedo pensar en nada. Mi madre se quita la sortija para no hacerme daño y la pone en el estantito de cristal donde están los cepillos de los dientes y las cosas de afeitarse de mi padre; después me sube a una silla, abre el grifo y empieza a frotarme la cara como si no me hubiera lavado en un mes. ¡Es horrible! Yo grito, pego patadas a la silla, lloro sin ganas, pero con una rabia terrible, me defiendo como puedo... Es inútil; mi madre tiene una fuerza enorme. Después, cuando me seca, con una toalla que está caliente que da gusto, me sonríe y me dice que debiera darme vergüenza dar esos gritos; nos damos otro beso.

Si el desayuno está muy frío, me lo calientan otra vez; si está muy caliente, me lo enfrían cambiándolo de taza muchas veces...

Después me ponen la boina y el impermeable. Mi madre me besa de nuevo porque ya no me volverá a ver hasta la hora de la comida.

Proel, Santander, junio-agosto de 1945

La memoria, esa fuente del dolor

Yo nací en casa del abuelo

Yo nací en casa del abuelo. El abuelo es viejo, tiene la barba blanca y lleva traje negro. El abuelo es tan viejo como un árbol. Su barba es tan blanca como la harina. Su traje, tan negro como un mirlo o como un estornino. Los árboles se pasan el día y la noche, el invierno y el verano, al aire libre, mojándose, cogiendo frío o asándose al sol, a la hora de la siesta, en el mes de julio. La harina se hace moliendo los granos de trigo, que están escondidos en la espiga amarilla. Los mirlos, a veces, se pueden amaestrar, y entonces llegan a silbar canciones hermosas. Los estorninos, no; los estorninos son más torpes y nunca llegan a silbar canciones hermosas. Papá también nació en casa del abuelo. Papá es joven, tiene el bigote negro y lleva traje gris. Papá es joven como un soldado. Su bigote es finito como un mimbre. Su traje es gris como el agua del mar. Los soldados, cuando vienen las guerras, se pasan el día y la noche, el invierno y el verano al aire libre, mojándose, cogiendo frío o asándose al sol, a la hora de la siesta, en el mes de julio; si Dios quiere, viene una bala del enemigo y les da en el corazón. Los mimbres crecen a la orilla del río casi dentro del agua. En el mar no hay mimbres, hay algas de color verde, que parecen árboles enanos, y algas de color marrón, que parecen serpentinas y tienen, de trecho en trecho, una bolsita de agua.

Si el abuelo no hubiera nacido, yo no sería nadie, yo ni existiría siquiera. O sí, a lo mejor sí. Sería otro, sería Estanislao, por ejemplo, que es bizco y tiene el pelo rojo. ¡Qué horror! Mamá sería asistenta de tía Juana y andaría siempre diciendo: ¡ay, Jesús!, ¡ay, Jesús!, como una boba. No, no, yo no soy Estanislao, yo tampoco quisiera ser Estanislao. A veces, Dios mío, quiero ser un príncipe indio o un pescador de perlas. Perdóname, Dios mío, yo me conformo con seguir siendo siempre quien soy. Yo no te pido que me cambies por nadie. Por nadie...

Estanislao no tiene dos naranjos en su jardín. Yo sí; yo tengo dos naranjos en mi jardín. Las naranjas son agrias y no las comen más que los marineros, pero los naranjos, desde muy lejos, cuando se viene por la carretera, se ven por encima de la verja, tan altos como la casa, con algunas ramas aún más altas que la casa.

Yo venía por la carretera, el otro día. La carretera es pequeña, es más bien un camino. A los lados crecen las zarzas y la madreselva, y por detrás de las zarzas y de la madreselva cuelgan las ramas de los cerezos, de los nísperos y de los manzanos. Yo venía por el camino mirando para los dos naranjos del jardín. (Mañana prometo que no diré: ¡aparta, aparta, toma la carta!, cuando pase por delante del cementerio. La abuelita está enterrada en el cementerio debajo de un olivo. Sobre su tumba, el abuelito ordenó al jardinero que sembrase violetas).

El primo Javier juega a la pelota en la pared del cementerio. A mí me parece que jugar a la pelota en la pared del cementerio es pecado. Mi primo Javier se baña en la presa del molino y es capaz de irse de noche hasta los álamos y allí sentarse y empezar a pensar...

Mamá me dijo:

—No vayas por la vía.

Yo, entonces, le pregunté:

—¿Es pecado?

Yo creo que mamá dice siempre la verdad.

—No, pecado no es.

—Bueno, de todas maneras te prometo que nunca iré por la vía.

Mamá y papá son mis padres. El abuelo a mi papá le llama hijo, y a mi mamá, María. Yo creo que si el abuelo no hubiera nacido yo no sería nadie, ni Estanislao siquiera. A lo mejor yo era un gusano de luz. O un pato. O un pez. O un jilguero. O un corderito. O un trozo de cuarzo cristalizado. O un sello. O el rastrillo o la azada del jardín... No, de no ser yo, sería, sin duda, un gusano de luz.

Por las noches, mientras alumbrara la yerba con mi barriguita luminosa, me helaría de frío. Además no vería las copas de los naranjos, al venir por el camino. ¿A mí qué más me daría no ver la copa de los naranjos? Los naranjos no serían míos, ni el abuelo viviría. Los naranjos tampoco serían naranjos... Los gusanos de luz no andan por el camino, se están quietos al borde del camino, pero aunque anduviesen, solo un día nada más, por el camino, no verían las copas de los naranjos. De eso estoy seguro. Bueno, no, seguro no estoy. No se puede decir de eso estoy seguro, cuando una cosa no se sabe bien. Mamá, ¿es pecado? Qué gracioso; mamá no está aquí. No, hijo; duérmete; eso no es pecado. Yo mañana me acostaré en el suelo y pondré los ojos a la altura de los ojos de los gusanos. Si no se ven las copas de los naranjos, gano. Entonces ya no me condenaré.

Yo no sabía que era tan viejo

Yo no sabía que era tan viejo. A mí no me importa nada ser tan viejo.

Mamá no es mi mamá, mamá es hija mía. Yo no lo sabía porque yo no tengo memoria.

A mí me dicen de repente: ¿qué hiciste ayer por la mañana?, y yo no sé lo que hice ayer por la mañana, no puedo recordarlo.

Que mamá no sea mi mamá ya me da más pena. Cuando entre en casa ya no le podré decir:

—Toma estas violetas, te las regalo.

Mamá me dice:

—Hoy no me has traído violetas, ¿ya no me quieres tanto como me querías antes, cuando me traías violetas todos los días?

Yo me echo a llorar. Mamá no me dice nada; me lo dirá después; cuando entre en casa. A lo mejor lo que me dice no es eso, es otra cosa.

—¿Has llorado, hijito? Tienes los ojos encarnados.

Yo tendré los ojos encarnados como las cerezas y las moras verdes, que no se deben comer porque dan cólico.

A veces también le digo:

—¡Hoy la gallina Pepa ha puesto un huevo, yo la he oído cantar!

Ayer por la noche acampó al lado de casa una familia de gitanos. Tienen un fenómeno, un niño que tiene seis dedos y la cabeza gorda como una calabaza.

Las tías dicen que yo soy un fenómeno, que soy un viejo y que parezco un niño pequeño. Mamá no es mi mamá y ellas no son mis tías; me alegro, me alegro.

Delante de ellas no lloro. Ellas dicen:

—¿No te importa?

Y yo les contesto:

—No, no me importa nada.

Entonces es cuando me dan ganas de llorar, muchas ganas de llorar.

El jardinero me dice:

—¿Te vienes conmigo?

Y yo le digo:

—No.

Yo quiero que las tías sigan explicándome eso. Tienes lo

menos cien años, eres más viejo que el abuelo. Yo me río y les digo:

—Mejor, mejor.

Me entran otra vez ganas de echarme a llorar, a llorar sin descanso, toda la vida.

Soy muy desgraciado, pero no me lo nota nadie. ¿Cuántos años tendrán los naranjos del jardín? Muchos; a lo mejor más de cien, más que yo. Las tías se ríen; dentro de su corazón vuelan los grajos y las lechuzas.

—¿Sabes que eres muy viejo? ¿Sabes que eres muy viejo?
—Sí, ya lo sé.

Me voy, arrastrando los pies para hacer polvo; en los senderos del jardín se levanta polvo, una nube de polvo, cuando se arrastran los pies.

En el gallinero, la gallina Pepa canta subida en la escalera.

Yo, de repente, me echo a llorar.

Por las noches andan los muertos por el campo

Por las noches andan los muertos por el campo, vagando por el campo, a orillas del río, por entre los árboles, alrededor del cementerio, con un largo camisón blanco, como las almas.

Yo cierro bien la ventana y echo la tranca de hierro. La tranca de hierro está pintada de verde; como es muy vieja, por algunos lados está ya negra, ya sin pintura. El grillo se ha quedado fuera, en su jaula, haciendo cri, cri, cri, cri. Los muertos no hacen nada a los animales, a los grillos, a los caballos, a las mariposas. Un gato puede escapar a tiempo; si viene una guerra, y si lo cogen prisionero, lo sueltan enseguida, siempre llegará un soldado que diga: ¡pero, hombre, cogiendo gatos!

Yo le pregunté una noche a papá:

—Papá, ¿es verdad que por las noches andan los muertos por el campo?

Y él me contestó:

—No, hijo; deja a los muertos en paz. ¿Quién te cuenta a ti esas cosas?

A mí me lo contó Rosa, la lavandera. Rosa, la lavandera, tiene tanta fuerza como un hombre y es capaz de llevar un cesto inmenso, todo lleno de ropa, en la cabeza. Rosa me dijo que los muertos, por las noches, salen del camposanto, al dar las doce, y se van hasta el río a ver correr el agua. Me dijo también que los muertos no hacen daño a los niños, pero que no les gusta que los miren. Yo no pienso mirar a los muertos, yo solo miraría a mi mamá si se muriese; yo también me querría morir con ella y que nos enterrasen juntos, muy bien envueltos. Ahora no son las doce, son las nueve y media.

El grillo, en su jaula, sigue haciendo cri, cri, cri, cri. El quinqué alumbra la habitación y hace sombras negras y grises sobre la pared. Los muertos no tienen la sombra negra, tienen la sombra blanca.

Por las noches andan los muertos por el campo, pienso. Después me tapo, cabeza y todo, y procuro dormir. No se oye nada, el grillo fue dejando de decir cri, cri, cri, cri. Deben de ser ya lo menos las diez.

El reloj de pesas, el molinillo del café y la bomba para subir agua del pozo

El reloj de pesas, el molinillo del café y la bomba para subir agua del pozo son las tres máquinas que hay en casa del abuelo. Mis tías tienen unos prismáticos, unos gemelos de teatro y una lente de aumento, y mamá tiene una caja de música, un calidoscopio y una máquina de retratar.

Las cosas deberían tener nombre, como las personas y los animales y los pueblos, los montes y los ríos.

El reloj de pesas se llama, seguramente, Blas; es un reloj muy serio, que mueve el péndulo despacio, haciendo: blas, blas, blas, blas, de un lado para otro.

Los relojes de pesas son como el tiempo gris del otoño, cuando empiezan las nieblas y llevan agua las cunetas de la carretera.

El molinillo del café se llama, probablemente, Dick. También puede ser que se llame Fernando, no estoy muy seguro; con los molinillos del café es más difícil acertar. El molinillo del café lleva poco tiempo en casa, yo me acuerdo muy bien del día que lo trajeron, con el vasito de cristal lleno de virutas, una vez que fueron papá y mamá a la ciudad. Yo me quedé muy triste todo el tiempo, pero me alegré mucho cuando desempaquetaron el molinillo del café.

Los molinillos del café son como los jilgueros y las moscas de hierro que usa el abuelo para pescar.

La bomba para subir agua del pozo se llama Lola, como la doncella de las tías. Se parece más Lola a la bomba para subir agua del pozo que la bomba para subir agua del pozo a Lola, eso es cierto. Yo le doy a la palanca y el agua empieza a salir por el caño, casi sin parar; como se han llevado el cubo, el agua se va por el suelo formando un charco largo que casi siempre se parece al abuelo apoyado en su bastón y con una mano en la cabeza.

Las cosas deberían tener nombre, como las personas y los animales. Hay animales, por ejemplo, los pájaros, que tampoco tienen nombre. Algunos, como el loro de doña Soledad, sí tienen nombre. El loro de doña Soledad, que según dicen es viejísimo, se llama Coronel.

El reloj de pesas, el molinillo del café y la bomba para subir agua del pozo son las tres máquinas que hay en casa del abuelo. Mis tías tienen unos prismáticos, unos gemelos de teatro y una lente de aumento; mamá tiene una cajita de música, un calidoscopio y una máquina de retratar. Cuando es mi santo o mi cumpleaños, hace sonar la cajita de música, me deja mirar por el calidoscopio unas rosas de muchos colores y me saca una fotografía en el jardín.

La casa del abuelo es una de las casas que tienen menos máquinas en el mundo.

El reloj de pesas se llama Blas, el molinillo del café se llama Dick o Fernando, no sé bien. Esto ya lo dije...

La Hora, Madrid, febrero de 1950

Pequeña parábola de Chindo, perro de ciego

Chindo es un perrillo de sangre ruin y de nobles sentimientos. Es rabón y tiene la piel sin lustre, corta la alzada, fláccidas las orejas. Chindo no tiene raza. Chindo es un perro hospiciano y sentimental, arbitrario y cariñoso, pícaro a la fuerza, errabundo y amable, como los grises gorriones de la ciudad. Chindo tiene el aire, entre alegre e inconsciente, de los niños pobres, de los niños que vagan sin rumbo fijo, mirando para el suelo en busca de la peseta que alguien, seguramente, habrá perdido ya.

Chindo, como todas las criaturas del Señor, vive de lo que cae del cielo, que a veces es un mendrugo de pan, en ocasiones una piltrafa de carne, de cuando en cuando un olvidado resto de salchichón, y siempre, gracias a Dios, una sonrisa que solo Chindo ve.

Chindo, con la conciencia tranquila y el mirar adolescente, es perro entendido en hombres ciegos, sabio en las artes difíciles del lazarillo, compañero leal en la desgracia y en la oscuridad, en las tinieblas y en el andar sin fin, sin objeto y con resignación.

El primer amo de Chindo, siendo Chindo un cachorro, fue un coplero barbudo y sin ojos, andariego y decidor, que se llamaba Josep, y era, según decía, del caserío de Soley Avall, en San Juan de las Abadesas y a orillas de un río Ter niño todavía.

Josep, con su porte de capitán en desgracia, se pasó la vida cantando por el Ampurdán y la Cerdaña, con su voz de barítono montaraz, un romance andarín que empezaba diciendo:

> *Si t'agrada córrer món,*
> *algun dia, sense pressa,*
> *emprèn la llarga travessa*
> *de Ribes a Camprodon,*
> *passant per Caralps i Núria,*
> *per Nou Creus, per Ull de Ter*
> *i Setcases, el primer*
> *llogarret de la planúria.*

Chindo, al lado de Josep, conoció el mundo de las montañas y del agua que cae rodando por las peñas abajo, rugidora como el diablo preso de las zarzas y fría como la mano de las vírgenes muertas. Chindo, sin apartarse de su amo mendigo y trotamundos, supo del sol y de la lluvia, aprendió el canto de las alondras y del minúsculo aguzanieves, se instruyó en las artes del verso y de la orientación, y vivió feliz durante toda su juventud.

Pero un día... Como en las fábulas desgraciadas, un día Josep, que era ya muy viejo, se quedó dormido y ya no se despertó más. Fue en la Font de Sant Gil, la que está sota un capelló gentil.

Chindo aulló con el dolor de los perros sin amo ciego a quien guardar, y los montes le devolvieron su frío y desconsolado aullido. A la mañana siguiente, unos hombres se llevaron el cadáver de Josep encima de un burro manso y de color ceniza, y Chindo, a quien nadie miró, lloró su soledad en medio del campo: la historia —la eterna historia de los dos amigos Josep y Chindo— a sus espaldas y por delante, como en la mar abierta, un camino ancho y misterioso.

¿Cuánto tiempo vagó Chindo, el perro solitario, desde La Seo a Figueras, sin amo a quien servir, ni amigo a quien escuchar, ni ciego a quien pasar los puentes como un ángel? Chindo contaba el tránsito de las estaciones en el reloj de los árboles y se veía envejecer —¡once años ya!— sin que Dios le diese la compañía que buscaba.

Probó a vivir entre los hombres con ojos en la cara, pero pronto adivinó que los hombres con ojos en la cara miraban de través, siniestramente, y no tenían sosiego en el mirar del alma. Probó a deambular, como un perro atorrante y sin principios, por las plazuelas y por las callejas de los pueblos grandes —de los pueblos con un registrador, dos boticarios y siete carnicerías— y al paso vio que, en los pueblos grandes, cien perros se disputaban a dentelladas el desmedrado hueso de la caridad. Probó a echarse al monte, como un bandolero de los tiempos antiguos, como un José María el Tempranillo a pie y en forma de perro, pero el monte le acunó en su miedo, la primera noche, y lo devolvió al caserío con los sustos pegados al espinazo, como caricias que no se olvidan.

Chindo, con gazuza y sin consuelo, se sentó al borde del camino a esperar que la marcha del mundo lo empujase a donde quisiera y, como estaba cansado, se quedó dormido al pie de un majuelo lleno de bolitas rojas y brillantes como si fueran cuentas de cristal.

Por un sendero pintado de color azul bajaban tres niñas ciegas con la cabeza adornada con la pálida flor del peral. Una niña se llamaba María, la otra Nuria y la otra Montserrat. Como era el verano y el sol templaba el aire de respirar, las niñas ciegas vestían trajes de seda, muy endomingados, y cantaban canciones con una vocecilla amable y de cascabel.

Chindo, en cuanto las vio venir, quiso despertarse, para decirles:

—Gentiles señoritas, ¿quieren que vaya con ustedes para enseñarles dónde hay un escalón, o dónde empieza el río, o dónde está la flor que adornará sus cabezas? Me llamo Chindo, estoy sin trabajo y, a cambio de mis artes, no pido más que un poco de conversación.

Chindo hubiera hablado como un poeta de la Edad Media. Pero Chindo sintió un frío repentino. Las tres niñas ciegas que bajaban por un sendero pintado de azul se fueron borrando tras una nube que cubría toda la tierra.

Chindo ya no sintió frío. Creyó volar, como un leve vilano, y oyó una voz amiga que cantaba:

Si t'agrada córrer món,
algun dia, sense pressa...

Chindo, el perrillo de sangre ruin y de nobles sentimientos, estaba muerto al pie del majuelo de rojas y brillantes bolitas que parecían de cristal.

Alguien oyó sonar por el cielo las ingenuas trompetas de los ángeles más jóvenes.

La Vanguardia, Barcelona, marzo de 1950

El perro del Mina Cantiquín

¿Cómo se llamaba el perro del Mina Cantiquín? ¿De qué color era y cuántos años tenía? ¿Cuántas muestras de lealtad dio en su vida el perro ahogado del Mina Cantiquín? ¿Cuáles eran sus gracias, sus mañas, sus habilidades?

El Mina Cantiquín, de la matrícula de Gijón, se hundió, hace cosa de un par de semanas, en las duras aguas del Cornualles, no lejos de Black Head. Sus diecisiete tripulantes, por fortuna, pudieron ser salvados. Pero el perro sin nombre del Mina Cantiquín, encerrado en un camarote para que las olas no se lo llevaran, fue olvidado en medio de la galerna y se ahogó con el viejo barco que lo cobijaba, esa casa a flote que dejó de estarlo.

¿Qué habrá pensado el perro del Mina Cantiquín cuando las aguas invadieron las cuatro paredes de su prisión? ¿Hacia qué marinero habrá dirigido su último y más desolado aullido de socorro? ¿De qué males se habrá sentido culpable al saberse tan amargamente abandonado?

El escritor, durante varios días, no quiso escribir del desdichado perro del Mina Cantiquín. El escritor, durante varios días, esperaba leer en las páginas de los periódicos unas líneas emocionadas en loor del perro que murió de tristeza quizá unos instantes antes de que el agua lo matara. El escritor, en vista de que nadie lo hizo, quiere mojar su pluma en el negro tintero de las tristezas para dedicarle un adiós tibiamente estremecido al perro del Mina Cantiquín, el único ser vivo que se fue al fondo del peligroso mar del Cornualles, una fatídica y vulgar mañana gris como el olvido, ese mismo olvido que lo mató.

Estremece pensar que el perro del Mina Cantiquín se haya podido sentir abandonado y sin consuelo por esos mismos hombres a los que tanto amaba, por esos mismos hombres que tanto lo amaban a él pero a quienes el peligro borró, con una esponja, la memoria, el entendimiento y la voluntad.

Los marineros del Mina Cantiquín, cuando el capitán haya recontado su tripulación, habrán vertido una última lágrima por el perro que se hundió, con la bandera, sin explicarse demasiado qué era todo lo que estaba pasando.

El marinero, como buen solitario, ama la música, el tabaco de pipa y el sobrecogido y amoroso mirar de los animales. Y los marineros del Mina Cantiquín, en la atónita alegría del salvamento, habrán visto su gozo sepultado en el doliente pozo donde el perro se ahogó.

¿Qué sirenas celtas habrán recogido el último golpe del corazón del perro del Mina Cantiquín? ¿Qué misteriosos peces de abismo habrán hecho festín de su carne invadida de tristeza? ¿Qué extraño pez volador habrá llevado el doloroso parte hasta el remoto limbo de los perros muertos, como capitanes heroicos, con el barco sobre el que navegaron los siete mares?

En esa historia que no se ha escrito —en la historia de los perros ilustres, valerosos, famosos y desgraciados— el perro del Mina Cantiquín hubiera tenido su página, esa postrera asa del recuerdo a la que se hubiera agarrado como a un clavo ardiendo.

Porque el perro del Mina Cantiquín, que murió de dolorosa lealtad, se llevó para el fondo del mar su desgraciada y minúscula fabulilla, su anécdota sin dimensiones, su tragedia en un vaso de agua, su muerte que al escritor sobrecogió en su misma pregonada sencillez.

Porque los símbolos son como las estrellas, el gozo y el dolor, ilimitados, el escritor quiso apurar esa lágrima que le asomaba tímida al mirar.

Y porque la vergüenza es no saber confesarse avergonzados a tiempo. Y querer ignorar que en el pecho del perro del Mina Cantiquín se desató un vendaval capaz de derribar montañas.

Porque su corazón latía por la voluntad de Dios. Y sus pulmones dejaron de respirar porque Dios quiso. Ni más ni menos: como el terremoto, como el amor, como el rayo. Exactamente, como el rayo.

La Vanguardia, Barcelona, noviembre de 1951

Los viejos amigos

(1960-1961)

Al que es amigo, jamás lo dejen en la estacada,
pero no le pidan nada ni lo aguarden todo de él.

MARTÍN FIERRO

PRELIMINAR

El escritor, por esas cosas que pasan, acaba de toparse de nuevo con sus viejos amigos, con los personajes que se le fueron quedando atrás, página a página y que, cuando los creía ya muertos y olvidados, se los encontró ejemplarmente vivos y saltarines como los peces de río en los ríos en que los peces saltan vivos y en libertad.

Al escritor le ha dado mucha sustancia de pensamiento esta peculiar vida de los personajes; este raro agarrarse a un clavo ardiendo para no morir; esta rebelión. Los escritores suelen pecar de soberbia —vicio romántico— al creer que las vidas de sus criaturas les pertenecen. Lo que no es permitido al padre ni a la madre —disponer de la vida y de la libertad de los hijos—, ¿por qué cruel razón ha de otorgársele al escritor?

No; el escritor engendra y pare, al tiempo, a sus personajes —bien es cierto—, pero sus personajes no son suyos, de su propiedad, sino de muy relativa manera. No se viene aludiendo aquí al manido subterfugio de que los personajes no son del autor puesto que pertenecen a la humanidad, a la historia literaria, al procomún. No es eso. Los personajes tampoco pertenecen, o no pertenecen si no es con muchas limitaciones y cortapisas, a la humanidad, a la historia literaria, al procomún. Los personajes se pertenecen a ellos mismos y los derechos que les corresponden no admiten la cicatería de los demás. Como las de los hombres, sus vidas —al menos teóricamente— se mue-

ven empujadas por el viento del libre albedrío y, más que si de los hombres se tratare, el libre albedrío de los personajes tiene muy anchas y lejanas sus fronteras. El hombre elige su camino —es la postura ortodoxa—, pero responde de él y de lo que en él y por su culpa acontezca. El personaje también elige su rumbo, como el hombre, pero a diferencia del hombre tiene un esclavo sobre el que cargar la pena de sus yerros: el escritor. ¡Ay de los escritores a quienes sus personajes, a fuerza de mansedumbre, no se le sublevan ni le acarrean disgustos! Si en el Evangelio hubiera habido una parábola del escritor a quien no se le rebelaban los personajes, a buen seguro que en ella se leerían, hacia el final, las palabras de la lamentación del mal trance: ¡más le hubiera valido ser muerto por las víboras o devorado por el feroz buitre, etc.!

El escritor —no el escritor en abstracto, sino quien estas líneas escribe— ha levantado la tapa de la olla en la que se cuecen sus viejos amigos, los personajes de los libros ya publicados, y ha visto, con alegría y con estupor, bullir el violentísimo tropel de las más imprevistas fidelidades. También ha escuchado el escritor, para su solaz e incluso sin tener que pegar demasiado el oído, el revuelto y tumultuario latir de sus criaturas: los títeres que —gracias sean dadas a quien proceda— campan por sus respetos, libres y confianzudos igual que Perico por su casa.

El sacamuelas errabundo —tan feliz él en sus pretéritas singladuras— sufre contrariedades amorosas como si fuera un tímido flautista. El gorgoteo de la pata de palo se ahoga en aguas distantes persiguiendo a la trucha saltarina y esquiva. La mocita ligera de cascos está en la buena; es joven y garrida y está en la buena; el dolor le llegará más tarde, con las segundas arrugas. El fontanero de aficiones taurinas —¡ay, si se me presentara la ocasión!— se casa con la chamarilera con tienda abierta, la dama que le asegura el cocido. El niño tonto y angélico sigue robando pitillos a su padre para dárselos a su amigo el campesino que tiene muertos y sin luz los ojos. El joven poeta de provincias que llega a la capital dispuesto a merendársela en tres meses se duerme aterido por un doliente y amargo remorder interior. ¡Menos mal que le acuna el feliz recuerdo de las aromáticas tortillas de patata que le daba su madre a la hora de cenar! El emigrante que hizo las Américas cuenta, incluso sin ira, las injustas y sacudidoras hambres de su niñez. Y la criada cerril a la que visten —¡qué vana fantasmagoría!— de almidón sacude candela al niño rubito que no quiere saludar a las señoras.

Sí. El escritor acaba de tropezarse de manos a bruces con sus viejos amigos, los personajes, y se siente robustecido y poderoso como si le hubieran dado a beber elixir de la eterna juventud. Esto de la literatura es un juego de fuerza; también un ejercicio de pulso y precisión. Algunos escritores —Quevedo, Dostoievski, Galdós, Faulkner— tienen fuerza. Otros, en cambio, componen una carita muy triste con la vana esperanza de que los lectores se apiaden de ellos. No es saludable para nadie que los lectores tengan piedad con el escritor.

Palma de Mallorca, noviembre de 1959

Don Fabián Remondo y Larangas

... don Fabián Remondo y Larangas, natural de Valdepinillos, aldehuela de guinda y nuez dependiente del ayuntamiento de La Huerce, provincia de Guadalajara, hombre que había sido sacristán en Arroyo de las Fraguas (Guadalajara), zorra de botargas en Duruelo de la Sierra (Soria), pregonero en Quintanilla de Nuño Pedro, ayuntamiento de Espeja de San Marcelino (Soria), y excombatiente en la guerra del Chaco entre la Bolivia y el Paraguay (América del Sur).

Judíos, moros y cristianos, cap. III,
«De Peñafiel a las puertas de Segovia»

En un recodo de la carretera de Pollensa y mojándose los pies en las aguas de su glauca bahía, el vagabundo se encontró, en la mañanita del día de San Filemón, naciendo aún la primavera, con don Fabián Remondo y Larangas, su viejo conocido y, todavía mejor, amigo, sacamuelas de pro y hombre de muy diversas sabidurías, que se despiojaba digna y confiadamente al sol, con el severo estilo de los paladines de los tiempos antiguos.

Don Fabián tenía el mirar ido y descarnado, y de mal ver —y aun de color tierra— el pálido semblante. El vagabundo, que goza guardando en su corazón las más ancianas y atrabiliarias fidelidades, una vez cruzados los extremosos saludos de rigor ante tan grato y providencial encuentro, inquirió por las andanzas de don Fabián en latitudes tan remotas para la afición que siempre demostrara, desde tantos años atrás, hacia el secano.

—Fue una mala mujer, don Camilo, una mujer bella como la luna, pero pérfida como el mismo demonio... No quiero ni acordarme... Se llama Paquita y trabaja en un bar de Grao, en Valencia. ¿Usted no conoce el Grao de Valencia? ¡Buen país de mujeres hermosas, don Camilo! La Paquita no es valenciana. La Paquita es un mal bicho, don Camilo, es un zorrón que no se lo salta un gitano. ¡Pero es tan bella y tan de arranque la muy repajolera! La Paquita es de Garrovillas, allá en la Extremadura, el pueblo donde los galanes enamorados relinchan como potros, y la echaron de su casa por pendón. Su padre le dijo un día: «Paquita, dado tu mal comportamiento, ya te estás largando con el petate, antes de que te eslome»; y la Paquita, que de tonta no tiene un pelo, vio que la cosa se le ponía tirando a morado y fue y se largó. ¡Y ese, ese fue el comienzo de mi perdición, don Camilo! Si la Paquita hubiera seguido en su pueblo y en su hogar paterno, yo a estas horas no me vería como me veo... Pero, en fin, ¡pelillos a la mar!

Por el cielo voló la gaviota, de carne como el bacalao, pero más dura.

—¡Qué pájaro más raro, don Camilo! ¡Yo no estoy hecho a la compañía de estos pájaros tan raros! ¡A mí que me den mirlos y estorninos, don Camilo, pero no estos pájaros tan raros!

Don Fabián, tras seguir con la mirada el vuelo de la gaviota, continuó hablando con su amarga y acompasada voz de campanil hendido.

—¡Yo me embriagué con la Paquita!

—¿De amor?

—No, señor, de vino de Tomelloso, que es capaz de levantar a un muerto.

Don Fabián miró de reojo para el vagabundo.

—Vamos, quiero decir que me ajumé..., que bebí hasta la saciedad y aún más y, claro es, perdí el conocimiento... Sí, señor, perdí el conocimiento y me quedé roque y como una piedra... Estoy muy arrepentido, pero la verdad es que enganché una mierda como un piano, don Camilo, una merluza de pronóstico. ¡Qué borrachera, don Camilo! En el Grao no recordaban otra igual, según después pude enterarme, desde que el Valencia quedó campeón de liga... Y todo por la Paquita, don Camilo, que es una mala mujer: infiel, ingrata, indecente, incluso con antecedentes penales, a lo que me dijeron, ¡pero tan bella y tan bien plantada!

A don Fabián, con el recuerdo de la Paquita, se le alumbraron, casi con rubor, las pajarillas.

—¡Qué grupa, don Camilo, qué ancas poderosas! ¿Usted se acuerda de los caballos de los entierros de primera, con su plumero y sus negros atalajes? Bueno, pues así... ¡Y qué andares! Un, dos..., un, dos..., un, dos..., como un cabo de gastadores. ¡Era mi locura, don Camilo, la Paquita era una locura de mujer!

Don Fabián suspiró profundamente y sonrió con el escéptico gesto de los derrotados elegantes.

—¡Y qué busto, don Camilo! ¿Usted se acuerda de la hija del inventor, que venía en el *Blanco y Negro* anunciando las pilules orientales? Bueno, pues nada, lo que se dice nada, don Camilo, ¡pura anemia, al lado de la Paquita...! ¡Qué busto, don Camilo, parecía la república francesa, esa que pintan en las monedas de cien francos!

Don Estanislao de Kostka Rodríguez y Rodríguez, alias el Mierda

El buhonero [don Estanislao de Kostka Rodríguez y Rodríguez, alias el Mierda] tiene los párpados mondos y lirondos, sin una pestaña, y lleva una pata de palo, mal sujeta al muñón con unas correas. Tiene una cicatriz que le cruza la frente y una nube en un ojo, una nube de color azul celeste, casi blanca. Es bajo y estrechito como un alfeñique, y tiene malas pulgas.

Viaje a la Alcarria, cap. VI,
«Con el Cifuentes hasta el Tajo»

Castrocalbón, en tierra leonesa, es pueblo que espada el lino y cría el robledal. En Castrocalbón, diócesis de Astorga, el vagabundo se topó con su amigo don Basileo de Brazuelo y Murias, capador de puercos y coleccionista de ocarinas de variadas formas. Al vagabundo —¡qué poco dura la alegría en los ojos del pobre!— le dio el corazón dos gozosos brincos en el pecho.

—¡Cuántos años sin verle, don Basileo!, ¿qué tal está usted?

Don Basileo se sujetó el cumplido vientre para contestar.

—¡Muy impresionado, mi buen amigo, muy impresionado! ¿Quiere usted que le dé una mala noticia?

El vagabundo notó que se le encogía el ombligo por debajo de la camiseta.

—Si es inevitable...

Don Basileo de Brazuelo y Murias tenía los ojos como de haber llorado.

—¡Y tan inevitable, don Camilo! ¡Y tan inevitable que es, para desgracia de todos los buenos españoles!

Don Basileo de Brazuelo y Murias, al tragar saliva, hacía un raro y armonioso ruidito con el gaznate.

—En el depósito de cadáveres tenemos a don Estanislao de Kostka Rodríguez y Rodríguez...

El vagabundo quiso quemar el último y húmedo cartucho de la esperanza.

—¿De encargado?

—No, señor: de muerto. Nuestro amigo don Estanislao de Kostka Rodríguez y Rodríguez se ahogó en el río Eria, don Camilo, persiguiendo truchas con una pata de menos.

Por los espacios estalló el sordo trueno de la congoja.

—¡A quién se le ocurre!

—¡Verdaderamente, don Camilo, eso es lo que yo pienso! ¡A quién se le ocurre! Pero se le ocurrió al pobre Mierda, ya ve usted lo que son las cosas; don Estanislao de Kostka fue hombre que tuvo siempre muy desganadas ocurrencias. En fin...

Don Basileo de Brazuelo y Murias puso el mirar circunspecto y la voz a tono. Don Basileo de Brazuelo y Murias no parecía, en aquellos momentos, un desgraciador de gorrinos sino más bien un adiestrador de querubines.

—¡Descanse nuestro pobre cofrade en la infinita paz del Señor!

El vagabundo cerró los ojos para mejor concentrarse.

—Así sea. Amén.

Al día siguiente —San Albino, varón de insigne virtud y santidad—, el capador de puercos y el vagabundo dieron cristiana sepultura a don Estanislao de Kostka Rodríguez y Rodríguez, vendedor ambulante de alfileres de cabeza de vidrio, de cintas de vivos colores y de peines irrompibles de metal dorado. Era muy temprano y la alondra entonaba su canto volando sobre las verdes mantas del patatar.

—Se levanta fresca la mañana...

—Sí, señor, la mar de fresca...

El señor juez ordenó la subasta de la mercancía para sufragar los gastos del entierro. Lo que se sacó fue una miseria y don Estanislao de Kostka Rodríguez y Rodríguez cumplió su postrer viaje casi sin darse cuenta.

—Pero puede ser que el día levante, ¿verdad, usted?

—Sí, lo más probable.

La pata de palo no la quiso nadie y se la llevó don Basileo de Brazuelo y Murias, de recuerdo.

—En mi oficio todo sirve, don Camilo. Y además no están los tiempos para desperdiciar nada, ¿no le parece?

—Sí, verdaderamente...

Don Basileo de Brazuelo y Murias compuso como mejor pudo la eficaz mueca de la renunciación.

—Pero por esto no hemos de reñir, don Camilo, ¿la quiere usted?

—No, no, quédesela; por mí, quédesela usted, no faltaría más. Está en buenas manos.

Cuando el penitente Felipe era joven todavía

Ya se veía la raya de chopos que marcaba el Yeltes con toda claridad, cuando descubrieron mis ojos un hombre despiojándose sobre una piedra, desnudo de medio cuerpo y tan flaco que mismo semejaba ser espejo de la muerte o anuncio del hambre.
....
... mi nuevo amo —el penitente Felipe, como él modestamente se hacía llamar— me pareció desde el principio un alma cándida...

> *Nuevas andanzas y desventuras*
> *de Lazarillo de Tormes*, tratado IV

Cuando el penitente Felipe era joven todavía, un servidor ni figuraba siquiera en el mundo de los vivos. Un servidor ya no es ninguna criatura, pero el penitente Felipe, de seguir vivo, andaría ya lo menos por los cien años. Cuando el penitente Felipe era joven todavía, los señores de izquierdas leían *Misericordia*, de don Benito Pérez Galdós, y los señores de derechas leían *Peñas arriba*, de don José M.ª de Pereda.

—¿Y los señores de centro?

—A los señores de centro lo que más les gustaba leer era *Juanita la Larga*, de don Juan Valera. Don Juan Valera fue un escritor muy bueno, ¿verdad, usted?

—Hombre, sí.

Cuando el penitente Felipe era joven todavía pretendió a una moza de Peñausende, provincia de Zamora, que se llamaba Leocadia Berrocal, y que quedaba algo bizca (bueno, bastante bizca), pero que también era muy generosa y tierna de corazón, que es más importante porque la belleza física, según es bien sabido, es efímera y mudadiza, etc. El penitente Felipe que, aún no zurrado por los desengaños, soñaba con llegar a guardia, se compró una gorra de visera nueva y fue a visitar al padre de la Leocadia Berrocal para decirle que quería matrimoniar con la niña.

—Usted dirá, joven.

—Pues mire usted, don Diego..., la verdad es que no sé cómo empezar... Verá usted..., un servidor..., bueno..., el objeto de mi visita..., vamos, de mi visita..., de la visita de un servidor..., es que, ¿sabe usted?, un servidor quiere matrimoniar con la niña..., vamos, un servidor quiere decir que con la Leocadia.

El padre de la Leocadia, en vez de responder que tal y que cual, como las personas, o de contestar que sí o que no, como Dios manda, salió del cuarto sin decir ni mu y cuando regresó le rompió un bastón de recio enebro en el solomillo al penitente Felipe.

—¡Tome usted, desgraciado, para que aprenda a respetar a las señoritas!

El penitente Felipe —se conoce que impresionado por el arranque del padre de la Leocadia, que también era algo bizco (bueno, bastante bizco)— se calló como un muerto y, ¡pies, para qué os quiero!, salió arreando por las escaleras abajo. El penitente Felipe llevaba tanto gas que, a lo que dicen, no paró hasta el monte que llaman Teso Santo, una legua al sur y ya en la linde de la provincia de Salamanca, frente a Santiz, no lejos de Espino Rapado, aldea de San Pelayo de Guareña donde nació el célebre aeronauta Vedrines, que algunos creen de Saint-Denis, en Francia, pero que no, que de donde es de verdad es de Espino Rapado, lugar en el que aún queda un descendiente suyo —nieto o sobrino nieto— que es sacristán.

El penitente Felipe, en su galopada, atropelló a una señora de Viñuela que iba por el camino, y los hijos de la señora, que eran catorce, se echaron con palos y con escopetas al monte para vengar la afrenta. El penitente Felipe que, aunque joven todavía, era hombre de mansas inclinaciones, se pasó a la parte de Portugal y en Cacarelhos, más allá de Miranda do Douro, se empleó de mancebo de botica y vivió tranquilo y en paz durante algún tiempo.

Sisemón Peláez, novio de novia muerta

De luto riguroso —lutos en ocho horas— don Clodio y Sisemón, al día siguiente, presidieron el fúnebre cortejo que se formó a la puerta del depósito. Había mucha gente. Los dos estaban pálidos. Sisemón, además, llevaba gafas negras.

....

En el camino del cementerio, las primeras golondrinas daban veloces pasadas sobre el Abroñigal...

Santa Balbina, 37, gas en cada piso

Cuando Sisemón Peláez regresó de dar cristiana sepultura a su novia, gaseada en accidente fortuito y malaventurado, creyó que se le venía el mundo encima. Para colmo, en el cementerio del Este hacía un frío helador y Sisemón Peláez, que se acatarraba con cierta facilidad, se pasó todo el tiempo estornudando y venga a estornudar. La gente, al final, ya le miraba... En el momento de descender el ataúd de la Alicita a la honda fosa, Sisemón Peláez cerró los ojos y respiró hondo. Después cogió un puñado de tierra, lo besó con unción y lo dejó caer sobre la caja en la que su novia dormía —algo troceada por mor de la autopsia— el último sueño. Después estornudó otra vez.

Por encima del cementerio volaron tres aeroplanos. Sisemón Peláez los miró con disimulo. Los enterradores, en cambio, los miraron sin disimular.

Después, Sisemón Peláez repitió la sentida escena con el cadáver de la Pía, la novia de don Clodio Giménez Ortega, quien también estaba transido de congoja. Esta segunda vez le salió incluso mejor. Después, en posición de en su lugar descanso y a la vera de su casi cuñado, fue recibiendo el pésame de los asistentes, que eran siete: Filemón Gomis Tortajada, ordenanza de la Campsa; Joaquín Murciano Martín, propietario del bar La Parra; Pepito Notario, el hijo de doña Rufina Salustio, viuda de Notario, la patrona de Sisemón; Julián Fondón, el hermano lila de madame Suzanne (natural de La Carolina, Jaén), la modista que había hecho los trajes de novia y que, a pesar de lo que había pasado, esperaba cobrar; don Ernesto Martínez Miranda, el jefe del negociado en el que trabajaba don Clodio; Jesús Moreno, estudiante de medicina y compañero de Sisemón en la fonda de doña Rufina, y Ángel Suárez Rey, alias Gasógeno, que era el chófer del desvencijado taxi familiar que los llevó a todos.

Sisemón Peláez estuvo lo menos tres meses sin levantar cabeza. El golpe recibido había sido duro, esa es la verdad, pero Sisemón, en aquel trance, estaba demasiado como si fuera de mantequilla de Soria, esa es también la verdad.

—¡Arriba los corazones, Sisemón! —le decía don Clodio—. ¡Tú todavía eres joven! ¡Si fuera yo, que con el entierro de mi amada quemé los últimos cartuchos de la esperanza!

—No, Clodio. Te lo agradezco mucho, pero no puedo... Mi vida ya no tiene objeto... Mi vida es un erial de tristezas...

—No, hombre, no; ya verás como no. A tus años, las heridas cicatrizan pronto.

—Sí; las heridas de la carne, sí. Pero las heridas del alma y del corazón..., esas..., ¡esas son incicatrizables!

A Sisemón Peláez, como andaba algo metido en los ambientes artísticos, le salió un chollo que no sabía si aceptar: el de hacer la presentación de las artistas (¡con ustedes, señoras y señores, la gran vedette frívola internacional miss New York! ¡Alegría, juventud, ritmo!) en la sala de fiestas Bataclán.

—Yo no sé si esto será mancillar la memoria de la Alicita... Mi impulso es negarme... Yo soy incapaz de transmitir alegría teniendo destrozado el corazón...

Según cabe suponer, Sisemón Peláez acabó aceptando. A lo que explican quienes lo vieron en funciones, no lo hacía nada mal...

Don Ricardo Sorbedo, peseta a peseta

Don Ricardo Sorbedo, con su larga melena enmarañada; su bufandilla descolorida y puesta un tanto al desgaire; su traje roto, deformado y lleno de lámparas; su trasnochada chalina de lunares y su seboso sombrero verde de ala ancha, es un extraño tipo, medio mendigo y medio artista, que malvive del sable, y del candor y de la caridad de los demás. Don Pedro Pablo siente por él cierta admiración y le da una peseta de vez en cuando. Don Ricardo Sorbedo es un hombre pequeñito, de andares casi pizpiretos, de ademanes grandilocuentes y respetuosos, de hablar preciso y ponderado, que construye muy bien sus frases, con mucho esmero.

La colmena, cap. V

Don Ricardo Sorbedo solía pasarse todas las mañanas, a eso de la una o una y media, por el bar El Ferrocarril, que estaba en los Cuatro Caminos, en la calle de Bravo Murillo, a mano izquierda. Don Ricardo Sorbedo, en el bar El Ferrocarril, adoptaba una digna actitud de hombre ya al cabo de todas las largas sendas de la renunciación, y no pedía nada. Don Ricardo Sorbedo, en el bar El Ferrocarril, saludaba con afable y contenida cortesía, se apoyaba en una esquina del mostrador y no pedía nada. Los días de suerte, cuando la caridad pintaba su sonrisa en los corazones y en los bolsillos de los clientes daba sus alegres saltos la peseta de más, por el sobrio y resignado y reseco gaznate de don Ricardo se colaba un blanco y, a veces, hasta una aceituna o dos.

—A su salud, caballero, y que la posteridad le aplauda su generoso gesto para con un artista.

Algunos clientes, de cuando en cuando, le daban una peseta o un pitillo. Don Ricardo Sorbedo, que no era abusón, cogía lo que le daban, se despedía y, lleno de noble continente, se marchaba, acariciando su peseta, por el largo y entretenido camino del centro.

—Caballero, ¿me puede usted ofrecer un papel de fumar, si no es molestia?

—Lo siento, no fumo.

Don Ricardo Sorbedo sonreía, casi paternal.

—Hace usted bien. El tabaco es un mal hábito, algo que destroza la salud, pero...

A la altura de Luchana, don Ricardo Sorbedo abordó a un señor que iba fumando.

—Caballero, ¿me puede usted ofrecer un papel de fumar, si no es molestia?

El señor sacó el librillo de papel de fumar y se lo ofreció.

—Sírvase.

—Mil gracias, caballero. Con su permiso voy a tomar un par de ellos..., uno para luego.

A las dos de la tarde, las mecanógrafas que vuelven del trabajo son como un regalo para la vista. Si don Ricardo Sorbedo tuviera posibles, se buscaría una novia mecanógrafa, honesta y hacendosa, joven y bella, con buen tipo y un suéter amarillo o color lila, para invitarla a café y hacerle versos hermosos y amorosos, que podría ella misma copiarle, incluso poniendo el papel. Las novias mecanógrafas están muy indicadas para los escritores.

En la plaza de Alonso Martínez, don Ricardo Sorbedo se encontró con don Gerardo Muñoz, cuñado de don Pedro Pablo Tauste, el propietario del taller de reparación de calzado La clínica del chapín.

—¡Amigo, don Gerardo!

—¡Hola, don Ricardo! ¿Cómo está usted? Llevo mucha prisa, usted me perdonará que no me entretenga...

—Es lástima, me hubiera gustado echar un parrafito con usted.

—Y a mí. Pero, ya ve; llevo una prisa loca.

Don Ricardo le miró a los ojos y don Gerardo echó mano al bolsillo.

—¿Quiere usted una peseta? —le dijo bajando discretamente la voz.

—¡Hombre, don Gerardo! ¡Si la ofrece usted en son de amistad!

Don Ricardo Sorbedo, peseta a peseta, con paciencia y buenos modales, iba viviendo. En la calle de Echegaray, por 3,50 se puede tomar un plato de potaje muy nutritivo y bien condimentado.

Don Mamerto de la Alameda o la preocupación por la cultura

En el Mallo, al lado de la fuente de la Fama [en la Granja, Segovia], el vagabundo, que entró a ver los jardines, se hace amigo de un maestro de escuela, la mar de culto, que colecciona insectos, conoce las costumbres de las aves migratorias y sabe los nombres científicos de los peces del Mar, que es un laguito que hay detrás de los jardines y que preocupó mucho a don Amadeo de Saboya. El maestro se llama don Mamerto de la Alameda y gasta mosca, como los alabarderos, cuando los había.

Judíos, moros y cristianos, cap. I,
«Del puerto de Navacerrada al Duero»

Cuando don Mamerto de la Alameda se quedó viudo y descansó, no tuvo sino una preocupación: la cultura. Él mismo lo decía.

—Desde que me quedé viudo y pude descansar, no tuve sino una sola preocupación: la cultura. El hueco que dejó en mi existencia la falta de mi pobre Raquel pudiera decirse que lo llenó la cultura.

—Pues nada, don Mamerto, dígalo usted y no se prive. ¡Si eso le trae consuelo!

Don Mamerto sabía sonreír amargamente.

—Sí, hijo, sí... ¡Un gran consuelo! Veamos. ¿Conoce usted el año en que entró el Cid Campeador en Valencia?

—No, señor.

—¿Lo ve? ¡Lo que hay en España es mucha incultura! ¿Cómo quieren encontrar consuelo los españoles si no se apoyan en la generosa muleta de la cultura?

—¿En la qué?

Don Mamerto era hombre de muy cultas paciencias.

—En la generosa muleta de la cultura.

—¡Ah!

Don Mamerto de la Alameda, con el mirar evadido, se acarició la mosca.

—Veamos ahora. ¿Sabe usted cuál era el pseudónimo de la afamada escritora doña Cecilia Böhl de Faber?

—No, señor, tampoco lo sé... Yo, la verdad es que no sé casi nada...

Don Mamerto volvió a sonreír.

—Bueno, hijo, bueno; no por ello debe desmoralizarse. Nadie nace sabiendo y los grandes sabios, antes de serlo, eran tan burros como usted, no se preocupe.

Don Mamerto de la Alameda y Fraile tenía un vago aspecto de diputado o de sabio del siglo XIX. Don Mamerto de la Alameda y Fraile, a lo mejor, hubiera sido capaz de inventar el telégrafo o el submarino; los sabios son capaces de inventar cualquier cosa, el caso es que se les ocurra y quieran hacerlo.

En la fuente de la Fama beben los pájaros serranos, los duros pajaritos montaraces que silban como zagales y aguantan el frío a fuerza de gimnasia. La Fama tiene una larga trompeta en la que, a veces, se posan el gorrión o la calandria, el mirlo y el jilguero. La trompeta de la Fama, como es maciza, no suena con los largos y agudos compases de las otras trompetas, las de las bandas de música.

Don Mamerto de la Alameda explicaba a los visitantes la historia de la Granja y solía detenerse, con un raro y deleitoso regusto, en el episodio de la sublevación de los sargentos. Don

Mamerto de la Alameda era un pozo de ciencia, pocas cosas había que se le escapasen.

—¿Se acuerda usted de las palabras que don Amadeo pronunció cuando una comisión de ganaderos segovianos le brindó a su señora un bouquet de florecillas silvestres?

—No, señor.

Don Mamerto de la Alameda meneó la cabeza como dándose a sí mismo la razón.

—¡Claro! ¿Y así quieren los españoles tener consuelo? ¡Ay, amigo mío! ¡Qué poca importancia damos al espíritu!

Don Mamerto de la Alameda y Fraile, a veces, componía la dolorosa figura de los paladines en derrota. Daba pena verlo.

—¡Hombre, don Mamerto, no se ponga usted así! Algunos españoles habrá que sean cultos, vamos, digo yo...

—¡Pocos, pocos!

Doña Fabiola Padilla, dama rebosante de actividad

Doña Fabiola tenía un lunar en la mejilla, un lunar grueso y peludo en forma de tiesto.

....

Doña Fabiola Padilla se cortaba, a veces, los pelos del lunar. Los domingos se daba algo de colorete, y el 21 de marzo, que era el día de su santo, se ponía un traje de terciopelo verde y un sombrero con un grueso alfiler dorado. El resto del año andaba siempre de luto.

«Guerra en el fin del mundo»,
en *Nuevo retablo de don Cristobita*

Doña Fabiola se acercó a Valladolid y, visto y no visto, ¡zas!, la pilló un taxi y la dejó renca. Doña Fabiola, desde su malhadado viaje a Valladolid, renqueaba, bien es cierto, pero renqueaba con tanta maestría que algunos, al verla, se imaginaban que era renca de nacimiento.

—Pues no, señor, no es de nacimiento; es del año pasado, de un viaje que hice a Valladolid.

—¡Es inexplicable! Si no fuera porque usted me lo dice, no podría creerlo. Parece mentira que, no llevando de coja más que un año, lo haga tan bien. En fin, ¡si usted lo dice!

Doña Fabiola, desde lo del taxi, se dejó trenza.

—¿Y eso, doña Fabiola?

—Pucs ya ve usted, mi buen amigo, por tradición familiar. En mi casa, cada vez que una dama se quedaba coja, se dejaba la trenza hasta el fin de sus días...

—Ya, ya.

A doña Fabiola, con lo del atropello, se le despertaron las inclinaciones activas. Las señoras con inclinaciones activas, según ya es sabido, son muy peligrosas en el hogar y disuelven las familias que más sólidas y de fundamento pudieran parecer. Doña Fabiola organizó un ropero de los pobres, para que los pobres de su pueblo no pasaran frío durante el invierno. La idea, en sus orígenes, no podía ser más generosa y altruista. Doña Fabiola visitó al señor obispo y al señor gobernador civil, publicó notas en la prensa de la capital, mandó imprimir unas octavillas con un texto que desgarraba los corazones, hizo visitas y más visitas, implicó al párroco y al alcalde, puso a todas las señoras de la provincia a hacer calceta, dio órdenes, giró visitas de inspección, arengó al comité local y, al final, se encontró con trescientos cincuenta y siete jerséis de los más variados tipos y colores: verdes y con mangas, beiges y sin mangas, azules y con un punto al derecho y dos al revés, rojos y de punto de arroz, marrones y de punto inglés, amarillos y de ochos, etc.

Como en el pueblo no había más que veintiún pobres, tocaron a diecisiete jerséis cada uno y aquel año no pasaron frío porque, aunque algunos no tenían pantalones y otros carecían de boina, y otros de calcetines, o de camiseta, o de lo que fuese, como eran hacendosos y mañosos, se las fueron arreglando. En el pueblo, cada vez que se veía cruzar a alguien cubierto de los pies a la cabeza de punto de lana de colores, ya se sabía: era un pobre.

Doña Fabiola estaba muy orgullosa de su campaña y recibió numerosas felicitaciones.

—¡Gracias, gracias! —decía a sus felicitadores—. ¡Son ustedes muy amables conmigo! Pero yo les quisiera hacer un ruego... Y es que no cejaran en su entusiasmo... El año que viene, emprenderemos otras actividades, otras campañas... ¡No debemos cejar en nuestro entusiasmo...!

Los felicitadores de doña Fabiola Padilla se echaron a temblar. Las señoras activas es lo que tienen, que asustan al vecindario. Las familias suelen llevar con muy poca resignación a las señoras activas, a las señoras que no hay manera de que le dejen en paz a uno.

Una niñera bravía

Una niñera bien vestida y con cara de liebre está arreando una tunda soberana a un niño pequeño, mejor vestido aún y con cara de ardilla. El niño es rubio y saltarín y la tremenda niñera, como para compensar, es bravíamente honda y morena.

Contemplando la entretenida escena están colocados, incluso con cierta y bien calculada sabiduría, tres o cuatro niños más con gesto de domésticos y estúpidos pavipollos.

Si la banda de música no estuviera tocando, con un profundo entusiasmo, con un entusiasmo heroico, «La boda de Luis Alonso», los gritos del niño, probablemente, se oirían en su casa y aun mucho más lejos todavía.

Del Miño al Bidasoa, capitulillo 33,
«El tasquero de Torrelavega»

La moza se llama Virtudes Tagarabuena Muñoz, es natural de Cardeñosa de la Volpejera, en la tierra de Campos palentina, y mira contra el Gobierno. Virtudes Tagarabuena tiene cara de liebre y, a veces, se hace la permanente. Cuando se hace la permanente, Virtudes Tagarabuena está todavía peor y entonces, en lugar de castellana vieja, parece abisinia.

—Oiga, don Romualdo, ¿por qué no dice usted etíope?
—Porque no me da la gana, ¿se entera?
—Sí, señor. Usted dispense.

Don Romualdo, según se rezongaba por Torrelavega, había sido desairado por la Virtudes, a pesar de que, poniendo cara de tonta, se le quedó con un collar de cuentas, muy valioso, que le regaló, para ver de amansarla, el día de su santo. La Virtudes, que era muy decente y como Dios manda, no se amansó.

—Un servidor no sabe lo que usted pensará, pero a un servidor le parece que la muchacha hizo bien, ¿no cree?

—Pues, hombre, López..., quizá..., la verdad es que no sé lo que decirle... ¡Según cómo se mire!

López era guardia municipal y muy partidario de mantener los principios. A López le hubiera gustado ser militar, pero su familia no tenía posibles. Los padres de López habían sido más pobres que las ratas y además tuvieron mala suerte, muy mala suerte. A la madre de López la atropelló el tren y la mató. Su padre murió también en accidente ferroviario, en el famoso descarrilamiento de la Valcueva, cuando el trenillo de la Robla tropezó con una punta de vacas y se salió de la vía.

—Un servidor se ha modelado a sí mismo. Un servidor es autodidacta, como ahora se dice.

—Bueno, López, y eso ¿qué más da? Eso no debe preocuparle. Lo importante es que haya podido conseguir usted una plaza de guardia —le decía doña Anita Briones, la señora en cuya casa servía Virtudes Tagarabuena—. Lo pasado, pasado está y no debe preocuparle a usted.

—Sí, señora. Lo que un servidor dice: agua pasada no mueve molino. ¿Verdad, usted?

—Claro.

Virtudes Tagarabuena Muñoz, en el paseo, se comía la merienda de Manolín Rabanal Briones, el de doña Anita. Si Manolín protestaba, Virtudes Tagarabuena le sacudía un capón. El niño solía callarse pero, cuando insistía, le daba otro para que aprendiese a ser respetuoso. Lo que hacía la criatura era cenar con entusiasmo; así compensaba.

—¿Qué tal ha merendado Manolín, Virtudes?

—Muy bien, señora; no dejó ni una miga.

Manolín, que de muy niño aprendió el raro mecanismo de la justicia humana, se callaba siempre.

—Pues antes no le gustaba el queso.

—Antes no, señora; pero ahora sí.

Virtudes Tagarabuena Muñoz, cuando llegó el verano, se compró unas gafas ahumadas, como las señoritas, para disimular un poco la bizquera.

—Virtudes.

—Mande usted.

—De uniforme no me gusta que vaya con gafas negras. El tener un defecto en la vista no es ninguna deshonra. Las gafas negras se las pone usted los domingos, si quiere, cuando le toque salir de paseo. ¿Me entiende lo que le digo?

—Sí, señora.

Virtudes Tagarabuena Muñoz, aquel día, deslomó a Manolín en el paseo. Manolín, bajo el chaparrón de tortas, no se explicaba nada de lo que le aconteció. La escena era contemplada, incluso con cierto y bien calculado deleite, por cuatro o cinco niños con gesto de pavipollo ruin.

Planteamiento, nudo y desenlace

—Mire usted, Cirilo, dejémonos de zarandajas y de modernismos. La novela, ¿me escucha usted?
....
—Sí, señor, sí. La novela...
....
—Pues eso. La novela, dejémonos de monsergas y de modernismos, debe constar de los tres elementos tradicionales, clásicos, esenciales. ¿Me entiende usted?

El novelista, por poco, le responde:

—Sí, señor, le entiendo a usted la mar de bien; fe, esperanza y caridad.

Pero pudo contenerse a tiempo.

—Sí, señor, ya lo creo. ¡Los tres elementos tradicionales, clásicos, esenciales! ¡Je, je!

El editor respiró hondo y continuó.
....
—Y esos tres elementos de que le hablo, amigo mío, esos tres elementos tradicionales, clásicos, esenciales, dejémonos de gaitas y de modernismos, son ¿sabe usted cuáles son?

—Siga, siga...

—Pues son: planteamiento, nudo y desenlace. Sin planteamiento, nudo y desenlace, por más vueltas que usted quiera darle, no hay novela; hay ¿quiere usted que se lo diga?

—Sí, señor, sí.

—Pues no hay nada, para que lo sepa. Hay ¡fraude y modernismos!

El pobre Cirilo estaba hundido, anonadado. El editor usaba unos argumentos muy sólidos.

Café de Artistas, cap. II

Sobre la mesa, tres albas cuartillas destacaban sobre todas las demás. En una se leía, escrito con muy buena letra, «Planteamiento»; en la otra, «Nudo», y en la tercera, «Desenlace». El joven novelista, un sí es no es apabullado por las exigencias del editor, no sabía ni por dónde empezar, estaba horro de ideas.

—¡Mira que si no se me ocurre nada!

—No, hombre; tú aguanta, que algo se te acabará ocurriendo, ya verás —se respondía para darse ánimos.

El joven novelista pidió otro café. Mientras se lo traían, se entretuvo en dibujar espirales en un papel.

—Planteamiento. Claro. Aquí pongo el lugar de la acción: Chicago. No, en Chicago no estuve nunca. Chicago, no: París. Bueno, en París tampoco estuve pero, por lo menos, está más cerca. La verdad es que yo estuve en pocos sitios (ya viajaré más, cuando pueda) y la acción no voy a ponerla en Guadalajara, ¡a quién se le ocurriría!

El camarero se le acercó y le sirvió el café al lado de las cuartillas, por poco se las mancha.

—Qué, ¿sale?

—Pues sí, ya va saliendo..., yo creo que saldrá.

El camarero siente un infinito desprecio por los escritores de café con leche, que son casi todos. El joven novelista, tras revolver su café, siguió con sus pensamientos.

—Eso: París. En París, a orillas del Sena, XX (después le buscaré un nombre que haga bien) se encuentra con NN, que es chalequera. Bueno; a lo mejor en París no hay chalequeras, ya se lo preguntaré a alguien que lo sepa sin lugar a dudas. XX, que es hombre, se queda mirando para la chalequera, o lo que sea, y le dice: «Bonjour, mademoiselle». Ya preguntaré también cómo se escribe. En las novelas unas palabritas en lengua extranjera suelen hacer muy fino, muy como de estar al día... Bueno, XX y NN se conocen, se tratan, se enamoran (ya estamos de lleno en el nudo; esto debe de ir en la otra cuartilla) y, cuando se quieren casar, se tropiezan con que son hermanos. Esto seguramente no es muy original, pero ya veremos de darle un poco de emoción. El padre de ambos, que había sido recaudador de contribuciones, murió en el patíbulo por bígamo. Bueno, por bígamo me parece que tampoco lo matan a uno; esto también debo preguntarlo. Además, si la cosa pasa en París, en vez del patíbulo queda más propio decir la guillotina. Y ahora viene el desenlace. Ahora ya casi todo es pan comido... XX y NN, abrazados, se tiran al Sena, en el mismo sitio en el que se conocieron. Bueno; esto no; esto no queda bien...

El joven novelista tenía cara de estar muy preocupado. Los novelistas, a veces, ponen cara de estar muy preocupados y, a lo mejor, todo lo que les pasa es que andan algo estreñidos.

—Sí; se tiran al Sena, pero los salvan. Después, cuando se secan y vuelven a la realidad, se enteran de que no eran hermanos, y se casan y son muy felices.

Al joven novelista, lo poco que tenía dentro de la cabeza se le fue agostando a fuerza de hacer apuntaciones en sus tres cuartillas. En una se leía, escrito con letra muy clara, «Planteamiento»; en la otra, «Nudo», y en la tercera —que en realidad estaba todavía por resolver—, «Desenlace».

Mi tío el marqués de Vieira

Y este apuesto caballero, caro amigo, de aire bondadoso y jovial, es mi tío el marqués de Vieira, poeta famoso y amador impenitente, que murió en Brunete, villa donde ejercía de veterinario, de unas viruelas malignas que le pegó una vaca suiza a la que asistía. Fue la suya una muerte tradicional, ya que a su padre, durante la carlistada, le pasó lo mismo, e hizo el viaje sin retorno a consecuencia de otras viruelas que le pegara una fondista liberal de Miranda de Ebro, llamada por mal nombre y con perdón, Genoveva la Puerca.

«Una vieja foto con dos mocitos relativamente repugnantes», en *Cajón de sastre*

El marqués de Vieira, sobre tío mío, era un tiñoso aparatoso y jovial, un hombre que, aunque se estaba rascando todo el día, resultaba simpático a la gente. El marqués de Vieira, que se gastaba muy sólidos principios, había hecho de la dignidad su lema y no aceptaba un vaso de blanco más que de los amigos. En cierta ocasión pasó por el pueblo un viajante muy redicho y obsequioso que se llamaba Alí Babá Gutiérrez —porque su padre era moro— y que representaba una fábrica de alfombras persas que habían instalado en Ciudad Real. El Alí Babá Gutiérrez se tropezó con mi tío en la taberna Los encantos de la uva y, siguiendo su costumbre de caer en gracia, le preguntó, con sus más finos modales.

—Sidi, ¿me permite invitarle a un vasito de blanco?

Mi tío el marqués de Vieira lo miró de arriba abajo con un infinito desprecio.

—Caballero, no recuerdo haber sido presentado a usted. Lamento que mi costumbre me impida aceptar su invitación. Un vaso de blanco es algo que, según mis usos, no tomo si no es de manos de un amigo. Pero tampoco quisiera desairarle, compréndame usted. Si se obstina, puedo beber a su salud, si esa es su voluntad y usted lo paga, un vaso de tinto. Pero de blanco..., por ahora..., ¡no! Le ruego se sirva disculparme.

El Alí Babá Gutiérrez estaba pasmadito. La verdad es que el Alí Babá Gutiérrez no estaba hecho al trato de las gentes de principios.

—Bueno, bueno, pues que sea de tinto..., ¡por mí que no quede!

Cuando mi tío el marqués de Vieira se bebió su vaso de tinto, cerrando los ojos y de un tirón, requirió al propietario de Los encantos de la uva para que los presentase.

—¡Tiburcio!

—Mande, señor marqués.

—Preséntame al alfombrista.

—Sí, señor marqués.

Tiburcio Salamonde, que era medio lusitano, se limpió las manos en el mandil y se atusó el bigote.

—Aquí, don Alí Babá Gutiérrez, que vende esteras...

El Alí Babá Gutiérrez le atajó:

—¡Alfombras turcas!

Y el Tiburcio Salamonde, sin inmutarse, siguió su oficio.

—... alfombras turcas, eso es. Y aquí, don Antoñito, el marqués de Vieira, que es el orgullo de la población.

Mi tío y el Alí Babá Gutiérrez se estrecharon la mano muy efusivamente.

—Ahora, amigo Gutiérrez, si usted lo desea, ya puede invitarme a un blanco. Nada hay que me pueda impedir el aceptarlo.

Mi tío el marqués de Vieira le estuvo chupando blancos al Alí Babá Gutiérrez durante toda la noche.

—¡Caray, qué sed! —pensaba el moro por lo bajo—. ¡Este sujeto es insaciable!

Mi tío el marqués de Vieira, como adivinaba los pensamientos del Alí Babá Gutiérrez, sonreía con su más mundana y confianzuda sonrisa.

—¡A su salud, amigo Gutiérrez!

Al Alí Babá Gutiérrez, aquella noche, lo prendieron los guardias, porque decía que él no pagaba más que una arroba de vino, que a él no le daba la gana de pagar más que una arroba de vino y que ya estaba bien. El Alí Babá Gutiérrez estaba empeñado en irse sin pagar más que una arroba de vino y mi tío el marqués de Vieira, cogiéndole de las solapas, le recriminó.

—¡Vergüenza debía darle, Gutiérrez! ¡Esa no es conducta para con un amigo!

El Alí Babá Gutiérrez, a pesar de las reconvenciones de mi tío, prefirió que se lo llevasen los guardias.

Nochebuena en el camino

Por el camino [de Turégano a Segovia], y en sentido contrario, viene un afilador de barba florida y jovial ademán, empujando su rueda y silbando en su caramillo unos aires silvestres que prenden rojas candelas y luminosas chiribitas en el blando corazón de los goloritos del cielo.

El vagabundo, que tiene sus raras sabidurías, al ver al afilador se arrancó en barallete.

—¿Cómo che amece o corpurrio?

El afilador se puso de color grana hasta la raíz de la sien.

—¡Inda os guelfos te ticen, choulo de lorda!

Judíos, moros y cristianos, cap. III,
«De Peñafiel a las puertas de Segovia»

Pasaba el vagabundo —aquel zurrado suspiro— muy derrotado y mustio cuando san Cristobalón, patrono de andariegos, le regaló con la presencia de su paisano Perico Taboadela, afilador de Nogueira de Ramuín y hombre muy hecho a las lluvias, las soledades y otras inclemencias.

—Me alegro de verlo.

—Y yo.

Brillaba el frío como un heridor diamante y el vagabundo, que tenía el alma llena de amargos sabañones, agradeció el calorcico de la áspera mano que se le brindaba.

—¿Está usted enfermo? Parece como que tiene ida la color.

El vagabundo quiso decir que no, que se encontraba muy bien, muchas gracias, pero, cuando fue a hablar, no pudo hacerlo. Los pájaros del monte volaban, para no entumecerse, alrededor de los hilos del telégrafo, y las nubes empujadas por el vientecillo cruel de la mañana fingían, sobre el cielo gris, muy raros paisajes y caricaturas.

—Una vez tuve una novia que se llamaba Marcela y que era muy saludable y colorada. La quería con todo mi corazón pero, cuando nos íbamos a casar, le dio un soponcio y se murió de repente. A estas cosas no debía haber derecho, ¿verdad, usted?

—No; a estas cosas no debía haber derecho... Lo que no sé es para qué me lo cuenta...

El afilador miró para el vagabundo con la cara triste.

—Usted dispense... Hacía ya mucho tiempo que no se lo contaba a nadie.

Un can perdiguero cruzó, con el rabo airoso y el olfato atento, por el barbecho. Era blanco y con la piel manchada de color canela y mostraba, en su ufana soledad, cierto porte distinguido y señorial.

—¿Y a usted cómo le fue?

—Mal; en los últimos tiempos me fue más bien mal.

Perico Taboadela, de oficio afilador de navajas y cuchillos, le puso al vagabundo una mano en el hombro.

—¡Arriba el corazón, paisano! ¡Usted bien sabe que la paciencia es la escopeta que nos da de comer!

—Sí...

—¡Pues claro que sí! Mire: yo no he de preguntarle por su mal. Al mal hay que enterrarlo. Como a las novias muertas... Igual que al niño muerto de frío perdido en medio del campo... Lo mismo que al padre que se murió, como un viejo buey rendido, después de haberse pasado la vida trabajando para comprar a cada uno de sus hijos la rueda que ha de darles de comer...

El vagabundo, con un nudo en el pecho, sonrió.

—Sí...

Periquiño Taboadela —¡Dios lo bendiga!— silbó en su caramillo unos compases llenos de resignación. Después dio dos pinchacarneiros sobre la cabeza, dos saltos más sinceros que ágiles, más mañosos que poderosos.

—¿Le gustó?

—Sí, mucho.

Después Periquiño Taboadela, a quien Dios ponga en el camino de todos los hierros romos de la tierra, tentó la bota y brindó de beber al vagabundo.

—Hoy es la Nochebuena, don Camilo. Hoy nace Dios Nuestro Señor para todos: para los ricos y para los pobres; para los sanos y más para los enfermos; para los vivos y también para los difuntos...

Periquiño Taboadela, a quien Dios permite, chifló, con los ojos cerrados —y más para no ser visto que para no ver—, el villancico eterno de las alegrías y las tristezas: la solfa que bien vale para todas las caridades.

La señorita Estrella

Me senté en un viejo sofá que había en el pasillo. Al otro lado de la casa se oía un violín que interpretaba *Scheherezade*, de Rimsky, de una manera un tanto fría y desapasionada; peor desde luego que Fritz Kreisler, el amigo de la señorita Estrella, la vecina de patio de mi amigo Samuel Amor López, quien me contaba los solos de gramola que su vecina se dio hasta que unos hombres vestidos de huertanos de la vega de Valencia se la llevaron en una caja, escaleras abajo...

«Claudius, profesor de idiomas»,
en *Nuevo retablo de don Cristobita*

La señorita Estrella, los domingos y fiestas de guardar, lucía un bisoñé cobrizo, muy bien ondulado, que le había traído un cuñado de su difunto novio Sisebuto Docampo —y en su recuerdo— de la Exposición Internacional de París. La señorita Estrella, los días de a diario, gastaba pañuelo y guardaba el peluquín, entre gasas y con muy delicados aspavientos, para que no se le estropease. La señorita Estrella tenía lo menos cien años y estaba calva —dicen que de tristeza— desde que su novio murió, desconsideradamente atropellado por un tranvía de mulas, en Lisboa y en 1910, dejando un vacío inmenso en su lacerado corazón. A la señorita Estrella le duró el dulce estado de merecer hasta la sesentena y cuando, abandonada —¡a la fuerza ahorcan!— del cariño de Sisebuto, se dio cuenta de que su vida no tenía objeto, en vez de morirse, que es lo que hubiera hecho cualquier mujer vulgar, aprovechó para quedarse calva.

La señorita Estrella, en su gramola, gustaba de escuchar sabios conciertos de Fritz Kreisler y deleitosos tangos de Carlos Gardel. Algunas noches, cuando se quedaba a solas, la señorita Estrella cerraba bien las cumplidas maderas del balcón, corría las cortinas de recio terciopelo carmesí, encendía todas las luces y sacaba de su recóndito escondrijo los jaraneros discos del cante flamenco. La señorita Estrella, para meterse, ¡tan a solas!, en juerga, se quitaba el bisoñé o el pañuelo y se ponía, sobre la dura y brilladora piel de su cabeza monda y lironda, un clavel rojo sujeto con un esparadrapo. A veces, hasta bailaba encima de la mesa del comedor, que era muy resistente.

La señorita Estrella, en su honda arca de los tesoros, guardaba fotografías de toreros y etiquetas de botellas de anís. La señorita Estrella llegó a tener un evidente dominio en el difícil arte de despegar las etiquetas de las botellas de anís; ni una se le rompía. La señorita Estrella que, hasta que Sisebuto murió, no había bebido más que café con leche con poco café o chocolate muy clarito, se daba al anís, y, según lenguas, salía a un promedio de botella de a tres cuartos diaria. La señorita Estrella era muy corpulenta y resistente y el anís lo digería bien.

—¡Petra! —le gritaba a veces a la criada—. ¡Trae la munición!

—¡Voy, señorita!

A la señorita Estrella, algunas noches, el anís le daba triste y sentimental y se pasaba las largas horas llorando, entonces apagaba casi todas las luces, paraba la gramola, colocaba a sus toreros sobre el aparador, se envolvía en una manta y acababa durmiéndose, como un grueso e ingenuo pajarito, en el sofá. Cuando se despertaba, ya muy tarde, se iba a la cama, procurando no tropezar con los muebles ni con las esquinas.

Desde que la señorita Estrella se murió, su vecino de patio, mi amigo Samuel Amor López, de profesión catador de pastas para sopa, se quedó muy solo y desorientado.

Los amores de Timoteo Moragona y Juarrucho con Filomena Carrete

Timoteo Moragona y Juarrucho, hijo de Leoncio, sacristán, y de Julia, sus labores, era natural de Purgapecados, ayuntamiento de Alarcón, provincia de Cuenca. Timoteo Moragona y Juarrucho tenía cuarenta años de edad y estaba casado, aunque sin hijos; había tenido dos, pero se le murieron, uno del tifus y otro ahogado en el Canalillo. Timoteo Moragona y Juarrucho había sido barbero, viajante de comercio, empleado de banca, capador de puercos, trompeta del Quinteto Caribe y cómico. Timoteo Moragona y Juarrucho, en la actualidad, era escultor abstracto, de esos que hacen dos bolitas de barro y lo mismo lo titulan *Atlético-Aviación* que *Panorámica del Huerto de los Olivos*.

Timoteo, el incomprendido

Timoteo Moragona y Juarrucho había sido oficial en la barbería de Huedo, en El Provencio, Cuenca. Timoteo Moragona y Juarrucho tenía buen pulso y amena conversación, dos virtudes muy de apreciar en el barbero, pero un día que, según lo más probable, andaba algo verraco y enamorado le segó una oreja a un concejal y, para evitar represalias y otras responsabilidades, se marchó del pueblo. Timoteo Moragona y Juarrucho, en Daimiel, provincia de Ciudad Real, villa a cuyo fuero y hospitalidades se acogió, hizo un poco de todo hasta que sentó plaza de meritorio en el matadero municipal, donde lo mismo servía para un roto que para un descosido, donde igual despenaba el rutel de corderos que pintaba, a punta de navaja, jeribeques en el aire mientras se disponía a descuartizar lo que le echasen.

A Timoteo Moragona y Juarrucho el trato con la sangre le dio muy buena color, y tan guapo se puso, y tan lustroso y lucido, que pasó por momentos en los que las jóvenes, aun las más decentes y honestas, no podían contener el suspiro al verlo cruzar la calle: jacarandoso y terne y aplomado como un torero de la antigüedad.

—¡Ay, Timoteo! —se decían las unas a las otras cuando se topaban en la fuente o en el mercado—. ¡Qué andares! ¡Qué caída de ojos! ¡Qué aroma a caballero!

Las mozas de Daimiel, por aquellos ya lejanos tiempos eran muy recatadas y tradicionales y aún no habían descubierto —¡benditas ellas!— que el aroma de los caballeros era de muy dispar olfato del que exhalaba el acre y rústico pebetero de las caballerías.

Timoteo Moragona y Juarrucho, en Daimiel, vivió muy feliz y sosegado hasta que la Filomena Carrete, de profesión partera, se alojó, como una avispa silvestre, en su tierno corazón.

—Filomena.
—Qué.
—¿Me quieres?
—Sí.
—¿Y me querrás siempre?
—No.
—¡Pero mujer!

A Timoteo Moragona y Juarrucho, la idea de quedarse sin el favor de la Filomena Carrete era algo que le traía muy desasosegado. Timoteo Moragona y Juarrucho, cuando el angelito del carcaj lleno de flechas de amor le clavó su rejón de muerte en la conciencia, se tornó huraño y misantrópico, lírico y manso.

—Filomena.

—Qué.

—¿Quieres que vayamos a recoger la brilladora y pintada florecilla del prado?

La Filomena Carrete, que era hembra muy poco espiritual, se ponía, a veces, hecha un basilisco.

—¡Anda y déjate de prados, tío mandria, que tienes unas ocurrencias que mismamente parece como si fueses un choto! ¿Por qué no me invitas a un vermú, que es la costumbre?

—Bueno, mujer, lo que tú quieras... ¿Te gustaría tomarte un vermú?

—¡Pues claro!

Llegó un momento en que Timoteo Moragona y Juarrucho, aunque tenía un jornal regular y era hombre bastante apañado en sus gastos, no pudo seguir pagando más vermús.

—Filomena.

—Qué.

—Pues que este mes llevo ya gastados más de sesenta duros en vermú. ¡Así no podemos seguir! Yo no quisiera decírtelo pero, como no pares de beber vermús, me acabarán encerrando por deudas. ¡Tú verás!

La Filomena Carrete, después del discurso del Timoteo, pidió un vermú.

—Timoteo.

—Qué.

La Filomena Carrete adoptó el aire de las declaraciones solemnes.

—¡Pues que lo nuestro ha terminado! ¡Una no puede enamorarse de un hombre que anda regateándole el vermú! ¿Te enteras?

Timoteo Moragona y Juarrucho, después de decir que sí, que se enteraba, hizo su petate y se largó de Daimiel sin volver la cabeza. En su cabeza, donde reñían sensaciones muy encontradas, Timoteo Moragona y Juarrucho escuchó el tímido batir de alas del pajarito que acierta con el camino de la libertad.

La prima Renata

Una vez, siendo ya un mocito, una prima suya que se llamaba Renata, y que se casó dos veces en tres años, le dijo:

—Oye, Paquito, ¿quieres que juguemos a los novios?

Paquito le dijo que no y después se pasó toda la noche sobresaltado y llorando.

Su prima Renata era gordita y de color sonrosado. La primera vez se casó con un veterinario, por amor; con un veterinario gordo y cabezón que olía a pana. La segunda vez se casó, por conveniencia, con un odontólogo de muy buen tipo que olía a elíxir que daba gusto. Fue una historia sonada, pero algo larga de contar.

Café de Artistas, cap. V

La prima Renata peinaba bucles de oro. La prima Renata tenía la tez de porcelana. La prima Renata tocaba «Claire de la lune» al piano. La prima Renata recitaba de memoria las *Rimas* de Bécquer. La prima Renata pintaba a la acuarela. La prima Renata bordaba con mucha delicadeza. La prima Renata sabía repostería. La prima Renata calcetaba *sweaters* y bufandas para los pobres. La prima Renata, a los dieciséis años, se escapó con un veterinario gordo y cabezón que se llamaba Ernesto Cordero. ¡Menos mal que sus padres pudieron casarla!

—Cordero —le dijo mi tío Severino, el padre de la prima

Renata, cuando se los trajo, atados codo con codo y por la carretera adelante, la Guardia Civil—, ¿está usted dispuesto a matrimoniar con mi hija y a reparar el entuerto uniéndose con ella en indisoluble yugo?

—Sí, señor —le replicó Cordero—, si usted corre con los gastos, estoy dispuesto a matrimoniar con su hija ahora mismo y a reparar el entuerto uniéndome con ella en indisoluble yugo. Yo, ¡sépalo usted de una vez para siempre!, si usted corre con los gastos, estoy dispuesto a lo que sea.

—Bueno —contestó mi tío Severino—, trato hecho. Hablando se entienden los hombres. ¡Choque esos cinco!

Cordero y mi tío Severino Beariz Moscoso se estrecharon efusivamente las manos mientras la prima Renata, desde su canapé, se deshacía en llanto.

—¡Renata!

—¡Di, papá!

—Prepara dos vasos de vino y unas rajitas de salchichón para el amigo Cordero y para tu padre.

La prima Renata, armándose de valor, habló. La voz de la prima Renata, en aquel trance, tenía muy dulces y melodiosos matices.

—¿Puedo acompañaros? A mí también me gusta el vino con unas tapitas de salchichón.

Su padre, antes de responder, miró para su novio.

—¿La dejamos, Cordero?

—Sí, hombre, ¡déjela usted!

Su padre se le volvió.

—Ya lo has oído: el señor Cordero, que va a ser tu esposo, permite que nos acompañes. Dale las gracias.

La prima Renata sonrió, casi coqueta.

—Gracias, pichón.

—De nada, palomita.

La boda de la prima Renata con el veterinario Cordero fue de mucho rumbo y mi tío Severino, que estaba casado en segundas con una concuñada del que iba a ser su yerno, no reparó en gastos y echó la casa por la ventana. En la ceremonia, la prima Renata lució un traje sastre color salmonete clarito que realzaba considerablemente sus naturales encantos. El novio se acicaló mucho y se cortó el pelo y se peinó con fijador, para no parecer tan cabezorro.

El pobre Cordero, aunque era fuerte y corpulento, duró poco y la prima Renata, a los dos años de casada, enviudó. La prima Renata se sintió muy sola y sin apoyo y, cuando se aburrió de contárselo a sus amigas, se casó otra vez.

—Estoy segura de que mi difunto Cordero sabrá perdonármelo... ¡Me sentía tan pobre y desvalida, tan sola y sin apoyo! Mi difunto Cordero, desde el más allá, se hará cargo de mi situación, ¿verdad, usted?

—Sí, hija, sí... Lo más probable...

Fermín González presenta novia celosa

El viajero, después de comer, enciende un pitillo, se levanta y lee, en las enjalbegadas paredes, algunos letreros escritos a lápiz, como los de los retretes de los institutos de segunda enseñanza. Los hay para todos los gustos y de todos los colores. Uno de ellos, escrito en bien perfilada letra de molde, dice: «Compañía de Teatro y Variedades. Compañía Olivares. Dos funciones, 600 pesetas. Exitazo. 13-3-45». Es un letrero satisfecho, optimista, un letrero lleno de euforia. Hay también una cabeza de mujer, con larga melena, firmada por Fermín González, de Cuenca, hombre que tiene una rúbrica hermosa, pomposa, elegante, una rúbrica notarial y desafiadora.

Viaje a la Alcarria, cap. VI,
«Con el Cifuentes hasta el Tajo»

Fermín González, natural de Cuenca, capital, dibujaba muy bien mujeres de perfil. Las que mejor le salían eran las colocadas con la nariz hacia el lado izquierdo del papel, las que quedaban mostrando la mejilla izquierda, el ojo izquierdo y la oreja izquierda al espectador. Las que miraban para el otro lado ya no le salían tan bien.

—No; al revés es más difícil. Las que pinto al revés me salen peor.

Nadie supo jamás por qué Fermín González, natural de

Cuenca, llamaba del revés a las señoritas que le quedaban con la nariz para la derecha.

—Para pintarlas al revés —decía Fermín González, natural de Cuenca— hay que ser un verdadero artista. Yo no soy más que un modesto aficionado.

Fermín González, natural de Cuenca, pintaba siempre a las señoritas con los labios muy bien dibujados, los ojos de almendra y la melena larga y rizada, sedosa y muy tupida. Fermín González, natural de Cuenca, tenía su tipo de mujer para pintar y, a la que no se ajustaba a su módulo, no la pintaba y en paz.

—No; esa no tiene retrato. Las mujeres con los ojos redondos y el pelo a lo garçon, no tienen retrato. ¡Que las pinte su padre!

—Bueno, hombre, ¡no es para ponerse así! —le objetaba cautelosamente algún partidario de las señoritas ojirredondas y pelicortas.

—¡Yo me pongo como me da la gana y a usted no le importa! ¡En cuestiones artísticas no admito consejos de nadie y menos de usted!

—Bueno, bueno, cálmese... Yo no he querido ofenderle...

—¡Ah! ¡Por eso!

Fermín González, natural de Cuenca, hace dos veranos se enamoró como un pardillo de Clotilde Sastre, alias Cloti, mujer melenuda y ojirrasgada, gallarda y con la boca en forma de corazón. La Cloti, que se las sabía todas, ató corto al Fermín González desde el primer momento y le organizó, a partir del mismo día en que se hicieron novios, muy científicas y bien medidas escenas de celos. Al Fermín González, al principio, le gustaba saberse tan guardado.

—Esa es la mejor muestra de su cariño —decía—, la mujer enamorada es siempre celosa... ¡Le digo a usted que la Cloti está por mis huesos!

Después, cuando empezó a darse cuenta de que la Cloti no lo dejaba ni respirar, quiso sacar los pies del plato, siquiera con timidez, pero ya no pudo. La Cloti le había comido la moral y las mujeres, según es bien sabido, cuando le comen la moral a alguien ya no lo sueltan. El Fermín González, natural de Cuenca —¡pobre Fermín González, quién te ha visto y quién te ve!—, se dejó ir, que siempre resulta más cómodo, empezó a rodar por la cuesta abajo y llegó hasta los más hondos abismos de la renunciación. Fermín González, natural de Cuenca, para desquitarse, hasta donde le era posible, de las implacables dominaciones de la Cloti, salía, de uvas a peras, con alguna muchachita dulce y sentimental, mimosa y obediente. Fermín González, natural de Cuenca, llevaba los teléfonos de sus descansadoras y sosegadas amigas apuntados en un cuadernito de direcciones. Por si caía en manos de la Cloti, ¡Dios nos libre, solo de pensarlo!, Fermín González, natural de Cuenca, les disimulaba el nombre poniéndolo en masculino: Manolito, Luisito, Paquito, etc. Fermín González, natural de Cuenca, como a fuerza de saberse vigilado estaba perdiendo la facultad de discurrir, llegó a apuntar en su cuaderno algunos nombres que hubieran tenido muy difícil explicación, de haber precisado. La Cloti, ¡menuda era la Cloti!, no se hubiera creído jamás que Marujito, o Conchito, o Esperancito eran compañeros de oficina de su novio: Fermín González, natural de Cuenca. La Cloti, sobre celosa, era desconfiada de natural.

El origen del cuadro artístico Sonsoles Trijueque

La señorita Esmeraldina García escanció, se puso en pie y dijo:
—Voy a tener mucho gusto en presentarles a ustedes a nuestra joven amiga la recitadora infantil Sonsoles Trijueque, que va a recitar «El embargo» del vate extremeño, gloria de las musas hispanas, don José María Gabriel y Galán, comúnmente conocido por Gabriel y Galán.
La recitadora infantil se levantó.
—Que tome un traguito de vino —dijo doña Práxedes—, eso le hará bien.
—No, no, que no se lo beba, no tiene costumbre —dijo la mamá de la recitadora—. Que se enjuague un poco y después que lo escupa. ¿No tienen ustedes una escupidera?

«Una velada literariomusical»,
en *El gallego y su cuadrilla*

Sonsoles Trijueque, que de niña era flacucha y escuchimizada, de mayor se puso como un tren. ¡Hay que ver lo que cambian, a veces en el transcurso de muy pocos años, algunas mocitas! Sonsoles Trijueque, cuando se dejó de la gaita de las recitaciones infantiles, mejoró mucho. Sonsoles Trijueque, a los catorce años, cortó con eso de recitar a Gabriel y Galán; a los quince, se puso zapatos de medio tacón; a los dieciséis, se soltó el pelo; a los diecisiete, fue elegida «miss Peña Futbolística Rayo Vallecano»; a los dieciocho, interpretó un papelito en la película de coproducción hispano-italiana *Juanita, la de Algeciras*; a los diecinueve, se escapó con el productor; a los veinte, se casó con un sobrino pobre del productor, y a los veintiuno, como ya era mayor de edad, se murió.

—De no haberse muerto la Sonsoles Trijueque a tan lozana edad —cavilaba Zoilo Santiso, escritor tremendista—, ¿qué lindes remotas le hubiera deparado el destino?

—¡Vaya usted a saber! —le respondió, tras pensarlo durante largo rato, la poetisa Petra Mantecón, que se firmaba (y hacía bien) Ágata del Arroyuelo.

La Sonsoles Trijueque, cuyo meteórico paso por entre nosotros nos dejó el recuerdo de la impronta del genio (estas palabras están copiadas del artículo necrológico que le dedicó Zoilo Santiso y por el que recibió, amén de numerosos plácemes y felicitaciones, quince duros), la Sonsoles Trijueque —se venía diciendo— fue más que una promesa, y, aunque murió joven, vivió lo bastante para demostrar a la afición que las mocitas, si se espabilan y salen trabajadoras y decididas, pueden dar mucho juego. El padre de la Sonsoles, don Fernando Trijueque, que era brigada retirado de carabineros, actuó de figurante en el rodaje de *Juanita, la de Algeciras*, para estar al lado de la niña y para poder cuidarla y vigilarla más de cerca. Por cada actuación le dieron sesenta pesetas y el hombre estaba muy contento porque la verdad es que no las había ganado en su vida. Al padre de la Sonsoles, lo que le violentó un poco fue que tenía que salir vestido de contrabandista del Campo de Gibraltar, cosa que así, de pronto, pensó si no iría contra sus principios. Después, cuando se convenció de que no, de que una cosa era la obligación profesional y otra muy diferente el cine, lo pasó muy bien y se dio la gran vida. A veces, durante el trabajo, el padre de la Sonsoles se quedaba mirando largo rato para el objetivo y, claro es, lo echaba todo a perder, pero cuando se acostumbró y fue cobrando confianza llegó a actuar con cierta tolerable soltura. El padre de la Sonsoles Trijueque no era ningún lince, pero la verdad es que, para lo que hacía, tampoco era muy necesario serlo. Al padre de la Sonsoles, cuando la Sonsoles murió, no volvieron a contratarlo más. Como esto del arte es como un vicio, el padre de la Sonsoles, cuando la Sonsoles murió, organizó una compañía de aficionados a la que puso, en recuerdo de su hija, «Cuadro Artístico Sonsoles Trijueque. Comedia y Drama».

El primer amor del niño Raúl

El niño Raúl era un niño con personalidad; esto es, un niño flaquito, paliducho, que hacía, más o menos, lo que le daba la gana. El niño Raúl tendía a la histeria, a la misantropía y a la holganza, como los sabios de la antigüedad. El niño Raúl tenía manías, una bicicleta y diez o doce años.

Al niño Raúl, aquella temporada, lo que le preocupaba era tener una oreja más grande que otra. El niño Raúl se miraba al espejo constantemente, pero el espejo no le sacaba demasiado de dudas; en los espejos que había en casa del niño Raúl jamás podían verse las dos orejas a un tiempo.

«Las orejas del niño Raúl»,
en *Nuevo retablo de don Cristobita*

El niño Raúl dirigió a su vecina doña Soledad Trébago, viuda de Castellanos, la mamá de Solita y del Vicentín, una larga carta de amor, escrita a máquina. «Los dos somos libres —le decía— y, además, Vicentín y yo nos llevamos muy bien. Si usted me acepta por esposo, no tiene más que decírselo a mi mamá para que arregle los papeles. Sepa que la quiere hasta la muerte su muy affmo. y s. s., Raúl Bolea Leciñena». Doña Soledad, que era una cotilla, en vez de decírselo a la mamá del niño Raúl para que fuera arreglando los papeles, o en vez, en todo caso, de estarse calladita y disimular, puso el grito en el cielo y se lo dijo, en iracundo son de protesta, al padre del niño Raúl y a domicilio. Por si fuera poco, cuando el niño Raúl, que la vio venir por la calle abajo desde la galería, fue a abrirle la puerta, doña Soledad, sin previo aviso, le soltó una torta desconsiderada. Como el niño Raúl era delgadito, de la bofetada que llevó salió rebotado contra el paragüero. Después, en el cuarto de la plancha, el niño Raúl, que era muy sensible a las injusticias, lloró con una desazón infinita.

Como doña Soledad estaba muy nerviosa y excitada y como las cosas las decía a gritos, los papás del niño Raúl tardaron en entender. Al principio se creyeron que el niño Raúl había descalabrado al Vicentín o había vuelto a romper, como el otro año, el farol de la puerta de doña Soledad. Cuando empezaron a darse cuenta de por dónde iba la cosa, el papá del niño Raúl adoptó un aire muy circunspecto. La mamá permaneció callada.

—¡Cálmese, amiga Soledad, cálmese usted! —le dijo don Clemente Bolea, el papá del niño Raúl—. Esas son cosas de chicos, a las que usted no debe dar importancia... ¡Usted está todavía de muy buen ver, amiga Soledad, usted está todavía muy guapa y frescachona! ¿Qué extraño tiene que haya despertado usted esta pasión en el corazón de mi Raulito?

Doña Soledad, halagada en el fondo, pensó que no podía ablandarse así, sin más ni más y de buenas a primeras.

—Pero ¿y mi difunto esposo, amigo Bolea? ¿Usted cree que yo puedo faltar así a la memoria de mi difunto esposo?

—No, señora, ¡yo qué voy a creer! Yo lo que quisiera es disuadirla a usted de que las intenciones del niño no pueden ser más puras. Al angelito se conoce que le hacía ilusión ser padrastro de Vicentín, ¡vaya usted a saber!

Doña Soledad le atajó, rápida.

—¿Toma usted a cachondeo mi honor y mis sentimientos, Bolea?

—No, mujer, ¡a quién se le ocurre!

La conversación de doña Soledad con los padres del niño Raúl derivó por derroteros un tanto insospechados. Doña Soledad, según se supo entonces, tenía lombrices, era partidaria del Betis Balompié y esperaba heredar a una tía suya, muy viejecita, que vivía en el pueblo. El niño Raúl, debajo de la mesa de la plancha, acabó durmiéndose. Las reacciones de los enamorados, a veces, son raras como el mismo amor.

La señora de don Pío Navas Pérez

... Rabelais, ya sin preceptor, pasó unos quince días en que sonrojaba oírle hablar. Cómo sería la cosa, que hasta llamó la atención a su dueña un señor del principal, don Pío Navas Pérez, interventor de los ferrocarriles.

—Mire usted, señora, lo de su lorito ya pasa de castaño oscuro. Yo no pensaba decirle nada, pero la verdad es que ya no hay derecho. Piense usted que tengo ya una pollita en estado de merecer y que no está bien que oiga estas cosas. ¡Vamos, digo yo!

—Sí, don Pío, tiene usted más razón que un santo. Perdone usted, ya le llamaré la atención. ¡Este Rabelais es incorregible!

La colmena, cap. III

La señora de don Pío Navas Pérez tenía un ojo de cristal, un solo agujero en la nariz, un diente de oro, un dedo de menos, un sabañón en cada oreja, una pierna más corta que la otra y un niño que se llamaba Saturnino y que era de la misma piel del diablo. La señora de don Pío Navas Pérez era fea y deslucida —vamos, era más bien una horrible fantasma—, pero tenía al marido muy enamorado. Don Pío Navas Pérez era un ejemplar muy conseguido de animal monógamo, y un médico joven y muy científico que vivía dos casas más abajo quería enseñárselo a Marañón.

—Déjese usted mirar, ¿qué trabajo le cuesta? Debe usted ser altruista y dejarse mirar.

—No, hombre, no, a mí no me meta usted en líos. ¿Qué de particular tiene que yo esté enamorado de mi señora? ¿Quiere usted decírmelo?

Al joven médico le resultaba un tanto violento decirle a don Pío Navas Pérez las razones de su rara particularidad, una detrás de otra.

—Hombre..., sí, claro... Realmente no tiene nada de particular... Yo era por prestarle un servicio a la endocrinología..., ¡no vaya usted a creerse!

—No, si yo no me creo nada, descuide; yo lo que digo es que no me dejo mirar.

—Bien, como guste. ¡Allá usted con su conciencia y con su sentido de la responsabilidad!

Las hermanas de don Pío Navas Pérez no conseguían explicarse aquel amor.

—Para nosotras es que lo tiene hechizado; si no, no se le encuentra justificación. Para nosotras lo que le pasa a nuestro hermano es que le han dado un bebedizo. ¡Antes no era así! Hay mujeres capaces de recurrir a todo y nuestra cuñada es una de ellas. ¡Pues menuda nuestra cuñada! Parece una mosquita muerta, pero sí, sí..., fíese usted. Nuestra cuñada es un tigre, un verdadero tigre. ¡Pobre Pío, tan bueno y tan caballero y en qué manos ha ido a caer!

La señora de don Pío Navas Pérez tocaba el violín, hacía juegos de manos, hablaba alguna palabrita del francés, resolvía crucigramas como nadie y planchaba con verdadero arte. La señora de don Pío Navas Pérez había recibido una esmerada educación; lo que sucedía era que el físico no le acompañaba.

—Pues lo que yo digo —aseveraba don Pío Navas Pérez levantando un dedo— es que la belleza es efímera, ¿verdad, usted?

—Hombre, sí..., efímera, sí es. ¡Pero mientras dure!

—¡No, amigo mío! ¡No y mil veces no! La belleza de la mujer no dura más que un leve soplo. Todos hemos oído hablar de las bellezas del pasado, que deslumbraban con sus encantos a los emperadores. Bueno, pues lo que yo le digo: en cuanto pasa el tiempo y se mueren, ¿qué queda de su apolínea nariz? ¡Un agujero! ¿Y de su tez de nácar? ¡Una carroña! ¿Y de sus ojos que miraban con arrobo? ¡Dos cuencas vacías!

A estas alturas de la argumentación, el interlocutor de don Pío Navas Pérez solía desmoralizarse.

—Hombre, ¡puestas así las cosas!

Teófilo

El niño es un niño morenucho y también ligero, bullidor y tampoco sobrado de carnes, con los ojos de color marrón y un jersey azul con el cuello blanco y en forma de pico.
—¿Cómo te llamas?
—Me llamo Teófilo.
—Es un nombre muy bonito. ¿Y aquella niña?
—Aquella niña es mi prima.
—Bueno, ¿y cómo se llama tu prima?
—Mi prima se llama Carmelina, pero yo no me hablo con ella.
—¡Pero hombre! ¿Y por qué?
—Pues ya lo ve usted; nuestros papás tampoco se hablan.

Del Miño al Bidasoa, capitulillo 10,
«El Eo, en la raya de Asturias»

Teófilo tenía un trompo y un balón; de lo que carecía Teófilo era de buenas intenciones. Teófilo cazaba grillos con una pajita, mariposas con la boina y gorriones con el tirador. Teófilo sacudía candela a las niñas y faltaba al respeto a las personas mayores. Teófilo se perdía, casi todas las mañanas, en el camino de su casa a la escuela, y saltaba la tapia del cementerio, donde se pasaba las horas muertas buscando caracoles. Teófilo era el último de la clase. Teófilo buceaba muy bien y era capaz de tirarse al agua desde la peña más alta. Teófilo trepaba a los árboles como nadie. Teófilo le tenía la guerra declarada a los gatos. Teófilo pegaba palos y patadas a los perros. Teófilo hacía pipí en los hormigueros y soliviantaba la república de las hormigas. Teófilo tiraba piedras con honda. Teófilo fumaba pitillos y echaba el humo por la nariz. Teófilo andaba siempre despeinado y con el pelo de punta. «Tú no tienes pelo de bueno, no», le solía decir su abuelita, que era una señora muy sosegada que estaba siempre haciendo calceta y rezando rosarios, sin meterse con nadie. Teófilo allanaba la despensa, colándose por el tragaluz, y robaba higos secos y chocolate y botes de leche condensada. A Teófilo, a veces, le daba un violento fiebrón que le duraba un día; al día siguiente, Teófilo estaba otra vez lozano y fresco como una rosa. Teófilo echaba cubos de agua a las parejas de enamorados. Teófilo sabía montar a caballo y jugar al dominó. Teófilo pensaba marcharse a América, cuando fuese mayor, y hacerse rico.

—¿Y después?

—Después me casaré con la señorita más guapa del mundo, me volveré a Ribadeo y pondré una ferretería.

A Teófilo, su madre le daba una peseta los domingos. Teófilo, un domingo echó su peseta en la rifa y le tocó una batería de cocina. Teófilo le regaló la batería de cocina a su madre, él solo se quedó con una sartén.

—Mamá, ¿me puedo quedar con esta sartén?

—Sí, hijo, ¿para qué la quieres?

—Para hacerle agujeros; a mí me gusta mucho hacer agujeros en una sartén.

La madre le cambió a Teófilo dos sartenes viejas por la nueva y Teófilo se hinchó de hacerles agujeros con un clavo.

—Mamá, ¿me dejas el martillo?

—No, hijo.

Teófilo, como no tenía martillo, usó una plancha; las planchas también sirven para martillar. Teófilo era mocito arbitrista, garzón convencido de que las dificultades podían siempre superarse.

—Mamá, ¿te gusta?
—Sí, hijo, déjame trabajar.
Teófilo, cuando cumplió los dieciocho años, se fue a América, a hacerse rico. Teófilo guardaba ya muy buenos cuartos cuando se partió el espinazo en un accidente de automóvil. Teófilo regresó a España paralítico. Su madre lo cuidó muy bien, pero Teófilo, que tenía entonces veintidós años, se murió de tristeza en la galería de su casa, viendo triscar los niños de la calle, volar el gorrión, pasar el perro...

El mundo en el que se regala, de premio, la ilusión

¿Usted sabe la flor de la manzanilla, la varita del junco, los cuernos del caracol? Carolo Vega, alias Triquiti, es de la misma carne, de igual carpintería. Carolo Vega, alias Triquiti, parece que se va a quebrar de tierno, y dengue, y de poquita cosa. Carolo Vega, alias Triquiti, vende caramelos en la plaza, regaliz y chicle americano, altramuces, chufas, pipas de girasol, molinillos de papel de color, bolas de jugar al gua, trompos y peonzas, estampitas de futbolistas, pitillos de anís y garbanzos de pega. El alguacil le cobra la contribución. Carolo Vega, alias Triquiti, da migas de pan —y también cariñosas palabras— a los gorriones; algunos hay que llegan a posársele en el hombro y en la flaca rodilla.

Historias de España, «Los ciegos», 7,
«Carolo Vega, alias Triquiti»

Carolo Vega, alias Triquiti, vive de sus industrias y de la caridad. Hay gente mala, que presta a usura y está siempre invocando el reglamento, pero también hay gente buena, que da migas de pan a los gorriones y siente muy imprecisos y amargos remordimientos de conciencia cuando ve a un ciego detrás de su tenderete de chucherías, acurrucado contra la pared para que el frío no le entre por la espalda, esperando a que el niño llegue con la alegre peseta de los domingos y los buenos comportamientos bailándole —como queriendo huir— en el bolsillo. Carolo Vega, alias Triquiti, que se quedó ciego poco a poco, piensa que el mundo está lleno de corazones abiertos y generosos. Vicentín, el de doña Pura, es un ángel que juega como vuelan los pájaros. Isabelita, la del herrero, es una niña jolgoriosa que habla cortado y rápido, igual que las golondrinas de la torre. Carolo Vega, alias Triquiti, piensa que el Vicentín y la Isabelita, cuando crezcan y sean mayores, cuando lleguen el uno a hombre y la otra a mujer, seguirán con una linda y honesta flor de aroma por corazón. Hay muchos niños en el mundo que tienen una flor de aroma latiéndoles, para que la sangre corra por las venas, en el corazón. Carolo Vega, alias Triquiti, sonríe como un manso lobezno desgraciado y, mientras piensa sus pensamientos, acaricia, diríase que para meterla en orden, la mercancía: los caramelos de fresa, naranja, limón y menta, a elegir; las pastillas de café con leche; las pastillas de goma; las alargaditas chocolatinas envueltas en papel de plata; los palitos del palo dulce que dicen orozuz y las negras cuentas del regaliz, que viene a ser lo mismo; las lengüetillas del chicle americano, que se infla masticando y soplando; los altramuces en su honda taza de agua y sal; las chufas, arrugaditas como nudos; las pipas de girasol, que tienen el alma dulce; los molinillos de papel azul y verde y colorado y amarillo; las bolas de jugar al gua, que se hacen de barro, y de cristal, y de acero (estas son más caras pero jamás se rompen); los trompos y las peonzas que llegan a dormirse en la mano del niño jugador; las coloreadas estampitas de los ases del fútbol; los pitillos de anís, que rascan la garganta, y los garbanzos de pega, que estallan como fieros petardos. Carolo Vega, alias Triquiti, gobierna un mundo en el que se regala, de premio, la ilusión. Los niños son amigos de Carolo Vega, alias Triquiti, el ciego que vende porquerías en la plaza. Y reparte migas de pan a los gorriones. Y, cuando nadie lo ve, sonríe como un ángel de luz en sus tinieblas.

Al papel perdurable

... un tendero poeta decoró el pórtico de su tienda, paraíso de la orfebrería del papel de colores, con un rótulo de tierna entonación oriental y delicada caligrafía inglesa, donde se leía, como en las kasidas del tiempo de los Abenumeyas, nada menos que la esencia lírica de todos los comerciantes —desde Cartago a acá— del mundo entero. El rótulo en cuestión rezaba, casi con gallardía:

> AL PAPEL PERDURABLE

para aclarar más abajo, y ya casi con timidez:

> BANDERILLAS DE LUJO
> CORONAS MORTUORIAS
> ALAS PARA ÁNGELES

> «Elegía llena de nostalgia a las banderillas usadas»,
> en *Cajón de sastre*

Maturino Belmonte Guijarralejo, rizador de papel y banderillero del aire, soñaba con festivales taurinos de tronío, con rumbosas corridas en las que, echando la casa por la ventana, los palitroques fingiesen pagodas chinas, o favoritas de la corte del Rey Sol, o filigranas de oro y de marfil. Maturino Belmonte

Guijarralejo, domador del papel y funerario de capricho y fantasía, estaba deseando que se muriese un niño rico para tener ocasión de lucir sus artesanas y delicadas habilidades. Maturino Belmonte Guijarralejo, escultor del papel y sastre de ángeles, esperaba con ilusión el tiempo de las procesiones, los áureos trances en los que los niños pequeños y las niñas pequeñas de las mejores familias —con zapatos nuevos, cara de aburrimiento y un cirio en la diestra— recorrían las calles de la ciudad, vestidos de querubín, en largas filas indias y silenciosas. Maturino Belmonte Guijarralejo era el propietario de Al papel perdurable, tienda de ensueño donde al papel de color se le trataba con mimo de joyero.

—¿Tiene usted culots de punto?

—No, señora, eso es en la puerta de al lado. ¡Haga usted el favor de no confundirse!

—Perdone.

Maturino Belmonte Guijarralejo, de joven, hubiera querido ser prestidigitador o billarista, que son dos oficios de mucha precisión y muy airosos. Después, cuando se aficionó a las artes papeleras, olvidó sus juveniles inclinaciones y se sintió feliz, muy feliz.

—El papel de color es muy agradecido, señora; con el papel de color, si se sabe trabajar, se logran verdaderas maravillas. Mis rosas y mis dalias de papel son más bellas que las naturales, véalas usted misma, y mis varitas de nardo, señora, incluso exhalan un delicado perfume... ¡Huela usted! ¡Huela sin miedo!

Maturino Belmonte Guijarralejo —los ojos ensoñadoramente entornados— acariciaba, con gratitud y muy rendido amor, el papel que le daba de comer. Sépase que los maridos de las mujeres ricas no las tratan con mayor cortesanía ni empaque más galante.

—¿Tiene usted zotal?

—No, señora, eso es en la droguería, dos puertas más abajo.

—Dispense.

Maturino Belmonte Guijarralejo, aunque tenía mucha paciencia, se lamentaba de la incultura de las señoras que salían de compras.

—¿Cómo no verán que esta es una tienda de objetos de arte?

—Pues ya ve usted, Maturino, ¡descuidadas que son!

Maturino Belmonte Guijarralejo seguía célibe y sin compromiso porque aún no había entrado por la puerta una mujer que, mirándole cara a cara y sin recato alguno, le hubiera dicho:

—Buenas. Vengo a que me confeccione usted un traje de novia porque quiero casarme. No tengo novio, pero nada me importa; me han dicho que usted es un artista del papel rizado, un hombre que con el papel es capaz de hacer lo que quiere. Vengo a ver si es verdad.

Maturino Belmonte Guijarralejo, de haber oído lo que aún ninguna mujer le dijo, hasta hubiera ido de novio. Y con un nardo de papel en la solapa.

Don Culmacio

... El tal sujeto, hombre libertino y de malos sentimientos, en vida se llamó don Culmacio Talayuelas Pérez y por mal nombre Miranortes, porque andaba algo reparado de la vista desde los tiempos en que, siendo mozo, y ya de torcidas inclinaciones, le tiró una coz un muleto castellano al que quiso infernar poniéndole una irrigación de lejía.

—Era burro.

—Sí, señor, muy burro, de lo más burro que se conoció, y mire usted que ya lleva uno conocidos burros.

Judíos, moros y cristianos, cap. III,
«De Peñafiel a las puertas de Segovia»

Don Culmacio cazaba conejos con hurón y pajaritos con liga. Don Culmacio hacía trampas en el cané y pescaba truchas con explosivos. Don Culmacio sonreía al sargento de la Guardia Civil y repartía estopa y sacudía candela a los niños pobres, los gorgoteros y los gitanos.

—Son la hez, don Medardo, ¡son el desecho de la sociedad!

—Pero, hombre, don Culmacio —le argumentaba tímidamente don Medardo, el de la línea de autobuses—, ¿a usted qué le han hecho?

—Nada; a mí, nada. ¡Ay de ellos como se atrevieran ni a

mirarme! ¡Pero son la hez, y la escoria, y el detritus de la sociedad! ¡Duro con ellos!

Don Culmacio explicaba en el café que él era capaz de arreglar los problemas de España y del mundo entero de un plumazo.

—Como a mí me dejasen, la gente iba a andar más derecha que varas. Aquí lo que hay es mucha mangancia y muy poca disciplina. La gente cree que todo el monte es orégano y que vale todo. Bueno, pues lo que yo digo a la gente es que no: que ni todo el monte es orégano, ni vale todo. ¿Está claro?

—Sí, señor, la mar de claro.

Don Culmacio propendía a la holganza y a la dialéctica. Don Culmacio también tenía apego, mucho apego, a la mugre. Don Culmacio se afeitaba los sábados, se humedecía los pies cuando cambiaba la luna, se remojaba el cogote en los equinoccios y en los solsticios, y no se lavaba los dientes jamás.

—Lo que yo le digo es que en eso de la higiene hay mucho cuento. Nuestros mayores no se lavaban, ni poco ni mucho, y ya ve usted: descubrieron América y triunfaron en Lepanto.

—Hombre... ¡a pesar de eso!

—¡Ni a pesar de eso, ni cascaras! —rugía don Culmacio—. ¡Lo que yo le digo es que en eso de la higiene hay mucha fantasía! ¿Está claro?

—Hombre, sí; claro, lo que se dice claro, sí que está... Yo, en eso de la higiene, ni entro ni salgo, sépalo usted.

—¡Más le vale!

Don Culmacio tenía pálido el semblante y pitoñoso el mirar. Don Culmacio gastaba cabeza pequeña y barriga en forma de pera, puesta al revés. Don Culmacio, los domingos y fiestas de guardar, lucía un terno color café clarito, muy elegante, y gorra de visera a juego. Don Culmacio era dueño, lo menos, de tres bufandas. Don Culmacio usaba garrota de nudos.

—¿Para defenderse de los perros?

—No, hijo, para defenderme de los semejantes.

Don Culmacio, recortando su silueta contra los soportales de la plaza, componía una figura, entre miedosa y asquerosa, muy ejemplar. Cuando don Culmacio se vino del tejado abajo y se hizo puré contra las losas del corral, por el pueblo corrió como una fresca brisa de esperanza.

Una señora con triple papada

Doña Ramona, la dueña del café-fonda La Mercantil, que en tiempos de su padre se llamó La Perla de las Antillas, y en el de su abuelo El Triste Venado, tuvo un éxito muy grande organizando su carrera ciclista para neófitos.

—A las cosas —decía—, lo que hay que buscarles es aplicación. De nada nos vale tener lo que sea si no lo aplicamos. Un capitalazo como una casa, si es improductivo, es como un jardín sin flores.

—Anda, ¡pues es verdad! —le contestaba don Ildefonso, el escribiente del juzgado, que era algo memo—. Yo, en eso, no había caído.

«Carrera ciclista para neófitos»,
en *El gallego y su cuadrilla*

Por el pueblo estaba muy extendida la idea de que doña Ramona, calificada con piedad, era una mula de varas, una mula puntera y mañosa a la que siempre resultaba peligroso acercarse. Hay señoras que, ¡válganos Dios!, parece que llevan un topo corriéndoles por los caminos del alma.

Doña Ramona era viuda desde hacía ya muchos años: tantos como habían pasado desde la boda, menos mes y medio. Su marido, el Honorio-Gereón de Pablos, volvió tocado de ala de la luna de miel y ya no levantó cabeza. A su marido, el mismo día de la boda, los compañeros le auguraron que iba a durar poco.

—Ahora ya no tiene arreglo pero, con esta tía, como no te defiendas, vas a durar poco, ya verás.

—Hombre, no seáis así, no gafarme.

—No, si nosotros no te gafamos. Para que revientes al lado de la Ramona no es preciso gafarte. ¡Parece mentira que no te des cuenta de lo burra que es la Ramona!

El Honorio-Gereón de Pablos hubiera querido ser un hombre enérgico. Y no para emplear su energía con la Ramona, a la que tenía tanto cariño como miedo, sino para usarla con sus amigos, que eran unos deslenguados y unos entrometidos, unos metomentodo que se estaban metiendo en todo constantemente.

—¡A ver si habláis con más respeto de mi señora! Que es un poco burra, ya lo sé. Pero debéis comprender que es mi señora...

(Por detrás de las nubes sonó una misteriosa voz:

—Pronto será tu viuda...).

Honorio-Gereón de Pablos hizo como que no oía.

—... la compañera de mi existencia...

(la voz en off, como un eco de choteo, volvió a oírse:

—¡Ya, ya...!).

Honorio-Gereón de Pablos disimuló.

—... la futura madre de mis hijos.

(¿Por qué, a veces, se escucha, clara como el cristal, la voz de las fantasmas?

—¡Anda, que como no te des prisa!).

Honorio-Gereón de Pablos prefirió tomar una aspirina.

—Ramona.

—Qué.

—¿Me das una aspirina?

—Pues, hijo, ¡qué señorito has salido! ¿Por qué no la coges tú?

Doña Ramona, cuando el Honorio-Gereón abandonó el mundo de los vivos, se vistió de morado.

—Como me duró tan poco, ¿para qué me voy a poner de negro?

—¡Claro! ¡Si hubiera durado algo más!

Doña Ramona no suspiraba con el pecho sino con la papada. Las señoras que suspiran con la papada y no con el pecho suelen ser muy peligrosas y violentas. Doña Ramona, como tenía triple papada, además de peligrosa y violenta, era forzuda y bigotuda, desabrida y sucia. A veces, para hablar de una señora, se dice: «Es un ángel, Fulanita es talmente como un ángel». Pues bien: para referirse a doña Ramona hubiera quedado un tanto fuera de lugar el haber dicho: «Es un ángel, doña Ramona es talmente como un ángel». El lenguaje tiene ciertas admisibles licencias de expresión, pero todo tiene su límite y su frontera. Doña Ramona no era un ángel. Doña Ramona era más bien una mula parda. La más generosa palabra que pudiera caer sobre doña Ramona sería —sin duda— aquella que jamás llega a pronunciarse. Guardemos un caritativo silencio.

El señor Villarejo, niño repugnante

Esos niños repugnantes que, después, de mayores son gordos y blancos, sonreían con la sonrisa de ganar puntos de conducta. El señor profesor, animado por su éxito, por ese éxito en el que no debiera dudar, ya que jamás le falla, sigue en su invectiva.

—¡Y un fonógrafo también! ¡Eso, un fonógrafo!

Los niños de los puntos de conducta ríen ahora a carcajadas. A la salida, empezarán a decir que si tal y que si cual y que si patatín, que si patatán. ¡Así es la vida!

«La doma del niño»,
en *Nuevo retablo de don Cristobita*

Uno de los niños repugnantes se llamaba Romualdo Villarejo; el maestro le decía el señor Villarejo.

—Señor Villarejo.

—Servidor de usted.

—Recítenos el tema de hoy.

El señor Villarejo, con su voz de pardillo cobista, empezaba con eso de los Pirineos que la separan de Francia, y al este el mar Mediterráneo, etc. El señor Villarejo era gordito y sonrosado. El señor Villarejo vestía traje de marinero y peinaba tirabuzones rubios. El señor Villarejo llevaba chocolatinas de merienda en vez de llevar un bocadillo de tortilla como todo el mundo. El señor Villarejo corría estilo niña, que siempre hace tan ridículo. El señor Villarejo era llorón y escandaloso, blandengue y de mantequilla de Soria. El señor Villarejo no jugaba al fútbol, en el recreo, para que no se le manchasen los zapatos. El señor Villarejo tenía poco equilibrio y, en cuanto lo empujaban, se iba al suelo de hocicos y se ponía hecho un asco. El señor Villarejo era muy aplicado y acusica. El maestro estaba siempre poniendo de ejemplo al señor Villarejo.

—Deberían ustedes aprender del señor Villarejo, en todo instante tan respetuoso y aplicado.

Los días en que el maestro sacaba a relucir de ejemplo al señor Villarejo, los compañeros lo esperaban a la salida y lo breaban a tortas. Hubo semanas en las que el señor Villarejo, a fuerza de portarse bien, salía casi a tunda diaria. El señor Ortiz, que era bizco y llevaba la cabeza pelada al rape, le tenía al señor Villarejo un especial asco, un odio africano. Al señor Villarejo, cuando el señor Ortiz se le arrimaba, se le abrían las carnes. Entonces el señor Villarejo, con su mejor sonrisa de liebre pintándosele en el semblante, se pegaba al maestro —por si acaso— y procuraba estarse quietecito, como pidiendo clemencia.

—Señor Villarejo, ¿no juega usted con sus condiscípulos a los juegos propios de su edad?

—No, señor maestro; si usted me lo permite, un servidor prefiere gozar de su aleccionadora y formativa compañía.

El señor maestro, que era un poco pavo, se hinchaba como un pavo.

—¡Usted será un hombre de provecho, mi joven amigo! ¡Suyo es el mañana!

El señor Ortiz, desde un rincón del patio y mientras el señor Villarejo hacía esfuerzos por imaginarse el áureo porvenir, lo contemplaba con el acerado y preocupador mirar del odio.

—¡Ya te cogeré a la salida, ya! —murmuraba el señor Ortiz—. ¡Hoy no te libra ni tu padre!

El señor Ortiz era de los últimos de la clase. El señor Ortiz no tenía pelo de tonto, aunque era más vago que la chaqueta de un guardia. El señor Ortiz era delgado pero fuerte, y valeroso, y pegón. El señor Ortiz daba mala vida, muy mala vida, al señor Villarejo. El señor Ortiz tenía alma de piel roja. El señor Ortiz obligaba a sus compañeros a llamarle Buitre vengador; el que se resistía, cobraba. Buitre vengador, que había enterrado la pipa de la paz, se juró a sí mismo no darse un punto de sosiego hasta después de haberle escalpado la blonda cabellera al señor Villarejo.

El mucho rascar escuece

Conradito se rasca con tres técnicas diferentes: a contrapelo, a contramano y a la contra. Conradito llegó a mozo pero no cazó el lebrón con el lebrel. Conradito, un año que la nieve no vino a su ser, se papó un frío que a poco más lo seca. La lechigada de los lebratillos celebró el suceso, según decía Conradito, disparando cohetes de dos clases: de estampido y de resplandor. Conradito es tonto apañacolillas. Los tontos apañacolillas babean marrón, amargo y tibio, como castañiaguado, cerrero y no más que templadete suele ser, ¡vaya por Dios!, el caldibaldo corito de las misericordias, la gallofa sin sal de la cautelosa y yerma providencia.

Historias de España, «Los tontos», 6,
«Conrado Galiana, Conradito»

Don Teonás Paradís, que era de origen francés, se jugaba al dominó hasta dos duros o tres.
—Oiga usted, que eso parece como si cayese en verso.
—No me interrumpa, por favor, y déjeme continuar.
—Dispense.
—Cuando le dio el paralís y se quedó del revés, don Teonás se asustó de la cabeza a los pies.
—Usted me perdonará, pero yo me niego a seguir escuchándole.

—Como guste.

Don Fermín y don Lucio se dieron la espalda y aquí paz y después gloria.

—Buenas tardes.

—Adiós, buenas tardes.

El que se pica ajos come, y al que le pique, que se rasque: esa es la ley. Y allá cada cual con su conciencia, porque, en el comer y el rascar y el hablar, todo es empezar. Los contribuyentes que andan en picor suelen ser partidarios de hablar por refranes. Esto de hablar por refranes, amén de ser muy socorrido, une mucho.

—Y usted, ¿cómo se rasca?

—Yo como puedo, ¿y usted?

Ha habido tiempos en los que la humanidad, volviendo la espalda a las antiguas culturas, olvidó las delicadas artes del rascarse. Fueron épocas aciagas para el hombre, años de los que las historias no guardan buen recuerdo.

—Pues mire usted: yo me rasco como me dejan, de eso no hago cuestión de gabinete.

Conrado Galiana, alias Conradito, era tonto apañacolillas.

—¿Pica?

—¡El qué...!

—La colilla.

—No, señor.

Don Fermín Sástago, a pesar de que hablaba en verso, era muy buena persona. También lo era don Lucio Greñén Greñén, aunque tenía horror al consonante. Aquello de aquí paz y después gloria, en el caso de don Fermín y don Lucio, no regía sino durante plazos muy acelerados y prudenciales.

—Para rascarse, andan los burros a buscarse.

—¿Lo dice usted por mí?

—No, señor; yo no lo digo por nadie.

—¡Ah!

Don Fermín Sástago coleccionaba fajas de cigarros habanos. Don Lucio Greñén Greñén, cada vez que se fumaba un puro, le despegaba la faja muy cuidadosamente para dársela a don Fermín.

—Don Fermín.

—Qué.

—Le traigo una faja de puro.

—Bueno, póngala por ahí.

Don Fermín Sástago era muy picajoso, muy chinche y susceptible. Don Lucio Greñén Greñén, en cambio, era más, ¿cómo decirlo?, más sencillo, más a la pata la llana. Don Fermín Sástago era tío de Conrado Galiana, Conradito, el mozo que sabía rascarse con tres técnicas diferentes: a contrapelo, a contramano y a la contra.

—¡Greñén!

—Mándeme, don Fermín.

—¿Ha visto usted pasar al Conradito?

—No, señor, no me he fijado.

Don Fermín Sástago y don Lucio Greñén Greñén son los dos muy habladores; algunos días no hay forma de hacerlos callar. Don Fermín Sástago tiende al verso; es algo de lo que no puede ni tampoco quiere privarse. A don Lucio Greñén Greñén se le da mejor la prosa. En la tertulia hay dos bandos con opiniones encontradas, con puntos de vista nada fáciles de conciliar. A la tertulia suele asistir un viejecito que se llama don Zaqueo León y que se pasa toda la noche rascándose. Don Zaqueo León, de vez en cuando, golpea el suelo con el paraguas, para que todos se callen, y sentencia:

—Palabras y más palabras... ¿Y para qué? Señores: recuerden que el mucho hablar enronquece, igual que el mucho rascar escuece.

A don Zaqueo León no le hacen ni caso. La gente suele temer más al silencio que a la ronquera, más al picor que al escozor.

Pedrito y Santiaguito

—Y estos dos mocitos relativamente repugnantes, amigo gentil, repugnantes aunque no de una manera fatal e insubsanable, que ahí puede usted ver retratados ante un fiero y embravecido mar, son mis primos Pedrito y Santiaguito, que murieron jóvenes, atropellados por un mercancías poco antes de llegar a la estación de La Esclavitud, cerca de donde yo nací, cuando se entretenían en atar estorninos a la vía para ver cómo el tren los hacía puré. Aunque de buena familia, tenían malas inclinaciones y les gustaba ver matar pollos y escuchar cocer langostas. Nadie en mi casa confía en que hayan podido salvarse.

«Una vieja foto con dos mocitos relativamente
repugnantes», en *Cajón de sastre*

Pedrito y Santiaguito no eran hermanos. Pedrito y Santiaguito eran primos entre sí, como el 7 y el 5. Pedrito y Santiaguito tenían la misma edad, más o menos. Pedrito y Santiaguito crecieron y se criaron siempre juntos, como lobeznos de la misma camada. Pedrito y Santiaguito no sabían nadar pero sí, en cambio, hacer el muerto. Pedrito y Santiaguito trepaban a los árboles con mucha agilidad. Santiaguito, como era más gordo que Pedrito, tardaba algo más. Pedrito y Santiaguito no estaban demasiado bien educados y los domingos, como los vestían de manera muy ridícula, se les notaba aún más. Pedrito y

Santiaguito, de mayores, querían ser guardias municipales. Cuando eran más pequeños decían «monisipales», raro sonido que era muy celebrado por sus familias. Que un niño de tres años diga «monisipal» no es malo, es corriente. Lo desgarrador —aunque también corriente— es que las familias lo encuentren muy ingenioso y meritorio y se lo vayan contando a todo el mundo.

—Mi Pedrito, no es porque sea mío, cuando dice «monisipal» está para comérselo.

La vida se apoya en una serie de convenciones, cada vez más mohosas y oxidadas, que la gente respeta porque no quiere meterse en líos.

—Mi Santiaguito, no es porque yo lo diga, cuando dice «monisipal» está para comérselo.

—Oiga, señora, ¿y por qué no se lo come usted y nos deja en paz?

Ni la mamá de Pedrito ni la de Santiaguito escucharon jamás tan sabias palabras y, claro es, se confiaron y siguieron abusando.

—Usted se creerá que es pasión de madre, pero yo le aseguro que mi Pedrito, etc.

Pedrito y Santiaguito cazaban estorninos con maestría y con verdadera aplicación. Pedrito y Santiaguito los atrapaban vivos y después los ponían en la vía del tren, para divertirse viendo cómo el tren los guillotinaba. Pedrito y Santiaguito eran dos malvados, dos hienas sin corazón y sin entrañas. Pedrito y Santiaguito, cuando el tren pasaba decapitando estorninos, se reían a carcajadas con la siniestra risa que delataba las conciencias culpables.

—¡Míralos, míralos! ¡Qué tío! ¡Qué velocidad!

Pedrito y Santiaguito —¡y pensar que el señor maestro se ponía tan pesado con aquello de que quien a hierro mata a hierro muere!— murieron atropellados por el tren. Los mercancías son muy traidores y pasan sin avisar y cuando quieren, como si fueran los dueños del mundo. A Pedrito y a Santiaguito los hizo jalea un tren de mercancías que pasó a destiempo, un tren de mercancías —la locomotora y veintiséis vagones— que pasó sin darles ni tiempo de echarse a un lado.

Cuando enterraron a Pedrito y a Santiaguito, una inmensa bandada de estorninos, raramente en silencio, pintó de luto el poderoso sol del mediodía.

El director de la famosa compañía de variedades Aromas Hispanos e Hispanoamericanos

El vagabundo está alegre y en su corazón, como en la tripa de los organillos, se aprietan los jaraneros compases que saltan, tintineando su tintirintín, no más se les anima. Con su mala voz y su peor oído, el vagabundo, apoyándose en su buena voluntad y en su mejor deseo, canta a grito pelado aquello tan hermoso de «Verde como el trigo verde y el verde, verde limón» que le pegara, como quien pega ladillas, una novia que tuvo que se llamaba Benita Renera, Flor de Carmona, natural de Ludiente, provincia de Castellón de la Plana, que trabajaba de figuranta en la famosa compañía de variedades Aromas Hispanos e Hispanoamericanos. La alimaña del monte se agazapó, cauta y precavida, ante el mañanero rugir del vagabundo.

Primer viaje andaluz, capitulillo 12,
«Las siete primeras leguas andaluzas»

El director de la famosa compañía de variedades Aromas Hispanos e Hispanoamericanos no tenía más que un diente, pero de oro.

—¡De lo bueno, poco!

—Si usted lo dice...

El director de la famosa compañía de variedades Aromas Hispanos e Hispanoamericanos se llamaba don Trifón Garbayuela y era cartagenero.

—Aviso a los navegantes: el que se encuentre un duro que dé parte a la superioridad.

—¿Es que ha perdido usted un duro, don Trifón?

—No, hija; pero aquí, recuérdalo siempre, conviene mantener la disciplina. Yo no soy partidario de las cajas autónomas.

El director de la famosa compañía de variedades Aromas Hispanos e Hispanoamericanos era muy paternal con las artistas.

—Mira, Maruja, tú sabes bien que yo para vosotras soy como un padre, igual que un padre.

La Maruja Almarcha, que era la segunda vedette, se las sabía todas.

—Bueno, don Trifón, muy agradecida, pero una, ¿qué quiere usted?, prefiere que le paguen al contado.

—¿Y tú cómo adivinaste que no te iba a pagar al contado?

—Pues ya lo ve, don Trifón... ¡Lista que es una!

El director de la famosa compañía de variedades Aromas Hispanos e Hispanoamericanos llevaba la recaudación en la faja.

—¿Es que no tiene usted confianza en el personal?

—No es por eso, es para ver si cría.

—¿Y si le dan a usted un golpe?

El director de la famosa compañía de variedades Aromas Hispanos e Hispanoamericanos ensayó su mejor gesto de desprecio.

—¿A mí?

La Maruja Almarcha, a veces, era muy descarada.

—Sí, a usted. ¿Por qué no?

Al director de la famosa compañía de variedades Aromas Hispanos e Hispanoamericanos se le posó un torvo cuervo en la voz.

—Pues porque no ha nacido en toda España quien se me arrime, ¿te enteras? Y, si alguien no me cree, ¡que pruebe!

La Maruja Almarcha tuvo que hacer verdaderos esfuerzos para no enamorarse de don Trifón Garbayuela, el director de la famosa compañía de variedades Aromas Hispanos e Hispanoamericanos.

—¿Quiere usted mirar para otro lado, don Trifón?

—¡Témplate, cordera, y tengamos la fiesta en paz! Anda, toma seis reales para un vermú.

La Maruja Almarcha protegía mucho a la Benita Renera, Flor de Carmona, que por entonces era ya algo novia del vagabundo.

—El don Trifón es un asqueroso que se come el pan de los pobres, bien lo sé, ¡pero qué dominio, Benita! Si el don Trifón llega a tener escuela, se hubiera comido el mundo. ¡Qué manera de mirar, Benita!

—Pues, anda, hija, que no sé lo que habrás visto en ese carcamal...

La Maruja Almarcha saltó como si la hubieran pinchado.

—¡Tú eres la que menos puedes hablar! ¡Todas sabemos que andas medio enamorada de ese tío de las barbas, que no es más que un vagabundo al que acabarán prendiendo los civiles! ¡A ti más te vale estar callada!

La señorita Carolina Coronado

El viajero se mete en la fonda, a comer. Antes se da un baño de pies, un baño de agua caliente con sal, que le deja como nuevo. En el comedor están una señorita de pueblo y su mamá.
—Buenos días, que aproveche.
—Buenos días tenga usted. ¿Usted gusta?
La señorita bebe vino blanco y toma tricalcine. Es una chica pálida, con las manos bien dibujadas y el pelo castaño, peinado en ricitos que le caen sobre la frente. De cuando en cuando, tose un poco.
En las paredes del comedor hay un reloj de pesas, un canario que se llama Mauricio, metido en su jaula de alambre dorado, y tres cromos de colores violentos, chillones, con marco de metal. Un cuadro representa el cuadro de *Las lanzas*; otro, *Los borrachos*, y otro *La Sagrada Familia del pajarito*.

Viaje a la Alcarria, cap. IV, «Brihuega»

La señorita que se quedó en el comedor de la fonda de Brihuega se llama Carolina Coronado. Algunos jóvenes cultos, algunos jóvenes que estudian magisterio o filosofía y letras, se le acercan, a veces, para presumir de estar al corriente en eso de la literatura.
—¿Tiene usted algo que ver, señorita, con la famosa escritora del mismo nombre y apellidos?

La señorita Carolina Coronado suele responder:

—No; ya me lo han preguntado otras veces pero, que yo sepa, no me toca nada.

La señorita Carolina Coronado es natural de Atienza. Su padre, don Esteban Coronado, ya fallecido, había sido médico forense en Atienza. La madre de la señorita Carolina Coronado, doña Carolina Argañoso, viuda de Coronado, es de Villafranca de los Caballeros, en la provincia de Toledo. Doña Carolina tiene lo que se llama un mediano pasar. Doña Carolina y su hija no pueden echar coche pero viven de lo suyo y sin tener que bailar el agua a los parientes. Doña Carolina heredó de un tío cura una finca en Madridejos, que todos los años le dejaba sus buenos cuartos en azafrán. En Atienza, doña Carolina tiene dos casas, una de ellas de tres pisos, un almacén y un garaje. Don Esteban había sido un hombre ejemplar, muy trabajador y económico.

La señorita Carolina Coronado es hija única y, para lo que hay, un buen partido. La señorita Carolina Coronado no tiene amores. La señorita Carolina Coronado fue novia de un teniente de aviación que se mató en Alcalá de Henares. La señorita Carolina Coronado se puso muy enferma del disgusto y una mañana tuvo un vómito de sangre. Su madre la llevó a un médico de Madrid que había sido amigo de su marido y la señorita Carolina Coronado, poco a poco, fue poniéndose mejor.

—¿Y podrá ponerse bien del todo, y casarse, y tener hijos?

—Sí, señora. Pero conviene esperar una temporadita, a que le cicatricen en firme las lesiones.

La señorita Carolina Coronado, aunque no lo dice, se acuerda constantemente de su novio y por las noches, al irse a dormir, suelen escapársele unas lágrimas. Doña Carolina procura distraerla, pero no siempre lo consigue.

—Por el verano iremos a Alicante, que es muy bonito.

—¿Para qué, si no me puedo bañar?

—Bueno, hija mía, yo tampoco me baño... Hay mucha gente que no se baña y, sin embargo, se va por los veranos a la costa. ¿No te gustaría pasar un mes en Alicante?

—Si tú quieres...

A doña Carolina le gustaría que su hija tuviera entusiasmo por las cosas, se echara un novio, se le antojara un vestido. Doña Carolina quisiera ver sonreír a su hija, quisiera quitarle del mirar el velo de apagada tristeza que le restaba juventud.

Pelayo Tenebrón, poeta antiguo

En una mesa cualquiera, unos señores vestidos que ni fu ni fa hablan de poesía.

—Lo siento, pero no te puedo dejar tres duros. ¿Quieres uno?
—¡Venga!

Al señor que acaba de pescar un duro por el procedimiento del arrastre le deben una fortuna, una verdadera fortuna, de premios en los Juegos Florales. El señor que acaba de cazar un duro con liga es hombre de mucho crédito.

—¿Habéis cobrado en La Coruña?
—¡Ay, La Coruña, punto de veraneo! ¡La ciudad sonrisa!

Se desliza sobre el mármol de las mesas, rozando el techo y huyendo por la puerta de la cocina, un ángel torpón y fugitivo, un pausado ángel de silencio.

Café de Artistas, cap. X

Ahora los poetas hacen una instancia y les dan dinero. Antes, no; antes los poetas hacían sonetos y romances y loas y no les daban ni una perra. La poesía seguirá igual, claro es, porque a la poesía no hay quien la mate, pero la prosa administrativa, en cambio, ganará mucho. Pelayo Tenebrón era un poeta de los antiguos, de los que eran catedráticos de instituto, como Antonio Machado, o empleados del ayuntamiento, como Paul Valéry, y de paso hacían versos, que tampoco les salían nada mal.

Pelayo Tenebrón no era un poeta tan importante como Machado o como Valéry pero su intención era buena y su conducta rezumaba dignidad y buen sentido.

—No; yo no echo instancias. El que quiera darme un duro que me lo dé; algún día podré corresponderle. Pero yo no echo instancia. Los poetas tenemos un arma invencible: nuestra capacidad para pasar hambre. ¡Que se repartan los cuartos los demás! Yo nada necesito...

La moral de los poetas no tiene por qué coincidir con la moral de los contribuyentes. Este es un eterno principio que Pelayo Tenebrón se sabe muy bien sabido. Un poeta puede pedir un duro —o veinte duros— y no devolverlo jamás; un poeta puede irse sin pagar la fonda, y deber cien cafés en el café —¡mientras le fíen!—, y llevar el mismo traje durante quince años, y vivir a salto de mata. La sociedad exige al poeta que haga poesía y, a cambio, le permite ciertas licencias que lo reconfortan. El poeta puede usarlas o no, ¡allá él! Hubo poetas que las renunciaron y vivieron muy ordenadamente, eso va en gustos. Lo que no puede hacer el poeta, licencioso o no, es pactar con la sociedad y echar instancias. Para eso están los funcionarios, a quienes nadie pide que hagan poesías. Pelayo Tenebrón, a veces, pasaba más hambres que Carracuca.

—Es mal oficio este que he elegido —solía decir—, pero no cambio. La poesía obliga a muchos sacrificios y hay que llevarlos con cierta dignidad.

—Pues, hombre, ¡no sé! Yo creo que lo primero es llenar la panza.

—No, amigo mío, usted perdone: para un poeta, lo primero es la poesía..., todo lo demás —llenar la panza, pagar a la patrona, no vivir del sable, lo que usted quiera— viene a continuación, *ex aequo* como en las carreras de bicicletas.

—¿Y echar instancias?

A Pelayo Tenebrón se le puso la carita triste.

—Eso, a un poeta, es algo que su propia conciencia no debe permitirle hacer jamás. ¡Parece mentira que usted no lo sepa!

Pelayo Tenebrón tenía puntos de vista de poeta antiguo. Sus versos eran muy modernos, de lo más moderno que había, pero su manera de ser no estaba acorde con los tiempos.

—Usted perdone, pero yo, ¡qué quiere!, no echo instancia. Me niego a vivir de las sobras de quienes no quieren leernos...

El soñador

Las botellas más bonitas de España son las de anís, con el cristal purísimo y su etiqueta de vivos colores con un torero, o una aldeana, o una flor, o un mono, o un gallo pintados, muy parecidos. En los anaqueles de los establecimientos del ramo, las botellas de anís, dando codo con codo, semejan la valerosa y opípara guerrilla de la abundancia, la denodada hueste del rumbo y ¡viva la vida!
....

El vagabundo, en casa Espejo, vinos y licores, se hubiera estado toda la vida.

Primer viaje andaluz, capitulillo 17,
«Despedida en Palma del Río»

Mire usted, ¡dejémonos de gaitas! Diga usted que soy pobre pero, anda, ¡que si fuera rico! Si fuera rico y no tuviera que dedicarme a la caza del real, pájaro que para mí está siempre en veda, me haría una casa y en vez de construirla de ladrillos, como todo el mundo, o de adobes, o de esos materiales modernos que ahora se emplean tanto, mandaría que la levantasen de botellas de anís, bien pegadas las unas a las otras para evitar que el viento se pudiera colar. ¡Hay que ver la cantidad de cosas que se pueden hacer con el dinero! Si yo tuviera posibles, me haría una casa de botellas de anís, ya le digo, dejando los tapones para afuera, para que el caminante que quisiera echarse un traguito no tuviera más que descorchar y chupar. ¿Usted se imagina qué bendición de Dios? En mi país, al hombre que va de camino se le permite comer la fruta que su cuerpo aguante. En mi casa de botellas de anís, todos tendrían derecho a calentarse las calamidades con el material. ¡No me explico cómo a los ricos no se les ocurre! A mí me parece que los ricos suelen ser gentes que no discurren demasiado... ¡Allá ellos! Mi mujer me dice que por el verano se pondría todo perdido de moscas. Bueno, ¿y qué? Mi mujer está siempre buscándole los tres pies al gato a todo lo que yo digo. Mi mujer es muy testaruda y quiere tener siempre la razón. Pero nada le reprocho, se lo juro, porque en el fondo lo que le pasa es que no discurre. Es buena, eso sí, pero discurre poco... Como le iba diciendo: en mi casa de botellas de anís, las botellas estarían llenas y, cuando una se vaciase, se cambiaba por otra y en paz. Eso, para un buen maestro de obras, no debe de ser difícil. Con las botellas vacías haría grandes pirámides en la costa, para que el sol se hartara de mirarse en ellas como en un espejo. ¿Usted se da cuenta de qué espectáculo de reyes? En las galernas, los marineros se orientarían por el brillo porque las botellas de anís —cosa que muy pocos sabemos— son capaces de guardar la luz del sol durante años enteros, casi durante siglos enteros...

El orador se llamaba Sixto Ayora —que hubiera sido un buen nombre de barítono— y vivía de la caridad de los hombres y de la infinita misericordia de Dios. Sixto Ayora, como era canijo y desmedrado, tenía dorados sueños de grandeza. Esto es algo frecuente entre chisgarabís, algo que siempre ocurre. En Palma del Río, que es villa de muy abiertas y liberales inclinaciones, la gente quería bien a Sixto Ayora, el soñador, y le daba de comer, para que se mantuviese, y de beber anís, para que se alegrase y pudiera seguir imaginando sus imaginaciones.

—Diga usted que soy pobre pero, anda, ¡que si fuera rico!

Sixto Ayora, que según todos los síntomas parecía pobre de solemnidad, probablemente era uno de los hombres más ricos de España.

El fantasma muerto

Por el monte Garroza, en Muñogalindo, se apareció una vez un fantasma que espantaba al ganado, perseguía a las mozas y se llegaba, en la noche oscura, hasta la huerta, a robar los tomates. Le dieron varias batidas pero no lo pudieron coger, ni vivo ni muerto. Hay quien dice si no sería un chusco, medio lelo, que se llamaba Martín Domínguez y que mataba los lobos a cintarazos: un pastor de Muñana que no obedecía a su padre y que criaba pelo hasta en la palma de la mano. La verdad nunca se llegó a saber.

Judíos, moros y cristianos, cap. VI,
«Del sacro Tormes, dulce y claro río»

No; no fue así. La verdad, andando el tiempo, se enseñó: amarga, como suele serlo, y manchada de sangre a la que la nieve, despintándola de color de rosa, restaba crueldad. La verdad se supo, al final y a los varios años de haber pasado el vagabundo por el valle de Amblés, cuando una mañana apareció el fantasma, con los espantados ojos abiertos y aún la colilla en la boca, muerto —como un cordero— por los lobos. El señor juez, que no había levantado nunca el cadáver de un fantasma, estaba deseando terminar.

—¿Nos vamos?
—Sí, vámonos.

El fantasma muerto, amortajado en su propia sábana de los sustos que terminaron con el desplante cruel del lobo que no creía en fantasmas, ni vivos, ni muertos, rindió viaje —desarbolado jinete a lomos del mulo de labranza— en la choza a la que en la pomposa lengua administrativa llamaban depósito judicial.

¡Ay, triste Martín Domínguez, mozo babieca que quiso jugar al santo mocarro con el lobo! ¡Qué largas, ya siempre para ti, las alobadas noches del invierno! ¡Pobre Martín Domínguez, garzón bambarria que marró el cintarazo despenador, el golpe que tan solo le falló una vez: la misma vez que el lobo, ese bandolero, le hizo fallar de golpe el corazón!

Sobre el monte Garroza volaron, pasados de pavor, los fantasmas de Castilla a los que el luto disfraza de cuervos comemuertos. ¡Ay, infeliz Martín Domínguez, el quinto que libró de quintas, muerto en el monte, como el conejo, mientras soñaba con meterle el resuello en el cuerpo al sacristán, al herrador y al lobo! ¡Qué en sosiego, ya para ti para siempre jamás, las singladuras que los lobos no alcanzan!

Por Muñana corrió un escalofrío de vergüenza cuando los hombres, al mirarse en el espejo de la barbería, se dieron cuenta de que no fueron ellos, que fue el lobo, quien acabó con el fantasma. Mientras las campanas de Muñana doblaban a muerto, por el monte se escuchó la atroz fusilería de los alimañeros. Los hombres de Muñana, que adivinaron que el lobo no mata a los fantasmas sino a los hombres que se guarecen —diríase que con miedo al pellejo que visten— en el pellejo de los fantasmas, se echaron al monte, por matar al lobo, y volvieron con el lobo muerto, e igual que Martín Domínguez, el hombre que había perdido la pelea, atravesado sobre un mulo de arar. Martín Domínguez, desde el templado limbo de los mamacallos, les sonrió con una inmensa y confusa gratitud.

Rosita

En un rincón de la cocina se ve una tinilla de barro, para hacer lejía. Macizos cucharones y pucheros de cobre adornan las paredes. En un ángulo se ve el anuncio de una pana sobre los colores nacionales y un ¡Viva España! Agachada ante el hogar, una mujer joven, bellísima, con una niña ya mayorcita en brazos, prepara su comida. La niña se llama Rosita.
 La mujer de la posada se ha sentado en una banqueta baja, de madera, y habla con el viajero.
 —¿Es usted viajante?
 —No, señora.
 —¿Es usted cómico, como se suele decir?

Viaje a la Alcarria, cap. VII,
«Del Tajo al arroyo de la Soledad»

Cuando Rosita cumplió los doce años se fue a servir a Madrid. Rosita era bella, como su madre, y tenía el mirar fiero y misterioso, la boca dibujada con mucho primor, las piernas largas y ágiles y la figura esbelta y de muy graciosas proporciones.
 —¿De qué color era el pelo de Rosita?
 —El pelo de Rosita era de color de miel montuna, brillador y dorado como las guedejas de la miel del monte.

Cuando Rosita cumplió los doce años, se miró al espejo, para ver cómo era, pero no vio nada. El espejo de casa de Rosita era anciano y francés, como su bisabuela, y el tiempo le había restado ya —a fuerza de lamerle cautelosamente el azogue— la voluntad de devolver sonrisas.

—¡También es lástima!

—Sí, ¡pero qué le vamos a hacer!

Cuando Rosita cumplió los doce años, su madre le dio los doce duros que tenía ahorrados, para el viaje.

—Te sobra, lo menos, la mitad. Ten cuidado con los otros seis duros, yo no podré mandártelos otra vez.

—Descuide usted, madre.

Cuando Rosita, recién cumplidos los doce años, llegó a Madrid, pensó que la ciudad era el paraíso. Los campesinos, a veces, al llegar a la ciudad, crían pensamientos muy ingenuos, dan pábulo a figuraciones muy engañosas y traidoras.

—¡Qué grande es esto!

—Sí. Aquí el que no prospera es porque no quiere.

—¿Tú crees?

—¡Vaya si lo creo!

Rosita, en Madrid, se hizo amiga de una muchacha de la vecindad, algo mayor que ella, que tenía la cabeza poblada de triunfadores sueños, de áureos y fantásticos proyectos.

—Mira. Aquí lo que hay que hacer es salir a pasear los domingos y tener paciencia. Donde menos se piensa, salta la liebre.

—Sí, ¡puede ser!

Rosita, los domingos, paseaba por el Retiro, por el paseo del Estanque que, cuando viene la primavera y el tiempo sienta, suele estar muy animado. La amiga de Rosita no quería hacerse novia de los quintos, no quería casarse con un albañil o con un herrero.

—No; yo prefiero esperar. Ya sé que hay que pasar calamidades pero, cuanto más tiempo tarden, mejor.

La amiga de Rosita, a veces, gasta una voz triste, muy señora y melodiosa.

—Y si no llegan nunca o si vienen vestidos de seda..., ¡pues mira: con eso nos encontramos! Si no llegan nunca o si vienen vestidos de seda, mejor aún.

La amiga de Rosita se llamaba Fina y tenía planta de artista.

—Lo que yo te digo es que hay que ahorrar para un par de trajes elegantes. De aquí a que tengamos veinte años pueden pasar muchas cosas...

Rosita y su amiga, como eran jóvenes, muy jóvenes, soñaban con los frutos del tiempo. El calendario es una complaciente margarita que se deshoja en hojas impares, en hojas que jamás dicen que no y siempre que sí a las más difíciles y arriesgadas preguntas. Rosita, poco a poco, fue contagiándose de la fe de su amiga. Rosita tuvo una adolescencia llena de ilusión. La ilusión es un baile que deja huella, un baile que, a quien lo baila, nadie puede quitar lo bailado.

Don Antipatro Ceutí Sardina da una vuelta de rosca a su corazón

Tía Graciella, según confesión propia, era autodidacta y, a fuerza de trabajo y de lecturas, había conseguido hacerse una cultura muy sólida. Su hermana Margarita, en cambio, la mamá de Fidelino, era muy ignorante y creía que indígena quería decir rifeño y que vernáculo significaba catalán.

—No, mujer, indígena viene a ser, ¿cómo te diría?, el que es de cada sitio. ¿Me entiendes?
—No.
—Sí, mujer, tú, por ejemplo, eres indígena de Valladolid.
—¡Anda! ¿Y tú?
—Pues yo también.
—¡Anda! Entonces ¿tú quieres decir que los de Valladolid somos como los moros?
—No, mujer, yo no quiero decir eso.
—¡Pues hija!

Margarita había sido siempre muy bella y muy burra.

Después, con los años, fue perdiendo la belleza pero se le acentuó la burrez. Es un poco la ley de las compensaciones.

El molino de viento

Mire usted, no es por nada, pero a mí me parece que esto de que haya señoras autodidactas debería estar prohibido por la ley. Mi señora, que es bien decente, no es autodidacta ni autonada y ahí la tiene usted: con catorce hijos y cerca de catorce arrobas y bien sana, gracias a Dios. No vaya usted a pensar que yo sea ningún anticuado. No; yo soy bien moderno y, en cuanto a trato con las señoras, podrían ponerme de modelo. A mi señora, sin ir más lejos, no le prohíbo nada y hasta le dejo oír los seriales de la radio, para que se instruya. Lo que ya no me parecería bien, pero que nada bien, es que anduviera por ahí leyendo libros, como una mundana. Las señoras no tienen por qué leer novelas ni poesías; eso está bien para los enfermos, que no pueden ocuparse en mejor cosa. Esa Graciella, para mí que ni siquiera se llama Graciella. Esa Graciella lo que quiere es vivir del cuento y de pegar la gorra. A esa tía lo que le hubiera hecho falta era un marido que la deslomase, se lo juro. ¡Ya vería usted cómo aprendía y cómo se dejaba de tanta monserga!

Quien había hablado se llamaba don Antipatro Ceutí Sardina, de profesión propietario. Su parlamento tuvo lugar, hace ya más de diez años, en el casino de la Armonía, en Daimiel, y delante de más gente de la necesaria.

—¿Por qué?

—No, por nada..., ya verá.

Cuando la señora de don Antipatro, de soltera Espeusipa Corbatón Membrilla, se fue para el otro mundo, harta ya de criar arrobas en este valle de sinsabores y encerrada en un ataúd que mismamente parecía un bocoy de morapio, su abandonado cónyuge —el señor Ceutí Sardina— sintió tal desconsuelo (o tal alivio, al decir de los deslenguados) que, para restañar la herida de su corazón, fijó sus intenciones en la Graciella.

—¿Y qué dijeron los del casino?

—Nada; se callaron. ¿Qué quería usted que dijeran? ¡Anda, pues también es verdad! ¡Qué tonto soy!

Don Antipatro, para hacer mérito ante el delicado objetivo de sus anhelos, se compró las *Rimas* de Bécquer, a ver si se le pegaba algo.

—¿Y se le pegó algo?

—¡Quite usted allá, hombre! ¡Quite usted allá! ¡Eso fue lo doloroso, que se le pegó más de la cuenta! ¡Pobre don Antipatro, con lo decente que siempre había sido!

Don Antipatro, después de leerse bien leído a Bécquer y ya metido de hoz y coz en la escurridiza pendiente de la espiritualidad, se compró un bandolín a cuyos compases entonaba largas y enamoradas canciones decadentes.

—¿Y la Graciella?

—Ni caso: la Graciella no le hizo ni caso y acabó largándose con un herrero que se llamaba Matías y que gastaba lobanillo en el cogote, un lobanillo del tamaño de un melón de cuelga.

La vida sencilla

Luisito, llégate al sindicato y dile al Gervasio que te dé la declaración jurada de los piensos, ¿me entiendes? Sí, padre, que me llegue al sindicato y que el Gervasio me dé la declaración jurada de los piensos.

Historias de España, «Los tontos», cap. I,
«Cuenta de los tontos»

En los ayuntamientos hay dos clases de empleados: los buenos, que apuntan las cosas en un papel y no marean, y los malos, que tratan a patadas a la gente y se pasan la vida protestando. El Víctor era de los primeros.

—¡Qué hay, Luisito!

—Pues lo de los pastos..., que dice mi padre que me dé lo de los pastos...

El Víctor había librado de quintas porque no iba muy bien de salud, se conoce que estaba tocado del fuelle. El Víctor hubiera querido estudiar, pero su familia no tenía posibles.

—¡Y qué hubieras querido ser?

—Pues ya ve usted, algo de letras: procurador o secretario de juzgado, según.

El Víctor coleccionaba sellos y se curaba la tos con infusión de raíz de malvavisco.

—¿Y notario o abogado del Estado?

—No, eso no; eso es más difícil, ¿sabe usted? Para eso hay que tener mucha cabeza.

El Víctor tenía relaciones con la Marujita Vidal, la de la mercería. El Víctor y la Marujita estaban hechos el uno para el otro, los dos eran sosegados, delicados, amables. La Marujita era poquita cosa pero no estaba mal y tenía unos modales muy finos. El Víctor, para ayudarse, trabajaba también en la harinera, de pagador y de ayudante de contable.

—Hay que coger todo lo que se presente. Un servidor será pobre, es cierto, pero a un servidor nadie podrá decirle que hace el vago. Ya ve usted, en la cartilla tengo más de tres mil pesetas, para cuando me case.

El Víctor rellenaba todos los sábados una quiniela, pero no acertó nunca. La mamá de la Marujita, que era viuda, un día llamó al Víctor, para hablarle.

—Mira; siéntate ahí, que quiero hablarte. Verás, la Marujita me lo contó todo. A mí no me parece mal... Al contrario, a mí me parece bien; en esta casa hace falta un hombre... Lo único que quiero saber es si vas con buenas intenciones...

El Víctor se puso muy colorado.

—¿No hablas?

—Sí... es que ya ve usted..., es que estoy como cortado...

La mamá de la Marujita le sacó una copa de anís.

—Habla. Yo solo quiero saber lo que pensáis la Marujita y tú... Bueno, lo que piensas tú..., que lo que piensa la Marujita ya lo sé.

El Víctor hizo un esfuerzo y habló sin mirar a la mamá de la Marujita.

—Pues mire usted... Un servidor, Dios mediante, piensa casarse..., si a usted le parece bien.

El Víctor tardó en entender lo que escuchó.

—Sí, hijo, a mí me parece bien. Lo que yo quiero es que, si la Marujita y tu estáis en casaros, os caséis cuanto antes. Entre lo que tú ganas y lo de la tienda, malo será que no haya para todos. En esta casa hace falta un hombre...

La abuela de Alicita

En torno al canapé donde Sisemón volvía a la vida había una expectante tertulia que guardaba silencio.

La chica coja, que se llamaba Alicia, no hacía más que recibir órdenes.

—Alicita, múdale el fomento.
—Sí, mamá.
—Alicita, levántale un poco la cabeza.
—Sí, abuelita.
—Alicita, ponle al joven un cojín en los riñones.
—Sí, tía.
Sisemón Peláez estaba pesaroso de haberse despertado.
—¿Se encuentra mejor?
—Sí, gracias, mucho mejor...
Alicita olía a agua de colonia.
—Alicia...
—¿Cómo sabe usted cómo me llamo?
—¡Ah, es verdad! Le ruego que me perdone...
—Está perdonado. ¿Le duele algo?
—No, nada...

Santa Balbina, 37, gas en cada piso

Supongamos que la abuela de Alicita de los Ríos Pavón —la novia de Sisemón Peláez Peláez— se llama doña Gabina Soler, viuda de Pavón. Esta abuela de Alicita es la madre de su madre, no la de su padre. La madre de su padre, fallecida hace años, se llamó doña Gala Macho, viuda de De los Ríos. La madre de Alicita, de soltera Matilde Pavón Soler, también es viuda de los Ríos, solo que una generación más acá. La hermana de la madre de Alicita —y novia de don Clodio Giménez Ortega— atiende por Pía Pavón Soler. En algún lado, sin duda por error, se dijo que su nombre era el de Pía Soler de los Ríos, con lo que resultaba hija de soltera y esposa de cuñado, cosas ambas que no podían estar más lejos de la realidad.

Doña Gabina es dama circunspecta y aficionada al orden público, a la música de viento y a la lombarda cocida, que a veces es de tan difícil digestión. Doña Gabina, de joven —¡ay, tiempos, tiempos!— fue novia de un teniente de húsares de origen italiano que se apellidaba Mocco, ¡vaya por Dios!, aunque con dos ces, y que murió pateado por una mula mañosa. Doña Gabina, hasta que apareció Pavón, guardó a Mocco un luto enamorado y discreto. Después, como no quiso quemarlas, se armó de valor y en un arranque —y cerrando los ojos— arrojó sus cartas por el excusado. ¡Qué alivio!

Cuando don Teopompio Pavón Verdugo, que por entonces era un joven petimetre que se ponía goma arábiga en el bigote, se cruzó en su camino adueñándose de su corazón y de sus más íntimos y recatados sentimientos, doña Gabina le preguntó si se codeaba o no se codeaba con mulas.

—¿En sentido metafórico, amor mío? —inquirió don Teopompio.

—No, mi rey: en su inmediato y más directo sentido. Las mulas me traen desgracia...

Don Teopompio, entornando los ojos según la técnica al uso, guardó un piadoso silencio que aprovechó para estrechar las manos de su novia con frenesí. Los paladines de antes de la guerra de Cuba estaban a la que saltare y procuraban no desperdiciar la ocasión. Doña Gabina sintió un escalofrío por el espinazo y también entornó el mirar. Entonces fue cuando don Teopompio, armado de valor, le robó un beso.

—¡Ladrón! —exclamó doña Gabina—. ¿Qué pensarás ahora de mí?

Don Teopompio, de rodillas, le juró que lo que pensaba era hacerla su esposa cuanto antes. Después, para ayudarla a reaccionar, le recitó de memoria «El tren expreso», de don Ramón de Campoamor.

El matrimonio de don Teopompio y doña Gabina fue un verdadero modelo de felicidad. Aunque de los diecisiete hijos que tuvieron no prosperaron más que la Matilde y la Pía, el matrimonio de don Teopompio y doña Gabina fue un verdadero ejemplo de felicidad.

Historia triste

Detrás de los visillos de su entresuelo, doña María Morales de Sierra, hermana de doña Clarita Morales de Pérez, la mujer de don Camilo, el callista que vivía en la misma casa de don Ignacio Galdácano, el señor que no podrá asistir a la reunión en casa de don Ibrahím porque está loco, habla a su marido, don José Sierra, ayudante de obras públicas.

—¿Te has fijado en ese guardia? No hace más que ir de un lado para otro, como si esperase a alguien.

El marido ni le contesta. Leyendo el periódico está totalmente evadido, igual que si viviese en un mundo mudo y extraño, muy lejos de su mujer. Si don José Sierra no hubiera alcanzado un grado tan perfecto de abstracción, no podría leer el periódico en su casa.

La colmena, cap. IV

Doña Clarita Morales de Pérez, la hermana de doña María, la señora a la que tanto preocupaban las andanzas del guardia, no está bien de salud, parece ser que le fallan los nervios. Doña Clarita Morales de Pérez duerme mal, come poco, se sobresalta sin más ni más y porque sí, grita a destiempo, llora sin motivo, se siente envejecer sin remisión y sin pena ni gloria, sin premio pero con sacrificio, con un inmenso y misterioso y mal llevado sacrificio que nadie sabe ver, que nadie —ni aun ella misma— quiere ver. Su marido dice que son manías y no le hace ni caso; cuando doña Clarita se siente mal, su marido se va a la calle, a esperar a que se ponga mejor. El marido de doña Clarita piensa que su mujer se pondría buena y saludable si tuviera que fregar despachos.

—¿Qué te pasa? ¿Qué tienes ahora? ¿Qué bicho te ha picado?

Doña Clarita, para responder, pone la voz inútilmente mimosa.

—Nada..., lo de siempre.

Doña Clarita Morales de Pérez no es feliz en su matrimonio.

—Cuando me quise dar cuenta —explica a sus amigas, como repasando su amarga memoria—, se me había escapado la juventud. ¡Ahora soy una ruina!

Doña Clarita Morales de Pérez, en su matrimonio, tampoco se siente desgraciada. Ella no culpa de su desgracia a nadie; la desgracia, para doña Clarita Morales de Pérez, es algo como la digestión o el crecimiento, algo de lo que no merece la pena querer sustraerse.

—¿Para qué?

—Tiene usted razón. ¿Para qué?

Esto de que haya señoras como muebles, hembras mansamente agrias y resignadas como bestias domésticas, mujeres casadas que ignoran, por igual, la dicha y la malaventura, es cosa bastante frecuente, suceso tan triste como cotidiano. A lo mejor es que están hechas así.

—Mi marido es muy bueno, no me puedo quejar; la verdad es que he tenido mucha suerte —suelen decir, a veces y con un gesto de infinita tristeza pintándosele en el semblante, las atroces señoras a quienes la bondad, cruzándose con la tontera, lastra de plomo el corazón.

Doña Clarita Morales de Pérez se imagina, vagamente, la felicidad como un raro pecado inaccesible, como algo que se explicara en chino o en otra lengua muy difícil de entender.

—La verdad es que nada me falta, no tendría perdón de Dios si me quejase.

A doña Clarita Morales de Pérez no le ilusiona nada, absolutamente nada: ni la vida ni la muerte, ni el cine ni la peluquería, ni el salir de compras ni el rezar novenas, ni el ver pasar la gente por la calle ni el dar pábulo a la murmuración, que es tan acompañador y distraído. A doña Clarita Morales de Pérez, lo único que le gusta es estar triste, muy triste, cuanto más triste mejor. Su marido, que no sabe lo que hacer con ella, se pasa los días enteros callejeando, para arriba y para abajo, como un hosco perro vagabundo.

El viejo escritor

La Velilla es barrio que pertenece a Pedraza, de la que dista media legua. En la posada de la Velilla, que tiene un bien ganado renombre a muchos días de camino de su despensa, el vagabundo se encontró con su amigo Rodrigo Martínez, el arriero de Quintanamanvirgo, que iba a Pedraza a descargar unos pellejos de aceite y a recoger los bártulos de un maestro jubilado, que quería irse a morir a Turégano, donde había nacido.

Judíos, moros y cristianos, cap. III,
«De Peñafiel a las puertas de Segovia»

El maestro que quería irse a morir a Turégano, donde naciera, se llama don General y gasta bellida barba de profeta. Don General es hombre de sosegadas lecturas, de variadas sabidurías, de templadas y resignadas dialécticas. Don General, de joven, fue poeta de mérito, hábil versificador en latín y en castellano. Después, cuando contrajo matrimonio, don General se dedicó a más trascendentes menesteres: la retórica, la historia y la botánica. De su primera juventud datan las breves páginas de *Pensil del corazón*, Imprenta Reyes, Segovia, 1897, todo él en octavas reales. De sus años de madurez son los libros *Entimemas y epiqueremas*, Imprenta y Tipografía Vda. de Verdugo, Segovia, 1910; *La prisión de dos reyes de Francia en el castillo de los Velascos*, Imprenta Cultura Moderna, Madrid, 1912, y *Catálogo de las plantas medicinales de las riberas del Cega y sus aplicaciones terapéuticas*, Imprenta Viuda e Hijos de J. Reyes, Segovia, 1915. Cuando don General, ya viejo, se quedó viudo, volvió a pulsar la delicada lira de los poetas.

—¿Y escribió algo?

—Sí: la *Elegía a Matilde* (Matilde era su señora), un largo canto amoroso en mil cuatrocientos versos alejandrinos. ¡Fue lástima que no encontrara editor!

Cuando el vagabundo anduvo por Turégano, don General le obsequió con un ejemplar de cada uno de sus cuatro libros publicados.

—Es poco lo que puedo ofrecerle, amigo mío, pero es todo lo que tengo. Créame si le digo que estas páginas, a falta de mayores méritos, han sido escritas con mucha aplicación. Sé bien que mi nombre, en las historias de estas tierras segovianas, ocupará no más que un minúsculo rinconcillo, pudiera ser que incluso en letra pequeña y a pie de página. Pero no me quejo porque tampoco me merezco más. Mi labor ha sido honrada, pero no brillante. Dios no quiso adornarme con las altas y hermosas cualidades de los elegidos...

Don General se acarició las barbas, casi con cautela, y guardó silencio. Después rebuscó en el bolsillo y sacó la honda petaca de negra y gustosa picadura.

—Sírvase.

—Gracias.

Don General, recortando su silueta sobre el claror de la ventana, parecía un viejo paladín gastado en la inútil y ardorosa defensa de las causas perdidas. La tarde iba muriendo, lenta como un lobezno con postas en el costillar, sobre el campo de color de oro, y don General, mientras liaba un pitillo, sonrió.

—Perdóneme. Los viejos somos muy ridículos.

Al vagabundo, que a veces, por entretenerse, también oficia de escritor, se le posó una dolorosa hiel amarga en la conciencia.

—No, don General; sus poesías son muy bellas y emocionantes..., los versos que dedica a su señora, que en paz descanse, son muy sonoros y bien medidos, tienen mucho sentimiento..., a mí me gustaría aprendérmelos de memoria...

Don General volvió a sonreír.

—Se lo agradezco mucho, amigo mío; que Dios se lo pague... Sí, aunque sea mentira, que Dios se lo pague... Es usted muy generoso conmigo.

Tres docenas de características

En el comedor había dos hombres, viajantes de comercio, según averiguó después, tomando café. Estaban ya cenados, pero preferían dejar pasar un rato antes de irse a la cama. Uno de los viajantes, el más viejo, leía un periódico que se llama *Nueva Alcarria*. El otro, el joven, apuntaba sus cuentas en un cuaderno. El viajero se sentó delante de su plato de huevos fritos con chorizo.

—Buenas noches.
—Que aproveche, buenas noches.
—¿Ustedes gustan?
—Gracias, ya hemos cenado.

Viaje a la Alcarria, cap. VI,
«Con el Cifuentes hasta el Tajo»

Don Gumersindo Vicario, aunque era culto, ¡pero qué culto salió don Gumersindo!, tenía la voz de flauta. Don Gumersindo Vicario amaba el orden por haber bebido (debemos creerle) en la límpida fuente de Descartes. ¡Así cualquiera! Don Gumersindo Vicario —con la venia— estaba en el uso de la palabra.

El viajante del periódico se llama Apolinar Vélez Urracal y presenta, mal contadas, tres docenas de características. A saber.

Don Gumersindo Vicario, a pesar de no ser plaza montada, se dirigió a su espolique.

—¡Niño, avísame las docenas!
—¡Servidor!
Don Gumersindo Vicario ensayó sus metódicas habilidades.
—Veamos. Su nombre, que ya queda dicho; su oficio, que se colige; nació en Poblete, a las puertas de Ciudad Real; se crio en Alcázar de San Juan, donde su padre era de los del pincho, vamos, quiere decirse consumero; está operado del estómago; enseña, si abre la boca, un puente en la dentadura y tres caries en espera de mejor ocasión; su señora se le escapó con un vendedor de helados; es algo tartaja; tiene afición a pintar a la acuarela; en su juventud leyó a Víctor Hugo.
Su criado le interrumpió:
—¡Docena!
—¡Gracias!
Don Gumersindo Vicario se fajó con la nueva serie.
—El año de la Liberación fue atropellado por una camioneta que le partió cinco costillas; usa lentes para leer; luce el cogote surcado por el hondo barbecho de los furúnculos; compone versos cuando no le miran; es hincha del Atlético de Madrid, equipo que le da más disgustos que satisfacciones; soñó con llegar a torero de tronío o al menos a registrador de la propiedad; cree, aunque no lo dice, en la justicia de los hombres; resuelve crucigramas como pocos; tiene muy buen sentido para el flamenco; toma bicarbonato de postre, pase lo que pase y coma lo que hubiere comido; colecciona sortijas de puros; por el invierno le brotan sabañones en las orejas.
El fámulo volvió a alzar el gallo —gallito pregonero y contador— consciente de su responsabilidad.
—¡Dos docenas!
Y don Gumersindo Vicario, mirando para el tendido, sonrió.
—¡Al toro, que tiene hechuras de mona! ¡Vamos por la tercera, que es pan mascado!
El respetable se aprestó a seguir con atención la letanía del último tercio. Don Gumersindo Vicario se enjuagó la boca con

agua y escupió, muy artísticamente, contra las talanqueras; su voz, recién lavada por las gárgaras, cobró los delicados matices del canto de los grillos en estado de merecer.

—En las rayas de la mano, Apolinar Vélez Urracal canta tres hijos: Guillermina, que se casó con un americano; Apolinar, que es maestro armero, y Fótides, que va para futbolista; Apolinar Vélez Urracal —volvamos a Apolinar Vélez Urracal y dejemos a sus hijos que se las apañen— gasta cuello de celuloide los domingos y días de precepto; ahorra cada mes quince duros; tiene desviado el tabique nasal; no se fía ni de su sombra; desprecia a sus compañeros de oficio; es friolero; es sobrio; es providencialista.

El servidor de don Gumersindo Vicario anunció el fin de la representación con un salto mortal.

—¡Tres docenas!

Don Gumersindo Vicario, entonces, saludó y se marchó. Don Gumersindo Vicario andaba jacarandosamente, como los banderilleros cuando salen a pasear.

Conjeturas

—A veces, hay alguno que no sé cómo se llama; no lo apunté a tiempo, como debiera, y después me olvidé. Este, por más que quiero acordarme, no consigo saber cómo se llama. Tiene cara de Estanislao, pero, claro, eso no se puede asegurar.
—¿Y Venancio? ¿No se llamaría Venancio?
—No; no; Venancio tampoco. ¡Vaya usted a saber!
Fuera, retumbaba el trueno y chispeaba el rayo, como en algunas novelas.

«El catador de escabeche»,
en *El gallego y su cuadrilla*

Esto de olvidarse de los nombres es algo que da mucha rabia; algo, también, que puede ponernos en muy desairados compromisos.
—¡Mire usted que es mala pata! ¿En qué diablos estaría pensando? ¿Por qué no lo habría apuntado en el momento, como siempre ha sido mi costumbre?
El señor sin nombre, desde su amarillenta foto visitada, sin duda, por las moscas, sonreía a la posteridad como si tal cosa.
—¿Y Fidel?
—No; Fidel, no. ¿Por qué se iba a llamar Fidel?
—Hombre, ¡qué sé yo! ¡La gente se llama como puede!
—Sí, eso es cierto. Pero este no se llama Fidel, de esto estoy bien seguro.

El señor que tenía cara de Estanislao, pero que no era ni Venancio ni Fidel, lucía un nardo en la solapa, se conoce que era un señor muy presumido.

—¡Y el caso es que lo tengo en la punta de la lengua!

—¿Rómulo?

—¡No, hombre! ¡No me distraiga! ¡Qué se va a llamar Rómulo!

—Bueno, no se ponga usted así; yo solo quería ayudarle.

El señor desconocido, mejor dicho, el señor olvidado, gastaba leontina en el chaleco.

—Eso de la leontina es un detalle de buena posición.

—Sí, eso sí. Pero reconózcame usted que ese detalle no nos saca de dudas.

—¡Pues también es verdad!

El señor de la sonrisa, del nardo y de la leontina, llevaba los pantalones algo cortos.

—En mi pueblo hay uno que también lleva los pantalones algo cortos, que se llama Fileas.

—¿Fileas?

—Sí, señor: Fileas Estercuel Pitarque. En el pueblo le dicen Manolito.

—¿Manolito?

—Sí, señor: Manolito Chateaubriand. El señor maestro es muy aficionado a poner apodos, un día le van a partir la boca, ¿verdad, usted?

—Pues sí, lo más probable. Eso de poner apodos es un mal vicio.

El señor de la foto, mirado al trasluz, seguía tan anónimo como encima de la mesa.

—¡Si al menos fuera una radiografía!

—¡Lo que yo digo! ¡Si al menos fuera una radiografía, le veríamos los huesos, que siempre es algo!

—¡Claro! Pero, como no es una radiografía, ¡ni eso! ¡Mire usted que estamos de malas!

—Bueno, hombre, no desespere... Sigamos con nuestras conjeturas. ¿Felipe le suena?

—No; Felipe, no me suena. Felipe es un cuñado de mi señora que no tiene nada que ver con este: es mucho más bajito.

—Pero este puede ser otro Felipe.

—Sí, eso sí. Pero no; este tampoco se llama Felipe.

Cuando la noche, tendiendo su negro manto, etc., sobre la ciudad, ahuyentó al astro rey hacia los remotos confines del occidente, etc., un señor que despedía un ligero tufillo a escabeche y al que el pantalón le venía algo corto, un señor con leontina en el chaleco, nardo en la solapa y cara de llamarse Estanislao, se cruzó con una muchacha teñida de rubio, muy mona y pizpireta.

—Adiós, Isabelita.

—Adiós, don José, que le vaya a usted bien.

Un niño se hace hombre

Entré, y un olor a rancio me dio en las narices. Nada se veía en todo el vasto zaguán, fuera del rincón que alumbraba el ventanillo. Dejé la puerta cerrada, como estaba, y grité por el amo. Un niño que jugaba con un cachorro a la luz que daba el hueco levantó la cabeza, me miró y se echó a llorar. Pasó algún tiempo, volví yo a las voces y el niño al llanto, y por la escalera, que crujía y se quejaba como un desvanecido, bajó una mujer gruesa y peluda, con los brazos remangados y el sucio delantal de rayas recogido a la espalda.

Nuevas andanzas y desventuras de Lazarillo de Tormes, tratado VII

Los árboles crecen según normas, más o menos, previstas. Los niños, no. Los niños crecen como les da la gana y a la marcha que quieren, sin ton ni son y a la que saltare, si salta, que si no salta es peor.

—Niño, ¿cómo te llamas?
—Paquito, pero me dicen Joaquín.
—¿Joaquín?
—Sí, señor, así acaban antes.

Los niños, cuando llegan a mozos y se disfrazan con el amargo hábito del hombre, ni pierden ni ganan: cambian.

La crueldad sigue siendo crueldad.

—Joaquín.
—Mande.
—¿Por qué ciegas murciélagos?
—Pues ya usted lo ve, para que chillen.
Y la piedad, piedad.
—Joaquín.
—Mande.
—¿Por qué tienes a ese grillo en una caja?
—Pues ya usted lo ve, para que no se hiele.
Y la ira, ira.
—Joaquín.
—Mande.
—¿Por qué pisas las hormigas del hormiguero?
—Pues ya usted lo ve, pisé una y no supe parar. ¿Verdad que lo malo es pisar la primera?
—¡Puede!
Y la caridad, caridad.
—Joaquín.
—Mande.
—¿Me das la mitad de tu merienda?
—Tómela toda, a mí me dan más en mi casa.
Y la dolorosa tristeza, dolorosa tristeza.
—Joaquín.
—Mande.
—¿Por qué arrastras los pies?
—No sé..., me gusta.
Y la placentera alegría, placentera alegría.
—Joaquín.
—Mande.
—¿Por qué tiras cohetes?
—Pues ya usted lo ve... ¡ganas que tengo de tirarlos!
Y el amor, amor.
—Joaquín.
—Diga usted, madre.
—¿Me quieres mucho?

—Mucho, ya usted lo sabe bien, ¡más que a nadie!
Y el desamor, ¡válganos Dios!, desamor también.
—Joaquín.
—Mande usted, abuela.
—¿Me quieres mucho?
Joaquín se calla. Joaquín ni la quiere ni la odia. A Joaquín le es igual que siga viva o que se muera de repente.
—Joaquín, ¿no me oyes?
Joaquín salta por la ventana y se larga a darse una vueltecita por la plaza.
—¡Este Joaquín, este Joaquín...!
Los niños son tan bestias (también tan angélicos) como los hombres —esas malas bestias a las que, a veces, les brotan las delicadas alas de los ángeles al lado mismo de las paletillas del corazón— pero más puros. Los niños hacen el bien y el mal de balde, sin pensarlo e incluso sin distinguirlos: como la flor pinta su color que ignora, como la joven potranca enseña, en el verde prado, su airosa desnudez.
—¿También como el ruiseñor que canta en el cerezo?
—Sí; también como el ruiseñor que canta, en la luna llena, desde el cerezo.
Sobre Paquito, alias Joaquín, han pasado diecisiete o dieciocho años. Paquito, alias Joaquín, es ya un hombre: va a entrar en quintas, tiene novia, lee el periódico, se afeita la barba y el bigote los sábados para estar limpio el domingo. Paquito, alias Joaquín, se cree el mismo pero no, no es el mismo. Los hombres no hacen las cosas de balde y así como así. Es triste, pero es cierto. Los niños, cuando llegan a mozos y se visten con el agrio sayal del hombre, cambian mucho. A algunos, no se les puede ni distinguir.

Nicanor de Pablos en persona

El dueño del último, del más reciente de los pucheros, era Nicanor de Pablos Santafé, empleado del gas, que vino a suceder a Modesto López López, que fue el realquilado al que doña Ragnhild echó a la calle por lo de las setas. Nicanor de Pablos padecía del vientre y se pasaba el día tomando unos polvos negros para evitar los ruidos y los murmullos intestinales. Nicanor de Pablos tenía un pez en una pecera y un parchís muy lujoso con el tablero de cristal y las fichas y los dados de plexiglás.

Timoteo, el incomprendido

Nicanor de Pablos estaba solo en el mundo.
—¿Solo como un hongo?
—Pues sí; más bien sí.
Nicanor de Pablos era pobre como una rata.
—¿Tanto como una rata?
—Pues, hombre, yo creo que, si no es tan pobre como una rata, le falta poco.
El organismo de Nicanor de Pablos parecía una caja de música.
—¿De esas que tocan valses y mazurcas?
—No; de las otras, de las que tienen las tripas al pairo y no hacen más que ruidos.
—¡Vaya por Dios!

A Nicanor de Pablos, en la rifa de un jamón, le tocó el segundo premio, el parchís.

—¿Y qué hago yo con esto?

—¿Yo qué sé? ¡Tírelo, si no le gusta! Alguien lo cogerá, descuide.

Cuando Nicanor de Pablos se presentó en la capital, no tenía más que lo puesto y el parchís.

—¿Quiere usted un parchís? Se lo vendería barato.

—Gracias, no gasto.

—Usted dispense.

Nicanor de Pablos, recién llegado a la ciudad, las pasó moradas.

—¿Cuánto tiempo cree usted que se puede estar sin comer caliente?

—No sé; eso va en aguantes, hay algunos que aguantan hasta años enteros. Otros, en cambio, se conoce que son más flojos porque enseguida la palman.

—Ya. ¿Usted cree que yo seré de los que aguanten?

—Hombre, yo creo que sí. Usted tiene cara de estar acostumbrado al hambre.

Cuando a Nicanor de Pablos lo emplearon en el gas, se pegó semejante susto que estuvo dos días tartamudeando. Después reaccionó y se presentó en la oficina, a recibir órdenes.

—Persónese en Personal.

—¿En Personal?

—Sí, en Personal. Donde se personan las personas, como su nombre indica.

—¡Ah, ya!

Nicanor de Pablos en persona —en estos casos, ¡cualquiera delega!— se personó en Personal.

—Me dijeron que me personase.

—Bien; siéntese usted y espere.

Nicanor de Pablos se sentó al final de un largo banco adosado a la pared, como el de las salas de espera de las estaciones.

Antes de Nicanor de Pablos había otras seis personas, dos señoras y cuatro caballeros.

—¿Ustedes también vienen a personarse?

—Sí.

Una de las señoras —muy bien parecida, por cierto— tenía cara de llamarse Valentina (Valentina Pérez Campaspero, lo más seguro) y de ser viuda de telegrafista. La otra, no; la otra, probablemente, se llamaba Micaela, Micaela Ruiz Ruiz, que es un nombre delicado y muy apto para ser predicado por los grillos.

—Usted perdone, señora, ¿se llama usted Paquita, por un casual?

—No, caballero, está usted perdonado. No me llamo Paquita.

—Muchas gracias, señora.

—No se merecen.

A la una en punto, un oficinista malencarado les dijo que se marcharan.

—Persónense mañana por la mañana, a las nueve.

Las dos señoras, los cuatro caballeros y Nicanor de Pablos se fueron sin decir ni mu. Cuando se busca trabajo, hay que ser humilde, paciente, casi vil. ¡Qué horror!

El filósofo

Regalemos cachimbas usadas, capotillos de paseo, libros del XVI, con los consejos del maestro Pedro Ciruelo contra las brujas, figuritas de porcelana sin nariz, globos de cristal con una sanguijuela dentro, retratos de patilludos marinos mercantes del siglo pasado, chapines de hebilla de plata, banderillas de lujo y velas de rizada fantasía.

Regalemos objetos que lleven ya su pequeña y dolorosa historia a cuestas, como una cruz, y no caigamos en la crueldad de obligar al regalado a sacarse de la manga la historia que mejor convenga a su regalo.

«Los regalos simbólicos»,
en *Cajón de sastre*

Don Venancio de Priego, filósofo, numísmata y poeta, era muy partidario de recibir regalos. Cuando hablaba para la posteridad —que era casi siempre—, defendía el aristocrático arte del regalo simbólico: el antifaz de raso; el maniquí caderón que adornaron, con cintas delicadas, las modistas de nuestras abuelas; la cajita de filigrana para guardar rapé; la urna con su flor de trapo; la trenza de la prima desgraciada que se fue monja; el pétalo enterrado entre sonetos; la última carta de la dama a la que se tragó la mar; el geométrico cristal del cuarzo, y la tiorba de fina porcelana de tiempos de Mme. de Maintenon, sucesora de Mme. de Montespán. Cuando hablaba en el seno de la intimidad, don Venancio de Priego, hombre que procuraba acomodar el pensamiento a la circunstancia, daba a entender que prefería las cafeteras eléctricas.

—Desengáñese, Paquito; como una cafetera eléctrica, nada, créame usted. Donde esté una buena cafetera eléctrica, muy poco tienen que hacer los símbolos y los recuerdos, ¡téngalo por seguro!

Paquito —la vista gacha, el ademán humilde y la conciencia flotando entre el remordimiento y el aburrimiento— expresó su firme propósito de la enmienda.

—Bueno, don Venancio; a ver si para el año que viene ahorro y le traigo una cafetera eléctrica el día de su santo. ¡A mí me gustaría acertar!

Don Venancio de Priego, quién sabe si caritativo o gentil, prefirió no quitarle la razón.

—¡Y a mí también, amigo Paquito! ¡Y a mí también me gustaría que acertase usted!

Don Venancio de Priego daba clases particulares de filosofía al joven Paquito Méndez, mozo de escasas luces que no se hartaba de confundir lo que se supone con las témporas.

—Cuando pasan rábanos, Paquito, hay que comprarlos; a la ocasión la pintan calva, ¿se entera?

—Sí, señor; sí que me entero. Yo me entero muy bien de todo lo que me dice, ¡no se vaya usted a creer!

—Más le vale, Paquito. ¡Mire usted que, si al final, acaba siendo un hombre de provecho!

A Paquito le corrió por el espinazo el bullidor y pegajoso ciempiés de la coba que se reparte, como la lluvia mansa, sin que nadie la pida: sin que nadie —tampoco— pueda sujetarla.

—Gracias a sus desvelos, don Venancio, y a la sabiduría que destila su prócer y ejemplar figura.

Don Venancio de Priego —lo cortés no quita lo valiente— saludó con muy rendida reverencia, como las tiples talludas y pechugonas que cantan *La Traviata* por provincias. Después, don Venancio de Priego —el que calla otorga— guardó un asentidor silencio; hubiera podido oírse el tímido revolar de una polilla desnutrida y soltera.

—¡Qué silencio! ¿Verdad, usted?

—¡Chist!

Don Venancio de Priego, pícaro con aires ecuánimes, arropaba la mangancia con la tupida manta de la solemnidad, quizá para que no se le enfriase. Don Venancio de Priego era muy ducho en el rentable arte de mantener, como es debido, las distancias.

Doña Sol

—Alta señora, si del trigo verdial sale el pan tierno, de mi corazón pelón, ¿qué no saldría?
Doña Sol Benjumea dio órdenes a su criada.
—María Salomé, dale una perra al loco y que se vaya.
Doña Sol Benjumea, treintañona garrida y bien compuesta, gastaba la armoniosa y excitante voz de las mujeres poco inteligentes.
—No es la perra, señora, lo que voy buscando, que es contarle que de amor me muero.
Doña Sol Benjumea, morena de adivinados y fierísimos mimos, alzó el gallo.
—¡Lárguese o llamo a los civiles! ¿Qué quiere usted?
El vagabundo habló con muy humilde acento.
—Nada, señora, oírla hablar...

Primer viaje andaluz, capitulillo 23,
«Hasta la Fontanilla donde bebió Colón»

Doña Sol carece de habilidades menores; doña Sol confita, como nadie, el arrope de frutas y alancea toros a caballo con muy graciosa decisión.
—¿Y sabe tocar la guitarra?
—Sí; también sabe tocar la guitarra. Y cantar y bailar por soleares.

Doña Sol habla con una voz profunda y musical, con la voz ardiente de la mujer pudiente, con una voz deleitosa y amorosa que no sirve para discurrir, vicio en el que jamás cayó.

—Pero ¿sabe leer?

—Sí, leer, sí que sabe. De joven —y aún es joven— leyó un libro de versos de Salvador Rueda, el que dicen *Lenguas de fuego*, y otro, en prosa, de Muñoz y Pabón: *La millona*, novela que encontró demasiado atrevida.

Doña Sol tiene dotes de mando y confunde, con casi todo lo que existe, las anchas y airosas fronteras de la caridad.

—¡Ave María Purísima! ¡Un socorro, hermanita, para un hombre que va de camino!

Doña Sol, meciéndose en su mecedora, ni se impacienta.

—María Salomé, dale una perra al loco y que se vaya.

Doña Sol tiene la tez blanca, muy blanca; el pelo negro y lustroso; los ojos de color verde botella y ferozmente vírgenes a todo lo que acontece por el mundo adelante.

—¿Y usted cree, maestro, que eso les da un matiz especial?

—Sí; los ojos se gastan a fuerza de mirar con ellos. Los sabios y tristes ojos de las bestias mansas —ojos que están muy hechos a obedecer mirando— lucen más apagados que los hondos ojos de la fiera del monte: la alimaña que no se cansa jamás de pasear sus ojos, brilladores igual que solitarias estrellas en sosiego, sobre la verde hierba que acaricia la sola y sosegada y brillante estrella de la alta noche. Doña Sol mira como una loba, fíjese y lo verá; también —cuando el invierno le aplaca las inquietudes—, como una cierva que se llega hasta el restaño del río para apagar la sed.

Doña Sol tiene dos hijos en el colegio: Rafael —catorce años y, a lo que parece, poeta— en los jesuitas del Puerto de Santa María, e Isabel —trece años y un amor imposible— en las Madres Pastoras, en Sevilla. Doña Sol reza novenas, que para eso está, y se abanica, ¡Dios santo, qué bochorno! Doña Sol riñe a los criados, ¡qué punta de galopines!, y sonríe al marido, disciplinada y neutra como una reina mora. Doña Sol se adorna el prieto moño con el rojo clavel, ¡viva el lujo y quien lo trujo!, y gasta siempre zapatos de tacón, ¡así se pisa! Doña Sol, treintañona de gustos flamencos y señoriales, es un adorno del ancho campo de Huelva, un lujo del luminoso paisaje del Condado.

Juana la Loca

A la altura de Solosancho, al pie del paso de Baterna, el vagabundo echó un par de tragos de su cantimplora. Por el camino venía una mujer, greñuda y con cara de sarmiento seco, arreando un jaco matalón que cargaba un inmenso ataúd mal terciado. La mujer miró para el vagabundo con un mirar que el vagabundo no se aclaró si era de súplica o de desdén. El vagabundo se quitó la boina.
—Dios se lo pague.
—Dios le dé resignación, hermana.
La culebra cruzó, sucia, taimada y vestida de polvo. Un perro aulló, prolongadamente, poniendo un hipo de pavor en su quejido. El jaco pegó un bote al tiempo que la mujer pudo trincarlo del ronzal.
—¡So, macho! ¡Cabrón!
El caballo porfió, sacó fuerzas de flaqueza y, a poco más, da con el muerto en tierra.

Judíos, moros y cristianos, cap. VI,
«Del sacro Tormes, dulce y claro río»

La mujer se llama Sonsoles Manjabálago Zorita y va a enterrar a su marido en el pueblo que dicen La Hija de Dios. La mujer viene, con su doloroso y agrio cargamento, desde Ojos Albos, más allá de Urraca Miguel, en el ventilado campo de Villacastín, por donde galopa la mansa flecha de la liebre y vuela el galgo corredor de alambre. La mujer lleva cinco ferias viuda y tres jornadas de camino. La mujer no se detiene ni de día ni de noche; está deseando —y quizá también temiendo— terminar. La mujer no piensa ni llora: el pensamiento se le confunde y las lágrimas se le han secado ya en los ojos. La mujer sufre —imprecisa como un ave herida que hubiera olvidado la fuente de su dolor— y anda, anda siempre, un pie tras otro, entre la alondra y la garduña, escoltada por el negro cuervo del mal agüero. El vagabundo, al verla pasar, se quitó la boina muy respetuosamente.

—Dios se lo pague, hermano —le dijo la mujer.

—Dios le dé resignación, hermana —le respondió el vagabundo con la boca seca.

Por el aire voló —¡qué sarcasmo!— la cigüeña, que es ave de vida, y en el majuelo cantó —¡qué ocurrencia!— el jilguerillo de color pintada, el pájaro que ignora, en su fresco y alegre repertorio, el canto funeral.

—Lo que más rabia da es que la vida siga, ¿verdad, usted? —pensó en voz alta el vagabundo, más caritativo que convencido; menos, mucho menos verdadero que clemente.

La mujer le miró como un lagarto.

—No, buen hombre; esa es la ley de Dios. Peor es que la vida, cuando menos se piensa, se quiebre, igual que el pino barrido por el viento. ¡Y también es la ley de Dios, hermano, la ley que a todos toca obedecer!

Por la sierra de los Baldíos retumbó la lejana tormenta mientras Sonsoles Manjabálago Zorita, la mujer que no se separaba del marido difunto —el jaco del ronzal y su hombre, cadáver, a caballo—, siguió por el triste oriente del camposanto familiar, solitaria fantasma en busca de la propicia tierra de los muertos. El espantado conejo trotó por la terronera mientras el rabón perrillo de los sustos —el fraude en los ojos y el olfato presto— lo dejó escapar. El vagabundo, con el mirar cerrado por el luto, murmuró la salmodia de su despedida.

—Adiós, dama doliente, desgraciada princesa, ayer aún moza de ilusionados porvenires y hoy viuda azotada por la soledad. Adiós, mujer amarga de los caminos, yerma sepulturera de tu corazón que late muerto.

El vagabundo, como estaba muy triste, tardó en abrir los ojos. Cuando lo hizo, la infanta derrotada Sonsoles Manjabálago Zorita, con su difunto, su pena y su rocín, se había perdido ya (¡qué Dios la guíe!) tras una curva de la carretera. El vagabundo, por espantar los malos pensamientos, tentó la bota y la petaca. El campo —diríase que nada había acontecido— siguió con su monótono rumor.

Los beneficios morales y sociales de la lotería

Las señoritas Esperanza, Olguita y Marisol eran las tres altas y recias, las tres gruesas y algo bigotudas, las tres morenas y bien plantadas. A la mayor le habían vaciado un ojo de una pedrada que le dieron en un carnaval, hace ya años; desde entonces, en el pueblo, y como para compensar, le pusieron de mote la Tuerta. A la segunda la dejó un novio viajante que tuvo, a la puerta de la iglesia; la empezaron a llamar la Plantá. A la tercera, que le quedó la boca algo torcida de una enfermedad, la llamaban, simplemente, la Tonta. Los que las bautizaron, como puede verse, eran un dechado de caridad y de tierno corazón.

«Una jira», en *El gallego y su cuadrilla*

A las señoritas de Valle —Esperanza, Olguita y Marisol— les tocó el gordo de la lotería en el sorteo del Niño. Las señoritas de Valle, que aún no habían cumplido los cincuenta años, se reunieron en sanedrín, para ver qué hacían con los cuartos. La Tuerta votó por abrir una mercería; la Plantá, por comprarse un 600, y la Tonta, por buscar novio.

—¡Poneos de acuerdo, niñas, poneos de acuerdo! —les decía la mamá, que era muy partidaria del orden y del buen sentido—. Vosotras ya sois mayores y yo no quiero intervenir; pero os suplico que os pongáis de acuerdo. ¡Acordaos de vuestro pobre padre, que en paz descanse, que siempre estaba de acuerdo en todo!

—Sí, mamá —decían las señoritas de Valle (Esperanza, Olguita y Marisol), a tres voces—; nosotras, lo que tú quieras.

La abuelita, desde su sillón de ruedas, intervino:

—¿Y no daría para la tienda, el automóvil y el novio?

—No, mamá, ¡qué cosas tienes! Novios harían falta tres.

—¡Anda! ¿Y uno que fuera bien resistente?

—No, mamá, ¡por resistente que sea! La ley no lo autoriza.

—¡Pues hija!

La abuela de las señoritas de Valle, que andaba ya cerca de los cien años, tenía la cabeza poblada de insurrectos fantasmas.

—¡Pobre abuelita! ¡Qué cosas se le ocurren!

Las señoritas de Valle —Esperanza, Olguita y Marisol— acordaron no ponerse de acuerdo.

—Lo mejor es que cada una de nosotras haga lo que le dicte su conciencia y sus sentimientos —opinó Esperanza, la Tuerta, que a veces tenía ocurrencias muy originales.

—¡Claro! ¡Eso es lo que nosotras decimos! —le contestaron las otras dos.

La Tuerta, entonces, empezó a buscar local para su mercería; no lo encontró porque pedían un horror por el traspaso.

—Mire usted; yo no estoy por dejarme engañar.

—Hace usted pero que muy bien, ¡qué caramba!

La Plantá echó instancia para que le dieran un 600, pero ni le contestaron.

—Aquí hay que tener padrinos; si no, está una lo que se dice perdidita.

—No le quepa la menor duda; como no tenga usted padrinos, la veo a pie.

La Tonta se espabiló y se echó novio. Una mañana, cuando fue a abrir la puerta, le dijo al lechero.

—Oiga usted, Nicasio: esta noche vaya a buscarme a la salida del rosario, que tenemos que hablar.

—¿Usted y yo, señorita?

—Sí; ya le explicaré.

Cuando, aquella noche, el lechero Nicasio fue a buscar a la Tonta, la Tonta, poniendo la voz opaca y misteriosa, se le declaró.

—Nicasio.
—Mande.
—¡Que estoy por tus huesos, chato!

El lechero pegó un respingo.

—¡Pero Tonta! ¡Digo, señorita Marisol!

La Tonta no cejó en su acometedora estrategia.

—¡Sí, Nicasio! ¡Amor mío! ¡Tú verás el establo que montamos con cien mil duros!

El lechero tardó unos instantes en responder.

—Bueno, bueno...

Cuando la Tonta y el Nicasio contrajeron nupcias, la Tuerta y la Plantá revisaron sus puntos de vista y se hicieron novias de los dos providenciales cuñados disponibles que quedaban: el lechero Esteban, viudo con cinco niños, y el lechero Simón, viudo con cinco niñas. Todos fueron muy felices y la lechería, con los cuartos de refresco, prosperó mucho y se hizo muy moderna, muy higiénica y funcional.

—¡Vaya lechería! —exclamaban los forasteros, al verla—. ¡Parece un hospital!

Los dos amigos

Tiburcio Cortés Notario, en la función, rasca el guitarrillo y canta, con una seriedad profunda, la ristra sin fin de las ingenuas y obscenas coplas de su minerva. ¡Qué tío, el Tiburcio! ¡Qué humor tiene! Tiburcio Cortés Notario se ajuma los sábados y va a misa los domingos. Tiburcio Cortés Notario es amigo del sacristán y del mancebo de botica. Tiburcio Cortés Notario asiste a bodas y bautizos. Tiburcio Cortés Notario acompaña a los entierros. En el pueblo, la gente quiere bien a Tiburcio Cortés Notario, el hombre que, de niño, se quedó ciego por mirar sin permiso. Tiburcio Cortés Notario es el único ciego de todo el contorno a quien jamás descalabró nadie de una pedrada.

Historias de España, «Los ciegos», 5,
«Tiburcio Cortés Notario»

El sacristán se llama Tolomeo, Tolomeo Novillo Baladrón. El mancebo de la botica también se llama Tolomeo, Tolomeo Ronquillo Barrigón. El sacristán y el mancebo están casados con dos hermanas: la Dorotea y la Cirila, respectivamente. La gente, para distinguirlos, habla de Tolomeo, el de la Doro, que es el que tañe la campana, y de Tolomeo, el de la Ciri, que es el que machaca en el almirez. Tolomeo, el de la Doro, y su tocayo, el de la Ciri, son muy amigos y suelen tomarse alguna copita juntos.

—¿Hace un blanco?

—Bueno, aunque sean dos.

Tolomeo, el de la Doro —vamos, el sacristán—, hubiera querido ser boticario. El otro Tolomeo, el de la Ciri —quiere decirse el mancebo—, se quedó con las ganas de hacerse cura. Esto de las vocaciones y sus derivaciones es siempre materia muy compleja e imprevisible, muy difícil de predecir. Hay sargentos de oficinas militares con ánimo de poeta surrealista y tímidos registradores de la propiedad en cuyo corazón late el bullidor gusano de los cazadores de cabezas.

—¿Y tú hubieras querido ser boticario?

—Sí, señora. Y ya ve usted lo que son las cosas..., ¡ni llegué a mancebo!

En el campanario suena el noble bronce de las campanas, jolgoriosamente volteadas por el sacristán.

—¿Y tú hubieras querido hacerte cura?

—Sí, señora. Pero ya ve usted lo que es la vida..., ¡ni llegué a sacristán!

En la rebotica chirría el noble mármol del almirez en el que machaca resignadamente —también con gesto soñador— el mancebo.

—Pero me conformo con mi suerte. ¡Dios lo ha querido así!

Tolomeo, el de la Doro, y Tolomeo, el de la Ciri, fundaron una compañía teatral de aficionados —el cuadro artístico Tirso de Molina— que representaba dramas de Echegaray (*En el seno de la muerte*, *Mancha que limpia* y *A fuerza de arrastrarse*) y comedias de Adolfo Torrado (*La Papirusa*, *La madre guapa* y *Chiruca*). Con Benavente no se atrevían porque era muy atrevido, a Jardiel Poncela lo encontraban raro y de Casona ni habían oído hablar.

—Nosotros hacemos teatro moderno, ¿sabe usted?, porque la gente no está por lo clásico. Eso de lo clásico está bien para los colegios, para que los niños aprendan la historia.

—Claro.

Tolomeo, el de la Doro, y Tolomeo, el de la Ciri, una vez que ahorraron sesenta duros, se fueron a la capital, a ver teatro. Cuando regresaron al pueblo, la Doro y la Ciri, que se habían puesto de acuerdo, no les prepararon comida.

—Que os guisen las cómicas —les dijeron—, nosotras no estamos para servir gandules.

El sacristán Tolomeo y el mancebo Tolomeo, en muestra de su contrición y en un último esfuerzo para volver a comer caliente, disolvieron el cuadro artístico Tirso de Molina.

—Nosotros no queremos líos, ¿sabe usted?, nosotros lo único que queremos es paz. Esto del arte es algo que las señoras no saben comprender. ¡Mala suerte!

La cuñada de la señora a quien había hecho daño el besugo

Las señoras de brazos amplios son muy seguras en la conversación; ocurra lo que ocurra, ellas no se callan jamás.

—Se conoce que me ha hecho daño el besugo que comí en casa de mi cuñada, porque no hace más que repetirme toda la santa tarde.

—Será que no estaba en condiciones. ¿Por qué no se purga usted?

—¿Purgarme yo? ¡Púrguese usted, si quiere!

—No; yo no, muchas gracias. A mí no me ha hecho daño ningún besugo.

Los jóvenes de provincias jamás tutean, de buenas a primeras, a las anchas señoras del Café de Artistas. Los jóvenes de provincias suelen ser muy respetuosos con las arrobas.

Café de Artistas, cap. X

La cuñada de la señora a quien había hecho daño el besugo era un ama de casa muy hacendosa, una mujer que compraba los besugos más baratos que nadie.

—Mire usted: los besugos que tienen el ojo claro son más baratos que los otros; no están muy frescos, esa es la verdad, pero el mal gusto se les quita con vinagre.

—Claro.

—A veces dan un poco de urticaria, tampoco mucha, pero la urticaria se quita con magnesia.
—Natural.
—La magnesia es muy buena porque limpia la sangre. Hay personas a las que la magnesia aligera la barriga; eso no es malo y, además, se quita con arroz o con dulce de membrillo.
—Eso digo yo; como el arroz o el dulce de membrillo, nada.
—¡Cómo me gusta oírle hablar así, doña Pura! ¡Todavía quedamos mujeres con sentido común!

La cuñada de la señora a quien había hecho daño el besugo se llama doña Lola; doña Pura es una amiga de la vecindad.

—A mí no me hace ilusión alguna esto de frecuentar el trato del vecindario. Con usted es otra cosa, doña Pura, usted es algo más que una vecina. Usted es una amiga a la que todos estimamos mucho en esta casa.
—Muchas gracias.
—No hay que darlas, doña Pura, porque es verdad, ¡vaya si es verdad!

Doña Lola respiró hondo, para continuar hablando. Doña Pura, para seguir escuchando, también respiró hondo.

—¡Pero estas vecindonas que se pasan el día murmurando! ¡Dios nos libre, doña Pura, de sus afiladas garras!

Doña Pura se conoce que estaba algo distraída.

—¿De sus qué?
—De sus afiladas garras..., vamos, uñas.
—Ya, ya le entiendo.
—¡Y de sus lenguas viperinas! ¡Qué horror! Ya ve usted la doña Paquita, la del tercero, que parece que en su vida rompió un plato, ¿verdad? Pues no sé, no sé..., pero yo, ¡qué quiere!, no pondría una mano en el fuego por que no fuese estraperlista, o traficante de drogas, o vaya usted a saber.
—¡Qué horror! Oiga, ¿y sabe usted si tiene medias de cristal?

—No, doña Pura; ni lo sé, ni quiero saberlo. De la tal doña Paquita, ¡cuanto más lejos, mejor! ¡Es una verdadera arpía, amiga mía, una mujer sin corazón y sin principios!

—¡Quién lo diría!, ¿verdad, usted? La verdad es que ¡se lleva una cada sorpresa!

La cuñada de la señora a quien había hecho daño el besugo aprovechó el momento psicológico. La cuñada de la señora a quien había hecho daño el besugo tenía unas extrañas aptitudes de general con mando en plaza.

—¡Esto es para que se fíe usted! ¡Este cochino mundo, amiga doña Pura, está lleno de sorpresas! ¡Bien dicen que donde menos se piensa salta la liebre!

Doña Pura vio un rayito de luz escarbando, terco y providencial, en su atribulación.

—Oiga, usted, doña Lola, ¿a usted le gusta la liebre con una salsita de ajo y zanahorias, y cebolla, y laurel, y un poco de tomillo?

Eduarda

—Eduarda, ¿qué ha pasado?
—Nada, señorita, el pijotero gato, que a poco hace una que se vea.
—Eduarda, repórtese. Ya le tengo dicho que cuando haya visitas no llame usted pijotero al gato. Llámele usted rebelde, travieso, juguetón o incluso calamidad, pero no pijotero. Ya le tengo dicho que es de mal efecto. ¡Eduarda, es usted incorregible! ¡Que no se lo tenga que volver a repetir!
La mamá de Alicita miró para Sisemón.
—Usted sabrá disculparnos, joven. Esta Eduarda es una mula de varas.
—Mamá, por Dios...
—Tienes razón, hija, la hacen perder a una los estribos.

Santa Balbina, 37, gas en cada piso

Eduarda es gorda y jacarandosa. Eduarda camina como los sargentos de la policía montada del Canadá, con las patas abiertas. Eduarda pisa firme y llena de bravura, igual que un pablorromero. Eduarda luce un bigote gracioso y poderoso que se afeita, en seco, los sábados y vísperas de fiesta. Eduarda gasta medias de algodón. Eduarda tiene un novio flaquito que toca el violín. Eduarda es de Turleque, en la provincia de Toledo, pueblo que cría el mixto tranquillón y la áspera escaña, la almorta a la que algunos dicen tito y el salicor vivaz y barrillero. Eduarda habla un castellano tan directo y cervantino que no se puede ni repetir. Eduarda baila el pasodoble mandando. Eduarda está en Madrid desde hace ya diez o doce años, pero ni se le nota.

—Eduarda.
—Mande, señorita.
—Vaya usted a la mercería y diga que le den dos ovillos de cotón perlé blanco.
—Sí, señorita.

Eduarda va a la droguería, que está al lado de la mercería, y trae asperón. Eduarda es mujer olvidadiza. Eduarda no tiene mala idea, lo que le pasa es que tampoco tiene memoria.

—Eduarda.
—Mande, señorita.
—¿Me trajo usted el cotón perlé?

Eduarda, entonces, se cae del guindo.

—¡Pero qué tonta soy!

Otra vez en la calle, Eduarda, que no recuerda a ciencia cierta a qué ha bajado, compra el *ABC*. Eduarda no sabe leer ni escribir pero distingue muy bien el *ABC* de los demás papeles.

—Eduarda.
—Mande, señorita.
—No se olvide de echar sal al cocido.
—No, señorita.

Eduarda, se conoce que para no olvidarse de echar sal al cocido, vuelve a echar sal al cocido.

—Más vale tener que desear, ¿verdad, usted?
—Hombre, ¡según!

La familia, aquella tarde, se la pasa bebiendo agua para bajar el cocido, para despegar la sal del paladar y de la lengua, del gaznate, del bandujo y de los demás tramos de ambos intestinos.

—Eduarda.
—Mande, señorita.

—Esta tarde van a venir unos señores de mucho respeto; póngase usted limpia.
—Sí, señorita.
Eduarda, para dejar bien a su señorita, se afeita el bigote, se viste de domingo y se da colonia. Eduarda, recién afeitada, vestida con el traje de paseo y oliendo a pachulí, no gana: pierde. Eduarda, al natural, no está bien aunque sí, al menos, mejor que al artificial. Es curioso: hay mujeres bellísimas a las que les pasa lo mismo.
—Eduarda.
—Mande, señorita.
—Téngalo bien presente: si una señora pide té, no hierva el irrigador que no es para eso. Saque una tacita, como si fuese café. ¿Me entiende?
—Sí, señorita.
Eduarda no acaba de entender las raras costumbres de la ciudad. Eduarda, como es bien mandada, se calla y dice que sí a todo. A Eduarda le gustaría acertar; lo que pasa es que, con frecuencia, no le dejan.

Pacorro, nene pirotécnico

Castilleja de la Cuesta es pueblo ruidoso y jaranero, con camiones rugidores, radios vociferantes y ni un solo niño mudo, o, al menos, afónico. A la puerta de la bodega de Pinto Villadiego, un nene pirotécnico se ensaya en machacar pistones entre dos piedras; la puñetera criaturita está feliz.

—Oye, rico, ¿cómo te llamas?
—Pacorro, pa zervile.
Pacorro tenía voz de grillo tenor.
—Oye, Pacorro, ¿lo pasas bien?
—Zí, zeñó; ezto e la má e divertío.
—Bueno, bueno...

El vagabundo, ante las euforias del juvenil polvorista, prefirió huir. El vagabundo no temió que Pacorro le saltase un ojo; de lo que sí estaba seguro es de que acabaría fundiéndole el tímpano de los oídos. Cuando un mozo sale sable, lo mejor es ni verlo.

Primer viaje andaluz, capitulillo 22,
«El Aljarafe, entre las dos Castillejas»

Pacorro tiene tendencias polvoristas. Pacorro ama el deleitoso ruido de los cohetes, el agrio restallar de los pistones, el violento crujir de los garbanzos de pega que llenan, al arder, el aire de un acre aroma venenoso. Pacorro cumple los siete años el día de San Pancracio, mártir, y de su tío paterno San Dionisio, que cae por mayo, el 12 de mayo. Pacorro no es sonrosado ni alto ni gordo, sino más bien renegrido, canijo y desmedrado. Por el breve cuerpo de Pacorro se pasea, como Perico por su casa, un alma de artillero o de minero, un alma aficionada al estruendoso rugido del cañón o al sobrecogedor chasquido del barreno que revienta la piedra. Pacorro tiene extraños instintos de dinamitero, exactas y concretísimas querencias que lo sujetan, diríase que con garfio de hierro, al raro y lleno mundo de los explosivos. Pacorro, cuando no tiene un real para gastárselo en salvas, canta flamenco, hace ruido con una lata, persigue perros, apedrea gatos y, a la oscurecida, silba a las parejas. Pacorro va para hombre de acción; solo le falta crecer y encarrilar la acción. Pacorro, en su casa, tiene mala prensa; el único que lo defiende es el abuelo que, el pobre, está paralítico y no se levanta de su sillón de ruedas. Pacorro quiere mucho a su abuelo: le va a buscar el periódico, o a comprar vino, o tabaco, o papel de fumar, o lo que quiera, a él le es lo mismo. Pacorro y su abuelo tienen, a veces, muy largas y prolijas conversaciones sin pies ni cabeza y sin principio ni fin. El abuelo de Pacorro da mucho crédito a las opiniones de su nieto. Pacorro, en justo pago, tiene muy en cuenta los puntos de vista de su abuelo. El abuelo de Pacorro se llama el señor Damián y es picador de toros retirado. El señor Damián, en los ruedos, se llamó Damián González, Castillejano II, y dejó fama de pundonoroso y valiente. A Pacorro le gusta mucho oírle contar las viejas y confusas historias de sus años mozos.

—¿Y yo podré ser picador, abuelo?

—Tú aún tienes que engordar, Pacorro. Tú aún eres muy liviano para aguantar el envión del toro.

Al abuelo de Pacorro no le gustaría que su nieto, andando el tiempo, llegase a picador.

—Mientras sea chiquillo, lo mejor es que tire cohetes; así

se desahoga. Y cuando crezca..., cuando crezca ya se verá lo que hacemos con él. Pacorro no tiene pelo de tonto; lo mejor sería darle algunos estudios. En fin, mis hijos sabrán. Cuando Pacorro crezca, a Castillejano II se lo habrán llevado ya con los pies para adelante...

El consumero Ceferino

A mí me divertían aquellas andanzas y correrías, pero lo malo fue cuando una vez el Ceferino dejó sordo de un cate al Paquito, que era el hijo del secretario, que empezó a echar sangre por el oído y rugidos y espuma por la boca, que mismo parecía que le había dado un ataque, porque el Ceferino, que era taimado como un lagarto, me echó la culpa a mí, y el Paquito se calló, con lo que vino a suceder que los palos del secretario me los llevé yo, y mi amo el licenciado se vio en la obligación de reprenderme, para lo que me tuvo encerrado dos semanas en la tienda y me negó el recibo de los seis reales aquel mes: que la pena, como él me dijo, hay que notarla en el bolsillo, que en las carnes cicatriza y en la libertad no a todos impresiona.

Nuevas andanzas y desventuras
de Lazarillo de Tormes, tratado VII

Al Ceferino, cuando llegó a mayor, lo hicieron consumero.
—¿Nombre?
—Ceferino.
—¿Apellidos?
—Almodóvar Cañada.
—¿Natural de...?
—De aquí, de Belinchón.
—¿Edad?

—Veintitrés años.
—¿Sabe leer y escribir?
—Sí.
—¿Servicio militar?
—Cumplido.
—Bien; firme aquí.

El Ceferino, con su pincho, su gorra de plato y sus andares parecía una autoridad.

—¡Hay que ver lo que lucen los mozos con uniforme!
—¡Sí, hija, sí! ¡No me lo recuerdes!

El Ceferino no era un funcionario manso sino un funcionario bravo; los funcionarios bravos son muy peligrosos para el contribuyente, muy difíciles de lidiar.

—¡Anda, que la que se le escape al Ceferino!
—¡Ya, ya! ¡Este tío es un lince!

El Ceferino, en el cumplimiento del deber, era como un general prusiano pero con peor intención, si cabe. El Ceferino, en el contribuyente, no veía un contribuyente sino un enemigo al que había que exterminar (teoría de Von Clausewitz) o, al menos, esquilmar (teoría de Napoleón Bonaparte). El Ceferino, en cuanto atisbaba un contribuyente, se le arrancaba por derecho y como un miura.

—Abra el saco.
—No llevo nada.
—¡Que abra el saco, le digo! ¿Y este pollo?
—Es un regalo para el señor alcalde.
—¡Como si es para el gobernador! ¡Por este pollo tiene usted que pagar cinco reales!
—¿Y si no los tengo?
—Si no los tiene, los busca. Y el pollo responde. ¡Ahora haga usted lo que quiera!

El Ceferino era el azote de los matuteros; el espanto de las mujeres que bajaban a la ciudad a comprar y vender; el terror de los campesinos que perseguían, tercos y honestos, los bien sudados —y siempre escasos— cuartos del trapicheo.

—Lo mandado es lo mandado, lo siento por usted. A mí me tienen en la caseta para que se cumpla lo mandado. ¡O afloja usted la mosca o me incauto de la mercancía! ¡Allá usted!

Una noche, en el mesón del Mirlo, los matuteros se reunieron en sanedrín.

—Al río no lo debemos tirar, no merece la pena. El Cobo, en este tiempo, corre medio seco.

—No; yo decía al Tajo, ¡ese sí que trae agua!

—El Tajo está a más de dos leguas; por el camino podemos encontrarnos con los civiles.

—Sí, ¡eso, sí!

Los conspiradores, tras un prolijo y dialéctico tira y afloja, acordaron llevarlo hasta las eras y sacudirle una paliza de pronóstico.

—Yo creo que con eso se calmará.

—¡Hombre, sí! Una soba a tiempo le baja los humos hasta al lucero del alba.

Aquella noche, cuando el Ceferino se iba a dormir, le cayeron tres enmascarados por la espalda. La técnica fue fácil: le metieron un trapo en la boca, le ataron los pies y las manos y le taparon la cabeza con un saco. Después se lo llevaron hasta las eras y lo amarraron a un poste del telégrafo. Entonces empezaron a zumbarle. Lo malo fue que al Florentino, que era barbero, se le ocurrió cortarle una oreja. El Ceferino rugió, pateó, suplicó, escupió y amenazó, pero se quedó sin oreja.

La señorita Conchi

—La señorita Conchi es de aquí de la provincia, es de Puebla de la Mujer Muerta.
—Ya.
La señorita Pili llevaba un jersey color burdeos, la señorita Maru llevaba una rebeca beige, la señorita Loli llevaba un *sweater* verde manzana, la señorita Conchi llevaba una blusita cruda algo zurcidilla por el sobaco.

Timoteo, el incomprendido

A la señorita Conchi casi ni se le nota que esté picada de viruelas; la señorita Conchi, para taparse las marcas de las viruelas, se da en la cara un engrudo de confección casera que, a veces, le produce granos. La señorita Conchi es medio tonta; se defiende porque es jovencita y monilla. Lo malo será cuando le pasen los años por encima, con su carga de arrobas... En fin, ¡para qué pensar!

La señorita Conchi no es alta ni gorda sino menuda y bien proporcionada. La señorita Conchi, a pesar de ser tímida como una liebre, lleva el pelo teñido con reflejos violetas. La señorita Conchi es miope, lo que le da al mirar un indudable encanto. La señorita Conchi no tiene padre, ni madre, ni perrillo que le ladre. La señorita Conchi está más sola que un hongo, pero ni se da cuenta. La señorita Conchi, como discurre poco, es de buen conformar.

—Peor están otras, ¿verdad, usted?

—Sí, hija, sí. En esta competencia de calamidades siempre consuela mirar para abajo. Tú, no te prives.

La señorita Conchi baila bastante bien, con mucho sentimiento. La señorita Conchi no es artista; la señorita Conchi ni canta ni baila en el tablado. La señorita Conchi canta en su casa, cuando le da la gana, y baila por las tardes y por las noches —en la sala de fiestas donde trabaja— cuando la sacan a bailar.

—Señorita, ¿usted baila?

—Sí, caballero, encantada.

La señorita Conchi, a pesar de que no es artista, dice, con frecuencia, que tiene alma de artista... Se lo oyó a un estudiante de medicina de quien anduvo medio enamoriscada, le gustó, y ahora lo repite, venga o no venga a cuento.

—Porque lo que le pasa a una, ¿sabe usted?, es que una será lo que sea, y a nadie le importa, pero una tampoco es una del montón: una tiene alma de artista.

—¡Ah, ya!

La señorita Conchi vive en la costanilla de los Desamparados, en un sotabanco húmedo y con olor a lombarda, donde tiene alquilada una habitación con derecho a cocina. Su patrona, cuando la señorita Conchi tuvo las paperas, la cuidó muy bien, con mucho cariño y miramiento.

—Usted, para mí, es como una hija, señorita Conchi, ya sabe que se le aprecia.

—Muchas gracias, señora Antonia; una sabe agradecer los detalles porque una, ¡qué quiere usted!, tiene alma de artista.

—Claro, debe de ser por eso. ¡Ya decía mi difunto Vicente, que en paz descanse, que las artistas son muy agradecidas!

La señorita Conchi, por consejo de su patrona, toma aceite de hígado de bacalao, a ver si engorda un poco. Las muchachas están mejor algo llenitas.

Los hijos del primer matrimonio de don Segismundo

Don Segismundo guardaba de su primera mujer, de Rosita, cinco hijos, la madre y una hermana soltera, algo tonta. De la segunda, de Lolita, que se murió porque se comió un plato de arroz donde había caído una caja entera de cerillas y era tan burra que ni lo notó, conservaba cuatro pollos y la madre. De la tercera, de Isaura, había ya recibido siete hijos que vinieron poco a poco y como Dios manda, y la madre y tres hermanas que vinieron de repente, quizá demasiado de repente. Como los hijos, aun los mayores, salieron vagos y mangantes, y como no había forma humana de hacer carrera de ellos o, por lo menos, de que se marchasen, don Segismundo se encontraba a las horas de la comida con dos docenas de personas a su alrededor: su señora, las tres suegras sucesivas, cuatro cuñadas y dieciséis hijos.

«Dos caminos», en *Cajón de sastre*

Los cinco hijos que le dejó —*ab intestato*— la Rosita a don Segismundo eran cinco zánganos mal criados que aportaban muy escasa utilidad. Los garzones se llamaban, de mayor a menor, Segismundo, Segundo, Tercio, Cuarto y Quintín y servían para poco y para nada bueno. Segismundo se vino a Palma de Mallorca y está de ascensorista en un hotel; se defiende porque, a horas perdidas, se dedica al rentable y caritativo oficio de pasear suecas ancianas e inconformes con el calendario. Segismundo, ante el alza observada en la demanda de sus servicios y compañías, está pensando en aumentar las tarifas.

—Hasta sesenta años, se les pueden aceptar veinte duros. Después, ya no. Por encima de los sesenta, o pagan cuarenta duros o las baila Rita la Cantaora. Comprenda usted que yo no estoy para perder el tiempo.

Don Lamberto Puig Porreras, de oficio protésico odontólogo y de afición criador de palomas mensajeras, siempre se había mostrado muy partidario de explotar sin mayor miramiento a las ancianitas temperamentales.

—¡Diga usted que sí, hombre, diga usted que sí! ¿Qué menos que cuarenta duros?

Los otros cuatro productos del matrimonio don Segismundo-Rosita seguían en el pueblo, nutridos de sopa boba, dados al dominó y aburriéndose como gatos de sacristía.

—¿No se piensa usted traer a sus hermanos? Yo creo que aquí habría sitio para todos.

—Sí, eso sí... Lo que sucede es que el viaje es muy caro. Voy a ver si este año puedo traerme a Segundo, que es bizco, pero muy gracioso. A mí me parece que aquí podría defenderse.

Segismundo estaba muy preocupado con el porvenir de los suyos.

—Los míos son los hijos de mi madre —decía—; los hijos de los demás matrimonios de mi padre ya se las apañarán. Tercio sabe de cartomancia. ¿Aquí hay afición a la cartomancia?

Don Lamberto Puig Porreras se quedó algo cortado y no supo qué contestar.

—Pues, hombre, ¡según cómo se mire!

—Ya. El otro, Cuarto, toca la ocarina, pero es muy holgazán y no aprendió a leer ni a escribir. Lo mejor va a ser casarlo con novia rica. No es fácil, pero habrá que espabilarse; si no, ¿de qué va a comer?

Don Lamberto Puig Porreras asintió.

—¡Claro!

—El pequeño, Quintín, es listo como una ardilla y muy guapito. Además juega bastante bien al fútbol y tiene mucha simpatía, mucho don de gentes.

El ascensorista Segismundo de la Trova Mediano, el hijo mayor de don Segismundo de la Trova y Díaz, procurador de los tribunales y modelo de esposos con vocación y de padres prolíficos, tenía la cabeza poblada de muy responsables pensamientos. Lo malo es que su memoria era escasa y en cuanto volvía la cara se le olvidaban.

—Con la intención basta, ¿verdad, usted?

—¡Hombre, según! También se dice que de buenas intenciones está empedrado el reino de los infiernos.

Segismundo bajó el mirar, humildemente.

—Sí, eso es lo malo...

El noble oficio del pregonero

Pues la gente, digo, hizo el silencio y el pregonero Simón, después de dar tres toques y ponerse con un pie para delante, echó sus palabras, que todos aprobaron con agrado y a nosotros nos llenaron de contento.
—Este sí que es bueno —le decía por lo bajo el señor alcalde al secretario—, mucho mejor que el Juan, ya se lo decía yo. Este tiene cariño a las palabras y, si lo hubieran agarrado por Salamanca, seguro estoy que hubiera llegado muy alto.

Nuevas andanzas y desventuras
de Lazarillo de Tormes, tratado III

Los pregoneros no necesitan ser guapos para llamar la atención; a los pregoneros les basta con la corneta y el fuelle: la primera la pone el ayuntamiento, y el segundo, la naturaleza. Los pregoneros no ponen más que el viento y la buena voluntad.
—¡Tararí...! De orden... del señor alcalde... se hace saber..., etc.
Lo que se hace saber de orden del señor alcalde no suelen entenderlo los vecinos pero eso, bien mirado, es lo que menos importa, ya que lo que se hace saber de orden del señor alcalde, por regla general, es siempre lo mismo. La verdad es que los alcaldes no son muy variados ni muy originales en los pregones que mandan echar.

—¿Y tú no lees el papel?

—No, señora, eso siempre desluce. Un servidor se sabe los pregones de memoria y, cuando los olvida, se los inventa. No pasa nunca nada.

—¿Y si pasa?

—No, señora, no pasa. Le juro a usted que no pasa nunca nada.

—¡Más vale!

Hay pregoneros corrientes y molientes, que pregonan su municipal y administrativa mercancía en frío y sin emoción alguna; pero también hay pregoneros que son unos verdaderos artistas, pregoneros a los que da gusto ver y escuchar.

—Un pregonero que se precie, señora, no se cambia por nadie. A un servidor va ya para cinco años que le ofrecieron la plaza de alguacil, que es más descansada, pero un servidor, ¡qué quiere!, prefirió seguir con la corneta. Esto es igual que un vicio, señora: algo que cuesta mucho trabajo dejar.

Los pregoneros se clasifican, por su técnica, en tres especies diferentes; ligeros, líricos y dramáticos. Un buen pregonero abarca los tres registros, pero buenos pregoneros —todo hay que decirlo— hay pocos.

—¿Cuántos habrá?

—No lo sé, señora, eso es muy difícil saberlo. Pero hay pocos, créame, cada vez menos.

Los pregoneros ligeros son muy aptos para anunciar los títeres y las vísperas. Los pregoneros líricos cantan como nadie el precio de la uva y la visita del señor gobernador. Los pregoneros dramáticos se usan mucho para hablar de toros encampanados, de niños perdidos y de contribuciones con las que todos tenemos que contribuir.

—¿Y se distinguen por fuera?

—No, señora, se distinguen por dentro, mirándolos al trasluz. Los pregoneros ligeros tienen las costillas ágiles y finitas; los pregoneros líricos enseñan el espinazo florecido, y los pregoneros dramáticos, dándose cuenta de su seriedad, muestran el corazón transparente y como de vidrio de botella. Si no es mirándolos al trasluz, señora, con una vela por detrás, no pueden distinguirse.

Simón, el pregonero, no solo estaba orgulloso de su noble oficio sino que también se sabía, la mar de bien sabida, su teoría.

—Esto es como el toreo, señora, que parece difícil y además lo es. Aquí no hay engaño, señora, aquí lo que se requiere es arte y seriedad.

La señora de la mesa de al lado

El joven de provincias, de golpe, vuelve a la realidad. Cuando se tranquiliza, deja a los pintores y se acerca a Rosaurita. Si tuviera valor, se le declararía. Rosaurita está hermosa como nunca. Rosaurita habla con una señora de la mesa de al lado, con una señora vagamente bigotuda que tiene todo el aire de haber sido muy desgraciada, primero con su marido, que era un barbián, y después con sus hijos, que eran un hato de golfos descastados.

—Yo tengo un vecino que es propietario de un «taxi» de los nuevos, de esos que les han bajado un poquito el piso y que sobre la puerta tienen un letrero que dice «Fácil entrada», que le puede poner un parche a su faja sin cobrarle mucho; es un hombre muy considerado. A mí me puso ya tres: uno aquí, otro aquí y otro aquí. Si no hubiera tanta gente, íbamos al tocador y se los enseñaba.

Café de Artistas, cap. III

La señora de la mesa de al lado se llama Serafina pero, desde que se quedó viuda, se firma Olga.

—¿Y qué firma?

—No, como firmar, no firma nada; es solo una manera de decir las cosas.

—¡Ah!

Serafina, antes de firmarse Olga, había sido siempre muy

desgraciada; su marido, que en paz descanse, fue un gaznápiro que no sirvió jamás para nada que no fuera irritar los nervios a su señora. El marido de Serafina se llamó don Miniato, nombre que decidió su padrino, al pie mismo de la pila bautismal, al ver lo canija que era la criatura. Su padrino, don Urbano Garvín Carrascalejo, era un señor de muchas energías.

—¡Vaya asco de niño! —empezó a decir, sin respeto alguno para las circunstancias— ¡A esta piltrafa o le ponen Miniato o no pago el bautizo!

—Repórtese usted, señor Garvín —le dijo el cura—; si Miniato viene en el santoral, yo no tengo inconveniente alguno en ponérselo. ¡A ver, Deogracias —le dijo al sacristán—, mira a ver si viene Miniato!

Deogracias buscó el índice alfabético.

—Sí, señor, aquí está: Miniato, mártir, 25 de octubre, aquí lo pone.

El cura se encogió de hombros.

—Bueno, bueno... ¡Ya se las apañará cuando sea mayor!

Miniato, vamos don Miniato, mayor, lo que se dice mayor, no lo fue en su vida, al menos por fuera. Don Miniato no levantó nunca por encima del metro y medio, ni dio jamás en la romana de los consumos (que era donde solía pesarse) más de las cinco arrobas. Las amigas de la Serafina solían decirle:

—¡Pues, anda, hija, que con un marido así, no sabemos de lo que usted se queja! ¡Si no tiene media torta!

—¡Huy, mi buena amiga, cómo se ve que usted no lo conoce! ¡Es una fiera, se lo juro, una verdadera fiera! ¡Si usted lo viese cuando se sulfura!

Las amigas no se lo creían del todo.

—Pero, bueno, vamos a ver, ¿usted ha probado a darle con la mano?

Serafina, después Olga, era una mujer que sentía muy hondamente la fuerza de las instituciones.

—No, jamás. ¡Una esposa no debe faltar nunca al respeto a su marido!

—Bueno, eso es según cómo se mire. Allá usted con sus puntos de vista, pero después no se queje.

Serafina, después Olga, cuando enterraron a don Miniato, muerto a resultas de un atropello de bicicleta, empezó a gozar de la vida y a respirar.

—¡Qué bien se está de viuda! —decía a sus íntimas—. Que el pobre Miniato, que en paz descanse, me perdone, pero ¡qué bien se está sin él al lado!

—¡Claro, mujer! —le consolaban las visitas—. ¡A la larga, todos los maridos son unos pelmas! Y los pequeñines, ¡peores!, téngalo por seguro.

Serafina, después Olga, tomaba el fresco, todas las tardes, en el paseo de Recoletos. La pobre tenía que desquitarse, que recuperar el tiempo perdido bajo el dominio de Miniato, que en paz descanse.

Los sueños de grandeza de Heliodoro Calzadilla

Al fondo del semioscuro salón, un violinista melenudo y lleno de literatura toca, apasionadamente, las czardas de Monti.
  Los clientes beben: los hombres, whisky; las mujeres, champán; las que han sido porteras hasta hace quince días, beben pippermint. En el local hay todavía muchas mesas, es aún un poco pronto.
  —¡Cómo me gusta esto, Pablo!
  —Pues hínchate, Laurita, no tienes otra cosa que hacer.
  —Oye, ¿es verdad que esto excita?

La colmena, cap. IV

  —Si yo fuera rico, muy rico, me compraría dos o tres violinistas para disecarlos.
  —Pero, hombre, ¡no diga usted barbaridades! Eso, lo más seguro es que esté prohibido por la ley.
  —Bueno, ¡pues mala suerte! De todas maneras, como no soy rico, no hay peligro, descuide. Los pobres ya estamos acostumbrados a quedarnos siempre con las ganas. ¡Los pobres tenemos la negra, compañero! ¡Qué le vamos a hacer!
  El violinista de las melenas y las czardas de Monti se llamaba Floro Tordehumos Gutiérrez y era de la provincia de Valladolid; él decía que se llamaba Nicolás Nitoryj, con *y*, con *j*, y que había nacido en Budapest, a orillas del Danubio

azul, pero no, no era verdad: el violinista Floro, como se viene diciendo, era de la provincia de Valladolid, de Aguilarejo, a orillas del Pisuerga azul que, de otra parte, es un río muy digno.

—Nicolás, ¿querrá usted darle a una polonesa de Chopin?

Nicolás, en público, hablaba con acento extranjero, como los prestidigitadores de los pueblos, y con un vocabulario muy relamido y circunspecto. En privado (vamos, quiere decirse que en familia), ya era otra cosa.

—¡Oh, gentil señorita! ¡El divino Chopin! ¡Claro que deseo complacerla, no faltaría más! ¡Con mil amores!

Las señoritas complacidas, por lo bajo, solían pensar:

—Este hombre es un sol, ¡lo que se dice un verdadero artista!

En alta voz, sin embargo, las señoritas complacidas no decían ni una sola palabra, no fuera a hacer el diablo que el acompañante se picase y se negara después a pagar el vermú. En eso hay que andarse con mucho ojo porque todo puede echarse a rodar, en un descuido.

—Gracias, Nicolás.

—De nada, amable señorita.

Nicolás Nitoryj —en el mundo Floro Tordehumos Gutiérrez— libraba sin que lo disecasen porque Heliodoro Calzadilla, su presunto taxidermista, era más pobre que las ratas. Nicolás Nitoryj jamás supo el peligro que se cernía sobre su cabeza. Los violinistas suelen ser muy confiados y bondadosos y ni se imaginan siquiera que pueda haber quien sueñe con disecarlos.

—Esa melena es postiza. A mí se me hace que este tío es un mangante que lo único que sabe es tocar el violín. ¡Anda, que, si yo fuera rico, iba a librar!

—Pero bueno, ¿qué le ha hecho a usted este hombre?

—A mí, nada. ¡Hasta ahí podíamos llegar! Pero, si me toca la lotería, ya puede poner tierra por medio.

Heliodoro Calzadilla tenía sueños de grandeza. De haber

nacido rico Heliodoro Calzadilla, los violinistas hubieran tenido que emigrar a muy remotas —y más clementes— latitudes. Afortunadamente para ellos, Heliodoro Calzadilla no tenía un duro ni de donde pudiera venirle.

El pastor de ovejas

Un pastor guarda la majada en el hocino de un arroyo. Es un hombre cincuentón, barbaján, con la piel curtida, que habla poco al principio, hasta que se va animando. Se llama Roque y ha cazado un garduño a palos, un garduño que enseña al viajero.
—¿Cuánto me da?
—Pida usted.
—No, yo no pido.
El hombre tira el garduño.
—Ya me dará algo si se lo quiere llevar.
—¿Hacen dos duros?
El pastor abre unos ojos de asombro.
—¡Vengan!

Viaje a la Alcarria, cap. VIII,
«Del arroyo de la Soledad al arroyo Empolveda»

Roque tiene cincuenta y seis años, contados uno a uno, y representa, ¡vaya por Dios!, veinte más. Roque lleva ya medio siglo, por lo menos, en el monte, con las ovejas: hablando con ellas, cuidándolas del lobo, arreándoles cantazos para gobernarlas, para meterlas en orden y en vereda. Roque huele a sudor y a tomillos, a mugre y a cantueso y a aire libre; el olor de Roque no es producto de la improvisación sino secuela de la tradición, es un olor que denota mucha sabiduría, mucha paciencia. Roque luce mil surcos en la cara: todos del sol y del viento menos uno, el más hondo, que se lo trajo de recuerdo de la capital, de un botellazo que le dieron.

—¿Y eso?

—Pues ya ve usted: que a un servidor le endiñaron a modo.

Roque gasta pantalón de pana y abrigosa zamarra de vellón, caritativo picote de zalea. Roque calza abarcas de neumático, que son las mejores, y se cubre las lanas de la cabeza con una boina histórica, derrotada, sabrosa. Cuando era joven, Roque, a veces, se quitaba la boina para saludar.

—Buenos días, Roque.

—Buenos días nos dé Dios, señora.

Roque, hace ya muchos años, tuvo amores con una moza de El Olivar que murió de las calenturas. Roque, de vuelta del camposanto, se juró no volver a meterse en danzas jamás.

—No. Lo de la Petrita fue un aviso, bien lo veo. Se conoce que lo de un servidor es el monte, que un servidor no tiene hechuras de casado.

—Pero, hombre, eso no se puede decir. La Petrita era muy buena y limpia, todos lo sabemos, pero en el mundo quedan otras mozas: en El Olivar, en Durón, en Budia, ¡qué sé yo!

—Sí; eso sí... Pero el sitio de un servidor es el monte, un servidor no se lo sabría explicar...

Roque tiene la naturaleza alegre y saludable, pero no alborotadora ni jaranera. Roque, a veces, discurre con el suave aliento de los poetas antiguos. Roque es muy ecuánime.

—Roque.

—Mande, usted.

—¿Va a llover mañana?

—Por el cielo, parece que sí: por el color del cielo y otras señales. Pero el cielo hace, al final, lo que le da la gana. Un servidor no manda en el cielo.

Roque sopla en el caramillo muy tiernas y armoniosas melodías. Roque, cuando de tarde en tarde baja al pueblo, aprende en la radio del café los pegadizos compases de los anuncios. A Roque, de haber tenido posibles, le hubiera gustado aprender a tocar el violín.

—Para eso hay que ser rico y vivir, como los señores, en la capital; con la humedad del monte, se le echarían a perder las tripas, que son muy delicadas...

Serafín, pinche de Betanzos, visita Hong-Kong

Cuando me hicieron presidente de la Cámara de Comercio de Miami, diez años más tarde, y director del economato de la *Philanthrophic*, me acordé un buen día de repente de Betanzos.
    Tuve unas terribles luchas conmigo mismo, de las cuales mi espíritu salía con harta frecuencia destrozado.
    Hice mi equipaje y me marché.
    Antes escribí una tarjeta al secretario de la Cámara. Decía así:

> *Hay un pinche de Betanzos*
> *que se llama Serafín*
> *y que cuece los garbanzos*
> *en la marmita de Papín.*
> *Good bye!*

«El Club de los Mesías»,
en *Nuevo retablo de don Cristobita*

Serafín, pinche de Betanzos, había dado ya tres veces la vuelta al mundo. Una vez, en Liverpool, preguntó que hacia dónde caía Betanzos pero su informador, que era un noruego muy bromista que tenía el pelo colorado, le dio mal las señas y Serafín, después de mil rodeos y peripecias, llegó a Hong-Kong. Al principio creyó que estaba en el Musel, que es un puerto de

Asturias, pero después, cuando se percató de que estaba en China, se puso rabioso.

—¡Ese tío me las paga! ¡Vaya si me las paga! ¡Los betanceiros no aguantamos que nos quiera tomar el pelo un noruego! ¡Hasta ahí podíamos llegar!

Serafín, en Hong-Kong, puso una churrería que tuvo mucho éxito, puede ser que por lo de la novedad. Allí en su churrería fue donde conoció a la señorita Ma-Chi-Tsé, una china muy aparente que tenía una tienda de espejos que se llamaba, como es de sentido común, La flor de loto. Serafín, que era hombre a quien gustaba adaptarse a las costumbres de los países visitados, también puso a su churrería La flor de loto.

—¿Le gusta el nombre?

—¡Ya lo creo! ¡Es la mar de bonito!

Serafín sonrió, lleno de dicha.

—¿Y lo encuentra usted original?

—Original es poco, amigo mío. Lo encuentro apropiado, idóneo, sugestivo.

—¿Tanto?

—Sí, amigo mío, como usted lo oye: apropiado para una churrería, idóneo para los productos que en ella se elaboran, sugestivo para el cliente, para el buen aficionado a los churros, a los buñuelos, a los tejeringos y a las porras.

—Bueno, bueno. ¡Más vale así! ¡No sabe usted cuánto le agradezco los buenos ánimos que me da!

Andando el tiempo, Serafín le declaró su amor a la señorita Ma-Chi-Tsé, la de los espejos.

—Oiga, Ma-Chi-Tsé.

Ma-Chi-Tsé le cortó.

—Llámeme Ma, a secas, que hace más íntimo.

—Bueno, como usted guste. Ma.

—Qué.

—La amo.

—Y yo.

—¡Caray!

—Qué.

—Nada; que no esperaba convencerla tan pronto.

Serafín, un poco alarmado por su rápido éxito ante la señorita Ma-Chi-Tsé, consultó con un paisano suyo que era lego marista y hombre de tanto mundo como sabiduría.

—¿Qué le parece a usted que haga? A mí, tanta facilidad me da mala espina, ¡qué quiere!

—¡Y a mí! Las chinas son muy pegajosas. Lo mejor es que se largue usted cuanto antes; si no, la va a pringar.

—Bueno, bueno... Le agradezco a usted el consejo, yo también creo que lo más prudente será irse.

Serafín, entonces, lio el petate y se marchó en el primer barco en el que le dejaron entrar. Por el traspaso de la churrería le dieron setenta libras; no fue mucho, esa es la verdad, pero menos da una piedra.

La joven Genovevita

No me hice rogar más; cogí la gorrilla y empujé la puerta y fui en busca del don Julio que tanto mi ama parecía precisar. Como en su casa no estaba, anduve tras él por todo el pueblo, hasta que me lo topé poniéndole unas cataplasmas a la joven Genovevita, la hija de los Rubios, por mal nombre, el señor Pantaleón Cortada y la señora Juana Soto, gentes de buena posición que habían hecho unos ahorros con la carnicería que heredaron de una tía de ella, muerta sola, soltera, vieja y engañada.

*Nuevas andanzas y desventuras
de Lazarillo de Tormes*, tratado VIII

La joven Genovevita apenas sabía leer ni escribir pero, en cambio, se daba muy buena maña para matar pollos, bordar sábanas y almohadas y colocar, primorosamente y con mucho arte, las flores del altar de san José. La joven Genovevita era bestial y dulce, como un lobezno, y gastaba unos historiados y complicadísimos cancanes de nylon, todos llenos de lazos de color de rosa. La joven Genovevita no tenía mucha aptitud para discurrir, lo que le granjeaba la irrefrenable simpatía de sus mayores. La joven Genovevita era sencilla, de natural, y vistosilla y presumidilla, de artificial. La joven Genovevita estaba novia del garzón más cursi de toda la comarca.

—¿Del Robertito Barbués, el de la señora Candelaria?
—Sí, de ese.

El Robertito Barbués, el de la señora Candelaria, hacía versos...

—Claro, es lo más natural.

... coleccionaba fajas de puros...

—¿Y por qué no se los fumaba? ¡Cómo degenera la raza! ¡Su padre se pasó treinta años coleccionando fajas de señora!

... se peinaba a lo Marlon Brando...

—¡Qué tupé!

... y padecía de distonías neurovegetativas.

—Eso se quita con judías con chorizo.

—Pues sí; yo pienso lo mismo.

La joven Genovevita y su novio (ella le llamaba mi prometido Roberto) hacían una pareja muy tal para cual.

—¿Me quieres, pichón?

—Un horror, cielete, ¡no pienso más que en ti!

El señor Pantaleón, el padre de la joven Genovevita, que era un hombre muy cabal y como Dios manda, llamó un día a capítulo a la niña.

—Genovevita.

—Mande usted, padre.

—Cuando veas a ese novio que tienes y que talmente parece un cómico, dile que lo voy a deslomar a garrotazos.

La joven Genovevita se desmayó y el señor Pantaleón, entonces, mandó a su señora, a la Juana Soto, a buscar a don Julio, el médico.

—La niña no tiene nada. El mal de amores se le quita casándola.

—Pero ¿usted cree, don Julio, que el Robertito puede servir de medicina?

—Pues, hombre, sí; a lo mejor sí.

—Bueno, bueno... La verdad es que cosas más raras se han visto.

El señor Pantaleón, haciéndose un nudo en las tripas, llamó al Robertito.

—¿Tú estás en casarte con la niña?

—Sí, señor.

—Bueno... Pues yo..., ¿cómo te lo diría?, vamos, quiero decirte que me parece bien... A su madre también le parece bien. La niña ya tiene veinte años, que es buena edad para casarse.

—Sí, señor.

El señor Pantaleón, a pesar de sus esfuerzos, no le cobraba simpatía al Robertito.

—¡Sí, qué!

El Robertito pegó un respingo.

—Nada, señor Pantaleón; que sí, que lo que usted diga.

El señor Pantaleón se guardó el genio y los tórtolos se casaron. La boda fue muy rumbosa, pero el matrimonio resultó una ruina. Cuando la joven Genovevita volvió hecha un mar de lágrimas, al hogar paterno, el señor Pantaleón aprovechó para dar gusto al garrote y tundió a palos al Robertito.

Las parejas que bogan en el estanque del Retiro

A Pía le rodaron dos lágrimas por las mejillas.
—Sí...
—Gracias, Pía, lo esperaba...
La Pía, con la voz ronca por la emoción, dijo a don Clodio:
—Clodio, sórbeme esas lágrimas... Tuyas son...
Don Clodio se incorporó para sorberle las lágrimas a la Pía. El bote por poco da la vuelta. Desde la escalinata de Alfonso XII, un guarda chistó, entre ordenancista y patriarcal:
—Compostura, parejita, compostura...
Don Clodio se sintió rejuvenecer. La Pía, ¡qué caramba!, también.

Santa Balbina, 37, gas en cada piso

Las parejas que bogan, dulcísimas y elegíacas, en el estanque del Retiro, no temen al sol, ni al aire, ni a los guardas y otras inclemencias del tiempo; el amor las acoraza contra los embates de la adversidad, por duros que fueren.
—¿Me quieres Rosita?
—Mucho, Leonardo. No te distraigas, no vayamos a volcar. ¿Y tú?
—Yo también, ya lo sabes.
A las parejas que bogan, soñadoramente enfundadas en su traje nuevo, en el estanque del Retiro, no les atemoriza más que

el chapuzón; entre las gentes de tierra adentro, es una actitud muy razonable.

—¿Me quieres, Julita?

Algunas novias llaman al novio por el apellido; esta es cosa usual entre compañeros de estudios.

—Mucho, Recaséns, ¡un horror! No te distraigas, no vayamos a volcar... Aunque nada me importaría morir contigo, te lo juro.

Julita es muy temperamental. Sus tías paternas, que son feas como rayos y todas solteras y sin esperanza de dejar de serlo, dicen que sale a la madre.

—Es igualita a nuestra cuñada, están las dos cortadas por el mismo patrón. ¡Pobre hermano! ¡Con las buenas proporciones que tuvo y en qué árbol se ha ido a ahorcar! En fin, ¡el pobre bien lo está pagando!

Las parejas que bogan, amorosas y tiernas y pegajosillas, en el estanque del Retiro, son de varia edad, de distinto pelaje, incluso de inclinaciones diferentes. Lo único que las unifica es el amor. Quizá también la manera de expresar su amor.

—¿Me quieres, Micaela, alma mía?

—Mucho, Plácido, ¡no lo sabes tú bien! No te distraigas, no vayamos a volcar, ¿Y tú?

—Yo más, vida mía, ¡mucho más!

—No, Plácido, no seas mentiroso. ¡Yo más! No te distraigas, que chocamos.

Micaela está llena de pecas y no tiene demasiada salud. Micaela trabaja de mecanógrafa —jornada intensiva— en una compañía de seguros. Micaela no está para intensidades sino más bien para sopitas y buen vino.

Si Plácido gana a tiempo las oposiciones, la chica quizá se salve. Si no, mala suerte.

—Y usted, Plácido, ¿cree que sacará las oposiciones? —le pregunta doña Fina, su patrona.

—Ya veremos. Estudiar, ya ve usted que estudio. ¡Si tengo algo de suerte!

Las parejas que bogan, anestesiadamente, en el estanque del Retiro, se imaginan a la felicidad como la prima noble y hermosa de la lotería.

—¿Me quieres, Isabelita?

Isabelita es tímida y violenta, sacrificada y enamorada, misteriosa y cruel, todo junto.

—Si no lo sabes, ¿por qué vienes a buscarme todos los días? ¡Arrímate al embarcadero, que me voy!

—Pero, mujer, Isabelita, no me hagas esto.

—¡Es lo que te mereces por dudar de mí! ¡No quiero estar ni un solo minuto más a tu lado! ¡Déjame en el embarcadero! ¡No quiero verte!

A Isabelita, antes de llegar al embarcadero, se le soltó la alborotadora fuente de las lágrimas.

—Perdóname, Joaquín, no sé lo que me digo...

Joaquín la perdonó. A poco más vuelcan.

Consejos a las madres de familia

Una madre de familia que se precie debe encontrar pelos rubios (las madres de familia suelen ser morenas) en la chaqueta del marido; debe llamarle por teléfono a la oficina, a la redacción o al café; debe aguzar el olfato y saber distinguir los perfumes; debe llorar en cuanto dan las diez y media y su marido no ha llegado a cenar, y debe decir con cierta delectación: «¡Esto me pasa a mí por ser decente! ¡Pero una está en su papel!». Naturalmente, si estas palabras no son pronunciadas con énfasis, la madre de familia de turno desmerece, desmerece mucho.

«Los celos», en *Cajón de sastre*

No es sencillo el oficio de madre de familia; para desempeñarlo con cierta soltura se precisan muy concretas dotes de actriz dramática. Si no, da risa y es peor. Cuando una madre de familia oye decir a su cónyuge: «No te pongas dramática, Juana, que me troncho», está perdida y ya no le queda más que abandonar el campo. La dosificación del dramatismo es arte muy complejo, pulso muy equilibrado y que oscila, según los tiempos, como un finísimo barómetro.

Las madres de familia al estilo de Echegaray, aunque abundan, ya no se estilan. Doña Paula Balduque era una madre de familia al estilo de Echegaray. Su marido, don León Zaragoza, tenía que hacer verdaderos esfuerzos para no reírse las tripas.

—¿Y por qué no se ríe usted descaradamente, sin disimular?
—¡Ca, hombre, sería mucho peor! Mi Paula, si se la toma a cachondeo, araña. Mi Paula, ahí donde usted la ve, es muy peligrosa.

Doña Paula Balduque había aprovechado el último verano en Cercedilla para escribir un libro titulado *Agustina de Aragón* y subtitulado *Manual de consejos prácticos a las madres de familia*. La portada se la estaba dibujando una prima suya que era muy mañosa.

—Oiga, usted, ¿y por qué lo titula *Agustina de Aragón*, si era soltera?
—Porque me da la gana, ¡qué pasa!
—No, no; por pasar, no pasa nada. ¡Allá usted! ¡Por mí como si lo titula usted *Robespierre*! ¡Pues sí que me importa!

El libro de doña Paula estaba escrito mojando la péñola en hiel, como decían los periodistas del siglo XIX. Doña Paula Balduque sentía un odio africano por el sexo fuerte.

—¡El mejor, para ahorcado! —solía decir, a modo de saludo, refiriéndose a los hombres.
—Pero, mujer, ¿y su León, con lo bueno que parece?
—¡Mi León, como todos, amiga mía! Ahora está más manso, bien es cierto, pero créame que mi trabajo me cuesta.

Doña Paula Balduque vestía su despotismo de resignación, actitud que suele ser tan peligrosa como confundidora para los demás; el marido, el primero. Doña Paula Balduque sabía corte y confección, repostería y contabilidad doméstica. Cuando las madres de familia salen sabihondas, peor. Don León Zaragoza envidiaba con toda el alma a don Roque Hermosilla, que estaba casado con una analfabeta.

—La señora de mi amigo don Roque es un poco pava, es cierto, ¡pero es tan sosegadora, tan dulce y complaciente!

La señora de don Roque, sobre no saber, tampoco discurría.

—Clotilde.
—Dime, amor.

—Saca pronto la sopa, que tengo prisa.

La señora de don Roque, desde su canapé, sonreía con su mejor sonrisa.

—¡Ay, pero qué tonta soy! ¿Querrás creerme, amor, que se me fue el santo al cielo y que ni me acordaba de que tenía que hacer la comida?

Doña Clotilde era dulce, sí, pero poco práctica. Doña Clotilde tenía buena voluntad, pero poca memoria y casi ningún entendimiento.

Un cuento que no es verdad

Ante el viajero, al borde del río, una mujer corta juncos con un cuchillo. La mujer llegó con una niña pequeña de la mano. La niña va descalza, con los brazos al aire y lleva un lazo morado, grande como un murciélago, sobre la despeinada cabeza rubia. Al llegar a la orilla, mientras la madre apila las varitas de junco, la niña corta lirios en silencio. Llega a tener un montón tan grande como ella misma, un montón con el que no podrá cargar. Zumban los enjambres dentro de las colmenas, en el colmenar que hay a diez pasos del viajero, y el campo huele con un olor profundo, penetrante, distante, casi hiriente.

    Al viajero le pesan los párpados. Quizá, incluso, haya dormido algún instante, con un sueño ligero, sin darse cuenta. Está inmóvil, a gusto, sin sentir las piernas, en la misma postura que tomó al sentarse. No hace ni frío ni calor.

Viaje a la Alcarria, cap. V,
«Del Tajuña al Cifuentes»

Adivina, adivinanza: ¿cómo se llama la moza que, de niña, cortaba lirios a orillas del Tajuña? ¡Qué dolor confesarlo! La niña que cortaba lirios a la orilla del río no llegó a moza: la mató un camión en el camino de Cifuentes; un camión que le chafó el lazo malva, que quedó en la cuneta igual que un lirio ajado y olvidado. Es una historia muy triste, que no quiero volver a recordarla. En vez, voy a contar un cuento que es mentira, que por desgracia no llegó a ser verdad aunque hubiera, ¡vaya por Dios!, podido serlo.

Verán. La moza tiene ya dieciséis o diecisiete años y se llama Rocío, que es nombre saludable y alegre. Rocío, que es muy bella y espigada, canta canciones con muy grata voz mientras se baña, en camisa, en un restaño de la corriente. Rocío es amiga de las ranas del agua y de las abejas de la miel, que jamás le pican. Rocío no sabe nadar pero es tan graciosa que lo parece. Rocío tiene la tez rosada, la mirada azul, el pelo rubio. Por la Alcarria, su país, quedan aún raras gotas de sangre goda, de sangre venida de muy lejos. Rocío es moza de gentiles proporciones, de muy grácil ademán. Cuando anda, Rocío se balancea como la pajarita que dicen aguzanieves y también lavanderita. Cuando se ríe, Rocío semeja un pintacilgo alegre, un colorín enamorado y en libertad. Rocío, que se sepa, no tiene amores. Rocío es muy joven para pensar en novios; todo tiene su tiempo y el tiempo del amor —por las muestras— no llegó aún al corazón de Rocío. Los mozos de Brihuega la cortejan pero Rocío, que es muy alegre, los deja hablar; a ninguno da malas palabras pero ninguno podrá decir, tampoco, que escuchó esperanzas de su boca. Rocío sueña, aunque a nadie lo dice, con que algún verano le declare su amor algún veraneante que esté bien, que sea guapo y rico y de buena familia. Rocío, bien casada, podría hacer una señora muy aparente, una dama que pudiera representar con fundamento su papel. En las historias se leen páginas y páginas de bellas campesinas que llegaron a duquesas y supieron serlo como nadie, con tanto aplomo y tanta distinción como cualquiera. A Rocío le sobran condiciones, lo que le falta es ocasión. La ocasión puede presentarse donde menos se piensa. A lo mejor, dentro de tres o cuatro años, cuando Rocío —que murió de niña— hubiera cumplido los veinte, que es buena edad de matrimonio, le invento un galán...

Adivina, adivinanza —se dirá entonces—, ¿de qué color estaba el cielo la mañana en que se casó la moza que, de niña, cortaba lirios a la orilla del río?

El pelma

El tabernero, después de disponer todo, explicó que se llamaba Tristán Balmaseda y había sido turuta en el regimiento de infantería de Zamora, 29, en La Coruña.

El Tristán Balmaseda estaba picado de viruela y movía con dificultad uno de los remos.

—¿Un paralís?

—No, señor, un camión de pescado.

—¡Vaya!

Después de unos instantes de silencio, Tristán Balmaseda, entornando la puertecilla de su establecimiento, vio cómo la sonrisa se le pintaba en la cara y empezaba a brincarle en los ojillos.

Tristán Balmaseda vio su propio y alegre sonreír en el caduco espejo que, como un desmonte calvo y hollado por la digestión de cien generaciones de moscas, tenía colgado de la pared, entre las botellas de anís, la menta y la zarzaparrilla.

Tristán Balmaseda estaba muy contento con su suerte.

«¡Esto sí que es suerte! —se dijo Tristán Balmaseda—. ¡Tener a quien poder contarle uno las cosas!».

Del Miño al Bidasoa, capitulillo 33,
«El tasquero de Torrelavega»

Tristán Balmaseda, puesto a pegar la pelma, resulta un tipo bastante peligroso. La técnica de Tristán Balmaseda para colocar sus rollos es la de la paciente persuasión, la de la infatigable pertinacia. Tristán Balmaseda, a cambio de que le dejen soltar sus discos, es capaz hasta de invitar a copas en su establecimiento. Contar las cosas que le pasaron a uno —adornándolas y adobándolas con fantasía y primor— es un placer de dioses, un agradecido recreo del espíritu. Tristán Balmaseda, campeón de pelmas, bien lo sabía.

—Mejor que el amor, amigo mío, ¡mucho mejor que el amor! Mejor que los placeres de la mesa, mejor que las delicias del vino, ¡mejor que todo!

—¡Hombre, no sé!

—Sí, mi buen amigo, ¡no lo dude! Lo mejor del mundo es hablar: es poder contarle a la gente lo que pasa, como un vago fantasma, por nuestra memoria; lo que duerme, igual que un águila antes de remontar su majestuoso vuelo, en nuestro corazón.

El interlocutor de turno se quedó de una pieza.

—¡Caray, qué palabras tan sabias y oportunas emplea usted, patrón!

Y Tristán Balmaseda, hueco como los pavos del verano, sonrió.

—¡Hombre, claro! ¿Qué se creía usted? ¿Que yo era un analfabeto?

—No, no, Dios me libre. ¡Yo no creía nada!

Tristán Balmaseda, al cabo de dedicarle años y buena voluntad, había llegado a ser pelma por lo fino, que es muy difícil. Cuando Tristán Balmaseda, a fuerza de hablar y hablar, caía en trance, no le importaba ni que le escuchasen siquiera.

—Esto de hablar tiene la ventaja de que basta con uno. Aquí no es como el ajedrez, aquí no se precisa ni enemigo.

—Claro. Esto sí que es cómodo, ¿verdad, usted?

—¡Y tan cómodo, amigo mío! Esto es la verdadera perfección, la más depurada y decantada perfección.

—Ya, ya. ¡Si viera usted cómo lo envidio!

Tristán Balmaseda sonrió.

—¡Aleje usted los malos pensamientos de su cabeza! Verá: estando yo en Valladolid, antes de la guerra, me encontré un día con una señora que se llamaba doña Josefina y que tenía un sobrino que estudiaba para cura. La tal doña Josefina, que era una gran dama, una dama de las que ya quedan pocas, me invitó a merendar en su casa porque quería conocer mi opinión sobre el problema agrario. Me puse el traje de los domingos y una corbata nueva, me peiné bien, me eché un poco de agua de colonia y me dirigí a su casa, que era una verdadera mansión señorial.

El interlocutor de Tristán Balmaseda se fue durmiendo poco a poco, igual que un niño sanito. Tristán Balmaseda no le dio mayor importancia al detalle.

—Cuando me abrió la puerta la doncella, que era una moza muy distinguida, con cofia, delantalito y medio tacón, me pasó enseguida a una sala en penumbra...

Tristán Balmaseda, inmensamente feliz, estuvo hablando más de una hora. Su interlocutor, a veces, le decía que sí, que claro, entre cabezada y cabezada.

Teoría de los tontos que se creen guardias

Ubaldo Argés, alias Cabezabuque, era tonto revientatinajas. Ubaldo Argés, alias Cabezabuque, como se creía guardia, gastaba boina y lucía clavellina en la oreja. Los tontos revientatinajas babean blancuzco, pausado y espumoso, como el mastín lobero. Ubaldo Argés, alias Cabezabuque, no llegó a cazar el lebrato con el lebrel. Ubaldo Argés, alias Cabezabuque, era cabezorro, pedorro, juanetudo, culigacho, farolero y un sí es no es bizcuerno.

Historias de España, «Los tontos», 8,
«Ubaldo Argés, alias Cabezabuque»

Los tontos que se creen guardias suelen ser de muy peligrosas inclinaciones. Los tontos que se creen guardias llevan en el bolsillo una libretita para apuntar las multas. Lo malo es que después lo dicen: «Al Fulgen, por llevarse a la Georgina a las eras, sesenta duros», «Al Julito, por mirar con los ojos de a palmo a la señora del registrador, sesenta duros», «Al Vicente Pérez, por no bailar el pasodoble con la Petra, la de los Sordos, como Dios manda, sesenta duros». Y así sucesivamente. Los tontos que se creen guardias son unos chivatos sin discreción, unos liosos que todo lo complican. Entonces el tío Sócrates, el papá de la Georgina, coge por la solapa al Fulgen y le dice: «Tú verás lo que haces. O te casas con la Georgina o entre mis muchachos y yo te tiramos vestido al río y no te dejamos salir». El Fulgen no entiende nada pero, claro es, se casa. La Georgina se duele con sus amigas de lo sosegado, de lo poco emocionante que resulta su noviazgo. «A mí me gustaría más que tuviésemos que escondernos, como los otros novios. A mí me gustaría más que el Fulgen me llevase a las eras al caer la noche, dando la vuelta por detrás del cementerio para que no nos viesen». Al Julito, un día, a la salida del café, se le acercó el señor registrador. «Julito —le dijo—, te voy a sacar los ojos para que no andes mirando lo que no te importa. ¿Me entiendes?». «No, señor —le respondió el Julito—, no le entiendo». El señor registrador (todo el mundo lo decía) no era hombre que hablase claro, sujeto que hablase para que le entendiese la gente. «Bueno, yo ya me entiendo; tú, ándate con ojo y tengamos la fiesta en paz». El Roque Pérez, que no tenía nada que ver con el Vicente Pérez, cuando se hizo novio de la Petra, la de los Sordos, le prohibió que mirase a nadie. El Roque Pérez era muy celoso. «Mira, Petra, lo que yo te digo es que no mires a nadie, ¿te enteras?, y, menos que a nadie, al Vicente. No me gusta la manera que tiene de bailar el pasodoble. El Vicente es muy descarado; cualquier día va a acabar mal». Los tontos que se creen guardias suelen tener inclinaciones muy engorrosas y fatales. Es gracioso, pero es así: los mismos que les tiran piedras les creen lo que dicen, aunque lo que digan no tenga ni sentido común, ni pies ni cabeza. Los tontos que se creen guardias todo lo complican; en cuanto sacan a relucir su libreta, hay que echarse a temblar.

Las buenas costumbres

La maestra, complacida, le explica al viajero:
—Es mi mejor alumna.
La chiquita está muy seria, muy poseída de su papel de número uno. El viajero le da una pastilla de café con leche, la lleva un poco aparte y le pregunta:
—¿Cómo te llamas?
—Rosario González, para servir a Dios y a usted.
—Bien. Vamos a ver, Rosario, ¿tú sabes lo que es el feudalismo?
—No, señor.
—¿Y el islam?
—No, señor. Eso no viene.
La chica está azarada y el viajero suspende el interrogatorio.

Viaje a la Alcarria, cap. IX,
«Casasana. Córcoles. Sacedón»

La Rosario González, cuando se aprendió bien aprendido lo del feudalismo y lo del islam, se echó novio en Guadalajara: un joven de posibles que quería casarse enseguida. ¿Para qué esperar?
—Mi novia es una chica muy instruida —solía decir—. Le preguntas lo del feudalismo y ella, como si nada, va y te lo dice de pe a pa y sin dejarse ni una coma en el tintero. Si le preguntas lo del islam, que es aún más difícil, lo mismo. Mi novia es

una chica culta, no una boba como esas que andan sueltas por ahí y que no saben ni lo del feudalismo, ni lo del islam, ni nada; que no saben más que ir al cine y pedir batidos. ¡Qué calamidades se ven! La Rosario, si no fuese porque nos vamos a casar, hasta hubiera podido hacerse maestra de escuela, si le da la gana.

Los padres de la Rosario González están muy contentos con la boda de la niña. Los padres de la Rosario González son campesinos: muy decentes —todo el mundo lo dice—, pero pobres como las ratas, casi pobres de solemnidad. Al novio de la Rosario no le importa. El novio de la Rosario es dueño de una tienda de confecciones muy próspera, con mucha y muy buena clientela, en la que hay de todo. El novio de la Rosario no tiene familia; a sus dos hermanos los mataron en la guerra y sus padres, poco después de sonar el último tiro, se murieron, comidos por la tristeza, como dos viejos árboles yermos y solitarios.

—Tus padres no se tienen que ocupar de nada, díselo así. Lo que yo necesito es una familia, alguien que esté a mi alrededor; la familia no son solo los hijos, son también los padres y los hermanos. Cuando nos vayamos a casar, dile a tu padre que venda lo que le quede. Con lo mío ha de bastar para todos, por muchos hijos que Dios nos dé. Tu hermano Luis puede trabajar en la tienda; a tu padre, malo será que no podamos acoplarlo. Tu madre puede echarte una mano en la casa, sobre todo al principio.

La Rosario González, mientras esperaba la fecha de la boda, preparó el equipo. El arca de novia de su madre estaba aún sin tocar, rebosante de gruesos manteles de lino color paja, de nobles colchas, de piadosas sábanas, de recios corpiños vírgenes y delicados.

—El que guarda tiene, hija mía. Tampoco tengo mucho, bien lo ves, pero lo que hay es tuyo. Dios es demasiado bueno con nosotros, al permitir que te cases con un hombre decente y trabajador, con un hombre que podrá tenerte como una reina...

Por encima del caserío, mientras la madre de la Rosario hablaba, voló, chilladora y veloz, la golondrina, que es pájaro santo, pájaro al que es pecado derribar.

Una boda de rumbo

Gorda II, que tenía mucho coraje, le hizo un corte de mangas al tendido, y entonces, como si les hubieran puesto a todos un petardo en el culo, se armó la de Dios.

—¡Achántate, Gorda, y no seas bestia! —le decía Romualdo el Chiva, su representante y mozo de estoques—. Al respetable hay que tratarlo bien, que para eso paga.

—Lo trato como me da la gana —respondió rabiosa la Independencia—; estos tíos me tragan a mí por riñones.

El toro, colorao, corniveleto, con ocho años a los lomos, y feo, grande y destartalado como una mula, se fue vivo a los corrales y la Guardia Civil lo fusiló.

«Independencia Trijueque, Gorda II, señorita torera»,
en *El gallego y su cuadrilla*

Independencia Trijueque Sansón, Gorda II, señorita torera retirada, de cuarenta y cuatro años de edad y equis arrobas —hay que ser galantes— de peso, contrajo matrimonio con Romualdo Gargantiel Cervantes, alias Chiva, su exapoderado, cuyas circunstancias civiles no constan. La boda fue muy sonada y de rumbo y aquel día, en Cebreros, lugar del acontecimiento, corrió el anís como la sangre en las peleas gitanas. A los novios los apadrinaron don Filemón Trijueque, alias Mateo

Morral, que vestía de smocking, y la señorita Guillermina Muerto, alias Pandora, prima del contrayente.

La ceremonia discurrió incluso con cierta normalidad pero, a la salida, la Pandora armó un guirigay porque, según decía, el padrino había querido propasarse. Entonces doña Leonor, la señora de don Filemón Trijueque, la agarró por el pelo, la derribó y la pateó. Al final tuvo que intervenir la Guardia Civil y, a poco más, acaba allí el festejo.

—Pero bueno, señora, ¿por qué agredió usted a la madrina?
—¡Pues para que aprenda a tratar con personas decentes! —respondió a gritos doña Leonor—. ¡Lo que le pasa a la Pandora es que es una guarra que no tiene educación! ¡Como arrime por el local, le vacío los ojos!
—Cálmese, cálmese.

Cuando la doña Leonor, la mamá de la Independencia, llevaba ya trasegada botella y media de anís, mandó a los músicos que tocaran un pasodoble porque quería bailarlo, en desagravio, con Guillermina la Pandora. Don Filemón, su esposo, de pie encima de la mesa, dirigía la palabra a la multitud.

—¡Ciudadanos! —decía—. ¡Dadme un punto de apoyo y moveré el mundo! ¡Más vale honra sin barcos que barcos sin honra! ¡Adelante, por la senda de la Constitución! Oye, Fidel —le dijo al camarero, bajando la voz—, trae más anís para todos.

Al novio, al Romualdo Gargantiel, alias Chiva, los amigos tuvieron que meterlo en el excusado porque se iba por fuera. Cuando la novia se dio cuenta de que estaba sola empezó a gritar.

—¿Dónde está el Chiva? ¿Dónde está el Chiva?
—¡Cállate, mujer! —le reconvenía la madre, que estaba en todo—. ¡No llames Chiva a tu esposo, que es de mal efecto! ¡Llámale Romualdo, para que la gente se vaya haciendo a la idea!

La boda duró dos días con sus noches. Al final, los asistentes estaban ya algo fatigados.

—¡Qué bien quedó la boda de la nena! ¿Verdad? —le decía doña Leonor al cabo de municipales, que se había puesto como el Quico de anís.

—¡Ya lo creo! ¡Bodas así son las que hacían falta y no esos bodorrios desgraciados en que no dan más que rosquillas y, para eso, duras!

Once cuentos de fútbol
(1963)

El tratillo

De todos los medios conocidos, el comercio es el más expedito para hacer fortunas.

Panchatantra

Don Teopempo Luarca Novillejo, indiano de Cangas de Narcea, donde pone la mano brota el oro. A don Teopempo Luarca Novillejo, aunque le dicen Pichón, le sobran arrestos para comprar el lucero del alba en un saldo y vendérselo, por el doble y a los quince días, a un caballero portugués en la feria de Ciudad Rodrigo.

Don Teopempo Luarca Novillejo, alias Pichón, es naviero, rotario, esclavista y diabético. Su señora, doña Filonila Swan, alias Flor de Loto, es una dominicana gorda, mulata y llena de sentimiento, que canta la ópera *Carmen* y recita a Amado Nervo poniendo los ojos en blanco. A veces, cuando las señoras salen, sobre gordas, cultas, lo más prudente es echarse al monte y decir ¡ahí queda eso! Don Teopempo, sin embargo, aguanta marea porque es valiente de natural y aficionado a recitar de memoria a Calderón de la Barca:

> *Y, para mí, el que es valiente*
> *es todo lo demás, puesto*
> *que el ánimo es don del alma,*
> *y la agilidad, del cuerpo.*

Don Teopempo Luarca Novillejo, alias Pichón, aprendió en Egipto las pacientes artes del embalsamamiento y, en cuanto que un vecino se le descuida, va y lo embalsama; después, si puede, lo vende (no más que para resarcirse de los gastos). Don Teopempo es aficionado al tratillo, y, aunque a sus embalsamados les pone precio, admite el chalaneo: la sal del toma y daca. Según su amigo y biógrafo don Zaqueo Sacristán (que tampoco es judío), don Teopempo amasó una fortuna muy considerable embalsamando futbolistas, que después vendía en Hong-Kong o detrás del telón de acero, según. Don Teopempo Luarca Novillejo, alias Pichón, es chalán de altura: no chalán de cabotaje y comido por los prejuicios. La Interpol, algunas mañanas, le molesta, pero, como don Teopempo tiene papeles en regla, pronto los espabila.

Durante la Segunda Guerra Mundial, don Teopempo anduvo por Groenlandia, pasando frío y cosechando sabidurías sobre el frío, por ejemplo: un hombre en hibernación se rejuvenece en función directa del cuadrado del frío que pueda resistir, expresado en grados centígrados, partido por la raíz de su ángulo facial, expresado en grados, minutos y segundos. El descubrimiento de Teopempo o teorema de Luarca Novillejo se condensa en la fórmula

$$r = \frac{f^2}{\sqrt{\alpha}}$$

y es de gran utilidad en las industrias cárnicas y en la expedición de futbolistas a remotos confines.

Don Teopempo Luarca Novillejo, alias Pichón, aprendió sus mañas en el libro titulado *De cómo siendo pelirrojo, tarta-*

mudo y huérfano, triunfé en la vida y llegué a senador por el estado de Nebraska, original de Mr. Skillet, caballero que fue a morir en San Bartolomé de Pinares, provincia de Ávila, Spain, durante el rodaje de la película *Orgullo y pasión*, en la que trabajaba de extra. Al pobre Mr. Skillet (q. e. p. d.) se le vinieron encima —y quizá un poco demasiado a lo vivo— tres mozos indígenas que figuraban en el bando contrario y, claro es, cascó, puede que del susto. Don Teopempo mandó decirle unas misas y doña Filonila, su señora, le recitó un verso.

—¿Y usted cree que pega echar versos en los entierros?

—Pues hombre, le diré, yo creo que sí. El verso de doña Filonila era muy respetuoso, era lo que se dice un verdadero verso de sepelio: *animula, vagula, blandula..., pallidula, rigida, nudula*, etc., un verso de lo más de sepelio que hay. Doña Filonila es muy espiritual y respetuosa, muy lírica y decente, no se vaya usted a creer.

Don Teopempo Luarca Novillejo, alias Pichón, importa futbolistas como quien importa motores diésel, y exporta futbolistas como quien exporta agrios y derivados. Aquí no se engaña a nadie y el que quiera jugar que juegue.

Don Teopempo tiene un barco velero que no se sabe nunca si va para Cádiz o para Cartagena; su primo don Lifardo Novillejo Marimón, que es aficionado al secano, gasta bicicleta con manillar de paseo, con la que ve cómo se le gasta la vida pedaleando de Pinto a Valdemoro y vuelta, como si tal cosa. En esto de las tendencias ya es sabido que las hay para todos los gustos, tallas y resabios.

Don Teopempo Luarca Novillejo, alias Pichón, aunque no es de Orense, juega al chamelo con maestría y con un estilo muy elegante y barroco, muy poderoso y locuaz; a veces, cuando se deshace del seis doble, hasta rompe las mesas. La juventud no se explica demasiado su empuje, pero esto es cosa que no preocupa demasiado a don Teopempo, ya que, según es bien sabido, porque así nos lo explica san Ambrosio, la juventud es cosa sospechosa hasta cuando la fidelidad es segura. Don Teopempo, que también fue joven, sabe que ni todo el monte es orégano, ni oro todo lo que reluce.

—¿Me da usted un vasito de sifón, para el flato?

—No faltaría más, caballero, para eso estamos.

Don Teopempo es más partidario de la física que de la química; sus futbolistas estarán congelados, sí, pero en sus organismos ni se rastrean los más ligeros indicios de formol u otras drogas. La seriedad comercial, a la larga, es muy rentable y conveniente.

—¿Me da usted un palillo para la dentadura, por favor?

—No faltaría más, caballero; servidor de usted.

Don Teopempo Luarca Novillejo, alias Pichón, toma el café sin azúcar y gasta calzoncillos largos para que el frío no le suba por las piernas, como una lagartija. Al llegar a ciertas edades se piensa que el frío es bueno y saludable para el prójimo, pero no para uno mismo. Doña Filonila cuida con mucho esmero a don Teopempo y le vigila los índices y niveles de la glucosuria, para que pueda seguir dedicándose con entusiasmo al tratillo. Doña Filonila le baja el azúcar en sangre a su cónyuge, recitándole poesías de Amado Nervo, del divino juglar Amado Nervo.

> *¡Gobiernos, vanamente queréis hacer un óbice*
> *de lo que es un gran signo de paz*
> *entre los pueblos!*

—¡Caray, qué señora!

—Sí, mi buen amigo; puede que no le desasista a usted la razón. Yo también pienso que la doña Filonila, en ciertas ocasiones, se pasa un poco de rosca. Las damas propensas a echar versos es lo que tienen: que a veces, se conoce que según la luna, abusan un poco de las circunstancias.

El héroe

Tanto se pierde por carta de más como por carta de menos.

CERVANTES

Es ley de jugadores, y tan malo es pasarse como quedarse corto. Ni los ciempiés ni los cojos pueden jugar al fútbol (aunque sí puedan aplaudir y arrear leña en el tendido). Benitiño Soto Aboal, pirata pontevedrés al que ahorcaron los ingleses, ni era tuerto ni gastaba garfio de hierro en lugar de mano; Benitiño Soto Aboal era un *dandy* que lo que mayor placer le producía era navegar por la mar abajo y colgar capitanes de cargo del palo de mesana. Cada cual se divierte como puede aunque, a veces, ciertas diversiones acarreen considerables molestias al prójimo. El hábito no hace al monje, aunque a los monjes, según costumbre, se les cuelgue un hábito para mejor distinguirlos. Exuperancio Expósito, el extremo izquierda y héroe del Asilo F. C., esconde un alma de mansa mariposa tras su fiero aspecto. Sor Catalina, la superiora de las monjas de la caridad, le prepara ponches de jerez y huevos batidos (con mucho azúcar) para que mejor y con más puntería le pegue a la pelota.

—¡Ánimo, Exuperancio! ¡Al toro, que es una mona! ¡Endíñale, para que escarmiente!

Exuperancio Expósito es tuerto y luce, en vez de mano, garfio de hierro, como los piratas preocupados de vestir el oficio con dignidad. A Exuperancio Expósito le gusta oír el melodioso canto de los grillos, y comer zarzamoras, y lavarse la cara con agua fresca, y oler el hondo aroma del tomillar. A Exuperancio Expósito no le acompaña el nombre (tampoco el fiero aspecto), pero sí su conciencia, su cautelosa y tímida conciencia. En la cocina del asilo, a Exuperancio le dejan destapar las tarteras para oler el latido a punto de los garbanzos y otras nutriciones.

—¿Están ya bien cocidos?

—No, todavía no; yo creo que conviene dejarlos un rato más.

Exuperancio Expósito juega muy bien a las siete y media y sabe que pasarse es aún peor que quedarse corto. Plantándose en dos, se gana si el otro se va al garete; haciendo ocho, se pierde sin remisión. Cervantes tiró al naipe en los Percheles de Málaga, y en las islas de Riarán, y en el Compás de Sevilla, y en el Azoguejo de Segovia, y en la Olivera de Valencia, y en la Rondilla de Granada, y en la playa de Sanlúcar, y en el Potro de Córdoba, y en las Ventillas de Toledo (y probablemente en el Corral de los Olmos de Sevilla, y en el Barranco de Lavapiés de Madrid, y en el Zocodover de Toledo, y en el Matadero y en el Corrillo de Valladolid), y también era manco, aunque sin garfio. Vallejo, el de Lope de Rueda, y Estebanillo González anduvieron por los Percheles; don Juan de Ovando, por las islas de Riarán; Rinconete y Cortadillo, por el Compás; Garci Pacheco, el de Lope de Rueda, por el Azoguejo; Guzmán de Alfarache, por la Olivera; Cristóbal de Villena, por la Rondilla; el huésped que armó caballero a Don Quijote, por la playa de Sanlúcar; Antón de Montoro, el Ropero de Córdoba, por el Potro; Carriazo, el de *La ilustre fregona*, por las Ventillas; Rodrigo, el de Vélez de Guevara, por el Corral de los Olmos; Juan López del Castillo, amo de mancebía, por el Barranco de Lavapiés; don Lucas, el de Rojas Zorrilla, por Zocodover, etc. Cervantes no camina solo y en este país, según se sabe, nunca falta un roto para un descosido. Exuperancio se defiende porque es bueno de natural y porque sor Catalina lo ata corto y no le permite desmanes ni malas compañías.

—¿Y qué hace el Exuperancio, además de jugar al fútbol y oler tarteras?

—Pues ya ve usted. Además de jugar al fútbol y oler tarteras, dicen que el Exuperancio aprende a sumar y a restar con la mano sana. El Exuperancio es obediente y lo más probable será que termine siendo un hombre de provecho (contable, veterinario, perito agrícola, maestro armero, brigada de oficinas militares, concejal, etc.).

El Asilo F. C., como los pintores de domingo, no funciona más que los domingos por la mañana, después de misa. Los hinchas del Asilo F. C. son los cojos, mancos y tullidos del asilo, capitaneados por sor Catalina, la superiora de las hermanas de la caridad; algunas veces se les suman dos o tres contribuyentes piadosos que, después, si los jugadores del Asilo F. C. lo han hecho bien y con entusiasmo, les dan un limón con un caramelo dentro, o un par de pesetas, o una cajetilla de celtas.

Exuperancio Expósito es el héroe y capitán del Asilo F. C., también su extremo izquierda. Si Exuperancio Expósito hubiera sido torero, la gente le llamaría, probablemente, Niño de las Monjas; a Roberto Artigas, novillero aragonés de los felices veinte, le decían Niño del Asilo, y al picador Matías Moreno, amigo de don José Daza, lo nombraban el Manco. Tuertos, que se sepa, hubo tres: un rondeño que se llamaba José, a secas, como si fuera un rey; el banderillero madrileño Domingo Rivera, que murió en el hospital y sin compañía de nadie, y el picador malagueño Juan Moreno, Tuerto de Carnecería; los dos últimos vivieron en tiempos de Fernando VII. Esto de ser tuerto o manco no tiene más importancia que la que quiera dársele. Tan esto es así que los árbitros hasta pitan mano cuando el Exuperancio roza el balón con su garfio de hierro.

Por el cielo, cuando se anuncia la primavera, vuelan las golondrinas dibujando quiebros y regates y sin dejar ni mosquito sano. A Exuperancio Expósito le gusta ver a las golondrinas haciendo sus equilibrios; en el fondo, a Exuperancio también le hubiera gustado ser golondrina (pero no lo dice). Exuperancio Expósito es un héroe de mucho sentimiento y de inclinaciones tiernas y poéticas. La jalea de gusanitos de luz es un postre de ángeles en el día de su cumpleaños. Exuperancio Expósito hubiera querido soplar al oído a sor Catalina que el día de San Rafael mandara preparar a la cocinera un cubo entero de jalea de gusanitos de luz (después no se atrevió a hacerlo). Exuperancio Expósito, aunque es tuerto, y manco, y futbolista, y héroe, no salió nada descarado, lo que se dice nada descarado.

Como a perro por carnestolendas

> ... puesto Sancho en mitad de la manta, comenzaron a levantarle en alto y a holgarse con él, como con perro por carnestolendas.
>
> *Quijote*

> ... comenzaron a levantarme en el aire, manteándome como a perro por carnestolendas.
>
> Marcos de Obregón

El de perro es mal oficio, un oficio sin términos medios: se conoce que entre los perros no hay clase media, sino áurea aristocracia y mugriento y hambriento peonaje. Unos perros viven como duques y comen pechuguitas de pollo y beben leche, y otros, en cambio, husmean por los mataderos, llevan palos y, cuando viene el Carnaval, salen volando por los aires, con el espinazo partido en dos. A los perros, por carnestolendas, los pintan a franjas para mayor y más cauteloso escarnio propio y regocijo de los demás, y así, cuando van por el aire, la gente dice: «¡Parecen mariposas!», y disfruta honestamente y sin hacer daño a nadie (el perro no cuenta, que para eso es perro y no concejal, digamos, o propietario de una cadena de tiendas de *souvenirs*).

A Blas Tronchón, Harinita, cuando terminó el partido, lo pusieron en mitad de la manta y comenzaron a levantarle en alto y a holgarse con él, como un perro por carnestolendas. La escena fue de mucho chiste y crueldad, y el público, mientras a Blas Tronchón, Harinita, le molían la osamenta, gozó con muy recatada compostura.

—Que no hubiera fallado el penalti, ¿verdad, usted?

—Claro, eso es lo que yo me digo: que no hubiera fallado el penalti. ¡Así aprenderá a afinar la puntería!

Blas Tronchón, Harinita, tenía un chut potente y despiadado que era el orgullo de los seguidores del equipo del club y el terror de los porteros enemigos. Blas Tronchón, Harinita, era muy habilidoso y lo mismo chutaba con una pierna que con la otra; la cabeza, por fuera, también la usaba bien y con oportunidad. Blas Tronchón, Harinita, era el verdugo de los penaltis, el fiero y frío ejecutor de la pena de muerte del fútbol. A veces, sin embargo, marraba el golpe y entonces sus compañeros, al terminar el partido, lo manteaban como a perro por carnestolendas, para que escarmentase.

—Pero ¿qué están haciendo ustedes con ese desgraciado?

—Nada, señora; manteándolo, para que aprenda a apuntar mejor. Y, además, no es ningún desgraciado, que es el famoso Blas Tronchón, Harinita, nuestro delantero centro, siete veces internacional. Nosotros somos unos mandados, no hacemos más que cumplir órdenes.

—¿Del entrenador, ese fantasma sin caridad?

—No, señora, de nuestras conciencias.

Blas Tronchón, Harinita, es escribiente de la fábrica de piensos compuestos Ruiz Hermanos, famosa hasta en el extranjero por la fina calidad de sus productos. Su jefe, don Felipito Lanzarote, hace gimnasia yoga, a escondidas, para que no se rían de él. Don Felipito es un enano muy aplicado, que gasta medio tacón, escribe versos y duerme de redecilla (como las tuberculosas coquetas de hace treinta años y las viudas de los brigadas del cuerpo de carabineros). Blas Tronchón, Harinita, que es un subalterno de mucha confianza, le ayuda a marcarse las ondas con saliva.

—¿Y por qué fallaste el penalti ayer, desgraciado?

—¡Cosas, don Felipito! ¡Las cosas de la vida, ya ve usted!

Cuando Blas Tronchón, Harinita, durante el manteo, va por los aires, aprovecha para pensar.

—Las rubias suelen ir a tribuna y las morenas a general; se conoce que los novios de las rubias andan mejor de cuartos. Don Felipito dice que no, que eso no tiene nada que ver. Magdalenita, la del registrador, que es morena, está novia de un mozo que acaba de heredar una verdadera fortuna, de un mozo más rico que nadie, el Samuel (que mira contra el Gobierno y tiene las orejas como coliflores). Algo pasará, pero en tribuna se ven más rubias, y en gallinero, en cambio, más morenas; a lo mejor es que las tuesta el sol, ¡quién sabe!

El arte del manteo (¡se dice manteamiento, joven, se dice manteamiento!) es el hermano tonto del arte del diábolo, que es el distinguido y listo, el hermano juguetón y elegante (y distinguido y listo). En el corazón de las niñas que juegan al diábolo anida la cautelosa larva del pecado mortal, el somnoliento gusanillo que, a veces, si le llegan a brotar alas de colores, se convierte en caprichosa y voluble palomita. Cuando Blas Tronchón vuela por encima de las cabezas de sus manteadores (igual que flota sobre la cabeza de la niña el falso relojito de arena del diábolo), va pensando:

—A don Felipito pronto lo jubilan; a los enanos los jubilan jóvenes, para que no den la lata. Un enano latoso es malo de llevar con paciencia. Don Felipito es muy gimnástico, pero gasta tacón cubano, como los cantaores. Cuando tire otro penalti voy a poner mis cinco sentidos, a ver si acierto; estos bárbaros me van a moler, con tanto cumplir las órdenes de su conciencia. Yo me quedo con los enanos sin conciencia, con los enanos desaprensivos, con los enanos desalmados; en el fondo, como casi no tienen resuello, son más llevaderos. Las morenas no tienen nada que envidiar a las rubias; al revés, tampoco. Yo no quiero hacer juicios temerarios sobre nadie, no merece la pena.

A los bomberos, cuando mantean a los damnificados de las inundaciones (por regla general, al grito de ¡viva el tumulto y el cachondeo!), les abren expediente y terminan por echarlos a la calle.

—No se lleve usted el casco; déjelo en el perchero, por favor.

A pesar de su fea acción, lo que no suelan hacer con ellos es mantearlos como a can por antruejo (dolorosa y humillantemente). Blas Tronchón, Harinita, es un triunfador al que no se perdona que no triunfe. La gloria tiene sus exigencias, sus caprichos y sus duros portazgos.

—¿Te cambiabas por don Felipito, Blas?
—No, señora.
—¿Y por un bombero?
—Tampoco.
—Entonces aguanta marea, muchacho, y confórmate con que te manteen cuando marras el golpe. Los hay que están peor.

A Blas Tronchón, Harinita, le asomaron las lágrimas al mirar.

—Sí, señora, tiene usted razón. ¡Bien me hago cargo!

El de perro es mal oficio: la renta del capital está en razón directa de su riesgo. El de futbolistas es un oficio azaroso, de premios y castigos inusuales, imprevistos. Blas Tronchón, Harinita, no suele pifiar los penaltis, aunque eso de tirar penaltis tenga también sus quiebras, sus preocupaciones y su azar.

El holocausto

> Soy muy amante de la verdad, pero en ningún caso del martirio.
>
> Voltaire

La verdad, para Voltaire, tiene un límite práctico: el pellejo. Voltaire fue siempre muy conservador y sensato. Si los árbitros de fútbol fueran más volterianos y precavidos se conseguiría desterrar, de una vez para siempre, la fea costumbre de ahorcar árbitros de fútbol (uso que tanto desdice del espíritu olímpico de jugadores, federativos y aficionados en general, casados o solteros). Bueno está pitar penaltis (debiera decir uno de los artículos del reglamento), pero cuando, por pitar penaltis, se corre notorio riesgo de terminar ahorcado, el árbitro debe abstenerse de pitar penaltis, castigo que puede sustituirse por el golpe franco o incluso por el disimulo, según las circunstancias. El reglamento precisa de una muy urgente revisión; no hay duda de que se ha ido quedando viejo e inservible.

—¿Y usted cree que se llegará a conseguir que lo revisen?
—¡Vaya usted a saber! La gente está demasiado apegada a la costumbre, la gente es muy rutinaria y palurda, muy resignada y cómoda; a la gente no le gusta que las cosas se muevan y prefiere que sigan como están, aunque estén mal. ¡Menuda es la gente!

A Minervino Caeymaex Cabrillas, alias Gazapo, árbitro de fútbol, lo colgó el paisanaje de la horca municipal, de la horca levantada por suscripción entre los electores padres de familia. Minervino Caeymaex Cabrillas, alias Gazapo, árbitro de fútbol, pitó un penalti al equipo de casa y pagó su osadía con la vida. A lo mejor, de haber leído a tiempo a Voltaire, a estas horas andaría por ahí tan tranquilo y como si tal cosa: gozando de una existencia normal, de una existencia de boticario o de inspector de timbre, y haciendo de todo, ¡téngalo por seguro!, menos pitar penaltis. ¡Mire usted que la gente es maniática, a veces! Dicen que Minervino Caeymaex Cabrillas, alias Gazapo, no sufrió nada en el patíbulo, ¡más vale así!, y que murió como un buen atónito, sin decir ni mu, o como un pajarito analfabeto, sin decir ni pío. ¡Pobre Minervino Caeymaex Cabrillas, alias Gazapo, con lo repeinado y limpio que saltaba siempre al tapiz!

A su colega y sustituto Belarmino Galán Carlota, alias Goyito, lo van a colgar los jugadores (según síntomas) del montante de la puerta de los vestuarios, la horca de emergencia solo usada en casos muy extremos. Belarmino Galán Carlota, alias Goyito, se sintió flamenco y lo primero que hizo, no más salir por la puerta del chiquero, fue pitar un penalti. Belarmino Galán Carlota, alias Goyito, amaba el martirio antes que ninguna otra cosa: la verdad, por ejemplo, o el pausado y acompañador latido del corazón. Quien ama el peligro, en él perece. Belarmino Galán Carlota, alias Goyito, fue pensando últimas frases solemnes, mientras lo arrastraban camino del suplicio. Lo malo fue que al final, se conoce que con eso de los nervios, se olvidó.

Holocausto, etimológicamente, significa quemar por entero, quemar sin dejar ni el rabo. Al Minervino y al Belarmino no los quemaron, que los ahorcaron. La verdad es que, a los últimos efectos, viene a dar lo mismo.

—¡Pues no crea usted, mi buen amigo, pues no crea usted! No es igual ser viuda de jamón que viuda de churrasco. En esto de la exactitud del lenguaje debería usted ser más preciso y correlativo. ¡Pues vaya académicos que nos gastamos ahora!

—¡Usted dispense!

Minervino y Belarmino, los dos sujetos del holocausto sordo (con gritos, pero sin llamas), creyeron, en su infinita soberbia, poder desafiar al respetable, ese monstruo de respetos que corta por lo sano todo lo que se niega a su deliberada enfermedad. Minervino y Belarmino, colgados del cuello, pagan las culpas de la deformante educación que recibieron. A la hora del llanto es tarde ya para la serena recapitulación.

—¿Y usted supone que las generaciones del futuro aprenderán?

—Pues no; yo creo que no. En esto soy más bien escéptico, bien a mi pesar. ¡Qué más quisiera yo que ver el porvenir color de rosa!

Minervino Caeymaex Cabrillas, alias Gazapo, era árbitro internacional. Su colega, el Goyito, todavía no; al Goyito le faltaba ya poco para serlo, pero aún no lo era. Es más fácil llegar a jugador internacional que a árbitro internacional; también es más dura la vida del árbitro, de cara a la multitud que ruge, y patalea, y echa espuma por la boca, y pide (indefectiblemente) la cabeza de alguien (por regla general la del árbitro).

Minervino Caeymaex Cabrillas, alias Gazapo (y también Tobiano, el de doña Clara), hubiera preferido morir en la guerra de los bóers. En cambio, a Belarmino Galán Carlota, alias Goyito (y también Jurel, el de la Poetisa Núñez), le hubiera gustado más morir en la plaza de Ronda, de cornada de burro. A la muerte, según ya es sabido, le pasa lo que al comodín del póker, que se presenta cuando le da la gana y sin avisar. A veces nos saca las castañas del fuego del pecado, pero otras veces (se conoce que para que no nos confiemos) nos precipita en la ardiente pez de la caldera de Pedro Botero, ese cantamañanas desaprensivo y tiznado.

Los solteros de la ciudad pidieron permiso al señor alcalde para levantar su horca y no tener que estar siempre a expensas de la horca de los padres de familia, de la horca municipal levantada por suscripción entre los padres de familia (una horca arcaica y valetudinaria en la que cantaba su vieja polonesa el aburrido violín del gorgojo). Aunque todavía no recibieron respuesta, corren vientos de que el señor alcalde acabará diciéndoles que no, que la ciudad ya tiene bastante con una horca y que, en caso de agobio, se la pidan prestada a los casados (o cuelguen al reo del montante de la puerta de los vestuarios, como hasta ahora se ha venido haciendo).

Minervino y Belarmino ignoraban que la verdad tiene sus fronteras, como todo. En las islas, la frontera es más fácil de marcar. A lo mejor, la verdad es una isla rodeada de conveniencia por todas partes (la conveniencia de librar el pellejo, a la cabeza de todas). Minervino y Belarmino, de haber leído a Voltaire, no hubieran sido tan tercos y mártires.

La cita con la muerte

> A los viejos les espera la muerte a la puerta de
> su casa. A los jóvenes les espera en acecho.
>
> San Bernardo

Es raro, pero no imposible, que la muerte esté agazapada en el córner. A los jóvenes la muerte los caza al acecho, como es hábito del hombre y otras bestias traidoras, y no dando la cara, como pelea el león. A los viejos, la hiena de la muerte los rinde a fuerza de paciencia, a isócronos golpes de reloj, a vuelos (hasta graciosos y airosos) de hojas del calendario del otoño (blancas, amarillas, siena, a veces grises con lunares de color sangre, de color óxido, del color que deja la nicotina en los dientes de los más ruines y poéticos verdugos).

El árbol del azar se confunde, a veces, con el raro árbol de la sabiduría (de cuyos frutos se alimenta el torpe caimán del olvido: la alimaña que guarda una borradora esponja en la sesera). A la sombra del árbol del azar se muere con la misma amargura, o con igual indecisión, que a la sombra del árbol del saber frondoso (también con idéntica indiferencia y desprecio) y el moribundo, cuando fuerza por sujetar las riendas de la vida, recuerda aquello del burro y la cebada al rabo, mientras se le hiela en la cara un vago gesto de perdón universal.

El muerto se llama Hermelando, como si fuera un gerundio, y a su novia le dicen Georgina, que es nombre que expresa muy tiernos sentimientos. Fótides, el guardia civil, monta un caballo perlino (los gauchos nombran a su color: blanco huevo de pato), de cierta edad y doma muy disciplinada, que atiende por Hortensio Fernández.

La escena tiene lugar en el campo de fútbol de un pueblo del interior, grandecito y rico, que no llega a capital de provincia. Es de noche y la roja luna del aburrido desconsuelo está en cuarto creciente. A Hermelando lo mataron de un balonazo en el sensible corazón, en el frágil relojito de sangre que, roto ya y parado, todavía esconde dentro del pecho. Georgina lo acaricia y lo vela mientras llega o no llega, con un alguacil, su acedía y su puro, el señor juez. El guardia Fótides cuida, según reglamento, de que los merodeadores no desvalijen al cadáver, ni los lobos se lleven, de recuerdo, el balón homicida, y Hortensio Fernández, el caballo casi de nácar, rumia muy complicadas lucubraciones, en su fértil y bullidor silencio. La representación puede empezar cuando se desee o de un momento a otro; también puede no empezar jamás, que el mundo rueda a espaldas de las acciones y las pasiones de los hombres.

El guardia Fótides es viudo; a la mujer de Fótides la mató el tren, hace ya algunos años. Hortensio Fernández no es caballo sino de por fuera (y aun así); a Hortensio Fernández lo desgraciaron por eso del qué dirán. Georgina y Hermelando pensaban haberse casado a finales de temporada, para celebrar el ya fijo ascenso del club a primera división. Los actores no tienen por qué saberse su papel, basta con que lo sientan. En el teatro del porvenir, como en el teatro griego, los grandes trágicos serán tartamudos (y aun mudos). Hortensio Fernández vive apartado del camino del sentimiento. El guardia Fótides, que tiene tres pies, sueña con un pie en el reglamento, el otro en el sentimiento, y el otro aún en la inercia (en el recuerdo). Georgina agoniza en el puro y desnudo sentimiento. Y Hermelando, el prócer, pagó con la vida su firme apego al sentimiento. Esto es todo lo que hay.

Es raro, pero no imposible, que la larva de la muerte habite bajo el banderín del córner, enterrada al pie del mástil del gallardete que señala el córner. San Bernardo piensa que todos los sitios son buenos para que la muerte aceche, como un lagarto de desviada inteligencia, a la frágil juventud. Hermelando ni se había planteado siquiera la posibilidad de vivir inmerso en la muerte, como un alga en las verdes aguas de la mar. Y Hortensio Fernández, el caballo perlino, todavía no pensó, ¡más vale que así sea!, en la amarga vida de los espadones incapaces de dejar, tras su huella, la bendecida huella de la vida.

En el acto XIX de *Las costumbres de los animales del bosque*, drama del poeta zamorano del siglo XVII Repósito Villarín Sariegos (muerto en el 1666 en el sitio de Larache), se explica que los animales del bosque jamás se mueren y que de la sangre de un ciervo herido brotan, como níscalos o como violetas, mil mariposas con las alas pintadas de los siete divinos colores del arco iris. Georgina, que es burra, sentimental y amorosa, no leyó (quizá para su bien) las largas tiras de versos del poeta Villarín, el mozo a quien la muerte acechó en tierras de infieles y en disfraz de sangrienta gumía mora. Las novias todo amor, quizá porque el amor todo lo resume, no saben ni leer, ni escribir, ni las cuatro reglas: por eso, a veces, son inexpugnables y distantes como un castillo roquero.

Hermelando Arnoldo Putifar se fue para el otro mundo sin que nadie pueda llamar a Georgina, siquiera para entretenerse, la mujer de Putifar. Y Georgina López-Pavito y López-Pavito, que es hija de primos, llora con un inmenso desconsuelo el gran vacío de su vacío y horro corazón. Los textos que se titulan *La cita con la muerte* son, por lo general, tristes y lentos (aunque la muerte espere a la juventud en acecho y salte, veloz y alegre como la pantera, sobre la deseada carne de la juventud).

* * *

Cuando el señor juez, descabalgándose el puro y la acedía, mandó que se procediera al levantamiento del cadáver, Hermelando pegó un respingo y salió huyendo como un cohete (despavorido y dejando tras de sí una estela luminosa muy semejante a la del cometa Siwift).

—¡A ese! ¡A ese! —empezó a gritar el coro de mirones—. ¡Cortadle el paso antes de que se eche al monte!

El guardia Fótides Camarón Formiche encalabrinó el jaco rencajo Hortensio Fernández y, con Georgina López-Pavito y López-Pavito a la grupa (¡ay, manes de Tragabuches y la Nena!), salió en persecución del resucitado doncel Hermelando, el joven que supo dar a tiempo un quiebro a la muerte.

Historias familiares

(1998)

Mi primo Amedio

Mi primo Amedio Troáns Lantaño había nacido en Portugal, en Gondomil, a orillas do río da Furna, afluente del Miño por el otro lado, más allá de Valença, pero —claro es— se lo callaba. Mi primo Amedio, que era tartamudo, tenía mucho instinto para la solfa y tocaba el tambor con tanto sentimiento que solían contratarlo para las fiestas del Grove y de Cambados y hasta de Caldas de Reis y demás pueblos del contorno. Mi primo Amedio, después de dar muchas vueltas por tierra firme, murió en la mar, a bordo de la trainera Unxía de Fentiñanzo, a la que destrozó una ola dándole contra las rocas de la isla Boeiro, que están plagaditas de percebes, al sur de la isla de San Martiño que, de las dos Cíes, es la de abajo. Mi primo Amedio bailaba el agarrado como pocos y con tal entusiasmo que, cuando lo veían venir, tracatrá, tracatrá, tracatrá, todo el mundo se apartaba. Mi primo Amedio había estudiado para cura en el seminario de Tuy, pero tuvo que dejarlo porque le pegó una tunda suave al profesor de teología, don Clementino Peiteiro Torroña, alias Alma Condenada, y, claro es, al director le pareció mal; don Clementino se pasaba las horas muertas contando cuentos de tartajas y mi primo Amedio, un día que se hartó, le dio con la mano y lo dejó medio moribundo. ¡Había que ver a don Clementino, tendido en tierra y sin resuello, mientras los teólogos, que estaban muertos de risa, lo insultaban tratándole de tú y le contaban: uno..., dos..., tres..., cuatro..., como en los kaos! Cuando a mi primo lo echaron a la calle, quiso poner algunas leguas por medio y se vino hasta Iria, a la sombra de mi abuela, que no era nada suyo pero que, con eso de ser medio italiana y medio inglesa —y también con aquello otro de que no sabía de la misa la mitad—, siempre quedaba más tolerante y como distraída. Mi primo Amedio se presentó muy compungido; yo le dije: tú preséntate muy compungido, a la abuela le gustan mucho los compungidos, es lo que más le gusta, y malo será que no te deje dormir en algún lado; andando el tiempo, ya veremos, depende de que te espabiles, eso es ya cosa tuya. Gracias, primo Camilo José —me dijo—, eso es ya cosa mía; de momento, lo que importa es no dormir al relente, el reuma de los goznes es muy malsano. En casa de la abuela, mi primo Amedio tuvo amores con una criada cuyo nombre era Dorindiña Ribadelouto Belesar, a la que decían Cereixa Tola porque era muy coloradita y medio demente (andaba siempre por los tejados y aseguraba que era sobrina de san Roque de Trabanca, lo que no era verdad). Mi primo Amedio y Cereixa Tola se casaron por la Iglesia y mi abuela les regaló una colcha de chinos que a ella no le gustaba, pero a los recién casados, sí, y todos contentos. Cereixa Tola tenía el pelo como el azafrán y la cara pintada de marxas y sabía freír fillloas como nadie y hacer trampas a la brisca con mucho aseo y sin que ninguno se percatase. Cereixa Tola era muy fecunda, y así, a lo lelo, en once años de matrimonio, le dio once hijos a mi primo, todos varones, a saber Amedio, Maximián, Estebo, Gaudencio, Nicanor, Hilario, Xoán, Adefonso, Severino, Vito y Mauriño. Un día, un hijo no determinado de mi primo Amedio, meixóuse en una azalea que había costado mucho trabajo que prendiera y, se conoce que mismo de la fuerza de los orines (porque otra cosa no, pero Cereixa Tola criaba a todos sus hijos con alimentos muy sanos y de confianza), la azalea empezó a mustiarse y se murió. ¡Pobre azalea, con las flores tan bonitas que daba! La azalea es una planta muy delicada y que no resiste el sol, ni el ácido úrico, ni otros ultrajes. Entonces la abuela se puso rabiosa, mandó llamar a mi primo Amedio y le dijo: Amedio, ya te estás largando con Dorindiña y con toda esa cábila insurrecta. Sí, señora, como usted mande. Mi primo Amedio se fue con la mujer y con los chiquillos a Liborei, en la parroquia de San Vicente de Cerponzones, cerca ya de Pontevedra, donde sentó plaza de sacristán porque conocía la práctica y también porque tuvo la suerte de que a su antecesor, Florián Subión Rurís, de apodo Lacazán, lo esmagó un mercancías a la salida de la estación de Portas. En sus tiempos de Iria fue cuando más fama adquirió mi primo Amedio como concertista de tambor y bailarín del agarrado, tracatrá, tracatrá, tracatrá, ¡apartarvos que voy! A mi primo Amedio le llamaban con un apodo que no es que no se pueda decir, no, es que no lo digo por respeto a su memoria; los muertos se deben respetar porque no pueden defenderse, y además la gente, a veces, es muy injusta y cruel en esto de los apodos, muy notoria y como forastera, lo mejor es no hacerles ni caso. Un día, en Vilar do Mato, en la parroquia de San Martiño de Ventosela, mi primo tuvo sus más y sus menos con un practicante que quiso palpar a Cereixa Tola y, aunque a lo mejor iba con buenas intenciones, mi primo no lo pensó así y le arrimó semejante galoucazo que le saltó un ojo, se lo dejó colgando y con más aspecto de huevo roto que de ojo, aun roto; la Guardia Civil, se conoce que porque el practicante era del pueblo, tomó muy a mal la acción de mi primo (que sé de sobras que obró con poco juicio) y hasta lo detuvo y le tomó declaración; el juez lo condenó por lesiones y lo mandó a la cárcel, pero la verdad es que lo soltaron bastante pronto. Cereixa Tola, mientras mi primo Amedio estuvo encerrado, se las arregló bien y con maña y, como tenía instinto, los chiquillos no se quedaron jamás sin cenar; Cereixa Tola era muy dispuesta y no se le ponía nada por delante, la prueba es que todos comieron y hasta se pudieron mercar un cerdo bastante aparente, sano y de buena raza. Mi primo Amedio salió de la cárcel más gordo y muy jovial y nómada, y entonces fue cuando se aburrió de la sacristanía y se metió a pescador de traíña. No lo pienses, primo Camilo José, la del sacristán no es vida saludable, siempre encerrado y soplando velas; eso está bien para un cojo, pero un tatelo debe aspirar a más: o que non ten casa nin viña en calquera parte se avecina; por la mar abajo no hay que echar sermones ni tampoco hay que cantar tangos ni aquello tan bonito de «Muévete, Irene», ¿te acuerdas, primo Camilo José, lo bien que lo pasábamos en el cementerio de Iria, cuando tocaban lo de «Muévete, Irene»? Tú bailabas con Rosiña de San Fiz, que era medio novia tuya y le robaba empanada de lamprea a su madre para que tú engordases y estuvieras bien fuerte, ¿te acuerdas? ¡Ya lo creo que me acuerdo, primo Amedio! ¡Entonces éramos jóvenes y nos gustaba el meneíto! ¡No me voy a acordar! Como decía Montero Ríos, ¡juventud, divino tesoro! A mi primo Amedio, al principio, le fueron bien las cosas y consiguió buenos lances de sardinas y mejores pesos, a cambio. Lo malo fue que un día se viraron las tornas, sopló o vento rixo a destiempo, y la trainera Unxía de Fentiñanzo se fue al garete y se la tragó la mar, con sus trece hombres dentro y el timonel, catorce. ¡Qué pena aquellos mozancones ternes, flor de romería y gala de las aguas traidoras del país! Esto pasó el día do santo Anxo del año que acerté catorce resultados (me tocó poco porque tuvimos que repartir entre muchos). La mar tardó exactamente un mes en devolver el cadáver de mi primo Amedio, que el día de difuntos apareció varado en el estero de Oya, en el camino de Portugal, con la barba crecida, el vientre hinchado y los ojos y las orejas y otras partes comidas por los peces.

Descanse en paz mi primo Amedio Troáns Lantaño, un hombre que —como tantos hombres— perdió la cruenta batalla de la sardina. A su exviuda Dorindiña Ribadelouto Belesar, alias Cereixa Tola (lo de exviuda viene de que casó de nuevo), hoy señora de otro que, al menos, está vivo, le mando mi más sentido pésame; si supiera sus señas, le mandaría también cincuenta pesos, que ahora tengo trabajo y marcho a mejor viento y con más desahogo, por lo menos en comparación. Sus hijos no sé dónde paran y, a lo mejor, ni paran. Alguien me dijo que andaban ciscados por el mundo. Tampoco me extrañaría que, como son tantos, alguno acabara rico y casado con moza de posibles. ¡Dios lo haga!

Clementecito el homicida

A Clementiño le gustaba que, en vez de Clementiño, así, a lo ordinario, le dijesen Clementecito porque entendía que sonaba más como a natural (o sea indígena) de Valladolid, lo que siempre es saludable, salta a la vista, y más patriótico que ser de Lestrove, ¡dónde va a parar! Clementiño. Mande. Que me deas cuatro patacones de figapelo con aroma a yerbaluisa. Ensejida, no faltaría más, doña Escolástica, para eso estamos, pero ¿por qué no me dice usted Clementecito?, ¿qué trabago le cuesta? Sí, higo, sí; tienes toda la razone del mundo y más del purgatorio, lo que pasa es que nunca me recuerdo. Clementiño, digo, Clementecito, era cuñado de mi difunta hermanastra Blandina, q. e. p. d., o sea hermano de Agostiño, el del títere y el que tenía un ojo de una color, y el otro, de la otra. El establecimiento Paquita (perfumería, droguería, mercería, artículos de limpieza) era propiedad de Clementecito, y le daba para vivir, si no con honradez (hay quien dice que despachaba preservativos de importación, cosa poco probable porque era muy patriota) sí, al menos, con cierto desahogo. Clementecito, bien mirado, no era pariente mío, pariente del todo, pero estuvo novio lo menos veinticinco años de mi tía Salvadora y eso, claro es, une mucho, une la mar. Hay parientes de la sangre que tanto tiene que sean parientes como que no, pero en cambio hay parientes que no son parientes y es un dolor que no lo sean porque merecerían serlo; la cosa queda clara, no como la luz de Febo (el rey de los astros) luciendo en mitad del firmamento, pero sí algo clara, la verdad es que tampoco mucho. Mi tía Salvadora, cuando Clementecito la plantó, se fue a las misiones porque ya no despertaba los arrebatos amorosos de ninguén y su vida en el siglo —por ende— ya no tenía objeto, y unos negros desagradecidos la mataron con una flecha emponzoñada con caca de cebra leprosa y después hicieron con ella ragout, o séase estofado, con sus patatitas, sus cebollitas, su perejilito, su ajito, sus zanahoritas, sus hojitas de laurel, su vasito de vino blanco, etc., como mi tía Salvadora era de buenas carnes en canal pesó cerca de ocho arrobas (libra más, libra menos), la señora del antropófago le picó bien picada la carne de segunda (falda, aguja, babilla, morcillo, etc.) para hacer embutidos para las meriendas de sus vástagos, que eran catorce y tenían todos buen apetito, gracias sean dadas a Dios y a Nuestra Señora del Buen Consejo, patrona del África en vías de desarrollo (la verdad es que entonces ni eso). Clementecito, cuando se enteró de que mi tía Salvadora era mártir, en estofado pero mártir, le mandó hacer unas estampas muy sentidas que vendía a dos reales y que, según los entendidos, eran muy eficaces contra las picaduras de las avispas y los tábanos, que sanaban no más olerlas; con la ganancia de las estampitas, Clementecito se compró una bicicleta marca Orbea (la bicicleta de los campeones) y se daba paseos por el andén de la estación para que lo vieran las señoritas que iban en el tren, desde Catoira hasta La Esclavitud, mientras exclamaban para sus adentros: ¡qué bueno está el ciclista!, ¡cuán luce en su velocípedo!, ¡ay, Señor, Señor, aparta de mí los pensamientos pecadentos! El establecimiento Paquita (perfumería, droguería, mercería, artículos de limpieza) estaba muy surtido y bien instalado, casi parecía de capital, y recibió su nombre como homenaje de Clementecito a santa Teresita de Lisieux, alias santa Teresita del Niño Jesús, cosa que así, a una primera vista, tampoco se entiende demasiado, que todo hay que decirlo. Los estantes del establecimiento Paquita (perfumería, droguería, mercería, artículos de limpieza) eran muy modernos y desmontables y Clementecito andaba siempre cambiándoles los tornillos de sitio y dándoles formas diferentes: paralelepípedos para el papel de guáter, pirámides truncadas para los dedetés (matamoscas, matacucarachas, matapolillas, mataladillas), la torre Eiffel para las esencias y las aguas de colonia y así sucesivamente. Clementecito, aunque era bueno de natural y solía tener modales finos y sentimientos generosos, a veces se cabreaba sin más ni más —y no digamos si era con más y más— y tenía unos repentes muy gerifaltes (síndrome circunstancial del droguero o de Adams Le Touquet) y chamuscados que no es que pusiesen en grave peligro la paz pública, pero que se notaban, ¡vaya si se notaban! Fabiano Trapeiro, también llamado Fabianiño o Moucho porque era funerario, no se llevaba mal con Clementecito, pero tampoco podía decirse que se llevase bien: se llevaba así, así, unas veces mejor y otras peor. Fabianiño o Moucho, cuando se llevaba mal con Clementecito, le decía que el Celta de Vigo valía poco y también le tropezaba aposta con los productos y hasta se los tiraba por el suelo y se los ciscaba todos, unos por aquí y otros por allá. En cambio, cuando se llevaba bien, le daba algún pitillo de vez en cuando, le hacía recados y le ponía cristales con la masilla muy bien dada o le miraba los plomos de la luz. Cuando lo de los autos, fue una lástima que Fabianiño o Moucho no estuviera en la tienda porque su testimonio hubiera sido muy valioso y de fiar para un mejor esclarecimiento de los mismos, como decía don Casto, el abogado defensor de Clementecito en el lío al que le provocaron y en que se metió sin querer, sin duda empujado por el síndrome antes aludido; si Fabianiño o Moucho hubiera estado presente cuando lo de los autos, o séase, cuando Clementecito ascendió al forastero a interfecto u occiso, las cosas se hubieran aclarado mucho antes y todos nos habríamos ahorrado no pocos líos y sinsabores, no pocas pejigueras y dimes y diretes. El caso fue que el día 12 de abril, santos Florentino, abad, y Zenón, obispo, de 1959, ayer aún, como quien dice, a eso de las 18.30 hora estimada, entró la víctima en el establecimiento Paquita (perfumería, droguería, mercería, artículos de limpieza) propiedad del encartado quien, a la sazón, se ocupaba en colocar una partida de papel higiénico aterciopelado especial de primera clase preferente en su oportuno estante, cuando con malos modales comprobados, fue requerido por el visitante, cuya identidad no pudo precisarse por hallarse indocumentado pero que hablaba con acento foráneo, así como de Ciudad Real o Toledo, y se vestía con terno color café en mediano uso, para que le expendiese determinado producto de perfumería (sales aromáticas para el baño de inmersión). El encartado es individuo de buenos antecedentes y conducta ejemplar, así como adicto al Glorioso Movimiento Nacional y católico practicante, según consta a tenor de las declaraciones prestadas por las autoridades, el señor cura párroco, el señor alcalde, el señor comandante del puesto de la Guardia Civil, y se halla al corriente del pago de la contribución (estatal, provincial y local) e impuestos especiales o particulares (directos e indirectos) a que hubiere lugar. El encartado y la víctima se enzarzaron en una discusión provocada por el segundo, a consecuencia de la cual pasaron a los hechos que produjeron el fallecimiento del segundo a resultas de la acción del primero. Cuando el señor juez, que era muy joven y delgadito (antes eran más gordos y con bigote, vamos, de más representación), le preguntó a Clementecito que cómo había sido la cosa, este, con los debidos respetos, le dijo: pues mire usted, señor güez, un servidor estaba en su tienda, como si tal, despachando cosméticos y perfumes y más botones y cotón perlé a la clientela, que entonces no había ninguna, cuando entró el finado, que en paz descanse, que por cierto se degó la puerta abierta, no es por nada, y sin saludar ni tan siquiera va y me dice, que me dea usted sales de baño fluorescentes, y un servidor, que sabe bien que no es así, va y le digue, dijo, será efervescentes, y el finado, que en paz descanse, se puso blanco y se le llenaron los ogos de sanjre, talmente como a los raposos, y con muy malos modos me escupió, no me dio pero me escupió, se lo guro, y me digo, perfumista de la mierda, usted perdone, señor güez, ¿quién es el que paja aquí? yo dijo lo que quiero y me da la jana que para eso pajo y además me cajo en su padre, usted perdone, señor güez, entonces un servidor va y le dice, ¡alto ahí, amijito!, en mi difunto padre, que en jloria esté, no se caja ni usted ni nadie, usted perdone, señor güez, ¡pues estaría bueno!, y el finado, que en paz descanse, me contesta, ¡eso lo veremos!, yo dijo fluorescentes y además me cajo en su padre y más en su madre, usted perdone, señor güez, porque me da la jana y me sale de los juevos, usted perdone, señor güez, y a un servidor se le subió la marea de la sanjre a la cabeza, porque un servidor no es de palo, y entonces un servidor roció al finado, que en paz descanse, con salfumán, y después, cuando se me tiró encima, le di una patada en los juevos, usted perdone, señor güez, y más le pinché dos veces con un destornillador en mitad del vientre, no lo voy a nejar, y el finado, que en paz descanse, finó; entonces un servidor bagó el cierre de la tienda, se diriguió a la casa cuartel de la juardia civil y se entrejó al sarguento, un servidor le digo, mire usted, señor sarguento Peláez, acabo de matar a un hombre, y el sarguento me digo, dese usted preso, y un servidor le digo, sí, señor, lo que usted mande, que un servidor no es delincuente, y a un servidor lo metieron en el calabozo, todo lo que le dijo es la verdad, señor güez, se lo puedo gurar a usted por lo más sajrado. En la audiencia condenaron a Clementecito a poco, la verdad es que se portaron bien con él; don Casto, su abogado, estuvo muy elocuente y jurisconsulto y a Clementecito, con eso de la buena conducta observada y la redención de penas por el trabajo, lo soltaron pronto. Cuando volvió al pueblo le dimos un banquete, con gambas y todo, al que las autoridades no fueron pero se adhirieron. Desde entonces los forasteros se portan mejor y con más decencia. Eso es lo que hace falta, que todos los españoles nos llevemos bien.

A mi pobre hermano Baltasar (q. e. p. d.) le partieron la boca en Haukilahti, al lado de Helsinki (antes Helsingfors), Suomi (o séase Finlandia)

Nuestra abuela siempre se lo advertía: Baltasar, que te van a dar; Baltasar, que te van a pegar; Baltasar, que te van a zurrar; Baltasar, que te van a brear; Baltasar, que te van a deslomar; Baltasar, que te van a desgraciar; Baltasar, que te van a matar y después te lo van a tener que decir en misas..., pero mi pobre hermano Baltasar (q. e. p. d.) no la quiso escuchar y un mal día, en Haukilahti, al lado de Helsinki (antes Helsingfors), Suomi (o séase Finlandia), le arrimaron semejante tunda finlandesa en una sauna finlandesa (por propasarse, sí, señor, que le estuvo bien empleado, ¿quién le mandó propasarse?), que sus gritos se oyeron en Leningrado (antes San Petersburgo), ciudad situada en la URSS (antes Rusia) y tirando para abajo, en Caldas de Reises (provincia de Pontevedra), donde las aguas minero-medicinales y más clorurado-sódicas, sí, señor, de cloruro, que viene de cloro, y de sódico, que viene de sodio y no de bromo ni de yodo, que eso lo hay en todas partes, en las algas sin ir más lejos. Mi pobre hermano Baltasar q. e. p. d. era muy expresivo a lo vivo (o séase muy poco circunspecto y tanteador) y muy locuaz de mano (o séase muy tocón y pronto de sobo) y claro es, como no medía bien los terrenos, de vez en cuando le sacudían estopa (o séase le zumbaban candela) y lo descalabraban; mi pobre hermano Baltasar (q. e. p. d.) tenía el cuero cabelludo (o séase el pielamen de la calavera) talmente surcado de mataduras, parecía un mapa con todos los ríos uno detrás de otro, Miño, Duero, Tajo, Guadiana, Guadalquivir y Ebro. A mí, mientras que no me pegue un portugués —solía decir mi pobre hermano Baltasar (q. e. p. d.) poniéndose muy serio—, tanto tiene. Ahora, lo que yo digo es que si me pega un portugués, ¡no lo permita Dios!, me paso a Fidel Castro, ¡vaya si me paso!, ¡como hay Dios, que me paso! ¡Lo juro por estas! (y se besaba dos dedos de la mano colocados en muy confusa y mágica posición). Mi pobre hermano Baltasar (q. e. p. d.) era sobre todo un verdadero patriota, la mar de verdadero patriota, y admitía piñas en mitad de los hocicos y en la boca del vientre, y hasta patadas en las parejas glándulas seminales (ya se sabe adónde un servidor apunta, sí, señor, sí que se sabe) siempre que la agresión procediera de un congénere (o séase de un gallego), pero llevaba muy a mal las humillaciones y más aún si venían de lusitanos. Mi pobre hermano Baltasar (q. e. p. d.) creía que lusitano, a lo mejor por eso de Viriato, pastor lusitano, era la manera insultante de llamar a los portugueses (algo así como gabachos o boches a los franceses o a los alemanes) y no había forma de convencerlo de que no era así sino, antes bien, de que lusitano era término fino y propio de discursos de hermandad hispano-lusitana, por ejemplo: Viriato, pastor lusitano, inmolado en aras de la libertad e independencia de los pueblos ibéricos y que, con su ejemplo digno de encomio y con su heroico sacrificio, hizo estremecer los cimientos de la metrópoli, la Roma imperial del licencioso boato y las despiadadas persecuciones a los seguidores de Cristo, etc. (Aplausos). A lo que íbamos diciendo. Mi pobre hermano Baltasar q. e. p. d. se metió en una sauna finlandesa, a ver qué era eso de que tanto hablaban, y, en cuanto que le vio el escorzo de un seno (o séase la esquina de una teta) a la moza Birgitta Häävikka-Rintälää, se puso cachondo y se le fue la mano y esa fue su perdición porque, como eso de ponerse cachondo en la sauna es algo que está muy mal visto, le dieron una somanta que a poco más ni la cuenta. ¿Cómo fue eso, Baltasar?, le preguntaban los convecinos cuando regresó al país. ¿Y yo qué sé? —respondía mi pobre hermano Baltasar (q. e. p. d. poniendo carita de conejo, para que se viera que decía verdad). Yo estaba tan tranquilo, bueno, tan tranquilo no, pero estaba, eso sí, ¡más me hubiera valido no haber estado!, mirándole la protuberancia de estribor a una señorita, lo más natural, cuando de repente, no había hecho más que empezar a sudar, se me vino encima una nube de finlandeses, que son de lo más heroico que hay, puede que por eso de que están siempre en la guerra de la Independencia, ¡viva el 2 de mayo!, lo más natural, y la emprendieron a palos conmigo y sin darme tiempo ni a defenderme. Yo debí de notarlo porque todos entraron en la sauna unos con ramos, otros con varas y otros hasta con garrotes, pero no lo noté porque creí que era costumbre, lo más natural; por allí se ven cosas muy raras y, claro, yo no lo noté ¡Anda, que si lo noto! Bueno. Cuando yo estaba más quieto y sin meterme con nadie, lo más natural, solo mirando y tocando un poco pero sin mala intención, primero se me acercó un finlandés, me dijo algo que no entendí, claro, ¿por qué lo iba a entender?, y me dio con un ramito en el solomillo, primero más flojo y después más fuerte. A mí me entró el cabreo, lo más natural, y en cuanto vi que se descuidaba le topé en el estómago y el finlandés, que se conoce que estaba confiado y no apretó los tendones, empezó a arrojar y se cayó al suelo, lo más natural; yo le di una patada en la boca, lo más natural, ¿qué querían que hiciese? y entonces fue cuando se me echaron todos encima y me dieron tantos palos que perdí la cuenta, más de cien, de eso estoy bien seguro; me desperté en la casa de socorro, que estaba tan limpia como si fuera de pago, y después me llevaron al hospital, lo más natural, y a poco más la espicho porque tuve la mar de calentura y hasta me tuvieron que poner inyecciones en las cachas, intramusculares, que son las más peligrosas, y me las dejaron, digo las cachas, como un acerico, claro, lo más natural, ¿cómo iban a dejármelas si no hacían más que pincharme y venga a pincharme, zas, zas, como si fuera esa diana que sale en las películas para que la gente tire flechas y se desahogue? A mi pobre hermano Baltasar q. e. p. d. lo repatrió el consulado con billete de caridad, que es humillante, según se mire, pero que sale muy económico, y cuando llegó al Ullán se repuso comiendo lacón con grelos y fumando tabaco de picadura de la Tabacalera, S. A., que es a lo que estaba acostumbrado. ¡Pobre Baltasar (q. e. p. d.) y qué poco hubo de durarle la vida! Yo no digo que muriera a consecuencia de la tunda finlandesa, no, eso no, porque lo mató un mercancías haciendo maniobras en la estación de La Esclavitud, pero lo que sí digo es que algo influyó, ¡ya lo creo!, porque sin tunda no se hubiera venido al pueblo a comer caliente y a resucitar y, a lo mejor, estaba en el Uruguay de tupamaro, pongamos por caso, o en el seminario de Tuy, si le hubiera entrado la vocación tardía, que no es probable, yo no digo que sea probable porque no daba mayores síntomas, pero que cosas más raras se ven todos los días, eso de Nixon y de Mao-Tsé-Tung, sin ir más lejos, o lo de don Simón, el exalcalde de Chantada, a quien se le apareció María Santísima y le anunció que el nuevo gobernador civil lo iba a echar y, claro es, lo echó. Ahora se vienen viendo cosas muy raras y poco frecuentes, y eso que hay muchas de las que, con esto de la informática, ni nos enteramos. Cuando a mi pobre hermano Baltasar (q. e. p. d.) le dimos cristiana sepultura, nos costó mucho trabajo encontrar todos los fragmentos (pedazos, más a lo fino) porque entre el mercancías y el forense, que no era muy cuidadoso, lo dejaron como para hacer morcilla de arroz (que dicho sea de pasada no está nada mal y es tan sustanciosa como nutritiva). A los restos (y nunca mejor dicho mortales de mi pobre hermano Baltasar q. e. p. d.) los dejamos a la derecha, conforme se entra en el camposanto, cerca de donde se pone el tablado de la banda cuando lo de la patrona, la Santísima Virgen del Carmen. Sobre su tumba enseguida empezaron a salir violetas y margaritas blancas y de color de oro. Yo le mandé decir unas misas y fueron todos mis amigos, ¡que

Dios se lo pague! Después, a la salida, nos íbamos a tomar unas tacitas de ribeiro, pero no estábamos alegres sino tristes, bueno, yo estaba triste y los demás me dejaban seguir triste, se conoce que por respeto. A mi pobre hermano Baltasar (q. e. p. d.) lo quería mucho todo el mundo y, cuando pasó a mejor vida, lo querían aún más y nadie hablaba mal de él; esta es la ventaja que tienen los muertos, lo que pasa es que no compensa.

Noticia de mi cuñado (o séase concuñado) don Epafrodito da Natividade y Ademaurán, que no era partidario de la vida en familia

Mi cuñado (o séase concuñado) don Epafrodito da Natividade y Ademaurán, a quien trato de usted y le pongo el don porque es procurador en cortes (tercio de libre designación o dedo, señalamiento al que los estudiantes de magisterio, plan del 7, llaman digital) era viudo de Lésmesa (femenino de Lesmes), q. e. p. d., la hermana mayor de mi tercera esposa, la también fallecida Exuperanciña, q. e. p. d., que la pobre era muy guapa y tenía muy buenas formas pero que afeó y mermó mucho, todo hay que decirlo, cuando finó. ¡Hay que ver lo repugnantes que se ponen las señoras cuando lo del óbito, válganos María Auxiliadora! La Lésmesa, q. e. p. d., y la Exuperanciña, q. e. p. d., fallecieron al unísono (bueno, casi al unísono: una hoy digamos, y otra el miércoles) a consecuencia de una enchenta de empanada de raxo, que suele ser algo indigesta; don Ferreolo Camariñas, que era el forense, les sacó de los vientres respectivos, tanto a mi cuñada, q. e. p. d., como a mi esposa, q. e. p. d., lo menos dos cubos de empanada de raxo a cada una y, como la ley no lo prohíbe, mandó dárselos a una cerda parida que tenía. La Lésmesa, q. e. p. d., y la Exuperanciña, q. e. p. d., eran naturales de la aldea de Rego do Paxaro, en la parroquia de Moxoeira, municipio de Riotorto, provincia de Lugo, y dado que se enfriaron al unísono (bueno, casi al unísono, esto ya lo expliqué) a mi cuñado (o séase concuñado) y a mí nos salió el sepelio más económico. A lo que íbamos. Mi cuñado (o séase concuñado) y cofrade don Epafrodito da Natividade y Ademaurán me miró con mirar de besugo de pescadería (no de océano Atlántico ni de mar Cantábrico), sonrió como un prelado doméstico (de lo más doméstico que hay), se lo juro de Su Santidad Pío Nono (en el mundo Giovanni María Mastai-Ferreti, como si fuera un jefe local de la mafia) y, mientras se abrochaba la bragueta (muestra de que había efectuado el acto de la micción o, lo que es lo mismo, meado u orinado, como también se acostumbra a nombrar) fue y me dijo, dice: mira, Camilito (mi cuñado, o séase concuñado, era muy fino y no decía Camiliño, como las gentes del estado llano, sino Camilito, como los guardiaciviles y demás personal mesetario), mira, Camilito, tú no me seas parvo, que tú me eres muy parvo, bueno, bastante parvo, lo corriente de parvo, que tampoco es decente exagerar, y escucha bien lo que te voy a decir de una vez y para siempre, amén Jesús: no es porque un servidor lo piense —y un servidor sí que lo piensa—, pero nuestra familia, del latín «familia», como tú sabes (no, señor, no lo sé, ¡pues lo aprendes, leche!), que quiere decir conjunto de los esclavos y criados de una persona, ¡aquellos sí que eran tiempos!, nuestra familia, te venía diciendo, vamos, la tuya, la mía y la de los dos, tú ya me entiendes, mirada con profilaxis y aseo, que es como se deben mirar las familias propias y ajenas, Europa, Asia, África, América y Oceanía, igual que el hotel Pedralbes, igualito que el hotel Pedralbes, tiene cierto lustre y antigüedad, eso es, cierto brillo y pulimiento, sí que lo tiene, yo soy el primero en proclamarlo, tiene mucha más prosapia que otras que pasan por muy encopetadas y finas, la de doña Maxelenda Redigote, la de la mercería, sin ir más lejos, pero es mismamente lo que se dice una mierda, ¡no nos engañemos, Camilito, que Dios ciega a quienes quiere perder!, eso es lo que te digo, perdona, una mierda pinchada en un palo y puesta a secar al sol en un solar (la especulación del suelo, origen de tantos males y desbarajustes), ¡qué tristeza!, y bien me duele porque ni tu ni yo tenemos otra pero ¡qué quieres, Camilito, tú no me seas parvo!, las cosas son como son y a veces toca peerse en los entierros (eso es pecado) o dar silbidos con disimulo, «Corazón santo, Tú reinarás, Tú nuestro encanto siempre serás», o bien, ¿sabéis por qué toca tanto la banda municipaaal? ¿sabéis por qué toca tanto?, porque tiene que tocar (este es más de izquierdas), y después joderse en seco o al vapor (dry cleaning, lutos en ocho horas) y pagar la contribución, tú ya me entiendes, Camilito, tú me salistes medio parvo pero ya me entiendes. Mi cuñado (o séase concuñado), cofrade y mentor don Epafrodito da Natividade y Ademaurán, como era manflorita potente (subgrupo liláceas de dormida y cuando me despierte tráigame de desayuno huevos fritos con jamón, y no de rato y usted dispense), se expresaba muy bien, ¿la mar de bien?, no, muy bien a secas, tampoco hay que ser abusones, bueno, usted manda. Mi cuñado (o séase concuñado), cofrade, mentor y correligionario don Epafrodito (lo demás se colige) estaba más bien triste y como circunspecto (que es un grado menos que circunciso, vamos, que no descapulla con esmero), y por ver de aliviarle la congoja que le consumía, le conté diez chistes: dos de boticarios (el del purgante y el de las píldoras para embellecer el busto que le dieron a un cabo de artillería), dos de suegras (el del camión de bomberos que las atropellaba aposta y el de la resucitada que rompió a tirar coces), dos de loros (el del que interrumpía los coitos extramatrimoniales o no federados de su ama cantando «La Madelón» y el del que suspiraba como una novia con acetona), dos de maridos (el del armario ropero y el del que se llamaba Pepe y no Paco, ¡la que se armó!) y dos de curas (el de la sobrina y el del ama y el señor obispo), debo reconocer que mi cuñado (o séase concuñado) hizo oídos sordos a mi caridad y no se rio con ninguno, se conoce que su tristeza era de origen profundo y neurovegetativo, ¿como las distonías?, exacto, usted lo dijo con palabra prudente, como las distonías que, antes no, porque se conoce que no era costumbre, pero que ahora le dan a todo el mundo, incluso a los carabineros, que son muy hombres. Mi cuñado (o séase concuñado) don Epafrodito puso la voz opaca del padecimiento y habló con tanta sensatez como achicoria, oiga, que a mí me parece que achicoria no pega en el contexto, ¿en el con qué?, en el contexto, bueno, pues se calla (que a lo mejor nadie se da cuenta): entre nosotros los españoles, Camilito, presta atención que tú eres medio parvo, eso ya me lo dijo, y no me cansaré de repetírtelo, no me interrumpas, usted perdone, entre nosotros, Camilito, según te venía diciendo, pasa como entre los micos de la jungla, ¿tú sabes lo que es jungla?, sí, señor, pues eso, pasa como entre los micos de la jungla, que son unos libertinos asquerosos y sin fundamento, venga a tocarse la pera todo el día y parte de la noche, que cuando una familia se encona, no la desencona ni Dios, ¿ves la nuestra?, bueno, pues así casi todas. ¡Qué horror, qué enconamiento más pertinaz y putativo! No obstante lo expresado (y pese a que en el Concilio de Trento pusimos el mingo, ¡jo, la teología y ciencias conexas!), entre nosotros los españoles suele ser hábito legal y consuetudinario, del latín «*consuetudo, consuetudinis*», costumbre, como tú sabes (no, señor, no lo sé, ¡pues lo aprendes, leche!), fomentar la familia y toda su inhóspita secuela de corolarios tenidos por axiomas, a saber, verbi gratia, entre otros: la prole familiar, que después se deja melena y no hay forma de que apruebe el COU; la vida familiar, en la que uno manda y los demás se desternillan (y hasta se mean) de risa y van por libre; el trato familiar que, referido a las fondas, significa que la sopa es de sobre y que el agua caliente y la calefacción de la entrepierna (brasero) se suplen con buenos consejos y mala voluntad (idea, uva o baba); la reunión familiar, en la que los señores mayores cuentan lo valientes que fueron en la guerra (los valientes del todo dicen en la cruzada), las señoras mayores se sueltan el cruzado mágico y se ponen como el Quico de tejeringos y otras frutas de sartén (a algunas les abandona el desodorante a media tarde y no hay quien pare), los jóvenes de ambos sexos y de sexo equidistante bailan al ritmo de San Vito (mártir en la Basilicata bajo el infatigable Diocleciano), fuman pitillos de marihuana que sacan de una cajetilla de celtas (¿no huele raro?, no, mujer, si son unos ángeles, lo que se dice unos ángeles, son mucho mejores de lo que éramos nosotros a su edad) y beben zarzaparrilla embotellada, y las criaturitas, ¡Dios las bendiga!, juegan a indios por encima del mobiliario, se orinan sobre el tocadiscos (algunos hasta se electrocutan y todo y chillan con el gruñido agudo, escandaloso y heridor del puerco, con perdón sea dicho) agonizante y sustancioso y predestinado, del cochino (con perdón otra vez) que ya recibió la honda y traidora y cautelosa caricia del jifero (también llamado matarife y matachín) sombrío, cejijunto y barbicerrado, ¡qué ordinariez!, pero que aún no exhaló el último y atónito y desmayado resuello. ¿Se percata usted de la adjetivación a tres bandas? ¿Verdad que parece mismamente el misterio de la Santísima Trinidad? ¡Pues, anda, no había caído! Mi cuñado (o séase concuñado) don Epafrodito da Natividade y Ademaurán también estaba casado en terceras (como un servidor con la finada Exuperanciña, q. e. p. d.) con la finada Lésmesa, q. e. p. d., aunque lo cierto es que no le había ido demasiado bien en sus tres matrimonios (los tres por la Iglesia, como es de sentido común), se conoce que en nuestra familia no es costumbre eso del escarmiento. Su primera esposa, la Ezequiela Albarín Taboeiro, se le escapó con Facundo Catoliña Abeledo, alias Xurelo, el sacristán de San Xiao de Mourence, que tocaba la gaita como pocos, y dejó a mi cuñado (o séase concuñado don Epafrodito da Natividade y Ademaurán) cinco niños y cinco niñas, casi todos bizcos, con una bizquera graciosa, eso es verdad; la Ezequiela, q. e. p. d., finó yendo a la romería de San Andrés de Teixido, se cayó del techo de un ómnibus y, aunque le hicieron la respiración artificial, finó. Entonces mi cuñado (o séase concuñado) matrimonió de nuevo, ahora con la Maximina Leituego Vilargondo, que se le largó con el mismo, con el sacristán de la gaita, se conoce que por la costumbre, pero que no le dejó al paciente esposo sino tres niños y una niña, ninguno bizco; se conoce que la bizquera venía de la rama Albarín o de la rama Taboeiro, eso está claro; la Maximina, q. e. p. d., finó pateada por una vaca que se espantó a destiempo y, aunque le hicieron la respiración boca a boca, algunos dicen que para aprovecharse, finó. La Lésmesa, q. e. p. d., fue la que le salió más decente y no se fugó con el sacristán Xurelo (tocamientos deshonestos sí que hubo), y dejó a mi cuñado (o séase concuñado) nueve niños (dos lelos, y otros dos algo cabezorros) y ninguna niña. Mi cuñado (o séase concuñado) don Epafrodito da Natividade y Ademaurán quedó cojo en la Guerra Civil de un tiro que le arrearon en Brunete (y en una pierna, claro) y, cuando fue de la liberación, fletó una camioneta y se presentó con sus veintitrés hijos en la capital, a que lo empleasen en la fiscalía de tasas; esa es otra historia que ahora no viene a cuento. Lo del tiro fue un caso de mala suerte porque se lo pegó un compañero, que es lo raro, y no un enemigo, que suele ser lo natural; era de noche y mi cuñado (o séase concuñado) salió del parapeto a bajarse los pantalones; cuando exoneró el vientre (o cagó, en lengua bélica) y regresaba a su puesto, el centinela le dio el alto y le pidió el santo y seña. ¡Santiago y cierra España!, exclamó mi cuñado (o séase concuñado). No, ese es el de ayer, le replicó el centinela al tiempo de hacer fuego, el de hoy es ¡Espabila, Favila, que viene el oso! Y así, a lo tonto, mi cuñado (o séase concuñado) se quedó cojo para siempre, ¡ya ve usted lo fácil que es dejar cojo a cualquiera! Mi cuñado (o séase concuñado) fue a los mejores médicos pero, por más que le hurgaron, y le pusieron goma arábiga en el tuétano, y le hicieron trasplantes (incluso de muerto fresco, que son los que mejor pegan según dicen) le quedó la pata toca y como escorada; algunas señoras caritativas pensaban que tenía un andar muy jacarandoso (que es como entonces, que era la gente más mirada en la expresión, se decía a lo que después del Concilio Vaticano II se empezó a llamar sexy) pero esto a mi cuñado (o séase concuñado) no le reconfortaba lo más mínimo y más bien se la traía floja, ¿del todo?, bueno, digamos morcillona. No, Camilito, no y mil veces no, tú no me seas parvo, que tú me saliste algo parvo e inclusive bastante parvo, bueno, lo corriente de parvo, que tampoco es honrado exagerar, y atiende lo que te voy a decir de una vez y para siempre, amén Jesús, tú atiende como si estuvieras en la doctrina: la familia es una mierda, eso dalo por seguro, pero no una mierda hermosa, que también las hay, una mierda de vaca sana que da gusto verla, no, sino una mierda de mierda; yo matrimonié tres veces y ya viste cómo me salieron los tres matrimonios, a cual peor y todo por culpa de las señoras, que son igual que micos, bueno, que micas de la tupida jungla. ¿Que la Ezequiela, q. e. p. d., era lo que se dice un bombón? ¡Que nos lo digan a mí y más al Xurelo, que la conocimos bien! ¿Que la Maximina, q. e. p. d., tenía mucho poderío y un cohabitar enérgico y glorioso? ¡Que nos lo digan a mí y más al Xurelo, que también la conocimos bien! ¿Que la Lésmesa, q. e. p. d., tenía la cintura de mimbre y los senos turgentes?, fíjate lo bien que queda ¡senos turgentes! y no tetorras, así, a estilo pueblo. ¡Que me lo digan a mí y a lo mejor también al Xurelo! No, Camilito, para aguantar a la familia hay que ser muy joven, la vida en familia es capaz de hundir a cualquiera que no sea muy resistente, no lo dudes. No, si un servidor no lo duda, no vaya a creerse, lo que pasa es que un servidor no se atreve a decirlo, se conoce que eso es mismo del apocamiento. Sí, puede. Mi cuñado (o séase concuñado) tenía las fotos de sus tres señoras encima de la cómoda, cada una en su marquito y con su lamparilla de aceite, por si aún seguían de ánimas del purgatorio. Lo cortés no quita lo valiente, Camilito, alguna tunda sí que merecieron (y alguna tunda llevaron, no lo voy a negar) pero, hombre, ¡que se condenen para siempre y sin remisión no está bien! Tú de esto sabes poco, Camilito, bueno, la verdad es que tú sabes poco de todo, pero lo que yo me pregunto: si el día de la resurrección de la carne me las encuentro, ¿le podré echar un par de felicianos a cada una? El señor cura dice que me van a mandar al infierno por discurrir esas cosas, pero pienso que no porque, lo que yo me digo, ¿no estamos casados?, bueno, ¡pues si estamos casados en Chantada, también lo estamos en el valle de Josafat! ¡A mí que no me vengan con trampas, que esto del matrimonio es una cosa muy seria! Mi cuñado (o séase concuñado) don Epafrodito da Natividade y Ademaurán, con sus andares de garabato, su voz de tenorio en situación de clases pasivas y su mirar burriciego y tirando a manso, era la triste imagen de la derrota. ¿De qué le sirve a mi cuñado (o séase concuñado) haber conseguido un destino de plantilla y haber llegado a procurador en cortes, si, después de probar tres veces, no tiene una señora que le cierre los ojos y le mande decir un par de misas, aunque no sea más que rezadas, que son más baratas, cuando le llegue el momento? El que lo sepa que lo diga.

Confusa noticia de diversos deudos y allegados

Señor maestro, ¿es verdad que los chinos mean sentados? Hable usted con más recato, Eovanín, diga usted: orinan sedentes. Sí, señor maestro. Oiga, señor maestro, ¿es verdad que los chinos orinan sedentes? No, hijo, los chinos, como individuos integrantes de la especie humana, orinan erguidos. ¿Como los de Becerreá? Sí, hijo, más o menos como los de Becerreá y los de todas partes. ¿También Sebastopol? Sí, hijo, también Sebastopol. Oiga, señor maestro, ¿usted es racista? No, hijo, ¿por qué? No, por nada; me parecía como si les tuviese usted rabia a los chinos. No, hijo, a mí me parecen dignos de todo respeto. Siéntese usted y permanezca callado un ratito, por favor. El señor maestro se llamaba don Burgondoforo y, a pesar de su nombre, era albino, casi no podía ver y andaba siempre de gafas de sol para que no le molestase el sol. ¿Aunque no hiciera sol? Eso; aunque no hiciera sol, don Burgondoforo andaba siempre de gafas de sol y no se las quitaba ni para orinar erguido cabe una mata, cabe un árbol, cabe una o dos piedras, cabe lo que sea: pisss, pisss, pisss, pisss..., un poco de ánimo con la onomatopeya y, ¡hala!, a orinar erguido y como si tal cosa. Eovanín era hijo de un escribiente del juzgado que se llamaba don Leto y que se hizo famoso por tres circunstancias: porque gastaba peluquín, porque tocaba los primeros compases del pasodoble «Gallito» ventoseando por el ano y porque hacía trampas a la garrafina con más habilidad que nadie. ¡Qué tío, parece mismamente un prestidigitador malabar! Oiga, señor maestro, ¿los malabares orinan sedentes? ¡Silencio, Eovanín! ¡Ya le dije que guardara usted silencio! Don Leto tenía dos hermanos, a saber: don Respicio, presbítero afiliado a la Hermandad Sacerdotal Española, y don Quadragésimo, que es viudo de mi difunta cuñada doña Joba Lobato (o doña Oda Lobato, porque pronunciaba mal y no se le entendía bien) que Dios tenga en su gloria, alias Jenarita. Don Respicio era integrista, gastaba sotana como Dios manda y tonsura como Dios manda, se despegaba el esmegma con navaja, no se dejaba poner lavativas y fumaba tabaco de picadura. ¡Para ser cura, hay que ser muy hombre! ¡Y usted que lo diga, don Respicio, y usted que lo diga! Cuando mi contrapariente el clérigo don Respicio bebía un par de copas de más, entonaba el himno «¡Adelante los de Cuenca!», ahuecando la voz para dar más sensación de poderío.

> *Lucharemos noche y día*
> *contra el nuevo modernismo,*
> *que es solapada herejía*
> *como engendro del marxismo.*
> *¡Viva el misterio de la Santísima Trinidad!*
> *¡Viva España!*
> *¡Viva la Asunción de Nuestra Señora!*

Don Respicio, sobre cura, como de cura se gana poco y hay que andar aseado (sin vanaglorias excesivas), cultivaba coles, cazaba conejos y criaba cerdos del país; también se daba buena mano para buscar setas, preparar tisanas medicinales y destilar licor café, que es reconstituyente muy vigorizador. Su hermano don Quadragésimo, el viudo de mi difunta cuñada doña Joba (o doña Oda), que Dios tenga en su gloria, alias Jenarita y por tanto algo pariente mío, era menos vistoso que el sacerdote (don Quadragésimo no era más que consumero, y los domingos, músico; los domingos tocaba la flauta en la banda del pueblo), pero tampoco quedaba nada mal porque lucía una orquitis que le daba un aspecto muy varonil. ¡Jo, qué tío!, exclamaban las señoras, ¡qué bulto más corpóreo! Don Quadragésimo era partidario del Eiriña F. C., de Pontevedra, equipo al que defendía con tal pasión que una mala tarde se le arrancaron los del Celta, que eran más, y poco faltó para que lo dejaran en el sitio y a disposición del señor juez. ¡Qué horror, Virgen santa, Virgen pura! ¡Qué desconsiderada malleira! ¡Válganos María Auxiliadora y nuestro señor el apóstol Santiago! ¡Qué forma de arrearle coces y más tortas! Don Burgondoforo, el señor maestro, era más manso y paciente que los tres hermanos dichos, don Leto, don Respicio y don Quadragésimo, juntos o por separado, más europeo —digamos— y de más sosegadas inclinaciones; se conoce que el albinismo civiliza. Una vez, antes de la guerra, a don Burgondoforo le tocó la lotería y se llegó a la capital, a echar una canita al aire y un par de felicianos con las gafas puestas a quien se dejase (previo pago, claro es) y fuera de su gusto. ¡Un día es un día! —cavilaba para tranquilizar su conciencia—, y además no hago daño a nadie. Una vez al año, no hace daño. ¿Qué tiene de malo que un maestro nacional se ponga cachondo o verriondo y se vaya de piculinas, vulgo putas? Decid, niños, veamos pues: ¿qué tiene de malo que un maestro nacional, omisión hecha de sus características personales, trate de apaciguar el rijo con la cópula? Primero va uno de piculinas, una piculina con cada cosa en su sitio y bien puesta de tetamen; después se pone uno un poco de blenocol; después se confiesa y, ¡hala!, al pueblo otra vez y fresco como una rosa. Don Burgondoforo hizo acopio de valor y, visto y no visto, se encontró de repente y como sin darse cuenta durmiendo al lado de una gorda que olía a sebo (¿rancio?; no, más bien del tiempo) en una habitación de la casa de citas La Profiláctica, costanilla de la Caracola, 10. ¡Qué paz invade las conciencias cuando ya se sabe que acabará yéndose uno al infierno sin remisión! ¿Cómo te llamas? Margot. No; yo digo en serio. Laureana. Es un nombre muy bonito. ¡Psché! A mí me gusta mucho. A mí, no. Bueno. Eso es lo que una servidora dice. ¡Cuán turbadoras acaban resultando las noches de amor, languideciendo sobre el hombro (y el arranque de una teta), de la mujer amada, mientras en el pebetero humean los misteriosos perfumes orientales y en el aire flota el inefable aroma del azahar! ¿A qué huele? A zotal. ¡Ya decía yo! Laureana era huérfana, estaba buena, pero era huérfana. ¿Y de qué murió tu papá, o sea tu padre, que Dios tenga en su gloria? Laureana se quedó mirando para la pantallita color verde lechuga que ornaba (¡Jopé! ¡Ornaba!) la mesilla de noche y habló con un hilo de voz. Mi papá, que Dios tenga en su gloria, era matarife, y un día, se conoce que en un descuido, sí, tuvo que ser en un descuido porque él era muy creyente, se le fue la mano y se hizo el guirigay. ¿El guiriqué? El guirigay, como los japoneses. ¡Ah, ya entiendo! ¡El guirigay, claro! Entonces una servidora, sola y desesperada, se echó a la vida. ¡Cáspita! Como usted lo oye, ¡a la vida airada! El virgo lo perdió una servidora en Puebla de Sanabria, de recién huérfana; hacía mucho frío y la verdad es que tampoco me enteré demasiado. Además se me estaba mojando el culo en un charco y, claro, eso siempre distrae. ¡Animalito! ¡Qué recuerdo indeleble! ¿Mande? Nada, hablaba solo. La dueña de la casa de citas La Profiláctica, costanilla de la Caracola, 10, se llamaba doña Martirio Pacheco, alias Hidroavión, y a mí me quería mucho y hasta me fiaba los servicios porque había ido a la escuela con mi difunta cuñada doña Joba (o doña Oda) Lobato, que Dios tenga en su gloria, alias Jenarita. Hidroavión también era viuda, como casi todas las señoras, pero lo que le distinguía de sus colegas es que se había ido quedando viuda poco a poco y no de golpe, como suele ser la costumbre. El finado de Hidroavión, que Dios tenga en su gloria, se llamó en vida don Enedino Garameiras Raposo y fue ambulante de correos y más bien bajito, bueno, la mar de bajito, digamos un metro cincuenta, o sea, casi nano. Don Enedino no se murió todo al tiempo, como se trataba de decir, sino a trozos y como sin darle importancia. Primero se le secó una pierna y tuvieron que cortársela en la casa de socorro. Como don Enedino era muy mirado, decidió que su pierna debía yacer en el panteón familiar y, dicho y hecho, organizó su entierro parcial. En la casa de socorro le dieron la pierna envuelta en un saco y él mandó curarla al humo, según es costumbre del país, para que se conservase hasta el día en que él pudiera presidir su fragmentario sepelio. ¡Nada de ruines arpilleras! —rugió don Enedino cuando ya podía rugir—. ¡Para mi fallecida pierna deseo un ataúd tamaño pierna! ¡Será servido, caballero! —le respondió el funerario—, ¡sus deseos son órdenes para mí! ¡Marchando una caja de angelito! ¡Va enseguida! Como la caja de angelito era blanca y don Enedino mandó pintarla de negro, al final quedó gris, pero eso no importa y el entierro, que era lo principal, resultó muy bien, con don Enedino saludando sonrientemente desde su sillón de ruedas y los niños del hospicio soltando palomas, haciendo flamear banderitas españolas y entonando el himno «Corazón santo, Tú reinarás», con un entusiasmo insospechado. Lo malo fue que a los dos años, doña Martirio Pacheco, o séase Hidroavión, volvió a quedarse otro poco viuda porque a don Enedino hubo de secársele la pierna que le quedaba mojada y, claro, tuvieron que podársela y hubo que repetir el número del entierro a trozos, hoy este, mañana el otro, pasado Dios dirá. Al segundo entierro también asistió mucho personal (vinieron hasta portugueses), pero no hubo tanta emoción como en el primero porque la gente estaba ya más acostumbrada. Los domingos, doña Martirio llevaba a su marido al fútbol y lo tenía en el brazo para que pudiera ver bien e insultar al árbitro con comodidad. En el descanso, don Enedino le decía a la señora: Martirio, condúceme al evacuatorio. Y doña Martirio lo ponía a mear, ni sedente ni erguido, pero a mear. Martirio, cómprame un polo de menta. Lo que gustes, Enedino. Cuando, pasado algún tiempo, a don Enedino le dieron cristiana sepultura del todo, vamos, cuando a don Enedino lo enterraron de una vez y ya para siempre, doña Martirio abrió la casa de citas La Profiláctica, costanilla de la Caracola, 10. ¡Ay, hija! ¡Ve una cada cosa! Don

Leto, el papá de Eovanín, se dejó un día el bisoñé olvidado en La Profiláctica, habitación 7, y le costó Dios y ayuda que la señorita Semproniana, coima de profesión, se lo devolviera. A don Leto le entró un cabreo felino y, cogiendo a la señorita Semproniana por el cogote, la zarandeó bien zarandeada y después, cuando la vio ya madura, fue y le dijo, dice: despreciable ramera, indigna mujer pública, o me devuelves mi peluquín o te empapelo en el juzgado, ¡tú verás lo que prefieres! Entonces la señorita Semproniana abrió la mesa de noche (departamento inferior o de la bacinilla) y le devolvió el peluquín. ¡Qué modales, hijo, la cosa no era para tanto! La señorita Semproniana era natural de Villafranca del Bierzo, en la Galicia irredenta, pero se había recriado en Vigo. La señorita Semproniana se llevaba muy bien con su compañera la señorita Laureana, o séase Margot, y los lunes, como solía haber poco trabajo, se iban al cine juntas, a la primera sesión (tres de la tarde), a ver el Nodo y las películas, a comer pipas y altramuces y a calentar al vecino, si la ocasión llegaba. Las dos amigas tenían hábitos conservadores y no dejaban pasar la menor ocasión de ejercitarlos. Caballero, no me comprometa. Perdone, señorita, ¡como va usted sola! Voy con mi amiga, que es una chica muy seria... ¡Claro! ¿Me permite usted que, en el descanso, le invite a un vermú? Puede acompañarnos su amiga. La señorita Semproniana respondía con la vista baja. ¡Si es su deseo y va con buenas intenciones! El cabrito ambulatorio jamás encuentra raro que, al final, acaben pidiéndole ochenta duros. Ahora todo ha subido, pero antes, por ochenta duros, aún se encontraban señoritas muy apañadas y de muy buen ver. Don Quadragésimo, el viudo de mi difunta cuñada doña Joba (o doña Oda) Lobato, alias Jenarita, que Dios tenga en su gloria, entendía mucho de mujeres (más que de fútbol, sin duda alguna) y se pasaba las tardes en el casino contando unas bolas tremendas. Cuando me escapé a París con Tórtola Valencia... ¡Vamos, don Quadragésimo, que todos sabemos que usted no pasó en su vida de Villalpando, un poco más allá de Benavente!

Monólogo de mi prima carnal doña Escolástica sobre los inconvenientes de anestesiar chepas

A mi Agapitín no me lo operan, ¡así hay Dios!, de hernia, ni de nada, ¿se da cuenta?, a los chepas es muy peligroso operarlos porque casi todos se mueren en la anestesia, sea de cloroformo, sea de éter, sea de anís, sea de lo que sea, porque lo que una dice, se conoce que la anestesia no les va a sus hechuras, ¡quite, quite!, yo prefiero a mi Agapitín vivo y herniado, ¿qué malo tiene estar herniado?, que muerto y sin hernia; con el braguero que le regaló doña Flora cuando finó su finado, se las va arreglando bastante bien, es un braguero muy higiénico y saludable, ¡hasta hace bonito verlo, con su duro de plomo, su guata y sus iniciales bordadas a punto de cruz, que se las bordó una servidora, cuando doña Flora se lo dio de recién viuda, para que todo el mundo supiera que era suyo y bien suyo y que no se lo había quitado a nadie! Con esto de la salud no se pueden pedir peras al olmo, porque a lo mejor caen bellotas o, lo que es lo mismo, toca sepelio con cruz alzada, que sale carísimo, ¡quite, quite!, mi Agapitín está bien como está, con su chepa y su hernia, sí, pero vivo y más derecho que un huso, bueno, más derecho que un huso, no, pero vivo. Mire usted, amiga mía, aquí conviene dejarse de coñas y respetos humanos porque, si se tuercen las cosas, no las endereza ni el general Espartero, ¿se percata? que los tenía más gordos y bien templados que nadie y de muy buena calidad. A los chepas no se les puede operar porque fallecen en la anestesia, todos los médicos lo saben, fallecen de esquela y funeral, no en sentido figurado. Ya ve lo que son las cosas, una servidora podría estar contándole historias de chepas anestesiados durante un año o más. Sin ir más lejos: cuando mi tío don Sotero, el que es habilitado de clases pasivas, ¿recuerda?, el del lobanillo, regresó del Brasil, se trajo consigo una piedra de ágata llena de vetas y de irisaciones, ¡santo Dios, cuántas vetas e irisaciones!, un loro que se llamaba Pernambuqueiro y que tenía más mala leche que Simón, el de la droguería, y una señora más bien llenita, doña Rosaura, que no hablaba más que portugués aunque, eso sí, muy finamente. Pues bien: de la coyunda, por la Iglesia, claro, de don Sotero y doña Rosauriña (en portugués donha Rosaurinha), coyunda de la que saltaban chispas según el testimonio de vecinos y transeúntes, nació un chepa galaicocarioca que se llamó Anselmiño (en portugués Anselminho) durante poco tiempo, esa es la verdad, porque a la criatura le dio la apendicitis y pasó a mejor vida anestesiado, ¿lo ve usted?, anestesiado y sin percatarse de que se iba para el otro mundo. ¡Para que usted vea! Entonces doña Rosauriña empezó con las distonías neurovegetativas, igual que si fuera un poeta lírico delgadito, y acabó tirándose por el balcón y escarallándose contra el empedrado porque se creyó que era Vedrines y podía volar ¡Sí, sí, volar! ¡Caer a pico y por su propio peso es lo que hizo! La pobriña quedó tan depauperada y ciscada, una pierna por aquí, la cabeza por allá, el bazo y más el hígado por acullá, que tuvieron que recogerla con una esponja; el señor juez mandó levantar a toda prisa el cadáver, para que no resbalaran las caballerías. ¡Qué desgracia más sonada! A mi Agapitín no me lo operan ni aunque avisen a la guardia municipal, ¡yo no quiero quedarme sin mi Agapitín, compréndalo usted! Chepa y todo, es mi hijo. ¿Usted conoce a alguna madre que quiera sacrificar a su hijo en aras de la ciencia? ¿Verdad que no? Bueno, pues yo tampoco. ¡Hasta ahí podían llegar las bromas! Mi tío don Sotero, el del lobanillo, cuando enviudó de la primera, casó con la segunda, doña Conchita Ramírez, la Parrandeira, todo el mundo la conoce por sus parrandas, que se quedó con las ágatas, con el loro y con el tálamo, y que dio a su marido otro chepa, el Radegundiño, que también palmó en una anestesia. ¡No me irá a decir usted que todo fue casualidad! Al Radegundiño le quisieron limar la chepa para que anduviera derecho, pero ni empezaron siquiera con el limado porque, como le digo, falleció antes, mismo cuando empezaron a ponerle la anestesia; en esto aguantó aún menos que su hermanastro el Anselmiño. Parece que el paciente se nos va —exclamó el cirujano, al observar que el Radegundiño hacía unos extraños. Sí, señor —le arguyó la monja que le preparaba la herramienta—, el paciente ya se nos fue. ¡Vaya por Dios! Sí, señor, ¡angelitos al cielo! Los chepas tienen muchas aplicaciones, por ejemplo, pasarles un décimo de lotería por la chepa, les cabrea mucho pero trae suerte y toca por lo menos el reintegro, pero los muertos, en cambio, no tienen aplicación ninguna, no se puede ni hacer caldo con ellos porque da reparo y, además, está prohibido por la ley. Si un juez descubre que una familia hizo caldo con un muerto, arma semejante bochinche que ni compensa, se lo juro; un juez, puesto a armarla, da más lata que nadie, ¡pregúnteselo usted a los presos y ya me dirá, ya! Mi Agapitín va bastante bien en la escuela porque, así como lo cortés no quita lo valiente, la chepez tampoco quita la aplicación. Mi Agapitín es muy aplicado y ya sabe hasta la regla de tres directa (la inversa viene en letra pequeña y no se da), las cinco partes del mundo y lo de los lepidópteros, ortópteros y dípteros, no sé si lo digo bien porque a mí esto las madres no me lo explicaron. Mi Agapitín, cuando sea mayor, quiere ser habilitado de clases pasivas, como su tío abuelo don Sotero, el del lobanillo, y ya se está entrenando en eso de distinguir los huérfanos, las viudas y los jubilados entre sí, que cada cual tiene su ventanilla y sin orden no hay quien se entienda. A mi Agapitín también se le da bien la caligrafía; como entre la chepa y la hernia no puede jugar al fútbol ni a cow-boys, aprovecha el tiempo para ensayar la bastardilla, la redondilla, la romanilla y la pancilla, que es muy propia para los libros de coro, y le aseguro que, con el plumín en la mano, es capaz de hacer lo que se dice labores vírgueras, verdaderas labores vírgueras y sin un solo borrón. ¡Menudo es mi Agapitín! Mi tío don Sotero, el del lobanillo, dice que hasta tiene cara de amanuense. ¡La verdad es que tengo que dar muchas gracias a Dios porque mi Agapitín haya salido tan bueno y tan aplicado! ¿Qué es la emífera* belleza del cuerpo comparada con la inmartachible** belleza del espíritu, o séase del alma? ¡Una bagaleta!*** ¡Eso: una bagaleta emífera y martachible! (No; me parece que esto no queda bien, no debe ser así. La verdad es que las madres tampoco me lo explicaron mejor ¡Pelillos a la mar! «¡*Mens sana in corpore sano*!». (Esto no pega). Bueno, ¡el caso es que haga buena letra y el día de mañana pueda ganarse la vida honradamente de habilitado de clases pasivas, como mi tío don Sotero, el del lobanillo, cobrándole a las viudas, los huérfanos y los jubilados lo mandado y lo que es de ley, y ni una perra más! ¡La honradez acrisolada debe ser el lema y el mote heráldico de los habilitados de clases pasivas!, suele decir mi tío don Sotero, el del lobanillo. En estos sanos principios quiero educar yo a mi Agapitín, a pesar de su chepa y de su hernia, porque lo que una dice, ¿de qué vale educar a un hijo en los más sanos principios si después te lo anestesian y, por eso de que es chepa, te lo enfrían? ¡No y mil veces no! ¡Un habilitado no tiene por qué lucir la elegancia y la esbeltez de un húsar de Pavía! Eso está bien para montar a caballo y bailar el vals, pero, para pagar viudedades, orfandades y jubilaciones, ¿para qué se necesita tener la planta de un figurín? ¡Para nada! Mi Agapitín, cuando sea mayor, tendrá que trabajar sentado, y lo que enseñe por la ventanilla será la cara, ¿se entera?, y no la chepa, que le quedará a la parte de

---

* Seguramente quiso decir «efímera».
** Seguramente quiso decir «inmarchitable».
*** Seguramente quiso decir «bagatela».

atrás, piénselo un poco y verá qué cierto es lo que le digo. (Aquí termina el discurso de mi prima carnal doña Escolástica sobre los inconvenientes de anestesiar a los gibosos; lo que sigue debe leerse como si hubiera punto y aparte, que no lo hay). Entonces mi prima carnal doña Escolástica, que de joven estuvo lo que se dice muy cachonda, pese al nombre (más propio de un callo que de una hembra de pretérito buen ver), humilló las siete vértebras de la cerviz y pidió las siete cosas que a continuación se expresan: un lugar adecuado para hacer aguas con recato, una tacita de infusión de manzanilla de La Mola (isla de Menorca) que es la mejor que hay, unas gotas de anís para echar dentro, una aguja de crochet, un tebeo y un abanico para abanicarse. Oiga, que no salen más que seis. Bueno, déjelo estar así; con seis ya tiene bastante.

APUNTES CARPETOVETÓNICOS

El gallego y su cuadrilla

(1949)

Fauna carpetovetónica

El escritor ha pensado, a veces, en pararse a detallar, por lo menudo, la fauna carpetovetónica, esa olvidada esquina del reino de la naturaleza a la que ama con sus mejores deseos y a la que defiende con sus más afiladas uñas y sus más implacables dientes.

Desde el pregonero que trabaja con apuntador como los cómicos (el hombre no sabe leer ni escribir y tampoco tiene memoria) hasta el colchonero que estuvo veinte años en el Dueso porque al pobre Jerónimo lo pinchó con desgracia, y en el penal —se conoce que de la soledad o de las malas compañías—se le aflautó la voz y aprendió las mañas de Egmond de Bries, toda una amplia y variopinta gama de esta fauna extraña y entrañable pasa ante los ojos del espectador, a poco que el espectador se aplique.

Si a los cojos se les conoce —según el refrán y según lo más probable— por la manera de andar, a los pueblos podría señalárseles por las finas maneras o los ruines modales de sus faunas, ese pueblo cocido en su propia salsa y que jamás miente ni se desvirtúa porque ignora que lo miran y porque no sabe que, con poco trabajo, bien pudiera pegar el mico e intentar dar por liebre al gato —ora lucido, ora sarnoso— de su espíritu.

Pueblos de fauna monocorde —¿y para qué señalar?— no justificarían, como nuestro honesto y bárbaro pueblo carpetovetónico, la dedicación de una vida llena de método, de vocación y de deseos de emular el buen ejemplo de Linneo.

Aun a riesgo de caer en el tipismo —que tampoco, bien mirado, habría de considerarse como una desgracia— merecería la pena pararse un punto a clasificar nuestra fauna humana: esa esquina en la que un cardenal Cisneros puede nacer al lado de un Pascual Duarte, un Hernán Cortés a la vera de un Lagartijo, una reina Isabel a orillas de una Chelito, y un Cid Campeador codo a codo con un Tomás de Antequera y perdón por la manera de señalar.

Si la variedad es la riqueza —como parece bastante probable—, nuestra fauna humana, nuestra hirsuta y violenta fauna carpetovetónica, podría hacernos riquísimos de sugerencias —lo que no es malo para un escritor o para un lector— o millonarios de tangibles realidades, lo que no es malo para nadie.

Porque este mundo, este puzzle de mil piezas que se llama España, cuenta entre sus virtudes más evidentes con la de la variedad, don que los dioses no otorgan sino cicateramente y muy de tarde en tarde.

Reseñar, ordenar, poner puertas al campo abierto de esta fauna hispana, ilimitada y misteriosa, fuera labor meritoria para la que uno desearía conocimiento, paciencia, tiempo y buena voluntad. Y que no falte la suerte.

El vendedor de helados —vainilla, chocolate, limón, coco y *tuti frutti*— que fue capitán en algún ejército balcánico, traficante en marfil en Abisinia, huelguista distinguido en Ámsterdam e imitador de estrellas en Montparnasse, no es hombre que deba desaparecer sin su minúscula o amplia biografía. Y el que se comió un par de calcetines por una peseta tampoco. Y el que mató un novillo de un puñetazo en el testuz menos aún. Que el Empecinado, antes de ser, históricamente, el Empecinado y cuando tan solo lo era para su familia y media docena de amigos mozos, saltó una tapia de tres metros de adobe, escapando del corral donde lo prendieran los franceses, con su burro a cuestas, lo que tampoco está nada mal.

Sería triste que se fuera perdiendo en el borroso recuerdo, el buen recuerdo del anecdotario carpetovetónico, ese cuerpo vivo sobre el cual nos sentimos vivir y hasta diríamos que presumir. Y sería triste porque entre esta fauna extraña, revolucionada e imprecisa, ha salido y seguirá saliendo por los siglos de los siglos esa inextinguible llamita del genio que, de vez en vez, nos alumbró.

Con más tiempo, con más espacio, con más tranquilidad, quizá el escritor se pare, un buen día, a detallar por lo menudo la fauna carpetovetónica.

La Voz del Sur, septiembre de 1949

Los dos árboles

El escritor vive en el campo, en una casa misteriosa y amable, pintada de blanca cal, con cuadra y con bodega, con pozo profundo y un corral de altas bardas, de cumplidos tapiales, de albarradas vetustas quizá cargadas con el recuerdo de todas las historias.

En el corral del escritor —que es un corral como el que debieran tener, por ley, todos los escritores— silba la golondrina, sestea el gato, se pudre de santo hastío la tortuga, lo sobrevuela la cigüeña y crecen y prosperan, como prospera la paz, dos árboles del Viejo Testamento, dos árboles antiguos, maternos, airosos como las fuentes del agua, dos árboles a los que se oye respirar, dos árboles entrañables, llenos de encanto, de nobleza y de sabiduría, dos árboles que enamoran al escritor.

El escritor, sentado a la sombra de sus dos árboles, espera el agosto que da sabor a los higos y el septiembre que enciende las granadas que estallan como revienta un corazón.

Al verde, tierno y literario, de la hoja de la higuera, que es un verde para encuadernar a Baudelaire, hace extraño contrapunto el verde casi altanero del granado, un verde para pintar los ojos de las mujeres de los leales del Cid.

Es fácil entornar la mirada e imaginarse todo un cumplido mundo de amorosas alucinaciones, de bravas escenas de cetrería, de amables y vagas danzas o títeres sin fin. Pero también es bello —y fácil también— abrir los ojos a los dos árboles

—al granado de hierro, a la higuera blanca— y llegar a creerse, como en un sueño que fuera talmente como una bendición de Dios, que el mundo está a punto de perecer y que, después de muerto, el paraíso estuviera plantado de higueras y de granados sin fin.

Contamos, agotadamente, todas las sombras que quieran darnos, con su desinterés, su amor, y vamos viendo cómo el sol marcha por el firmamento, o un asno rebuzna como un héroe en la lejanía, o un niño juega con la imaginación poblada de cadáveres rientes, o una mozuela lava —las mozuelas, madre, las de aquesta villa— su camisolín de novia en el agua clara del restaño del arroyuelo sin nombre, sin límite, casi, casi, sin restaño ni agua clara.

Vamos sintiéndonos vivir —en medio de un mundo que se siente inexorablemente morir—, y notamos, llenos de alegría, que los pulsos aún laten a compás en la muñeca, que los ojos todavía descubren su Mediterráneo de cada mañana, que las piernas aún sirven para andar, y los brazos para abrazar, y el pecho para servir de almacén de la sangre.

El campo —este campo, aquel campo, el otro campo, el de más allá— no se ve igual desde cada ventana. Pero la ventana que se apoya en las dos muletas del granado y de la higuera se abre como un campo que todos sabemos mirar, pero que muy pocos, y quizá muy escogidos, encuentran.

El meridiano de España no pasa por la calle de Alcalá. El meridiano de España pasa entre mis dos árboles, entre los dos árboles de todos los españoles, entre la higuera y el granado que a todos nos prestan su sombra, si la pedimos prestada, para que a su sombra podamos leer a fray Luis, o podamos hablar con el jornalero de color tierra que vuelve del tajo, o podamos dormir la honesta siesta de la media tarde. O podamos también —¿y por qué no?— contemplar, llenos de santa paciencia, el atroz espectáculo de todos los mundos que perdieron los dos sentidos: el de la paciencia y el de la santidad, el de la higuera alba y el del granado férreo.

El escritor vive en el campo, en una casa amable y misteriosa, recoleta y llena de ternura, enjalbegada con mimo y con esmero, provista de amplia cuadra, de bodega de mil arrobas, con hondo y fresco pozo, patinillo de guijos y dos árboles que rebosan salud, que sudan buen sentido, que todo lo inundan de bueno y honesto sabor a antigüedad: un sabor que sirve para dar aplomo al paladar, para sentar el espíritu, para templar las carnes que el mundo —¡qué ironía!— se empeña en destemplar.

Arriba, Madrid, julio de 1949

Toros en Cebreros

La noble y vieja villa de Cebreros es lugar que tiene fama en toda la comarca por sus fiestas de toros, que empiezan con un San Fermín y acaban —Dios, en su sabiduría, sabrá por qué— con un agrio regusto de satisfacción y de premio en todas las honestas gargantas campesinas, que trabajan durante un año largo para gozar durante un fugaz y brevísimo día.

 Es eterna norma de buena política el no interrumpir, el no dar el alto a las costumbres tradicionales de los pueblos cuando esas costumbres tradicionales han llegado ya a imprimir un carácter, el que fuere, a los hombres que vienen practicándolas de generación en generación, de padres a hijos, eternamente. Es más fácil explicarse un motín popular por la obstinación del poder público en ir contra la costumbre, que es lo mismo que ir contra la corriente, que por la incapacidad de ese mismo poder público en dar de comer a la gente, por ejemplo. Ahí está la historia de España para que la repase quien quiera. El pueblo, en España, cuando armó algún escándalo o algún batiburrillo, casi siempre tuvo razón, aunque la razón la perdiese, a fuerza de hacer barbaridades, a las veinticuatro horas escasas de haberla tenido. Y tuvo razón casi siempre porque el pueblo español, por más vueltas que quiera dársele a la cosa, es un pueblo que se deja matar por el fuero, aunque sea incapaz de mover un dedo por el huevo, lo que no nos atreveríamos a afirmar que fuera una actitud buena o mala, plausible o desgraciada, ya que para hacerlo nos faltan, amén de condiciones propicias y en última instancia, ganas y voluntad.

Nada en el mundo sería comparable a la cara que pondría un pontevedrés, por ejemplo, al oír que iba a quedarse sin la romería de San Benitiño de Lérez, o un pamplonica al enterarse de que la celebración de San Fermín iba a ser prohibida, porque el pontevedrés o el pamplonica, por muy altos que su destino les haya puesto, saben bien que lo más importante que pasa en todo el año —por más cosas importantes que ocurran— es, precisamente, la tradicional y anual función que se celebra hoy como ayer, mañana como hoy, y siempre eternamente igual.

Pero los hados, en este agosto, no parecen mostrarse propicios a Cebreros, y Cebreros está al peligroso borde de quedarse sin fiesta. Queremos pensar que la última palabra está aún por decir, y que los cebrereños verán pronto levantarse los tendidos y las talanqueras que van a encerrar, una vez más, la emoción durante tantos años encerrada.

Parece ser que el ayuntamiento de Cebreros no está muy bien de cuartos, pero ahí, precisamente, estriba la pericia de sus regidores: en sacar lo que no hay de donde parece no haber nada, ya que la política, hoy, en nuestra cansada Europa, es algo que cada día se parece más al eterno milagro de los peces y los panes.

Si la subvención ofrecida no tienta a nadie a quedarse con la plaza y, por otra parte, el ayuntamiento no puede o no cree conveniente aumentarla hasta el tope apetecible, ¿por qué no se habla al comercio y a la industria? ¿Por qué no se arbitra una fórmula para alcanzarlo? Dos mil duros —de algo por ese estilo parece ser que se trata— no es cifra para estremecer a ningún gobernante ni a ningún pueblo. No se olvide, de otra parte, que solo las corporaciones de derecho público florecientes saldan con déficit.

Y la grave incapacidad para dar una fiesta tradicional —que es algo muy parecido a un delito de lesa patria— se paga, por parte de un alcalde, con un viaje a la capital de su provincia, una visita al gobernador civil y una carta irrevocable de dimisión.

Exactamente igual que aquel gobernador civil que preguntó a Romero Robledo, entonces ministro de la Gobernación, que qué hacía, ya que sobre su provincia se había presentado una aurora boreal, y el ministro le respondió por telégrafo: en ese caso dimite gobernador; así les debiera suceder, en buena norma política, a los alcaldes incapaces de mantener una tradición casi sagrada.

No creamos, sin embargo, que este sea el caso del alcalde de Cebreros, hombre inteligente, que sabrá hallar la forma de evitar que su nombre pase a la historia aparejado al mal suceso de haber interrumpido lo que ninguno de sus antecesores interrumpió.

Arriba, Madrid, agosto de 1948

Carnaval en Cebreros

El carnaval de Cebreros es un carnaval de bodega, de pan de flor y de lomo en tripa, de rueda de danzantes en la plaza y de máscaras adornadas con la piel del lobo, el asta del venado y el ala del águila caudal.

La barbechera de los años surca la frente del viejo campesino, noble como el aroma de las florecillas silvestres —la aliaga, el cantueso, la mejorana—, amplia como las familias de la uva —la chelva, el moscatel, el albillo, la de teta de moza— y de la parda color del montecillo bajo de la perdiz y del gazapo, del zorro y la garduña, del verderol y de la totovía.

> *Buenos carnavalitos*
> *vemos hogaño,*
> *con la tía Patachula*
> *y el tío Cañaño.*

El carnaval pasa sobre Cebreros como un halo de felicidad antigua, de patriarcal deseo. El aire del carnaval cobra en Cebreros la fuerza del viento de las bodas, y los cebrereños —el domingo, el lunes y el martes de carnaval— sienten cocer la sangre con un furor esbelto de dos mil años.

Salen del arca de hondo roble los atavíos de siete generaciones, y el rojo manteo bordado, y la gualda saya de tres arrobas respiran el aire libre de Cebreros, en tres días bellos y violentos como un amor mitológico, el encierro de un año largo aromado por la manzana y el membrillo, alumbrado por la llamita de la esperanza que jamás cesa, como no cesa jamás la tierna esperanza de los últimos amores imposibles.

Han corrido los mismos días que han cubierto de dulce pecado al mundo, y sobre Cebreros, a la sombra del puerto de Arrebatacapas, el pecado pasó de largo como una nube no destinada, sin rasgar su idílico paisaje, sin manchar su ingenuo y vetusto cristal, sin rayar el terso espejo de su espíritu.

Cebreros —este pueblo que el escritor amará con su pluma y con su corazón, pese a todos los eternos aficionados a tomar el rábano por las hojas— ha visto de nuevo, al fresco vientecillo, ondear como una bandera de paz los flecos del nupcial mantón de Manila, y las mozas y las que ya no lo son se han sentido un poco novias antiguas con el cuerpo envuelto por el pañuelo chinesco de las novias que fueron.

En la plaza, la rueda larga del campesinado baila la jota de Cebreros a la sombra del campanario que da las horas, todas las horas, desde los tiempos del arquitecto Herrera, y, desde los poyos de piedra de la iglesia, los viejos sin fuelle ya para saltar miran, un si es no es nostálgicos, todo el cuerpo apoyado sobre dos manos en el recuerdo y en el grueso bastón de cayada, para los danzarines que, sin duda ninguna, no bailan ya como se bailó porque —¿quién no lo piensa?— los viejos han decidido, con Jorge Manrique, que cualquiera tiempo pasado fue mejor.

Es alegre, de una alegría que da salud a las carnes, ver que el carnaval, refugiado en un remoto rincón de Castilla, no muere de hastío y de crueldad como por el mundo abajo viene muriendo.

El miércoles de Ceniza, quienes hemos pasado el carnaval en Cebreros, como en un último y seguro y amoroso refugio, al oír la voz que nos ha recordado que venimos del polvo, que somos polvo, y que al polvo volveremos, no hemos sentido el remordimiento de haber perdido en vano nuestras horas. A medida que los días pasan, los hombres nos agarramos —quizá cada vez más desesperadamente— al asidero de la buena conciencia. Lo que, bien mirado, no es, de cierto, sino la buena suerte de haberlo descubierto.

> *Por la calle abajito*
> *van dos ratones,*
> *uno lleva polainas*
> *y otro calzones.*

Cantando las coplas de trescientos años no hay manera de pecar: el pecado precisa estar al día, como los libros de cuentas.

> *En medio de la plaza*
> *cayó un vilano,*
> *ya no le faltarán plumas*
> *al escribano.*

El hombre que, desde la sombra, cometió el crimen bárbaro de las ovejas, había olvidado los cantares de los tres siglos y la tregua del carnaval. Por eso despanzurró medio centenar de ovejas metiéndoles la navaja por la tripa hasta donde, en el blanco acero, se leía: Albacete. Peor para él.

Arriba, Madrid, marzo de 1949

Doña Concha

El sol cae a plomo sobre el patinillo de doña Concha, la de don Florián. Doña Concha es hermana de doña Mencía, la del registrador, y de la señora Engracia, que se quedó atrás, según se ve.

Doña Concha es una dama tísica y espiritada, larga y suspiradora. Viste de negro y a veces, en las orejas, lleva unas piedras azules y delicadas, unas aguamarinas. Doña Concha no tiene hijos, no los tuvo nunca, y su cariño está sin aplicar, está entero como una nube volandera.

Doña Concha no tiene un pajarito, ni un gato, ni un perro. Los pajaritos que anidan bajo las tejas de la bodega no son suyos: son de Dios. Los lebreles que bostezan en el hilillo de sombra del patio no son suyos: son de su marido. Los gatos que crían y recrían en el desván, entre tinajas rotas, consolas románticas y desportilladas, libros misteriosos y olvidados retratos que ya nadie recuerda de quién son, tampoco son suyos: en realidad no son de nadie.

Doña Concha es hembra rica y sarmentosa, florida si quisiera y, ¡ay!, sin ganas ningunas de florecer. Doña Concha tiene un rosario de aromáticas cuentas, hecho con pétalos de rosa. El rosario de doña Concha termina en una cruz de filigrana de oro y guarda virtudes especiales para la lucha contra el pecado. Doña Concha, desgranando, hierática y profunda, las cuentas de su rosario, se pasa las lentas horas muertas.

Doña Concha sabe cosas, muchas cosas, pero se las calla. Doña Concha sabe las vidas de los criados, los milagros de las criadas, las enfermedades del olivo, las artes de podar la vid, el extraño lenguaje que hablan las bestias. Pero doña Concha no habla. Doña Concha es una mujer casada. Si quedase viuda, si don Florián, que está fuerte como un roble, ¡Dios no lo haga!, la dejase más sola de lo que está, doña Concha, sin cambiar el gesto, hablaría. Y mandaría sin levantar la voz, como una reina durísima y triste. Pero don Florián, ¡Dios lo conserve!, está vivo, y sano, y animoso, y doña Concha, que sabe su papel, no habla más que durante la matanza, por San Martín, cuando el gorrino chilla en el tormento y el matarife huele a sangre y a anís.

Doña Concha tiene tres ventanas para mirar el mundo: las tres cuadradas y pequeñas, las tres con teja, la principal cobijada bajo la piedra heráldica, bajo la desgastada y olvidada piedra del mayorazgo. Doña Concha, al pie de cada ventana, tiene una silla baja, de enea, con las tablas del respaldo pintadas de verde con rositas rojas, y blancas, y de color de oro. Desde su ventana del patio, doña Concha vigila el pozo. Desde su ventana de la calle, doña Concha mira llorar a los niños. Desde su ventana del campo, doña Concha reza el rosario. Y, a veces, medita.

Doña Concha no hace labor, el filtiré le ha destrozado la vista. Doña Concha no se pone lentes porque piensa que no es propio de mujeres de su condición. Doña Concha tiene un ascético sentido de su condición.

Por las tardes, cuando la visita su hermana, doña Mencía, doña Concha le ofrece, con gran reverencia, una jícara de chocolate, tres sequillos y una copita de vino moscatel. Doña Concha no prueba bocado, porque lleva ya ofrecida muchos años. Doña Concha, a veces, cuando se siente muy desfallecida, prueba un sorbito de moscatel, que cría sangre y da ánimo a las flacas carnes.

—¡Que Dios no me lo tenga en cuenta!

Doña Concha y doña Mencía jamás recuerdan, de viva voz, a su hermana Engracia, a la señora Engracia, que vive en Alcolea de Calatrava, viuda de un posadero, madre de diez hijos varones y patrona de arrieros y tratantes, a diario, y de pascuas a ramos de chamarileros, de cómicos de la legua y de viajantes de comercio.

Doña Concha sufre —no lo puede evitar— cada vez que Engracia, la señora Engracia, irrumpe en su memoria al frente de sus diez hijos. Doña Concha, en su testamento, ordena una manda de misas y dispone que las fincas, cuando don Florián la siga, se repartan por igual entre sus sobrinos. Pero sus sobrinos lo ignoran y no le desean la muerte. Doña Concha casi no conoce a sus sobrinos...

El sol reverbera sobre las albas paredes del patinillo de doña Concha. La chicharra canta desconsoladamente desde la higuera canija, calenturienta y bíblica. Los molinos de Criptana, igual que inmensos bueyes dormidos, esperan respirar en la noche.

Por el cielo cruza el arcángel san Gabriel, en forma de cigüeña. Tañen las campanas a oración y doña Concha, como sin darse cuenta, se aparta de su ventana.

Mañana será otro día.

Destino, Barcelona, julio de 1951

La romería

La romería era muy tradicional; la gente se hacía lenguas de lo bien que se pasaba en la romería, adonde llegaban todos los años visitantes de muchas leguas a la redonda. Unos venían a caballo y otros en unos autobuses adornados con ramas; pero lo realmente típico era ir en carro de bueyes; a los bueyes les pintaban los cuernos con albayalde o blanco de España y les adornaban la testuz con margaritas y amapolas...

I
Los preparativos

El cabeza de familia vino todo el tiempo pensando en la romería; en el tren, la gente no hablaba de otra cosa.

—¿Te acuerdas cuando Paquito, el de la de telégrafos, le saltó el ojo a la doña Pura?

—Sí que me acuerdo; aquella sí que fue sonada, un guardia civil decía que tenía que venir el señor juez a levantar el ojo.

—¿Y te acuerdas de cuando aquel señorito se cayó, con pantalón blanco y todo, en la sartén del churrero?

—También me acuerdo. ¡Qué voces pegaba el condenado! ¡Enseguida se echaba de ver que eso de estar frito debe de dar mucha rabia!

El cabeza de familia iba los sábados al pueblo a ver a los suyos, y regresaba a la capital el lunes muy de mañana para que le diese tiempo de llegar a buena hora a la oficina. Los suyos, como él decía, eran siete: su señora, cinco niños y la mamá de su señora. Su señora se llamaba doña Encarnación y era gorda y desconsiderada; los niños eran todos largos y delgaditos, y se llamaban: Luis (diez años), Encarnita (ocho años), José María (seis años), Laurentino (cuatro años) y Adelita (dos años). Por los veranos se les pegaba un poco el sol y tomaban un color algo bueno, pero, al mes de estar de vuelta en la capital, estaban otra vez pálidos y ojerosos como agonizantes. La mamá de su señora se llamaba doña Adela y, además de gorda y desconsiderada, era coqueta y exigente. ¡A la vejez, viruelas! La tal doña Adela era un vejestorio repipio que tenía alma de gusano comemuertos.

El cabeza de familia estaba encantado de ver lo bien que había caído su proyecto de ir todos juntos a merendar a la romería. Lo dijo a la hora de la cena y todos se acostaron pronto para estar bien frescos y descansados al día siguiente.

El cabeza de familia, después de cenar, se sentó en el jardín en mangas de camisa, como hacía todos los sábados por la noche, a fumarse un cigarrillo y pensar en la fiesta. A veces, sin embargo, se distraía y pensaba en otra cosa: en la oficina, por ejemplo, o en el plan Marshall, o en el campeonato de copa.

Y llegó el día siguiente. Doña Adela dispuso que, para no andarse con apuros de última hora, lo mejor era ir a misa de siete en vez de a misa de diez. Levantaron a los niños media hora antes, les dieron el desayuno y los prepararon de domingo; hubo sus prisas y sus carreras, porque media hora es tiempo que pronto pasa, pero al final se llegó a tiempo.

Al cabeza de familia lo despertó su señora.

—¡Arriba, Carlitos; vamos a misa!

—Pero ¿qué hora es?

—Son las siete menos veinte.

El cabeza de familia adoptó un aire suplicante.

—Pero, mujer, Encarna, déjame dormir, que estoy muy cansado; ya iré a misa más tarde.

—Nada. ¡Haberte acostado antes! Lo que tú quieres es ir a misa de doce.

—Pues sí. ¿Qué ves de malo?

—¡Claro! ¡Para que después te quedes a tomar un vermú con los amigos! ¡Estás tú muy visto!

A la vuelta de misa, a eso de las ocho menos cuarto, el cabeza de familia y los cinco niños se encontraron con que no sabían lo que hacer. Los niños se sentaron en la escalerita del jardín, pero doña Encarna les dijo que iban a coger frío, así, sin hacer nada. Al padre se le ocurrió que diesen todos juntos, con él a la cabeza, un paseíto por unos desmontes que había detrás de la casa, pero la madre dijo que eso no se le hubiera ocurrido ni al que asó la manteca, y que los niños lo que necesitaban era estar descansados para por la tarde. El cabeza de familia, en vista de su poco éxito, subió hasta la alcoba, a ver si podía echarse un rato, un poco a traición, pero se encontró con que a la cama ya le habían quitado las ropas. Los niños anduvieron vagando como almas en pena hasta eso de las diez, en que los niños del jardín de al lado se levantaron y el día empezó a tomar, poco más o menos, el aire de todos los días.

A las diez también, o quizá un poco más tarde, el cabeza de familia compró el periódico de la tarde anterior y una revista taurina, con lo que, administrándola bien, tuvo lectura casi hasta el mediodía. Los niños, que no se hacían cargo de las cosas, se portaron muy mal y se pusieron perdidos de tierra; de todos ellos, la única que se portó un poco bien fue Encarnita —que llevaba un trajecito azulina y un gran lazo malva en el pelo—, pero la pobre tuvo mala suerte, porque le picó una avispa en un carrillo, y doña Adela, su abuelita, que la oyó gritar, salió hecha un basilisco, la llamó mañosa y antojadiza y le dio media docena de tortas, dos de ellas bastante fuertes. Después, cuando doña Adela se dio cuenta de que a la nieta lo que le pasaba era que le había picado una avispa, le empezó a hacer arrumacos y a compadecerla, y se pasó el resto de la mañana apretándole una perra gorda contra la picadura.

—Esto es lo mejor. Ya verás como esta moneda pronto te alivia.

La niña decía que sí, no muy convencida, porque sabía que a la abuelita lo mejor era no contradecirla y decirle a todo amén.

Mientras tanto, la madre, doña Encarna, daba órdenes a las criadas como un general en plena batalla. El cabeza de familia leía, por aquellos momentos, la reseña de una faena de Paquito Muñoz. Según el revistero, el chico había estado muy bien...

Y el tiempo, que es lento, pero seguro, fue pasando, hasta que llegó la hora de comer. La comida tardó algo más que de costumbre, porque con eso de haber madrugado tanto ya se sabe: la gente se confía y, al final, los unos por los otros, la casa sin barrer.

A eso de las tres o tres y cuarto, el cabeza de familia y los suyos se sentaron a la mesa. Tomaron de primer plato fabada asturiana; al cabeza de familia, en verano, le gustaban mucho las ensaladas y los gazpachos y, en general, los platos en crudo. Después tomaron filetes, y de postre, un plátano. A la niña de la avispa le dieron, además, un caramelo de menta; el angelito tenía el carrillo como un volcán. Su padre, para consolarla, le explicó que peor había quedado la avispa, insecto que se caracteriza, entre otras cosas, porque, para herir, sacrifica su vida. La niña decía ¿sí?, pero no tenía un gran aire de estar oyendo eso que se llama una verdad como una casa, ni denotaba, tampoco, un interés excesivo, digámoslo así.

Después de comer, los niños recibieron la orden de ir a dormir la siesta, porque, como los días eran tan largos, lo mejor sería salir hacia eso de las seis. A Encarnita la dejaron que no se echase, porque para eso le había picado una avispa.

Doña Adela y doña Encarnación se metieron en la cocina a dar los últimos toques a la cesta con la tortilla de patatas, los filetes empanados y la botella de vichy catalán para la vieja, que andaba nada más que regular de las vías digestivas; los niños se acostaron, por eso de que a la fuerza ahorcan, y el cabeza de familia y la Encarnita se fueron a dar un paseíto para hacer la digestión y contemplar un poco la naturaleza, que es tan varia.

El reloj marcaba las cuatro. Cuando el minutero diese dos vueltas completas, a las seis, la familia se pondría en marcha, carretera adelante, camino de la romería.

Todos los años había una romería...

II
El camino

Contra lo que en un principio se había pensado, doña Encarnación y doña Adela levantaron a los niños de la siesta a las cuatro y media. Acabada de preparar la cesta con las vituallas de la merienda, nada justificaba ya esperar una hora larga sin hacer nada, mano sobre mano como unos tontos.

Además el día era bueno y hermoso, incluso demasiado bueno y hermoso, y convenía aprovechar un poco el sol y el aire.

Dicho y hecho; no más dadas las cinco, la familia se puso en marcha camino de la romería. Delante iban el cabeza de familia y los dos hijos mayores: Luis, que estaba ya hecho un pollo, y Encarnita, la niña a quien le había picado la avispa; les seguía doña Adela con José María y Laurentino, uno de cada mano, y cerraba la comitiva doña Encarnación, con Adelita en brazos. Entre la cabeza y la cola de la comitiva, al principio no había más que unos pasos; pero, a medida que fueron andando, la distancia fue haciéndose mayor y, al final, estaban separados casi por un kilómetro; esta es una de las cosas que más preocupan a los sargentos cuando tienen que llevar tropa por el monte: que los soldados se les van sembrando por el camino.

La cesta de la merienda, que pesaba bastante, la llevaba Luis en la sillita de ruedas de su hermana pequeña. A las criadas, la

Nico y la Estrella, les habían dado suelta, porque, en realidad, no hacían más que molestar, todo el día por el medio, metiéndose donde no las llamaban.

Durante el trayecto pasaron las cosas de siempre, poco más o menos: un niño tuvo sed y le dieron un capón porque no había agua por ningún lado; otro niño quiso hacer una cosa y le dijeron a gritos que eso se pedía antes de salir de casa; otro niño se cansaba y le preguntaron, con un tono de desprecio profundo, que de qué le servía respirar el aire de la sierra. Novedades gordas, esa es la verdad, no hubo ninguna digna de mención.

Por el camino, al principio, no había nadie —algún pastorcito, quizá, sentado sobre una piedra y con las ovejas muy lejos—, pero al irse acercando a la romería fueron apareciendo mendigos aparatosos, romeros muy repeinados que llegaban por otros atajos, algún buhonero tuerto o barbudo con la bandeja de baratijas colgada del cuello, guardiaciviles de servicio, parejas de enamorados que estaban esperando a que se pusiese el sol, chicos de la colonia ya mayorcitos —de catorce a quince años— que decían que estaban cazando ardillas, y soldados, muchos soldados, que formaban grupos y cantaban asturianadas, jotas y el mariachi con un acento muy en su punto.

A la vista ya de la romería —así como a unos quinientos metros de la romería—, el cabeza de familia y Luis y Encarnita, que estaba ya mejor de la picadura, se sentaron a esperar al resto de la familia. El pinar ya había empezado y, bajo la copa de los pinos, el calor era aún más sofocante que a pleno sol. El cabeza de familia, nada más salir de casa, había echado la americana en la silla de Adelita y se había remangado la camisa y ahora los brazos los tenía todos colorados y le escocían bastante; Luis le explicaba que eso le sucedía por falta de costumbre, y que don Saturnino, el padre de un amigo suyo, lo pasó muy mal hasta que mudó la piel. Encarnita decía que sí, que claro; sentada en una piedra un poco alta, con su trajecito azulina y su gran lazo, la niña estaba muy mona, esa es la verdad; parecía uno de esos angelitos que van en las procesiones.

Cuando llegaron la abuela y los dos nietos y, al cabo de un rato, la madre con la niña pequeña en brazos, se sentaron también a reponer fuerzas, y dijeron que el paisaje era muy hermoso y que era una bendición de Dios poder tomarse un descanso todos los años para coger fuerzas para el invierno.

—Es muy tonificador —decía doña Adela echando un trago de la botella de vichy catalán—, lo que se dice muy tonificador.

Los demás tenían bastante sed, pero se la tuvieron que aguantar porque la botella de la vieja era tabú —igual que una vaca sagrada— y fuente no había ninguna en dos leguas a la redonda. En realidad, habían sido poco precavidos, porque cada cual podía haberse traído su botella; pero, claro está, a lo hecho, pecho: aquello ya no tenía remedio y, además, a burro muerto, cebada al rabo.

La familia, sentada a la sombra del pinar, con la boca seca, los pies algo cansados y toda la ropa llena de polvo, hacía verdaderos esfuerzos por sentirse feliz. La abuela, que era la que había bebido, era la única que hablaba:

—¡Ay, en mis tiempos! ¡Aquellas sí que eran romerías!

El cabeza de familia, su señora y los niños, ni la escuchaban; el tema era ya muy conocido, y además la vieja no admitía interrupciones. Una vez en que, a eso de ¡ay, en mis tiempos!, el yerno le contestó, en un rapto de valor: ¿se refiere usted a cuando don Amadeo?, se armó un cisco tremendo que más vale no recordar. Desde entonces el cabeza de familia, cuando contaba el incidente a su primo y compañero de oficina Jaime Collado, que era así como su confidente y su paño de lágrimas, decía siempre: el pronunciamiento.

Al cabo de un rato de estar todos descansando y casi en silencio, el niño mayor se levantó de golpe y dijo:

—¡Ay!

Él hubiera querido decir:

—¡Mirad por dónde viene un vendedor de gaseosas!

Pero lo cierto fue que solo se le escapó un quejido. La piedra donde se había sentado estaba llena de resina y el chiquillo, al levantarse, se había cogido un pellizco. Los demás, menos doña Adela, se fueron también levantando; todos estaban perdidos de resina.

Doña Encarnación se encaró con su marido.

—¡Pues sí que has elegido un buen sitio! Esto me pasa a mí por dejaros ir delante, ¡nada más que por eso!

El cabeza de familia procuraba templar gaitas.

—Bueno, mujer, no te pongas así; ya mandaremos la ropa al tinte.

—¡Qué tinte ni qué niño muerto! ¡Esto no hay tinte que lo arregle!

Doña Adela, sentada todavía, decía que su hija tenía razón, que eso no lo arreglaba ningún tinte y que el sitio no podía estar peor elegido.

—Debajo de un pino —decía—, ¿qué va a haber? ¡Pues resina!

Mientras tanto, el vendedor de gaseosas se había acercado a la familia.

—¡Hay gaseosas, tengo gaseosas! Señora —le dijo a doña Adela—, ahí se va a poner usted buena de resina.

El cabeza de familia, para recuperar el favor perdido, le preguntó al hombre:

—¿Están frescas?

—¡Psché! Más bien del tiempo.

—Bueno, deme cuatro.

Las gaseosas estaban calientes como caldo y sabían a pasta de los dientes. Menos mal que la romería ya estaba, como quien dice, al alcance de la mano.

III
En la romería

La familia llegó a la romería con la boca dulce; entre la gaseosa y el polvo se suele formar en el paladar un sabor muy dulce, un sabor que casi se puede masticar como la mantequilla.

La romería estaba llena de soldados, llevaban un mes haciendo prácticas por aquellos terrenos, y los jefes, el día de la romería, les habían dado suelta.

—Hoy, después de teórica —había dicho cada sargento—, tienen ustedes permiso hasta la puesta del sol. Se prohíbe la embriaguez y el armar bronca con los paisanos. La vigilancia tiene órdenes muy severas sobre el mantenimiento de la compostura. Orden del coronel. Rompan filas, ¡arm...!

Los soldados, efectivamente, eran muchos; pero, por lo que se veía, se portaban bastante bien. Unos bailaban con las criadas, otros daban conversación a alguna familia con buena merienda y otros cantaban, aunque fuese con acento andaluz, una canción que era así:

> *Adiós, Pamplona,*
> *Pamplona de mi querer,*
> *mi querer.*
> *Adiós, Pamplona,*
> *cuándo te volveré a ver.*

Eran las viejas canciones de la Guerra Civil, que ellos no hicieran porque cuando lo de la Guerra Civil tenían once o doce años, que se habían ido transmitiendo, de quinta en quinta, como los apellidos de padres a hijos. La segunda parte decía:

> *No me marcho por las chicas,*
> *que las chicas guapas son,*
> *guapas son.*
> *Me marcho porque*
> *me llaman a defender la nación.*

Los soldados no estaban borrachos, y a lo más que llegaban, algunos que otros, era a dar algún traspiés, como si lo estuvieran.

La familia se sentó a pocos metros de la carretera, detrás de unos puestos de churros y rodeada de otras familias que cantaban a gritos y se reían a carcajadas. Los niños jugaban todos juntos revolcándose sobre la tierra, y de vez en cuando alguno se levantaba llorando, con un rasponazo en la rodilla o una pequeña descalabradura en la cabeza.

Los niños de doña Encarnación miraban a los otros niños con envidia. Verdaderamente, los niños del montón, los niños a quienes sus familias les dejaban revolcarse por el suelo, eran unos niños felices, triscadores como cabras, libres como los pájaros del cielo, que hacían lo que les daba la gana y a nadie le parecía mal.

Luisito, después de mucho pensarlo, se acercó a su madre, zalamero como un perro cuando menea la cola.

—Mamá, ¿me dejas jugar con esos niños?

La madre miró para el grupo y frunció el ceño.

—¿Con esos bárbaros? ¡Ni hablar! Son todos una partida de cafres.

Después, doña Encarnación infló el papo y continuó:

—Y, además, no sé cómo te atreves ni a abrir la boca después de como te has puesto el pantalón de resina. ¡Vergüenza debiera darte!

El niño, entre la alegría de los demás, se azaró de estar triste y se puso colorado hasta las orejas. En aquellos momentos sentía hacia su madre un odio infinito.

La madre volvió a la carga.

—Ya te compró tu padre una gaseosa. ¡Eres insaciable!

El niño empezó a llorar por dentro con una amargura infinita. Los ojos le escocían como si los tuviese quemados, la boca se le quedó seca y nada faltó para que empezase a llorar, también por fuera, lleno de rabia y de desconsuelo.

Algunas familias precavidas habían ido a la romería con la mesa de comedor y seis sillas a cuestas. Sudaron mucho para traer todos los bártulos y no perder a los niños por el camino, pero ahora tenían su compensación y estaban cómodamente sentados en torno a la mesa, merendando o jugando a la brisca como en su propia casa.

Luisito se distrajo mirando para una de aquellas familias y, al final, todo se le fue pasando. El chico tenía buen fondo y no era vengativo ni rencoroso.

Un cojo, que enseñaba a la caridad de las gentes un muñón bastante asqueroso, pedía limosna a gritos al lado de un tenderete de rosquillas; de vez en vez caía alguna perra y entonces el cojo se la tiraba a la rosquillera.

—¡Eh! —le gritaba—. ¡De las blancas!

Y la rosquillera, que era una tía gorda, picada de viruela, con los ojos pitañosos y las carnes blandengues y mal sujetas, le echaba por los aires una rosquilla blanca como la nieve vieja, sabrosa como el buen pan del hambre y dura como el pedernal. Los dos tenían bastante buen tino.

Un ciego salmodiaba preces a santa Lucía en un rincón del toldo del tiro al blanco, y una gitana joven, bella y descalza, con un niño de días al pecho y otro, barrigoncete, colgado de la violenta saya de lunares, ofrecía la buenaventura por los corros.

Un niño de seis o siete años cantaba flamenco acompañándose con sus propias palmas, y un vendedor de pitos atronaba la romería tocando el no me mates con tomate, mátame con bacalao

—Oiga, señor, ¿también se puede tocar una copita de ojén?

Doña Encarnación se volvió hacia el hijo hecha un basilisco.

—¡Cállate, bobo! ¡Que pareces tonto! Naturalmente que se puede tocar; ese señor puede tocar todo lo que le dé la real gana.

El hombre de los pitos sonrió, hizo una reverencia y siguió paseando, parsimoniosamente, para arriba y para abajo, tocando ahora lo de la copita de ojén para tomar con café.

El cabeza de familia y su suegra, doña Adela, decidieron que un día era un día y que lo mejor sería comprar unos churros a las criaturas.

—¿Cómo se les va a pedir que tengan sentido a estas criaturitas? —decía doña Adela en un rapto de ternura y de comprensión.

—Claro, claro...

Luisito se puso contento por lo de los churros, aunque cada vez entendía menos todo lo que pasaba. Los demás niños también se pusieron muy alegres.

Unos soldados pasaron cantando:

> *Y si no se le quitan bailando*
> *los colores a la tabernera,*
> *y si no se le quitan bailando,*
> *dejailá, dejailá que se muera.*

Unos borrachos andaban a patadas con una bota vacía, y un corro de flacos veraneantes de ambos sexos cantaba a coro la siguiente canción:

> *Si soy como soy y no como tú quieres*
> *qué culpa tengo yo de ser así.*

Daba pena ver con qué seriedad se aplicaban a su gilipollez.

Cuando la familia se puso en marcha, en el camino de vuelta al pueblo, el astro rey se complacía en teñir de color sangre unas nubecitas alargadas que había allá lejos, en el horizonte.

IV
El regreso

La familia, en el fondo más hondo de su conciencia, se daba cuenta de que en la romería no lo había pasado demasiado bien. Por la carretera abajo, con la romería ya a la espalda, la familia iba desinflada y triste como un viejo acordeón mojado. Se había levantado un gris fresquito, un airecillo serrano que se colaba por la piel, y la familia, que formaba ahora una piña compacta, caminaba en silencio, con los pies cansados, la memoria vacía, el pelo y las ropas llenos de polvo, la ilusión defraudada, la garganta seca y las carnes llenas de un frío inexplicable.

A los pocos centenares de pasos se cerró la noche sobre el camino: una noche oscura, sin luna, una noche solitaria y medrosa como una mujer loca y vestida de luto que vagase por los montes. Un búho silbaba, pesadamente, desde el bosquecillo de pinos, y los murciélagos volaban, como atontados, a dos palmos de las cabezas de los caminantes. Alguna bicicleta o algún caballo adelantaban, de trecho en trecho, a la familia, y al sordo y difuso rumor de la romería había sucedido un silencio tendido, tan solo roto, a veces, por unas voces lejanas de bronca o de jolgorio.

Luisito, el niño mayor, se armó de valentía y habló.

—Mamá.

—¿Qué?

—Me canso.

—¡Aguántate! También nos cansamos los demás y nos aguantamos. ¡Pues estaría bueno!

El niño, que iba de la mano del padre, se calló como se calló su padre. Los niños, en esa edad en que toda la fuerza se les va en crecer, son susceptibles y románticos; quieren, confusamente, un mundo bueno, y no entienden nada de todo lo que pasa a su alrededor.

El padre le apretó la mano.

—Oye, Encarna, que me parece que este niño quiere hacer sus cosas.

El niño sintió en aquellos momentos un inmenso cariño hacia su padre.

—Que se espere a que lleguemos a casa; este no es sitio. No

le pasará nada por aguantarse un poco; ya verás como no revienta. ¡No sé quién me habrá metido a mí a venir a esta romería, a cansarnos y a ponernos perdidos!

El silencio volvió de nuevo a envolver al grupo. Luisito, aprovechándose de la oscuridad, dejó que dos gruesos y amargos lagrimones le rodasen por las mejillas. Iba triste, muy triste y se tenía por uno de los niños más desgraciados del mundo y por el más infeliz y desdichado, sin duda alguna, de toda la colonia.

Sus hermanos, arrastrando cansinamente los pies por la polvorienta carretera, notaban una vaga e imprecisa sensación de bienestar, mezcla de crueldad y de compasión, de alegría y de dolor.

La familia, aunque iba despacio, adelantó a una pareja de enamorados, que iba aún más despacio todavía.

Doña Adela se puso a rezongar en voz baja diciendo que aquello no era más que frescura, desvergüenza y falta de principios. Para la señora era recusable todo lo que no fuera el nirvana o la murmuración, sus dos ocupaciones favoritas.

Un perro aullaba, desde muy lejos, prolongadamente, mientras los grillos cantaban, sin demasiado entusiasmo, entre los sembrados.

A fuerza de andar y andar, la familia, al tomar una curva que se llamaba el recodo del Cura, se encontró cerca ya de las primeras luces del pueblo. Un suspiro de alivio sonó, muy bajo, dentro de cada espíritu. Todos, hasta el cabeza de familia, que al día siguiente, muy temprano, tendría que coger el tren camino de la capital y de la oficina, notaron una alegría inconfesable al encontrarse ya tan cerca de casa; después de todo, la excursión podía darse por bien empleada solo por sentir ahora que ya no faltaban sino minutos para terminarla. El cabeza de familia se acordó de un chiste que sabía y se sonrió. El chiste lo había leído en el periódico, en una sección titulada, con mucho ingenio, «El humor de los demás»: un señor estaba de pie en una habitación pegándose martillazos en la cabeza y otro señor que estaba sentado le preguntaba: pero, hombre, Peters, ¿por qué se pega usted esos martillazos?, y Peters, con un gesto beatífico, le respondía: ¡ah, si viese usted lo a gusto que quedo cuando paro!

En la casa, cuando la familia llegó, estaban ya las dos criadas, la Nico y la Estrella, preparando la cena y trajinando de un lado para otro.

—¡Hola, señorita! ¿Lo han pasado bien?

Doña Encarnación hizo un esfuerzo.

—Sí, hija; muy bien. Los niños la han gozado mucho. ¡A ver, niños! —cambió—, ¡quitaos los pantalones, que así vais a ponerlo todo perdido de resina!

La Estrella, que era la niñera —una chica peripuesta y pizpireta, con los labios y las uñas pintados y todo el aire de una señorita de conjunto sin contrato que quiso veranear y reponerse un poco—, se encargó de que los niños obedecieran.

Los niños, en pijama y bata, cenaron y se acostaron. Como estaban rendidos se durmieron enseguida. A la niña de la avispa, a la Encarnita, ya le había pasado el dolor; ya casi ni tenía hinchada la picadura.

El cabeza de familia, su mujer y su suegra cenaron a renglón seguido de acostarse los niños. Al principio de la cena hubo cierto embarazoso silencio; nadie se atrevía a ser quien primero hablase: la excursión a la romería estaba demasiado fija en la memoria de los tres. El cabeza de familia, para distraerse, pensaba en la oficina; tenía entre manos un expediente para instalación de nueva industria, muy entretenido: era un caso bonito, incluso de cierta dificultad, en torno al que giraban intereses muy considerables. Su señora servía platos y fruncía el ceño para que todos se diesen cuenta de su mal humor. La suegra suspiraba profundamente entre sorbo y sorbo de vichy.

—¿Quieres más?

—No, muchas gracias; estoy muy satisfecho.

—¡Qué fino te has vuelto!

—No, mujer; como siempre...

Tras otro silencio prolongado, la suegra echó su cuarto a espadas.

—Yo no quiero meterme en nada, allá vosotros; pero yo siempre os dije que me parecía una barbaridad grandísima meter a los niños semejante caminata en el cuerpo.

La hija levantó la cabeza y la miró; no pensaba en nada. El yerno bajó la cabeza y miró para el plato, para la rueda de pescadilla frita; empezó a pensar, procurando fijar bien la atención, en aquel interesante expediente de instalación de nueva industria.

Sobre las tres cabezas se mecía un vago presentimiento de tormenta...

Arriba, Madrid, mayo de 1948

El tonto del pueblo

El tonto de aquel pueblo se llama Blas. Blas Herrero Martínez. Antes, cuando aún no se había muerto Perejilondo, el tonto anterior, el hombre que llegó a olvidarse de que se llamaba Hermenegildo, Blas no era sino un muchachito algo alelado, ladrón de peras y blanco de todas las iras y de todas las bofetadas perdidas, pálido y zanquilargo, solitario y temblón. El pueblo no admitía más que un tonto, no daba de sí más que para un tonto porque era un pueblo pequeño, y Blas Herrero Martínez, que lo sabía y era respetuoso con la costumbre, merodeaba por el pinar o por la dehesa, siempre sin acercarse demasiado, mientras esperaba con paciencia a que a Perejilondo, que ya era muy viejo, se lo llevasen, metido en la petaca de tabla, con los pies para delante y los curas detrás. La costumbre era la costumbre y había que respetarla; por el contorno decían los ancianos que la costumbre valía más que el rey y tanto como la ley, y Blas Herrero Martínez, que husmeaba la vida como el can cazador la rastrojera y que, como el buen can, jamás marraba, sabía que aún no era su hora, hacía de tripas corazón y se estaba quieto. Verdaderamente, aunque parezca que no, en esta vida hay siempre tiempo para todo.

Blas Herrero Martínez tenía la cabeza pequeñita y muy apepinada y era bisojo y algo dentón, calvorota y pechihundido, babosillo, pecoso y patiseco. El hombre era un tonto conspicuo, cuidadosamente caracterizado de tonto; bien mirado, como había que mirarle, el Blas era un tonto en su papel, un tonto como Dios manda y no un tonto cualquiera de esos que hace falta un médico para saber que son tontos.

Era bondadoso y de tiernas inclinaciones y sonreía siempre, con una sonrisa suplicante de buey enfermo, aunque le acabasen de arrear un cantazo, cosa frecuente, ya que los vecinos del pueblo no eran lo que se suele decir unos sensitivos. Blas Herrero Martínez, con su carilla de hurón, movía las orejas —una de sus habilidades— y se lamía el golpe de turno, sangrante con una sangrecita aguada, de feble color de rosa, mientras sonreía de una manera inexplicable, quizá suplicando no recibir la segunda pedrada sobre la matadura de la primera.

En tiempos de Perejilondo, los domingos, que eran los únicos días en que Blas se consideraba con cierto derecho para caminar por las calles del pueblo, nuestro tonto, después de la misa cantada, se sentaba a la puerta del café de la Luisita y esperaba dos o tres horas a que la gente, después del vermú, se marchase a sus casas a comer. Cuando el café de la Luisita se quedaba solo o casi solo, Blas entraba, sonreía y se colaba debajo de las mesas a recoger colillas. Había días afortunados; el día de la función de hace dos años, que hubo una animación enorme, Blas llegó a echar en su lata cerca de setecientas colillas. La lata, que era uno de los orgullos de Blas Herrero Martínez, era una lata hermosa, honda, de reluciente color amarillo con una concha pintada y unas palabras en inglés.

Cuando Blas acababa su recolección, se marchaba corriendo con la lengua fuera a casa de Perejilondo, que era ya muy viejo y casi no podía andar, y le decía:

—Perejilondo, mira lo que te traigo. ¿Estás contento?

Perejilondo sacaba su mejor voz de grillo y respondía:

—Sí..., sí...

Después amasaba las colillas con una risita de avaro, apartaba media docena al buen tuntún y se las daba a Blas.

—¿Me porté bien? ¿Te pones contento?

—Sí..., sí...

Blas Herrero Martínez cogía sus colillas, las desliaba y hacía un pitillo a lo que saliese. A veces salía un cigarro algo gordo y a veces, en cambio, salía una pajita que casi ni tiraba. ¡Mala suerte! Blas daba siempre las colillas que cogía en el café de la Luisita a Perejilondo, porque Perejilondo, para eso era el tonto antiguo, era el dueño de todas las colillas del pueblo. Cuando a Blas le llegase el turno de disponer como amo de todas las colillas, tampoco iba a permitir que otro nuevo le sisase. ¡Pues estaría bueno! En el fondo de su conciencia, Blas Herrero Martínez era un conservador, muy respetuoso con lo establecido, y sabía que Perejilondo era el tonto titular.

El día que murió Perejilondo, sin embargo, Blas no pudo reprimir un primer impulso de alegría y empezó a dar saltos mortales y vueltas de carnero en un prado adonde solía ir a beber. Después se dio cuenta de que eso había estado mal hecho y se llegó hasta el cementerio, a llorar un poco y a hacer penitencia sobre los restos de Perejilondo, el hombre sobre cuyos restos ni nadie había hecho penitencia, ni nadie había llorado, ni nadie había de llorar. Durante varios domingos le estuvo llevando las colillas al camposanto; cogía su media docena y el resto las enterraba con cuidado sobre la fosa del decano. Más tarde lo fue dejando poco a poco y, al final, ya ni recogía todas las colillas; cogía las que necesitaba y el resto las dejaba para que se las llevase quien quisiese, quien llegase detrás. Se olvidó de Perejilondo y notó que algo raro le pasaba: era una sensación extraña la de agacharse a coger una colilla y no tener dudas de que esa colilla era, precisamente, de uno...

Arriba, Madrid, octubre de 1947

El gallego y su cuadrilla

En la provincia de Toledo, en el mes de agosto, se pueden asar las chuletas sobre las piedras del campo o sobre las losas del empedrado, en los pueblos.

La plaza está en cuesta y en el medio tiene un árbol y un pilón. Por un lado, está cerrada con carros, y por el otro, con talanqueras. Hace calor y la gente se agolpa donde puede; los guardias tienen que andar bajando mozos del árbol y del pilón. Son las cinco y media de la tarde y la corrida va a empezar. El Gallego dará muerte a estoque a un hermoso novillo-toro de don Luis González, de Ciudad Real.

El Gallego, que saldrá de un momento a otro por una puertecilla que hay al lado de los chiqueros, está blanco como la cal. Sus tres peones miran para el suelo, en silencio. Llega el alcalde al balcón del ayuntamiento y el alguacil, al verle, se acerca a los toreros.

—Que salgáis.

En la plaza no hay música, los toreros, que no torean de luces, se estiran la chaquetilla y salen. Delante van tres, el Gallego, el Chicha y Cascorro. Detrás va Jesús Martín, de Segovia.

Después del paseíllo, el Gallego pide permiso y se queda en camiseta. En camiseta torea mejor, aunque la camiseta sea a franjas azules y blancas, de marinero.

El Chicha se llama Adolfo Dios, también le llaman Adolfito. Representa tener unos cuarenta años y es algo bizco, grasiento y no muy largo. Lleva ya muchos años rodando por las plazuelas de los pueblos, y una vez, antes de la guerra, un toro le pegó semejante cornada, en Collado Mediano, que no le destripó de milagro. Desde entonces, el Chicha se anduvo siempre con más ojo.

Cascorro es natural de Chapinería en la provincia de Madrid, y se llama Valentín Cebollada. Estuvo una temporada, por esas cosas que pasan, encerrado en Ceuta, y de allí volvió con un tatuaje que le ocupa todo el pecho y que representa una señorita peinándose su larga cabellera y debajo un letrero que dice: Lolita García, la mujer más hermosa de Marruecos. ¡Viva España! Cascorro es pequeño y duro y muy sabio en el oficio. Cuando el marrajo de turno se pone a molestar y a empujar más de lo debido, Cascorro lo encela cambiándole los terrenos, y al final siempre se las arregla para que el toro acabe pegándose contra la pared o contra el pilón o contra algo.

—Así se ablanda —dice.

Jesús Martín, de Segovia, es el puntillero. Es largo y flaco y con cara de pocos amigos. Tiene una cicatriz que le cruza la cara de lado a lado, y al hablar se ve que es algo tartamudo.

El Chicha, Cascorro y Jesús Martín andan siempre juntos, y, cuando se enteraron de que al Gallego le había salido una corrida, se le fueron a ofrecer. El Gallego se llama Camilo, que es un nombre que abunda algo en su país. Los de la cuadrilla, cuando lo fueron a ver, le decían:

—Usted no se preocupe, don Camilo, nosotros estaremos siempre a lo que usted mande.

El Chicha, Cascorro y Jesús Martín trataban de usted al matador y no le apeaban el tratamiento: el Gallego andaba siempre de corbata y, de mozo, estuvo varios años estudiando farmacia.

Cuando los toreros terminaron el paseíllo, el alcalde miró para el alguacil y el alguacil le dijo al de los chiqueros:

—Que le abras.

Se hubiera podido oír el vuelo de un pájaro. La gente se calló y por la puerta del chiquero salió un toro colorao, viejo, escurrido, corniveleto. La gente, en cuanto el toro estuvo en la plaza, volvió de nuevo a los rugidos. El toro salió despacio, oliendo la tierra, como sin gana de pelea. Valentín lo espabiló desde lejos y el toro dio dos vueltas a la plaza, trotando como un borrico.

El Gallego desdobló la capa y le dio tres o cuatro mantazos como pudo. Una voz se levantó sobre el tendido:

—¡Que te arrimes, esgraciao!

El Chicha se acercó al Gallego y le dijo:

—No haga usted caso, don Camilo, que se arrime su padre. ¡Qué sabrán! Este es el toreo antiguo, el que vale.

El toro se fue al pilón y se puso a beber. El alguacil llamó al Gallego al burladero y le dijo:

—Que le pongáis las banderillas.

El Chicha y Cascorro le pusieron al toro, a fuerza de sudores, dos pares cada uno. El toro, al principio, daba un saltito y después se quedaba como si tal cosa. El Gallego se fue al alcalde y le dijo:

—Señor alcalde, el toro está muy entero, ¿le podemos poner dos pares más?

El alcalde vio que los que estaban con él en el balcón le decían que no con la cabeza.

—Déjalo ya. Anda, coge el pincho y arrímate, que para eso te pago.

El Gallego se calló, porque para trabajar en público hay que ser muy humilde y muy respetuoso. Cogió los trastos, brindó al respetable y dejó su gorra de visera en medio del suelo, al lado del pilón.

Se fue hacia el toro con la muleta en la izquierda y el toro no se arrancó. La cambió de mano y el toro se arrancó antes de tiempo. El Gallego salió por el aire y, antes de que lo recogieran, el toro volvió y le pinchó en el cuello. El Gallego se puso de pie y quiso seguir. Dio tres muletazos más, y después, como echaba mucha sangre, el alguacil le dijo:

—Que te vayas.

Al alguacil se lo había dicho el alcalde, y al alcalde se lo había dicho el médico. Cuando el médico le hacía la cura, el Gallego le preguntaba:

—¿Quién cogió el estoque?

—Cascorro.

—¿Lo ha matado?

—Aún no.

Al cabo de un rato, el médico le dijo al Gallego:

—Has tenido suerte, un centímetro más y te descabella.

El Gallego ni contestó. Fuera se oía un escándalo fenomenal. Cascorro, por lo visto, no estaba muy afortunado.

—¿Lo ha matado ya?

—Aún no.

Pasó mucho tiempo, y el Gallego, con el cuello vendado, se asomó un poco a la reja. El toro estaba con los cuartos traseros apoyados en el pilón, inmóvil, con la lengua fuera, con tres estoques clavados en el morrillo y en el lomo; un estoque le salía un poco por debajo, por entre las patas. Alguien del público decía que a eso no había derecho, que eso estaba prohibido. Cascorro estaba rojo y quería pincharle más veces. Media docena de guardiaciviles estaban en el redondel, para impedir que la gente bajara...

Arriba, Madrid, septiembre de 1947

Baile en la plaza

La corrida de toros ha terminado. Aún no se han ido las autoridades del balcón del ayuntamiento y aún los mozos más jóvenes, los que todavía no están emparejados, no acabaron de empapar en sangre los pisos de esparto de las alpargatas. Las alpargatas mojadas en sangre de toro duran una eternidad; según dicen, cuando a la sangre de toro se mezcla algo de sangre de torero, las alpargatas se vuelven duras como el hierro y ya no se rompen jamás.

    Hombres ya maduros, casados y cargados de hijos, usan todavía el par de alpargatas que empaparon en la sangre de Chepa del Escorial, aquel novillero a quien un toro colorao mató, el verano del año de la República, de cuarenta y tantas cornadas sin volver la cabeza.

    Los mozos y las mozas, en dos grandes grupos aparte que se entremezclan un poco por el borde, se miran con un mirar bovino, caluroso y extraño. La charanga rompe a tocar el pasodoble «Suspiros de España», y las mozas, como a una señal, se ponen a bailar unas con otras. Bailan moviendo el hombro a compás y arrastrando los pies. Sobre la plaza comienza a levantarse una densa nube de polvo que huele a churros, a sudor y a pachulí. Algunos mozos, más osados, rompen las parejas de las mozas; hay unos momentos de incertidumbre, que duran poco, cuando todavía no está claro quién va a bailar con quién. Los mozos bailan con el pitillo en la boca y no hablan;

llevan el mirar perdido y la gorra de visera en la mano derecha, apoyada sobre el lomo de la moza. Los forasteros, que siempre son más decididos, hablan a veces.

—Baila usted muy bien, joven.

La moza sonríe.

—No; que me dejo llevar...

El mozo hace un esfuerzo y vuelve al ataque. Antes ha mirado a los ojos de la moza, que le huyen como dos liebres espantadas.

—¿Cómo se llama usted?

—Es usted muy curioso...

El mozo, aunque siempre recibe la misma respuesta, está unos instantes sin saber qué decir.

—No, joven; no es que sea curioso.

—¿Entonces?

—Es que era para llamarla por su nombre. ¿No me dice usted cómo se llama?

La banda ha arrancado con un vals, y la pareja, que no se suelta, sigue la conversación:

—Sí; ¿por qué no? Me llamo Paquita, para servirle.

La moza, después de su confesión, se azara un poco y mira para los lados.

—Oiga, que esto es un vals; no me agarre tan fuerte...

Al vals sucede un pasodoble, y al pasodoble otro vals. Algunas veces, y como para complacer a todos, la murga toca un fox de un ritmo antiguo, veloz y entrecortado, como el volar de los vencejos.

Las parejas tienen un gesto entre cansado y evadido y, si se fijasen un poco, notarían que les duelen los pies. La plaza está de bote en bote con la gente de los tendidos, de los balcones, de los carros y de las talanqueras volcadas, como un chocolate a la española, sobre la arena. No puede darse un paso ni casi respirar. Suena la campanilla de la rifa: —¡A probar la suerte! ¡A diez la tira! —, rechina el cornetín de las varietés: —¡La pareja de baile de París, solo por un día! —, grazna el viejo churrero tuerto su mercancía: — ¡Que aquí me dejo la vida, que queman, que queman! —, y un mendigo adolescente enseña sus piernas flaquitas a un corro de niños, pasmados y renegridos.

Mientras viene cayendo, desde muy lejos, la noche, comienzan a encenderse las tímidas bombillas de la plaza. Sobre el rugido ensordecedor del pueblo en fiesta se distinguen de cuando en cuando algunos compases de «España cañí». Si de repente, como por un milagro, se muriesen todos los que se divierten, podría oírse sobre el extraño silencio el lamentarse sin esperanza del pobre Horchatero Chico, que con una cornada en la barriga aún no se ha muerto. Horchatero Chico, vestido de luces y moribundo, está echado sobre un jergón en el salón de sesiones del ayuntamiento. Le rodean sus peones y un cura viejo; el médico dijo que volvería.

Las lucecillas rojas, y verdes, y amarillas, y azules de los tenderetes también comienzan a encenderse. Un perro escuálido se escabulle, con una morcilla en la boca, por entre la gente, y dos carteristas venidos de la capital operan sobre los mirones de una partida de correlativa en el café Madrileño.

Los mozos con éxito hablan, ya sin bailar, con la moza propicia.

—Pues sí; yo soy de ahí abajo, de Collado.

La moza coquetea como una princesa.

—¡Huy, qué borrachos son los de su pueblo!

—Los hay peores.

—Pues también es verdad.

Un grupo de chicas, cogidas del brazo, cantan coplas con la música del «¡Ay, qué tío!», y un grupo de quintos entona canciones patrióticas; menos mal que todos son de infantería; si fuesen de armas distintas, ya se habrían roto la cara a tortas.

Cae la noche; las preguntas de los mozos adquieren un tinte casi picante.

—Oiga, joven, ¿tiene usted novio?

La moza se calla siempre; a veces, ofendida; en ocasiones, mimosa.

Un borracho perora sin que nadie lo mire. Fuera de la plaza, el vientecillo de la noche sube por las callejas.

Sobre el sordo rumor del baile, casi a compás del pasodoble de «Pan y toros», las campanas de la parroquia doblan a muerto sin que nadie las oiga.

Horchatero Chico, natural de Colmenar, soltero, de veinticuatro años de edad y de profesión matador de reses bravas (novillos y toros), acaba de estirar la pata; vamos, quiere decirse que acaba de entregar su alma a Dios.

—Oiga, joven, ¿está usted comprometida?

La moza dice que no con un hilo de voz emocionada.

—Entonces ¿me permite usted que la trate de tú?

La pareja, en el oscuro rincón, tiene las manos enlazadas con dulzura, como las bucólicas parejas de los tapices.

Un murciélago vuela, entontecido, a ras de los toldos de lona de los puestos y de las barracas.

Informaciones, Madrid, abril de 1948

Tertulia en la rebotica

Rodeados de lozas botánicas, muebles desportillados y olor a xeroformo, don Julián, don Estanislao y don Lunes se reunían todas las tardes, a eso de las siete, con don Matías. Don Matías era boticario; don Julián, coadjutor de la parroquia; don Estanislao, veterinario, y don Lunes, sastre diplomado (militar y paisano, uniformes civiles). En realidad y aunque otros pensasen —y aun propalasen— lo contrario, don Julián, don Estanislao, don Lunes y don Matías eran, sin duda alguna, las fuerzas vivas de la localidad, el eje alrededor del cual giraban, un poco a la fuerza y sin posible resistencia, las gentes y la vida entera del pueblo de N., cabeza de partido del obispado de Sigüenza, provincia de Guadalajara.

Los amigos jugaban al tute perrero, bebían vino de Valdepeñas y hablaban, con cierto énfasis, bien es verdad, de todo lo humano y de todo o casi todo lo divino.

El grupo, como es natural, estaba escindido en dos bandos irreductibles, dos bandos que no podían ni querían pactar, dos bandos que, para colmo de males y de desdichas, estaban sopesadamente equilibrados; en uno, don Julián y don Lunes; en el otro, don Estanislao y don Matías. Los cuatro se unían con fiereza contra el enemigo (el enemigo era la calle), pero los cuatro, que no se podían aguantar, reventaban en cuanto se reunían en petit comité alrededor de la sebosa baraja.

Don Lunes, que era reticente y malintencionado, rompía el fuego por elevación, indirectamente.

—Óigame, don Estanislao, ¿qué es de León? Hace días que no me lo tropiezo.

León era un peluquero algo burro, amigo de don Estanislao, que quiso hacer progresar al pueblo y abrió un local con ondulación marcel y bisoñés rubio platino, al que puso un rótulo, color azul purísima, en el que se leía en letras góticas doradas: León — Barbería de señoras Servicio esmerado. Y debajo, en letra más pequeñita: Higiene y esmero — Galantería y distinción. El peluquero León era un casquivano.

Don Estanislao, que sabía muy bien por dónde quería entrarle el sastre, solía despistar y cambiar la conversación. Después de todo, pensaba, ¿dónde se había visto, y cuándo, que un veterinario hiciese caso de un sastre, aunque el sastre fuese diplomado y aunque, en un último esfuerzo desesperado, se llamase don Lunes? No. En el mundo —no se sabe si para bien o para mal— todavía quedaban clases, y, dentro de las clases, personas como Dios mandaba y seres vulgares, pelmas, peleones, ordinarios y poco cultivados.

En la tertulia, don Julián y don Lunes representaban el ala moderada, y don Estanislao y don Matías, el rabo progresista y hasta, en cierto modo, algo volteriano. Vegetaban en aparente paz y simulaban tolerarse porque vivían en el *statu quo* del régimen de turnos y sabían que a otros que lo habían abandonado les iba bastante peor. Por el pueblo —por uno de esos milagros que ocurren— no había pasado el tiempo desde García Prieto, y la república, la Guerra Civil y la revolución la conocían un poco de referencias, con no mucho más detalle que al cólera de Egipto, o la guerra de China, o la inmigración judía en Palestina.

El pueblo era un pueblo feliz —a lo mejor un poco con la felicidad del hombre que no tenía camisa— y se dejaba llevar por sus fuerzas vivas vitalicias, el cura don Julián, el veterinario don Estanislao, el boticario don Matías y el sastre don Lunes. Vivía por la misma razón que la tierra gira, que el sol se pone a diario y que los animales nacen, crecen, se reproducen y mueren. Por esa razón que es tan sencilla que nadie sabe explicársela, y tan misteriosa que todos la entendemos.

Arriba, Madrid, noviembre de 1947

Matías Martí, tres generaciones

Don Matías Martí, industrial, tenía setenta y cinco años. Matías Martí, perito agrícola, tenía cincuenta y dos. Matiítas Martí, poeta lírico, veinticinco. Una vez se sacaron una fotografía juntos; don Matías, de bombín; Matías, de flexible, y Matiítas, de gorra de visera blanca, de deportista.

—Estás hecho un hockeywoman —le decía su amiga Clarita, una chica que no sabía muy bien el inglés.

—¡Ay! ¿Tú crees?

Don Matías estaba convencido de que un refrán que había inventado era verdad, una verdad inmensa y tremenda como el mar. El refrán decía: para prosperar, madrugar y ahorrar. Según don Matías, la humanidad no andaba derecha porque no había bastantes despertadores ni suficientes huchas. Cuando inventó su refrán —muy joven todavía, en los primeros años de la regencia— ordenó que se lo dibujaran sobre cristal esmerilado del mejor, y lo mandó colocar en la pared de su despacho, al lado de un pintoresco retrato de su padre —don Rosario Martí y López— y de un letrero en letra gótica, donde se leía:

*Por razones de higiene
no escupir en el suelo.
¡Ay, Dios, cuánto desvelo
denota aquel que tiene!*

—Oiga usted, don Matías —le solía preguntar algún visitante curioso—, ¿aquel que tiene qué?

—Pues aquel que tiene salud, ganso, aquel que tiene salud. ¿O es que no está claro?

El visitante hacía un gesto con la cabeza, como diciendo: hombre, pues tan claro no está, pero se callaba siempre.

Su hijo Matías Martí, el perito agrícola, no hacía versos, aunque también tenía ciertas concomitancias con la literatura y las humanidades. Su contribución a ese campo del saber era más bien de orden erudito y filológico, y lo que mejor hacía era inventar palabras, voces y locuciones que —según aseguraba— darían una precisión sinóptica al lenguaje, enriqueciendo el léxico patrio al tiempo que se le otorgaba luminosidad y, sobre todo, concisión.

Las palabras inventadas por el perito Matías eran innumerables como las arenas del océano. Aquí vamos tan solo a espigar media docena de ellas, elegidas al azar entre las que aportó a las tres primeras letras del alfabeto. La media docena de que hablamos es la siguiente:

Aburrimierdo. — Dícese de aquel que está más que aburrido y menos que desesperado.

Agromagister. — Perito agrícola. Uno mismo y cada uno de sus compañeros.

Bebidonsonio. — Dícese de aquel que se duerme bebiendo. Ebrio somnoliento o alcohólico soporífero.

Bizcotur. — Dícese de aquel que, amén de bizco, es atravesado, ruin y turbulento.

Cabezonnubio. — Híbrido de cabezota y atontado. Dícese de aquel que, aun teniendo la cabeza gorda, camina por las nubes, ausente de la dura realidad de la vida.

Ceonillo. — Ladronzuelo vivaracho y de mala suerte. Rata gafe y de cortos vuelos.

Seguir con la lista de las palabras inventadas por el perito Matías sería el cuento de nunca acabar, algo por el estilo del cuento de la buena pipa.

Su hijo, Matiítas, el nieto de don Matías, era ya un literato convicto y confeso, y no un literato vergonzante como su padre y como su abuelo.

—¡Anda! ¿Y qué hay de malo? —solía decir cuando le echaban los perros, a la hora de la comida.

—¡Hombre! De malo, nada —le decía su madre, doña Leocadia, que parecía un sargento de alabarderos jubilado—, pero de memo, bastante, te lo juro.

—¡Anda! ¿Y entonces Lope de Vega era un memo? ¿Y Zorrilla, el inmortal autor del *Tenorio*, otro?

—Pues, hijo, ¡qué quieres que te diga! Para mí, sí.

El pobre Matiítas estaba horrorizado con las ideas de su madre.

—¡Qué burra es! —pensaba—. Pero no —se añadía en voz alta, a ver si se convencía—, una madre es siempre una madre. El día de la madre le tengo que hacer un regalito de su gusto, un pequeño presente en el que vea mi buen deseo de... (iba a decir de corresponder...) de agradar.

Una tarde histórica, la tarde del doce de octubre, fiesta de la raza, don Matías y Matías acordaron llamar a capítulo a Matiítas:

—Oye, Matiítas, hijo —le dijeron—; te hemos llamado para hablarte. Eres ya un hombre...

—¡Ay, sí!

—Sí, hijo, todo un hombre. ¿Cuántos años tienes ya?

—Sumo cinco lustros.

Don Matías lo miró con aire preocupado por encima de sus lentes. El padre procuró disimular lo mejor que pudo.

—Bueno, hijo. Vamos a ver, ¿quieres un pitillo?

Matiítas se puso algo colorado.

—Gracias, papi, ya sabes que no fumo.

—De nada, hijo, no se merecen. Bien...

Sobre los tres Matías volaba torpemente una atmósfera vaga y cansada como el joven poeta. Doña Leocadia, en la habitación de al lado, hacía solitarios con cierta resignación: estaba de malas y no conseguía sacar ninguno bien hasta el final. Las cuatro sotas le salían siempre juntas, por más que barajaba.

El padre y el hijo se miraron y miraron para el nieto.

—Vamos a ver, hijito, ¿tú qué quieres ser?

Matiítas se puso un poco rabioso.

—¿Yo? Ya lo sabéis: ¡poeta, poeta y poeta!

—Pero, hombre, así, poeta a secas.

—Sí, papi, poeta lírico como el Dante.

—Bueno, pero el Dante sería otra cosa además. ¡Vamos, digo yo! A mí no me parece mal que seas poeta; lo que te quiero decir es que, para vivir, puedes ser de paso alguna otra cosa. Lo cortés no quita lo valiente. Ya ves don Rosendo, el del entresuelo, sin ir más lejos, que también es poeta y además está en la Renfe...

—¡Huy!

Don Matías y Matías se asustaron.

—¿Qué te pasa, Matiítas?

—Nada. Dejadme a solas con mi congoja.

El ademán de Matiítas era un gesto de la mejor escuela senatorial romana. Don Matías y Matías salieron de la habitación, se sentaron en el despacho, debajo del cristalito esmerilado del refrán, y estuvieron lo menos una hora sin hablar.

Don Matías, al cabo del tiempo, se atrevió a romper el hielo mientras limpiaba los cristales de las gafas con un papel de fumar.

—Me parece, hijo, que hemos llegado algo tarde.

Matías suspiró.

—Sí, padre, eso me parece.

Don Matías adoptó el aire del hombre que, resignadamente, está ya de vuelta de todo.

—Se acabaron los Matías, hijo mío. En fin, ¡pelillos a la mar! Si él es feliz así...

Matías, casi sin voz, todavía respondió:

—Sí... Si él es feliz así...

Doña Leocadia, que había asomado los hocicos por la puerta, terció:

—Si nos saliese un Zorrilla o un Campoamor...

Los dos hombres la miraron con un gesto de remota esperanza.

Informaciones, Madrid, agosto de 1948

Celedonio Montesmalva, joven indeciso

Celedonio Montesmalva, joven vallisoletano, era un mozo indeciso y algo poeta que, al decir de su padre, iba a acabar muy mal. El padre de Celedonio se llamaba don Obdón de la Sangre; pero el hijo, pensando que eso era muy poco poético, se inventó el timito de Montesmalva, falso apellido que sacaba de quicio al progenitor.

—Pero oye, tú, pedazo de mastuerzo ruin, ¿es que el apellido de tu padre te avergüenza, lila indeseable?

Don Obdón de la Sangre era muy retórico.

—No, papá, no me avergüenza; pero es que para los versos, ¿sabes?, parece que pega más eso de Montesmalva. ¿No crees? Es un nombre lleno de bellas sugerencias, de fragancias sin límite...

Don Obdón miró al niño por encima de los lentes.

—¿Lleno de qué?

—Lleno de bellas sugerencias, papá, y de fragancias sin límite.

Celedonio tomó un vago aire soñador.

—Un soneto de Montesmalva... ¿Tú te percatas?

—Sí, sí; ¡ya lo creo que me percato! En fin, ¡qué le vamos a hacer! Lo que yo te digo, ya lo sabes bien claro: que hagas versos me tiene sin cuidado, ¡allá tú con la gente!, y que te pongas ese nombre ridículo de transformista, también. Ya te espabilarás si te trinca la Guardia Civil. Pero eso de que no des ni golpe, no; vamos, que eso, no. ¿Te das cuenta? No. Ya eres muy talludito para estar viviendo de la sopa boba.

—¡Ay, papá; si no tengo más que veintiocho primaveras!

Don Obdón lo miró con la cara que suelen poner los asesinos cuando, por esas cosas que pasan, perdonan a la víctima, a veces bien a su pesar.

—¿Y te parecen pocos? Yo, a tu edad, estaba ya harto de poner irrigaciones a las mulas, y llevaba ya cerca de diez años de veterinario en una cabeza de partido judicial.

—¡Ay, papá; pero reconoce que puede haber vocaciones para todo!

—Sí, para todo; ya lo sé. Y para pegar la gorra y estar a lo que caiga, también, ¿verdad?

—¡Ay, papá, qué cruel eres!

—Vamos, hijo, vamos...

La mamá del poeta, doña Visitación Manzana, solía estar callada, casi siempre, cuando salían esas conversaciones escabrosas. Algunos días, cuando ya veía al niño muy perdido, echaba tímidamente su cuarto a espadas.

—¡Pero, hombre, Obdón! ¿Por qué no dejas al niño seguir su vocación?

Don Obdón puso un gesto de un desprecio inaudito.

—¿No te lo imaginas?

—No.

—¡Cuando yo digo que eres más inútil que un pavo!

Doña Visitación, en cuanto que le decían lo del pavo, se echaba a llorar desconsoladamente.

—No llores, mamita; yo te comprendo muy bien. Todas tus preocupaciones encuentran un seguro eco en mi pecho.

Celedonio miró al padre con un gesto retador, con el gesto de un joven héroe de tragedia antigua.

—Sábelo bien, padre mío; yo soy respetuoso y buen hijo; pero no consiento que a mi mamita le llamen pavo delante de mí.

Don Obdón comenzó a liar un pitillo con parsimonia y no respondió. Cuando llegó al casino, le dijo a un amigo:

—Chico, no sé; pero esto me parece que va a acabar pero que muy mal; el día menos pensado lo deslomo. ¡Mira tú que yo con un hijo poeta! ¡Yo, de quien nadie puede decir, en los cincuenta y cinco años que tengo, nada malo!

Al mismo tiempo, Celedonio le explicaba a su madre:

—¿Lo ves, mamita? A estos tíos flamencos, como papá, lo mejor es levantarles el gallo. Se quedan viendo visiones y más suaves que un guante.

La Tarde, Madrid, noviembre de 1948

Zoilo Santiso, escritor tremendista

Zoilo Santiso era un escritor la mar de tremendista. Los padres de familia no dejaban a sus hijas leer los libros de Zoilo Santiso.

—¡Niñas —les decían—, no leer las novelas de Zoilo Santiso, que no son aptas!

Entonces las niñas decían que se iban a dar un paseo por Recoletos, se metían en cualquier librería y se compraban una novela de Zoilo Santiso, que después pasaba de mano en mano, como los partes de guerra del enemigo en las retaguardias donde ya no quedan más que discursos patrióticos y vanas esperanzas.

—¡Quememos los libros de Zoilo Santiso! —decían los muchachitos que no habían leído a Zoilo Santiso, pero que se fiaban del buen criterio de sus mayores—. ¡Guerra a Zoilo Santiso, escritor asqueroso y tremendista! ¡Guerra!

Zoilo Santiso, en el fondo, era un buen muchacho o, por lo menos, procuraba serlo. De pequeño había pasado la escarlatina, y desde entonces le habían quedados unos puntos de vista algo diferentes a los de sus tías, las hermanas de mamá y de papá.

—Zoilo es bueno —aseguraban sus tías de ambos lados, que no eran excesivamente originales—, lo que pasa es que dice esas cosas que dice sin sentirlas; las dice para parecer mayor.

—¡Pero, mujer, tía —les objetaba algún primo de Zoilo—, si Zoilo tiene ya cerca de cuarenta años!

—¡No importa, no importa! ¡A Zoilo siempre le gustó mucho parecer mayor!

Zoilo Santiso se había hecho escritor tremendista por puro milagro. Esto de los escritores es una cosa muy complicada, y cada cual sale por donde puede o por donde le dejan. A Zoilo Santiso lo que le hubiera gustado era ser torero o cantor de tangos, pero se hizo escritor porque es más fácil y, además, porque no se necesita arte, ni valor, ni voz, ni sentimiento, ni nada. Para ser escritor no se necesita nada. La prueba es que uno va a los cafés y se los encuentra llenos de escritores escribiendo dramas y artículos, tomando café con leche y haciendo aguas.

Zoilo Santiso se hizo escritor, y después, como no era un artífice de la palabra, se especializó en el tremendismo, rama en la que con decir las cosas como son ya se cumple.

—Eso ni es arte ni es nada; eso es ganas de tomar el pelo a la gente —decían algunos lectores de esos que llevan lentes de pinza—; decir las cosas como son está al alcance de cualquiera, el mérito es decirlas finamente.

Zoilo Santiso, que era un hombre humilde, nunca dudó que sus mañas no pudiera tenerlas cualquier hijo de vecino.

—A mí me parece que esto es fácil —pensaba—, que no tiene mayor complicación. ¿Que se quiere decir Pepito estaba bebiendo vino? Pues se dice Pepito estaba bebiendo vino, y en paz. Lo que sí tiene más mérito sería decir: el joven Pepe libaba del morado elemento; lo que pasa es que esto es una estupidez que no se la salta un gitano.

Zoilo Santiso, a veces, sentía preocupaciones estéticas. Lo que le salvaba es que era corto de alcances, y, en cuanto le daba dos vueltas a las cosas en la cabeza, ya ni se entendía.

Zoilo Santiso, a pesar de lo burro que era, tenía muchos enemigos, y algunos escritores pornográficos, cuando llegaron a viejos, le publicaban edificantes articulitos en los papeles diciéndole que había que ser más moral y más decente, y que eso del tremendismo debía ser prohibido como la morfina o la cocaína, pongamos por caso.

El pobre Zoilo Santiso, cuando leía esas cosas, como era presuntuoso de natural, siempre se daba por aludido y pasaba muy malos ratos.

Su señora, para animarlo un poco, le decía:

—No te preocupes, Zoilo querido; cuando se meten contigo es señal de que vales; si no valieses nada, no se ocuparían de ti y te dejarían tranquilo, tenlo por seguro.

—Ya, ya; pero, mira, yo preferiría valer algo menos y que no me dijeran esas cosas. ¡Qué quieres! ¡Uno es un espíritu sensible!

Zoilo Santiso, de una vez que quiso escribir unas cuartillas más puestas en razón, le salió semejante barbaridad que no se atrevió ni a publicarlas.

Esto de los estilos es algo bastante misterioso, algo que no se puede remediar ni aunque se quiera. Esto de los estilos es como tener granos...

Informaciones, Madrid, enero de 1952

Senén, el cantor de los músicos

Senén del Polo, natural de Palencia, de cuarenta y tres años de edad, soltero y sin profesión conocida, había recibido una amable cartita de don Alfonso María de Ligorio López, el director de la revista de música *Acorde y armonía*.

Don Alfonso, etc., solicitaba de Senén unos versos con motivo musical. Senén inquirió, antes de poner manos a la obra, y llegó a averiguar que lo que se quería eran unas poesías que se titulasen, por ejemplo: «El laúd», o «Chopin en Valldemosa», o «Solo de viola», o algo por el estilo.

Se puso a cavilar y, tras bastantes esfuerzos, compuso una poesía dedicada a un músico amigo suyo —conocido suyo, mejor—, muerto ya, que se llamaba Sebastián. El pobre Sebastián no era, ciertamente, un Beethoven, pero, en fin, había hecho lo que podía. Senén del Polo, aprovechándose de que Sebastián llevaba ya una temporadita criando malvas, le colocó a su recuerdo las siguientes rimas:

> *Ha muerto el acordeonista.*
> *Se llamaba Sebastián.*
> *Tocaba valses vieneses.*
> *Andaba mal de la vista.*
> *Tenía un grano en la cara*
> *de color de mazapán.*
> *Era terco y extremista,*

y un día un cura carlista
le pegó un tantarantán.

Leyó su composición a algunos amigos —que la encontraron bella y llena de ternura y de giros muy poéticos— y después la copió en buen papel, en versión ya definitiva, poniendo el título y la hache de Ha muerto, en color rojo, para que destacase más. Como la inspiración, según decía don Bonifacio de Martín, el catedrático de preceptiva, era un impetuoso mar de fuego que, devorando la vida del artista, iluminaba a raudales su propia obra, y como, por otra parte, Senén veía bien claro que aquel estado de fiebre y de arrebato era el suyo, precisamente, aprovechó los latidos de su corazón para componer, a toda prisa, otra poesía o, incluso, ¿quién lo sabe?, otras dos más, con las que se ganaría ya de una vez y para siempre el corazón de don Alfonso María de Ligorio López.

Los cálculos del vate Senén —hombre acostumbrado a no cobrar por sus versos ni un real— traían a su espíritu los más preciados presagios de felicidad, porque la cosa estaba bien clara: tras el corazón de don Alfonso María de Ligorio estaba la caja de *Acorde y armonía*, revista quincenal para el fomento de las artes y en especial de la música.

Se aplicó Senén del Polo a su labor, y a los pocos días dio fin a otra poesía, no menos bella que la primera, dedicada a otro amigo músico muerto, el violonchelista Julián. La rima la refirió a su primera composición, por aquello de que los hallazgos hay que defenderlos y, como el nuevo músico cantado también tenía un grano, pensó que debía agrupar ambas composiciones —y la tercera si llegaba— bajo el título un tanto simbolista de: «En la muerte de dos (o de tres) músicos con grano».

—¡Oh, Mallarmé! —decía Senén del Polo recién inventado el título—, ¡divino Mallarmé! ¡Faro y guía de la rima moderna!

La segunda poesía de Senén era así:

Ha muerto el violonchelista.
Se llamaba Julián.
Tocaba para marqueses.
Fue novio de una corista.
Tenía un grano en la cara
pánfila de sacristán.
Era audaz y camorrista,
cínico, feo y cobista.
El sexto, larán, larán.

La que se armó con la segunda composición de Senén del Polo entre sus amigos y seguidores no fue para descrita. Cundió el entusiasmo, gimieron las prensas, hubo manifestaciones con muertos y heridos, lo hicieron hijo adoptivo de quince o veinte pueblos, en fin: el despiporrio, como en un momento de éxtasis y locura llegó a decir nada menos que el catedrático de preceptiva literaria.

Senén no cabía en sí de gozo. Se dejó una barbita dannunziana, se compró una estilográfica y una chalina nueva... Los parientes de Senén, que nunca habían creído en su talento, empezaron, en la tertulia del casino, a presumir de primo o de sobrino; las autoridades y fuerzas vivas, que antes ni lo saludaban por la calle, comenzaron a convidarlo a comer, y Senén, ante el horizonte sin límites, gozaba de la vida y recibía la visita de los jóvenes poetas que iban a pedirle un prólogo, o un consejo, o un duro.

Pero Senén, que había conocido los tiempos difíciles y era una especie de poeta chusquero, de poeta salido de la escala de tropa, no se durmió sobre los laureles, sino que —muy por el contrario— se desojaba sobre las cuartillas buscando un bello efecto, una imagen feliz, una nueva sonoridad.

Trabajó infatigablemente y consiguió redondear su tercer poesía, la que dedicó a don Malibrán, el muerto de turno. Hela aquí:

Ha muerto el gran guitarrista
llamado don Malibrán.
Era de plata meneses su
fino ingenio de artista.
Tenía un grano en la cara
como el cráter de un volcán.
Era bizco y lerrouxista,
nadador y esperantista,
y nieto de un alemán.

Pero, ¡lo que es la vida!, cuando todo parecía que se le ponía a huevo, lo nombraron diputado provincial delegado de espectáculos, y empezó a presidir las corridas de toros, rodeado de señoritas gordas, sonrosadas, morenas y de peineta. En fin...

Arriba, Madrid, febrero de 1948

Deogracias Caimán de Ayala, fagotista virtuoso

Deogracias Caimán de Ayala y Velasco era, según podía comprender el más próximo a tonto, un hombre de buena casa venido a menos o llegado al puro asco por el inesperado camino del fagot. Hay a quien le viene la ruina por sus malos pasos o por tener un padre calavera o por nacer con cara de primo; pero Deogracias Caimán de Ayala y Velasco era una víctima de su arte y, como él decía, levantando mucho la ceja del ojo huero, un incomprendido de la anquilosada sociedad.

Cuando le echaron del colegio de Tuy no fue, como a Tomasito García, por abrir en canal a un gato para ocultar en su tripa diez duros, en perras gordas, hurtadas del cajón del portero, ni como a Donato Carreño, por descubrirse que se escapaba de noche a cierta venta vecina al cementerio, donde un ventero consentido le denunció, bien que advirtiendo que no era por enamorar a la mujer, como él se creía, sino por beberse el vino, cosa que no hay honor que aguante. Deogracias era incapaz, en aquella época indecisa de granitos de pus en la barba, de las tres cosas antedichas, o sea: de beberse el vino, de decirle palabras bonitas a la mujer del prójimo y de ocultar diez duros en perras en la tripa de nadie. Fue por el fagot, o, mejor dicho, por documentarse avariciosamente y arrancar las hojas de una hermosa enciclopedia del colegio, donde venía la palabra fagot con tiernos detalles de la más selecta erudición sobre el instrumento más grave de la familia del oboe.

Hay quien nace con afición a la geografía, y quien con la vehemente vocación de hurgarse las narices; pero Deogracias Caimán de Ayala nació para el fagot, y lo demás le importaba un pimiento.

Cuando yo le conocí vivía de pupilo en la casa de Maruxa la Rómula, a quien la llamaban así porque, cuando su padre, un giboso tartaja, quitó de este valle de lágrimas a su mujer, recién parida, clavándole un hierro de la cocina en el corazón, se crio con una bruja, de nombre Emeteria, que vivía en el monte, y todos dijeron que a la Maruxa la había amamantado una loba, cosa más probable que atribuirle el asunto a los pechos de Emeteria, que ya no era moza cuando la carlistada.

El extraño apellido de Caimán nadie sabía de dónde venía.

Su padre se llamaba Ciriaco Caimán de Ayala, y había llegado a Mondoñedo de chico, poniéndose a servir en una fonda, y con una vaga idea de que era de Palencia o de Valencia, cosa que nunca llegó a poner en claro. De su madre sabía solo que era de oficio ama de cría y, probablemente, asturiana.

Maruxa la Rómula tenía a Deogracias casi de caridad, porque era buena de suyo, para que digan luego que hay que ser bien criado, y también porque, a su modo, amaba el arte, y se le humedecían los ojos garzos y ligeramente pitañosos cuando, al amor de la lumbre del hogar, en las delicadas noches de luna, Deogracias tocaba para ella el fagot.

Deogracias tenía bien explicado a Maruxa la Rómula lo difícil que era el fagot por las exigencias de la digitación, que se hace posible solo con mucho esfuerzo en los trinos, imponiéndola bien en que nada en el mundo permite como este instrumento doblar en la octava inferior un pasaje a solo, ejecutado, por ejemplo, con un violín.

Cuando Deogracias ganaba algún dinero en un entierro se lo daba a su patrona, y esta, entonces, compraba ese día vino del bueno y chuletas de cerdo; si bien, antes del ágape, encomendaban ambos el alma del cuitado al santo más a propósito, y, si era marinero, se la encomendaban, sin duda, a san Balandrán.

Tendría Deogracias, cuando le conocí, cincuenta años, más viejos que la cuenta a costa del ojo huero y el labio mellado, pese a lo cual malas lenguas decían que tenía prendada a Maruxa la Rómula, y que no era en esta todo filantropía, como en Deogracias no era todo favor.

Deogracias murió aplastado por un camión de pescado una noche de romería, en que volvía de un pueblo próximo a Mondoñedo con el fagot a cuestas, y cuando le trajeron hecho talmente una oblea hasta la puerta de Maruxa la Rómula, esta tuvo un síncope de los gordos.

Le dio Maruxa a Deogracias Caimán de Ayala piadosa sepultura, con retratito de esmalte y cruz floreada de latón y regaló pocos días después al ayuntamiento el fagot del artista, con la idea de que en su día se pudiera hacer un museo, y que el nombre de Deogracias Caimán de Ayala figurara con letras de oro en el mármol lo más de Carrara posible que se encontrara en el país.

La Tarde, Madrid, diciembre de 1948

Carrera ciclista para neófitos

(Nueva edición corregida y aumentada)

En aquel pueblo había muchos neófitos. ¡Jolines con aquel pueblo, qué mano de neófitos criaba! El pueblo no era ninguna aldea, no vaya usted a creerse que era un asco de pueblo, un pueblo ruin y desgraciado. No, no; el pueblo no era ninguna aldea, ciertamente, sino más bien casi una ciudad; pero, de todas formas, había muchos neófitos, puede que incluso demasiados neófitos.

¡Anda, que si fuesen perdices! ¡Escabeche para todo el país podría hacerse —qué barbaridad—, escabeche hasta para mandar al extranjero! ¿Se acuerda usted del Paquito, el de la guardesa, aquel que era neófito? Pues ya lo ve usted, ¡produciendo divisas! ¡Menudo escabeche sacamos del Paquito: treinta y cinco latas grandes y, además, de primera calidad! ¡Menudo era!

—¡Cuántos neófitos hay en este pueblo —decían los señoritos del veraneo y los viajantes de comercio—: es de los pueblos que tiene más neófitos! ¡Y lo gordos que están! ¡Cómo se ve enseguida que el pueblo tiene una economía sana, basada en la agricultura y en la pequeña industria familiar!

—Sí, claro, ¡como si no hubiera más que eso! Y la concentración parcelaria, ¿usted cree que no cuenta?

—Hombre, sí; la concentración parcelaria, también; yo no tengo nada que decir contra la concentración parcelaria, se lo juro. Lo que yo le decía era que el pueblo demostraba tener una economía sana.

—Sí, señor; la más sana, gracias a Dios, de todo el contorno; eso es verdad. Todo el mundo lo dice. Aquí no hay forastero que se arrime que no diga: ¡Concho, qué economía más sana, parece Nueva York! Nuestra economía es un rato larga de sana, es cierto; nuestra economía tiene salud para parar un tren.

—Ya, ya...

—Y muy autárquica, además. Aquí nos lo guisamos y aquí nos lo comemos. En nuestro pueblo, lo que más llama la atención es la autarquía, ¿verdad, usted?

—Ya, ya... ¡Vaya autarquía que tienen ustedes montada! Así da gusto.

Doña Ramona Riñón, alias Chiva, era la dueña del café-fonda La Mercantil. En tiempos del padre de doña Ramona, don Claudio Riñón, alias Chivo (q. e. p. d.), el café-fonda La Mercantil se llamaba —quizá porque don Claudio anduvo cazando mambises con arcabuz a las órdenes del general Weyler— La Perla de las Antillas. Después, cuando lo del desastre, don Claudio le cambió de nombre, en parte porque era esa su voluntad, y en parte también porque los patriotas del pueblo le dijeron que o quitaba eso de La Perla o le derribaban la fachada a cantazos. El abuelo de doña Ramona, don Esteban Riñón, alias Chivo (q. e. p. d.), llamaba al negocio El Triste Venado, nombre que dio lugar a numerosas murmuraciones, ya que la abuela de doña Ramona, doña Generosa Fraile, alias Almejita (q. e. p. d.), había salido, según parece, algo ligera de cascos. Su hijo, que era muy previsor, le cambió de nombre.

Doña Ramona Riñón, alias Chiva, la nieta de doña Generosa y propietaria del café-fonda La Mercantil, tuvo un éxito muy grande organizando su carrera ciclista para neófitos:

—Lo que una dice, digo, vamos, es un decir, es que a las cosas lo que hay que buscarles es aplicación; vamos, digo yo. De nada vale, es lo que una dice, digo, lo que una está harta de decir, de nada vale tener el oro y el moro si después no lo aplicamos. Un capitalazo como una casa, si es improductivo, es como un jardín sin flores, eso es, como un solar lleno de latas y de..., bueno, ya me entiende: de eso.

—¡Anda, pues es verdad! —le contestaba don Ildefonso Collejas, el escribiente del juzgado, que era algo memo—. Un servidor, en eso, la verdad, no había caído. ¡Lo que son las cosas! Está el viejo muriendo y está aprendiendo.

Don Ildefonso Collejas Pasarín, alias Margarito, se había quedado memo de la meningitis; dicen que antes, cuando tenía dos o tres años, no era así.

—Doña Ramona está en todo —solía decir—, a doña Ramona no se le escapa detalle. ¡Qué tía!

Doña Ramona pensó que, con los neófitos, lo mejor era organizar una carrera ciclista; afortunadamente para los neófitos, no se le había ocurrido lo del escabeche.

—En este pueblo hay un horror de neófitos; todo el mundo lo dice. ¿Usted se da cuenta de la pila de neófitos que hay en este pueblo?

—Sí, señora, neófitos hay muchos, ¡ya lo creo que hay muchos! Lo que no hay son bicicletas.

Doña Ramona no se amilanaba fácilmente. Doña Ramona era una mujer de recursos. ¡Anda, que la que se le escapase a doña Ramona!

—Pues que las pidan prestadas por los pueblos de al lado. Yo creo que la cosa bien merece la pena. Vamos, ¡digo yo! Que se espabilen y que las pidan prestadas por ahí. Lo que una dice: el que algo quiere...

—Sí, señora, usted tiene razón: el que algo quiere, algo le cuesta. Eso mismo. No se puede pescar truchas a bragas enjutas. Claro que no. La cosa bien que merece la pena; pero ¿y la autarquía?

—¡Ay, Ildefonso, hijo! ¡Usted siempre poniéndome chinitas en el camino!

—Bueno, doña Ramona, me callo. En boca cerrada no entran moscas. Haga lo que le dé la gana. Un servidor, con advertirla, cumple. El que da lo que tiene no está obligado a dar más.

Doña Ramona Riñón, alias Chiva, se encerró tres días en la trastienda del café-fonda La Mercantil y se inventó las bases para la carrera. El cartel se lo escribió Margarita, con letra redondilla. Decía así:

Primer Gran Premio Velocipédico de Valverde del Arroyo. Reservado para los neófitos del pueblo y su comarca y forasteros que sean presentados por el señor cura o por un concejal. Recorrido, cien vueltas al pueblo, yendo por el camposanto, pasando por la picota y volviendo por el matadero. Queda terminantemente prohibido empujarse. Inscripción gratuita. Primer premio, un hermoso salchichón y veinticinco pesetas. Segundo premio, otro salchichón, más pequeño, y diez pesetas. Tercer premio, un vale para cinco cafés. Cuarto premio, un objeto de arte. Presidirán las autoridades, en compañía de las más bellas señoritas de la sociedad arroyense.

Los neófitos locales y algunos de fuera acogieron muy bien la idea de doña Ramona, y el éxito de inscripción fue grande: se apuntaron setecientos treinta. Una nube.

—El único miedo que una tiene es que tropiecen. Una está en todo, esa es la verdad; por eso puse lo de que no vale empujarse. ¡Qué barbaridad! ¡Qué aceptación!

—¡Hombre, así cualquiera! ¡Repartiendo salchichones y premios en metálico! Ya lo dice el refrán: por dinero, suena el pandero.

Cuando llegó el día de la carrera —San Lorenzo, 35° a la sombra—, los neófitos no cabían en la plaza. Menos dos o tres, que no entraron por eso de enseñar las piernas y se presentaron de pantalón largo sujeto con unos alambritos por abajo, los demás optaron por el calzón de fútbol o por el albo calzoncillo, prendido por delante con cuatro puntadas o con un imperdible, para que no se abriese. Y también por eso de la compostura y del qué dirán.

La salida la dio la Pura González, que había sido miss Valverde del Arroyo antes de la guerra y que, aunque no era ninguna niña y tenía ya sus años y sus patas de gallo, aún no había sido desbancada por ninguna otra. La Pura González parecía un cabo de gastadores y era una real hembra, alta, fornida, pechugona, morenaza, jacarandosa, peluda y de armas tomar.

—Apunta para arriba —le había dicho doña Ramona—, no vayamos a tener tomate.

—Descuide usted.

En el balcón del ayuntamiento, la Pura no podía revolverse entre tantas autoridades y jerarquías.

—¡Venga, dale ya! —le dijo el señor alcalde con voz de inauguración de grupo escolar.

La Pura apretó el gatillo, pero, que si quieres arroz, Catalina. La escopeta —a veces ocurre— no escupió.

—¿Qué pasa?

—¡Anda este! ¿Yo qué sé? Para mí, que no marcha.

El alcalde procuró estar a la altura de las circunstancias.

—¡Que le aprietes, muchacha! Aprieta fuerte y verás cómo sale.

La Pura hizo un esfuerzo y apretó con toda su alma. La Pura se puso roja de apretar. Pero ¡qué guapa luce!, pensaban los ediles.

—¿No sale?

La Pura tuvo que tomar aire.

—Pues no, señor. Ya usted lo ve.

El señor alcalde sonrió, para predicar calma con el ejemplo. El señor alcalde se volvió hacia la plaza y se encaró con el avispero de ciclistas. Antes pidió que le escuchasen, con gesto apaciguador y muy pulido.

—¡Ciclistas!

Sobre la plaza resonó un hondo murmullo.

—¡Mande!

—¡Pues que vayáis saliendo, que esto no chifla!

¡Rediós la que se armó con la orden del alcalde! Bueno, la que se armó con la orden del alcalde no es para descrita. Setecientos y pico de neófitos, pedaleando como leones y echando los bofes por la boca detrás del salchichón, de los cuartos, de los vales para café y del objeto de arte, por las cuestas y los repechos de Valverde del Arroyo, es un espectáculo nada fácil de pintar.

—¡Dantesco, dantesco! —decía la señora maestra.

—¡Qué bestias! —decía el teniente de la Guardia Civil—. ¡Parecen filibusteros!

Algunos, los más flaquitos, echaron sangre por la boca. Otros, no.

La Tarde, Madrid, enero de 1949

Vocación de repartidor

Robertito tenía seis años, el pelo colorado, un jersey a franjas, dos hermanas más pequeñas que él, y una ilimitada vocación de repartidor de leche.

El misterioso planeta de las vocaciones está por explorar. El misterioso planeta de las vocaciones es un mundo hermético, recóndito, clausurado, pletórico de una vida imprevista, saturado de las más insospechadas enseñanzas.

—Niño, ¿qué vas a ser?

—General, papá.

El día estaba espléndido, radiante, y las golondrinas volaban veloces, al claro y cálido sol.

—Niño, ¿qué vas a ser?

El día está nublado y frío, desapacible y gris. El niño rompe a llorar con un amargo desconsuelo.

—Nada, yo no quiero ser nada.

A Robertito, por la mañana temprano, la madre lo lava, lo peina, le echa colonia, le pone su jersey a franjas y le da de desayunar.

Robertito está nervioso, impaciente, preocupado, imaginándose que el reloj vuela, desbocado, desconsiderado. En cuanto Robertito se toma la última tierna, aromática sopa de café con leche, se lanza como un loco escaleras abajo. A Robertito le va latiendo el corazón con violencia. A Robertito, su libertad de cada mañana le hace feliz, pero su felicidad es una felicidad de finísimo cristal fácil de quebrar.

Robertito, ya en la calle, sale arreando hasta una esquina lejana, la distante esquina en la que piensa durante todo el día.

A lo lejos, por la acera abajo, vienen ya Luisito y Cándido, dos niños de nueve y diez años, los dos niños de la lechería, que ya han empezado el reparto, que ya se ganan su pan de cada día.

Luisito y Cándido son los dos héroes de leyenda de Robertito, sus dos espejos de caballeros. Robertito hubiera dado gustosamente una mano por conseguir la amistad de los dos niños de la lechería, su tolerancia al menos.

A Robertito le empieza a latir el corazón en el pecho y una dicha inefable le invade todo el cuerpo. Luisito y Cándido, sin embargo, no piensan ni sienten, ni tampoco padecen, lo mismo.

—¿Ya estás aquí, pelma?

Robertito siente ganas de llorar, pero procura sonreír. ¿Por qué Luisito y Cándido no quieren ser sus amigos? ¿Por qué no lo tratan bien?

—Sí —responde Robertito con un hilo de voz.

Robertito está relimpio, repeinado, casi elegante. Sus dos huraños, imposibles amigos aparecen sucios, despeluchados, desastrados. Robertito y los dos niños de la vaquería hacen un trío extraño; evidentemente, Robertito es el tercero en discordia.

—¿Me dejáis ir con vosotros?

La voz de Robertito es una voz dulcísima, suplicante.

—¡No! —oye que le responden a coro.

Robertito rompe a llorar a grito herido.

—¿Por qué?

—Porque no —le sueltan los dos—, porque eres un pelma, porque no queremos nada contigo, porque no queremos ser amigos tuyos.

Luisito y Cándido salen corriendo con el cajoncillo de lata donde guardan los botellines de leche. Robertito, hecho un mar de lágrimas, corre detrás. Él no se explica por qué no le permiten que los acompañe a repartir la leche; él les daría conversación, les ayudaría a subir los botellines a los pisos más altos, les iría a recados con mucho gusto. A cambio no pedía nada: pedía, ¡bien poco es!, que lo dejasen marchar al lado, como un perro conocido.

Al llegar a una casa, los dos niños de la lechería se paran. Robertito se para también. Hubiera dado cualquier cosa porque le dijeran: anda, quédate guardando las cacharras, o anda, súbete esto al séptimo izquierda, pero Luisito y Cándido ni le dirigen la palabra.

Los dos niños de la lechería se meten en el portal, y Robertito, empujado por una fuerza misteriosa, entra detrás.

—Oiga, portero, eche usted a este, que es un pelma, este no viene con nosotros.

Robertito, al primer descuido del portero, sale corriendo detrás de los niños, subiendo las escaleras de dos en dos. Los alcanza en el sexto, adonde llega jadeante, con la frente sudorosa y la respiración entrecortada.

Los niños de la lechería, al verlo venir, lo insultan. Robertito llora y grita cada vez más desaforadamente. Un señor que bajaba las escaleras sorprende la escena.

—Pero, hombre, ¿por qué le pegáis, si es pequeño?

—No, señor; nosotros no le pegamos, es que no queremos hablarle.

El señor que bajaba la escalera pregunta ahora a Robertito:

—¿Tú vives aquí?

—No, señor —respondió Robertito entre hipos.

—¿Y eres de la lechería?

—No, señor.

—Y entonces, ¿por qué vienes con estos?

Robertito miró al señor con unos ojos tiernísimos de corza histérica...

—Es que es lo que más me gusta.

Por aquel misterioso planeta, aquel séptimo cielo de las vocaciones que no se explican, corría una fresca, una lozana brisa de bienaventuranza.

Arriba, Madrid, junio de 1949

Los arrebatos de don Braulio

Don Braulio Seoane estaba aquel día de bastante mala uva. Le habían salido mal algunas cosas y estaba de un humor que se lo llevaban los diablos. A don Braulio, cuando las cosas no le salían a pedir de boca, le daban unos arrebatos temibles. Empezaba a dar paseítos por el pasillo, para arriba y para abajo, y terminaba rugiendo y echando espuma por la boca y diciendo, a grandes y desacompasadas voces que era un imbécil, lo que se dice un imbécil, y que, lo que es peor, la gente ya se iba enterando.

A don Braulio le salían las cosas mal porque, por regla general, se le antojaban cosas imposibles. Don Braulio era industrial, en sus tarjetas de visita ponía: Braulio Seoane. Del Comercio. Importaciones-Exportaciones. Corresponsales en diversos países.

Don Braulio era un mentiroso, en diversos países no tenía ni un solo corresponsal. Don Braulio era un comerciante de escasos recursos, lo único que tenía era cierta imaginación. La mezcla, realmente, era bastante mala. Para triunfar en el comercio lo que se necesita es: o muchos recursos y ninguna imaginación, o una imaginación desbordante y ningún recurso, absolutamente ninguno. La mezcla en pequeñas dosis de ambos factores suele ser funesta. Don Braulio, con su imaginación de poeta chirle y sus cinco mil pesetejas de capital —heredadas de su pobre madre (q. e. p. d.), doña Braulia Valiente, viuda de Seoane— iba de capa caída, esa es la verdad. Si cuando heredó, a raíz de la gripe del 18, hubiera puesto una mercería, ahora sería rico probablemente; a raíz de la guerra europea una mercería de mil duros era algo insospechadamente fastuoso, era una mercería parisién. Pero no, don Braulio picaba más alto y claro, como se remontaba hasta las nubes, cada vez que se caía se desnucaba. Don Braulio todo lo concebía en grande.

—Ahora quiero preparar —decía a sus amigos— cinco toneladas de estaño para que se las lleve a Canadá el Virgen del Carmen. He tenido una conferencia con mi buen amigo Enrique y la cosa ha quedado ultimada.

Sus amigos le oían con un gesto inaudito de admiración, casi de veneración. Su buen amigo Enrique era Henry Ford.

—Traigo entre manos un asuntillo que creo que me dejará algunas pesetas. Me ha escrito mi buen amigo León desde Bruselas y tenemos ya esbozadas las líneas generales, lo que pudiéramos llamar el anteproyecto. Se trata de fundar en España un banco de emisión. ¿Es legal, señores, el monopolio existente a favor del llamado Banco de España?

Sus amigos estaban embobados, maravillados. ¡Qué tío, tan sencillo como a primera vista parecía! Su buen amigo León era León Rothschild.

—¿Saben ustedes que he tenido un cable de mi buen amigo Juan en el que me comunica que el Senado ha acordado entregarme el estado de Arizona, para la instalación de una inmensa granja experimental?

—¿De verdad?

—Como lo oyen —añadía don Braulio echando humo por la nariz y mirando despectivamente para el techo.

Los contertulios del Círculo de cazadores y pescadores estaban estupefactos. Su buen amigo Juan era John Rockefeller.

Pero un día... Un día cambió el tiempo de repente, empezó a hacer mucho calor y don Braulio, ¡quién lo hubiera pensado!, loqueó. Primero le dio un poco de calentura, después le salió un pequeño sarpullido por la calva y más tarde empezó a decir insensateces. Los vecinos, al principio, hablaban de los arrebatos de don Braulio y lo disculpaban.

—No es extraño. Un hombre con semejantes preocupaciones en la cabeza, lo raro es que no acabe volviéndose loco.

Después se fueron dando cuenta, poco a poco, como siempre los vecinos se dan cuenta de las cosas, y empezaron a comprender que las preocupaciones que don Braulio tenía metidas en la cabeza habían sido suficientes para volverlo loco, loco de remate, loco de atar.

—Pobre don Braulio —decían—; no, si la cosa está bien clara. La salud es antes que nada. Es mejor cuidarse un poco, aunque se gane menos dinero y lo pase uno un poco peor. ¿No te parece, Fulanita? —le preguntaban a su mujer.

—¡Claro, claro! ¡La salud es lo primero! —decían ellas.

Los vecinos entonces, satisfechos, allá en el fondo de sus conciencias, por haber encontrado una nueva justificación para la vagancia congénita que padecían, seguían remoloneando y dándose a la holganza.

—Sí, es cierto, lo pasamos un poco peor, pero la verdad es que no hay prenda como la salud.

La Nueva España, Oviedo, febrero de 1947

Una señorita modelo

La señorita Esperanza Muñiz y Calabuig era lo que se dice, en el sabio y no muy precioso lenguaje familiar, una señorita modelo. Aunque cuarentona, un tanto calva y un algo picadilla de viruela, la señorita Esperanza Muñiz y Calabuig no dejaba de tener ciertos encantos, unos encantos —¿cómo diríamos?— más bien de orden moral. La señorita Esperanza Muñiz y Calabuig guardaba debajo del corsé un corazón de oro, pronto en todo instante a llorar lágrimas amargas —lágrimas de té sin azúcar— ante el dolor de sus semejantes.

Un día —allá por el veintitantos— la señorita Esperanza Muñiz y Calabuig salió a dar un paseíto higiénico por las afueras de la ciudad. Ella, que realmente sabía más bien poco de lo que la higiene fuese, llamaba paseítos higiénicos a asomar los morritos color coral a las últimas casas del pueblo —casas de niños sucios, viejos mugrientos, perros sarnosos, gatos con sarampión y latas de conserva oxidadas— y a decir uno, dos, tres, como en los patios de los cuarteles de infantería y en los manuales de gimnasia sueca, mientras con paso aparentemente firme inspiraba y expiraba el oxígeno en salmuera que se cocía en su gentil (?) tipo emballenado.

Pues bien: aquel día —quizá por ese ímpetu que gobierna los espíritus y que hay quien dice que guarda cierta relación con las fases de la luna y el ir y venir de las mareas— la señorita Esperanza Muñiz y Calabuig oyó, primero, un leve vagido, un casi imperceptible estertor; vio, más tarde, algo que se movía debajo de unos rastrojos raquíticos y contrahechos que había al borde del camino, y recogió del suelo, muy poco más tarde, un niño envuelto en un pedazo viejo de mono de chófer.

La señorita Esperanza se echó atrás y exclamó:

—¡Oh!

Después, se echó adelante y dijo, con un empaque que hubiera envidiado el señor vizconde de Chateaubriand:

—¡Eh, ah, sapristi (la culta señorita Esperanza Muñiz y Calabuig gustaba, de cuando en cuando, en decir sapristi o mon Dieu o cáspita o alguna otra iracunda exclamación por el estilo), se trata de un niño!

Enjugó sus lágrimas, besó al niño, no obstante el fuerte olor a gato que despedía, lo arropó con su chal de cachemira color malva y regresó rápida camino de la ciudad.

Su padre, contra todos los pronósticos, no le dijo nada relativo al niño ni a la honra ni al abandono inmediato del hogar. Su padre —que se llamaba don Estanislao y era de telégrafos—, a más de no dudar de la honestidad bien patente de su Esperancita, sabía con toda claridad su intención de permanecer eternamente doncella, y la vocación irrefutable de los señoritos de la localidad de respetar la doncellez, la acrisolada doncellez, de su retoño. Por ese lado, ciertamente, don Estanislao albergaba pocas dudas. Después de todo, sobre gustos no hay nada escrito y sobre el gusto de los señoritos de la localidad hacia Esperanza Muñiz y Calabuig había ya datos tan vetustos como concretos.

* * *

El niño creció, llegó a cumplir los diez años y a tan temprana edad ya dio señales de ir camino de ser un mangante bastante perfecto. Cuando su abuelo adoptivo le decía:

—Niño, tráeme las zapatillas.

El niño se metía debajo de una mesa y tardaba más de media hora en salir. Cuando su mamá adoptiva le amonestaba:

—Un niño fino no mete los dedos en la sopa, pase lo que pase.

La criatura se reía a carcajadas y rugía.

—¡Anda esta!

La señorita Esperanza Muñiz y Calabuig se desesperaba.

—¿A quién saldrá este chico? —le preguntaba al padre.

Y el padre, que casi siempre callaba, un día se hartó y, después de hacer un gesto como de duda, le respondió:

—No sé, ¡cualquiera lo sabe! En este niño parece como si se hubieran dado cita las más indomables fuerzas de la madre naturaleza.

El viejo padre de Esperanza Muñiz y Calabuig (alias Esperancita) hablaba, algunas veces, como un ateniense. Sus raptos de trascendencia y de locuacidad solían coincidir con la baja de la bolsa y la subida del barómetro.

El Pueblo Gallego, Vigo, marzo de 1947

Don Elías Neftalí Sánchez, mecanógrafo

Don Elías Neftalí Sánchez, en realidad no tan solo mecanógrafo, sino jefe de negociado de tercera del Ministerio de Finanzas de no recuerdo cuál república, estuvo el otro día a verme en casa. ¿Está el señor?
—¿De parte de quién?
—Del señor Elías Neftalí Sánchez, escritor y mecanógrafo.
—Pase, tenga la bondad.
A don Elías lo pasaron al despacho. Yo estaba en la cama copiando a máquina una novela. La máquina estaba colocada sobre una mesa de cama, en equilibrio inestable; las cuartillas, extendidas sobre la colcha, y los últimos libros consultados, abiertos sobre las sillas o sobre la alfombra.
Dos golpecitos sobre la puerta.
—Pase.
La criada, con el delantal a la espalda —quizá no estuviera demasiado limpio—, asomó medio cuerpo.
—El señor Elías, señorito; ese que es escritor.
En sus palabras se adivinaba un desprecio absoluto hacia la profesión.
—Que pase.
Al poco tiempo, don Elías Neftalí Sánchez, moreno, bigotudo, amante del orden y de los postulados de la Revolución francesa, poeta simbolista —tan simbolista como si fuera du-

que—, quizá judío, semioriginal y melifluo, se sentaba a los pies de mi cama.

—¿Conque escribiendo, eh?

—Pues sí; eso parece...

—Algún selecto y exquisito artículo, ¿eh?

—Psché... Regular...

—Alguna deliciosa y alada narración, ¿eh?

—Ya ve...

—Algún encantador poemita, ¿eh?

—Sí..., no...

—Algún dulce y emotivo trozo, ¿eh?

—Oiga, don Elías, ¿quiere usted mirar para otro lado, que me voy a levantar?

Me levanté, me vestí, cogí al señor Sánchez de un brazo y nos marchamos a la calle.

—¡Hombre, amigazo! ¿Nos tomamos dos copas?

—Bueno.

Nos las tomamos.

—¿Otras dos?

—Bueno.

Nos las volvimos a tomar. Pagué y salimos a la calle, a dar vueltas por el pueblo como canes abandonados, como meditativos niños errabundos.

—¿Y usted sigue escribiendo a máquina con un solo dedo?

—Sí, señor. ¿Para qué voy a usar los otros?

Don Elías me informó —¿cuántas veces llevamos ya, Dios mío?— de las ventajas de un método que él había inventado para escribir a máquina; me pintó con las más claras luces y los más vivos colores las dichas del progreso y de la civilización; aprovechó la ocasión para echar su cuarto a espadas en pro de los eternos postulados de libertad, igualdad, fraternidad (bien entendidas, claro, porque don Elías —nadie sabe por qué lejano o ignoto escarmiento— tenía la virtud de curarse en sano); siguió hablándome de las virtudes de la alimentación exclusivamente vegetal, de las propiedades de los rayos solares y de la gimnasia sueca para la curación de las enfermedades; de las ganancias que a la humanidad reportaría el empleo del idioma común...

Yo entré en una farmacia a comprar un tubo de pastillas contra el dolor de cabeza.

—¿Tiene usted jaqueca, mi buen amigo?
—Regular...
—Luego yo le dejo, amigo, que no quiero serle molesto.

Cuando don Elías Neftalí Sánchez, en realidad, no tan solo mecanógrafo, sino jefe de negociado de tercera del Ministerio de Finanzas de no recuerdo cuál república, me abandonó a mis fuerzas, un mundo de esperanzas se abrió ante mis ojos.

Sus últimas palabras, ya mano sobre mano, fueron dignas del bronce.

—¿Ve usted todos mis títulos? Pues todos los desprecio. Como siempre al despedirme: Elías Neftalí Sánchez, escritor y mecanógrafo, para servirle. Es mi mayor timbre de gloria.

* * *

Cuando volví a mi casa aquella noche, abatido y desazonado, me tiré sobre una butaca y llamé a la criada.

—Si viene don Elías Neftalí Sánchez le dice que me he muerto. ¿Entendido?
—Sí, señorito.
—A ver: repita.
—Si viene don Elías Neftalí Sánchez le digo que se ha muerto usted.
—Eso. No lo olvide, por lo que más quiera.

* * *

Pasaron algunos días, y una mañana vi en el periódico la siguiente esquela:

DON ELÍAS NEFTALÍ SÁNCHEZ
HA MUERTO
DESCANSE EN PAZ.

Así lo quiera el Señor. Descanse en paz don Elías, ahora que los que le sobrevivimos tan en paz hemos quedado.
La vida es una paradoja, como decía don Elías. Una inexplicable paradoja.

El cuento de la buena pipa

Un sábado de Gloria, hace ya algunos años, Florencio Basilio Pérez, de oficio ebanista, descubrió que su verdadera vocación era la de echadora de cartas.

—Qué contrariedad —decía— que sea hombre y no mujer. Me van a tener que llamar echador, como a los de los cafés, en vez de echadora, que queda mucho mejor.

Florencio estuvo bastante atormentado con esa idea, pero cuando se fue a encargar unas tarjetas reaccionó, cortando por lo sano, y no titubeó.

—Pero ¿le voy a poner echadora? —le decía el de la imprenta.

—Sí, señor. El que paga soy yo.

—Bueno, bueno, no se ponga usted así; si se lo decía era por usted. ¡Pues sí que a mí me importa!

Florencio pagó sus tarjetas y se marchó. Las tarjetas decían: Florencio Basilio Pérez. Echadora de cartas. Apodaca, 76. Madrid. Por las noches llamad al sereno.

—¿Crees tú, mamita, que vendrá la gente? —le preguntaba a su madre.

—Sí, hijo, puede ser que sí. En Madrid hay gente para todo.

La madre de la echadora Florencio se llamaba doña Esperanza y era viuda de un guardia municipal, de un urbano, como decía ella.

—¡Ay, mi Florencio! —solía decir—. ¡Qué tío con tipo! Al

pobre lo que le perdió fue el vino. Si no es por el vino, mi Florencio hubiera durado cien años, quién sabe si más.

El guardia Florencio, el padre de la echadora, murió de un *delirium tremens* en el equipo quirúrgico, poco después de terminar la Guerra Civil. El pobre había estado siempre muy preocupado con las inclinaciones del hijo, y le echaba la culpa de todos los males a Esteban de Fidel, un mozo tarambana que tan pronto decía que quería ser torero, como futbolista o imitador de estrellas.

—Lo que es el Estebita es un golfo —decía el guardia—, un golfo de tomo y lomo. Si de pequeño el padre le hubiera arreado algún capón, a estas horas sería un hombre como Dios manda, un hombre de provecho y no un parásito.

El pobre Estebita de Fidel lo que era, en el fondo, era un desdichado más infeliz que un cubo. De torero se firmaba unas veces Fidelito y otras Niño del Salitre, nadie supo nunca por qué; de futbolista aparecía, simplemente, como Esteban, y de imitador de estrellas tenía un nombre de guerra muy bonito: Nabetse Ledif, que sonaba como si fuera árabe, aunque no era más que Esteban Fidel puesto del revés, como correspondía al oficio. Esto de poner los nombres al revés se estila mucho también para rotular mercerías o llamar a una brillantina nueva.

Estebita de Fidel, en una temporada en que aparecía como Niño del Salitre, sufrió un percance en Manzanares, y allí se tuvo que quedar hospitalizado quince o veinte días. En Manzanares se enamoró de una chica que se llamaba Leo, y cuando se puso bueno se largó con ella a Ciudad Real.

—¡Ay, Esteban, qué feliz soy! ¿Me querrás toda la vida?

—Toda la vida, Leo.

—¿Aunque nos muramos muy viejecitos?

—Sí, Leo, aunque nos muramos hechos dos carcamales.

El padre de Leo, don Facundo Trabajo, un contratista leonés que llevaba ya varios años en Manzanares, tuvo el chivatazo de que su niña estaba en Ciudad Real, y se fue a buscarla, armado de las peores intenciones y de una garrota siniestra, llena de nudos. A los tórtolos se los encontró en La Perla, que era una tabernucha turbia y jaranera, y los deslomó a palos. El pobre Estebita, después de recibir el chaparrón sobre el lomo, olvidó a su amada Leo a una velocidad ejemplar.

—¡Qué tío! —decía después a sus amigos, cuando contaba el lance—. ¡Miraba como un pablorromero!

—¿Y tú qué hiciste?

—Pues, chico, nada. ¡Era un padre ofendido!

Los amigos entonces se miraban un poco y sonreían.

—Sí, claro, ya nos hacemos cargo. Debe de ser muy doloroso para un padre encontrarse a su niña en La Perla, metida en juerga.

Lo cierto es que el Niño del Salitre de aquella hecha cambió de oficio y se convirtió en Nabetse Ledif, transformista e imitador de estrellas de postín y canzonetistas famosas, según se decía en el programa de su debut.

El primer empresario del Nabetse fue don Romualdo Ramírez, y su primera actuación tuvo lugar en Alcázar de San Juan, en una sala de fiestas. Nabetse, aquella noche, imitó a Raquel, que es lo que hacen todos; a la Chelito y a Mae West, llenándose de trapos por todas partes.

El éxito que tuvo fue grande, y el público, sobre todo las señoras, aplaudió con un entusiasmo que no hacía sospechar el final, que no acabó en catástrofe de milagro. Cuando ya le faltaba poco para terminar, le dieron un ¡apio! desde el gallinero, y aquello fue algo así como la hora H, porque se organizó una escandalera del diablo. La gente, como siempre pasa, se dividió en dos bandos, y mientras unos decían que aquello era arte y que al que no le gustase que se fuera, los otros decían que aquello era otra cosa y que, además, no se marchaban porque no les daba la gana. Don Romualdo, que era hombre de recursos, llamó a la Guardia Civil.

—Yo no quiero que se vierta la sangre en mis espectáculos —decía con un empaque patricio—; una cosa es la emoción y otra sacar los pies del plato. Lo cortés no quita lo valiente.

Don Romualdo tenía un ojo de cristal; el de carne lo perdió en Haití de un puñetazo que le arreó un negro. Él recurrió a las autoridades para ver si, por lo menos, le pagaban la cura; pero, como el negro era senador, hubo que echar tierra al asunto, y don Romualdo se quedó sin ojo, y en paz. El negro, que era un tío de mucha influencia, se llamaba monsieur Louis Napoleón de la Fenêtre de la Pompadour.

—Así —pensaba don Romualdo para consolarse— no hay competencia posible.

A don Romualdo le costó el ojo una sociedad filantrópica de Nueva York que se llamaba algo así como Unión de damas para salir al paso de los desmanes de los negros, y que, según decían, era una especie de filial del Ku-Klux-Klan. El acto de la colocación del ojo fue muy simbólico, y en él pronunció un discurso la presidenta de la sociedad, Mrs. Scott. El local estaba adornado con flores y con banderitas de todos los países, menos Abisinia, Liberia y Haití, y aparecía de bote en bote, abarrotado hasta los topes por todas las asociadas. A don Romualdo le pusieron en una plataforma para que todas lo viesen bien, y una doctora, después de las palabras de la presidenta, le puso el ojo entre grandes aplausos. Don Romualdo dio las gracias en unas breves y sentidas frases que tradujo la misma doctora, que había sido varios años partera en Valparaíso.

La doctora y don Romualdo empezaron a frecuentar algo su trato, y un día él, a la orilla del mar, le cogió las manos y le dijo:

—Margaret, la veo con buenos ojos gracias a usted.

—¡Oh, my dear! ¡Cuánto esperaba su declaración!

Don Romualdo y Margaret se casaron y se vinieron a vivir a España, pero ella cogió el tifus y se murió. Entonces fue cuando don Romualdo se metió a empresario, primero de boxeo, luego de toros, y, por último, con un espectáculo lírico-cómico-bailable, que se llamaba *Oriflamas de España*, y que le dejó sus buenas pesetas.

En *Oriflamas de España* contrató un día a una artista que se llamaba Paquita de Castro del Río, que era una morenaza bravía y llena de claveles, que hablaba con la zeta. Don Romualdo, quizá para borrar el recuerdo de miss Margaret, que era casi albina, empezó a cortejar a la Paquita; pero la niña, que aunque no lo parecía era bastante previsora, le dijo que denén, y que mientras no se pasasen por la vicaría no había ni que hablar.

La madre de la Paquita, que tenía una fábrica de tejeringos en Castro del Río, en la provincia de Córdoba, a orillas del Guadalajoz, afluente del Guadalquivir...

* * *

Uno del público:
—Oiga, ¿hasta cuándo va a seguir usted?
El inventor de estas invenciones:
—Hasta que ustedes quieran; esto es como el cuento de la buena pipa.

Informaciones, Madrid, septiembre de 1948

Sansón García, fotógrafo ambulante

Sansón García Cerceda y Expósito de Albacete, cuando metía la jeta por la manga de luto de su máquina de retratar, miraba con el ojo diestro, porque el siniestro, por esas cosas que pasan, se lo había dejado en Sorihuela, en la provincia de Jaén, el día de San Claudio del año de la dictadura, en una discusión desafortunada que tuvo con un francés de malos principios que se llamaba Juanito Clermond, y de apodo, Arístides Briand II.

A Sansón García le había nacido la afición a retratista desde muy tierna edad, motivo por el cual su padre, don Híbrido García Expósito y Machado Cosculluela, le arreaba unas tundas tremendas porque decía, y él sabría por qué, que eso de retratista no era oficio propio de hombres.

—Pero vamos a ver, padre —le argumentaba Sansón para tratar de apiadarlo—, ¿cuándo ha visto usted que los retratistas que van por los pueblos sean mujeres?

Don Híbrido, entonces, se ponía rabioso y empezaba a rugir.

—¡Cállate, te digo! ¡Más respeto es lo que tienes tú que tener con tu padre, descastado! ¡Más respeto y más principios, hijo desnaturalizado!

A don Híbrido, que era un dialéctico, no había quien lo sacase de ahí. Sansón, cuando veía que su progenitor se ponía burro, se callaba, porque, si no, era peor.

—¡Cálmese, padre, cálmese, yo no he querido ofenderle!

—Bueno, bueno...

Don Híbrido García Expósito era, de oficio, fondista retirado. Durante treinta años, o más, había tenido una fonda en Cabezarados, en tierra manchega, al pie de la sierra Gorda y no lejos de las lagunas Carrizosa y Perdiguera, y había ganado sus buenos cuartos. Desde los tiempos de fondista, a don Híbrido le había quedado un carácter muy mandón, muy autárquico, según él decía.

—A mí siempre me han gustado los hombres de carácter autárquico, los hombres que dicen por aquí y por aquí va todo el mundo, mal que les pese. ¡Esos sí que son hombres! Lo malo es que, en los tiempos que corremos, ya no van quedando hombres autárquicos. ¡Para hombres autárquicos, el cardenal Cisneros y Agustina de Aragón! ¡Aquello sí que eran hombres autárquicos, y no estos que hay ahora, que se desmayan en cuanto que ven media docena de heridos graves! ¡Yo no sé adónde iremos a parar!

Con esto del carácter autárquico, don Híbrido tenía metido el resuello en el cuerpo a todos los que le rodeaban, menos a su señora, que era de Lalín, y que un día, a poco de casarse, le dio con una plancha de carbón de encina en una oreja y se la dejó arrugadita y llena de jeribeques como una col de Bruselas.

Sansón, que era de temperamento más bien apacible, cosa que a don Híbrido le preocupaba lo suyo, porque no se explicaba a quién había salido, sufría mucho y, al acabar la guerra, cuando leía algunas declaraciones del señor ministro de Industria y Comercio hablando de la autarquía, se echaba a temblar y se le abrían las carnes.

—¡Pues vamos servidos! —pensaba—. ¡Ahora sí que la hemos hecho buena!

Sansón García, con su vieja máquina de trípode y manga a costillas, su ojo de menos y la palabra autarquía dándole alergia en el alma, llevaba ya muchas leguas españolas retratando niños hermosos de flequillo y sandalias con tacones de filips, soldados de infantería que mandaban recuerdos a sus novias lejanas, criadas de servir con el pelo de la dehesa asomándoles por el cogote y grupos de señoritas de pueblo a las que se les habían despertado insospechadas hermosuras con el cap de vino blanco y el mal ejemplo de las bodas.

Sansón García, que era muy lírico, que era un verdadero poeta, se sentía dichoso con su industria ambulante.

—¡Qué satisfacción —pensaba, a veces, cuando había comido algo templado—, esto de poder vivir de ver sonreír a la gente! Yo creo que no hay otro oficio igual en el mundo, ni siquiera el de pastelero.

Sansón García amaba la naturaleza, los niños, las niñas, los animales y las plantas. El ojo que le vació Arístides Briand II fue, precisamente, por reprenderle, un día que estaba experimentando con unos pobres gatos un nuevo modelo de guillotina.

El Arístides Briand II le dijo:

—Yo amo el progreso y soy satisfecho de poder contribuir a la evolución de la mecánica. Además, estoy extranjero y me rijo por las leyes de mi país.

Sansón García le contestó que, aunque estuviese extranjero, los gatos eran españoles, y él no toleraba que los maltratasen. Por toda respuesta, Arístides Briand II le dijo:

—¡Cerdo! ¡Inculta mula de labranza!

Sansón García le dijo que más cerdo y más inculta mula de labranza era él, y entonces el francés le dio un golpe de mala suerte y lo dejó tuerto, tuerto para toda la vida.

Sansón se puso una ventanilla de paño negro en el sitio del ojo, cuando le curaron el estropicio, y el Arístides Briand II se marchó con su nuevo modelo de guillotina a experimentar en otros horizontes porque la gente de Sorihuela que, salvo raras excepciones, había tomado el partido de Sansón García, lo quería linchar.

Pues bien, a lo que íbamos: los datos y las señas particulares semovientes que van a desfilar por esta galería de la docenita de fotografías al minuto los debe el firmante a la buena retentiva de su amigo Sansón y a la merced que le hizo de confiárselos.

—Si a usted le valen para algo —le dijo un día de este verano, en Cercedilla, al pie de Siete Picos—, úselos sin reparo, que cada cual sabe de su oficio. Yo ya les saqué los cuartos con la máquina de retratar, sáqueselos usted ahora con la péñola.

Sansón García, enseguida se echaba de ver, era un hombre muy bien hablado, un hombre que se expresaba con suma propiedad.

Destino, Barcelona, octubre de 1952

Genovevita Muñoz, señorita de conjunto

Esta que ve usted aquí —aclaró Sansón García, mostrando la foto de una moza robusta— es la Genovevita Muñoz, señorita de conjunto, natural de Valencia del Mombuey, provincia de Badajoz, ya en la raya de Portugal, frente al cerro Mentiras, y moza de la que yo anduve una temporada un sí es no es enamoriscado.

Sansón García guardaba muy claro recuerdo de Genovevita Muñoz.

—Yo digo que estas son las vivencias, ¿verdad, usted?

Al coleccionista de estos apuntes le estremeció oír hablar de vivencias con la misma honda, cruel, resignada y amarga intención con la que suele hablarse de mangancias.

—Sí, a mí me parece que eso deben de ser las vivencias.

Sansón García, con un gesto inefable de experimentado don Juan de los barbechos, bebió un traguito de vino y continuó:

—La Genovevita Muñoz, aunque era cariñosa cuando quería serlo, tenía el genio algo pronto, grandes las fuerzas y yerma la sesera, lo que hacía que, cuando se encampanaba, cosa que solía ocurrirle de luna en luna, tuviéramos que huir de su presencia hasta los más allegados. Un servidor, sin ir más lejos, lleva en el cuero cabelludo un bache que le produjo la Genovevita, un día que no pudo darse el bote a tiempo, con una lezna de zapatero que guardaba en su maleta, vaya usted a saber para qué. Verá, toque usted aquí.

En el agujero que lucía Sansón en su colodrillo hubiera podido caber, incluso holgadamente, una perra gorda.

—Pero la Genovevita, no se vaya usted a creer, también tenía sus encantos y sus dotes naturales, y era hembra requerida con insistencia por todos los que la iban conociendo. Ella lo primero que preguntaba no era el volumen de la cartera, como hacen otras, sino la naturaleza del pretendiente. Para empezar a hablar, ponía como condición que su galanteador fuera español. Yo soy tan española como la Virgen del Pilar, decía, y no quiero nada con franceses. Quizá tuviera sus razones.

Sansón García apuró el vaso y llamó al chico.

—¡Dos blancos!

—¡Va enseguida!

Reportajes Sansón —como se anunciaba al llegar a un pueblo nuevo— estaba elegíaco y sentimental. Cuando se ponía elegíaco y sentimental, la ventanilla negra que le tapaba el ojo que no tenía se le tornaba color ala de mosca con reflejos de un verde funerario.

—¡Vaya por Dios!

Un diablo de silencio, pesado y lento como una vaca mansa, cruzó por los densos aires de la taberna.

—¡En fin! La Genovevita Muñoz, ¡más vale seguir con su historia!, empezó de criada de servir, siendo aún muy tierna, en casa de unos señores de Barcarrota, el pueblo que tiene la plaza de toros metida dentro del castillo como un pie en el calcetín. Como el sueldo era escaso, mucho el trabajo y demasiado lo que su señorito entendía por chica para todo, la Genovevita levantó el vuelo, a la primera ocasión que se le presentó, y fue a caer en Valverde del Camino, en territorio de Huelva y a la sombra de las lomas de Segundaralejo, donde se enroló en las huestes llamadas Oriflamas de Andalucía, espectáculos folklóricos, que se ganaban la muerte a pulso sudando y ayunando de tablado en tablado por esos mundos de Dios. Como no sabía ni cantar ni bailar, lo que hizo el director de la compañía fue sacarla en enagua para que diese unos paseítos por el escenario. Lucida sí estaba, e incluso gallarda, y como el número, que se titulaba «Bañistas de New York», era del agrado del respetable, la Genovevita pronto se hizo algo famosa y pudo aspirar a mejor situación.

El chico de la tasca —camisa mugrienta, pantalón de pana y mandil a rayas verdes y negras— puso sobre la mesa los dos blancos y un platillo en el que se perdían dos canijas aceitunas con rabito.

—A la Genovevita la conoció un servidor en San Martín de Valdeiglesias, un pueblo grande y rico que crece en las tierras que Madrid mete, como una cuña, entre las provincias de Ávila y Toledo. La Genovevita era, por aquel entonces, señorita de conjunto en un elenco artístico que se llamaba Cálidos ecos del Caribe y bailaba la rumba y el danzón, un poco en segundo término, esa es la verdad, haciendo coro a las evoluciones de Belén Baracoa, La voz de fuego del Camagüey, una mulata más bien llenita, nacida en Betanzos, que disimulaba lo mejor que podía su acento gallego. Verla y enamorarme de ella, se lo juro a usted por lo que más pueda importarme en este mundo, fue todo uno. Se lo dije, de la mejor manera que pude, ella me dio el ansiado sí y, como en Cálidos ecos del Caribe un servidor no tenía acoplamiento, nos fuimos a la capital de España a vivir sobre el terreno, como la infantería, creyendo, ¡pobres de nosotros!, que en la capital de España se ataban los perros con longanizas. Pronto nos dimos cuenta de nuestro error y de que, si los perros se atasen con longanizas, las longanizas hubieran pasado, más que aprisa, a la panza de sus amos, y, al tiempo de pensarlo, decidimos salir de naja con viento fresco, por eso de que más vale morir en el monte, como un conejo, que en un solar, como los gatos. ¡Dos blancos!

—¿Eh?

—No, no era a usted, es al chico del mostrador, que es medio pasmado. ¡Chico, otros dos blancos!

—¡Va enseguida!

—Pues como le decía. A un servidor, que es de natural más bien celoso, no le agradaba mucho el oficio de cómica de la Genovevita, por eso de que las cómicas, ya sabe usted, suelen tener mala fama, y, un día que me armé de valor, pues fui y se lo dije. Oye, Genovevita, chata —fui y le dije—, ¿a ti no te parece que sería mejor que te dedicases a otra cosa? No es por nada, pero a mí se me hace que para cómica no sirves. ¡Dios, y la que se armó! La Genovevita, hecha un basilisco, se me tiró encima y me dio semejante tunda —no tengo por desdoro el reconocerlo— que, a poco más, no la cuento.

Sansón García se iluminó con una tenue sonrisa.

—¡Estaba hermosa la Genovevita, con su pelo revuelto y sus ojos igual que los de un tigre! En fin... Usted me perdonará, pero no puedo recordarla sin nostalgia. ¿Le es a usted igual que sigamos otro día cualquiera con el cuento de la Genovevita?

—Como guste.

—Muchas gracias; hoy no podría continuar. ¡Chico, que sean cuatro!

Destino, Barcelona, octubre de 1952

Difuntiño Rodríguez, poeta épico

Sansón García rebuscó en sus fotografías.

—Mire usted este. Este era Difuntiño Rodríguez, poeta épico, autor de la famosa «Oda a la corriente eléctrica», con la que ganó los juegos florales de Villaverde de Volpereja, provincia de Palencia, en 1935. Era un tío muy solemne, el don Difuntiño, un tío muy conspicuo y ordenado, lleno de granos y de buenos principios. Un servidor piensa que, de no haber cascado a edad tan tierna, ¡cuarenta y seis años, señor!, hubiera llegado muy lejos, quién sabe si a París o aún más allá. Pero la parca, ¿sabe usted?, la insaciable parca, se lo llevó con ella, y Difuntiño Rodríguez dejó de hacer odas y loas y serventesios. ¡Pobre don Difuntiño, con lo buen poeta que era! Difuntiño Rodríguez, para que usted lo vaya sabiendo, viajaba siempre de carpeta. Cuando alguien le decía: oiga, usted, don Difuntiño, ¿qué lleva usted ahí?, don Difuntiño le respondía, levantando una mano para arriba, como García Sanchiz: ahí, amigo mío, llevo mi vida entera, y después, como para dar más fuerza a la cosa añadía: ¡estos son mis poderes!, como decía Salomón. Oiga, don Difuntiño, ¿usted está seguro de que fue Salomón el que dijo eso? Bueno, Salomón o quien fuera, ¿qué más da? Claro, claro, le contestaban, ¿qué más da? El caso es que lo haya dicho alguien, ¿verdad, usted? Don Difuntiño llevaba la carpeta llena de juicios de prensa. Vea usted lo que dice *El Debate*. *El Debate* decía: El señor Rodríguez trata temas, como la Patria, el Amor y la Luz Eléctrica, que no pueden sernos menos que muy gratos. ¿Eh, qué tal? Después don Difuntiño volvía a revolver entre sus recortes y sacaba otro a relucir. Vea usted lo que dice *La Voz*, diario de la noche. *La Voz*, diario de la noche, decía: Poeta estimable, el señor Rodríguez deberá actualizar su musa. Don Difuntiño tomaba aliento. ¿Eh, qué tal? Don Difuntiño era muy feliz con lo que le decían; todo le gustaba, esa es la verdad. Don Difuntiño había sentido la llamada de la poesía en Melilla, cuando soldado. El brigada de su compañía lo puso a hacer cuentas, porque don Difuntiño era hombre instruido, no se vaya usted a creer, y allí en la oficina, entre los rebajes de rancho y los estados de raciones, don Difuntiño rompió a escribir. El primer verso que hizo se titulaba «Loa a María» y tenía trescientos sesenta y seis versos, uno por cada día del año, si el año es bisiesto. María era la señora del brigada, de quien don Difuntiño andaba enamorado. La Loa a María empezaba así:

> *¡Oh, María,*
> *alma mía,*
> *lotería*
> *de mi amor!*

El brigada, cuando se enteró de eso de los versos, le dijo: oiga usted, Difuntiño, ¿quién es esa María?, y don Difuntiño le dijo: una de mi pueblo, ¿por qué? No, por nada; me alegro por usted que sea una de su pueblo. Don Difuntiño se quedó preocupado con las enigmáticas palabras del brigada, y estuvo algún tiempo sin hacer más versos. Después, y ya atacado del divino mal, empezó a escribir y a escribir y ya no pudo parar hasta la muerte. ¡Pobre don Difuntiño!

Sansón García se detuvo unos instantes a tomar aliento. Estaba locuaz y no dejaba meter baza.

—A don Difuntiño lo retraté en Cuéllar, Segovia, al pie del castillo. Fotocópieme aquí, cabe estas piedras milenarias, artesano de la cámara oscura, me dijo. Don Difuntiño, a veces, hablaba muy redicho; se conoce que le salía el poeta y no lo podía evitar. Sí, señor, con mucho gusto, le respondí. ¿Cuál ha de ser el valor intrínseco de mi efigie en cartulina?, me preguntó. Un servidor, al principio, ¿sabe usted?, no entendió bien. ¿Eh? Don Difuntiño sonrió, amable: digo que, calculado a nuestro sistema monetario, vamos, en pesetas y céntimos de pesetas, ¿cuánto ha de costarme llevar un recuerdo? ¡Ah! Pues mire, un recuerdo, un real, y seis, una peseta. A don Difuntiño le hice seis recuerdos, me pagó su peseta con puntualidad, y ya no lo volví a ver en la vida. Algo de sus andanzas me fue contado por la patrona que, según decía, era muy amiga suya. Esta misma patrona, cuando volví a pasar por Cuéllar, a los seis o siete años, me dio la triste nueva de que don Difuntiño había palmado. Un servidor, a decir verdad, lo sintió muy de veras. ¡Pobre don Difuntiño! ¡Para un poeta que tenemos de vez en cuando, ¿verdad, usted?, y que casque!

—Ya, ya...
—¿No cree usted que es lastimoso?
—¡Ya lo creo! ¡De lo más lastimoso que hay!
Reportajes Sansón guardó un breve silencio. Después exclamó, poniendo el ojo en blanco:
—¡Y que lo diga usted, amigo mío, y que lo diga usted!
Reportajes Sansón se calló de repente, como si le hubieran dado un bebedizo.
—¿Le sucede a usted algo?
—No, no. El recuerdo de don Difuntiño, que me asalta.
—¡Vamos, vamos! Sobrepóngase usted, haga un esfuerzo... ¿Un blanco?
Reportajes Sansón, con un hilo de voz, suspiró:
—Bueno...

Destino, Barcelona, noviembre de 1952

El hombre-lobo

I
Mi paisano Manuel Blanco Romasanta

En el mapa de don Tomás López —edición revista y aumentada por don Juan López, Madrid, 1816— figura el reino de Galicia dividido en siete provincias, a saber: Santiago, La Coruña, Betanzos, Mondoñedo, Lugo, Orense y Tuy. A pesar de que el mapa es hermoso y de bien cumplidas proporciones —ochenta centímetros del Atlántico a la sierra Segundera, por setenta y siete del cabo Ortegal al Miño—, en él no figura, más o menos en torno a Allariz, la aldea de Regueiro de Esgos, donde según los documentos de aquel tiempo nació el buhonero sacamantecas Manuel Blanco Romasanta, el hombre-lobo de La Limia y de la sierra de San Mamed y uno de los últimos y más típicos casos de licantropía que hubo entre nosotros. Estamos hablando de hace un siglo; nuestros abuelos han podido alcanzarlo y nuestros bisabuelos, sin duda alguna, lo conocieron.

El licántropo no es más que un triste y trágico vesánico que padece de delirio zooantrópico, esto es, que en determinadas circunstancias se llega a creer animal y obra y reacciona y vive como si realmente lo fuese. No nos parece necesario insistir sobre el hecho evidente de que no todos los enfermos atacados de delirio zooantrópico son licántropos, designación que, como es lógico, solo cabe a quienes se sienten lobos. Nabnio, por ejemplo, que se creía toro y anduvo durante varios años a cuatro patas, mugiendo y comiendo yerba por los bosques era, a no dudarlo, un zooántropo —o zoántropo, con una sola o— pero no, como salta a la vista, un licántropo.

Manuel Blanco Romasanta fue un hombre-lobo característico y en él concurrieron, dando escolta a su delirio, la dromomanía, o nomadismo solitario, y el estupro, síntomas ambos que suelen darse con cierta frecuencia en los licántropos.

A veces es curioso pararse a pensar en la sagaz intuición y buen sentido que denota, en algunas ocasiones, el saber o el suponer de las gentes del pueblo. Al oficio de buhonero o gorgotero —y en general a todos los oficios ambulatorios— le suele colgar el labrador o el artesano sedentarios, que ven la vida siempre desde el mismo rincón, la larga y fabulosa sarta de los cuentos de miedo: los cuentos del hombre del saco, del tísico bebedor de sangre, del sacauntos, del hombre-lobo. Parece como si la vocación de andar eternamente, como si el incontenible deseo de ver renovarse cada mañana el paisaje y alcanzar cada tarde el horizonte, fuera un síntoma indudable de peligroso y sanguinario desequilibrio. La dromomanía —descrita por Charcot en la epilepsia con el nombre de automatismo ambulatorio— es, en efecto, característica de no sano juicio, aunque en modo alguno se pueda admitir que su sola presencia haya de servir para el diagnóstico, o el pronóstico, de la comisión de hazañas de pliego de cordel.

El buhonero que vende cintas y alfileres con cabeza de vidrio de color y coplas y peinecillos y mil baratijas más es tipo propicio a crear en torno suyo toda una primitiva y bella literatura de crímenes atroces que casi no se pueden creer, y de hechos muy próximamente emparentados con el saber oculto: la magia, la localización de tesoros escondidos, los pactos con Satanás, etc. Hombres de temperamento filosófico y, por lo común, de aspecto un tanto teatral, los buhoneros —y todos los dromomaníacos: los mendigos, los desertores, los afiladores que van empujando su rueda hasta el fin del mundo— cargan sobre sus espaldas todo el inmenso recelo y toda la desesperada desconfianza del campesino que en el fondo quizá los envidie y, sin duda, los respeta siempre.

La dromomanía en cueros vivos nada representa y tan solo unida a otros síntomas puede conducirnos a algún lado. La dromomanía simple, lo que más arriba llamábamos nomadismo solitario, no significa otra cosa que inadaptación.

El estupro, que por sí solo tampoco nada significa, unido al nomadismo —y los dos acompañando a la destrucción de la vida ajena por mordedura— permite suponer, con ciertos visos de realidad, que el asesino sea un enfermo mental, un desdichado, un licántropo precisamente y no un sujeto responsable en derecho. En el caso que nos ocupa, la reina así lo entendió cuando —como veremos llegado el momento— lo indultó, después de innumerables vicisitudes, de la pena capital.

Manuel Blanco Romasanta era un licántropo y, probablemente, un epiléptico también. Sería largo —y tampoco es nuestro papel— iniciar aquí un buceamiento a través de Pitres o de Babinski, de Bregman o de Sous, de Freud, de Adler o de Theodor Reik.

El aspecto físico de Manuel Blanco Romasanta no era, según los médicos que lo reconocieron, nada repugnante, a los cuarenta y tres años que tenía cuando fue preso. Bajo de estatura, con pulso normal, de temperamento nervioso sin exageración y de salud floreciente, en él, según el informe, nada se advierte que difiera del común de los hombres. Los médicos que lo examinaron —doctor Suárez, licenciados Feijoó, Aldemira y Cid, y cirujanos Bouzas y González— nada dicen en su comunicado sobre la dentadura de Blanco Romasanta, dato que hubiera sido curioso conocer, ya que, según sus propias declaraciones, a dentelladas mataba y devoraba a sus víctimas, sin dejar, en ocasiones, más que los huesos.

Este informe médico, un tanto literario y divagatorio y plagado de tópicos y de lugares comunes, no debe emplearse sino como un dato más a considerar, no despreciable, quizá, pero tampoco importante; su rigor científico no parece grande y ellos mismos se curan en salud antes de iniciar el reparto de palos de ciego que es todo el dictamen, cuando aseguran que el tipo «que parece resucitado de un cuento de hadas no merece seria ocupación». Hoy nos parece todo lo contrario: un tipo lleno de curiosidad e interés humano e incluso médico. Los autores del informe no creyeron encontrarse en Manuel Blanco Romasanta con un licántropo, sino con un simulador. Nosotros, aun después de leer las largas páginas que ocupa, seguimos pensando que la licantropía parece enfermedad difícil de fingir, y que quien mate al prójimo a bocados de lo único que no conseguirá disuadirnos, por más que se esfuerce, es de que no creamos que está loco de remate. A un asesino a quien, para que la justicia lo tome por loco y le perdone la vida, todo lo que se le ocurre es matar a dentelladas, tenemos que considerarlo evidentemente como un loco real. Un cuerdo es incapaz de llegar a ese grado de finura y, en último caso, a ese grado de finura se le llama demencia.

Manuel Blanco Romasanta no fue un simulador, fue un loco de atar con crisis feroces, con intermitencias místicas y sedentarias que poco duraban —una declaración del cura de Rebordechao dice que, el tiempo que estuvo allí, rezaba el rosario, ayudaba a misa y hacía actos de caridad— y con una eterna manía de vagabundaje. La calificación de hombre-lobo no parece demasiado aventurada.

※ ※ ※

Este fue Manuel Blanco Romasanta, alias Tendero, el sacamantecas de Allariz, el hombre convicto y confeso de haber matado, como un lobo, a nueve personas. Sabemos bien que, en su presentación, hemos estado, a ratos, un poco ingenuamente didácticos. No ha habido más remedio; era preciso saber bien con quién nos estábamos jugando los cuartos. Ahora que ya lo conocemos, caminaremos con nuestro hombre por los terrenos que se estremecían cuando, desnudo y a la luz de la luna, se revolcaba por la arena para convertirse en animal carnicero.

II
Una vez en el valle de Couso...

Un besteiro de Rebordechao, Felipiño o Tatelo, terror de la cimarronería, mozo galán y tuerto, que tenía seis dedos en una mano, me contó una tarde en la taberna de mi tío Pedro, buen pescador de truchas, en los Mesones del Reino, parroquia de Santa María de Carballeda, una historia de bosquecillos de acebos y meigas chuchonas, de trasgos saltimbanquis que hacían volatines por las praderas y de hombres que se convertían en lobos cuando la luna se les mostraba propicia.

Felipiño o Tatelo, que los domingos se tocaba de gorra de visera, llevaba en el bolsillo un amuleto que le daba la suerte cuando andaba a los caballos por la Tierra de Queyra, el lazo en la diestra mano y en la otra, el látigo y la rienda.

Algunas veces se ponía el amuleto sobre el pecho, prendido con un imperdible, y entonces su memoria parecía como florecer y su voz era suave y fresca igual que el agua de una fuente.

Aquel día, con su volvoreta de alas de oro al aire, Felipiño o Tatelo, que, menos pronunciar, lo hacía todo bien, estaba hablando como un ángel de Manuel Blanco Romasanta, el sacauntos.

Le pedí que me escribiese en un cuaderno algunas de las cosas que sabía, y el hombre, a las dos semanas, me mandó por un propio la historia y una carta, áspera y bella como la flor del tojo, en la que me explicaba que decía siempre: y entonces me metí por el monte..., como si él fuera el sacamantecas, en vez de: y entonces se metió por el monte..., porque le gustaba más y le había resultado más fácil.

La historia de Felipiño o Tatelo, casi entera, es la que copio a renglón seguido. De ella nada, sino la transcripción, me pertenece. Yo creo que es una historia que tiene cierta curiosidad. Hela aquí.

Una vez en el valle de Couso, andando a vender pañuelos, me atopé con dos lobos del reino de Valencia, más allá de Castilla, donde nace otra vez la mar, que se llamaban don Jenaro y don Antonio.

Al verlos me dio como un temblor de alobado, y, sin que sepa cómo, también me torné fiera del monte y con ellos anduve, juntos los tres, hasta una semana, y, una vez que hubo de pasar, volvimos a cobrar la forma de persona y entonces don Jenaro habló y me dijo:

—Buenos días, hermano, y que Dios nos coja confesados. Ya veo que eres tan desdichado como nosotros, como mi compañero don Antonio y como yo, que me llamo de nombre don Jenaro, y eso es que alguna maldición cayó sobre tu cabeza y ahora te encuentras con dos carnes que no distingues, la de cristiano y la de alimaña, con las que seguirás hasta que Dios quiera, hasta que expíes tus culpas o hasta que la justicia te prenda. Nosotros también, mal que nos pese, andamos pagando en vida nuestros pecados pero, ¡ay!, que esto es el pozo de las maravillas, que más agua da cuanta más se saca, porque cuanto más pagamos más bebemos, que las ganas de matar no se nos quitan y ya vamos perdiendo la cuenta de los semejantes que llevamos comidos.

—Pues sí, don Jenaro —le repliqué—, buenos días tengan ustedes. Mi nombre es Manuel y el don no me toca, que tengo escasas letras, soy de ruin cuna y vil oficio, y por mis pulsos no me gané más cosa que una maldición de mi padre, que es la que ahora me toca pagar.

Nos hicimos muy amigos, no sé si porque la desgracia ata o si por aquello de que de lobo a lobo no se tira bocado, y ya juntos marchamos por los montes cometiendo desafueros de los que, ahora que ya sané, estoy arrepentido y contrito.

Mis crímenes muchos fueron —tantos como las ramas del níspero— y sé bien que, por mucha pena que la justicia me mande, de nada deberé quejarme, porque también fue mucho el mal que cometí.

Inducido por don Jenaro y por don Antonio, sin que con esto quiera descargarme, maté a la Manuela García, mujer con la que tenía un hijo, una noche en que la luna me echó a lobo, en camino de llevarlos a Santander, donde ella había de ponerse a servir en casa de un amo cura. Campo adelante los llevé, hasta que en el paraje llamado Malladavella, al pie del bosque de acebos de la Redondela, me dio la furia, me volví lobo y a los dos maté comiéndome después una parte. Cuando me di cuenta de que me venía el ataque, quise gritar para que escapasen, pero don Jenaro y don Antonio, que ya tenían forma de lobo, me revolcaron por el suelo, arrancándome las ropas con los dientes y yo ya no pude hablar.

Mucho tiempo estuve sin acordarme de nada —y para mí que la memoria no me volvió hasta que cesó la maldición, el día de San Pedro de 1852—, pero ahora, que para mi desgracia veo todo claro como la luz, recuerdo que también maté a la Benita García, hermana de la Manuela, y a su hijo Farruquiño, en el lugar que se llama Corgo de Boy, entre las Arrúas y Transirelos, el pueblo de donde era el ciego don Sibrán, que compuso coplas de crímenes que yo le vendiera por Castilla. El ciego don Sibrán tenía el pelo rojo como las barbas del maíz, y sus ojos, aunque estaban cegados por Dios, porque una vez, siendo mozo, hizo un sacrilegio, los tenía abiertos y de color azul.

A la Josefa García, hermana de la Manuela y de la Benita, y a su hijo José, también los matamos, de otra vez, en el camino de Correchouso, a la falda del monte Petada das Paredes, los dos en una noche de luna creciente, que era la peor. La Josefa, para hacerse al camino, vendió un carro que tenía, en ocho pesos, una cerda en cinco, y una vaca en dieciocho, y llevaba encima, y para nada le valió, una navaja de más de cuarta de largo, con las cachas blancas con chispas negras, que más tarde regalé al señor cura de Rebordechao para que podase los rosales.

También, y también quiso su desgracia y la mía que acabase matándola, tuve amores con una moza llamada Antonia Rúa, madre de dos rapazas de nombre Peregrina y María. Las tres murieron al salir de Rebordechao.

Fue mujer, la Antonia, a quien mucho quise, y su muerte me hizo verter muchas lágrimas cuando volví a mi ser.

Ahora que ya nada tiene arreglo, quiero contar también, por si sirve de descargo a mi ánima en el otro mundo, que también maté a una pastora de puercos en Chaguazoso, que se quedó sola en cuanto asomamos don Jenaro, don Antonio y yo en forma de lobo; a una moza en el valle de Couso, entre Fradelo y As de Xarxes; a un rapaz en Prado Alvar, y a una vieja en Fornelos.

En el año 1852, casi cuando me volvió la razón, me despedí, en el mismo valle de Couso, de don Jenaro y don Antonio, a quienes, gracias a Dios, no volví a ver más en la vida; no sé qué rumbo habrán tomado. Desde el día de San Pedro de ese año, se me han quitado las ganas de matar y ya no he vuelto a convertirme en lobo. Que Dios disponga de mi ánima y que los hombres manden en mis pobres carnes.

Y aquí termina la historia de Manuel Blanco Romasanta, según Felipiño o Tatelo, que la escribió sintiéndose el sacamantecas.

Anda por ahí otra, en verso, que se titula: Nueva relación y lastimoso romance reducido a manifestar al público de las muchas muertes ejecutadas por el reo Manuel Lobo, en el Reino de Galicia, cómo les abría y les sacaba el unto, y la justicia que se ejecutó con dicho reo el día 4 de agosto en la villa de Celanova en este año de 1853, con todo lo demás que verá el curioso lector.

Pero ocuparse de las cosas hasta el final, sería el cuento de nunca acabar.

III
El médico chino

Por Allariz, según nos informa el escritor del país don Marcial Suárez, el autor de la novela *La llaga*, corre todavía el dicho de:

a ese ya no le salva ni el médico chino, para querer indicar, en los momentos de apuro, que la situación ya no tiene remedio y que lo único que resta es apencar, de grado o por fuerza, con lo que caiga. La frase «a ese ya no le salva ni el médico chino» es equivalente a aquella otra de «a ese ya no le salva ni la paz ni la caridad»; y tanto la una como la otra, ciertamente, no deben ser interpretadas como cariñosas palabras de consuelo, sino más bien como todo lo contrario: como inexorables y fatales palabras de resignación y decepción.

Pero a Manuel Blanco Romasanta, no sabemos si para su bien o para su mal, sí lo salvó, contra todos los pronósticos, el médico chino, que le ahorró las molestias de morir en el garrote que le recetara el juez de Allariz.

El médico chino de que hablamos, contrariamente a lo que podría suponerse al leer dos palabras tan claras y tan poco sujetas a extrañas interpretaciones como el substantivo médico y el adjetivo chino, no era ni médico ni chino, sino un inglés, de nombre Mr. Philips, que andaba por Argel haciendo hipnotismo y trasmisión del pensamiento por los teatros con un nuevo invento científico, por él patentado, y que se llamaba la electrobiología.

El tal Mr. Philips, que no se paraba en barras, en cuanto que se enteró de la sentencia recaída en el proceso del hombre-lobo, escribió una carta al cónsul de España, carta que el cónsul reexpidió al ministro de Estado y este endosó al de Gracia y Justicia, quien después de comunicársela a la reina, escribió al regente de la audiencia de La Coruña adjuntándole todo —incluso un recorte del periódico argelino *El Akhbar*— para su detenido estudio, con la orden expresa de que, en el supuesto de recaer sobre Blanco Romasanta nueva sentencia de muerte, se suspendiese la ejecución hasta esperar nuevas órdenes.

La carta del inglés a nuestro ministro de Justicia —carta que tradujo el catedrático de lengua francesa en el consulado español de Argel— es muy respetuosa; la firma, simplemente: Philips, profesor de electro-biología en Argel (África francesa), y en ella se ofrece a presentarse a sus expensas en España para demostrar, de un modo irrefragable, la posibilidad de que Blanco no sea de ninguna manera responsable de sus asesinatos y evitar así una muerte que sería un error lamentable de la justicia y un duelo más para la humanidad.

La carta, que parece el discurso de un diputado progresista, lleva una postdata, firmada por los vecinos de Argel, señores Bressiano, Dubos, Bourget, Dulcar, Jurand, Mieridtz, Deiriast, Pravant, Meilson y Caró —en total diez y, por lo visto, todos conocidos—, en la que declaran haber asistido a las experiencias siempre coronadas por el éxito del profesor Philips, en especial a la del 22 de junio de 1853, en la que ha colocado a una persona bajo la influencia de los instintos irresistibles del lobo.

El periódico *El Akhbar* habla largo y tendido de los experimentos que Mr. Philips, a la manera de Cristóbal Colón, según el redactor, M. L. Toulonze, hizo en el teatro de la calle del Estado Mayor. Con el señor M. M., joven de diecinueve años, fuerte y sano y bien conocido en Argel, hombre que subió al escenario firmemente decidido a resistir, hizo el profesor Mr. Philips una experiencia que sobrecogió a los cuatrocientos espectadores: empezó por prohibirle abrir ni cerrar la boca; le hizo olvidar el nombre de la primera letra del alfabeto; le dio un pañuelo y le hizo creer que era un mirlo cantarín; le dijo que un junco era una serpiente y le obligó a pisotearlo con rabia; le convenció de que el agua era champán; le hizo pasear por la plaza del Gobierno sin salir del teatro —metiéndole en un café donde protesta porque tardan en servirle—; le conduce a las montañas de América donde ve antropófagos y pide armas para combatirlos; le hizo huir saltando una catarata sobre un tronco de árbol; le persuadió de que un indio le ha herido en una pierna y le hace cojear; le obligó a cubrirse la cara con las manos para evitar las picaduras de los mosquitos; le forzó a tiritar bajo la nieve que cae; le convirtió en un valeroso y montaraz bandolero italiano que lucha con los soldados que le persiguen, cae en manos de la justicia y confiesa haber dado muerte a uno de ellos, a quien acusa de haber engañado a su prima; lo condenó a muerte y le obliga a tener el gesto de enviar su puñal a su mujer con el recado de que le hagan saber que ha muerto como un valiente; ya condenado a muerte y para librarse del suplicio, se salta la tapa de los sesos y cae inerte al suelo. A continuación, Mr. Philips lo resucitó y aquí el plato fuerte: lo convirtió en un lobo rabioso que ataca a los espectadores, produciendo a uno de ellos, que se acercó más de la cuenta, una grave mordedura en un brazo.

El éxito de Mr. Philips con estas experiencias fue grande, sin duda alguna, aunque los tribunales españoles, que estaban más por el pie de la ley que por el hipnotismo, hiciesen oídos de mercader a la electro-biología y siguiesen creyendo que a Manuel Blanco Romasanta lo más prudente era darle garrote.

Las múltiples y prolijas incidencias del proceso del sacauntos apasionaron a los criminalistas, a los periodistas y al público de la época y, bien mirado, no son para reseñadas aquí.

Después de escuchar a fiscal y defensor todas las lindezas que quisieron dedicarle —desde simulador y criminal, por el primero, hasta alucinado e imbécil, por el segundo—, Manuel Blanco Romasanta, alias Tendero, el sacamantecas de Allariz, se topó con que la reina, que tenía un tierno corazón, le indultó del garrote y ordenó que diesen con sus huesos en un manicomio. Probablemente, ningún lugar más apropiado para guardar las tristes carnes del buhonero que, entre el susto y la tristeza de no poder vagar libre por montes y collados, acabó muriendo al año escaso de su prisión.

Informaciones, Madrid, mayo-junio de 1948

Cambiemos la fotografía

Suele ser una buena costumbre, la costumbre de las liquidaciones por fin de temporada. Los escaparates se pueblan de prendas de vestir de la estación contraria (las liquidaciones por fin de temporada siempre se dan con retraso), pasadas de moda, desvaídas por el sol y los rótulos de: increíble, pasmoso, ruinoso, más barato que nadie, etc., florecen, como un sarpullido primaveral, sobre las lunas de los almacenes.

Es el momento en que las amas de casa *comme il faut* aprovechan para pertrecharse para la estación liquidada —que, sin duda, alguna vez volverá— y los hondos baúles familiares se llenan de los zapatos, de las rebecas, de los trajes de confección y de los calcetines que se llevaron y que, se lleven o no se lleven, los volverán a llevar, fatalmente, las familias.

En la ordenación de las modas, debiera distinguirse la submoda de las prendas adquiridas en las liquidaciones por fin de temporada, submoda que afecta a sectores enteros de la población, que es entonces cuando empiezan a sentirse vestidos a la moda, aunque la moda, haya pasado y, por tanto, ya no lo sea.

A la ternura de lo cursi —los juegos florales, las óperas italianas, las orlas de fin de carrera—, cabría arribar la ternura de lo pasado de moda, que aún no es cursi, pero que ya no es elegante y que parece como salido del limbo.

Pues bien, con la fotografía que adornaba —es un decir— mis papeles sobre el verdugo de Burgos en las columnas que los acogieron, ha pasado algo bastante por el estilo. Estaba ya fuera de moda y hubo que liquidarla. Por ella me dio un horchatero de los bulevares la cantidad de 3,50: diez reales por la foto y una peseta por el autógrafo. En realidad, la pobre foto ya había dado bastante de sí. Era una foto a la que tenía cariño; no estaba lo que se dice muy guapo —las cosas como son— pero la había empleado en una edición de un libro mío y en los periódicos se había publicado también algunas veces. La foto, además, me duró cinco años y tampoco es cosa, bien mirado, de hacer como mis queridos amigos Bonmatí de Codecido o Fernández Ardavín, que suelen dar fotos suyas de tiempos del Imperio austrohúngaro, sin percatarse de que en cada momento, ¡siempre!, se está mejor que en el momento anterior. Nadie podría explicarse por qué, pero es así.

A mayor abundamiento —y aunque Dios me dio una cara entre de palo y de caballo de carreras bastante recordable—, mi foto anterior había dado lugar a ciertas confusiones. Hace ya algún tiempo, publiqué en las páginas a que vengo aludiendo dos o tres artículos sobre Gregorio Mayoral, el verdugo de Burgos, artífice de la manivela para facturar al prójimo para el otro mundo, y hombre de recia complexión, rechoncho y bajo de estatura, como quizá algún lector quiera recordar. Cuando acabé con Gregorio Mayoral, hablé de no sé qué otra cosa, y un lector precipitado se pasó de listo, cogió el teléfono, marcó el número del periódico, pidió que le pusieran con el despacho del director y le soltó, sin más ni más, algo bastante parecido a:

—Se han equivocado ustedes. En el artículo de ese, han vuelto ustedes a publicar otra vez la foto del verdugo de Burgos.

A mí no es que me moleste que me confundan con un verdugo, sobre todo si el verdugo es un as de la talla de Gregorio Mayoral, porque nadie puede decir, honradamente, de este pan no comeré. Lo que sucede es que no me gusta adornarme con galas ajenas, ya que pienso que lo más conveniente es siempre dar a Dios lo que es de Dios y al César lo que es del César. Por otra parte, si Gregorio Mayoral viviera, supongo que no le divertiría nada que lo tomasen por un escritor cosa que, en el fondo, siempre desprestigia, por lo menos en España.

Algunos amigos, quién sabe si influidos telepáticamente por el anónimo y comunicativo lector, me dijeron que en la foto estaba muy feo, que yo no era tan delgado, ¡Dios los bendiga!, que parecía más viejo, etc., y yo —perdón, lector—, que en el fondo soy un gran y honrado coqueto, no supe hacer oídos de mercader, y me decidí a cambiar o a actualizar la fotografía.

Grandes dudas me asaltaron desde que tomé la determinación. ¿Qué foto mía era la más indicada? ¿Una foto de estudio bien iluminada y bien retocada, con una mano en la frente, según es costumbre entre escritores, como para denotar que nos pasamos el día pensando, cosa que no es cierta? ¿Una foto de carnet, hecha en cinco minutos y a lo que salga? ¿Una foto de fotógrafo ambulante a la puerta del Retiro o al pie de la fuente de las Cuatro Estaciones en el paseo del Prado? ¿Una foto de aficionado? ¿Una foto hablando por teléfono para que se viese bien que soy un hombre moderno? ¿Una foto asomado al balcón en actitud soñadora? ¡Ay, y qué apuros pasé después de tomar mi determinación!

Dejé que pasase el tiempo —cosa que hago siempre cuando no sé lo que hacer— y esperé a que el calendario, ese gran aliado, me arreglase las cosas que yo no sabía arreglar. Es norma que no suele fallar esta de dejar que las cosas vayan por donde quieran y se arreglen, si se arreglan, por sí solas.

Efectivamente, al cabo de algunos meses encontré la solución que vino por sus pasos contados. Mi amigo don Antonio Ibáñez me sacó las castañas del fuego, como sin querer, haciéndome una fotografía fumando, una fotografía, a decir verdad, según estaba, que son las fotografías más verdaderas y, paralelamente, las más difíciles.

La materia prima de la foto, que soy yo, no es muy buena, bien cierto es, pero tampoco conviene exagerar...

Informaciones, Madrid, agosto de 1948

El coleccionista de apodos

El coleccionista de apodos, al hombro el fardelejo de las buenas intenciones, al costado la bota de vino áspero de Cebreros, ha caminado este verano por tierras de Ávila, de Toledo y de Madrid. En un cuaderno ha ido apuntando, cuando ha podido, los apodos de los pueblos, los motes de los que viven en un mismo pueblo, el sucedáneo habitual de los gentilicios. Ahora, de vuelta ya a su cuartel de invierno, ha recontado alrededor de los setenta nuevos apodos, nuevos para él, que no había encontrado anteriormente. Quiso poner algo de orden en sus notas, pero sus notas, con una obstinación y una rebeldía ejemplares, no se dejaron ordenar. El coleccionista de apodos hizo varias listas, que después se le antojaron poco eficaces: una lista por orden alfabético de pueblos, otra por orden alfabético de apodos, y otra por provincias y partidos judiciales. Las listas, la verdad sea dicha, no le sirvieron para mucho; tampoco, eso es cierto, perdió del todo su tiempo al hacerlas; por lo menos, le valieron para ir tachando los motes que encontró en el folleto de don Gabriel María Vergara Martín: *Apodos que aplican a los habitantes de algunas localidades españolas*, los de los pueblos próximos a ellas (Publicaciones de la Real Sociedad Geográfica. Madrid, 1918). Quién sabe si, a lo mejor, los apodos que fue encontrando el coleccionista ya están apuntados en otro libro que ande por ahí y que no conozca; después de todo, el coleccionista, cuando se echó a andar, no llevaba el propósito de preparar ninguna tesis doctoral. Cuando el coleccionista de apodos —que es más bien un aficionado, y a quien eso de las fichas, los censos y las recensiones se le da bastante mal— se encontró con que no sabía lo que hacer con sus nombres, sacó el mapa del macuto y escribió al lado de cada pueblo el apodo que le correspondía, y entre estos apuntes y su memoria pudo ir reconstruyendo todo lo que en el viaje aprendiera.

Al salir de Madrid, allá en los últimos días de junio, el coleccionista se encontró con un mal nombre, el nombre de ladrones, que dan, a lo mejor, para que caiga en verso, a los de Torrelodones; algún poeta de los caminos se inventó una copleja que dice: Torrelodones: veinte vecinos, cuarenta ladrones. No es fácil saber, yendo de paso, lo que en ella haya de verdadero; al coleccionista de apodos, en Torrelodones, lo trataron bien; también es cierto que procuró no molestar, que recogió del suelo a un niño caído de una tapia, que sajó a una vieja un grano maligno que le había salido en el cogote, y que no intentó enamorar a ninguna moza, aunque mozas enamoradoras no faltaran, saltándole al paso como pollos de perdiz en tiempo de veda. En una posada le dijeron que a los de Toledo les llaman los del bolo y los del hueso dulce, y le explicaron también que los albaricoques toledanos tienen el almendruco como la almíbar; quien le instruía —un arriero de Covarrubias, en Burgos, el pueblo de los racheles— le aseguró que a los de Valladolid les llamaban pintores, alubieros, y los de Pucela, cosas que les parecían bastante mal, y que a los de Barajas de Melo, en tierras de Cuenca, los conocían por pepineros, porque los pepinos de su término son dulces y hermosos como los de ningún otro. Como para dar mayor fuerza a la cosa, a la mañana siguiente el arriero, mientras daba de beber a las mulas, se puso a cantar un cantar que decía:

En Barajas, pepinos;
en Belinchón, sal;
y en Tarancón, borrachos
nunca faltarán.

Anduvo días más tarde el coleccionista de apodos por tierras del Guadarrama, por el lado de la provincia de Madrid, y apuntó que a los de Collado Mediano les dicen collarejos; a los de Cercedilla, parraos; a los de Becerril de la Sierra, churros; a los de Guadarrama, enredapueblos; a los de Robledondo, albarcazas; a los de Navacerrada, cerrudos; a los del Escorial de Abajo, caciques, y a los del Escorial de Arriba, gurriatos. Bajando del Escorial a la cuña que mete la provincia entre las de Ávila y Toledo, se encontró nuestro coleccionista de apodos con que a los de Zarzalejo les llaman caribes, y a los de Valdemaqueda, ahumados (igual que a los del Espinar, en Segovia), porque a setenta kilómetros de la capital de España no tienen luz eléctrica y se alumbran con teas de pino, que dan un humo espantoso, y también pegueros, en recuerdo de que en el pueblo hubo en tiempos varias destilerías de pez de la resina. Más al sur, se topó con Fresnedillas de la Oliva, donde viven los jarondos; con Valdemorillo, donde están los cogochos, y con Navalagamella, el pueblo de cuyos habitantes dicen los de los pueblos de alrededor:

Navalagamella:
según son ellos, son ellas.

El coleccionista de apodos pensó, a su paso por Navalagamella, en la fuerza del consonante y recordó que por la llanura de Cuenca, bajando de la Alcarria de Guadalajara, oyó decir que:

De Leganiel,
ni ella ni él.

A los de Navas del Rey vio que los llamaban talegueros, y a los de San Martín de Valdeiglesias, pinches, porque, según le aseguraron en Cadalso de los Vidrios, el pueblo de los soplones, son muy estirados y presumidos y se creen de Madrid. A los de Cenicientos, algo más abajo, en un cruce de carreteras, les llaman coruchos y patanes, y a los de Chapinería, titiriteros, porque después de las faenas del campo se largan por los pueblos de Castilla a tocar el cornetín, dar saltos mortales y hacer equilibrios en el alambre. Allí le dijeron que a los toledanos de Almorox les suelen decir huecos; a los de Nombela, fanfarrias; a los de Pelahustán, pelacucos y cuquillos; a los de los Navalmorales, chocolateros; a los de Navahermosa, atravesados, y a los de Los Navalucillos, brujos y golosos, porque, según se dice, un año cambiaron al Cristo por una carga de higos.

En San Martín de Valdeiglesias, el coleccionista de apodos descansó un par de días o tres y encontró a la gente afable, cariñosa e incluso lista; no notó que presumieran mucho y solo se topó con un chico guapo, que tenía el pelo rizado y se llamaba Gerardo, y que andaba muy derechito, con un terno verde y un sujetacorbatas de latón que representaba un futbolista; los demás le parecieron corrientes.

En esto de los apodos, el coleccionista se dio cuenta bastante pronto de que no hay lo que pudiéramos llamar una excesiva buena fe. Los apodos los ponen, por lo común, los de los pueblos de al lado, y los de los pueblos de al lado, ya es sabido, no suelen tener las entendederas despiertas para las buenas cualidades, que a veces las hay, de quienes viven a dos leguas monte arriba o a tres ladera abajo. Como decía don Romualdo —un cura alcarreño versado en truchas, en aves viajeras y en aguas minerales, con quien hizo buenas migas el coleccionista en otra descubierta—, los hombres somos malos, aunque nos creemos siempre mejores que el vecino.

Don Romualdo le dio al coleccionista bastantes apodos de la Alcarria, la mayor parte de ellos ya recogidos en el folleto de don Gabriel María; dos motes nuevos fueron el de lañas, que dan a los de Gargolillos, y que en la lengua del país quiere decir tanto como ladrones, y el de las de la romana, que cuelgan a las mujeres de Trillo porque tienen fama de desconfiadas y acuden al mercado cada una con su romana al brazo. El pueblo de Trillo, aunque ahora se defiende algo más vendiendo sus cosas a los leprosos del balneario de Carlos III, tiene fama de pobre, y por el contorno corre un cantar que dice:

> *En Ruguilla nació el hambre*
> *y a Sotoca fue a parar:*
> *la agarraron los de*
> *Trillo y no la pueden soltar.*

* * *

Desde San Martín de Valdeiglesias, el coleccionista de apodos cruzó la raya de Ávila, se acercó hasta Cebreros y allí acampó; de Cebreros ya habló en otras ocasiones, que piensa que tampoco habrán de ser las últimas. En este pueblo oyó algunas coplas que le enseñaron mucho; una de ellas dice:

> *En Navalperal, coritos;*
> *en El Hoyo, piñoneros,*
> *y un poquito más abajo,*
> *los babosos de Cebreros.*

En otra copla, los dos últimos versos los sustituyen por estos otros dos:

> *y en Las Navas del Marqués,*
> *estudiantes y gallegos.*

A los de Las Navas los llaman también sogueros, y a los del Hoyo, que es el Hoyo de Pinares (porque hay varios pueblos que se llaman igual), les dicen algunas veces galápagos; el nombre de piñoneros tiene una razón de ser bastante clara: la riqueza del pueblo es el pinar, y los del Hoyo, mientras recogen los piñones, que no es ciertamente una industria como para echar coche, se encuentran en el mejor de los mundos y orgullosos de su pueblo, al que piropean al cantar:

> *Soy del Hoyo, soy del Hoyo,*
> *soy de la rica ribera*
> *donde se fabrica el oro,*
> *la azúcar y la canela.*

Realmente, hay optimismos heroicos, ejemplares.

Con su cuartel en Cebreros, el coleccionista de apodos se especializó en la provincia de Ávila, en donde llegó a encontrar, buscando un poco, aunque sin molestarse demasiado, quince o dieciocho motes de pueblos diferentes. Su lista, por orden alfabético y quitando los ya dichos, es la siguiente: La Adrada, pelones; Arenas de San Pedro, esculaos; Ávila, caballeros, y ya iba siendo hora de no insultar; El Barco de Ávila, portugueses; Casillas, jabatos y gigantes, porque andan todos por la vara y media de estatura; Escarabajosa, boleros; Gavilanes, pecicuelgos, que significa tanto como calzonazos, o infelices, o pobres hombres, adjetivo que no les parece mal, puesto que tienen una canción que dice:

> *¡Viva Pedro Bernardo!*
> *¡Viva Mijares!*
> *¡Vivan los pecicuelgos*
> *de Gavilanes!*

En el Herradón están los rabones o rabonceños; en Navalacruz, los cuadrados; en Navaluenga, los pescadores, que, según el refrán, pescan hasta culebras; en Navaldrinal, los baldaos; en Navarredondilla, los de la morcilla; en Piedrahita, los pitados;

en San Bartolomé, los bartolos; en Santa Cruz de Pinares, los burelos, a quienes también algunos llaman coruñeses; en Sotillo de la Adrada, los orugas, y en El Tiemblo, los queridos, así llamados porque son muy finos y cariñosos, y en la conversación siempre andan diciendo: Hola, querido. Adiós, querido. ¿Qué tal estás, querido? A ver si te dejas caer por aquí, querido.

Por todos estos pueblos corre una copla que no es, precisamente, un canto al cuerno de la abundancia:

> *En Escarabajosa*
> *no tienen cosa.*
> *Los del Sotillo*
> *un poquillo,*
> *y los de la Adrada,*
> *nada.*

En Cebreros y en otros pueblos de cerca, el coleccionista de apodos se encontró con gentes muy varias que le confirmaron nombres ya conocidos, y aún pudo apuntar uno nuevo cuando un tratante de ganado que vino con su suegro —mi señor, decía él según la costumbre de su país— detrás de un caballo cuatralbo que fue a aparecer cerca de la ermita de la Virgen de Valsordo, le dijo que a los de su pueblo, Valverde del Majano, en la provincia de Segovia, les llamaban de tal guisa que todo parecía indicar que las aguas que bebían estaban llenas de esos microbios que allá por los rigores del estío sueltan los vientres sin consideración.

Al coleccionista de apodos le preocupó bastante la idea de que la mayor parte de ellos eran como para no ser ni mentados a quienes correspondían y, con este pensamiento en la sesera, estuvo durante varios días dándole vueltas a un ensayo que, al final, para bien de todos, acabó no redondeando.

Estos temas, en los que siempre se saca la conclusión de que somos muy brutos, son temas que le gustan algo, tampoco demasiado, al coleccionista de apodos, pero no tanto como para hacer de ellos una ciencia, ni mucho menos. Cada uno resbala por donde camina y además las cosas deben dejarse en su punto y no andar con ellas llevándolas y trayéndolas de un lado para otro y sin ton ni son.

* * *

Un amable taranconero, don Félix-Manuel Martínez Fronce, que es un señor que hace las tildes de la i igual que el poeta Pérez Valiente, como una bolita hueca, ha escrito una larga carta, casi un artículo, al coleccionista de apodos. Se duele el caballero de Tarancón del mote de borrachos con que, en una coplilla que el coleccionista recogió por el contorno, conocen a los naturales de tan hermoso pueblo. Don Félix-Manuel, hombre a quien no duelen prendas, incluye en su carta otra copla, que viene a reafirmar la idea de quienes informaron al coleccionista sobre el poco asco que en su pueblo hacen al mosto:

> *En Tarancón hay muchas*
> *y muy hermosas;*
> *las tinajas de vino,*
> *que no las mozas.*

Y añade que no puede cantarse lo mismo del sexo contrario, del que un guardia de corps fue su mejor ejemplo.

La carta de don Félix-Manuel es de las que no tienen desperdicio, y en ella, además de prevenir al coleccionista de apodos contra posibles manteamientos, incluye algunos datos preciosos que el coleccionista no quiere que escapen sin su glosa y su registro.

Don Félix-Manuel asegura que Illana es el pueblo de los troleros, porque, según el refrán, lo que dicen a la noche no aparece a la mañana, y aconseja al coleccionista que no sea demasiado explícito, porque cuanto diga, haga y muestre será fruta nueva en Rozalén; con los tratos ha de ser cauto, ya que:

> *Borrica de Tribaldos*
> *y mujer de Uclés,*
> *no me la des.*

Y en Saelices de nada se ha de extrañar, ya que, según es fama, tienen la boca debajo de las narices.

A las hembras de Fuente de Pedro Naharro, a orillas del arroyo Reatillo, las llaman las del peine, porque tienen las melenas alborotadas; y a los de Horcajo de Santiago, un poco más al sur, a orillas del arroyo Albardana y en la bifurcación de la carretera que por Pozorrubio y Villanueva del Cardete, o por Cabezamesada y Corral de Almaguer llega hasta Quintanar de la Orden, les dicen los del vítor, porque el día de la Inmaculada se desgañitan y enronquecen delante de la imagen de la Virgen, y, si los forasteros no los siguen, los pinchan con la lezna como si fueran vulgares torrubianos.

A los de Belinchón los llaman golusmos, y a los de la provincia de Toledo, a quienes el coleccionista de apodos llamaba los del hueso dulce, les dicen los del cuesco duz en el hermoso castellano del país de don Félix-Manuel, donde también es frecuente oír que:

> *A correr galgos y a jugar al mus*
> *no vayas a Santa Cruz,*

o que: al pasar por Huete, míralo y vete.

El señor Martínez Fronce se extiende después en otras consideraciones, ya de orden más bien particular, e indica que su repertorio de motes y refranes es aún más amplio y más vario, lo que al coleccionista de apodos le hace sospechar que algún día podrá conocerlos. Con su carta, que es la carta de un clásico y que rezuma la más fina y más inteligente ironía, don Félix-Manuel ha instruido y ha deleitado al coleccionista, hombre que sabe bien que este terreno por el que camina es como un mar sin orillas, porque un apodo trae quince enganchados en los flecos del pantalón, y cada uno de los quince, quince o veinte más.

Después de todo, coleccionar apodos es un entretenimiento honesto y divertido, y bien merece la pena exponerse a que en cualquier pueblo acaben manteándolo a uno en una era o terminen por tirarlo de cabeza al río desde cualquier puente abajo: un puente que, a lo mejor, en una fotografía aparece como bucólico, pastoril y lleno de ternura. Los viajes es lo que tienen. En la Alcarria, en un pueblo que es talmente un poema, dieron con los huesos del coleccionista en la cárcel por indocumentado y vagabundo —palabras textuales del alcalde—, y al día siguiente, cuando lo soltaron, el cabo de la Guardia Civil le advirtió:

—A ver si así aprende y se dedica a actividades conocidas.

El coleccionista de apodos, aunque no sabe lo que quiere decir dedicarse a actividades conocidas, tuvo entonces el presentimiento de que el cabo de la Guardia Civil, en el fondo, tenía razón.

Arriba, Madrid, septiembre-octubre de 1947

ANEXO

Relativa teoría del carpetovetonismo

El verano de 1947 lo pasé en Cebreros, provincia de Ávila, en una casa de la calle de los Mesones, la principal del pueblo; la casa no tenía retrete, artilugio que se estilaba poco por aquella latitud, pero sí, en cambio, cerca de trescientos metros cuadrados de espacioso y casi olímpico desván, lo que da mucho juego para las ordenadas necesidades, si se siembran al tresbolillo y sin precipitarse ni desperdiciar el terreno. Volví los veranos de 1948, 1949 y 1950. El primero a una casa del Azoguejo —el Azobejo, dicen ellos—, un barrio extremo y popular cerca de la picota donde hacían cuartos a los herejes y a los bandoleros, y los dos últimos a casa de la Teodorita, más amplia y céntrica. La casa del Azoguejo era minúscula, estrecha y de dos plantas, cada una con su correspondiente cocina; en la cocina del piso de arriba, de dos metros de lado y tan baja de techo que en ella no cabía de pie, escribí una de las últimas versiones de *La colmena* (tuvo cinco), pasándome las noches acodado a la hendida mesa de mármol que me prestó Eugenio Cartujo, el del café Madrid, y extendiendo las cuartillas sobre el inutilizado fogón; a veces, la luz eléctrica era tan ruin que tenía que ayudarme con un par de velas. La casa de la Teodorita, en cambio, era mejor; estaba en la calle Luenga —Lengua, prefieren decir—, frente a la iglesia y al lado del bar La Hiedra o taberna de las Ratonas, establecimiento famoso por sus peces en escabeche y sus pajaritos fritos. Esta casa era algo más espaciosa y sí tenía retrete, en el patio y agazapado en su garita como un centinela; de ella hablo en mis apuntes «Los dos árboles» y «Grabados, amorosos grabados...», y quizá en algún otro.

Cebreros limita al norte con el Hoyo de Pinares, que tiene la plaza en cuesta, y con Navalperal de Pinares, por donde pasa el tren. Al sur con El Tiemblo, con los toricos de Guisando en su término, y con San Martín de Valdeiglesias, en la provincia de Madrid, pueblo grandecito y próspero que nos miraba con malos ojos porque solíamos ganarle los partidos de fútbol (la Cultural Deportiva Cebrereña, de la que tuve el honor de ser directivo, era punto menos que imbatible). Al este, lejos, con Robledo de Chavela —el pueblo de los toreros y las cómicas, según el cantar—, y al oeste, y también lejos, con el Barraco, más allá del pantano del Alberche.

Cebreros, por aquellos años, ignoraba el agua; criaba el vino (el tostado del tío Claudio llegó a tener justo renombre hasta en la capital de la nación), y destilaba el anís. El pueblo estaba regido por un monterilla cerril que tenía al vecindario acojonado y en un puño, y en él —según explico en el apunte carpetovetónico que titulo, precisamente, «Un pueblo»— había un salón de baile, dos bancos, dos boticas, tres cafés, cuatro médicos y cien bodegas acogedoras, íntimas, paganas.

Ahora, al hacer memoria, veo que en Cebreros no había un baile sino dos: el Cabildo, que era el distinguido, y el de los Pirulinas, que era el popular y que ahora se llama The Colorado's Dancing, hermoso nombre que la Guardia Civil, hasta que tras ímprobos esfuerzos la convencieron de lo contrario, traducía por el baile de los rojos. Bancos y boticas había, efectivamente, dos de cada: el banco Central, debajo del casino donde los contribuyentes se pasaban las noches de claro en claro dándole al cané, y el banco de Santander (antiguo banco de Ávila), que estaba en la plaza, al lado del ayuntamiento. El director del primero se llamaba don Lucio Sanz (q. e. p. d.), y el del segundo don Antonio Losada, que más tarde fue destinado a Madrid.

Las boticas estaban también en la plaza, separadas por la fonda del Seronero, desde cuyo tejado se veían muy bien los toros; uno de los boticarios era el licenciado Miguel González Colino, flaco y largo como una espingarda mora, y el otro el licenciado José de la Puente López, que tenía veleidades literarias, hacía salsa mayonesa en el mortero y elaboraba aromáticos perfumes de su invención.

Los cafés del pueblo eran cuatro, según ahora cuento, y no tres, como entonces contaba: el café Madrid, de Eugenio Fernández, alias Cartujo, que fue el que me prestó la mesa de mármol; el café de Isabel Díaz, la Isabelilla, que cocinaba unas tapas muy aparentes y de fundamento (callos, caracoles, níscalos, etc.); el café La Amistad, de Abilio Yuste, el hermano del pastelero Daniel, y el café del Luisón, que los sábados por la noche se ponía a rebosar. Cartujo tenía dos hijos mozos: Jesús, un chico serio y servicial que hacía maquetas de barco —la fragata la Bounty (que me regaló), la carabela Santa María, el crucero Baleares— sin haber visto jamás el mar, y Ángel, alias Tara, galán que estaba como una chiva; garzón estrecho, espiritado y zanquilargo como un Don Quijote o como la funda de una flauta, y que por las noches, cuando ya se había ido a dormir el último parroquiano, se envolvía en una sábana y saltaba por encima de las mesas del café, persiguiendo fantasmas y malandrines.

Los médicos, según bien decía, sumaban cuatro: don Daniel, que era el más viejo; don Fernando, que no creía en los microbios y que le birlaba las cucharillas a su hermano don Santos, el obispo de Ávila; don Enrique, que ponía las inyecciones intramusculares por sorpresa (golpeando suave y alternativamente y a gran velocidad las dos cachas), y don Mariano, que fue el que me cosió el cuello cuando el toro de la función me derribó.

Cebreros está situado en el Ávila baja, lejos de la escarpada sierra y de la militar meseta, y en su campo crecen los cultivos de los climas cálidos (no tórridos): la vid y el olivo, la higuera y el árbol frutal, el granado (no mucho), la sandía y la huerta. Por el verano la calor arrecia y al estío* se pueden asar chuletas en los poyos de piedra de la iglesia: que es muy noble y solemne y, a lo que dicen, obra de Herrera, el del Escorial.

Cebreros es pueblo de fieras y pegajosas moscas que revuelan en compacto tropel, sobre las cajas de dulce y también pegajoso albillo que cargan los camiones en la plaza. Las moscas de Cebreros, descendientes de las moscas que se le caían en la sopa a Isabel la Católica, son unas moscas guerreras, inquisitoriales, imperiales: unas moscas históricas a las que hay que tratar con mucho miramiento y reverencia. A veces, quizá obrando al dictado del espíritu jacobino que, en general, procuro reprimir, las perseguía a zapatillazos o les colocaba traidoras trampas de papel adherente atrapamoscas (patente española), pero, por lo común, las miraba con el debido respeto y hasta con la no menos debida admiración.

Otras dos, amén de las ya dichas y de alguna otra que, inevitablemente, se me quedará en el tintero, eran las instituciones que conformaban el recio espíritu del lugar. Aludo ahora

---

* El diccionario confunde el verano con el estío. Me permito suponer que no son la misma cosa como, la una por la otra y tan solo desde el siglo XVI a nuestros días, se vienen tomando. Verano es voz astronómica y que cabe al calendario: el tiempo que va, en el hemisferio norte, desde el primer solsticio, con el sol en el trópico de Cáncer, hasta el segundo equinoccio, con el sol en el ecuador; y en el hemisferio sur, desde el segundo solsticio, con el sol en el trópico de Capricornio, hasta el primer equinoccio, también —claro es— con el sol en el ecuador. Estío, en cambio, es señalamiento que se refiere al tiempo que hace, no al tiempo que pasa o que se cuenta. El estío es concepto que implica, necesariamente, calor, y no un calor cualquiera sino, precisamente, acompañado de gran sequía; el verano no es más que el lapso que va del 21 de junio al 20 de setiembre (aquí en Europa). En Estocolmo, por ejemplo, hay verano, pero no estío porque no hace calor; en la selva tropical, valga otro ejemplo, hay verano pero no estío porque el calor que hace es húmedo y no seco. El diccionario supone, implícitamente, esta distinción al definir el estiaje. En la Edad Media y aun más tarde, en español se llamaba verano a la primavera y estío al tiempo más caluroso del año: «El mes era de marzo, salido

al polvo y al sudor: al polvo de la corteza de la Tierra confundiéndose con el aire que la envuelve y que usamos para respirar, y al sudor de quienes caminamos por aquella parcela de la corteza de la Tierra, con los bofes a punto y la camiseta tercamente pegada a los cueros (el sudor de la frente, noble y artesano; el sudor del sobaco, dominguero y cachondo; el sudor del pecho, fanfarrón e inútil; el sudor de las manos, hortera y menestral; el sudor de las turmas, íntimo y escocedor; el sudor del alma, medio hereje y turbio).

Pues bien: en Cebreros y por aquellos años me inventé —para mi uso exclusivo— los apuntes carpetovetónicos, la croniquilla atónita de los minúsculos acaeceres de la España árida, ese inagotable venero de temas literarios. En el prólogo que empieza «Todas las cosas —ya es sabido— quieren su tiempo...», redactado en el 1954 [...] hablo, casi prolijamente, de mi concepto del apunte carpetovetónico y de las circunstancias que adornaron su venida al mundo. Tampoco debe ser creído —lo que allí o lo que aquí diga— como dogma de fe, ya que la preceptiva literaria, por mucho que se disfrace con los atuen-

---

(comenzado) el verano», Juan Ruiz, *Libro de buen amor*, 945 a; «Las comidas también tienen su cuándo, que no nos sabe bien en el invierno lo que por el verano apetecemos, ni en otoño lo que en el estío, y al contrario», *Guzmán de Alfarache*, I, III, 7. Cervantes, cuando ya se hablaba del verano como hoy se entiende, pero diferenciándolo del estío, distingue cinco estaciones: «a la primavera sigue el verano, al verano el estío, al estío el otoño, y al otoño el invierno, y al invierno la primavera, y así torna a andarse el tiempo con esta rueda continua», *Quijote*, II, LIII. La voz *verano* es abreviación de *veranum tempus*, derivado de *ver*, *veris*, primavera, y en este originario sentido fue empleado hasta que empezó la confusión, quizá en Covarrubias, *Tesoro de la lengua...*, 566 a, ordenancista autor que dio primacía al almanaque sobre el sentimiento. No preconizo que vuelva a llamarse verano a la primavera —porque pienso que deben distinguirse el uno de la otra y que bien están las cosas como están—, pero sí proclamo que verano y estío no son palabras diferentes designando un mismo concepto. Quizá lo prudente fuera dar a la palabra *estío* dos acepciones: «1. En determinados países y climas, parte del año muy calurosa y seca. // 2. Por ext. Verano». No estoy sino en contra de la sinonimia,

dos de la literatura misma, no pasa de ser un mero entretenimiento, resbaladizo y huidizo como la anguila del río.

No se trata sino de entrever qué cosa son los apuntes carpetovetónicos y de situar, con un mínimo rigor histórico, su nacimiento. Hay dos cosas que se me antojan evidentes: que no inventé nada (salvo, quizá, el título), ya que muchos escritores antes que yo habían tratado de reflejar idéntico escenario, y que mis apuntes, si bien nacieron en Cebreros, lo mismo hubieran podido hacerlo en cualquier otro lugar por el estilo. No menos evidente es, sin embargo, que al aguafuerte del barbecho le dediqué —y le sigo dedicando— muy preferente atención, y que mi curiosidad hacia él brotó en un punto geográfico determinado y no en otro dos o tres leguas más allá o más acá. Las cosas son como son y su exacta constancia es lo que aquí persigo.

[...] Los apuntes carpetovetónicos de *El Gallego y su cuadrilla* aquí están. El carpetovetonismo, como actitud estética o literaria (y aun humana) viene de antes y sigue hasta después: en mí y en los demás. Su culminación o lozanía, en mi obra, quizá esté en las *Historias de España* —ese callejón sin salida—, y su maduración o mayoría de edad pudiera ser que se encontrase en *Tobogán de hambrientos* —esa popular pescadilla que se muerde la cola en la sartén.

No es este tema que haya de tratarse ahora: que los nabos tienen su adviento, y los rábanos, la ocasión, aunque la pinten calva.

Palma de Mallorca, 20 de mayo de 1963

---

no astronómica sino humana, de ambas voces. Considerando, pongamos por caso, la frase: «aquel año tuvimos un verano muy frío y lluvioso», se verá cuán cierto es lo que aquí digo, ya que la mera substitución de una voz por otra («aquel año tuvimos un estío muy frío y lluvioso») dejaría a nuestras palabras sin sentido.

Prólogo a

El gallego y su cuadrilla

Todas las cosas —ya es sabido— quieren su tiempo. También lo quiso la ordenación, con un cierto sentido común, de este libro. Nunca he sido demasiado partidario de andar de prisa —porque lo que se hace de prisa, de prisa se aja y aún más de prisa muere— y, de otra parte, en la enmarañada selva de mis apuntes carpetovetónicos, he tardado incluso varios años en ver con claridad. Lo primero que necesité fue hacerme a la idea de que un apunte carpetovetónico no es un artículo; al apunte carpetovetónico le viene ancha, por innecesaria, toda posible articulación; el apunte carpetovetónico puede ser rígido como un palo y no precisa articularse en pos de demostrar ni esto, ni aquello, ni aquello otro; el apunte carpetovetónico, a diferencia del artículo, no nace ni muere, sino que, simplemente, brota y desaparece, igual que un venero de agua clara: el apunte carpetovetónico puede muy bien no tener ni principio ni fin —cosa que al artículo, por definición, no le está permitido— y, como ejemplo de lo que digo, remito al lector al que titulo, sin duda tópicamente, «El cuento de la buena pipa». Tampoco el apunte carpetovetónico es un cuento; el cuento puede permitirse una abstracción que al apunte carpetovetónico se niega; también se premia, a veces, con un subjetivismo que al apunte carpetovetónico le está vedado. En realidad, el apunte carpetovetónico no es necesario que sea ni literatura, si bien es cierto que, hasta hoy, no han aparecido apuntes carpetovetónicos fuera de la literatura o de la pintura y el dibujo: ni en la escultura (¿y los verracos ibéricos?, ¿y los toricos de Guisando?, ¿y los Cristos de Montañés?), ni en la arquitectura, ni en la música. El apunte carpetovetónico pudiera ser algo así como un agridulce bosquejo, entre caricatura y aguafuerte, narrado, dibujado o pintado, de un tipo o de un trozo de vida peculiares de un determinado mundo: lo que los geógrafos llaman, casi poéticamente, la España árida. Fuera de ella no puede darse el apunte carpetovetónico, por la misma razón que no se pueden dar porcelanas chinas en el Japón o en la India. Pero pueden crecer y desarrollarse géneros paralelos, géneros parientes próximos de este nuestro de hoy: Alfonso Castelao, con el lápiz, y José Pla, con la pluma, nos reflejaron certeramente los cordiales planetas gallego y ampurdanés. Más lejos, y con idéntico sentido, Lautrec pintó al París de su tiempo. Y más cerca —más cerca en la distancia aunque no, quizá, en la intención— Goya, y Lucas, y Regoyos y Solana, y Zuloaga, nos retrataron, mojando los pinceles en la más pura tinta carpetovetónica, el militante carpetovetonismo que les tocó mirar.

Como género literario, el apunte carpetovetónico, aunque siga vivito y coleando, tampoco es ninguna novedad. En España es viejo como su misma literatura. ¿Qué eran, sino puro apunte carpetovetónico, aquellos versos de las «Coplas de la panadera» en los que el poeta nos narra el ímpetu ventoseador de aquel hidalgo o clérigo toledano que

> *pedos tan grandes tiraba*
> *que se oían en Talavera?*

¿Qué otra cosa fueron muchas de las páginas maestras y amargas de Torres Villarroel o de Quevedo? Y remontando el calendario, ¿qué son las escenas —*Madrid. Escenas y costumbres, Madrid pintoresco, La España negra*, etc.— del pintor Solana? ¿Y las andanzas del errabundo don Ciro Bayo? ¿Y las estremecidas manchas —Las capeas, España, nervio a nervio— de Eugenio Noel, el atrabiliario gran escritor tan injustamente olvidado? Nos llevaría a todos muy lejos de mi modesto propósito de hoy —que no es otro que el de presentar, con la mayor sencillez posible, las páginas que siguen— el intento de desarrollar, aunque muy someramente, la idea de que la literatura española (en cierto modo como la rusa, por ejemplo, y a diferencia, en cierto modo también, de la italiana) ignora el equilibrio y pendula, violentamente, de la mística a la escatología, del tránsito que diviniza —San Juan, fray Luis, Santa Teresa— al bajo mundo, al más bajo y concreto de todos los mundos, del pus y la carroña y, rematándolo, la calavera monda y lironda de todos los silencios, todos los arrepentimientos y todos los castigos —el vicario Delicado, en las letras; Valdés Leal, en la pintura; Felipe II, en la política; Torquemada, en la lucha religiosa, etc. Pero me basta con dejar constancia de que en uno de esos pendulares extremos —ni más ni menos importante, desde el punto de vista de su autenticidad— habita el apunte carpetovetónico: como un pajarraco sarnoso, acosado y fieramente ibérico. Y que no puede morir, por más vueltas que todos le demos, hasta que España muera.

Palma de Mallorca, 4 de julio de 1954

Cronología breve de la vida y de la obra de Camilo José Cela

1916 El 11 de mayo nace en Iria Flavia, provincia de A Coruña, el primogénito de la familia Cela Trulock, que es bautizado con los nombres de Camilo José Manuel Juan Ramón Francisco de Jerónimo.

1925 La familia Cela Trulock se instala en Madrid, donde es destinado el padre. Camilo José es alumno del colegio de los escolapios de Porlier.

1931-1932 Es internado en el sanatorio del Guadarrama, aquejado de tuberculosis pulmonar. Los periodos de reposo serán empleados en lecturas de la obra completa de Ortega y Gasset y la colección completa de clásicos españoles de Rivadeneyra.

1933 Concluye estudios secundarios.

1934 Abandona la carrera de Medicina para asistir, en la nueva Facultad de Filosofía y Letras, a las clases de Literatura española contemporánea de Pedro Salinas, a quien confía sus primeros poemas. Allí se hace amigo del escritor y filólogo Alonso Zamora Vicente. También frecuenta a Miguel Hernández y a María Zambrano, en cuya casa conoce a Max Aub y otros escritores e intelectuales.

1936-1938	Escribe *Pisando la dudosa luz del día* cuando la Guerra Civil ha estallado ya y Madrid es asediada. Cela, integrado en el ejército nacional, es hospitalizado tras una recaída en su enfermedad.
1940	Estudia Derecho en Madrid. Primeras publicaciones, entre ellas una hoy inencontrable biografía popular de san Juan de la Cruz que firma con el seudónimo de «Matilde Verdú» y el artículo titulado «Fotografías de la Pardo Bazán», que aparece en la revista *Y*.
1942	Tras una recaída en su enfermedad, es internado en Hoyo de Manzanares. Allí conoce a Felisa Aldecoa, que va a posibilitar la publicación de *La familia de Pascual Duarte*; inicia *Pabellón de reposo* y recupera la salud, lo que le permitirá emprender el viaje a la Alcarria en 1946. Concluye *La familia de Pascual Duarte*, que, tras una dificultosa búsqueda de editor, en la que contó con la ayuda de su amigo José María Cossío, es editada a finales de año por Aldecoa en Burgos. Pío Baroja, que había rehusado prologarla, declara en *El Español* que es una novela muy buena.
1943	Las revistas literarias, entre ellas *El Español* y *La Estafeta literaria*, aplauden unánimemente *La familia de Pascual Duarte*, que no obstante es objeto de sonoros ataques por parte de *Ecclesia*, portavoz de la jerarquía católica. Y así la segunda edición es prohibida en noviembre. Cela abandona sus estudios y su empleo como funcionario para dedicarse por completo a la literatura.
1944	El 12 de marzo Camilo José Cela se casa con María Rosario Conde Picavea.
1946	El 17 de enero nace el único hijo, Camilo José. Entre el 6 y el 15 de junio, el escritor viaja a la Alcarria en compañía del fotógrafo Karl Wlasak y Conchita Stichaner. La censura prohíbe la primera versión de *La colmena*.

1947	Cela expone su pintura en la galería Clan de Madrid y luego en la sala coruñesa de Lino Pérez.
1948	Cela publica en Madrid *Viaje a la Alcarria* y en San Sebastián el *Cancionero de la Alcarria*, que irán juntos a partir de la edición de 1954.
1950	En enero, estreno en el cine Coliseum de Madrid de la película de Jaime de Mayora, *El sótano*, en la que Cela interviene como actor.
1951	Después de algunos forcejeos con la censura del gobierno peronista argentino, en febrero se publica en Buenos Aires, *La colmena*. La obra es prohibida en España.
1954	La familia Cela Conde se traslada a vivir a Palma de Mallorca.
1956	En Palma de Mallorca se empieza a editar, en abril, la revista mensual *Papeles de Son Armadans*, de la que es fundador y director. Visita, con Ernest Hemingway, El Escorial y coincide de nuevo con él en el entierro de Pío Baroja en el mes de octubre.
1957	El 21 de febrero es elegido para ocupar el sillón Q de la Real Academia Española. El día 26 de mayo lee su discurso de ingreso sobre «La obra literaria del pintor Solana», al que le contesta el académico Gregorio Marañón.
1964	Cela es investido doctor honoris causa por la Syracuse University, primera universidad extranjera que le concede tal título. El escritor se traslada a su nueva casa de la Bonanova, en grata vecindad de Joan Miró.
1975	El director Ricardo Franco estrena su película *Pascual Duarte*, basada en la novela de 1942.

1977   El 27 de marzo, Cela responde en la Real Academia Española al discurso de recepción del novelista Gonzalo Torrente Ballester. Ambos disertan sobre el arte narrativo. El rey Juan Carlos I lo nombra senador en las primeras Cortes Generales de la transición democrática, y participa en la redacción del texto de la Constitución.

1980   En enero es investido doctor honoris causa por la Universidad de Santiago de Compostela. Le es concedida la Gran Cruz de la Orden de Isabel la Católica.

1982   Recibe el título de Hijo predilecto de Padrón. Es nombrado Académico de Honor de la Real Academia Galega. Recibe el título de Hijo adoptivo de la ciudad de Torremejía, población pacense donde se ubica *La familia de Pascual Duarte*. Es nombrado Cartero honorario por el rey Juan Carlos I. Se estrena en Madrid la película *La colmena*, dirigida por Mario Camus. Cela participa activamente en ella, mediante la interpretación de uno de los personajes: Matías Martí, el inventor de palabras.

1984   Se le concede el Premio Nacional de Literatura por *Mazurca para dos muertos*. Es nombrado Forense de honor por la Asociación Nacional de Forenses, por la descripción de una autopsia incluida en esta novela.

1986   Se publica *Nuevo viaje a la Alcarria*. Recibe la Creu de Sant Jordi y el Libro de Oro de los Libreros Españoles (CEGAL).

1987   Obtiene el Premio Príncipe de Asturias de las Letras «por la elevada calidad literaria de su abundante y universalmente conocida obra y por su significación singular dentro de las letras hispanas de este siglo, en las que ha influido considerablemente». Es nombrado Ciudadano de honor de la ciudad de Tucson (Arizona).

1988	Recibe, junto a otras ilustres personalidades, entre las que se encuentran Torrente Ballester, Neira Vilas o María Casares, la medalla Castelao de la Xunta de Galicia. Trabaja en el guion de la serie que, basada en *El Quijote*, rodará Gutiérrez Aragón. Asume la presidencia de la Fundación Cultural Rich, con el objetivo de fomentar la educación y la cultura.
1989	El 19 de octubre le es concedido el Premio Nobel de Literatura «por su prosa rica e intensa, que, con refrenada compasión, configura una visión provocadora del desamparo del ser humano». El discurso de recepción del Nobel lo titula «Elogio de la fábula». Su lectura se realiza el 10 de diciembre, fecha en la que el rey de Suecia le hace entrega del premio.
1991	Se casa en segundas nupcias con Marina Castaño López.
1992	Recibe el Premio Mariano de Cavia de periodismo por su artículo «Soliloquio del joven artista». En la Biblioteca Nacional de Madrid se inaugura la exposición «50 años de *Pascual Duarte*», donde se presentan 187 ediciones del libro, tanto en español como en las numerosas lenguas a las que ha sido traducido.
1993	Es investido doctor honoris causa por la Universidad de Sarajevo. Dada la imposibilidad de realizar el acto de investidura, el rector se desplaza a Galicia para hacer entrega del título. Se inaugura una estatua dedicada al escritor, realizada por el escultor Víctor Ochoa, en la Universidad Complutense de Madrid.
1994	Recibe el Premio Planeta por su obra *La cruz de San Andrés* y la Medalla Picasso de la UNESCO.
1995	El escritor recibe el Premio Cervantes, el más prestigioso galardón literario de los países de lengua española. El 10

de mayo se inaugura en la torre del homenaje del castillo de Torija (Guadalajara) el museo dedicado a su libro *Viaje a la Alcarria*.

1996 El 11 de mayo, Juan Carlos I le concede, en el día de su octogésimo aniversario, el título de marqués de Iria Flavia. El lema que acompaña al escudo del marquesado, «el que resiste, gana», fue elegido por él mismo. El 24 de mayo recibe la Medalla de Oro al Mérito en el Trabajo, junto a personalidades como Antonio Mingote y Rafael Alberti.

1998 El 11 de mayo, coincidiendo con su aniversario, es investido doctor honoris causa por la Universidad de Ciencias Empresariales y Sociales de Buenos Aires (Argentina).

1999 Recibe el Premio Anual de la Asociación de Periodistas de Galicia y en febrero es condecorado con la Orden del Libertador San Martín, de Argentina. El 25 de mayo inaugura el Museo del Ferrocarril John Trulock. Es nombrado doctor *honoris causa* por la Universidad de Filipinas y por la de Kansai Gaidai (Japón). Publica *Madera de boj*, su última novela.

2002 En la madrugada del 17 de enero, Cela fallece a causa de una insuficiencia cardiorrespiratoria. Sus restos mortales son trasladados hasta Iria Flavia, donde es velado por familiares y vecinos. El día 18, la Colegiata de Santa María, lugar en el que fuera bautizado 86 años antes, es el elegido para despedirle. Reposa en el cementerio de Adina, al pie de un olivo centenario.

Índice de contenidos

Sumario 7
Nota sobre esta edición 9
Nota sobre la selección 17

CUENTOS

Esas nubes que pasan (1945)
Don Anselmo 23
Marcelo Brito 32
El misterioso asesinato de la rue Blanchard 40
La eterna canción 51
Don Evaristo 55
A la sombra de la colegiata 58
Don Homobono y los grillos 64
Culpemos a la primavera 67

El bonito crimen del carabinero y otros engaños y ofuscaciones (1947)
El bonito crimen del carabinero 79
Claudius, profesor de idiomas 93
El león y don Sebastián 105
Un cuento en el tren 109
La doma del niño 113
Unas gafas de color 116

El capitán Jerónimo Expósito	123
El violín de don Walter	127
El prodigio de que un niño viva como un saltamontes	131
El espejo	134
El aullido de la charca	144
Purita Ortiz	149
La nueva vida de Encarnación Ortega Ripollet, alias Mahoma	153
Cuestión de acertar	159
Dos butacas se trasladan de habitación	164
Las andanzas del pequeño veraneante	169
Las orejas del niño Raúl	179
La hora de Damiancito	183
El volcán	186
Memorias del cabrito Smith, chivo insurrecto	190
El bar de Crisantito, el pendolista	199
El hacendista	202
Un servidor no es de bata	206
Barrera, tendido, grada y andanada	209
La razón social Candelas, Balseiro y Paco el sastre	212
La hora exacta de Ismael Laurel, perito en veredas de secano	215
Estebita, despertador, colondrio, un sueño	219
El sentido de la responsabilidad o un reloj despertador con la campana de color marrón	224
Aquel reloj de torre	228

Baraja de invenciones (1953)

La naranja es una fruta de invierno	235
La esperanza	244
La horca	248
Un niño piensa	253
La memoria, esa fuente del dolor	257
Pequeña parábola de Chindo, perro de ciego	265
El perro del Mina Cantiquín	269

Los viejos amigos (1960-1961)

PRELIMINAR	275
Don Fabián Remondo y Larangas	278
Don Estanislao de Kostka Rodríguez y Rodríguez, alias el Mierda	281
Cuando el penitente Felipe era joven todavía	284
Sisemón Peláez, novio de novia muerta	287
Don Ricardo Sorbedo, peseta a peseta	290
Don Mamerto de la Alameda o la preocupación por la cultura	293
Doña Fabiola Padilla, dama rebosante de actividad	296
Una niñera bravía	299
Planteamiento, nudo y desenlace	302
Mi tío el marqués de Vieira	305
Nochebuena en el camino	308
La señorita Estrella	311
Los amores de Timoteo Moragona y Juarrucho con Filomena Carrete	313
La prima Renata	316
Fermín González presenta novia celosa	319
El origen del cuadro artístico Sonsoles Trijueque	322
El primer amor del niño Raúl	325
La señora de don Pío Navas Pérez	328
Teófilo	331
El mundo en el que se regala, de premio, la ilusión	334
Al papel perdurable	336
Don Culmacio	339
Una señora con triple papada	342
El señor Villarejo, niño repugnante	345
El mucho rascar escuece	348
Pedrito y Santiaguito	351
El director de la famosa compañía de variedades Aromas Hispanos e Hispanoamericanos	354
La señorita Carolina Coronado	357

Pelayo Tenebrón, poeta antiguo	360
El soñador	363
El fantasma muerto	365
Rosita	367
Don Antipatro Ceutí Sardina da una vuelta de rosca a su corazón	370
La vida sencilla	373
La abuela de Alicita	375
Historia triste	378
El viejo escritor	381
Tres docenas de características	384
Conjeturas	387
Un niño se hace hombre	390
Nicanor de Pablos en persona	393
El filósofo	396
Doña Sol	399
Juana la Loca	402
Los beneficios morales y sociales de la lotería	405
Los dos amigos	408
La cuñada de la señora a quien había hecho daño el besugo	411
Eduarda	414
Pacorro, nene pirotécnico	417
El consumero Ceferino	420
La señorita Conchi	423
Los hijos del primer matrimonio de don Segismundo	425
El noble oficio del pregonero	428
La señora de la mesa de al lado	431
Los sueños de grandeza de Heliodoro Calzadilla	434
El pastor de ovejas	437
Serafín, pinche de Betanzos, visita Hong-Kong	440
La joven Genovevita	443
Las parejas que bogan en el estanque del Retiro	446
Consejos a las madres de familia	449
Un cuento que no es verdad	452

El pelma 454
Teoría de los tontos que se creen guardias 457
Las buenas costumbres 459
Una boda de rumbo 461

Once cuentos de fútbol (1963)
El tratillo 467
El héroe 471
Como a perro por carnestolendas 475
El holocausto 479
La cita con la muerte 483

Historias familiares (1998)
Mi primo Amedio 489
Clementecito el homicida 494
A mi pobre hermano Baltasar (q. e. p. d.) le partieron
    la boca en Haukilahti, al lado de Helsinki
    (antes Helsingfors), Suomi (o séase Finlandia) 499
Noticia de mi cuñado (o séase concuñado)
    don Epafrodito da Natividade y Ademaurán,
    que no era partidario de la vida en familia 504
Confusa noticia de diversos deudos y allegados 512
Monólogo de mi prima carnal doña Escolástica
    sobre los inconvenientes de anestesiar chepas 518

APUNTES CARPETOVETÓNICOS

El gallego y su cuadrilla (1949)
Fauna carpetovetónica 527
Los dos árboles 530
Toros en Cebreros 533
Carnaval en Cebreros 536
Doña Concha 539
La romería 542
El tonto del pueblo 558

El gallego y su cuadrilla	561
Baile en la plaza	565
Tertulia en la rebotica	569
Matías Martí, tres generaciones	572
Celedonio Montesmalva, joven indeciso	577
Zoilo Santiso, escritor tremendista	580
Senén, el cantor de los músicos	583
Deogracias Caimán de Ayala, fagotista virtuoso	587
Carrera ciclista para neófitos	590
Vocación de repartidor	596
Los arrebatos de don Braulio	599
Una señorita modelo	602
Don Elías Neftalí Sánchez, mecanógrafo	605
El cuento de la buena pipa	609
Sansón García, fotógrafo ambulante	614
Genovevita Muñoz, señorita de conjunto	618
Difuntiño Rodríguez, poeta épico	622
El hombre-lobo	625
Cambiemos la fotografía	636
El coleccionista de apodos	639

Anexo
Relativa teoría del carpetovetonismo	649
Prólogo a *El gallego y su cuadrilla*	655

Cronología breve de la vida y de la obra de Camilo José Cela	659